ŒUVRES COMPLÈTES

DE VOLTAIRE

TOME VINGT ET UNIÈME

PRIX 1.25

PARIS

LIBRAIRIE HACHETTE ET Cie

79, BOULEVARD SAINT-GERMAIN, 79

ŒUVRES
DES PRINCIPAUX ÉCRIVAINS FRANÇAIS

VOLUMES IN-18 JÉSUS

On peut se procurer chaque volume de cette série relié en percaline gaufrée, sans être rogné, moyennant 50 cent.; en demi-reliure, dos en chagrin, tranches jaspées, moyennant 1 fr. 50 cent.; et avec tranches dorées, moyennant 2 fr. en sus du prix marqué.

1re Série à 1 franc 25 c. le volume.

Barthélemy : *Voyage du jeune Anacharsis en Grèce dans le milieu du IVe siècle avant l'ère chrétienne.* 3 volumes.

Atlas pour le Voyage du jeune Anacharsis, dressé par J.-D. Barbié du Bocage, revu par A.-D. Barbié du Bocage. In-8, 1 fr. 50 c.

Boileau : *Œuvres complètes.* 2 vol.

Bossuet : *Œuvres choisies.* 5 vol.

Corneille : *Œuvres complètes.* 7 vol.

Fénelon : *Œuvres choisies.* 4 vol.

La Fontaine : *Œuvres complètes.* 3 volumes.

Marivaux : *Œuvres choisies.* 2 vol.

Molière : *Œuvres complètes.* 3 vol.

Montaigne : *Essais*, précédés d'une lettre à M. Villemain sur l'éloge de Montaigne, par P. Christian. 2 vol.

Montesquieu : *Œuvres complètes.* 3 volumes.

Pascal : *Œuvres complètes.* 3 vol.

Racine : *Œuvres complètes.* 3 vol.

Rousseau (J.-J.) : *Œuvres complètes.* 13 volumes.

Saint-Simon (le duc de) : *Mémoires complets et authentiques* sur le siècle de Louis XIV et la Régence, collationnés sur le manuscrit original par M. Chéruel, et précédés d'une notice de M. Sainte-Beuve, de l'Académie française. 13 vol.

Sedaine : *Œuvres choisies.* 1 vol.

Voltaire : *Œuvres complètes.* 46 vol.

2e Série à 3 francs 50 cent. le volume.

Chateaubriand : *Le Génie du Christianisme.* 1 vol.

— *Les Martyrs* ; — *le Dernier des Abencerrages.* 1 vol.

— *Atala* ; — *René* ; — *les Natchez.* 1 vol.

Fléchier : *Mémoires sur les Grands-Jours d'Auvergne en 1665*, annotés par M. Chéruel et précédés d'une notice par M. Sainte-Beuve. 1 vol.

Malherbe : *Œuvres poétiques*, réimprimées pour le texte sur la nouvelle édition des *Œuvres complètes de Malherbe*, publiées par M. Lud. Lalanne dans la Collection des GRANDS ÉCRIVAINS DE LA FRANCE. 1 vol.

Sévigné (Mme de) : *Lettres de Mme de Sévigné, de sa famille et de ses amis*, réimprimées pour le texte sur la nouvelle édition publiée par M. Monmerqué dans la Collection des GRANDS ÉCRIVAINS DE LA FRANCE. 8 vol.

COULOMMIERS. — TYPOGRAPHIE PAUL BRODARD.

ŒUVRES COMPLÈTES

DE VOLTAIRE

COULOMMIERS

Imprimerie PAUL BRODARD.

ŒUVRES COMPLÈTES

DE VOLTAIRE

TOME VINGT ET UNIÈME

PARIS

LIBRAIRIE HACHETTE ET Cᵢₑ

79, BOULEVARD SAINT-GERMAIN, 79

—

1893

COMMENTAIRES

SUR CORNEILLE.

1764.

A MESSIEURS DE L'ACADÉMIE FRANÇAISE.

Messieurs, j'ai l'honneur de vous dédier cette édition des ouvrage d'un grand génie, à qui la France et notre compagnie doivent une partie de leur gloire. Les *Commentaires* qui accompagnent cette édition seraient plus utiles, si j'avais pu recevoir vos instructions de vive voix. Vous avez bien voulu m'éclairer quelquefois, par lettres, sur les difficultés de la langue; vous m'auriez guidé non moins sur le goût. Cinquante ans d'expérience m'ont instruit, mais ont pu m'égarer; quelques-unes de vos séances m'en auraient plus enseigné qu'un demi-siècle de mes réflexions.

Vous savez, Messieurs, comment cette édition fut entreprise : ce que j'ai cru devoir au sang de Corneille était mon premier motif; le second est le désir d'être utile aux jeunes gens qui s'exercent dans la carrière des belles-lettres, et aux étrangers qui apprennent notre langue. Ces deux motifs me donnent quelques droits à votre indulgence. Je vous supplie, Messieurs, de me continuer vos bontés, et d'agréer mon profond respect. VOLTAIRE.

AVERTISSEMENT DU COMMENTATEUR

SUR CETTE NOUVELLE ÉDITION.

Dans la première édition de ce *Commentaire*[1], je crois avoir remarqué toutes les beautés de Corneille, et même avec enthousiasme; car quiconque ne sent pas vivement n'est pas digne de parler de ces morceaux, d'autant plus admirables que nous n'en avions aucun modèle ni dans notre nation ni dans l'antiquité.

Dans le dessein d'être utile aux jeunes gens, dont le goût peut n'être pas encore formé, je remarquai aussi quelques défauts; et j'eus

---

[1]. L'édition de 1774. (ÉD.)

soin de dire, plus d'une fois, que le temps où vivait Corneille était l'excuse de ces fautes.

Des gens qui, dans le fond du cœur, étaient choqués autant que moi de ces défauts, et qui en parlent tous les jours avec le mépris et la dérision qui ne leur conviennent pas, osèrent me reprocher d'avoir imprimé pour le progrès de l'art, et d'avoir discuté, avec quelque attention, la centième partie des critiques qu'ils débitent eux-mêmes si souvent dans les cafés et dans les réduits qu'ils fréquentent.

Pour répondre à leurs reproches, j'examinerai plus sévèrement toutes les pièces de Corneille, tant celles qui auront un succès éternel que celles qui n'ont eu qu'un succès passager ; j'oublierai son nom, et je n'aurai devant les yeux que la vérité : j'ai eu cette hardiesse nécessaire sur des objets plus importants, je l'aurai sur cette partie de la littérature.

Ceux qui crurent que je voulais exalter Corneille par des louanges se trompèrent ; ceux qui imaginèrent que je voulais le déprimer par des critiques se trompèrent bien davantage : je ne voulus qu'être juste. J'avais assez longtemps réfléchi sur l'art, je l'avais assez exercé pour être en droit de dire mon avis. Je dus le dire, puisque j'étais obligé de faire un *Commentaire*.

Ce fut, en partie, ce *Commentaire* même qui servit à l'établissement heureux de la descendante de ce grand homme. Mais il fallait aussi servir le public. Ce n'est pas la personne de P. Corneille, mort il y a si longtemps, que je respectai ; c'était Cinna, c'était le vieil Horace, c'étaient Sévère et Pauline, c'était le dernier acte de Rodogune. Ce n'est pas lui que je voulus déprimer, quand je développai les raisons de ses inégalités : quand on préfère une maison, un jardin, un tableau, une statue, une musique, le connaisseur ne songe ni à l'architecte, ni au jardinier, ni au peintre, ni au statuaire, ni au musicien ; il n'a que l'art en vue, et non l'artiste. Au contraire, les contemporains, toujours jaloux, ne songent qu'à l'artiste, et oublient l'art : aucun de ceux qui écrivirent contre Corneille n'avait la moindre connaissance du théâtre ; l'abbé d'Aubignac même, qui avait tant lu Aristote, et qui disait tant d'injures à Corneille, n'avait pas la première idée de cette pratique du théâtre qu'il croyait enseigner.

Un orgueil très-méprisable, un lâche intérêt plus méprisable encore, sont les sources de toutes ces critiques dont nous sommes inondés : un homme de génie entreprendra une pièce de théâtre ou un autre poëme pour acquérir quelque gloire, un Fréron le dénigrera pour gagner un écu. Un homme qui fait un honneur infini à la littérature enrichit la France du beau poëme des *Saisons*[1], sujet dont, jusqu'ici, notre langue n'avait pu exprimer les détails ; cet ouvrage joint au mérite extrême de la difficulté vaincue les richesses de la poésie et les beautés du sentiment. Qu'arrive-t-il ? un jeune pédant de collége[2], ignorant et étourdi, pressé par l'orgueil et par la faim, écrit un gros libelle contre l'auteur et l'ouvrage : il prétend qu'il ne faut jamais faire

1. Saint-Lambert. (Ed.) — 2. Clément. (Éd.)

de poëmes sur les saisons; il critique tous les vers sans alléguer la moindre raison de sa censure; et, après avoir décidé en maître, ce pauvre écolier va lire aux comédiens sa *Médée*.

Un homme de cette espèce, nommé Sabatier, natif de Castres, fait un Dictionnaire littéraire, et donne des louanges à quelques personnes pour avoir du pain; il rencontre un autre gueux qui lui dit : « Mon ami, tu fais des éloges, tu mourras de faim; fais un dictionnaire de satires, si tu veux avoir de quoi vivre. » Le malheureux travaille en conséquence, et n'en est pas plus à son aise.

Telle était la canaille de la littérature du temps de Corneille, telle elle est aujourd'hui, telle on la verra dans tous les temps : il y aura toujours, dans une armée, des officiers et des goujats, et, dans une grande ville, des magistrats et des filous.

REMARQUES SUR MÉDÉE.

TRAGÉDIE REPRÉSENTÉE EN 1635.

Préface du commentateur. — Nous commençons ce recueil par la *Médée*, parce que, dans ce poëme, on peut entrevoir déjà le germe des grandes beautés qui brillent dans les autres pièces. Nous rejetons à une autre place les six premières comédies [1], dans lesquelles il n'y a presque rien qui fasse apercevoir les grands talents de Corneille.

J'avoue, cependant, qu'il serait aujourd'hui inconnu, s'il n'avait fait que cette tragédie. Il était alors confondu parmi les cinq auteurs que le cardinal de Richelieu faisait travailler aux pièces dont il était l'inventeur. Ces cinq auteurs étaient, comme on sait, L'Estoile, fils du grand audiencier dont nous avons les Mémoires; Boisrobert, abbé de Châtillon-sur-Seine, aumônier du roi et conseiller d'État; Colletet, qui n'est plus connu que par les satires de Boileau, mais que le cardinal regardait alors avec estime; Rotrou, lieutenant civil au bailliage de Dreux, homme de génie; Corneille lui-même, assez subordonné aux autres, qui l'emportaient sur lui par la fortune ou par la faveur.

Corneille se retira bientôt de cette société, sous le prétexte des arrangements de sa petite fortune qui exigeaient sa présence à Rouen. Rotrou n'avait encore rien fait qui approchât même du médiocre. Il ne donna son *Venceslas* que quatorze ans après la *Médée*, en 1649, lorsque Corneille, qui l'appelait son père, fut devenu son maître, et que Rotrou, ranimé par le génie de Corneille, devint digne de lui être comparé dans la première scène de *Venceslas*, et dans le quatrième acte. Encore même, cette pièce de Rotrou était-elle une imitation de l'auteur espagnol *Francesco de Roxas*.

---

1. *Mélite* (jouée en 1625); *Clitandre* (1632); *la Veuve* (1639); *la Galerie du Palais* (1634); *la Suivante* (1634); *la Place royale* (1635).

Mais en 1635, temps auquel on joua la *Médée* de Corneille, on n'avait d'ouvrage un peu supportable, à quelques égards, que la *Sophonisbe* de Mairet, donnée en 1633. Il est remarquable qu'en Italie et en France, la véritable tragédie dut sa naissance à une *Sophonisbe*. Le prélat Trissino, auteur de la *Sophonisbe* italienne, eut l'avantage d'écrire dans une langue déjà fixée et perfectionnée ; et Mairet, au contraire, dans le temps où la langue française luttait contre la barbarie. On ne connaissait que des imitations languissantes des tragédies grecques et espagnoles, ou des inventions puériles, telles que *l'Innocente infidélité* de Rotrou, *l'Hôpital des fous* d'un nommé Beys, le *Cléomédon* de Du Ryer, *l'Orante* de Scudéri, la *Pèlerine amoureuse*. Ce sont là les pièces qu'on joua dans cette même année 1635, un peu avant la *Médée* de Corneille.

Avec quelle lenteur tout se forme! Nous avions déjà plus de mille pièces de théâtre, et pas une seule qui pût être soufferte aujourd'hui par la populace des provinces les plus grossières. Il en a été de même dans tous les arts, et dans tout ce qui concerne les agréments de la société et les commodités de la vie. Que chaque nation parcoure son histoire, et elle verra que, depuis la chute de l'empire romain, elle a été presque sauvage pendant dix ou douze siècles.

La *Médée* de Corneille n'eut qu'un succès médiocre, quoiqu'elle fût au-dessus de tout ce qu'on avait fait jusqu'alors. Un ouvrage peut toucher avec les plus énormes défauts, quand il est animé par une passion vive, et par un grand intérêt, comme *le Cid;* mais de longues déclamations ne réussissent en aucun pays ni en aucun temps. La *Médée* de Sénèque, qui avait ce défaut, n'eut point de succès chez les Romains; celle de Corneille n'a pu rester au théâtre.

On ne représente d'autre *Médée* à Paris que celle de Longepierre, tragédie à la vérité très-médiocre, et où le défaut des Grecs, qui était la vaine déclamation, est poussé à l'excès; mais lorsqu'une actrice imposante fait valoir le rôle de Médée, cette pièce a quelque éclat aux représentations, quoique la lecture en soit peu supportable.

Ces tragédies uniquement tirées de la fable, et où tout est incroyable, ont aujourd'hui peu de réputation parmi nous, depuis que Corneille nous a accoutumés au vrai; et il faut avouer qu'un homme sensé qui vient d'entendre la délibération d'Auguste, de Cinna, et de Maxime, a bien de la peine à supporter Médée traversant les airs dans un char traîné par des dragons. Un défaut plus grand encore dans la tragédie de *Médée*, c'est qu'on ne s'intéresse à aucun personnage. Médée est une méchante femme qui se venge d'un malhonnête homme. La manière dont Corneille a traité ce sujet nous révolte aujourd'hui; celles d'Euripide et de Sénèque nous révolteraient encore davantage.

Une magicienne ne nous paraît pas un sujet propre à la tragédie régulière, ni convenable à un peuple dont le goût est perfectionné. On demande pourquoi nous rejetterions les magiciens, et que non-seulement nous permettons que dans la tragédie on parle d'ombres et de fantômes, mais même qu'une ombre paraisse quelquefois sur le théâtre.

Il n'y a certainement pas plus de revenants que de magiciens dans le monde; et si le théâtre est la représentation de la vérité, il faut bannir également les apparitions et la magie.

Voici, je crois, la raison pour laquelle nous souffririons l'apparition d'un mort, et non le vol d'un magicien dans les airs. Il est possible que la Divinité fasse paraître une ombre pour étonner les hommes par ces coups extraordinaires de sa providence, et pour faire rentrer les criminels en eux-mêmes; mais il n'est pas possible que des magiciens aient le pouvoir de violer les lois éternelles de cette même providence : telles sont aujourd'hui les idées reçues.

Un prodige opéré par le ciel même ne révoltera point; mais un prodige opéré par un sorcier, malgré le ciel, ne plaira jamais qu'à la populace.

Quodcumque ostendis mihi sic, incredulus odi [1].

Chez les Grecs, et même chez les Romains, qui admettaient des sortilèges, Médée pouvait être un très-beau sujet. Aujourd'hui nous le reléguons à l'Opéra, qui est parmi nous l'empire des fables, et qui est à peu près parmi les théâtres ce qu'est l'*Orlando furioso* parmi les poëmes épiques.

Mais quand Médée ne serait pas sorcière, le parricide qu'elle commet presque de sang-froid sur ses deux enfants, pour se venger de son mari, et l'envie que Jason a, de son côté, de tuer ces mêmes enfants, pour se venger de sa femme, forment un amas de monstres dégoûtants, qui n'est malheureusement soutenu que par des amplifications de rhétorique, en vers souvent durs ou faibles, ou tenant de ce comique qu'on mêlait avec le tragique sur tous les théâtres de l'Europe, au commencement du XVIIe siècle. Cependant cette pièce est un chef-d'œuvre, en comparaison de presque tous les ouvrages dramatiques qui la précédèrent. C'est ce que M. de Fontenelle appelle *prendre l'essor, et monter jusqu'au tragique le plus sublime.* Et en effet il a raison, si on compare *Médée* aux six cents pièces de Hardy, qui furent faites chacune en deux ou trois jours; aux tragédies de Garnier, aux *Amours infortunés de Léandre et de Héro*, par l'avocat La Selve; à *la Fidèle tromperie*, d'un autre avocat nommé Gougenot; au *Pirandre*, de Boisrobert, qui fut joué un an avant *Médée*.

Nous avons déjà remarqué [2] que toutes les autres parties de la littérature n'étaient pas mieux cultivées.

Corneille avait trente ans quand il donna sa *Médée*; c'est l'âge de la force de l'esprit; mais il était encore subjugué par son siècle. Ce n'est point sa première tragédie; il avait fait jouer *Clitandre* trois ans auparavant. Ce *Clitandre* est entièrement dans le goût espagnol et dans le goût anglais; les personnages combattent sur le théâtre; on y tue, on y assassine; on voit des héroïnes tirer l'épée; des archers courent après les meurtriers; des femmes se déguisent en hommes; une Dorise crève un œil à un de ses amants avec une aiguille à tête. Il y a de

---

1. Horace, *de Arte poet.*, 188. (ÉD.)
2. Page 4. (ÉD.)

quoi faire un roman de dix tomes, et cependant il n'y a rien de si froid et de si ennuyeux. La bienséance, la vraisemblance négligées, toutes les règles violées, ne sont qu'un très-léger défaut en comparaison de l'ennui. Les tragédies de Shakspeare étaient plus monstrueuses encore que *Clitandre*, mais elles n'ennuyaient pas. Il fallut enfin revenir aux anciens pour faire quelque chose de supportable, et *Médée* est la première pièce dans laquelle on trouve quelque goût de l'antiquité. Cette imitation est sans doute très-inférieure à ces beautés vraies que Corneille tira depuis de son seul génie.

Resserrer un événement illustre et intéressant dans l'espace de deux ou trois heures; ne faire paraître les personnages que quand ils doivent venir; ne laisser jamais le théâtre vide; former une intrigue aussi vraisemblable qu'attachante; ne rien dire d'inutile; instruire l'esprit et remuer le cœur; être toujours éloquent en vers, et de l'éloquence propre à chaque caractère qu'on représente; parler sa langue avec autant de pureté que dans la prose la plus châtiée, sans que la contrainte de la rime paraisse gêner les pensées; ne se pas permettre un seul vers ou dur, ou obscur, ou déclamateur : ce sont là les conditions qu'on exige aujourd'hui d'une tragédie, pour qu'elle puisse passer à la postérité avec l'approbation des connaisseurs, sans laquelle il n'y a jamais de réputation véritable.

On verra comment, dans les pièces suivantes, Pierre Corneille a rempli plusieurs de ces conditions.

On se contentera d'indiquer, dans cette pièce de *Médée*, quelques imitations de Sénèque, et quelques vers qui annoncent déjà le grand Corneille; et on entrera dans plus de détails quand il s'agira de pièces dont presque tous les vers exigent un examen réfléchi

---

ÉPITRE DÉDICATOIRE

DE CORNEILLE A MONSIEUR P. T. N. G.

« Je vous donne Médée, toute méchante qu'elle est, etc. »

Je n'ai pu découvrir qui est ce monsieur P. T. N. G., à qui Corneille dédie *Médée*. Mais il est assez utile de voir que l'auteur condamne lui-même son ouvrage.

Cette dédicace fut faite plusieurs années après la représentation. Il était alors assez grand pour avouer qu'il ne l'avait pas toujours été.

« Dans la portraiture, il n'est pas question si un visage est beau, mais s'il ressemble. »

Portraiture est un mot suranné, et c'est dommage; il est nécessaire : *portraiture* signifie l'art de faire ressembler; on emploie aujourd'hui *portrait* pour exprimer l'art et la chose. *Portraire* est encore un mot nécessaire que nous avons abandonné

« Et dans la poésie, il ne faut pas considérer si les mœurs sont vertueuses, mais si elles sont pareilles à celles de la personne qu'elle introduit. »

Il faut surtout qu'elles soient intéressantes, c'est là le premier devoir. Des jeunes gens, dont le goût n'était point encore formé, et qui n'avaient qu'une connaissance confuse du théâtre et de l'art des vers, se sont souvent étonnés du peu de succès de la tragédie d'*Atrée*. Ils ont cru que la délicatesse de nos dames s'effrayait trop de voir présenter à Thyeste une coupe remplie du sang de son fils. Ils se sont trompés. Ce sang, qu'on ne voyait pas, ne pouvait effaroucher les yeux; et l'action de Cléopâtre, dans *Rodogune*, est plus criminelle et plus atroce que celle d'Atrée. Cependant on la voit avec un plaisir mêlé d'horreur. Le grand défaut d'*Atrée* est qu'on ne peut s'intéresser à la vengeance raffinée d'une injure faite il y a vingt ans. On peut exercer une vengeance exécrable dans les premiers mouvements d'une juste colère; mais élever le fils d'un adultère sous le nom de son propre fils, pour le faire manger en ragoût à son véritable père, quand cet enfant sera majeur, ce n'est là qu'une horreur absurde; et quand cette horreur est mise en vers obscurs, chevillés et barbares, il est impossible aux gens de goût de la supporter. Nous ne pouvons trop souvent faire cette remarque.

« J'espère qu'elles vous satisferont encore aucunement sur le papier. »

Aucunement, vieux mot qui signifie *en quelque sorte, en partie*, et qui valait mieux que ces périphrases.

—

MÉDÉE,

TRAGÉDIE.

—

ACTE I.

SCÈNE I.

V. 7. Quoi! Médée est donc morte, ami? — Non, elle vit;
Mais un objet plus beau la chasse de mon lit, etc.

Je ne ferai sur ce début qu'une seule remarque, qui pourra servir pour plusieurs autres occasions. On voit assez que c'est là le style de la comédie; on n'écrivait point alors autrement les tragédies. Les bornes qui distinguent la familiarité bourgeoise et la noble simplicité, n'étaient point encore posées. Corneille fut le premier qui eut de l'élévation dans le style comme dans les sentiments. On en voit déjà plu-

sieurs exemples dans cette pièce. Il y a de la justice à lui tenir
compte du sublime qu'on y trouve quelquefois, et à n'accuser que son
siècle de ce style comique, négligé et vicieux, qui déshonorait la
scène tragique. Je n'insiste point sur la *meilleure saison*, sur les *mille
et mille malheurs*, sur le Jason *sans conscience*, sur Créuse *possédée
autant vaut*, sur une flamme *accommodée au bien des affaires*. C'é-
ait le malheureux style d'une nation qui ne savait pas encore parler.
Et cela même fait voir quelle obligation nous avons au grand Corneille
le s'être tiré, dans ses beaux morceaux, de cette fange où son siècle
l'avait plongé, et d'avoir seul appris à ses contemporains l'art si longtemps inconnu de bien penser et de bien s'exprimer

V. 35. Et depuis, à Colchos, que fit votre Jason ?
      Que cajoler Médée et gagner la toison

On doit dire ici un mot de cette fameuse toison d'or. La Colchide,
pays de Médée, est la Mingrélie, pays barbare, toujours habitée par
des barbares, où l'on pouvait faire un commerce de fourrures assez
avantageux. Les Grecs entreprirent ce voyage par le Pont-Euxin, qui
est très-périlleux; et ce péril donna de la célébrité à l'entreprise : c'est
là l'origine de toutes ces fables absurdes qui eurent cours dans l'Occi-
dent. Il n'y avait alors d'autre histoire que des fables.

V. 43. Et j'ai trouvé l'adresse, en lui faisant la cour,
      De relever mon sort sur les ailes d'Amour.

Ce vers est un exemple de ce mauvais goût qui régnait alors chez
toutes les nations de l'Europe. Les métaphores outrées, les comparaisons fausses, étaient les seuls ornements qu'on employât; on croyait
avoir surpassé Virgile et le Tasse, quand on faisait voler un sort sur
les ailes de l'Amour. Dryden comparait Antoine à un aigle qui portait sur
ses ailes un roitelet, lequel alors s'élevait au-dessus de l'aigle; et ce
roitelet, c'était l'empereur Auguste. Les beautés vraies étaient partout
ignorées. On a reproché depuis à quelques auteurs de courir après l'esprit. En effet, c'est un défaut insupportable de chercher des épi-
grammes quand il faut donner de la sensibilité à ses personnages; il
est ridicule de montrer ainsi l'auteur quand le héros seul doit paraître
au naturel; mais ce défaut puéril était bien plus commun du temps de
Corneille que du nôtre. La pièce de *Clitandre*, qui précéda *Médée*, est
emplie de pointes; un amant qui a été blessé en défendant sa maî-
resse, apostrophe ses blessures, et leur dit[1] :

> Blessures, hâtez-vous d'élargir vos canaux.
> Ah! pour l'être trop peu, blessures trop cruelles,
> De peur de m'obliger vous n'êtes point mortelles.

Tel était le malheureux goût de ce temps-là.

[1]. Acte I, scène IX. (ÉD.)

V. 73. Les sœurs crient miracle.

J'ai remarqué que parmi les étrangers qui s'exercent quelquefois à faire des vers français, et parmi plusieurs provinciaux qui commencent, il s'en trouve toujours qui font *crient, plient, croient*, etc., de deux syllabes. Ces mots n'en valent jamais qu'une seule, et ne peuvent être employés qu'à la fin d'un vers. Corneille fit souvent cette faute dans ses premières pièces; et c'est ce qui établit ce mauvais usage dans nos provinces.

V. 87. Et l'amour paternel qui fait agir leurs bras,
Croirait commettre un crime à n'en commettre pas.

Ce morceau est imité du septième livre des *Métamorphoses* [1]

His, ut quæque pia est, hortatibus impia prima est;
Et, ne sit scelerata, facit scelus : haud tamen ictus
Ulla suos spectare potest, oculosque reflectunt.

Remarquez que Corneille fut le premier qui sut transporter sur la scène française les beautés des auteurs grecs et latins.

V. 158. .... Adieu; l'amour vous presse
Et je serois marry qu'un soin officieux
Vous fît perdre pour moi des temps si précieux

Le lecteur judicieux s'aperçoit, sans doute, combien la plupart des expressions sont impropres ou familières dans cette scène. Nous demandons grâce pour cette première tragédie. Nous tâcherons de ne faire des réflexions utiles que sur les pièces qui le sont elles-mêmes par les grands exemples qu'on y trouve de tous les genres de beautés.

SCÈNE II.

V. 1. Depuis que mon esprit est capable de flamme,
Jamais un trouble égal n'a confondu mon âme.

Cette scène, où Jason débute par dire que son esprit est capable de flamme, est entièrement inutile. Et ces scènes, qui ne sont que de liaison, jettent un peu de froid dans nos meilleures tragédies, qui ne sont point soutenues par le grand appareil du théâtre grec, par la magnificence des chœurs, et qui ne sont que des dialogues sur des planches.

SCÈNE III.

V. 19. Vous le saurez après, je ne veux rien pour rien.

On sent assez que ce vers est plus fait pour la farce que pour la tragédie. Mais nous n'insistons pas sur les fautes de style et de langage.

1. Ovide, *Métam.*, VII, 340-42. (ÉD.)

SCÈNE IV

V. 1. Souverains protecteurs des lois de l'hyménée,
    Dieux, garants de la foi que Jason m'a donnée, etc.

Voici des vers qui annoncent Corneille. Ce monologue est tout entier imité de celui de Sénèque le tragique[1] :

    Dii conjugales, tuque genialis tori
    Lucina custos....

Rien n'est plus difficile que de traduire les vers latins et grecs en vers français rimés. On est presque toujours obligé de dire en deux lignes ce que les anciens ont dit en une. Il y a très-peu de rimes dans le style noble, comme je le remarque ailleurs; et nous avons même beaucoup de mots auxquels on ne peut rimer : aussi le poëte est rarement le maître de ses expressions. J'ose affirmer qu'il n'est point de langue dans laquelle la versification ait plus d'entraves.

V. 6.   Et m'aidez à venger cette commune injure,

n'appartient qu'à Corneille. Racine a imité ce vers dans Phèdre[2] :

    Déesse, venge-toi; nos causes sont pareilles.

Mais, dans Corneille, il n'est qu'une beauté de poésie; dans Racine, il est une beauté de sentiment. Ce monologue pourrait aujourd'hui paraître une amplification, une déclamation de rhétorique : il est pourtant bien moins chargé de ce défaut que la scène de Sénèque.

V. 31. Me peut-il bien quitter après tant de bienfaits?
    M'ose-t-il bien quitter après tant de forfaits? etc.

Ces vers sont dignes de la vraie tragédie, et Corneille n'en a guère fait de plus beaux. Si, au lieu d'être noyés dans un long monologue inutile, ils étaient placés dans un dialogue vif et touchant, ils feraient le plus grand effet.

Ces monologues furent très-longtemps à la mode. Les comédiens les faisaient ronfler avec une emphase ridicule; ils les exigeaient des auteurs qui leur vendaient leurs pièces; et une comédienne qui n'aurait point eu de monologue dans son rôle, n'aurait pas voulu le réciter. Voilà comme le théâtre, relevé par Corneille, commença parmi nous. Des farceurs ampoulés représentaient, dans des jeux de paume, ces mascarades rimées qu'ils achetaient dix écus : les Athéniens en usaient autrement.

V. 37. Lui font-ils présumer mon audace épuisée?

Le vers de Sénèque[3],

    Adeone credit omne consumptum nefas?

paraît bien plus fort.

1. *Médée*, I, I. (ÉD.) — 2. Acte III, I. (ÉD.) — 3. *Médée*, II, 122. (ÉD.)

V. 61. Soleil, qui vois l'affront qu'on va faire à ta race,
       Donne-moi tes chevaux à conduire en ta place.

Cette prière au soleil, son père, est encore toute de Sénèque, et devait faire plus d'effet sur les peuples qui mettaient le soleil au rang des dieux, que sur nous qui n'admettons pas cette mythologie.

SCÈNE V.

V. 11. Quoi! madame, est-ce ainsi qu'il faut dissimuler?
       Et faut-il perdre ainsi des menaces en l'air?

J'ai déjà dit [1] que je ne ferais aucune remarque sur le style de cette tragédie, qui est vicieux presque d'un bout à l'autre. J'observerai seulement ici, à propos de ces rimes *dissimuler* et *en l'air*, qu'alors on prononçait *dissimulair* pour rimer à *l'air*. J'ajouterai qu'on a été longtemps dans le préjugé que la rime doit être pour les yeux. C'est pour cette raison qu'on faisait rimer *cher* à *bûcher*. Il est indubitable que la rime n'a été inventée que pour l'oreille. C'est le retour des mêmes sons, ou des sons à peu près semblables qu'on demande, et non pas le retour des mêmes lettres. On fait rimer *abhorre*, qui a deux *rr*, avec *encore* qui n'en a qu'une : par la même raison *terre* peut rimer à *père ;* mais *je me hâte* ne peut rimer avec *je me flatte*, parce que *flatte* est bref, et *hâte* est long.

V. 41. Cette lâche ennemie a peur des grands courages, etc.

Cela est imité de Sénèque, et enchérit encore sur le mauvais goût de l'original : *Fortuna fortes metuit, ignavos premit* [2]. Corneille appelle la Fortune *lâche*. Toutes les tragédies qui précédèrent sa *Médée* sont remplies d'exemples de ce faux bel esprit. Ces puérilités furent si longtemps en vogue, que l'abbé Cotin, du temps même de Boileau et de Molière, donna à la fièvre l'épithète d'*ingrate ;* cette ingrate de fièvre qui attaquait insolemment le beau corps de Mlle de Guise, où elle était si bien logée.

V. 48. Dans un si grand revers que vous reste-t-il? — Moi.
       Moi, dis-je, et c'est assez.

Ce *moi* est célèbre. C'est le *Medea superest* de Sénèque [3]; ce qui suit est encore une traduction de Sénèque; mais dans l'original et dans la traduction, ces vers affaiblissent la grande idée que donne, *moi, dis-je, et c'est assez*. Tout ce qui explique un grand sentiment, l'énerve. On demande si le *Medea superest* est sublime? Je répondrai à cette question, que ce serait en effet un sentiment sublime, si ce *moi* exprimait de la grandeur de courage. Par exemple, si lorsque Horatius Coclès défendit seul un pont contre une armée, on lui eût demandé : « Que vous reste-t-il? » et qu'il eût répondu : *Moi*, c'eût été du véritable sublime : mais ici il ne signifie que le pouvoir de la magie; et, puisque Médée

---

1. Page 7. (ÉD.) — 2. Acte II, vers 159. (ÉD.) — 3. Acte II, vers 166. (ÉD.)

dispose des éléments, il n'est pas étonnant qu'elle puisse seule et san
autre secours se venger de tous ses ennemis.

ACTE II.

SCÈNE II.

V. 12. Ah! l'innocence même, et la même candeur! etc.

C'est dans la scène de Sénèque, qui a servi de modèle à celle-ci,
qu'on trouve ce beau vers [1] :

>   Si judicas, cognosce; si regnas, jube.
>
>   N'es-tu que roi? commande. Es-tu juge? examine.

C'est dommage que Corneille n'ait pas traduit ce vers; il l'aurait
bien mieux rendu.

« Ah! l'innocence même, et la même candeur! »

>   Quæ causa pellat innocens mulier rogat.

Cette ironie est, comme on voit, de Sénèque [2]. La figure de l'ironie
tient presque toujours du comique; car l'ironie n'est autre chose qu'une
raillerie. L'éloquence souffre cette figure en prose. Démosthène et Cicéron l'emploient quelquefois. Homère et Virgile n'ont pas dédaigné
même de s'en servir dans l'épopée : mais dans la tragédie il faut l'employer sobrement; il faut qu'elle soit nécessaire; il faut que le personnage se trouve dans des circonstances où il ne puisse s'expliquer autrement, où il soit obligé de cacher sa douleur, et de feindre d'applaudir
à ce qu'il déteste.

Racine fait parler ironiquement Axiane à Taxile, quand elle lui dit :

> .... Approche, puissant roi,
> Grand monarque de l'Inde, on parle ici de toi [3].

Il met aussi quelques ironies dans la bouche d'Hermione; mais, dans
ses autres tragédies, il ne se sert plus de cette figure. Remarquez, en
général, que l'ironie ne convient point aux passions : elle ne peut aller au cœur, elle sèche les larmes. Il y a une autre espèce d'ironie qui
est un retour sur soi-même, et qui exprime parfaitement l'excès du malheur. C'est ainsi qu'Oreste dit dans l'*Andromaque : Oui, je te loue, ô
ciel, de ta persévérance.* C'est ainsi que Guatimozin disait au milieu des
flammes : *Et moi suis-je sur un lit de roses?* Cette figure est très-noble
et très-tragique dans Oreste, et dans Guatimozin elle est sublime. Observez que toutes les scènes semblables à celle-ci sont toujours froides; il
convient rarement au tragique de parler longtemps du passé. Ce poëme
est *natum rebus agendis* [4]*;* ce doit être une action.

---

1. Acte II, vers 194. (Éd.) — 2. Acte II, vers 193. (Éd.)
3. *Alexandre,* IV, III. (Éd.) — 4. Horace, *Art poét.,* 82. (Éd).

V. 85 Vous voulez qu'on l'honore, et que, de deux complices,
L'un ait votre couronne, et l'autre des supplices.

Ille crucem sceleris pretium tulit, hic diadema[1]

V. 133......... Soldats, remettez-la chez elle.

Si Médée est une magicienne aussi puissante qu'on le dit, et que Créon même le croit, comment ne craint-il pas de l'offenser, et comment même peut-il disposer d'elle? c'est là une étrange contradiction que l'antiquité grecque s'est permise. Les illusions de l'antiquité ont été adoptées par nous; les juges ont osé juger des sorciers; mais il s'était répandu une opinion aussi ridicule que celle de la magie même, et qui lui servait de correctif, c'était que les magiciens perdaient tout leur pouvoir dès qu'ils étaient entre les mains de la justice. L'Arioste et le Tasse son heureux imitateur prirent un tour plus heureux; ils feignirent que les enchantements pouvaient être détruits par d'autres enchantements; cela seul mettait de la vraisemblance dans ces fables qui, par elles-mêmes, n'en ont aucune. Arioste, tout fécond qu'il était, avait appris cet art d'Homère; il est vrai que son Alcine est prodigieusement supérieure à la Circé de l'Odyssée; mais enfin Homère est le premier qui paraît avoir imaginé des préservatifs contre le pouvoir de la magie, et qui par là mit quelque raison dans des choses qui n'en avaient pas.

SCÈNE III.

V. 5. Et le sacré respect de ma condition
En a-t-il arraché quelque soumission?

Il est bien ici question du sacré respect qu'on doit à la condition de ce Créon, qui, d'ailleurs, joue dans cette pièce un rôle trop froid!

SCÈNE IV

V. 3. Nous n'avons désormais que craindre de sa part.

Nous n'avons que craindre est un barbarisme. Cette pièce en a beaucoup; mais, encore une fois, c'est la première de Corneille.

V. 24. Je voudrais pour tout autre un peu de raillerie:
Un vieillard amoureux mérite qu'on en rie.

Ces vers montrent qu'en effet on mêlait alors le comique au tragique. Ce mauvais goût était établi dans presque toute l'Europe, comme on le remarque ailleurs.

SCÈNE V.

V. 25. La robe de Médée a donné dans mes yeux.

La robe de Médée, qui a donné dans les yeux de Créuse, et la des-

---

1. Juvénal, sat. XIII, 105. (ÉD.)

cription de cette robe ne seraient pas soufertes aujourd'hui; et la réponse de Jason n'est pas moins petite que la demande

SCÈNE VI.

V. 23. Souvent je ne sais quoi, qu'on ne peut exprimer,
Nous surprend, nous emporte et nous force d'aimer.

Voilà le germe de ces vers, qu'on applaudit autrefois dans *Ro-*
dogune[1] :

Il est des nœuds secrets, il est des sympathies
Dont, par le doux rapport, les âmes assorties, etc.

C'est au lecteur judicieux à décider lequel vaut le mieux de ces deux
morceaux. Il décidera peut-être que de telles maximes sont plus convenables à la haute comédie, et que les maximes détachées ne valent
pas un sentiment. Cette même idée se retrouve dans la *Suite du Men-*
teur[2], et elle y est mieux placée.

SCÈNE VII.

ÆGÉE, *seul.*

Il est inutile de remarquer combien le rôle d'Ægée est froid et insipide. Une pièce de théâtre est *une expérience sur le cœur humain.* Quel
ressort remuera l'âme des l'hommes? Ce ne sera pas un vieillard
amoureux et méprisé, qu'on met en prison et qu'une sorcière délivre.
Tout personnage principal doit inspirer un degré d'intérêt; c'est une
des règles inviolables : elles sont toutes fondées sur la nature. On a
déjà averti qu'on ne reprend pas les fautes de détail.

ACTE III.

SCÈNE I.

V. 1. Malheureux instrument du malheur qui nous presse,
Que j'ai pitié de toi, déplorable princesse!

C'est ici un grand exemple de l'abus des monologues. Une suivante
qui vient parler toute seule du pouvoir de sa maîtresse est d'un grand
ridicule. Cette faute, de faire dire ce qui arrivera par un acteur qui
parle seul, et qu'on introduit sans raison, était très-commune sur les
théâtres grecs et latins : ils suivaient cet usage parce qu'il est facile.
Mais on devait dire aux Ménandre, aux Aristophane, aux Plaute : «Sur-
montez la difficulté: instruisez-nous du fait, sans avoir l'air de nous
instruire : amenez sur le théâtre des personnages nécessaires qui aient
des raisons de se parler; qu'ils m'expliquent tout, sans jamais s'adres-

---

1. Acte I, scène VII. (ÉD.) — 2. Acte IV, scène I. (ÉD.)

ser à moi; que je les voie agir et dialoguer; sinon vous êtes dans l'enfance de l'art. »

SCÈNE II.

V. 31. Pour montrer, sans les voir, son courage apaisé,
Je te dirai, Nérine, un moyen fort aisé, etc.

Convenons que ce n'est pas un trop bon moyen d'apaiser une femme
et une mère que de lui arracher ses enfants, et de lui prendre ses habits. Cette invention de comédie produit une catastrophe horrible;
mais ce contraste même d'une intrigue faible et basse, avec un dénoûment épouvantable, forme une bigarrure qui révolte tous les esprits cultivés.

SCÈNE III.

V. 1. Ne fuyez pas, Jason, de ces funestes lieux;
C'est à moi d'en partir : recevez mes adieux, etc.

Cette scène est toute de Sénèque[1] :

Fugimus, Jason; fugimus : hoc non est novum,
Mutare sedes. Causa fugiendi nova est, etc.
Ad quos remittis, Phasin et Colchos petam ? etc.

Il y a, dans ce couplet, de très-beaux vers qui annonçaient déjà
Corneille. C'est en ce sens, et c'est dans ces morceaux détachés qu'on
peut dire, avec Fontenelle, que Corneille s'éleva jusqu'à *Médée.*

V. 85. Oui, je te les reproche, et, de plus.... — Quels forfaits?
— La trahison, le meurtre, et tous ceux que j'ai faits.

Médée dit, dans Sénèque : *Quodcumque feci*[2].

V. 90. Celui-là fait le crime à qui le crime sert.
Tua illa, tua sunt illa : cui prodest scelus
Is fecit[3].

V. 141. Je t'aime encor, Jason, malgré ta lâcheté,

n'est point imité de Sénèque; et Racine, en cet endroit, s'est rencontré avec Corneille, quand il fait dire à Roxane :

Écoutez, Bajazet, je sens que je vous aime[4], etc.

La situation et la passion amènent souvent des sentiments et des
expressions qui se ressemblent, sans qu'elles soient imitées; mais quelle
différence entre Roxane et Médée! Le rôle de Médée est l'essai d'un
génie vigoureux et sans art qui, en vain, fait déjà quelques efforts
contre la barbarie qui enveloppe son siècle; et le rôle de Roxane est le
chef-d'œuvre de l'esprit et du goût dans un temps plus heureux : l'une

1. Acte III, vers 447. (ÉD.) — 2. Acte III, vers 498. (ÉD.) — 3. *Id.*, vers 500. (ÉD).
4. Racine, *Bajazet*, II, 1. (ÉD.)

est une statue grossière de l'ancienne Égypte, l'autre est une statue de Phidias.

V. 150. Que je t'aime, et te baise en ces petits portraits! etc.

On sent assez que le mot *baise* ne serait pas souffert aujourd'hui; mais il y a une réflexion plus importante à faire : Médée conçoit une vengeance horrible, et qui retombe sur elle-même. Pour y parvenir, elle a recours à la plus indigne fourberie : elle devient alors exécrable aux spectateurs; elle attirerait la pitié, si elle égorgeait ses enfants dans un moment de désespoir et de démence. C'est une loi du théâtre qui ne souffre guère d'exception : ne commettez jamais de grands crimes que quand de grandes passions en diminueront l'atrocité, et vous attireront même quelque compassion des spectateurs. Cléopatre, à la vérité, dans la tragédie de *Rodogune*, ne s'attire nulle compassion; mais songez que, si elle n'était pas possédée de la passion forcenée de régner, on ne la pourrait pas souffrir, et que, si elle n'était pas punie, la pièce ne pourrait être jouée.

SCÈNE IV.

V. 1. . . . . Il est en ta puissance
D'oublier mon amour, mais non pas ma vengeance.
Je la saurai graver en tes esprits glacés,
Par des coups trop profonds pour en être effacés.

Cette idée détestable de tuer ses propres enfants pour se venger de leur père, idée un peu soudaine, et qui ne laisse voir que l'atrocité d'une vengeance révoltante, sans qu'elle soit ici combattue par les moindres remords, est encore prise de Sénèque, dont Corneille a imité les beautés et les défauts.

ACTE IV.

SCÈNE II.

V. 1. Le charme est achevé; tu peux entrer, Nérine.

Dans la tragédie de *Macbeth*, qu'on regarde comme un chef-d'œuvre de Shakspeare, trois sorcières font leurs enchantements sur le théâtre : elles arrivent, au milieu des éclairs et du tonnerre, avec un grand chaudron dans lequel elles font bouillir des herbes. *Le chat a miaulé trois fois*, disent-elles, *il est temps, il est temps;* elles jettent un crapaud dans le chaudron, et apostrophent le crapaud en criant en refrain : *Double, double, chaudron, trouble, que le feu brûle, que l'eau bouille, double, double!* Cela vaut bien les serpents qui sont venus d'Afrique en un moment, et ces herbes que Médée a cueillies le pied nu, en faisant pâlir la lune, et ce plumage noir d'une harpie. Ces puérilités ne seraient pas admises aujourd'hui.

C'est à l'Opéra, c'est à ce spectacle consacré aux fables que ces en-

chantements conviennent, et c'est là qu'ils ont été le mieux traités.
Voyez dans Quinault[1], supérieur en ce genre :

> Esprits malheureux et jaloux,
> Qui ne pouvez souffrir la vertu qu'avec peine,
> Vous, dont la fureur inhumaine,
> Dans les maux qu'elle fait, trouve un plaisir si doux,
> Démons, préparez-vous
> A seconder ma haine ;
> Démons, préparez-vous
> A servir mon courroux.

Voyez, en un autre endroit, ce morceau encore plus fort que chante
Médée[2] :

> Sortez, ombres, sortez de la nuit éternelle ;
> Voyez le jour pour le troubler ;
> Hâtez-vous d'obéir, quand ma voix vous appelle.
> Que l'affreux désespoir, que la rage cruelle
> Prennent soin de vous rassembler :
> Sortez, ombres, sortez de la nuit éternelle ;
> Venez, peuple infernal, venez ;
> Avancez, malheureux coupables,
> Soyez aujourd'hui déchaînés ;
> Goûtez l'unique bien des cœurs infortunés :
> Ne soyez pas seuls misérables....
> Ma rivale m'expose à des maux effroyables ;
> Qu'elle ait part aux tourments qui vous sont destinés.
> Tous les enfers impitoyables
> Auront peine à former des horreurs comparables
> Aux troubles qu'elle m'a donnés.
> Goûtons l'unique bien des cœurs infortunés :
> Ne soyons pas seuls misérables....

Ce seul couplet vaut mieux, peut-être, que toute la *Médée* de Sénèque, de Corneille et de Longepierre, parce qu'il est fort et naturel,
harmonieux et sublime. Observons que c'est là ce Quinault que Boileau
affectait de mépriser, et apprenons à être justes.

V. 80. Avant que sur Créuse ils agiraient sur moi

Cette suivante, qui craint la brûlure, et qui refuse de porter la robe,
est très-comique, et fournirait de bonnes plaisanteries. Il était fort aisé
d'envoyer la robe par un domestique qui ne fût pas instruit du poison
qu'elle renfermait.

SCÈNE III

V. 1. Nous devons bien chérir cette valeur parfaite, etc.

---

1. *Amadis*, II, III. (ÉD.) — 1. Quinault. *Thésée*, III, VII. (ÉD.)

On voit combien Pollux est inutile à la pièce ; Corneille l'appelle un personnage protatique.

SCÈNE IV.

v.20 . J'eus toujours pour suspects les dons des ennemis.

Ce vers est la traduction de ce beau vers de Virgile :

. . . . Timeo Danaos, et dona ferentes [1],

et Virgile lui-même a pris ce vers d'Homère mot à mot. Quand on imite de tels vers, qui sont devenus proverbes, il faut tâcher que nos imitations deviennent aussi proverbes dans notre langue ; on n'y peut réussir que par des mots harmonieux à retenir : *pour suspects les dons* est trop rude ; on doit éviter les consonnes qui se heurtent : c'est le mélange heureux des voyelles et des consonnes qui fait le charme de la versification.

SCÈNE V.

ÆGÉE, *en prison.*

V. 1. Demeure affreuse des coupables, etc.

Rotrou avait mis les stances à la mode. Corneille, qui les employa, les condamne lui-même dans ses réflexions sur la tragédie. Elles ont quelque rapport à ces odes que chantaient les chœurs entre les scènes sur le théâtre grec. Les Romains les imitèrent : il me semble que c'était l'enfance de l'art. Il était bien plus aisé d'insérer ces inutiles déclamations entre neuf ou dix scènes qui composaient une tragédie, que de trouver dans son sujet même de quoi animer toujours le théâtre, et de soutenir une longue intrigue toujours intéressante. Lorsque notre théâtre commença à sortir de la barbarie, et de l'asservissement aux usages anciens, pire encore que la barbarie, on substitua à ces odes des chœurs qu'on voit dans Garnier, dans Jodelle et dans Baïf, des stances que les personnages récitaient. Cette mode a duré cent années ; le dernier exemple que nous ayons des stances est dans *la Thébaïde.* Racine se corrigea bientôt de ce défaut ; il sentit que cette mesure, différente de la mesure employée dans la pièce, n'était pas naturelle ; que les personnages ne devaient pas changer le langage convenu ; qu'ils devenaient poètes mal à propos.

V. 37. Amour, contre Jason tourne ton trait fatal,
      Au pouvoir de tes dards je remets ma vengeance ;
      Atterre son orgueil, et montre ta puissance
    A perdre également l'un et l'autre rival.

Quand même ces stances ennuyeuses et mal écrites auraient été aussi bonnes que la meilleure ode d'Horace, elles ne feraient aucun effet, parce qu'elles sont dans la bouche d'un vieillard ridicule, amoureux comme un vieillard de comédie. Ce n'est pas assez au théâtre qu'une

1. *Énéide*, II, 49. (ÉD.)

scène soit belle par elle-même, il faut qu'elle soit belle dans la place où elle est.

SCÈNE VI.

V. 75.   Un fantôme pareil et de taille et de face,
         Tandis que vous fuirez, remplira votre place.

On voit assez que ce *fantôme pareil et de taille et de face*, et cet anneau enchanté, et ces coups de baguette, ne sont point admissibles dans la tragédie.

ACTE V.

SCÈNE I

V. 1.   Ah! déplorable prince! ah! fortune cruelle
        Que je porte à Jason une triste nouvelle!

Ce Theudas qu'on ne connaît point, qu'on n'attend point, et qui ne vient là que pour être pétrifié d'un coup de baguette, ressemble trop à la farce d'Arlequin magicien.

SCÈNE III.

V. 11.   Quoi! vous continuez, canailles infidèles! etc.

Voilà la seule fois où l'on a vu le mot de *canailles* dans une tragédie. Fontenelle dit que Corneille s'éleva jusqu'à *Médée;* il pouvait dire que, dans tous ces endroits, il s'abaissa jusqu'à *Médée.*

Mais il y a bien pis; c'est que toutes ces lamentations de Créon et de Créuse ne touchent point. Comment se peut-il faire que le spectacle d'un père et d'une fille, mourants d'une mort affreuse, soit si froid? C'est que ce spectacle est une partie de la catastrophe : il fallait donc qu'elle fût courte.

SCÈNE VII

V. 1.   Lâche, ton désespoir encore en délibère?

Chose étrange : Médée trouve ici le secret d'être froide en égorgeant ses enfants! C'est qu'après la mort de Créon et de Créuse, ce parricide n'est qu'un surcroît de vengeance, une seconde catastrophe, une barbarie inutile.

V. 2.   Lève les yeux, perfide, et reconnais ce bras
        Qui t'a déjà vengé de ces petits ingrats.

On ne relèvera pas ici l'expression très-vicieuse, *de ces petits ingrats*, parce qu'on n'en relève aucune. Le plus capital de tous les défauts dans la tragédie, est de faire commettre de ces crimes qui révoltent la nature, sans donner au criminel des remords aussi grands que son attentat, sans agiter son âme par des combats touchants et terribles, comme on l'a déjà insinué. Médée, après avoir tué ses deux enfants, au lieu de se venger de son mari, qui seul est coupable, s'en va en le raillant.

V. 13. Va, bienheureux amant, cajoler ta maîtresse.

Lorsqu'à ces crimes commis de sang-froid on joint une telle raillerie, c'est le comble de l'atrocité dégoûtante. Il fallait, par un coup de l'art, intéresser pour Médée, s'il était possible : c'eût été l'effort du génie. Le Tasse intéresse pour Armide, qui est magicienne comme Médée, et qui, comme elle, est abandonnée de son amant. Et lorsque Quinault fait paraître Médée, il lui fait dire ces beaux vers :

> Le destin de Médée est d'être criminelle,
> Mais son cœur était fait pour aimer la vertu.

Au reste, il ne sera pas inutile de dire ici aux lecteurs qui ne savent pas le latin, ou qui n'en lisent guère, que c'est dans la *Médée* de Sénèque qu'on trouve cette fameuse prophétie, qu'un jour l'Amérique sera découverte, *venient annis secula seris*. Il y en a une dans le Dante encore plus circonstanciée et plus clairement exprimée; c'est touchant la découverte des étoiles du pôle antarctique. Il suffirait de ces deux exemples pour prouver que les poëtes méritent en effet le nom de prophètes, *vates*. Jamais, en effet, il n'y eut de prédiction mieux accomplie. Si Sénèque avait, en effet, eu l'Amérique en vue, tout l'art qu'on attribue à *Médée* n'aurait pas approché du sien.

SCÈNE DERNIÈRE.

V. 1.   O dieux! ce char volant, disparu dans la nue,
         La dérobe à sa peine aussi bien qu'à ma vue, etc.

Voilà encore un monologue plus froid que tout le reste ; rien n'est plus insipide que de longues horreurs.

EXAMEN DE MÉDÉE,

PAR CORNEILLE.

« Cette tragédie a été traitée en grec par Euripide, et en latin par Sénèque, etc. » Les amateurs du théâtre qui liront cet examen et les suivants, s'apercevront assez que Corneille raisonnait plus qu'il ne sentait; au lieu que Racine sentait plus qu'il ne raisonnait : et au théâtre il faut sentir.

Corneille, dans ses réflexions sur *Médée*, ne touche aucun des points essentiels, qui sont les personnages inutiles, les longueurs, les froides déclamations, le mauvais style, et le comique mêlé à l'horreur.

REMARQUES SUR LE CID,

TRAGÉDIE REPRÉSENTÉE EN 1636.

Préface du commentateur. — Lorsque Corneille donna *le Cid*, les Espagnols avaient sur tous les théâtres de l'Europe la même influence que dans les affaires publiques; leur goût dominait ainsi que leur politique; et même en Italie, leurs comédies ou leurs tragi-comédies obtenaient la préférence chez une nation qui avait l'*Aminte* et le *Pastor fido*, et qui, étant la première qui eût cultivé les arts, semblait plutôt faite pour donner des lois à la littérature que pour en recevoir.

Il est vrai que dans presque toutes ces tragédies espagnoles il y avait toujours quelques scènes de bouffonneries. Cet usage infecta l'Angleterre. Il n'y a guère de tragédie de Shakspeare où l'on ne trouve des plaisanteries d'hommes grossiers à côté du sublime des héros. A quoi attribuer une mode si extravagante et si honteuse pour l'esprit humain, qu'à la coutume des princes mêmes, qui entretenaient toujours des bouffons auprès d'eux? coutume digne de barbares qui sentaient le besoin des plaisirs de l'esprit, et qui étaient incapables d'en avoir; coutume même qui a duré jusqu'à nos temps, lorsqu'on en reconnaissait la turpitude. Jamais ce vice n'avilit la scène française; il se glissa seulement dans nos premiers opéras, qui, n'étant pas des ouvrages réguliers, semblaient permettre cette indécence; mais bientôt l'élégant Quinault purgea l'opéra de cette bassesse.

Quoi qu'il en soit, on se piquait alors de savoir l'espagnol, comme on se fait honneur aujourd'hui de parler français. C'était la langue des cours de Vienne, de Bavière, de Bruxelles, de Naples et de Milan : la Ligue l'avait introduite en France, et le mariage de Louis XIII avec la fille de Philippe III avait tellement mis l'espagnol à la mode, qu'il était alors presque honteux aux gens de lettres de l'ignorer. La plupart de nos comédies étaient imitées du théâtre de Madrid.

Un secrétaire de la reine Marie de Médicis, nommé Chalons, retiré à Rouen dans sa vieillesse, conseilla à Corneille d'apprendre l'espagnol, et lui proposa d'aborder le sujet du *Cid*. L'Espagne avait deux tragédies du *Cid* : l'une de Diamante, intitulée *el Honrador de su padre*, qui était la plus ancienne; l'autre, *el Cid*, de Guillem de Castro, qui était la plus en vogue : on voyait dans toutes les deux une infante amoureuse du *Cid*, et un bouffon, appelé le valet gracieux, personnages également ridicules; mais tous les sentiments généreux et tendres dont Corneille a fait un si bel usage sont dans ces deux originaux.

Je n'avais pu encore déterrer le *Cid* de Diamante, quand je donnai la première édition des *Commentaires sur Corneille;* je marquerai dans celle-ci les principaux endroits qu'il traduisit de cet auteur espagnol.

C'est une chose, à mon avis, très-remarquable que, depuis la renaissance des lettres en Europe, depuis que le théâtre était cultivé, on n'eût encore rien produit de véritablement intéressant sur la scène, et qui fît verser des larmes, si on en excepte quelques scènes attendrissantes du *Pastor fido* et du *Cid* espagnol. Les pièces italiennes du XVIe siècle étaient de belles déclamations imitées du grec; mais les déclamations ne touchent point le cœur. Les pièces espagnoles étaient des tissus d'aventures incroyables; les Anglais avaient encore pris ce goût. On n'avait point su encore parler au cœur chez aucune nation. Cinq ou six endroits très-touchants, mais noyés dans la foule des irrégularités de Guillem de Castro, furent sentis par Corneille, comme on découvre un sentier couvert de ronces et d'épines.

Il sut faire du *Cid* espagnol une pièce moins irrégulière et non moins touchante. Le sujet du *Cid* est le mariage de Rodrigue avec Chimène. Ce mariage est un point d'histoire presque aussi célèbre en Espagne que celui d'Andromaque avec Pyrrhus chez les Grecs; et c'était en cela même que consistait une grande partie de l'intérêt de la pièce. L'authenticité de l'histoire rendait tolérable aux spectateurs un dénoûment qu'il n'aurait pas été peut-être permis de feindre; et l'amour de Chimène, qui eût été odieux s'il n'avait commencé qu'après la mort de son père, devenait aussi touchant qu'excusable, puisqu'elle aimait déjà Rodrigue avant cette mort, et par l'ordre de son père même.

On ne connaissait point encore, avant le *Cid* de Corneille, ce combat des passions qui déchire le cœur, et devant lequel toutes les autres beautés de l'art ne sont que des beautés inanimées. On sait quel succès eut le *Cid*, et quel enthousiasme il produisit dans la nation. On sait aussi les contradictions et les dégoûts qu'essuya Corneille.

Il était, comme on sait, un des cinq auteurs qui travaillaient aux pièces du cardinal de Richelieu. Ces cinq auteurs étaient Rotrou, L'Estoile, Colletet, Boisrobert et Corneille, admis le dernier dans cette société. Il n'avait trouvé d'amitié et d'estime que dans Rotrou, qui sentait son mérite; les autres n'en avaient pas assez pour lui rendre justice. Scudéri écrivait contre lui avec le fiel de la jalousie humiliée, et avec le ton de la supériorité. Un Claveret, qui avait fait une comédie intitulée *la Place Royale*, sur le même sujet que Corneille, se répandit en invectives grossières. Mairet lui-même s'avilit jusqu'à écrire contre Corneille, avec la même amertume. Mais ce qui l'affligea, et ce qui pouvait priver la France des chefs-d'œuvre dont il l'enrichit depuis, ce fut de voir le cardinal, son protecteur, se mettre avec chaleur à la tête de tous ses ennemis.

Le cardinal, à la fin de 1635, un an avant les représentations du *Cid*, avait donné dans le Palais-Cardinal, aujourd'hui le Palais-Royal, la *Comédie des Tuileries*, dont il avait arrangé lui-même toutes les scènes. Corneille, plus docile à son génie que souple aux volontés d'un premier ministre, crut devoir changer quelque chose dans le troisième acte qui lui fut confié. Cette liberté estimable fut envenimée par deux de ses confrères, et déplut beaucoup au cardinal, qui lui dit *qu'il fallait avoir un esprit de suite*. Il entendait par esprit de suite la soumission qui suit aveuglément les ordres d'un supérieur. Cette anecdote était fort connue chez les derniers princes de la maison de Vendôme, petits-fils de César de Vendôme, qui avait assisté à la représentation de cette pièce du cardinal.

Le premier ministre vit donc les défauts du *Cid* avec les yeux d'un homme mécontent de l'auteur, et ses yeux se fermèrent trop sur le beautés. Il était si entier dans son sentiment, que quand on lui apporta les premières esquisses du travail de l'Académie sur *le Cid*, et quand il vit que l'Académie, avec un ménagement aussi poli qu'encourageant pour les arts et pour le grand Corneille, comparait les contestations présentes à celles que *la Jérusalem délivrée* et le *Pastor fido* avaient fait naître, il mit en marge, de sa main : « L'applaudissement et le blâme du *Cid* n'est qu'entre les doctes et les ignorants, au lieu que les contestations sur les deux autres pièces ont été entre les gens d'esprit. »

Qu'il me soit permis de hasarder une réflexion. Je crois que le cardinal de Richelieu avait raison, en ne considérant que les irrégularités de la pièce, l'inutilité et l'inconvenance du rôle de l'infante, le rôle faible du roi, le rôle encore plus faible de don Sanche, et quelques autres défauts. Son grand sens lui faisait voir clairement toutes ces fautes; et c'est en quoi il me paraît plus qu'excusable.

Je ne sais s'il était possible qu'un homme occupé des intérêts de l'Europe, des factions de la France, et des intrigues plus épineuses de la cour, un cœur ulcéré par les ingratitudes, et endurci par les vengeances, sentît le charme des scènes de Rodrigue et de Chimène. Il voyait que Rodrigue avait très-grand tort d'aller chez sa maîtresse après avoir tué son père; et quand on est trop fortement choqué de voir ensemble deux personnes qu'on croit ne devoir pas se chercher, on peut n'être pas ému de ce qu'elles disent.

Je suis donc persuadé que le cardinal de Richelieu était de bonne foi. Remarquons encore que cette âme altière, qui voulait absolument que l'Académie condamnât le *Cid*, continua sa faveur à l'auteur, et que même Corneille eut le malheureux avantage de travailler, deux ans après, à *l'Aveugle de Smyrne*, tragi-comédie des cinq auteurs, dont le canevas était encore du premier ministre.

Il y a une scène de baisers dans cette pièce, et l'auteur du canevas avait reproché à Chimène un amour toujours combattu par son devoir. Il est à croire que le cardinal de Richelieu n'avait pas ordonné cette scène, et qu'il fut plus indulgent envers Colletet, qui la fit, qu'il ne l'avait été envers Corneille.

Quant au jugement que l'Académie fut obligée de prononcer entre Corneille et Scudéri, et qu'elle intitula modestement : *Sentiments de l'Académie sur le Cid*, j'ose dire que jamais on ne s'est conduit avec plus de noblesse, de politesse et de prudence, et que jamais on n'a jugé avec plus de goût. Rien n'était plus noble que de rendre justice aux beautés du *Cid*, malgré la volonté décidée du maître du royaume.

La politesse avec laquelle elle reprend les défauts est égale à celle du style; et il y eut une très-grande prudence à se conduire de façon que ni le cardinal de Richelieu, ni Corneille, ni même Scudéri, n'eurent au fond sujet de se plaindre.

Je prendrai la liberté de faire quelques notes sur le jugement de l'Académie comme sur la pièce; mais je crois devoir les prévenir ici par une seule : c'est sur ces paroles de l'Académie, *encore que le sujet du Cid ne soit pas bon.* Je crois que l'Académie entendait que le mariage, ou du moins la promesse de mariage entre le meurtrier et la fille du mort, n'est pas un bon sujet pour une pièce morale, que nos bienséances en sont blessées. Cet aveu de ce corps éclairé satisfaisait à la fois la raison et le cardinal de Richelieu, qui croyait le sujet défectueux. Mais l'Académie n'a pas prétendu que le sujet ne fût pas très-intéressant et très-tragique; et quand on songe que ce mariage est un point d'histoire célèbre, on ne peut que louer Corneille d'avoir réduit ce mariage à une simple promesse d'épouser Chimène; c'est en quoi il me semble que Corneille a observé les bienséances beaucoup plus que ne le pensaient ceux qui n'étaient pas instruits de l'histoire.

La conduite de l'Académie, composée de gens de lettres, est d'autant plus remarquable, que le déchaînement de presque tous les auteurs était plus violent; c'est une chose curieuse de voir comme il est traité dans la Lettre sous le nom d'Ariste.

« Pauvre esprit qui, voulant paraître admirable à chacun, se rend ridicule à tout le monde, et qui, le plus ingrat des hommes, n'a jamais reconnu les obligations qu'il a à Sénèque et à Guillem de Castro, à l'un desquels il est redevable de son *Cid*, et à l'autre de sa *Médée*. Il reste maintenant à parler de ses autres pièces qui peuvent passer pour farces, et dont les titres seuls faisaient rire autrefois les plus sages et les plus sérieux; il a fait voir une Mélite, la Galerie du Palais et la Place Royale; ce qui nous faisait espérer que Mondory annoncerait bientôt le cimetière de Saint-Jean, la Samaritaine, et la Place aux veaux[1]. L'humeur vile de cet auteur, et la bassesse de son âme, etc.»

On voit par cet échantillon de plus de cent brochures contre Corneille, qu'il y avait, comme aujourd'hui, un certain nombre d'hommes que le mérite d'autrui rend si furieux qu'ils ne connaissent plus ni raison ni bienséance. C'est une espèce de rage qui attaque les petits auteurs, et surtout ceux qui n'ont point eu d'éducation. Dans une pièce de vers contre lui, on fit parler ainsi Guillem de Castro :

> Donc, fier de mon plumage, en corneille d'Horace,
> Ne prétends plus voler plus haut que le Parnasse.
> Ingrat, rends-moi mon Cid jusques au dernier mot;
> Après tu connaîtras, corneille déplumée,
> Que l'esprit le plus vain est souvent le plus sot,
> Et qu'enfin tu me dois toute ta renommée.

Mairet, l'auteur de la *Sophonisbe*, qui avait au moins la gloire d'a-

---

[1]. Il est vrai que ces comédies de Corneille sont très-mauvaises; mais il n'est pas moins vrai qu'elles valaient mieux que toutes celles qu'on avait faites jusqu'alors en France.

voir fait la première pièce régulière que nous eussions en France, sembla perdre cette gloire en écrivant contre Corneille des personnalités odieuses. Il faut avouer que Corneille répondit très-aigrement à tous ses ennemis. La querelle même alla si loin entre lui et Mairet, que le cardinal de Richelieu interposa entre eux son autorité. Voici ce qu'il fit écrire à Mairet par l'abbé de Boisrobert :

A Charonne, 5 octobre 1637.

« Vous lirez le reste de ma lettre comme un ordre que je vous envoie par le commandement de Son Éminence. Je ne vous cèlerai pas qu'elle s'est fait lire, avec un plaisir extrême, tout ce qui s'est fait sur le sujet du *Cid* ; et particulièrement une lettre qu'elle a vue de vous lui a plu jusqu'à tel point, qu'elle lui a fait naître l'envie de voir tout le reste. Tant qu'elle n'a connu dans les écrits des uns et des autres que des contestations d'esprit agréables et des railleries innocentes, je vous avoue qu'elle a pris bonne part au divertissement; mais quand elle a reconnu que dans ces contestations naissaient enfin des injures, des outrages, et des menaces, elle a pris aussitôt la résolution d'en arrêter le cours. Pour cet effet, quoiqu'elle n'ait point vu le libelle que vous attribuez à M. Corneille, présupposant, par votre réponse, que je lui lus hier au soir, qu'il devait être l'agresseur, elle m'a commandé de lui remontrer le tort qu'il se faisait, et de lui défendre de sa part de ne plus faire de réponse, s'il ne voulait lui déplaire; mais d'ailleurs, craignant que des tacites menaces que vous lui faites, vous, ou quelqu'un de vos amis, n'en viennent aux effets, qui tireraient des suites ruineuses à l'un et à l'autre, elle m'a commandé de vous écrire que, si vous voulez avoir la continuation de ses bonnes grâces, vous mettiez toutes vos injures sous le pied, et ne vous souveniez plus que de votre ancienne amitié, que j'ai charge de renouveler sur la table de ma chambre, à Paris, quand vous serez tous rassemblés. Jusqu'ici j'ai parlé par la bouche de Son Éminence; mais, pour vous dire ingénument ce que je pense de toutes vos procédures, j'estime que vous avez suffisamment puni le pauvre M. Corneille de ses vanités, et que ses faibles défenses ne demandaient pas des armes si fortes et si pénétrantes que les vôtres : vous verrez un de ces jours son *Cid* assez malmené par les sentiments de l'Académie. »

L'Académie trompa les espérances de Boisrobert. On voit évidemment, par cette lettre, que le cardinal de Richelieu voulait humilier Corneille, mais qu'en qualité de premier ministre, il ne voulait pas qu'une dispute littéraire dégénérât en querelle personnelle.

Pour laver la France du reproche que les étrangers pourraient lui faire, que le *Cid* n'attira à son auteur que des injures et des dégoûts, je joindrai ici une partie de la lettre que le célèbre Balzac écrivait à Scudéri, en réponse à la critique du *Cid*, que Scudéri lui avait envoyée.

« Considérez néanmoins, monsieur, que toute la France entre en cause avec lui, et que peut-être il n'y a pas un des juges, dont vous êtes convenus ensemble, qui n'ait loué ce que vous désirez qu'il condamne; de sorte que, quand vos arguments seraient invincibles, et que votre adversaire y acquiescerait, il y aurait toujours de quoi se consoler glorieusement de la perte de son procès, et vous dire que c'est quelque chose de plus d'avoir satisfait tout un royaume que d'avoir fait une pièce régulière. Il n'y a point d'architecte d'Italie qui ne trouve des défauts à la structure de Fontainebleau, et qui ne l'appelle un monstre de pierre; ce monstre, néanmoins, est la belle demeure des rois, et la cour y loge commodément. Il y a des beautés parfaites, qui sont effacées par d'autres beautés qui ont plus d'agrément et moins de perfection; et, parce que l'acquis n'est pas si noble que le naturel, ni le travail des hommes que les dons du ciel, on vous pourrait encore dire que l'art de plaire ne vaut pas tant que savoir plaire sans art. Aristote blâme *la Fleur d'Agathon*, quoiqu'il dît qu'elle fût agréable; et l'*OEdipe* peut-être n'agréait pas, quoique Aristote l'approuve. Or, s'il est vrai que la satisfaction des spectateurs soit la fin que se proposent les spectacles, et que les maîtres mêmes du métier aient quelquefois appelé de César au peuple, le *Cid* du poëte français ayant plu aussi bien que *la Fleur* du poëte grec, ne serait-il point vrai qu'il a obtenu la fin de la représentation, et qu'il est arrivé à son but, encore que ce ne soit pas par le chemin d'Aristote, ni par les adresses de sa *Poétique?* Mais vous dites, monsieur, qu'il a ébloui les yeux du monde, et vous l'accusez de charme et d'enchantement : je connais beaucoup de gens qui feraient vanité d'une telle accusation; et vous me confesserez vous-même que, si la magie était une chose permise, ce serait une chose excellente. Ce serait, à vrai dire, une belle chose de pouvoir faire dès prodiges innocemment, de faire voir le soleil quand il est nuit, d'apprêter des festins sans viandes ni officiers, de changer en pistoles les feuilles de chêne, et le verre en diamants. C'est ce que vous reprochez à l'auteur du *Cid*, qui, vous avouant qu'il a violé les règles de l'art, vous oblige de lui avouer qu'il a un secret, qu'il a mieux réussi que l'art même; et, ne vous niant pas qu'il a trompé toute la cour et tout le peuple, ne vous laisse conclure de là, sinon qu'il est plus fin que toute la cour et tout le peuple, et que la tromperie qui s'étend à un si grand nombre de personnes est moins une fraude qu'une conquête. Cela étant, monsieur, je ne doute point que messieurs de l'Académie ne se trouvent bien empêchés dans le jugement de votre procès; et que, d'un côté, vos raisons ne les ébranlent, et, de l'autre, l'approbation publique ne les retienne. Je serais en la même peine si j'étais en la même délibération, et si, de bonne fortune, je ne venais de trouver votre arrêt dans les registres de l'antiquité. Il a été prononcé, il y a plus de quinze cents ans, par un philosophe de la famille stoïque; mais un philosophe dont la dureté n'était pas impénétrable à la joie; de qui il nous reste des jeux et des tragédies; qui vivait sous le règne d'un empereur poëte et comédien, au siècle des vers et de la musique. Voici les termes de cet authentique arrêt, et je vous les laisse interpréter à vos dames, pour lesquelles vous avez bien entrepris une plus longue et plus difficile traduction : *Illud multum est pri-*

mo adspectu oculos occupasse, etiamsi contemplatio diligens inventura est quod arguat. Si me interrogas, major ille est qui judicium abstulit, quam qui meruit. Votre adversaire y trouve son compte par ce favorable mot de *major est;* et vous avez aussi ce que vous pouvez désirer, ne désirant rien, à mon avis, que de prouver que *judicium abstulit.* Ainsi vous l'emportez dans le cabinet, et il a gagné au théâtre. Si le *Cid* est coupable, c'est d'un crime qui a eu récompense; s'il est puni, ce sera après avoir triomphé; s'il faut que Platon le bannisse de sa République, il faut qu'il le couronne de fleurs en le bannissant, et ne le traite point plus mal qu'il a traité autrefois Homère. Si Aristote trouve quelque chose à désirer en sa conduite, il doit le laisser jouir de sa bonne fortune, et ne pas condamner un dessein que le succès a justifié. Vous êtes trop bon pour en vouloir davantage : vous savez qu'on apporte souvent du tempérament aux lois, et que l'équité conserve ce que la justice pourrait ruiner. N'insistez point sur cette exacte et rigoureuse justice. Ne vous attachez point avec tant de scrupule à la souveraine raison; qui voudrait la contenter et satisfaire à sa régularité, serait obligé de lui bâtir un plus beau monde que celui-ci; il faudrait lui faire une nouvelle nature des choses, et lui aller chercher des idées au-dessus du ciel. Je parle, monsieur, pour mon intérêt : si vous la croyez, vous ne trouverez rien qui mérite d'être aimé; et par conséquent je suis en hasard de perdre vos bonnes grâces, bien qu'elles me soient extrêmement chères, et que je sois passionnément, monsieur, votre, etc. »

C'est ainsi que Balzac, retiré du monde, et plus impartial qu'un autre, écrivait à Scudéri, son ami, et osait lui dire la vérité. Balzac, tout ampoulé qu'il était dans ses lettres, avait beaucoup d'érudition et de goût, connaissait l'éloquence des vers, et avait introduit en France celle de la prose. Il rendit justice aux beautés du *Cid;* et ce témoignage fait honneur à Balzac et à Corneille.

DÉDICACE DE LA TRAGÉDIE DU CID,

A MADAME LA DUCHESSE D'AIGUILLON, ETC.

Marie-Magdeleine de Vignerod, fille de la sœur du cardinal et de René de Vignerod, seigneur de Pont-Courley. Elle épousa le marquis du Roure de Combalet, et fut dame d'atour de la reine; elle fut duchesse d'Aiguillon, de son chef, sur la fin de 1637.

Cette épître dédicatoire lui fut adressée au commencement de 1637; elle y est nommée Mme de Combalet; et dans l'édition de 1638, on voit le nom de Mme la duchesse d'Aiguillon.

« Votre générosité ne dédaigne pas d'employer, en faveur des ouvrages qui vous agréent,... ce grand crédit, etc. »

La duchesse d'Aiguillon avait un très-grand crédit en effet sur son oncle le cardinal; et sans elle Corneille aurait été entièrement disgracié : il le fait assez entendre par ces paroles. Ses ennemis acharnés l'avaient peint comme un esprit altier qui bravait le premier ministre, et qui confondait, dans un mépris général, leurs ouvrages et le goût de celui qui les protégeait. La duchesse d'Aiguillon rendit, dans cette affaire, un aussi grand service à son oncle qu'à Corneille : elle lui sauva, dans la postérité, la honte de passer pour l'approbateur de Colletet et l'ennemi du *Cid* et de *Cinna*.

FRAGMENT DE L'HISTORIEN MARIANA.

ALLÉGUÉ PAR CORNEILLE DANS L'AVERTISSEMENT QUI PRÉCÈDE LA TRAGÉDIE DU CID.

Mariana, l. IV *de la Historia de España*, c. L.

« Avia pocos dias antes hecho campo con D. Gomez conde de Gormaz. Vencióle, y dióle la muerte. Lo que resultó de este caso, fue que casó con doña Ximena, hija y heredera del mismo conde. Ella misma requirió al rey que se le diesse por marido (ya estaba muy prendada de sus partes), ó le castigasse conforme á las leyes, por la muerte que dió á su padre[1]. Hizóse el casamiento, que á todos estaba á cuento con el qual por el gran dote de su esposa, que se allegó al estado que él tenia de su padre, se aumentó en poder y riquezas. »

PERSONNAGES, ETC.

La scène est à Séville.

Remarquez que la scène est tantôt au palais du roi, tantôt dans la maison du comte de Gormaz, tantôt dans la ville; mais, comme je le dis ailleurs, l'unité de lieu serait observée aux yeux des spectateurs, si on avait eu des théâtres dignes de Corneille, semblables à celui de Vicence, qui représente une ville, un palais, des rues, une place, etc.; car cette unité ne consiste pas à représenter toute l'action dans un cabinet, dans une chambre, mais dans plusieurs endroits contigus que l'œil puisse apercevoir sans peine.

1. Ces paroles de Mariana suffisent pour justifier Corneille : « Chimène demanda au roi qu'il fit punir le Cid selon les lois, ou qu'il le lui donnât pour époux. »
On voit combien la vérité historique est adoucie dans la tragédie.

LE CID,

TRAGÉDIE.

ACTE I

SCÈNE I. [1] — LE COMTE, ELVIRE.

ELVIRE.

Entre tous ces amants dont la jeune ferveur [2]
Adore votre fille et brigue ma faveur,
Don Rodrigue et don Sanche à l'envi font paraître
Le beau feu qu'en leurs cœurs ses beautés ont fait naître.
Ce n'est pas que Chimène écoute leurs soupirs,
Ou d'un regard propice anime leurs désirs;
Au contraire, pour tous dedans [3] l'indifférence,
Elle n'ôte à pas un ni donne l'espérance;
Et sans les voir d'un œil trop sévère ou trop doux
C'est de votre seul choix qu'elle attend un époux.

LE COMTE.

Elle est dans le devoir; tous deux sont dignes d'elle,
Tous deux formés d'un sang noble, vaillant, fidèle,
Jeunes, mais qui font lire aisément dans leurs yeux
L'éclatante vertu de leurs braves aïeux.
Don Rodrigue, surtout, n'a trait en son visage
Qui d'un homme de cœur ne soit la haute image,
Et sort d'une maison si féconde en guerriers,
Qu'ils y prennent naissance au milieu des lauriers :

---

1. *N.B* Ces deux premières scènes ne se trouvant pas dans plusieurs éditions de Corneille, on les donne ici entières avec les remarques.

2. *La jeune ferveur.* Scudéri dit que c'est parler français en allemand, de donner de la jeunesse à la *ferveur.* L'Académie réprouve le mot de *ferveur,* qui n'est admis que dans le langage de la dévotion; mais elle approuve l'épithète *jeune.*

S'il est permis d'ajouter quelque chose à la décision de l'Académie, je dirai que le mot *jeune* convient très-bien aux passions de la jeunesse. On dira bien *leurs jeunes amours,* mais non pas *leur jeune colère, ma jeune haine :* pourquoi? parce que la colère, la haine, appartiennent autant à l'âge mur, et que l'amour est plus le partage de la jeunesse.

3.   *Au contraire, pour tous* dedans *l'indifférence.*

Dedans n'est ni censuré par Scudéri, ni remarqué par l'Académie; la langue n'était pas alors entièrement épurée. On n'avait pas songé que *dedans* est un adverbe : *Il est dans la chambre, il est hors de la chambre. Êtes-vous dedans ? Êtes-vous dehors?*

La valeur de son père, en son temps sans pareille,
Tant qu'a duré sa force, a passé pour merveille[1];
Ses rides sur son front [2] ont gravé ses exploits,
Et nous disent encor ce qu'il fut autrefois.
Je me promets du fils ce que j'ai vu du père;
Et ma fille, en un mot, peut l'aimer et me plaire.
Va l'en entretenir; mais dans cet entretien
Cache mon sentiment, et découvre le sien.
Je veux qu'à mon retour nous en parlions ensemble :
L'heure à présent m'appelle au conseil qui s'assemble
Le roi doit à son fils choisir un gouverneur,
Ou plutôt m'élever à ce haut rang d'honneur.
Ce que pour lui mon bras chaque jour exécute,
Me défend de penser qu'aucun me le dispute[3].

SCÈNE II. — CHIMÈNE, ELVIRE.

ELVIRE, *à part.*

Quelle douce nouvelle à ces jeunes amants!
Et que tout se dispose à leurs contentements!

CHIMÈNE.

Eh bien! Elvire, enfin, que faut-il que j'espère [4]?
Que dois-je devenir? et que t'a dit mon père?

1.   Tant qu'a duré sa force, a passé pour merveille.

A passé pour merveille a été excusé par l'Académie ; aujourd'hui cette expression ne passerait point ; elle est commune, froide et lâche. Les premiers qui écrivirent purement, Racine et Boileau, ont proscrit tous ces termes de *merveille*, de *sans pareille*, *sans seconde*, *miracle de nos jours*, *soleil*, etc. ; et plus la poésie est devenue difficile, plus elle est belle.

2. *Ses rides sur son front.* Voyez le jugement de l'Académie, auquel nous renvoyons pour la plupart des vers qu'elle a censurés ou justifiés.

Racine se moqua de ce vers dans la farce des *Plaideurs* ; il y dit d'un vieux huissier (acte I, scène v) :

Ses rides sur son front gravaient tous ses exploits.

Cette plaisanterie ne plut point du tout à l'auteur du *Cid*.

3.   Me défend de penser qu'aucun me le dispute.

Vous voyez que ces deux derniers vers sont le fondement de la querelle qui doit suivre ; et qu'ainsi on fait très-mal de commencer aujourd'hui la pièce par la querelle imprévue du comte et de don Diègue.

4. Corneille, fatigué de toutes les critiques qu'on faisait du *Cid*, et ne sachant plus à qui entendre, changea tout ce commencement en 1664. La pièce commençait ainsi :

Elvire, m'as-tu fait un rapport bien sincère ?
Ne me déguise rien de ce qu'a dit mon père.

Il me semble que, dans les deux premières scènes, la pièce est beaucoup mieux annoncée, l'amour de Chimène plus développé, le caractère du comte de Gormaz déjà annoncé ; et qu'enfin, malgré tous les défauts qu'on reprochait à Corneille, il eût encore mieux valu laisser la tragédie comme elle était, que d'y faire ces faibles changements : c'était l'amour de l'infante qu'il devait retrancher ; c'étaient les fautes dans le détail qu'il eût fallu corriger.

ELVIRE.

Deux mots dont tous vos sens doivent être charmés;
Il estime Rodrigue autant que vous l'aimez

CHIMÈNE.

L'excès de ce bonheur me met en défiance.
Puis-je à de tels discours donner quelque croyance?

ELVIRE.

Il passe bien plus outre; il approuve ses feux,
Et vous doit commander de répondre à ses vœux.
Jugez, après cela, puisque tantôt son père
Au sortir du conseil doit proposer l'affaire [1],
S'il pouvait avoir lieu de mieux prendre son temps,
Et si tous vos désirs seront bientôt contents.

CHIMÈNE.

Il semble toutefois que mon âme troublée
Refuse cette joie, et s'en trouve accablée.
Un moment donne au sort des visages divers [2];
Et dans ce grand bonheur je crains un grand revers.

ELVIRE.

Vous verrez votre crainte heureusement déçue.

CHIMÈNE.

Allons, quoi qu'il en soit, en attendre l'issue.

SCÈNE III.

UN PAGE.

C'est ici un défaut intolérable pour nous. La scène reste vide; les scènes ne sont point liées; l'action est interrompue. Pourquoi les acteurs précédents s'en vont-ils? pourquoi ces nouveaux acteurs viennent-ils? comment l'un peut-il s'en aller et l'autre arriver sans se voir?

1. *Proposer l'affaire* est encore du style comique; mais observons que *le Cid* fut donné d'abord sous le titre de tragi-comédie.
2. Ces pressentiments réussissent presque toujours. On craint avec le personnage auquel on commence à s'intéresser; mais il faudrait peut-être une autre cause à ce pressentiment que le lieu commun des changements du sort, et une autre expression que les *visages divers* Ce morceau est traduit de Diamante:

« El alma indecisa
« Teme llegar á anegarse
« En ese profundo abismo
« De gloria, y felicidades.
« Que en un dia, en un momento
« Muda el hado de semblante
« Y despues de una fortuna,
« Suele llegar un desastre. »

comment Chimène peut-elle voir l'infante sans la saluer ? Ce grand défaut était commun à toute l'Europe, et les Français seuls s'en sont corrigés. Plus il est difficile de lier toutes les scènes, plus cette difficulté vaincue a de mérite; mais il ne faut pas la surmonter aux dépens de la vraisemblance et de l'intérêt. C'est un des secrets de ce grand art de la tragédie, inconnu encore à la plupart de ceux qui l'exercent. Non-seulement on a retranché cette scène de l'infante, mais on a supprimé tout son rôle; et Corneille ne s'était permis cette faute insupportable que pour remplir l'étendue malheureusement prescrite à une tragédie. Il vaut mieux la faire beaucoup trop courte : un rôle superflu la rend toujours trop longue.

V. 5.   Et je vous vois pensive et triste chaque jour,
        Demander avec soin comme va son amour.

Voilà une nouvelle excuse du titre de tragi-comédie; *comme va son amour !* Qu'auraient dit les Grecs, du temps de Sophocle, à une telle demande? Nous ne ferons point de remarque sur les défauts de ce rôle, qu'on a retranché entièrement.

SCÈNE IV.

V. 1.   Enfin vous l'emportez, et la faveur du roi
        Vous élève en un rang qui n'était dû qu'à moi.

La dureté, l'impolitesse, les rodomontades du comte sont, à la vérité, intolérables; mais songez qu'il est puni.

N. B. Aujourd'hui, quand les comédiens représentent cette pièce, ils commencent par cette scène. Il paraît qu'ils ont très-grand tort; car peut-on s'intéresser à la querelle du comte et de don Diègue, si on n'est pas instruit des amours de leurs enfants? L'affront que Gormaz fait à don Diègue est un coup de théâtre, quand on espère qu'ils vont conclure le mariage de Chimène avec Rodrigue. Ce n'est point jouer *le Cid*, c'est insulter son auteur que de le tronquer ainsi. On ne devrait pas permettre aux comédiens d'altérer ainsi les ouvrages qu'ils représentent.

Dans le *Cid* de Diamante, le roi donne la place de gouverneur de son fils en présence du comte, et cela est encore plus théâtral. Le théâtre ne reste point vide. Il semble que Corneille aurait dû plutôt imiter Diamante que Castro dans cette intelligence du théâtre.

Au reste, dans les deux pièces espagnoles, le comte de Gormaz donne un soufflet à don Diègue; ce soufflet était essentiel.

Les deux pères disent à peu près les mêmes choses dans ces deux scènes et dans les suivantes. Castro, qui vint après Diamante, ne fit point difficulté de prendre plusieurs pensées chez son prédécesseur, dont la pièce était presque oubliée. A plus forte raison Corneille fut en droit d'imiter les deux poëtes espagnols, et d'enrichir sa langue des beautés d'une langue étrangère.

V. 7.   Pour grands que soient les rois, ils sont ce que nous sommes.

Cette phrase a vieilli; elle était fort bonne alors; il est honteux pour

l'esprit humain que la même expression soit bonne en un temps, et
mauvaise en un autre. On dirait aujourd'hui, *tout grands que sont les
rois : quelque grands que soient les rois.*

V. 17. Rodrigue aime Chimène, et ce digne sujet
      De ses affections est le plus cher objet.

   Ce digne sujet ne se dirait pas aujourd'hui; mais alors c'était une
expression très-reçue : *monsieur* ne se dirait pas non plus dans une
tragédie. *Mettre une vanité au cœur*, serait une mauvaise façon de parler.

V. 20. A de plus hauts partis Rodrigue doit prétendre.

   Dans l'édition de 1637, il y a : *A de plus hauts partis ce beau fils
doit prétendre.* Vous pouvez juger, par ce seul trait, de l'état où était
alors notre langue. Un mélange de termes familiers et nobles défigu-
rait tous les ouvrages sérieux. C'est Boileau qui, le premier, enseigna
l'art de parler toujours convenablement : et Racine est le premier qui
ait employé cet art sur la scène.

V. 35. Pour s'instruire d'exemple, en dépit de l'envie,
     Il lira seulement l'histoire de ma vie.

         De mis hazañas escritas
         Daré al principe un traslado.
         Y aprendera en lo que hice,
         Si no aprende en lo que hago.

V. 55. Loin des froides leçons qu'à mon bras on préfère,
     Il apprendrait à vaincre en me regardant faire.

         Podra dalle exemplo,
         Como mil vezes le hago.

V. 57. Vous me parlez en vain de ce que je connoi.

   On prononçait alors *connoi* comme on l'écrivait, et on le faisait rimer
avec *moi, toi.* Aujourd'hui on prononce *connais*, et cependant l'usage
a prévalu d'écrire *connois;* c'est une inconséquence, ou je suis fort
trompé, d'écrire d'une façon et de prononcer d'une autre. Quel étranger pourra deviner qu'on écrit *paon*, la ville de *Caen*, et qu'on prononce *pan*, la ville de *Can?* Il serait à souhaiter qu'on nous délivrât
de cette contradiction, autant que l'étymologie des mots pourra le permettre. On s'est déjà aperçu combien il est ridicule d'écrire, de la
même manière, les *François*, qu'on prononce *Français*, et saint
François, qu'on prononce *François*. Comment un étranger, en lisant
inglois et *danois* devinera-t-il qu'on prononce *danois* avec un *o* et
inglais avec un *a?* Mais il faut du temps pour détruire un abus introduit par le temps.

V. 73. Et par là cet honneur n'étoit dû qu'à mon bras.

         Yo lo merezco
        Tambien como tu, y mejor.

V. 75. . . . . Ton impudence,
Téméraire vieillard, aura sa récompense.

On ne donnerait pas, aujourd'hui, un soufflet sur la joue d'un héros.
Les acteurs même sont très-embarrassés à donner ce soufflet : ils font
le semblant. Cela n'est plus même souffert dans la comédie, et c'est le
seul exemple qu'on en ait sur le théâtre tragique. Il est à croire que
c'est une des raisons qui firent intituler *le Cid* tragi-comédie. Presque
toutes les pièces de Scudéri et de Boisrobert avaient été des tragi-comédies. On avait cru longtemps, en France, qu'on ne pouvait supporter le tragique continu sans mélange d'aucune familiarité. Le mot de
tragi-comédie est très-ancien : Plaute l'emploie pour désigner son *Amphitryon*, parce que, si l'aventure de Sosie est comique, Amphitryon
est très-sérieusement affligé.

V. 87. Épargnes-tu mon sang ? — Mon âme est satisfaite,
Et mes yeux, à ma main, reprochent ta défaite.
— Tu dédaignes ma vie ! — En arrêter le cours
Ne serait que hâter la Parque de trois jours.

On a retranché ces quatre vers dans les éditions suivantes. Dans la
pièce de Diamante, le comte dit à don Diègue, *Vale.*

SCÈNE V.

V. 15. Comte, sois de mon prince, à présent, gouverneur, etc.

Llmadle, llamad al conde,
Que venga a exercer el cargo,
De ayo de vuestro hijo,
Que podrá mas bien honrarlo,
Pues que yo sin hónra quedo.

V. 25. Si Rodrigue est mon fils, il faut que l'amour cède,
Et qu'une ardeur plus haute à ses flammes succède.
Mon honneur est le sien, et le mortel affront
Qui tombe sur mon chef rejaillit sur son front.

On a retranché ces quatre vers comme superflus. *Une ardeur plus
haute* était mal ; une ardeur n'est point *haute*. Il eût fallu peut-être
une ardeur plus noble, plus digne. L'Académie ne reprit aucune de
ces fautes, qui échappèrent à la critique de Scudéri ; elle se contenta
de juger des choses que Scudéri avait critiquées ; et, souvent, il criti-
qua mal, parce qu'il était plus jaloux qu'éclairé. L'Académie, au contraire, était plus éclairée que jalouse.

SCÈNE VI.

V. 1. Rodrigue, as-tu du cœur ?...

Dans le *Cid* de Diamante Rodrigue arrive avec le *garçongracieux*

qui a peint le portrait de Chimène. Rodrigue trouve le portrait res-
semblant, et dit au *garçon gracieux* qu'il est un grand peintre, *grande
pintor* ; puis, regardant son père affligé, qui tient, d'une main, son
épée, et, de l'autre, son mouchoir, il lui en demande la raison. Don
Diègue lui répond : *Aie aie! l'honneur.* — Rodrigue : *Qui est-ce qui
vous déplaît?* — Don Diègue : *Aie, aie! l'honneur, te dis-je.* — Rodrigue : *Parlez, espérez, j'écoute.* — Don Diègue : *Aie, aie! as-tu du
courage?* Rodrigue répond à peu près comme dans Castro et dans
Corneille.

V. 2. . . . . Agréable colère, etc.

> Ese sentimiento adoro,
> Esa cólera me agrada....
> Esa sangre alborotada....
> Es lá que me diò Castilla,
> Y la que te dí heredada.

V. 7. Viens me venger. — De quoi ? — D'un affront si cruel,
Qu'à l'honneur de tous deux il porte un coup mortel.

> Esta mancha de mi honor
> Al tuyo se estiende.

V. 14. Ce n'est que dans le sang qu'on lave un tel outrage.

> Lavala
> Con sangre, que sangre sola
> Quita semejantes manchas.

V. 16. Je te donne à combattre un homme à redouter.

> Poderoso es el contrario.

V. 17. Je l'ai vu, tout sanglant au milieu des batailles,
Se faire un beau rempart de mille funérailles.

Dans les éditions suivantes, Corneille a mis :

> Je l'ai vu, tout couvert de sang et de poussière,
> Porter partout la mort dans une armée entière.

L'Académie avait condamné *funérailles;* je ne sais si ce mot, **tout**
impropre qu'il est, n'eût pas mieux valu que le pléonasme languissant
partout et *entière.*

V. 26. Enfin tu sais l'affront, et tu tiens la vengeance.

> Aqui ofensa, y alli espada,
> No tengo mas que decirte.

V. 29. Accablé des malheurs où le destin me range,
Je m'en vais les pleurer. Va, cours, vole, et nous venge.

> Y voy à llorar afrentas,
> Miéntras tú tomas venganzas.

SCÈNE VII.

V. 1. Percé jusques au fond du cœur....

On mettait alors des stances dans la plupart des tragédies, et on en avait dans *Médée :* on les a bannies du théâtre; on a pensé que les personnages qui parlent en vers d'une mesure déterminée ne devaient jamais changer cette mesure, parce que, s'ils s'expliquaient en prose, ils devraient toujours continuer à parler en prose. Or, les vers de six pieds étant substitués à la prose, le personnage ne doit pas s'écarter de ce langage convenu. Les stances donnent trop l'idée que c'est le poëte qui parle. Cela n'empêche pas que ces stances du *Cid* ne soient fort belles, et ne soient encore écoutées avec beaucoup de plaisir.

V. 8.   **O Dieu! l'étrange peine, etc.**

> Mi padre el ofendido! estraña pena !
> Y el ofensor el padre de Ximena !

V. 11.   **Que je sens de rudes combats!**
Contre mon propre honneur mon amour s'intéresse;
Il faut venger un père et perdre une maîtresse.
L'un m'anime le cœur; l'autre retient mon bras
Réduit au triste choix ou de trahir ma flamme,
     Ou de vivre en infâme,
Des deux côtés mon mal est infini.
     O Dieu! l'étrange peine!
Faut-il laisser un affront impuni
Faut-il punir le père de Chimène?

Corneille corrigea, depuis, cette stance ainsi:

> Il vaut mieux courir au trépas.
> Je dois à ma maîtresse, aussi bien qu'à mon père;
> J'attire, en me vengeant, sa haine et sa colère;
> J'attire ses mépris en ne me vengeant pas.
> A mon plus doux espoir l'un me rend infidèle,
>   Et l'autre indigne d'elle.
> Mon mal augmente à le vouloir guérir;
>   Tout redouble ma peine.
> Allons, mon âme; et, puisqu'il faut mourir,
> Mourons, du moins, sans offenser Chimène.

V. 20.   **Faut-il punir le père de Chimène?**

> Yo he de matar al padre de Ximena?

V 49. Allons, mon bras, sauvons du moins l'honneur.

L'Académie avait approuvé *allons, mon âme;* et cependant Corneille le changea, et mit *allons, mon bras.* On ne dirait, aujourd'hui, ni l'un ni l'autre. Ce n'est point un effet du caprice de la langue, c'est qu'on s'est accoutumé à mettre plus de vérité dans le langage. *Allons* signifie *marchons*, et ni un bras ni une âme ne marchent; d'ailleurs, nous ne sommes plus dans un temps où l'on parle à son bras et à son âme.

V. 58. Ne soyons plus en peine
(Puisque aujourd'hui mon père est l'offensé,
Si l'offenseur est père de Chimène.

Habiendo sido :
Mi padre el ofendido;
Poco importa que fuese
El ofensor el padre de Ximena.

ACTE II.

SCÈNE I.

V. 1. Je l'avoue entre nous, quand je lui fis l'affront,
J'eus le sang un peu chaud, et le bras un peu prompt.

Corneille aurait dû corriger *je lui fis l'affront*, que l'Académie condamna comme une faute contre la langue. De plus, il fallait dire *cet affront*. Il mit, à la place :

Je l'avoue entre nous, mon sang, un peu trop chaud,
S'est trop ému d'un mot, et l'a porté trop haut.

Un *sang trop chaud* qui le *porte trop haut* est bien pis qu'une faute contre la grammaire.

Confieso que fué locura,
Mas no la quiero enmendar.

V. 16. Désobéir un peu n'est pas un si grand crime;
Et, quelque grand qu'il soit, mes services présents,
Pour le faire abolir, sont plus que suffisants.

C'est ici qu'il y avait :

Les satisfactions n'apaisent point une âme;
Qui les reçoit a tort, qui les fait se diffame;
Et de pareils accords l'effet le plus commun
Est de déshonorer deux hommes au lieu d'un.

Ces vers parurent trop dangereux dans un temps où l'on punissait les duels qu'on ne pouvait arrêter, et Corneille les supprima.

V. 23. Vous vous perdez, monsieur, sur cette confiance.

Y con ella has de querer
Perderte !

V. 26. Un jour seul ne perd pas un homme tel que moi.

> Los hombres como yo
> Tienen mucho que perder.

V. 28. Tout l'État périra, s'il faut que je périsse.

> Ha de perderse Castilla
> Antes que yo.

SCÈNE II.

V. 2. Connois-tu bien don Diègue?

> Aquel viejo que está alli,
> Sabes quién es?

Ibid. . . . . Parlons bas; écoute.

> Habla baxo, escucha.

V. 3. Sais-tu que ce vieillard fut la même vertu,
La vaillance et l'honneur de son temps? Le sais-tu?

> No sabes que fué despojos
> De honra y valor?

V. 5. Peut-être.

> Si seria.

Ibid. . . . . . . Cette ardeur que dans les yeux je porte,
Sais-tu que c'est son sang? Le sais-tu

> Y que es sangre suya y mia
> La que yo tengo en el ojos?
> Sabes.

V. 6. . . . . Que m'importe?

> Y el saberlo
> Qué ha de importar?

V. 7. A quatre pas d'ici, je te le fais savoir.

> Si vamos á otro lugar,
> Sabras lo mucho que importa.

V. 9. Je suis jeune, il est vrai; mais, aux âmes bien nées,
La valeur n'attend point le nombre des années.

Dans la pièce de Diamante, Rodrigue propose au comte de se battre à la campagne ou dans la ville, de nuit ou de jour, au soleil ou à l'ombre, avec ou sans plastron, à pied ou à cheval, à l'épée ou à la lance. «Ah! le plaisant bouffon!» répond le comte.

RODRIGUE.

En campaña, en poblado;
De noche, de dia; al cielo
Claro, ó á la sombra obscura;
A cavallo, á pié; con peto,
O sin él; á espada, ò lança.

LE COMTE.

Que bueno
Pues me retais! que generoso mozuelo!

V. 13. Mes pareils à deux fois ne se font pas connaître,
Et pour leurs coups d'essai veulent des coups de maître.

Coups d'essai, coups de maître, termes familiers qu'on ne doit jamais employer dans le tragique; de plus, ce n'est qu'une répétition froide de ce beau vers :

La valeur n'attend pas le nombre des années.

Scudéri censurait des beautés, et ne vit pas ce défaut.

V. 22. Ton bras est invaincu, mais non pas invincible.

Ce mot *invaincu* n'a point été employé par les autres écrivains; je n'en vois aucune raison : il signifie autre chose qu'*indompté*; un pays est *indompté*, un guerrier est *invaincu*. Corneille l'a encore employé dans *les Horaces*. Il y a un dictionnaire d'orthographe, où il est dit que *invaincu* est un barbarisme. Non ; c'est un terme hasardé et nécessaire. Il y a deux sortes de barbarismes, celui des mots et celui des phrases. *Égaliser les fortunes* pour *égaler les fortunes*; *au parfait*, au lieu de *parfaitement*; *éduquer*, pour *donner de l'éducation*, *élever*: voilà des barbarismes de mots. *Je crois de bien faire*, au lieu de *je crois bien faire*; *encenser aux dieux*, pour *encenser les dieux*; *je vous aime tout ce qu'on peut aimer* : voilà des barbarismes de phrases.

SCÈNE VI.

V. 23. Don Sanche, taisez-vous, et soyez averti
Qu'on se rend criminel à prendre son parti.

Cette scène paraît presque aussi inutile que celle de l'infante; elle avilit d'ailleurs le roi, qui n'est point obéi. Après que le roi a dit : *Taisez-vous*, pourquoi dit-il, le moment d'après : *Parlez?* et il ne résulte rien de cette scène.

V. 52.   Au reste, on nous menace fort.

C'est un petit défaut que cette expression familière; mais n'en est-ce point un très-grand de parler avec tant d'indifférence du danger de l'État? N'aurait-il pas été plus intéressant et plus noble de commencer par montrer une grande inquiétude de l'approche des Maures, et un embarras non moins grand d'être obligé de punir, dans le comte, le seul homme dont il espérait des services utiles dans cette conjoncture? N'eût-ce pas même été un coup de théâtre, que, dans le temps où le roi eût dit : *Je n'ai d'espérance que dans le comte*, on lui fût venu dire : *Le comte est mort?* Cette idée même n'eût-elle pas donné un nouveau prix au service que rend ensuite Rodrigue, en faisant plus qu'on n'espérait du comte? Corneille ôta depuis :

> Au reste, on nous menace fort.

Il mit :

> Au reste, on a vu dix vaisseaux
> De nos vieux ennemis arborer les drapeaux.

Il faut observer que *au reste* signifie *quant à ce qui reste;* il ne s'emploie que pour les choses dont on a déjà parlé, et dont on a omis quelque point dont on veut traiter. Je veux que le comte fasse satisfaction. Au reste, je souhaite que cette querelle puisse ne pas rendre les deux maisons éternellement ennemies. Mais quand on passe d'un sujet à un autre, il faut *cependant*, ou quelque autre transition.

V. 79. Puisqu'on fait bonne garde aux murs et sur le port,
       C'est assez pour ce soir.

Le roi a grand tort de dire : *C'est assez pour ce soir*, puisque en effet les Maures font leur descente le soir même, et que sans *le Cid* la ville était prise. On demande s'il est permis de mettre sur la scène un prince qui prend si mal ses mesures. Je ne le crois pas; la raison en est qu'un personnage avili ne peut jamais plaire.

V. 82. Dès que j'ai su l'affront, j'ai prévu la vengeance.

> Como la ofensa sabia,
> Luego cai en la venganza.

SCÈNE VII.

V. 1. Sire, sire, justice.

Justicia, justicia pido.

Voyez comme, dès ce moment, les défauts précédents disparaissent. Quelle beauté dans le poëte espagnol et dans son imitateur! Le premier mot de Chimène est de demander justice contre un homme qu'elle adore : c'est peut-être la plus belle des situations. Quand, dans l'amour, il ne s'agit que de l'amour, cette passion n'est pas tragique. Monime aimera-t-elle Xipharès ou Pharnace? Antiochus épousera-t-il Bérénice? bien des gens répondent : « Que m'importe? » Mais Chimène fera-t-elle couler le sang du Cid? qui l'emportera d'elle ou de don Diègue? Tous les esprits sont en suspens, tous les cœurs sont émus.

V. 2. Je me jette à vos pieds.

Rey, á tus piés he llegado.

Ibid. . . . . J'embrasse vos genoux.

    Rey, á tus piés he venido.

V. 6.   Il a tué mon père.

    Señor, á mi padre han muerto.

V. 7. Au sang de ses sujets un roi doit la justice.

    Habrá en los reyes justicia.

V. 8. Une vengeance juste est sans peur du supplice.

    Justa venganza he tomado.

V. 13. Sire, mon père est mort; mes yeux ont vu son sang....

   Yo vi con mis proprios ojos
   Teñido el luciente acero.

V. 17. Ce sang qui, tout sorti, fume encor de courroux
   De se voir répandu pour d'autres que pour vous, etc.

Scudéri ne reprit point ces hyperboles poétiques qui, n'étant point dans la nature, affaiblissent le pathétique de ce discours. C'est le poëte qui dit que *ce sang fume de courroux;* ce n'est pas assurément Chimène; on ne parle pas ainsi d'un père mourant. Scudéri, beaucoup plus accoutumé que Corneille à ces figures outrées et puériles, ne remarqua pas même en autrui, tout éclairé qu'il était par l'envie, une faute qu'il ne sentait pas dans lui-même.

V. 25. J'ai couru sur le lieu sans force et sans couleur.

   Yo llégué casi sin vida.

V. 33. Il ne me parla point.

Puisqu'il était mort, il n'est pas bien surprenant qu'il n'ait point parlé. Ce sont là de ces inadvertances qui échappent dans la chaleur de la composition, et auxquelles les ennemis de l'auteur, et même les indifférents ne manquent pas de donner du ridicule. Corneille substitua depuis, *son flanc était ouvert.*

Ibid. . . . . Et pour mieux m'émouvoir. . . .

Les connaisseurs sentent qu'il ne fallait pas même que Chimène dît *pour mieux m'émouvoir.* Elle doit être si émue, qu'il ne faut pas qu'elle prête aux choses inanimées le dessein de la toucher.

V. 34. Son sang sur la poussière. . . .

   Escribió en este papel
   Con sangre mi obligacion.

Ibid. . . . . Écrivoit mon devoir.

L'espagnol dit, *parlait par sa plaie.* Vous voyez que ces figures re-

cherchées sont dans l'original espagnol. C'était l'esprit du temps ; c'était
le faux brillant du Marini et de tous les auteurs.

V. 36. Me parloit par sa plaie.

> Me habló
> Por la boca de la herida.

V. 51. Sacrifiez don Diègue et toute sa famille,
A vous, à votre peuple, à toute la Castille
Le soleil qui voit tout ne voit rien sous les cieux
Qui vous puisse payer un sang si précieux.

Il n'était pas naturel que Chimène demandât la mort de don Diègue.
offensé si cruellement par son père. De plus, cette fureur atroce de
demander le sang de toute la famille, n'était point convenable à une
fille qui accusait son amant malgré elle. Corneille substitua depuis :

> Immolez, non à moi, mais à votre couronne,
> Mais à votre grandeur, mais à votre personne ;
> Immolez, dis-je, sire, au bien de tout l'État,
> Tout ce qu'enorgueillit un si haut attentat.

Sa correction est heureuse.

V. 57. . . . . Qu'un long âge apporte aux hommes généreux
Avecque sa foiblesse un destin malheureux !

Les éditions suivantes portent :

> Au bout de leur carrière un destin rigoureux.

V. 67. Et souillé sans respect l'honneur de ma vieillesse,
Avantagé de l'âge, et fort de ma foiblesse.

Les autres éditions portent :

> Jaloux de votre choix et fier de l'avantage
> Que lui donnoit sur moi l'impuissance de l'âge.

V. 77. Si montrer du courage et du ressentiment, etc.

> La venganza me tocó,
> Y te toca la justicia :
> Hazla en mi, rey soberano.

V. 80. Quand le bras a failli, l'on en punit la tête.

> Castigar en la cabeza
> Los delitos de la mano.

V. 81. Du crime glorieux qui cause nos débats
Sire, j'en suis la tête, etc.

Corneille substitua :

Qu'on nomme crime ou non ce qui fait nos débats.

Mais ce changement est vicieux. *Ce qui fait nos débats* est très-faible. Il semble que don Diègue parle ici d'un procès de famille

V. 82. . . . . Il n'en est que le bras.

> Y solo fué mano mia
> Rodrigo.

V 87. Aux dépens de mon sang satisfaites Chimène.

> Con mi cabeza cortada
> Quede Ximena contenta

V. 97. Prends du repos, ma fille, et calme tes douleurs.

> Sosiégate, Ximena.

V. 98. M'ordonner du repos, c'est croître mes malheurs.

> Mi llanto crece.

Croître aujourd'hui n'est plus actif; on dit *accroître* : mais il me semble qu'il est permis en vers de dire, *croître mes tourments, mes ennuis, mes douleurs, mes peines.*

ACTE III.

SCÈNE I.

V. 1. Rodrigue, qu'as-tu fait? où viens-tu, misérable?

> Qué has hecho, Rodrigo

V. 6. Ne l'as-tu pas tué?

> No mataste al conde?

V. 7. Mon honneur de ma main a voulu cet effort.

> Importabale á mi honor.

V. 8. Mais chercher ton asile en la maison du mort.

> Pues, Señor,
> Quando fué la casa del muerto
> Sagrado del matador?

V. 12. Je cherche le trépas après l'avoir donné.

> Yo busco la muerte,
> En su casa.

V. 14. Je mérite la mort de mériter sa haine, etc

> Y por ser justo,
> Vengo á morir en sus manos,
> Pues estoy muerto en su gusto.

V. 21. Non, non, ce cher objet à qui j'ai pu déplaire,
      Ne peut pour mon supplice avoir trop de colère;
      Et d'un heur sans pareil je me verrai combler,
      Si pour mourir plus tôt je puis la redoubler.

On voit que cette faute tant reprochée à Corneille, d'avoir violé l'unité de lieu pour violer les lois de la bienséance, et d'avoir fait aller Rodrigue dans la maison même de Chimène, qu'il pouvait si aisément rencontrer au palais; que cette faute, dis-je, est de l'auteur espagnol : quelque répugnance qu'on ait à voir Rodrigue chez Chimène, on oublie presque où il est; on n'est occupé que de la situation. Le mal est qu'il ne parle qu'à une confidente.

On n'a point de *colère pour un supplice* : c'est un barbarisme. Corneille, au lieu de l'*heur sans pareil*, mit depuis :

    Et j'évite *cent morts* qui me vont accabler.

On ne peut guère corriger plus mal. L'idée d'éviter tant de morts ne doit pas se présenter à un homme qui la cherche. Ces *cent morts* sont une expression vague, un vers fait à la hâte ; il ne se donnait ni le temps ni la peine de chercher le mot propre et un tour élégant. On ne connaissait pas encore cette pureté de diction, et cette éloquence sage et vraie que Racine trouva par un travail assidu, et par une méditation profonde sur le génie de notre langue.

V. 25. Chimène est au palais, de pleurs toute baignée.

      Ximena esta
      Cerca en palacio, y vendrá
      Acompañada.

V. 31. Elle va revenir, elle vient, je la vois.

      Ella vendrá, ya vienne.

SCÈNE II.

V. 8. Sous vos commandements mon bras sera trop fort.
      — Malheureuse !

Quelque insipidité qu'on ait trouvée dans le personnage de don Sanche, il me semble qu'il fait là un effet très-heureux, en augmentant la douleur de Chimène ; et ce mot *malheureuse*, qu'elle prononce sans presque l'écouter, est sublime. Lorsqu'un personnage qui n'est rien par lui-même sert à faire valoir le caractère principal, il n'est point de trop.

SCÈNE III.

V. 8. La moitié de ma vie a mis l'autre au tombeau.

      La mitad de mi vida
      Ha muerto la otra mitad.

Scudéri trouvait là trois moitiés. Cette affectation, cette apostrophe à ses yeux ont paru à tous les critiques une puérilité dont on ne trouve aucun exemple dans le théâtre grec.

Et ce n'est point ainsi que parle la nature.

Par quel art cependant ces vers touchent-ils? N'est-ce point que *la moitié de ma vie a mis l'autre au tombeau*, porte dans l'âme une idée attendrissante qui subsiste encore malgré les vers qui suivent

V. 9.   Et m'oblige à venger, après ce coup funeste, etc.

> Si al vengar
> De mi vida la una parte
> Sin las dos he de quedar.

V. 11. Reposez-vous, madame.

> Descansa.

Descansa n'est-il pas un mot plus énergique et plus noble que *reposez-vous, madame?* Le mot de *reposer* est un peu de la comédie, et ne peut guère être adressé qu'à une personne fatiguée. Dans la tragédie, on peut proposer le repos à un conquérant, pourvu que cette idée soit ennoblie.

V. 13. Par où sera jamais mon âme satisfaite,
  Si je pleure ma perte et la main qui l'a faite?

> Que consuelo he de tomar?

V. 17. Il vous prive d'un père, et vous l'aimez encore!

> Siempre quieres á Rodrigo?
> Que matá ó tu padre mira.

V. 18. C'est peu de dire aimer, Elvire, je l'adore.

> Es mi adorado enemigo.

V. 33. Pensez-vous le poursuivre?

> Piensas perseguirle?

V. 44. Dans un lâche silence étouffe mon honneur.

Corneille corrigea depuis, *sous un lâche silence;* mais un honneur n'est point étouffé *sous un lâche silence;* il semble qu'un *silence* soit un poids qu'on mette sur l'honneur.

V. 54. .... Après tout, que pensez-vous donc faire?

> Pues cómo harás?

V. 56. Le poursuivre, le perdre, et mourir après lui.

> Seguiréle hasta vengarme,
> Y haure de matar muriendo.

Ce vers excellent renferme toute la pièce, et répond à toutes les critiques qu'on a faites sur le caractère de Chimène. Puisque ce vers est dans l'espagnol, l'original contenait les vraies beautés qui firent la fortune du *Cid* français.

SCÈNE IV.

V. 1. Eh bien! sans vous donner la peine de poursuivre,
Soûlez-vous du plaisir de m'empêcher de vivre.

> Mejor es que mi amor firme
> Con rendirme,
> Te dé el gusto de matarme
> Sin la pena de seguirme.

Il fallait dire, *de me poursuivre. Soûlez* est un terme bas, *m'empêcher de vivre* est languissant, et n'exprime pas *donnez-moi la mort.* Corneille corrigea :

> Assurez-vous l'honneur de m'empêcher de vivre.

V. 4. Rodrigue en ma maison! Rodrigue devant moi!

> Rodrigo, Rodrigo en mi casa!

V. 7. .... Écoute-moi.

> Escucha.

Ibid.   Je me meurs.

> Muero.

V. 8. .... Quatre mots seulement.

> Solo quiero
> Que en oyendo lo que digo
> Respondas con este acero.

V. 15. Il est teint de mon sang. — Plonge-le dans le mien;
Et fais-lui perdre ainsi la teinture du tien.

Cela n'a point été repris par l'Académie; mais je doute que cette teinture réussît aujourd'hui. Le désespoir n'a pas de réflexions si fines, et j'oserais ajouter, si fausses : une épée est également rougie, de quelque sang que ce soit; ce n'est point du tout une teinture différente. Tout ce qui n'est pas exactement vrai révolte les bons esprits. Il faut qu'une métaphore soit naturelle, vraie, lumineuse, qu'elle échappe à la passion.

V. 25. De la main de ton père un coup irréparable
Déshonoroit du mien la vieillesse honorable.

> Tu padre el conde Lozano
> Puso en las canas del mío
> La atrevida injusta mano.

V. 31. Ce n'est pas qu'en effet contre mon père et moi
Ma flamme assez longtemps n'ait combattu pour toi, etc.

> Y aunque me ví sin honor,
> Se malogró mi esperanza
> En tal mudanza,
> Con tal fuerza que tu amor
> Puso en duda mi venganza.

V. 36. J'ai retenu ma main, j'ai cru mon bras trop prompt.

La main et le bras faisaient un mauvais effet ; l'auteur a substitué

J'ai pensé qu'à son tour mon bras était trop prompt.

Peut-être *à son tour* est-il plus mal. C'est là changer un vers plutôt que le corriger.

V. 38. Et ta beauté, sans doute, emportait la balance.

> Y tú, señora, vincieras,
> A no aber imaginado
> Que afrentado,
> Por infame aborrecieras
> Quien quisiste por honrado.

V. 45. Je te le dis encore, et veux, tant que j'expire,
Sans cesse le penser, et sans cesse le dire.

Tant que j'expire était une faute de langue. Il fallait *jusqu'à ce que j'expire ; mais jusqu'à ce que* est rude et ne doit jamais entrer dans un vers. On a mis à la place :

> .... Et quoique j'en soupire,
> Jusqu'au dernier soupir je veux bien le redire.

Ces deux mots, *soupire* et *soupir*, et ces désinences en *ir*, sont encore plus répréhensibles que les deux vers anciens.

V. 49. Mais quitte envers l'honneur, et quitte envers mon père,
C'est maintenant à toi que je viens satisfaire.

> Cobré mi perdido honor,
> Más luego á tu amor rendido
> He venido.

V. 52. J'ai fait ce que j'ai dû, je fais ce que je dois.

> Porque no llames rigor
> Loque obligacion ha sido.

V. 55. Immole avec courage au sang qu'il a perdu
Celui qui met sa gloire à l'avoir répandu.

> Haz con brio
> La venganza de tu padre,
> Como hice la del mio.

V. 60. Je ne t'accuse point, je pleure mes malheurs.

> No te doy la culpa á tı
> De que desdichada soy.

V. 63. Tu n'as fait le devoir que d'un homme de bien.

> Como caballero hiciste.

V. 92. Va, je suis ta partie, et non pas ton bourreau.

> Mas soy parte,
> Para solo perseguirte,
> Pero no para matarte.

V. 113. Ton malheureux amant aura bien moins de peine
A mourir par ta main qu'à vivre avec ta haine.

> Considera
> Que el dexarme es la venganza.
> Que el matarme no lo fuera.

V. 115. Va, je ne te hais point. — Tu le dois.

> Me aborreces ?

Ibid.   — Je ne puis.

> No es posible.

V. 122. Et je veux que la voix de la plus noire envie
Élève au ciel ma gloire et plaigne mes ennuis.
Sachant que je t'adore et que je te poursuis.

> Disculpar á mi decoro
> Con quien piensa que te adoro
> El saber que te persigo.

V. 127. Dans l'ombre de la nuit cache bien ton départ.

> Vete, y mira á la salida
> No te vean.

V. 128. Si l'on te voit sortir, mon honneur court hasard.

> Es razon
> No quitarme la opinion.

V. 132. Que je meure.

> Mátame.

Ibid.   — Va-t'en.

> Déxame.

Ibid.   — A quoi te résous-tu ?

> Pues tu rigor qué hacer quiere?

V. 133. Malgré des feux si beaux qui troublent ma colère,
Je ferai mon possible à bien venger mon père, etc.

> Por mi honor, aunque muger
> He de hacer
> Contra ti quanto pudiere
> Deseando no poder.

V. 137. O miracle d'amour!

semble affaiblir cette touchante scène, et n'est point dans l'espagnol.

V. 139. Rodrigue, qui l'eût cru?

> Ay, Rodrigo! quién pensara?

Ibid. — Chimène, qui l'eût dit?

> Ay, Ximena! quién dixera?

V. 140. Que notre heur fût si proche et sitôt se perdît.

> Que mi dicha se acabara?

V. 145. Adieu, je vais traîner une mourante vie

> Quédate, iréme muriendo.

SCÈNE V.

Quoique chez les étrangers, pour qui principalement ces remarques sont faites, on ne soit pas encore parvenu à l'art de lier toutes les scènes, cependant y a-t-il un lecteur qui ne soit choqué de voir Chimène s'en aller d'un côté, Rodrigue de l'autre, et don Diègue arriver sans les voir?

Observez que quand le cœur a été ému par les passions des deux premiers personnages, et qu'un troisième vient parler de lui-même, il touche peu, surtout quand il rompt le fil du discours.

Nous venons d'entendre Chimène dans sa maison; mais où est maintenant don Diègue? ce n'est pas assurément dans cette maison. Le spectateur ne peut se figurer ce qu'il voit; et c'est là un très-grand défaut pour notre nation qui veut partout de la vraisemblance, de la suite, de la liaison; qui exige que toutes les scènes soient naturellement amenées les unes par les autres; mérite inconnu sur tous les autres théâtres, et mérite absolument nécessaire pour la perfection de l'art.

SCÈNE VI.

V. 1. Rodrigue, enfin le ciel permet que je te voie.

> Es possible que me hallo
> Entre tus brazos?

V. 3. Laisse-moi prendre haleine afin de te louer.

> Aliento tomo
> Para en tus alabanzas empleallo.

V. 4. Ma valeur n'a point lieu de te désavouer.

> Bien mis pasados brios imitaste.

V. 12. Touche ces cheveux blancs à qui tu rends l'honneur.

> Toca las blancas canas que me honraste.

V. 13. Viens baiser cette joue, et reconnais la place
Où fut jadis l'affront que ton courage efface.

> Llega la tierna boca á la mexilla
> Donde la mancha de mi honor quitaste.

V. 15. L'honneur vous en est dû, les cieux me sont témoins
Qu'étant sorti de vous je ne pouvais pas moins.

> Alza la cabeza,
> A quién como la causa se atribuya,
> Si hay en mi algun valor, y fortaleza.

V. 30. Je t'ai donné la vie, et tu me rends ma gloire.

> Si yo te di el ser naturalmente,
> Tú me le has vuelto á pura fuerça suya.

V. 56. .... J'ai trouvé chez moi cinq cents de mes amis, etc.

Vous verrez dans la critique de Scudéri qu'il condamne l'assemblée de ces cinq cents gentilshommes, et que l'Académie l'approuve. C'est un trait fort ingénieux, inventé par l'auteur espagnol, de faire venir cette troupe pour une chose, et de l'employer pour une autre.

V. 61. Va marcher à leur tête où l'honneur te demande.

> Con quinientos hidalgos, deudos mios,
> Sal en campaña á exercitar tus brios.

V. 68. Ne borne pas ta gloire à venger un affront.

> No dirán que la mano te ha servido
> Para vengar agravios solamente.

ACTE IV.

SCÈNE I.

V. 1. N'est-ce point un faux bruit? le sais-tu bien, Elvire?

Ce combat n'est point étranger à la pièce; il fait, au contraire, une partie du nœud, et prépare le dénoûment, en affaiblissant nécessairement la poursuite de Chimène, et rendant Rodrigue digne d'elle. Il fait, si je ne me trompe, souhaiter au spectateur que Chimène oublie la mort de son père en faveur de sa patrie, et qu'elle puisse enfin se donner un jour à Rodrigue.

SCÈNE II.

L'infante. Pour toutes ces scènes de l'infante, on convient unanimement de leur inutilité insipide; et celle-ci est d'autant plus superflue que Chimène y répète avec faiblesse ce qu'elle vient de dire avec force à sa confidente.

V. 27. Hier ce devoir te mit en une haute estime.

Cet *hier* fait voir que la pièce dure deux jours dans Corneille : l'unité de temps n'était pas encore une règle bien reconnue. Cependant, si la querelle du comte et sa mort arrivent la veille au soir, et si le lendemain tout est fini à la même heure, l'unité de temps est observée. Les événements ne sont point aussi pressés qu'on l'a reproché à Corneille, et tout est assez vraisemblable.

SCÈNE III.

Toujours la scène vide, et nulle liaison : c'était encore un des défauts du siècle. Cette négligence rend la tragédie bien plus facile à faire, mais bien plus défectueuse.

V. 10. J'eusse pu donner ordre à repousser leurs armes

Le roi ne joue pas là un personnage bien respectable ; il avoue qu'il n'a donné ordre à rien.

V. 14. Ils t'ont nommé tous deux leur Cid en ma présence.
Puisque Cid, en leur langue, est autant que Seigneur.

REY DE CASTILLA.

El mio Cid le ha llamado.

REY MORO.

En mi lengua es mi Señor.

REY DE CASTILLA.

Ese nombre le está bien.

REY MORO.

Entre Moros le ha tenido.

Ce seul passage du *Cid* espagnol, *el mio Cid le ha llamado*, etc., fait voir la supériorité du poète français en ce point; car que font là ces trois rois maures que Guillem de Castro introduit? rien autre chose que de former un vain spectacle. C'est le principal défaut de toutes les pièces espagnoles et anglaises de ces temps-là. L'appareil, la pompe du spectacle, sont une beauté sans doute; mais il faut que cette beauté soit nécessaire. La tragédie ne consiste pas dans un vain amusement des yeux. On représente sur le théâtre de Londres des enterrements, des exécutions, des couronnements; il n'y manque que des combats de taureaux.

V. 15. Je ne t'envierai pas ce beau titre d'honneur.

REY DE CASTILLA.

Pues allá le ha mercido,
En mis tierras se le den.

V. 17. Sois désormais le Cid; qu'à ce grand nom tout cède.

Llamarle el Cid es razon.

V. 21. Que Votre Majesté, sire, épargne ma honte.

Le mot de *honte* n'est pas le mot propre. Une valeur qui *ne va point dans l'excès* est plus impropre encore.

V. 51. Nous partîmes cinq cents; mais, par un prompt renfort,
Nous nous vîmes trois mille en arrivant au port.

L'Académie n'a point repris cet endroit, qui consiste à substituer l'aoriste au simple passé. *Je vis, je fis, j'allai, je partis*, ne peut se dire d'une chose faite le jour où l'on parle. Plût à Dieu que cette licence fût permise en poésie! car *nous nous sommes vus cinq cents, nous sommes partis*, est bien languissant : on eût pu dire :

Nous n'étions que cinq cents; mais, par un prompt renfort,
Nous nous voyons trois mille en arrivant au port.

L'Académie ne prononça point sur cette faute, uniquement par la raison que Scudéri ne l'avait pas relevée, et qu'elle se borna, comme je l'ai déjà dit, à juger entre Corneille et Scudéri.

SCÈNE IV.

V. 2. La fâcheuse nouvelle et l'importun devoir!

Dès ce moment Rodrigue ne peut plus être puni; toutes les poursuites de Chimène paraissent surabondantes. Elle est donc si loin de manquer aux bienséances, comme on le lui a reproché, qu'au contraire elle va au delà de son devoir, en demandant la mort d'un homme devenu si nécessaire à l'État.

V. 5. Mais avant que sortir, viens, que ton roi t'embrasse.

En premio destas victorias
Ha de llevarse este abrazo.

SCÈNE V.

V. 1 . . . . Enfin soyez contente,
Chimène, le succès répond à votre attente.

Cette petite ruse du roi est prise de l'auteur espagnol; l'Académie ne la condamne pas. C'est apparemment le titre de *tragi-comédie* qui la disposait à cette indulgence; car ce moyen paraît aujourd'hui peu digne de la noblesse du tragique.

V. 14. Sire, on pâme de joie, ainsi que de tristesse.

Tanto atribula un placer,
Como congoja un pesar.

On ne dit pas *pâmer, évanouir;* on dit *se pâmer, s'évanouir.* Cette défaite de Chimène est comique, et fait rire. Voyez les remarques de l'Académie. La faute est de l'original; mais ses termes sont plus convenables.

V. 42. Pour lui tout votre empire est un lieu de franchise, etc.

Son tus ojos sus espias,
Tu retrete su sagrado,
Tu favor sus alas libres.

V. 55. Et ta flamme en secret rend grâces à son roi,
Dont la faveur conserve un tel amant pour toi.

Si he guardado á Rodrigo
Quizá para vos le guardo.

V. 58. L'auteur de mes malheurs! l'assassin de mon père!

On met peu de remarques au bas des pages de cette pièce. On renvoie le lecteur à celles de l'Académie. Cependant il faut observer que Chimène a tort d'appeler Rodrigue *assassin;* il ne l'est pas; elle l'a appelé elle-même *brave homme, homme de bien.*

V. 117. De moi ni de ma cour il n'aura la présence.

Ce tour est très-adroit; il donne lieu à la scène dans laquelle don Sanche apporte son épée à Chimène.

ACTE V.

SCÈNE I.

V. 3. Je vais mourir, madame, et vous viens en ce lieu,
Avant le coup mortel, dire un dernier adieu.

En quel lieu? Il est triste que ce mot *adieu* n'ait que *lieu* pour rime. C'est un des grands inconvénients de notre langue.

V. 35. Je lui vais présenter mon estomac ouvert,
　　　Adorant en sa main la vôtre qui me perd.

C'est dommage que ces sentiments ne soient point du tout naturels.
Il paraît assez ridicule de dire qu'il doit du respect à don Sanche, et
qu'il va lui présenter son estomac ouvert. Ces idées sont prises dans ces
misérables romans qui n'ont rien de vraisemblable, ni dans les aventures, ni dans les sentiments, ni dans les expressions; tout était hors
de la nature dans ces impertinents ouvrages qui gâtèrent si longtemps
le goût de la nation. Un héros n'osait ni vivre ni mourir sans le congé
de sa dame. Scudéri n'avait garde de condamner ces idées romanesques
dans Corneille, lui qui en avait rempli ses ridicules ouvrages.

V. 58. Et défends ton honneur, si tu ne veux plus vivre.

Ce vers est également adroit et passionné; il est plein d'art, mais
de cet art que la nature inspire. Il me paraît admirable. Mais le discours de Chimène est un peu trop long.

V. 81. Et cet honneur suivra mon trépas volontaire,
　　　Que tout autre que moi n'eût pu vous satisfaire.

Cette réponse de Rodrigue paraît aussi alambiquée et allongée : cette
dispute sur un sentiment très-peu naturel a quelque chose des conver
sations de l'hôtel Rambouillet, où l'on quintessenciait des idées so-
phistiquées.

V. 92. Sors vainqueur d'un combat dont Chimène est le prix,

est repris par Scudéri. C'est peut-être le plus beau vers de la pièce, et
il obtient grâce pour tous les sentiments un peu hors de la nature qu'on
trouve dans cette scène, traitée d'ailleurs avec une grande supériorité
de génie.

Comment, après ce beau vers, peut-on ramener encore sur la scène
notre pitoyable infante?

V. 95. Paroissez, Navarrois, Maures et Castillans.

Je ne sais pourquoi on supprime ce morceau dans les représentations. *Paroissez, Navarrois*, était passé en proverbe, et c'est pour cela
même qu'il faut réciter ces vers. Cet enthousiasme de valeur et d'espérance messied-il au Cid, encouragé par sa maîtresse?

SCÈNE IV.

Chimène, qui arrive à la place de l'infante sans la voir, et qui pourrait aussi bien ne pas paraître sur le théâtre que s'y montrer, ne fait
ici que renouveler ce défaut dont nous avons tant parlé, qui consiste
dans l'interruption des scènes; défaut, encore une fois, qui n'était pas
reconnu dans le chaos dont Corneille a tiré le théâtre.

V. 4. Et mes plus doux souhaits sont pleins de repentir.

On a corrigé [1] :

> Je ne souhaite rien sans un prompt repentir.

V. 9. D'un et d'autre côté je vous vois soulagée.

Les raisonnements d'Elvire, dans cette scène, semblent un peu se contredire. D'abord, elle dit à Chimène *qu'elle sera soulagée des deux côtés*. Ensuite,

> Et nous verrons du ciel l'équitable courroux
> Vous laisser par sa mort don Sanche pour époux.

Il est probable que ces raisonnements d'Elvire contribuent un peu à refroidir cette scène; mais aussi ils contribuent beaucoup à laver Chimène de l'affront que les critiques injustes lui ont fait de se conduire en fille dénaturée; car le spectateur est du parti d'Elvire contre Chimène; il trouve, comme Elvire, que Chimène en a fait assez, et qu'elle doit s'en remettre à l'événement du combat.

SCÈNE V.

L'Académie a condamné cette scène, et on peut voir les raisons qu'elle en rapporte; mais il n'y a point de lecteur sensé qui ne prévienne ce jugement, et qui ne voie qu'il n'est pas naturel que l'erreur de Chimène dure si longtemps. Ce qui n'est pas dans la nature ne peut toucher. Ce vain artifice affaiblit l'intérêt qu'on pourrait prendre à la scène suivante. Il ne reste que l'impression que Chimène a faite pendant toute la pièce : cette impression est si forte, qu'elle remue encore les cœurs, malgré toutes ces fautes.

SCÈNE VI.

V. 16. Je lui laisse mon bien, qu'il me laisse à moi-même.
Qu'en un cloître sacré je pleure incessamment
Jusqu'au dernier soupir mon père et mon amant.

> Conténtese con mi hacienda,
> Que mi persona, Senor,
> Llevaréla á un monasterio.

V. 29. Mais puisque mon devoir m'appelle auprès du roi, etc.

Quel devoir l'appelle auprès du roi, au temps de ce combat?

SCÈNE VII.

V. 6. Je viens tout de nouveau vous apporter ma tête.

Rodrigue a offert sa tête si souvent, que cette nouvelle offre ne peut plus produire le même effet. Les personnages doivent toujours conser-

---

1. La correction est de Corneille, et existe dès 1664. (*Note de M. Beuchot*).

ver leur caractère, mais non pas dire toujours la même chose. L'unité de caractère n'est belle que par la variété des idées.

V. 26. Pour vous en revancher conservez ma mémoire.

Le mot de *revancher* est devenu bas : on dirait aujourd'hui *pour m'en récompenser*.

V. 38. Vers ces mânes sacrés c'est me rendre perfide,
Et souiller mon honneur d'un reproche éternel,
D'avoir trempé mes mains dans le sang paternel.

Il semble que ces derniers beaux vers que dit Chimène la justifient entièrement. Elle n'épouse point le Cid ; elle fait même des remontrances au roi. J'avoue que je ne conçois pas comment on a pu l'accuser d'indécence, au lieu de la plaindre et de l'admirer. Elle dit, à la vérité, au roi : *C'est à moi d'obéir ;* mais elle ne dit point : *J'obéirai.* Le spectateur sent bien pourtant qu'elle obéira ; et c'est en cela, ce me semble, que consiste la beauté du dénoûment.

V. 68. Laisse faire le temps, ta vaillance et ton roi.

Ce dernier vers, à mon avis, sert à justifier Corneille. Comment pouvait-on dire que Chimène était une fille dénaturée, quand le roi lui-même n'espère rien pour Rodrigue que du temps, de sa protection, et de la valeur de ce héros ?

REMARQUES

SUR LES OBSERVATIONS DE M. DE SCUDÉRI,

GOUVERNEUR DE NOTRE-DAME-DE-LA-GARDE, SUR LE CID.

« Je conjure les honnêtes gens.... de ne condamner pas, sans les ouïr, les *Sophonisbe,* les *César,* etc. »

La *Sophonisbe* de Mairet, qui ne vaut rien du tout, était bonne pour le temps ; elle est de 1633.

Le *César,* qui ne vaut pas mieux, était de Scudéri. Il fut joué en 1636.

La *Cléopâtre* de Benserade est aussi de 1636. Il n'y a guère de pièce plus plate.

Rotrou est l'auteur d'*Hercule,* pièce remplie de vaines déclamations.

La *Mariamne* de Tristan, jouée la même année que le *Cid,* conserva cent ans sa réputation, et l'a perdue sans retour. Comment une mauvaise pièce peut-elle durer cent ans ? c'est qu'il y a du naturel.

Cléomédon de Du Ryer fut joué en 1636. On donnait alors trois ou quatre pièces nouvelles tous les ans. Le public était affamé de spectacle ; on n'avait ni opéra, ni la farce qu'on a nommée *italienne*.

« Je me contentais de connaître l'erreur sans la réfuter, et la vérité sans m'en rendre l'évangéliste, etc. »

Le mot d'*évangéliste* est bien singulier en cet endroit.

« Je le prie d'en user avec la même retenue, s'il me répond, parce que je ne saurais dire ni souffrir d'injures, etc. » Nous ne ferons aucune réflexion sur le style et les rodomontades de M. de Scudéri : on en connaît assez le ridicule. Ses observations fourmillent de fautes contre la langue.

« Mais ils vont droit en saper les fondements, afin que toute la masse du bâtiment croule et tombe en une même heure, etc. » Il n'est pas inutile de remarquer que les censures faites avec passion ont toutes été maladroites. C'est une grande sottise de ne trouver rien d'estimable dans un ennemi estimé du public.

« Par ainsi je pense avoir montré bien clairement que le sujet n'en vaut rien du tout, etc. » Vous verrez que l'Académie condamne cette censure ; *et par ainsi* le gouverneur de Notre-Dame-de-la-Garde a fort mal démontré.

« Enfin Chimène est une parricide. » Non, elle n'est point parricide, et il faut qu'elle consente expressément à épouser un jour Rodrigue. Mais que tu es ennuyeux avec ton Aristote !

« Il ne pouvait pas le changer, ni le rendre propre au poëme dramatique. Mais, comme une erreur en appelle une autre, etc. » Quelle erreur !

« Ce qui, loin d'être bon dans les vingt-quatre heures, ne serait pas supportable dans les vingt-quatre ans, etc. » Mais que cet agréable ami fasse réflexion que la défaite des Maures, dans les vingt-quatre heures, aplanit tous les obstacles.

« Mais l'auteur du *Cid* porte bien son erreur plus avant, puisqu'il enferme plusieurs années dans ses vingt-quatre heures, et que le mariage de Chimène et la prise de ces rois maures, qui, dans l'histoire d'Espagne, ne se fait que deux ou trois ans après la mort de son père, se fait ici le même jour. »

Il suppose toujours le mariage de Chimène qui ne se fait point.

« Le spectateur n'a-t-il pas raison de penser qu'il va partir un coup de foudre du ciel représenté sur la scène, pour châtier cette Danaïde ? etc. » A quel excès d'aveuglement la jalousie porte un auteur ! Quel autre que Scudéri pouvait souhaiter que Chimène mourût d'un coup de foudre ?

« Cet auteur n'aurait point enseigné la vengeance.... Chimène n'aurait pas dit :

Les accommodements ne font rien en ce point, etc. »

Voilà bien le langage de l'envie ! Scudéri condamne de très-beaux vers que tout le monde sait par cœur, et se condamne lui-même en les répétant.

« Je découvre encore des sentiments plus cruels et plus barbares....

C'est où cette fille, mais plutôt ce monstre, etc. » Scudéri appelle Chimène un monstre! Et on s'étonne aujourd'hui des impudentes expressions des faiseurs de libelles!

« Ce malheureux don Sanche devait être blessé, désarmé, et, pour sauver sa vie, contraint d'accepter cette honteuse condition, qui l'oblige à porter lui-même son épée à sa maîtresse de la part de son ennemi. »

Remarquez que, dans les mœurs de la chevalerie et dans tous les romans qui en ont parlé, cette condition n'était point honteuse; de plus, cette victoire de Rodrigue et sa générosité sont de nouveaux motifs qui excusent la tendresse de Chimène.

« Je parlerais plus clairement de cette divine personne, si je ne craignais de profaner son nom sacré, etc. » Les plus impudents satiriques sont souvent les plus sots flatteurs. A quel propos louer ici la reine, quand il ne s'agit que des rodomontades du comte de Gormaz? Il croyait, par cet artifice, mettre la reine de son parti.

« Je vois bien, pour parler aussi des modernes, que, dans la belle *Mariamne*, ce discours des songes.... n'était pas absolument nécessaire; mais.... il y ajoute une beauté merveilleuse, etc. » La belle *Mariamne* dont parle Scudéri est un très-mauvais ouvrage, mais très-passable pour le temps où il fut composé. On joua cette *Mariamne*, de Tristan, quelques mois avant le *Cid*. Voici ce discours de Phérore, qui ajoute une beauté merveilleuse :

> Quelles fortes raisons apportait ce docteur,
> Qui soutient que le songe est toujours un menteur?
> Il disait que l'humeur qui dans nos corps domine,
> A voir certains objets souvent nous détermine.
> Le flegme humide et froid, se portant au cerveau,
> Y vient représenter des brouillards et de l'eau;
> La bile ardente et jaune, aux qualités subtiles,
> N'y dépeint que combats, qu'embrasements de villes;
> Le sang, qui tient de l'air, et répond au printemps,
> Rend les moins fortunés en leurs songes contents, etc

Ces vers, si déplacés dans une tragédie, sont une malheureuse imitation d'un des beaux endroits de Pétrone :

> Somnia quæ ludunt animos volitantibus umbris.

« Cette épouvantable procédure choque directement le sens commun, etc. » Scudéri devait au moins reprocher ce procédé, et non cette procédure, à l'auteur espagnol dont Corneille imita les beautés et les défauts. Mais il était jaloux de Corneille, et non de Guillem de Castro.

« Chimène, par un galimatias qui ne conclut rien, dit qu'elle veut perdre Rodrigue, et qu'elle souhaite ne le pouvoir pas, etc. » C'est un des beaux vers de l'espagnol.

« Ce méchant combat de l'honneur et de l'amour, etc. » Ce combat de l'amour et de l'honneur est ce qu'on a jamais vu de plus naturel et de plus heureux sur le théâtre d'Espagne.

« C'est se rendre digne de cette épitaphe d'un homme en vie, mais endormi, qui dit :

> Sous cette casaque noire
> Repose paisiblement
> L'auteur d'heureuse mémoire,
> Attendant le jugement. »

Il est plaisant de voir Scudéri traiter Corneille d'homme sans jugement....

« Elle ajoute, avec une impudence épouvantable :

> « Sors vainqueur d'un combat dont Chimène est le prix, etc. »

Ces vers contribuèrent, plus qu'aucun autre endroit, au succès du cinquième acte.

« Elle dit au misérable don Sanche tout ce qu'elle devait raisonnablement dire à l'autre quand il eut tué son père, etc. » Quelle pitié!... Quoi! Chimène devait dire à Rodrigue qu'il avait pris le comte de Gormaz en traître?...

« Elle prononce enfin un *oui* si criminel, etc. » Elle ne prononce point ce *oui :* elle parle avec beaucoup de décence.

« Je commence par le premier vers :

> « Entre tous les amants, dont la jeune ferveur.

« C'est parler français en allemand. »
Voyez le jugement de l'Académie.
« Celui qui n'en est que le traducteur a dit :

> « Qu'il ne doit qu'à lui seul toute sa renommée. »

Voyez l'Épître de Corneille à Ariste, à la fin de ces remarques sur le *Cid.*

REMARQUES

SUR LA LETTRE APOLOGÉTIQUE

OU RÉPONSE DU SIEUR P. CORNEILLE AUX OBSERVATIONS
DU SIEUR SCUDÉRI SUR LE CID.

« Vous ne vous êtes pas souvenu que vous avez mis un *A qui lit* au-devant de Ligdamon. »
Cet *A qui lit* répond à la formule italienne *A chi legge*, et n'est point une bravade.

« J'en ai porté l'original, en sa langue, à monseigneur le cardinal, votre maître et le mien. »
Corneille appelle ici le cardinal de Richelieu son maître; il est vrai

qu'il en recevait une pension, et on peut le plaindre d'y avoir été réduit ; mais on peut le plaindre davantage d'avoir appelé son maître un autre que le roi.

REMARQUES

SUR LA LETTRE DE M. DE SCUDÉRI

A L'ACADÉMIE FRANÇAISE.

« J'ai trop accoutumé de paraître parmi les personnes de qualité pour vouloir me cacher. » Ce Scudéri est un modeste personnage.

« Mondori, la Villiers n'étant pas dans le livre comme sur le théâtre, le *Cid* imprimé n'était plus le *Cid* que l'on a cru voir. »

Mondori, la Villiers, célèbres comédiens du temps des premières représentations du *Cid*, auxquels M. Scudéri prétend attribuer le succès de cette pièce.

« L'ingratitude qu'il a fait paraître pour vous, en disant qu'*il ne doit qu'à lui seul toute sa renommée*, etc. » Vers que M. Corneille avait mis dans une pièce intitulée : *Excuse à Ariste*, et qui lui attira un très-grand nombre d'ennemis, qui écrivirent contre lui.

« Qu'il voie et qu'il vainque, s'il peut ; soit qu'il m'attaque en soldat, soit qu'il m'attaque en écrivain, il verra que je sais me défendre de bonne grâce.... et qu'il aura besoin de toutes ses forces. » Rodomontades de M. Scudéri.

REMARQUES

SUR LES PREUVES DES PASSAGES

ALLÉGUÉS DANS LES OBSERVATIONS SUR LE CID PAR M. DE SCUDÉRI, ADRESSÉES A MESSIEURS DE L'ACADÉMIE FRANÇAISE, POUR SERVIR DE RÉPONSE A LA LETTRE APOLOGÉTIQUE DE M. CORNEILLE.

« On peut voir ce que j'en ai dit dans la traduction qu'en a faite Joseph Scaliger, ou dans Heinsius, etc. » Ce Heinsius était, comme Scudéri, un très-mauvais poëte, auteur d'une plate amplification latine, appelée *tragédie*, dont le sujet est le massacre de ce qu'on appelle les *Innocents*.

« Et l'on verra que la réponse de M. Corneille est aussi faible que ses injures, etc. » Mais n'est-ce pas Scudéri qui, le premier, a dit des injures ? et n'est-ce pas la méthode de tous ces barbouilleurs de papier, comme les Fréron, les Guyon et autres malheureux de cette espèce qui attaquent insolemment ce qu'on estime, et qui, ensuite, se plaignent qu'on se moque d'eux ?

REMARQUES

SUR LES SENTIMENTS DE L'ACADÉMIE FRANÇAISE

SUR LA TRAGI-COMÉDIE DU CID.

Ce jugement de l'Académie fut rédigé par Chapelain ; il est écrit tout entier de sa main, et l'original est à la Bibliothèque du roi[1].

« Il n'est pas croyable qu'un plaisir puisse être contraire au bon sens, si ce n'est le plaisir de quelque goût dépravé, comme est celui qui fait aimer les aigreurs et les amertumes, etc. » Le goût des aigres et des amers n'est pas contraire au bon sens, mais au goût général.

« Il n'est pas question de plaire à ceux qui regardent toutes choses avec un œil ignorant ou barbare, et qui ne seraient pas moins touchés de voir affliger une Clytemnestre qu'une Pénélope, etc. » Il n'y a personne qui puisse s'attendrir pour Clytemnestre, quand elle est donnée pour la meurtrière de son époux : il ne faut pas apporter des exemples qui ne sont pas dans la nature.

« Si quelques pièces régulières donnent peu de satisfaction, il ne faut pas croire que ce soit la faute des règles, mais bien celle des auteurs, dont le stérile génie n'a pu fournir à l'art une matière qui fût assez riche. » On devrait dire une forme assez belle.

« Car le nœud des pièces de théâtre étant un accident inopiné, etc. » Ce nœud n'est pas toujours un accident inopiné ; souvent il est formé par les combats des passions. Cette manière est la plus heureuse et la plus difficile.

« Tant y a qu'il se fait avec surprise, etc. » *Tant y a* est devenu une expression basse, et ne l'était point alors.

« Car, ni la bienséance des mœurs d'une fille introduite comme vertueuse n'y est gardée par le poëte, lorsqu'elle se résout à épouser celui qui a tué son père, etc. » Avec le respect que j'ai pour l'Académie, il me semble, comme au public, qu'il n'est point du tout contre la vraisemblance qu'un roi promette pour époux le vengeur de la patrie, à une fille qui, malgré elle, aime éperdument ce héros, surtout si l'on

---

1. Ce que l'on conserve à la Bibliothèque du roi, écrit de la main de Chapelain, est la première rédaction, ou, pour employer les expressions de Pellisson, *un premier crayon*, c'est un cahier in-4° de soixante-quatre pages. La dernière est blanche, ainsi que la moitié de l'avant-dernière. Il y a des apostilles de la main du cardinal de Richelieu. (*Note de M. Beuchot.*)

considère que son duel avec le comte de Gormaz était, en ce temps-là, regardé de tout le monde comme l'action d'un brave homme, dont il n'a pu se dispenser.

« Il y aurait eu moins d'inconvénients dans la disposition du *Cid* de feindre contre la vérité, ou que le comte ne se fût pas trouvé à la fin véritable père de Chimène.... » Si le comte n'eût pas été le père de Chimène, c'est cela qui eût fait un roman contre la vraisemblance, et qui eût détruit tout l'intérêt.

« Ou que le salut du roi ou du royaume eût absolument dépendu de ce mariage, etc. » Cette idée que le salut de l'État eût dépendu du mariage de Chimène, me paraît très-belle : mais il eût fallu changer toute la construction du poëme.

« Aristote dit, dans sa Poétique, que le poëte, pour traiter des choses avenues, ne serait pas estimé moins poëte; parce que rien n'empêche que quelques-unes de ces choses ne soient telles, qu'il est vraisemblable qu'elles soient avenues. » Avec la permission d'Aristote, le vraisemblable ne suffirait pas. On n'est point du tout poëte pour traiter un sujet vraisemblable; on ne l'est que quand on l'embellit.

« Il y a encore eu plus sujet de le reprendre, pour avoir fait consentir Chimène à épouser Rodrigue le jour même qu'il avait tué le comte. » Il semble qu'elle épouse Rodrigue le jour même que Rodrigue a tué son père. Non : elle consent le jour même à ne plus solliciter la mort de Rodrigue, et elle laisse entendre seulement qu'un jour elle pourra obéir au roi en épousant Rodrigue, sans donner une parole positive. Il me semble que cet art de Corneille méritait les plus grands éloges.

« Et la beauté qu'eût produite dans l'ouvrage une si belle victoire de l'honneur sur l'amour, eût été d'autant plus grande, qu'elle eût été plus raisonnable. » Une chose assez singulière, mais très-vraie, c'est que si Chimène avait continué à poursuivre Rodrigue après qu'il a sauvé Séville, et qu'il a pardonné à don Sanche, cela eût été froid et ridicule. Si jamais on fait une pièce dans ce goût, je réponds de la chute. Les mêmes sentiments qui charmèrent l'Espagne, charmèrent ensuite la France.

« Chimène.... poursuit lâchement cette mort, etc. » Aujourd'hui on dirait *faiblement*.

« En un mot, elle a assez d'éclat et de charmes pour avoir fait oublier les règles à ceux qui ne les savent guère bien, etc. » Il me semble qu'il ne s'agit pas ici des règles, mais des mœurs.

« Le comte n'était pas obligé de prévoir que l'un d'eux serait assez lâche pour vouloir racheter sa vie, en acceptant la condition de la part de son vainqueur, etc. » Je ne crois pas que dans les temps de la chevalerie ce fût une lâcheté : rien n'était plus commun que des chevaliers qui, ayant été désarmés, allaient porter leurs armes à la maîtresse du vainqueur. L'action de don Sanche ne parut point du tout lâche en Espagne, où l'on était encore enthousiasmé de la chevalerie.

« Ses discours sont plutôt des effets de la prévention d'un vieux soldat que des fanfaronneries d'un capitan de farce, etc. » Il faut remarquer que les fanfaronnades de tous les capitans de comédie étaient alors portées à un excès de ridicule si outré, que le comte de Gormaz, tout fanfaron qu'il est, paraît modeste en comparaison.

« La relation qu'Elvire fait à Chimène est très-succincte : elle est même nécessaire pour faire paraître Chimène, etc. » Donc les comédiens ont eu très-grand tort de retrancher cette scène.

« Ayant pu remarquer que don Sanche est rival de don Rodrigue en l'amour de Chimène, etc. » On ne dirait point aujourd'hui *rival en l'amour*.

« La faute de jugement que l'observateur remarque dans la troisième scène, nous semble bien remarquée, etc. » Il faut, je crois, considérer le temps où se passe l'action ; c'était celui où l'on attachait autant de honte à ne se pas battre, en pareil cas, qu'à trahir sa patrie, et à faire les actions les plus basses. Il était bien plus déshonorant de ne pas tirer raison d'un affront, que de voler sur le grand chemin; car, dans ce siècle, presque tous les seigneurs de fief rançonnaient les passants.

Notandi sunt tibi mores[1].

Ajoutez : *Notanda sunt tempora.*

« Vouloir qu'il y eût.... un quatrième parti de ceux qui ne bougeaient d'auprès de la personne du roi. » *Bougeaient* est devenu, depuis, trop familier.

« Cela (la ruse du roi qui, pour connaître le sentiment de Chimène, lui assure que Rodrigue a péri dans le combat) se pourrait bien défendre par l'exemple de plusieurs grands princes. » Oui plusieurs grands princes ont pu employer de pareilles feintes, mais elles n'en sont pas moins puériles au théâtre; elles tiennent beaucoup plus du comique que du tragique.

« Quant à l'ordonnance de Fernand, pour le mariage de Chimène avec celui de ses deux amants qui sortirait vainqueur du combat, on ne saurait nier qu'elle ne soit très-inique. » Inique sans doute, mais très-conforme à l'usage du temps.

« C'est un défaut (d'unité de lieu) que l'on trouve en la plupart de nos poëmes dramatiques. » C'est aussi souvent le défaut des décorateurs et des comédiens. Une action se passe tantôt dans le vestibule d'un palais, tantôt dans l'intérieur, sans blesser l'unité de lieu : mais le décorateur blesse la vraisemblance, en ne représentant pas ce vestibule et cet appartement. Ce serait un soulagement pour l'esprit, et un plaisir pour les yeux, de changer la scène à mesure que les personnages sont supposés passer d'un lieu à un autre dans la même enceinte.

1. Horace. *Art. poét.*, 156. (Éd.)

REMARQUES

A L'OCCASION DES SENTIMENTS DE L'ACADÉMIE FRANÇAISE

SUR LES VERS DU CID.

ACTE I.

SCÈNE I.

V. 8. Elle n'ôte à pas un ni donne l'espérance.

« Il fallait *ni ne donne*, et l'omission de ce *ne* avec la transposition de *pas un*, qui devrait être à la fin, font que la phrase n'est pas française. »

Peut-être faudrait-il laisser plus de liberté à la poésie, à l'exemple de tous nos voisins. Ce vers serait fort beau :

Je ne vous ai ravi ni donné la couronne.

Il est très-français ; *ni n'ai donné* le gâterait.

V. 15. Don Rodrigue, surtout, n'a trait en son visage,
Qui d'un homme de cœur ne soit la haute image.

« C'est une hyperbole excessive de dire que chaque trait d'un visage soit une image, etc. »

N'a trait en son visage est familier. Mais l'hyperbole n'est peut-être pas trop forte ; car il serait très-permis de dire, *tous les traits de son visage annoncent un héros*.

V. 20. .... A passer pour merveille.

« Cette façon de parler a été mal reprise par l'observateur. »

A passer pour merveille ne se dirait pas aujourd'hui, parce que cette expression est triviale.

SCÈNE VI.

V. 33. Instruisez-le d'exemple.

« Cela n'est pas français ; il fallait dire, *instruisez-le par l'exemple de, etc.* »

Instruire d'exemple me paraît faire un très-bel effet en poésie. Cette expression même semble y être devenue d'usage.

Il m'instruisait d'exemple au grand art des héros[1].

1. Vers de Voltaire lui-même, *Henriade*, II. 115. (ÉD.)

V. 39. .... Ordonner une armée.

« Ce n'est pas bien parler français, quelque sens qu'on lui veuille donner, etc. »

Puisqu'on ne peut rendre ce mot que par une périphrase, il vaut mieux que la périphrase; il répond à *ordinare;* il est plus énergique qu'*arranger, disposer.*

V. 54. Gagneroit des combats, etc.

« L'observateur a repris cette façon de parler avec quelque fondement, parce qu'on ne saurait dire qu'improprement *gagner des combats.* »

Si l'on **gagne des batailles,** pourquoi ne **gagnerait**-on pas des combats?

V. 78. Le premier dont ma race ait vu rougir son front.

« L'observateur a eu raison de remarquer qu'on ne peut dire *le front d'une race.* »

Pourquoi, si on anime tout en poésie, une race ne pourra-t-elle pas rougir? pourquoi ne lui pas donner un front comme des sentiments?

V. 87. Épargnes-tu mon sang?... — Mon âme est satisfaite,
Et mes yeux à ma main reprochent ta défaite.

« Il y a contradiction, en ces deux vers, de dire en même temps que son âme soit satisfaite, et que ses yeux reprochent à sa main une défaite honteuse, etc. »

Y a-t-il contradiction? Je suis satisfait, je suis vengé; mais je l'ai été trop aisément.

SCÈNE VII.

V. 11. Nouvelle dignité fatale à mon bonheur,
Faut-il de votre éclat voir triompher le comte?

« Triompher de l'éclat d'une dignité, *ce sont de belles paroles qui ne signifient rien.* »

N'est-il pas permis, en poésie, de triompher de l'éclat des grandeurs?

V. 28. Qui tombe sur mon chef, etc.

« L'observateur est trop rigoureux de reprendre ce mot, qui n'est point tant hors d'usage qu'il le dit. »

Ce mot a vieilli.

SCÈNE VIII.

V. 18. Se faire un beau rempart de mille funérailles.

« L'observateur a bien repris cet endroit; car le mot *funérailles* ne signifie point des corps morts. »

Funérailles, alors, signifiait *funus*, et n'était pas uniquement attaché à l'idée d'enterrement.

SCÈNE IX.

V. 14.   L'un échauffe mon cœur, l'autre retient mon bras.

« *Échauffer* est un verbe trop commun à toutes les deux passions, etc. »

Échauffe n'est pas mauvais ; *anime* serait plus noble.
On l'a corrigé ainsi dans quelques éditions.

V. 32.   Je dois à ma maîtresse aussi bien qu'à mon père.

« Je dois est *trop vague*, etc.
L'usage s'est, depuis, déclaré pour Corneille. On dit très-bien :

Je dois à la nature encor plus qu'à l'amour.

V. 49.   Allons, mon bras....

L'observateur devait plutôt reprendre *allons, mon bras*, qu'*allons,
mon âme.* »
Une âme va-t-elle mieux qu'un bras ?

ACTE II.

SCÈNE II

V. 3.   Sais-tu que ce vieillard fut la même vertu,
       La vaillance et l'honneur de son temps ? Le sais-tu ?

« Le comte répond : *peut-être* ; mais c'est mal répondu, etc. »
Cette faute est de l'espagnol.

V. 5.   Cette ardeur que dans les yeux je porte,
       Sais-tu que c'est mon sang ?

« Une ardeur ne peut être appelée sang, par métaphore ni autrement. »
Si un homme pouvait dire de lui qu'il a de l'ardeur dans les yeux, y
aurait-il une faute à dire que cette ardeur vient de son père, que c'est
le sang de son père ? N'est-ce pas le sang qui, plus ou moins animé,
rend les yeux vifs ou éteints ?

V. 6.   A quatre pas d'ici, je te le fais savoir.

« Après avoir dit ces mots, le grand discours qui suit jusqu'à la fin
de la scène est hors de saison. »
Cependant, on entend les vers suivants avec plaisir, et *la valeur
n'attend pas le nombre des années* est devenu un proverbe.

SCÈNE III.

V. 26.   Les affronts à l'honneur ne se réparent point.

« On dit bien *faire affront à quelqu'un*, mais non pas *faire affront à l'honneur de quelqu'un.* »

Cette censure détruirait toute poésie; on dit très-bien : *il outrage mon amour, ma gloire.*

V. 45. . . . . Quel comble à mon ennui!

« Cette phrase n'est pas française. »

On dit : *C'est le comble de ma douleur, de ma joie.* Si ces tours n'étaient pas admis, il ne faudrait plus faire de vers.

SCÈNE V.

V. 16.   Vous laissez choir ainsi ce glorieux courage.

« Contre l'opinion de l'observateur, ce mot de *choir* n'est pas si fort impropre en ce lieu qu'il ne se puisse supporter, etc. »

Choir n'est plus d'usage.

V. 36. . . . . Et ses nobles journées
       Porter delà les mers ses hautes destinées.

« L'observateur a bien repris *ses nobles journées;* car on ne dit point *les journées d'un homme* pour exprimer les combats qu'il a faits. »

On disait, alors, *les journées d'un homme;* et il en est resté cette façon de parler triviale : *il a tant fait par ses journées;* mais c'est dans le style comique.

V. 38. . . . . Arborer ses lauriers

« est bien repris par l'observateur, parce qu'on ne peut pas dire : *arborer un arbre,* etc. »

Arborer ses lauriers ne veut pas dire *mettre des lauriers en terre pour les faire croître, planter des lauriers;* mais, comme on coupait des branches de laurier en l'honneur des vainqueurs, c'était les arborer que de les porter en triomphe, les montrer de loin comme s'ils étaient des arbres véritables. Ces figures ne sont-elles pas permises dans la poésie?

SCÈNE VI.

V. 3.   Je l'ai de votre part longtemps entretenu.

« On dit bien *je lui ai parlé de votre part,* mais on ne peut pas dire *je l'ai entretenu de votre part.* »

Je ne crois pas qu'on puisse trouver la moindre faute dans ce vers.

V. 18.   On l'a pris tout bouillant encor de sa querelle.

« On ne peut pas dire *bouillant d'une querelle*, comme on dit *bouillant de colère.* »

Tout bouillant encor de sa querelle me semble très-poétique, très-énergique et très-bon.

V. 31. Il trouve en son devoir un peu trop de rigueur.
Et vous obéiroit s'il avoit moins de cœur.

« Don Sanche pèche fort contre le jugement, d'oser dire au roi que le comte trouve trop de rigueur à lui rendre le respect qu'il lui doit, et encore plus quand il ajoute qu'il y aurait de la lâcheté à lui obéir. »

Qu'on fasse attention aux mœurs de ce temps-là, à la fierté des seigneurs, au peu de pouvoir des rois, et on verra que ceux qui rédigèrent ces remarques avaient une autre idée de la puissance royale que les guerriers du xiii° siècle.

V. pén. A quelques sentiments que son orgueil m'oblige,
Sa perte m'affoiblit, et son trépas m'afflige.

« Toutes les parties de ce raisonnement sont mal rangées; il fallait dire : *A quelque ressentiment que son orgueil m'ait obligé, son trépas m'afflige à cause que sa perte m'affaiblit.* »

M'oblige ne peut-il pas très-bien être substitué à *m'ait obligé? A cause que* ferait tout languir; et le roi peut très-bien s'affliger de la perte d'un homme qui l'a servi longtemps, sans même songer qu'il pouvait servir encore. Ce sentiment est bien plus noble.

SCÈNE IX.

V. 38. Par cette triste bouche elle empruntoit ma voix.

« Chimène paraît trop subtile en cet endroit pour une affligée. »

Ce défaut est de l'espagnol; et, en effet, ces subtilités, ces recherches d'esprit, ces déclamations, refroidissent beaucoup le sentiment.

V. 59. Moi dont les longs travaux ont acquis tant de gloire,
Moi que jadis partout a suivi la victoire.

« Don Diègue devait exprimer ses sentiments devant son roi avec plus de modestie. »

Oui, dans nos mœurs; oui, dans les règles de nos cours; mais non dans les temps de la chevalerie.

V. 81. Du crime glorieux qui cause nos débats,
Sire, j'en suis la tête, il n'en est que le bras.

« On peut bien donner une tête et des bras à quelques corps figurés, comme, par exemple, à une armée, mais non pas à des actions, etc. »

Cette faute est de l'espagnol.

V. 94. Il est juste, grand roi, qu'un meurtrier périsse.

« Ce mot de *meurtrier* qu'il répète souvent, le faisant de trois syllabes, n'est que de deux. »

Meurtrier, sanglier, etc., sont de trois syllabes. Ce serait faire une contraction très-vicieuse, et prononcer *sangler, meurtrer*, que de réduire ces trois syllabes très-distinctes à deux.

ACTE III.

SCÈNE I.

ELVIRE.

V. 8.   Mais chercher ton asile en la maison du mort!
        Jamais un meurtrier en fit-il son refuge?

RODRIGUE.

Et je n'y viens aussi que m'offrir à mon juge.

« Soit que Rodrigue veuille consentir au sens d'Elvire, soit qu'il y veuille contrarier, il y a grande obscurité en ce vers, etc. »

Y contrarier. Ce verbe ne se dit plus avec le datif; on dit, *contrarier une opinion, s'y opposer, la contredire*, etc.

SCÈNE II.

V. 6.   Employez mon épée à punir le coupable.

« La bienséance eût été mieux observée s'il se fût mis en devoir de venger Chimène sans lui en demander la permission. »

Point du tout; ce n'était pas l'usage de la chevalerie, il fallait qu'un champion fût avoué par sa dame : et de plus, don Sanche ne devait pas s'exposer à déplaire à sa maîtresse, s'il était vainqueur d'un homme que Chimène eût encore aimé.

SCÈNE III.

V. 39. Quoi! j'aurai vu mourir mon père entre mes bras!

« Elle avait dit auparavant qu'il était mort quand elle arriva sur le lieu. »

Le comte venait d'expirer quand Chimène a été témoin de ce spectacle. Elle est très-bien fondée à dire, *je l'ai vu mourir entre mes bras*. Ce n'est pas assurément une hyperbole trop forte, c'est le langage de la douleur.

SCÈNE IV.

V. 58. Je ne te puis blâmer d'avoir fui l'infamie.

« *Fui* est de deux syllabes. »

Fui est d'une seule syllabe, comme *lui, bruit, cuit*.

V. 75. Mais il me faut te perdre après l'avoir perdu ;
    Et pour mieux tourmenter mon esprit éperdu, etc.

« *Perdu* et *éperdu* ne peuvent rimer, à cause que l'un est le simple et l'autre le composé. »

Perdu et *éperdu* signifiant deux choses absolument différentes, laissons aux poëtes la liberté de faire rimer ces mots. Il n'y a pas assez de rimes dans le genre noble pour en diminuer encore le nombre.

V. 115. Va, je ne te hais point. — Tu le dois. — Je ne puis.

« Ces termes, *tu le dois*, sont équivoques, etc. »

Non assurément, ils ne sont point équivoques ; le sens est si clair qu'il est impossible de s'y méprendre ; et si c'est une licence en poésie, c'est une très-belle licence.

SCÈNE VI.

V. 35. L'amour n'est qu'un plaisir, et l'honneur un devoir.

« Il fallait dire, *l'amour n'est qu'un plaisir ; l'honneur est un devoir*, etc. »

C'est encore ici la même observation : il y a peut-être un léger défaut de grammaire ; mais la force, la vérité, la clarté du sens, font disparaître ce défaut.

V. 38. Et vous m'osez pousser à la honte du change !

« Ce n'est point bien parler que de dire : *Vous me conseillez de changer* ; on ne dit point *pousser à la honte*. »

Le mot de *pousser* n'est pas noble, mais il serait beau de dire : *Vous me forcez à la honte, vous m'entraînez dans la honte*.

V. 53. La cour est en désordre et le peuple en alarmes.

« Il fallait dire *en alarme* au singulier. »

On dit encore mieux en *alarmes* au pluriel qu'au singulier en poésie.

ACTE IV.

SCÈNE III.

V. 18. Qu'il devienne l'effroi de Grenade et Tolède.

« Il fallait répéter le *de*, et dire *de Grenade et de Tolède*. »

Il y a bien des occasions où le poëte est obligé de supprimer ce *de*[1].

V. 41. . . . . Leur brigade étoit prête.

---

1. Corneille trouva juste la critique de l'Académie, et, dans l'édition de 1664, il mit :

   Qu'il comble d'épouvante et Grenade et Tolède. (*Note de M. Beuchot.*)

« Contre l'avis de l'observateur, le mot de *brigade* se peut prendre pour un plus grand nombre que de cinq cents.... et quelquefois on peut appeler *brigade* la moitié d'une armée. »

La moitié d'une armée, un gros détachement même n'est point appelé *brigade*; et ce mot *brigade* n'est plus d'usage en poésie.

V. 42. Et paroître à la cour eût hasardé ma tête.

« Il fallait dire, *c'eût été hasarder ma tête*; car on ne peut point faire un substantif de *paraître* pour régir *eût hasardé*. »

Il nous semble que cette licence devrait être permise aux poëtes en faveur de la précision, et que cet exemple même en donne la preuve.

V. 55. J'en cache les deux tiers aussitôt qu'arrivés.

« Cette façon de parler n'est pas française; il fallait dire, *aussitôt qu'ils furent arrivés, etc* »

Aussitôt qu'arrivés est bien plus fort, plus énergique, plus beau en poésie que cette expression aussi languissante que régulière, *aussitôt qu'ils furent arrivés.*

SCÈNE IV.

V. dern. Contrefaites le triste.

« L'observateur n'a pas eu raison de reprendre cette façon de parler qui est en usage; mais il est vrai qu'elle est basse dans la bouche du roi. »

Elle est basse dans la bouche de tout personnage tragique [1].

SCÈNE V.

V. 3. Si de nos ennemis Rodrigue a le dessus,
    Il est mort à nos yeux des coups qu'il a reçus.

« Quand un homme *est mort*, on ne peut dire qu'*il a le dessus* des ennemis, mais bien *il a eu.* »

On peut encore observer qu'*avoir le dessus des ennemis* est une expression trop populaire.

ACTE V.

SCÈNE I.

V. 5. Mon amour vous le doit, et mon cœur qui soupire
    N'ose, sans votre aveu, sortir de votre empire.

« Cette expression, *qui soupire*, est imparfaite : il fallait dire, *qui*

---

1. Aussi Corneille a-t-il mis dans l'édition de 1664 :
    Montrez un œil plus triste.   (*Note de M. Beuchot.*)

soupire pour vous ; et, par le second vers, il semble qu'il demande plutôt permission de changer d'amour que de mourir. »

On pourrait dire encore qu'un cœur, qui n'ose sortir du monde et de l'empire de sa maîtresse sans l'ordre de sa dame, est une idée romanesque qui éteint, dans cet endroit, la chaleur de la passion, et que tout ce qui est guindé, recherché, affecté, est froid.

SCÈNE III.

V. 24. Que ce jeune seigneur endosse le harnois.

« L'observateur ne devait pas reprendre cette phrase qui n'est point hors d'usage, etc. »

On endossait effectivement alors le harnois. Les chevaliers portaient cinquante livres de fer au moins. Cette mode ayant fini, *endosser le harnois* a cessé d'être en usage. Boileau a dit [1], *dormir en plein champ le harnois sur le dos ;* mais c'est une satire.

V. 27. Un tel choix et si prompt vous doit bien faire voir
  Qu'elle cherche un combat qui force son devoir,
  Et, livrant à Rodrigue une victoire aisée,
  Puisse l'autoriser à paroître apaisée [2].

« Ce dernier vers ne signifie pas bien, *puisse lui donner lieu de s'apaiser, sans qu'il y aille de son honneur.* »

Cette critique paraît trop sévère. Il me semble que l'auteur dit ce qu'on lui reproche de n'avoir pas dit.

SCÈNE V.

V. 1. Madame, à vos genoux j'apporte cette épée.

« On peut bien *apporter une épée aux pieds de quelqu'un,* mais non pas *aux genoux.* »

On apporte aux genoux comme aux pieds.

« Le cinquième article des Observations (de Scudéri) comprend les larcins de l'auteur, qui sont ponctuellement ceux que l'observateur a remarqués. »

Le mot *larcins* est dur. Traduire les beautés d'un ouvrage étranger, enrichir sa patrie et l'avouer, est-ce là un larcin ?

---

1. Satire V, vers 48. (ED.)
2. L'édition de 1664 porte :
   Et sa facilité vous doit faire bien voir
   Qu'elle cherche un combat qui force son devoir
   Qui livre à son Rodrigue une victoire aisée,
   Et l'autorise enfin à paroître apaisée.

CONCLUSIONS

DES SENTIMENTS DE L'ACADÉMIE SUR LE CID.

« Il n'a pas laissé de faire éclater en beaucoup d'endroits de si beaux sentiments et de si belles paroles, qu'il a en quelque sorte imité le ciel qui, en la dispensation de ses trésors et de ses grâces, donne indifféremment la beauté du corps aux méchantes âmes et aux bonnes. »

Cette *imitation du ciel* fait voir qu'on était éloigné de la véritable éloquence, et qu'on cherchait de l'esprit à quelque prix que ce fût.

« Néanmoins la naïveté et la véhémence de ses passions, la force et la délicatesse de plusieurs de ses pensées, et cet agrément inexplicable qui se mêle dans tous ses défauts, lui ont acquis un rang considérable entre les poëmes français de ce genre, etc. »

Ces dernières lignes sont un aveu assez fort du mérite du *Cid*; on en doit conclure que les beautés y surpassent les défauts, et que, par le jugement de l'Académie, Scudéri est beaucoup plus condamné que Corneille [1].

EXCUSE A ARISTE [2].

Ce n'est donc pas assez; et de la part des muses,
Ariste, c'est en vers qu'il vous faut des excuses;
Et la mienne pour vous n'en plaint pas la façon :
Cent vers lui coûtent moins que deux mots de chanson;
Son feu ne peut agir quand il faut qu'il s'explique
Sur les fantasques airs d'un rêveur de musique,
Et que, pour donner lieu de paroître à sa voix,
De sa bizarre quinte il se fasse des lois;
Qu'il ait sur chaque ton ses rimes ajustées,
Sur chaque tremblement ses syllabes comptées,
Et qu'une faible pointe à la fin d'un couplet
En dépit de Phébus donne à l'art un soufflet :
Enfin cette prison déplaît à son génie :
Il ne peut rendre hommage à cette tyrannie;
Il ne se leurre point d'animer de beaux chants,
Et veut pour se produire avoir la clef des champs.

1. Les deux pièces de vers imprimées à la suite des *Sentiments de l'Académie* dans l'édition commentée, ne se trouvant pas dans quelques éditions du *Théâtre de Corneille*, on a cru devoir les donner ici en entier avec les remarques au bas des pages. (*Ed. de Kehl*)

2. Voici cette épître de Corneille qu'on prétend qui lui attira tant d'ennemis mais il est très-vraisemblable que le succès du *Cid* lui en fit bien davantage : elle paraît écrite entièrement dans le goût et dans le style de Régnier, sans grâces, sans finesse, sans élégance, sans imagination; mais on y voit de la facilité et de la naïveté.

C'est lors qu'il court d'haleine, et qu'en pleine carrière,
Quittant souvent la terre, en quittant la barrière,
Puis d'un vol élevé se cachant dans les cieux,
Il rit du désespoir de tous ses envieux.
Ce trait est un peu vain, Ariste, je l'avoue;
Mais faut-il s'étonner d'un poëte qui se loue[1]?
Le Parnasse, autrefois dans la France adoré,
Faisoit pour ses mignons un autre âge doré :
Notre fortune enfloit du prix de nos caprices,
Et c'étoit une banque à de bons bénéfices;
Mais elle est épuisée, et les vers à présent
Aux meilleurs du métier n'apportent que du vent;
Chacun s'en donne à l'aise, et souvent se dispense
A prendre par ses mains toute sa récompense.
Nous nous aimons un peu; c'est notre faible à tous;
Le prix que nous valons, qui le sait mieux que nous?
Et puis la mode en est, et la cour l'autorise.
Nous parlons de nous-même avec toute franchise;
La fausse humilité ne met plus en crédit.
Je sais ce que je vaux, et crois ce qu'on m'en dit.
Pour me faire admirer, je ne fais point de ligue :
J'ai peu de voix pour moi, mais je les ai sans brigue;
Et mon ambition, pour faire plus de bruit,
Ne les va point quêter de réduit en réduit[2];
Mon travail sans appui monte sur le théâtre;
Chacun en liberté l'y blâme ou l'idolâtre.
Là, sans que mes amis prêchent leurs sentiments,
J'arrache quelquefois leurs applaudissements;
Là, content du succès que le mérite donne,
Par d'illustres avis je n'éblouis personne;
Je satisfais ensemble et peuple et courtisans;
Et mes vers en tous lieux sont mes seuls partisans :
Par leur seule beauté ma plume est estimée[3] :

---

1.   Mais faut-il s'étonner d'un poëte qui se loue?

Les mots *poëte, ouate,* étaient alors de deux syllabes en vers. Boileau, qui a
beaucoup servi à fixer la langue, a mis trois syllabes à tous les mots de cette
espèce :

          Si son astre en naissant ne l'a formé poëte.
                              (*Art poétique*, I, 4.)

          Où sur l'ouate molle éclate le tabis.
                              (*Lutrin*, IV, 34.)

2.   Ne les va point quêter de réduit en réduit.

Ce vers désigne tous ses rivaux, qui cherchaient à se faire des protecteurs et
des partisans; et cet endroit les souleva tous.

3.   Par leur seule beauté ma plume est estimée :
               Je ne dois qu'à moi seul toute ma renommée.

Ces vers étaient d'autant plus révoltants, qu'il n'avait fait encore aucun de

Je ne dois qu'à moi seul toute ma renommée;
Et pense toutefois n'avoir point de rival
A qui je fasse tort en le traitant d'égal.
Mais insensiblement je donne ici le change;
Et mon esprit s'égare en sa propre louange :
Sa douceur me séduit, je m'en laisse abuser,
Et me vante moi-même au lieu de m'excuser.
Revenons aux chansons que l'amitié demande.
J'ai brûlé fort longtemps d'une amour assez grande [1],
Et que jusqu'au tombeau je dois bien estimer,
Puisque ce fut par là que j'appris à rimer.
Mon bonheur commença quand mon âme fut prise.
Je gagnai de la gloire en perdant ma franchise.
Charmé de deux beaux yeux, mon vers charma la cour
Et ce que j'ai de nom je le dois à l'amour.
J'adorai donc Phyllis, et la secrète estime
Que ce divin esprit faisoit de notre rime
Me fit devenir poëte aussitôt qu'amoureux;
Elle eut mes premiers vers, elle eut mes premiers feux;
Et bien que maintenant cette belle inhumaine
Traite mon souvenir avec un peu de haine,
Je me trouve toujours en état de l'aimer;
Je me sens tout ému quand je l'entends nommer;
Et par le doux effet d'une prompte tendresse,
Mon cœur sans mon aveu reconnoît sa maîtresse.
Après beaucoup de vœux et de soumissions,
Un malheur rompt le cours de nos affections;
Mais toute mon amour en elle consommée,
Je ne vois rien d'aimable après l'avoir aimée :
Aussi n'aimé-je plus, et nul objet vainqueur
N'a possédé depuis ma veine ni mon cœur.

ces ouvrages qui ont rendu son nom immortel. Il n'était connu que par ses premières comédies et par sa tragédie de *Médée*, pièces qui seraient ignorées aujourd'hui, si elles n'avaient été soutenues, depuis, par ses belles tragédies. Il n'est pas permis d'ailleurs de parler ainsi de soi-même. On pardonnera toujours à un homme célèbre de se moquer de ses ennemis, et de les rendre ridicules; mais ses propres amis ne lui pardonneront jamais de se louer.

1.   J'ai brûlé fort longtemps d'une amour assez grande.

Il avait aimé très-passionnément une dame de Rouen, nommée Mme Du-vont, femme d'un maître des comptes de la même ville, qui était parfaitement belle, qu'il avait connue toute petite fille pendant qu'il étudiait à Rouen, au collège des Jésuites, et pour qui il fit plusieurs petites pièces de galanterie qu'il n'a jamais voulu rendre publiques, quelques instances que lui aient faites ses amis. Il les brûla lui-même environ deux ans avant sa mort. Il lui communiquait la plupart de ses pièces avant de les mettre au jour; et, comme elle avait beaucoup d'esprit, elle les critiquait fort judicieusement; en sorte que M. Corneille a dit plusieurs fois qu'il lui était redevable de plusieurs endroits de ses premières pièces. (*Note ancienne qui se trouve dans les éditions de Corneille.*)

Vous le dirai-je, ami? tant qu'ont duré nos flammes,
Ma muse également chatouilloit nos deux âmes:
Elle avait sur la mienne un absolu pouvoir;
J'aimois à le décrire, elle à le recevoir.
Une voix ravissante, ainsi que son visage,
La faisait appeler le phénix de notre âge,
Et souvent de sa part je me suis vu presser
Pour avoir de ma main de quoi mieux l'exercer.
Jugez vous-même, Ariste, à cette douce amorce,
Si mon génie étoit pour épargner sa force :
Cependant mon amour, le père de mes vers,
Le fils du plus bel œil qui fût en l'univers,
A qui désobéir c'étoit pour moi des crimes,
Jamais en sa faveur n'a pu tirer deux rimes;
Tant mon esprit alors contre moi révolté,
En haine des chansons sembloit m'avoir quitté;
Tant ma veine se trouve aux airs mal assortie,
Tant avec la musique elle a d'antipathie;
Tant alors de bon cœur elle renonce au jour :
Et l'amitié voudroit ce que n'a pu l'amour!
N'y pensez plus, Ariste; une telle injustice
Exposeroit ma muse à son plus grand supplice.
Laissez-la toujours libre agir suivant son choix,
Céder à son caprice, et s'en faire des lois.

RONDEAU [1].

Qu'il fasse mieux, ce jeune jouvencel,
A qui le *Cid* donne tant de martel,
Que d'entasser injure sur injure,
Rimer de rage une lourde imposture,
Et se cacher ainsi qu'un criminel [2].
Chacun connoît son jaloux naturel,
Le montre au doigt comme un fou solennel,
Et ne croit pas en sa bonne écriture
    Qu'il fasse mieux.

---

1. Ce rondeau fut fait par Corneille, en 1637, dans le temps du différend qu'il eut avec Scudéri, au sujet des *Observations sur le Cid.* — Ce n'est point contre Scudéri, mais contre Mairet, qu'est dirigé ce rondeau. C'était à Mairet que Corneille attribuait l'opuscule en vers intitulé : *l'Auteur du vrai Cid espagnol à son traducteur françois.* (Note de M. Bruchot.)

2. Scudéri n'avait pas d'abord mis son nom à ses *Observations sur le Cid.* Il en fut fait deux éditions sans qu'on sût de quelle part elles venaient. Cela se découvrit néanmoins, et les brouilla ensemble.

Paris entier ayant vu son cartel,
L'envoie au diable, et sa muse au bordel
Moi, j'ai pitié des peines qu'il endure,
Et, comme ami, je le prie et conjure,
S'il veut ternir un ouvrage immortel.
Qu'il fasse mieux.

REMARQUES SUR LES HORACES,

TRAGÉDIE REPRÉSENTÉE EN 1641.

Avertissement du commentateur. — Si on reprocha à Corneille d'avoir pris dans les Espagnols les beautés les plus touchantes du *Cid*, on put le louer d'avoir transporté sur la scène française, dans *les Horaces*, les morceaux les plus éloquents de Tite Live, et même de les avoir embellis. On sait que quand on le menaça d'une seconde critique sur la tragédie des *Horaces* semblable à celle du *Cid*, il répondit : « Horace fut condamné par les duumvirs, mais il fut absous par le peuple. » *Horace* n'est point encore une tragédie entièrement régulière, mais on y verra des beautés d'un genre supérieur.

ÉPITRE DÉDICATOIRE

DE CORNEILLE AU CARDINAL DE RICHELIEU.

« Monseigneur, je n'aurois jamais eu la témérité de présenter à Votre Éminence ce mauvais portrait d'Horace, si je n'eusse considéré qu'après tant de bienfaits que j'ai reçus d'elle, le silence où le respect m'a retenu passeroit pour ingratitude. »

1. Ce terme grossier n'est pas tolérable ; mais Régnier et beaucoup d'autres l'avaient employé sans scrupule. Boileau même, dans le siècle des bienséances, en 1674, souilla son chef-d'œuvre de l'*Art poétique* par ces deux vers, dans lesquels il caractérisait Régnier (chant II, v. 171) :

Heureux si, moins hardi dans ses vers pleins de sel,
Il n'avoit point traîné les muses au bordel !

Ce fut le judicieux Arnauld qui l'obligea de réformer ces deux vers, où l'auteur tombait dans le défaut qu'il reprochait à Régnier.

Boileau substitua ces deux vers excellents :

Heureux si ses discours, craints du chaste lecteur,
Ne se sentoient des lieux où fréquentoit l'auteur.

Il eût été à souhaiter que Corneille eût trouvé un Arnauld ; il lui eût fait supprimer son rondeau tout entier, qui est trop indigne de l'auteur du *Cid*.

Ce mot *bienfaits* fait voir que le cardinal de Richelieu savait récompenser en premier ministre, ce même talent qu'il avait un peu persécuté dans l'auteur du *Cid*.

« Le sujet étoit capable de plus de grâces, s'il eût été traité d'une main plus savante ; mais du moins il a reçu de la mienne toutes celles qu'elle étoit capable de lui donner, et qu'on pouvoit raisonnablement attendre d'une muse de province, etc. »

M. Corneille demeurait à Rouen, et ne venait à Paris que pour y faire jouer ses pièces, dont il tirait un profit qui ne répondait point du tout à leur gloire, et à l'utilité dont elles étaient aux comédiens.

« Et certes, monseigneur, ce changement visible qu'on remarque en mes ouvrages depuis que j'ai l'honneur d'être à Votre Éminence, qu'est-ce autre chose qu'un effet des grandes idées qu'elle m'inspire ? etc. »

Je ne sais ce qu'on doit entendre par ces mots, *être à Votre Éminence.* Le cardinal de Richelieu faisait au grand Corneille une pension de cinq cents écus, non pas au nom du roi, mais de ses propres deniers. Cela ne se pratiquerait pas aujourd'hui. Peu de gens de lettres voudraient accepter une pension d'un autre que de Sa Majesté ou d'un prince : mais il faut considérer que le cardinal de Richelieu était roi en quelque façon ; il en avait la puissance et l'appareil.

Cependant une pension de cinq cents écus que le grand Corneille fut réduit à recevoir ne paraît pas un titre suffisant pour qu'il dît : *J'ai l'honneur d'être à Votre Éminence.*

« Il faut, monseigneur, que tous ceux qui donnent leurs veilles au théâtre publient hautement avec moi que nous vous avons deux obligations très-signalées : l'une d'avoir ennobli le but de l'art ; l'autre de nous en avoir facilité les connaissances. »

Cette phrase est assez remarquable ; ou elle est une ironie, ou elle est une flatterie qui semble contredire le caractère qu'on attribue à Corneille. Il est évident qu'il ne croyait pas que l'ennemi du *Cid*, et le protecteur de ses ennemis, eût un goût si sûr. Il était mécontent du cardinal, et il le loue ! Jugeons de ses vrais sentiments par le sonnet fameux qu'il fit après la mort de Louis XIII :

Sous ce marbre repose un monarque sans vice,
Dont la seule bonté déplut aux bons François :
Ses erreurs, ses écarts, vinrent d'un mauvais choix,
Dont il fut trop longtemps innocemment complice.

L'ambition, l'orgueil, la haine, l'avarice,
Armés de son pouvoir, nous donnèrent des lois :
Et bien qu'il fût en soi le plus juste des rois,
Son règne fut toujours celui de l'injustice.

Fier vainqueur au dehors, vil esclave en sa cour,
Son tyran et le nôtre à peine perd le jour,
Que jusque dans sa tombe il le force à le suivre :

Et par cet ascendant ses projets confondus,
Après trente-trois ans sur le trône perdus,
Commençant à régner, il a cessé de vivre.

Le sonnet a des beautés; mais avouons que ce n'était pas à un pensionnaire du cardinal à le faire, et qu'il ne fallait ni lui prodiguer tant de louange pendant sa vie, ni l'outrager après sa mort.

« Je suis et je serai toute ma vie très-passionnément, monseigneur, de Votre Éminence, etc. »

Cette expression *passionnément* montre combien tout dépend des usages. *Je suis passionnément* est aujourd'hui la formule dont les supérieurs se servent avec les inférieurs. Les Romains ni les Grecs ne connurent jamais ce protocole de la vanité : il a toujours changé parmi nous. Celui qui fait cette remarque est le premier qui ait supprimé les formules dans les épîtres dédicatoires de ce genre, et on commence à s'en abstenir. Ces épîtres, en effet, étant souvent des ouvrages raisonnés, ne doivent point finir comme une lettre ordinaire.

LES HORACES,

TRAGÉDIE.

—

ACTE I.

SCÈNE I.

SABINE, JULIE.

Corneille, dans l'examen des *Horaces*, dit que le personnage de Sabine est heureusement inventé, mais qu'il ne sert pas plus à l'action que l'infante à celle du *Cid*.

Il est vrai que ce rôle n'est pas nécessaire à la pièce; mais j'ose ici être moins sévère que Corneille. Ce rôle est du moins incorporé à la tragédie. C'est une femme qui tremble pour son mari et pour son frère. Elle ne cause aucun événement, il est vrai; c'est un défaut sur un théâtre aussi perfectionné que le nôtre; mais elle prend part à tous les événements, et c'est beaucoup pour un temps où l'art commençait à naître.

Observez que ce personnage débite souvent de beaux vers, et qu'il fait l'exposition du sujet d'une manière très-intéressante et très-noble.

Mais observez surtout que les beaux vers de Corneille nous enseignèrent à discerner les mauvais. Le goût du public se forma insensiblement par la comparaison des beautés et des défauts. On désapprouve aujourd'hui cet amas de sentences, ces idées générales retournées en tant de manières, l'ébranlement qui sied aux *fermes* courages, l'esprit le *plus mâle*, le *moins abattu* : c'est l'auteur qui parle, et c'est le personnage qui doit parler.

V. 3. Si près de voir sur soi fondre de tels orages,
　　　L'ébranlement sied bien aux plus fermes courages.

Si près de voir, n'est pas français : *près de* veut un substantif, *près de la ruine*, *près d'être ruiné*.

V. 8. Le trouble de mon cœur ne peut rien sur mes larmes.

Un trouble qui a du pouvoir sur des larmes; cela est louche et mal exprimé.

V. 11. Quand on arrête là les déplaisirs d'une âme....

Quand on arrête là, ne serait pas souffert aujourd'hui; c'est une expression de comédie.

V. 12. Si l'on fait moins qu'un homme, on fait plus qu'une femme.

Cette petite distinction, *moins qu'un homme, plus qu'une femme*, est trop recherchée pour la vraie douleur.

Elle revient encore une troisième fois à la charge, pour dire qu'elle ne pleure point.

V. 25. Je suis Romaine, hélas! puisque Horace est Romain.

Il y avait dans les premières éditions :

　　　Je suis Romaine, hélas! puisque mon époux l'est, etc.

Pourquoi peut-on finir un vers par *je le suis*, et que *mon époux l'est*, est prosaïque, faible et dur? C'est que ces trois syllabes, *je le suis*, semblent ne composer qu'un mot; c'est que l'oreille n'est point blessée; mais ce mot *l'est*, détaché et finissant la phrase, détruit toute harmonie. C'est cette attention qui rend la lecture des vers ou agréable ou rebutante. On doit même avoir cette attention en prose. Un ouvrage dont les phrases finiraient par des syllabes sèches et dures ne pourrait être lu, quelque bon qu'il fût d'ailleurs'

V. 30. Albe, mon cher pays et mon premier amour,
　　　Lorsque entre nous et toi je vois la guerre ouverte,
　　　Je crains notre victoire autant que notre perte.

Voyez comme ces vers sont supérieurs à ceux du commencement. C'est ici un sentiment vrai; il n'y point là de lieux communs, point de vaines sentences, rien de recherché, ni dans les idées ni dans les expressions. *Albe, mon cher pays;* c'est la nature seule qui parle. Cette comparaison de Corneille avec lui-même formera mieux le goût que toutes les dissertations et les poétiques.

V. 34. Fais-toi des ennemis que je puisse haïr.

Ce vers admirable est resté en proverbe.

V. 58. Sa joie éclatera dans l'heur de ses enfants.

Ce mot *heur*, qui favorisait la versification, et qui ne choque point l'oreille, est aujourd'hui banni de notre langue. Il serait à souhaiter que la plupart des termes dont Corneille s'est servi fussent en usage. Son nom devrait consacrer ceux qui ne sont pas rebutants.

Remarquez que dans ces premières pages vous trouverez rarement un mauvais vers, une expression louche, un mot hors de sa place, pas une rime en épithète; et que, malgré la prodigieuse contrainte de la rime, chaque vers dit quelque chose. Il n'est pas toujours vrai que dans notre poésie il y ait continuellement un vers pour le sens, un autre pour la rime, comme il est dit dans Hudibras :

> For one for sense and one for rime,
> I think sufficient at a time.

> C'est assez pour des vers méchants,
> Qu'un pour la rime, un pour le sens.

V. 59. Et se laissant ravir à l'amour maternelle,
    Ses vœux seront pour toi, si tu n'es plus contre elle.

Cette phrase est équivoque et n'est pas française. Le mot de *ravir*, quand il signifie *joie*, ne prend point un datif. On n'est point ravi à quelque chose; c'est un solécisme de phrase.

V. 61. Ce discours me surprend, vu que depuis le temps
    Qu'on a contre son peuple armé nos combattants....

Ce *vu que* est une expression peu noble, même en prose; s'il y en avait beaucoup de pareilles, la poésie serait basse et rampante; mais jusqu'ici vous ne trouvez guère que ce mot indigne du style de la tragédie.

V. 68. Comme si notre Rome eût fait toutes vos craintes.

On ne *fait* pas une *crainte*, on la cause, on l'inspire, on l'excite, on la fait naître.

V. 69. Tant qu'on ne s'est choqué qu'en de légers combats,
    Trop faibles pour jeter un des partis à bas....
    Oui, j'ai fait vanité d'être toute Romaine.

Jeter à bas est une expression familière qui ne serait pas même admise dans la prose. Corneille, n'ayant aucun rival qui écrivît avec noblesse, se permettait ces négligences dans les petites choses, et s'abandonnait à son génie dans les grandes.

V. 75. Et si j'ai ressenti dans ses destins contraires
    Quelque maligne joie en faveur de mes frères....
    Soudain pour l'étouffer rappelant ma raison,
    J'ai pleuré quand la gloire entroit dans leur maison

La joie des succès de sa patrie et d'un frère peut-elle être appelée *maligne*? Elle est naturelle; on pouvait dire, *une secrète joie en faveur de mes frères.*

Ce mot de *maligne joie* est bien plus à sa place dans ces deux admirables vers de *la Mort de Pompée*[1] :

> Quelque *maligne joie* en son cœur s'élevoit,
> Dont sa gloire indignée à peine le sauvoit.

Il faut toujours avoir devant les yeux ce passage de Boileau :

> D'un mot mis en sa place enseigna le pouvoir.

C'est ce mot propre qui distingue les orateurs et les poëtes de ceux qui ne sont que diserts et versificateurs.

V. 83. J'aurois pour mon pays une cruelle haine,
   Si je pouvois encore être toute Romaine,
   Et si je demandois votre triomphe aux dieux,
   Au prix de tant de sang qui m'est si précieux

Ce n'est pas ce *tant* qui est précieux, c'est le *sang* : c'est *au prix d'un sang qui m'est si précieux.* Le *tant* est inutile, et corrompt un peu la pureté de la phrase et la beauté du vers : c'est une très-petite faute.

V. 91. Égale à tous les deux jusques à la victoire,
   Je prendrai part aux maux sans en prendre à la gloire.

Égale à n'est pas français en ce sens. L'auteur veut dire, *juste envers tous les deux*; car Sabine doit être juste, et non pas indifférente.

V. 93. Et je garde, au milieu de tant d'âpres rigueurs,
   Mes larmes aux vaincus et ma haine aux vainqueurs.

Elle ne doit pas haïr son mari, ses enfants, s'ils sont victorieux; ce sentiment n'est pas permis; elle devrait plutôt dire, *sans haïr les vainqueurs.*

V. 95. Qu'on voit naître souvent de pareilles traverses,
   En des esprits divers, des passions diverses!

Le lecteur se sent arrêté à ces deux vers; ces *de des* embarrassent l'esprit. *Traverses* n'est point le mot propre : les passions ici ne sont point *diverses.* Sabine et Camille se trouvent dans une situation à peu près semblable. Le sens de l'auteur est probablement que *les mêmes malheurs produisent quelquefois des sentiments différents.*

V. 101. Lorsque vous conserviez un esprit tout romain,
   Le sien irrésolu, le mien tout incertain,
   De la moindre mêlée appréhendoit l'orage.

1. Acte III, scène I. (ÉD.)

Les premières éditions portent :

> Le sien, irrésolu, tremblotant, incertain.

Tremblotant n'est pas du style noble, et on doit en avertir les étrangers, pour qui principalement ces remarques sont faites. Corneille changea,

> Le sien irrésolu, le sien tout incertain ;

mais comme *incertain* ne dit pas plus qu'*irrésolu*, ce changement n'est pas heureux. Ce redoublement de *sien* fait attendre une idée forte qu'on ne trouve pas.

V. 107. Mais hier quand elle sut qu'on avoit pris journée....

On prend *jour*, et on ne prend point *journée*, parce que *jour* signifie temps, et que *journée* signifie bataille. La journée d'Ivry, la journée de Fontenoi.

V. 111. Hier dans sa belle humeur elle entretint Valère.

Hier, comme on l'a déjà dit, est toujours aujourd'hui de deux syllabes. La prononciation serait trop gênée en le faisant d'une seule, comme s'il y avait *her*. *Belle humeur* ne peut se dire que dans la comédie.

V. 112. Pour ce rival sans doute elle quitte mon frère.

Sabine ne doit point dire que sans doute Camille est volage et infidèle, sur cela seul que Camille a parlé civilement à Valère, et paraissait être dans sa belle humeur. Ces petits moyens, ces soupçons, peuvent produire quelquefois de grands mouvements et des intérêts tragiques, comme la méprise peu vraisemblable d'Acomat, dans la tragédie de *Bajazet*; le plus léger incident peut causer de grands troubles : mais c'est ici tout le contraire ; il ne s'agit que de savoir si Camille a quitté Curiace pour Valère :

> Sur de trop vains objets c'est arrêter la vue.

Cela serait un peu froid, même dans une comédie.

V. 113. Son esprit, ébranlé par les objets présents,
        Ne trouve point d'absent aimable après deux ans.

Ces deux vers appartiennent plutôt au genre de la comédie qu'à la tragédie.

V. 117. Je forme des soupçons d'un trop léger sujet.

Ces mots font voir que l'auteur sentait que Sabine a tort ; mais il valait mieux supprimer ces soupçons de Sabine que vouloir les justifier, puisqu'en effet Sabine semble se contredire en prétendant que Camille a sans doute quitté son frère, et en disant ensuite que les âmes sont rarement blessées de nouveau. Tout cet examen du sujet de la joie de Camille n'est nullement héroïque.

V. 121. Mais on n'a pas aussi de si doux entretiens,
Ni de contentements qui soient pareils aux siens,

sont de la comédie de ce temps-là. L'art de dire noblement les petites choses n'était pas encore trouvé.

V. 128. Voyez qu'un bon génie à propos nous l'envoie.

Ce tour a vieilli ; c'est un malheur pour la langue ; il est vif et naturel, et mérite, je crois, d'être imité.

V. 129. Essayez sur ce point à la faire parler.

On essaye *de*, on s'essaye *à*. Ce vers d'ailleurs est trop comique.

SCÈNE II.

V. 1. . . . . Ma sœur, entretenez Julie,

est encore de la comédie ; mais il y a ici un plus grand défaut, c'est qu'il semble que Camille vienne sans aucun intérêt, et seulement pour faire conversation. La tragédie ne permet pas qu'un personnage paraisse sans une raison importante. On est fort dégoûté aujourd'hui de toutes ces longues conversations, qui ne sont amenées que pour remplir le vide de l'action, et qui ne le remplissent pas. D'ailleurs, pourquoi s'en aller quand un bon génie lui envoie Camille, et qu'elle peut s'éclaircir ?

V. 3. Et mon cœur, accablé de mille déplaisirs,
Cherche la solitude à cacher ses soupirs.

Cela n'est pas français. On cherche la solitude pour cacher ses soupirs, et une solitude propre à les cacher. On ne dit point *une solitude, une chambre à pleurer, à gémir, à réfléchir*, comme on dit *une chambre à coucher, une salle à manger* ; mais du temps de Corneille presque personne ne s'étudiait à parler purement.

Corneille a ici une grande attention à lier les scènes, attention inconnue avant lui. On pourrait dire seulement que Sabine n'a pas une raison assez forte pour s'en aller ; que cette sortie rend son personnage plus inutile et plus froid ; que c'était à Sabine, et non à une confidente, à écouter les choses importantes que Camille va annoncer ; que cette idée d'entretenir Julie diminue l'intérêt ; qu'un simple entretien ne doit jamais entrer dans la tragédie ; que les principaux personnages ne doivent paraître que pour avoir quelque chose d'important à dire ou à entendre ; qu'enfin il eût été plus théâtral et plus intéressant que Sabine eût reproché à Camille sa joie, et que Camille lui en eût appris la cause.

SCÈNE III.

V. 1. Qu'elle a tort de vouloir que je vous entretienne !

Cette formule de conversation ne doit jamais entrer dans la tragédie.

où les personnages doivent, pour ainsi dire, parler malgré eux, emportés par la passion qui les anime.

V. 1.   Je verrai mon amant, mon plus unique bien.

Plus unique ne peut se dire; *unique* n'admet ni de plus ni de moins.

V. 12.   On peut changer d'amant, mais non changer d'époux.

Ce vers porte entièrement le caractère de la comédie. Corneille, en ayant fait plusieurs, en conserva souvent le style. Cela était permis de son temps; on ne distinguait pas assez les bornes qui séparent le familier du simple; le simple est nécessaire, le familier ne peut être souffert. Peut-être une attention trop scrupuleuse aurait éteint le feu du génie; mais après avoir écrit avec la rapidité du génie, il faut corriger avec la lenteur scrupuleuse de la critique.

V. 15.   Vous serez toute nôtre....

n'est pas du style noble. Ces familiarités étaient encore d'usage.

V. 29.   Si je l'entretins hier, et lui fis bon visage....

Faire bon visage est du discours le plus familier.

V. 30.   N'en imaginez rien qu'à son désavantage.

Tout cela est d'un style un peu trop bourgeois, qui était admis alors. Il ne serait pas permis aujourd'hui qu'une fille dît que c'est un désavantage de ne pas lui plaire.

V. 35.   Il vous souvient qu'à peine on voyoit de sa sœur
         Par un heureux hymen mon frère possesseur, etc.

Il y avait dans les premières éditions :

         Quelque cinq ou six mois après que de sa sœur
         L'hyménée eut rendu mon frère possesseur.

Corneille changea heureusement ces deux vers de cette façon. Il a corrigé beaucoup de ses vers au bout de vingt années dans ses pièces immortelles; et d'autres auteurs laissent subsister une foule de barbarismes dans des pièces qui ont eu quelques succès passagers.

V. 41.   Un même instant conclut notre hymen et la guerre,
         Fit naître notre espoir, et le jeta par terre.

Non seulement *un espoir jeté par terre* est une expression vicieuse, mais la même idée est exprimée ici en quatre façons différentes; ce qui est un vice plus grand. Il faut, autant qu'on le peut, éviter ces pléonasmes; c'est une abondance stérile : je ne crois pas qu'il y en ait un seul exemple dans Racine.

V. 59.   Lui qu'Apollon jamais n'a fait parler à faux.

Parler à faux n'est pas sans doute assez noble, ni même assez juste.

Un coup porte à faux, on est accusé à faux, dans le style familier; mais on ne peut dire, *il parle à faux*, dans un discours tant soit peu relevé.

V. 61.   Albe et Rome demain prendront une autre face;
                 Tes vœux sont exaucés, elles auront la paix,
                 Et tu seras unie avec ton Curiace,
                 Sans qu'aucun mauvais sort t'en sépare jamais.

On pourrait souhaiter que cet oracle eût été plutôt rendu dans un temple que par un Grec qui fait des prédictions au pied d'une montagne. Remarquons encore qu'un oracle doit produire un événement et servir au nœud de la pièce, et qu'ici il ne sert presque à rien qu'à donner un moment d'espérance.

J'oserais encore dire que ces mots à double entente, *sans qu'aucun mauvais sort t'en sépare jamais*, paraissent seulement une plaisanterie amère, une équivoque cruelle, sur la destinée malheureuse de Camille.

Le plus grand défaut de cette scène, c'est son inutilité. Cet entretien de Camille et de Julie roule sur un objet trop mince, et qui ne sert en rien ni au nœud, ni au dénoûment. Julie veut pénétrer le secret de Camille, et savoir si elle aime un autre que Curiace : rien n'est moins tragique.

V. 71.   Il me parla d'amour sans me donner d'ennui....
                 Je ne lui pus montrer de mépris ni de glace.

On pourrait faire ici une réflexion que je ne hasarde qu'avec la défiance convenable; c'est que Camille était plus en droit de laisser paraître son indifférence pour Valère que de l'écouter avec complaisance; c'est qu'il était même plus naturel de lui montrer de *la glace*, quand elle se croyait sûre d'épouser son amant, que de *faire bon visage* à un homme qui lui déplaît; et enfin ce trait raffiné marque plus de subtilité que de sentiment : il n'y a rien là de tragique; mais ce vers,

             Tout ce que je voyois me sembloit Curiace,

est si beau qu'il semble tout excuser.

Il est vrai que ce petit incident, qui ne consiste que dans la joie que Camille a ressentie, ne produit aucun événement, et n'est pas nécessaire à la pièce; mais il produit des sentiments. Ajoutons que dans un premier acte on permet des incidents de peu d'importance qu'on ne souffrirait pas dans le cours d'une intrigue tragique.

V. 76.   J'en sus hier la nouvelle, et je n'y pris pas garde.

Elle ne prend pas garde à une bataille qui va se donner! Le spectacle de deux armées prêtes à combattre, et le danger de son amant, ne devaient-ils pas autant l'alarmer que le discours d'un Grec au pied du mont Aventin a dû la rassurer? Le premier mouvement, dans une telle occasion, n'est-il pas de dire : *Ce Grec m'a trompé, c'est un faux pro-*

phète! avait-elle besoin d'un songe pour craindre ce que deux armées rangées en bataille devaient assez lui faire redouter?

V. 85. J'ai vu du sang, des morts, et n'ai rien vu de suite....

Ce songe est beau en ce qu'il alarme un esprit rassuré par un oracle. Je remarquerai ici qu'en général un songe, ainsi qu'un oracle, doit servir au nœud de la pièce; tel est le songe admirable d'Athalie; elle voit un enfant en songe; elle trouve ce même enfant dans le Temple : c'est là que l'art est poussé à sa perfection.

Un rêve qui ne sert qu'à faire craindre ce qui doit arriver, ne peut avoir que des beautés de détail, n'est qu'un ornement passager. C'est ce qu'on appelle aujourd'hui un *remplissage*. *Mille* songes, *mille* images, *mille* amas, sont d'un style trop négligé, et ne disent rien d'assez positif.

V. 89. C'est en contraire sens qu'un songe s'interprète.

Pourquoi un songe s'interprète-t-il en sens contraire? Voyez les songes expliqués par Joseph, par Daniel; ils sont funestes par eux-mêmes et par leur explication.

V. 95, Soit que Rome y succombe, ou qu'Albe ait le dessous,
Cher amant, n'attends plus d'être un jour mon époux.

Avoir le dessus ou le dessous ne se dit que dans la poésie burlesque; c'est le *di sopra* et le *di sotto* des Italiens. L'Arioste emploie cette expression lorsqu'il se permet le comique; le Tasse ne s'en sert jamais.

SCÈNE IV.

V. 1. N'en doutez point, Camille, et revoyez un homme
Qui n'est ni le vainqueur ni l'esclave de Rome.

Camille vient de dire, à la fin de la scène précédente .

Jamais ce nom (d'époux) ne sera pour un homme
Qui soit ou le vainqueur ou l'esclave de Rome.

On ne permet plus de répéter ainsi un vers

V. 3. Cessez d'appréhender de voir rougir mes mains
Du poids honteux des fers ou du sang des Romains.

Rougir est employé ici dans deux acceptions différentes. Les mains *rouges de sang;* elles sont rouges en un autre sens que quand elles sont meurtries par le poids des fers; mais cette figure ne manque pas de justesse, parce qu'en effet il y a de la rougeur dans l'un et dans l'autre cas.

V. 10. Tu fuis une bataille à tes vœux si funestes.

Il est bien étrange que Camille interrompe Curiace pour le soupçonner et le louer d'être un lâche. Ce défaut est grand, et il était aisé de l'éviter. Il était naturel que Curiace dît d'abord ce qu'il doit dire, qu'il ne commençât point par répéter les vers de Camille, par lui dire qu'*il a cru que Camille aimait Rome et la gloire*, qu'*elle mépriserait sa chaîne et haïrait sa victoire*, et que, *comme elle craint la victoire et la captivité*, etc. De tels propos ne sont pas à leur place; il faut aller au fait : *Semper ad eventum festinat.*

V. 13. Qu'un autre considère ici ta renommée,
      Et te blâme, s'il veut, de m'avoir trop aimée, etc.

Ces vers condamnent trop l'idée de Camille, que son amant est traître à son pays. Il fallait supprimer toute cette tirade.

V. 19. Mais as-tu vu mon père? et peut-il endurer
      Qu'ainsi dans sa maison tu t'oses retirer?

Ce mot *endurer* est du style de la comédie; on ne dit que dans le discours le plus familier, *j'endure que, je n'endure pas que*. Le terme *endurer* ne s'admet dans le style noble qu'avec un accusatif, *les peines que j'endure.*

V. 42. Camille, pour le moins, croyez-en votre oracle.

On sent ici combien Sabine ferait un meilleur effet que la confidente Julie. Ce n'est point à Julie à dire, *sachons pleinement;* c'est toujours à la personne la plus intéressée à interroger.

V. 51. .... Que faisons-nous, Romains?
      Dit-il, et quel démon nous fait venir aux mains?

J'ose dire que dans ce discours imité de Tite Live, l'auteur français est au-dessus du romain, plus nerveux, plus touchant; et quand on songe qu'il était gêné par la rime et par une langue embarrassée d'articles, et qui souffre peu d'inversions; qu'il a surmonté toutes ces difficultés; qu'il n'a employé le secours d'aucune épithète; que rien n'arrête l'éloquente rapidité de son discours; c'est là qu'on reconnaît le grand Corneille. Il n'y a que *tant et tant de nœuds* à reprendre.

V. 65. Ils ont assez longtemps joui de nos divorces.

Ce mot de *divorces*, s'il ne signifiait que des querelles, serait impropre; mais ici il dénote les querelles de deux peuples unis; et par là il est juste, nouveau, et excellent.

V. 76. Que le parti plus foible obéisse au plus fort.

Ce vers est ainsi dans d'autres éditions :

      Que le foible parti prenne loi du plus fort.

Il est à croire qu'on reprocha à Corneille une petite faute de grammaire. On doit, dans l'exactitude scrupuleuse de la prose, dire : « Que le parti le plus faible obéisse au plus fort; » mais si ces libertés ne sont pas permises aux poëtes de génie, il ne faut point faire de vers. *Pren-*

dre loi ne se dit pas; ainsi la première leçon est préférable. Racine a bien dit[1]:

> *Charger* de mon débris les reliques plus chères,

au lieu de *reliques les plus chères*.

Encore une fois, ces licences sont heureuses quand on les emploie dans un morceau élégamment écrit : car si elles sont précédées et suivies de mauvais vers, elles en prennent la teinture et en deviennent plus insupportables.

V. 100. Chacun va renouer avec ses vieux amis.

On doit avouer que *renouer avec ses vieux amis*, est de la prose familière qu'il faut éviter dans le style tragique, bien entendu qu'on ne sera jamais ampoulé.

V. 103. . . . L'auteur de vos jours m'a promis à demain. . . .

A demain est trop du style de la comédie. Je fais souvent cette observation; c'était un des vices du temps. La *Sophonisbe* de Mairet est tout entière dans ce style, et Corneille s'y livrait quand les grandes images ne le soutenaient pas.

V. 104. Le bonheur sans pareil de vous donner la main.

Le bonheur sans pareil n'était pas si ridicule qu'aujourd'hui. Ce fut Boileau qui proscrivit toutes ces expressions communes de *sans pareil*, *sans seconde*, *à nul autre pareil*, *à nulle autre seconde*.

V. 106. Le devoir d'une fille est dans l'obéissance.
— Venez donc recevoir ce doux commandement.

Ces deux vers sont de pure comédie; aussi les retrouve-t-on mot à mot dans la comédie du *Menteur ;* mais l'auteur aurait dû les retrancher de la tragédie des *Horaces*.

V. 109. Je vais suivre vos pas, mais pour revoir mes frères,
Et savoir d'eux encor la fin de nos misères.

Il n'est pas inutile de dire aux étrangers que *misère* est, en poésie, un terme noble qui signifie calamité, et non pas indigence.

> Hécube près d'Ulysse acheva sa *misère*[2].
> Peut-être je devrois, plus humble en ma *misère*[3].

ACTE II.

SCÈNE I.

V. 1. Ainsi Rome n'a point séparé son estime;
Elle eût cru faire ailleurs un choix illégitime.

1. *Bajazet*, III, 2.
2. Racine, *Andromaque*, I, 2. — 3. Id., *Mithridate*, I, 2.

Illégitime pourrait n'être pas le mot propre en prose; on dirait *un mauvais choix, un choix dangereux*, etc. *Illégitime* non-seulement est pardonné à la rime, mais devient une expression forte, et signifie qu'il y aurait de l'injustice à ne point choisir les trois plus braves.

V. 5. Et son illustre ardeur d'oser plus que les autres
      D'une seule maison brave toutes les nôtres.

Il y avait dans les premières éditions :

      Et ne nous opposant d'autres bras que les vôtres.

Ni l'une ni l'autre manière n'est élégante, et *illustre ardeur d'oser* n'est pas français. *D'une maison braver les autres* n'est pas une expression heureuse; mais le sens est fort beau. On voit que quelquefois Corneille a mal corrigé ses vers. Je crois qu'on peut imputer cette singularité, non-seulement au peu de bons critiques que la France avait alors, au peu de connaissance de la pureté et de l'élégance de la langue, mais au génie même de Corneille, qui ne produisait ses beautés que quand il était animé par la force de son sujet.

V. 9. Ce choix pouvoit combler trois familles de gloire,
      Consacrer hautement leurs noms à la mémoire.

Remarquez que *hautement* fait languir le vers, parce que ce mot est inutile.

V. 11. Oui, l'honneur que reçoit la vôtre par ce choix
      En pouvoit à bon titre immortaliser trois.

Cette répétition, *oui, l'honneur*, est très-vicieuse. *Omne supervacuum pleno de pectore manat....* C'est ici ce qu'on appelle une battologie : il est permis de répéter dans la passion, mais non pas dans un compliment.

V. 40. Ce noble désespoir périt malaisément.

Un *désespoir* qui *périt malaisément* n'a pas un sens clair; de plus, Horace n'a point de désespoir. Ce vers est le seul qu'on puisse reprendre dans cette belle tirade.

V. 59. La gloire en est pour vous, et la perte pour eux....
      On perd tout quand on perd un ami si fidèle.

Perte suivie de deux fois *perd* est une faute bien légère.

SCÈNE II.

V. 3. Vos deux frères et vous. — Qui? — Vous et vos deux frères.

Ce n'est pas ici une battologie; cette répétition, *vous et vos deux frères*, est sublime par la situation. Voilà la première scène au théâtre où un simple messager ait fait un effet tragique, en croyant apporter des nouvelles ordinaires. J'ose croire que c'est la perfection de l'art.

SCÈNE III.

V. 3.   Que les hommes, les dieux, les démons, et le sort,
         Préparent contre nous un général effort.

Cet entassement, cette répétition, cette combinaison de *ciel*, de *dieux*, d'*enfer*, de *démons*, de *terre* et d'*hommes*, de *cruel*, d'*horrible*, d'*affreux*, est, je l'avoue, bien condamnable : cependant le dernier vers fait presque pardonner ce défaut.

V. 11.   Il épuise sa force à former un malheur
         Pour mieux se mesurer avec notre valeur.

Le sort qui veut se mesurer avec la valeur paraît bien recherché, bien peu naturel ; mais que ce qui suit est admirable !

V. 14.   Hors de l'ordre commun il nous fait des fortunes,

n'est pas une expression propre. Ce mot de *fortunes* au pluriel ne doit jamais être employé sans épithète : *bonnes et mauvaises fortunes, fortunes diverses*, mais jamais *des fortunes*. Cependant le sens est si beau, et la poésie a tant de priviléges, que je ne crois pas qu'on puisse condamner ce vers.

V. 18.   Mille déjà l'ont fait, mille pourroient le faire.

Rien ne fait mieux sentir les difficultés attachées à la rime que ce vers faible, ces *mille* qui ont fait, ces *mille* qui pourraient *faire*, pour rimer à *ordinaire*. Le reste est d'une beauté achevée.

V. 43.   . . . . Albe montre en effet
         Qu'elle m'estime autant que Rome vous a fait,

n'est pas français. On peut dire en prose, et non en vers : *J'ai dû vous estimer autant que je fais*, ou *autant que je le fais*, mais non pas *autant que je vous fais* ; et le mot *faire*, qui revient immédiatement après, est encore une faute ; mais ce sont des fautes légères qui ne peuvent gâter une si belle scène.

V. 59.   Je rends grâces aux dieux de n'être pas Romain,
         Pour conserver encor quelque chose d'humain.

Cette tirade fit un effet surprenant sur tout le public, et les deux derniers vers sont devenus un proverbe, ou plutôt une maxime admirable.

V. 80.   Albe vous a nommé, je ne vous connois plus.
         — Je vous connois encore....

A ces mots, *je ne vous connois plus,* — *je vous connois encore,* on se récria d'admiration ; on n'avait jamais rien vu de si sublime. Il n'y a pas dans Longin un seul exemple d'une pareille grandeur ; ce sont ces traits qui ont mérité à Corneille le nom de *grand*, non-seulement

pour le distinguer de son frère, mais du reste des hommes. Une telle
scène fait pardonner mille défauts.

V. 85.   Non, non, n'embrassez pas de vertu par contrainte, etc.

Un des excellents esprits de nos jours trouvait dans ces vers un outrage odieux qu'Horace ne devait pas faire à son beau-frère. Je lui dis
que cela préparait au meurtre de Camille, et il ne se rendit pas. Voici
ce qu'il en dit dans son *Introduction à la connaissance de l'esprit humain* : « Corneille apparemment veut peindre ici une valeur féroce;
mais s'exprime-t-on ainsi avec un ami et un guerrier modeste? La
fierté est une passion fort théâtrale; mais elle dégénère en vanité et en
petitesse, sitôt qu'on la montre sans qu'on la provoque. » J'ajouterai à
cette réflexion de l'homme du monde qui pensait le plus noblement,
qu'outre la fierté déplacée d'Horace, il y a une ironie, une amertume,
un mépris, dans sa réponse, qui sont plus déplacés encore.

V. 88.   Voici venir ma sœur pour se plaindre avec vous.

Voici venir ne se dit plus. Pourquoi fait-il un si bel effet en italien,
Ecco venir la barbara reina, et qu'il en fait un si mauvais en français?
n'est-ce point parce que l'italien fait toujours usage de l'infinitif ? *un
bel tacer; nous ne disons pas *un beau taire*. C'est dans ces exemples
que se découvre le génie des langues.

SCÈNE IV.

V. 1.   Avez-vous su l'état qu'on fait de Curiace?

L'état ne se dit plus, et je voudrais qu'on le dît : notre langue n'est
pas assez riche pour bannir tant de termes dont Corneille s'est servi
heureusement.

SCÈNE V.

V. 1.   Iras-tu, Curiace? et ce funeste honneur
**   Te plaît-il aux dépens de tout notre bonheur?**

Il y avait dans les éditions anciennes :

          Iras-tu, ma chère âme? et ce funeste honneur, etc.

Chère âme ne révoltait point en 1639, et ces expressions tendres
rendaient encore la situation plus haute. Depuis peu même une grande
actrice (Mlle Clairon) a rétabli cette expression, *ma chère âme*.

V. 12.   . . . . Mon pouvoir t'excuse à ta patrie,

n'est pas français; il faut *envers ta patrie, auprès de ta patrie*.

V. 15.   Autre n'a mieux que toi soutenu cette guerre,
**   Autre de plus de morts n'a couvert notre terre.**

Le marquis de Vauvenargues. (*Éd. de Kehl.*)

Ces *autres* ne seraient plus soufferts, même dans le style comique. Telle est la tyrannie de l'usage : *nul autre* donne peut-être moins de rapidité et de force au discours.

V. 45. Que les pleurs d'une amante ont de puissants discours!

Remarquez qu'on peut dire *le langage des pleurs*, comme on dit *le langage des yeux* : pourquoi? parce que les regards et les pleurs expriment le sentiment; mais on ne peut dire *le discours des pleurs*, parce que ce mot *discours* tient au raisonnement. Les pleurs n'ont point de discours; et de plus, *avoir des discours* est un barbarisme.

V. 46. Et qu'un bel œil est fort avec un tel secours!

Ces réflexions générales font rarement un bon effet; on sent que c'est le poëte qui parle; c'est à la passion du personnage à parler. Un *bel œil* n'est ni noble ni convenable; il n'est pas question ici de savoir si Camille a un *bel œil*, et si *un bel œil est fort*; il s'agit de perdre une femme qu'on adore et qu'on va épouser. Retranchez ces quatre premiers vers, le discours en devient plus rapide et plus pathétique.

V. 49. N'attaquez plus ma gloire avec tant de douleurs.

Les premières éditions portent :

N'attaquez plus ma gloire avecque vos douleurs.

Comme on s'est fait une loi de remarquer les plus petites choses dans les belles scènes, on observera que c'est avec raison que nous avons rejeté *avecque* de la langue; ce *que* était inutile et rude.

V. 59. Vengez-vous d'un ingrat, punissez un volage.

J'ose penser qu'il y a ici plus d'artifice et de subtilité que de naturel. On sent trop que Curiace ne parle pas sérieusement. Ce trait de rhéteur refroidit; mais Camille répond avec des sentiments si vrais, qu'elle couvre tout d'un coup ce petit défaut.

V. pén. . . . . . . Quel malheur, si l'amour de sa femme
    Ne peut non plus sur lui que le mien sur ton âme!

n'est pas français; la grammaire demande, *ne peut pas plus sur lui*. Ces deux vers ne sont pas bien faits; il ne faut pas s'attendre à trouver dans Corneille la pureté, la correction, l'élégance du style; ce mérite ne fut connu que dans les beaux jours du siècle de Louis XIV. C'est une réflexion que les lecteurs doivent faire souvent pour justifier Corneille, et pour excuser la multitude des notes du commentateur.

SCÈNE VI.

V. 5. Non, non, mon frère, non, je ne viens en ce lieu
    Que pour vous embrasser et pour vous dire adieu.

Ces trois *non*, et *en ce lieu*, font un mauvais effet. On sent que le *lieu* est pour la rime, et les *non* redoublés pour le vers. Ces négligences, si pardonnables dans un bel ouvrage, sont remarquées aujourd'hui. Mais ces termes, *en ce lieu, en ces lieux*, cessent d'être une expression oiseuse, une cheville, quand ils signifient qu'on doit être en ce lieu plutôt qu'ailleurs.

V. 7.   Votre sang est trop bon, n'en craignez rien de lâche,
          Rien dont la fermeté de ces grands cœurs se fâche.

Se fâche est trop faible, trop du style familier; mais le lecteur doit examiner quelque chose de plus important; il verra que cette scène de Sabine n'était pas nécessaire, qu'elle ne fait pas un coup de théâtre, que le discours de Sabine est trop artificieux, que sa douleur est trop étudiée, que ce n'est qu'un effort de rhétorique. Cette proposition, qu'un des deux la tue et que l'autre la venge, n'a pas l'air sérieuse; et d'ailleurs cela n'empêchera pas que Curiace ne combatte le frère de sa maîtresse, et qu'Horace ne combatte l'époux promis à sa sœur. De plus, Camille est un personnage nécessaire, et Sabine ne l'est pas; c'est sur Camille que roule l'intrigue. Épousera-t-elle son amant? ne l'épousera-t-elle pas? Ce sont les personnages dont le sort peut changer, et dont les passions doivent être heureuses ou malheureuses, qui sont l'âme de la tragédie. Sabine n'est introduite dans la pièce que pour se plaindre.

V. 30.   Vous feriez peu pour lui, si vous vous étiez moins.

Ce *peu* et ce *moins* font un mauvais effet, et *vous vous étiez moins* est prosaïque et familier.

V. 39.   Quoi! me réservez-vous à voir une victoire
           Où, pour haut appareil d'une pompeuse gloire, etc.

Ces vers échappent quelquefois au génie dans le feu de la composition. Ils ne disent rien; mais ils accompagnent des vers qui disent beaucoup.

V. 59.   Que t'ai-je fait, Sabine, et quelle est mon offense?

Il y avait auparavant :

Femme, que t'ai-je fait, et quelle est mon offense?

La naïveté qui régnait encore en ce temps-là dans les écrits permettait ce mot. La rudesse romaine y paraît même tout entière.

V. 65.   Tu me viens de réduire en un étrange point.

Notre malheureuse rime arrache quelquefois de ces mauvais vers: ils passent à la faveur des bons; mais ils feraient tomber un ouvrage médiocre dans lequel ils seraient en grand nombre.

SCÈNE VII.

V. 1.   Qu'est-ce-ci, mes enfants? écoutez-vous vos flammes....

Qu'est-ce-ci ne se dit plus aujourd'hui que dans le discours famil-
lier.

V. 2.   Et perdez-vous encor le temps avec des femmes?

Avec des femmes serait comique en toute autre occasion; mais je ne
sais si cette expression commune ne va pas ici jusqu'à la noblesse, tant
elle peint bien le vieil Horace.

SCÈNE VIII.

V. 10   Ne pensez qu'aux devoirs que vos pays demandent.

Des pays ne demandent point *des devoirs*. La patrie impose *les devoirs*, elle en demande l'accomplissement.

V. dern. Faites votre devoir, et laissez faire aux dieux.

J'ai cherché, dans tous les anciens et dans tous les théâtres étrangers, une situation pareille, un pareill mélange de grandeur d'âme,
de douleur, de bienséance, et je ne l'ai point trouvé : je remarquerai
surtout que chez les Grecs il n'y a rien dans ce goût.

ACTE III.

SCÈNE I.

SABINE, *seule.*

Ce monologue de Sabine est absolument inutile, et fait languir la
pièce. Les comédiens voulaient alors des monologues. La déclamation
approchait du chant, surtout celle des femmes; les auteurs avaient cette
complaisance pour elles. Sabine s'adresse sa pensée, la retourne, répète ce qu'elle a dit, oppose parole à parole :

> En l'une je suis femme, en l'autre je suis fille.
> En l'une je suis fille, en l'autre je suis femme.
> Songeons pour quelle cause, et non par quelles mains.
> Je songe par quels bras, et non pour quelle cause.

Les quatre derniers vers sont plus dans la passion. (Voyez ci-après,
v. 51.)

V. 20. Leur vertu les élève en cet illustre rang.

Il ne s'agit point ici de rang : l'auteur a voulu rimer à *sang*. La plus
grande difficulté de la poésie française et son plus grand mérite est que
la rime ne doit jamais empêcher d'employer le mot propre.

**V. 33. Pareille à ces éclairs qui, dans le fort des ombres,
        Poussent un jour qui fuit et rend les nuits plus sombres.**

La tragédie admet les métaphores, mais non pas les comparaisons pourquoi? parce que la métaphore, quand elle est naturelle, appartient à la passion; les comparaisons n'appartiennent qu'à l'esprit.

V. 51.   Quels foudres lancez-vous quand vous vous irritez,
          Si même vos faveurs ont tant de cruautés?
          Et de quelle façon punissez-vous l'offense,
          Si vous traitez ainsi les vœux de l'innocence?

Ces quatre derniers vers semblent dignes de la tragédie; mais ce monologue ne semble qu'une amplification.

SCÈNE II.

V. 1.   En est-ce fait, Julie? et que m'apportez-vous?

Autant la première scène a refroidi les esprits, autant cette seconde les échauffe : pourquoi? c'est qu'on y apprend quelque chose de nouveau et d'intéressant; il n'y a point de vaine déclamation, et c'est là le grand art de la tragédie, fondé sur la connaissance du cœur humain, qui veut toujours être remué.

V. 4.   De tous les combattants a-t-il fait des hosties?

Hostie ne se dit plus, et c'est dommage; il ne reste plus que le mot *victime*. Plus on a de termes pour exprimer la même chose, plus la poésie est variée.

V. 13.   Et par les désespoirs d'une chaste amitié,
          Nous aurions des deux camps tiré quelque pitié.

On n'emploie plus aujourd'hui *désespoir* au pluriel; il fait pourtant un très-bel effet. *Mes déplaisirs, mes craintes, mes douleurs, mes ennuis,* disent plus que *mon déplaisir, ma crainte,* etc. Pourquoi ne pourrait-on pas dire, *mes désespoirs,* comme on dit *mes espérances?* Ne peut-on pas désespérer de plusieurs choses, comme on peut en espérer plusieurs?

V. 40.   Ils combattront plutôt et l'une et l'autre armée,
          Et mourront par les mains qui leur font d'autres lois,
          Que pas un d'eux renonce aux honneurs d'un tel choix.

Il y avait :

          Et mourront par les mains qui les ont séparés,
          Que quitter les honneurs qui leur sont déférés.

Comme il y a ici une faute évidente de langage, *mourront que quitter,* et que l'auteur avait oublié le mot *plutôt,* qu'il ne pouvait pourtant répéter parce qu'il est au vers précédent, il changea ainsi cet endroit; par malheur la même faute s'y retrouve. Tout le reste de ce couplet est très-bien écrit.

V. 50.   Puisque chacun, dit-il, s'échauffe en ce discord,
          Consultons des grands dieux la majesté sacrée.

En ce discord, ne se dit plus, mais il est à regretter.

V. 62.   Comme si toutes deux le connoissoient pour roi

C'est une petite faute. Le sens est, *comme si toutes deux voyaient en lui leur roi. Connaître un homme pour roi*, ne signifie pas le reconnaître pour son souverain.

On peut connaître un homme pour roi d'un autre pays. *Connaître* ne veut pas dire *reconnaître*.

SCÈNE III.

V. 1.   Ma sœur, que je vous die une bonne nouvelle.

Au lieu de *die* on a imprimé *dise* dans les éditions suivantes. *Die* n'est plus qu'une licence; on ne l'emploie que pour la rime. *Une bonne nouvelle* est du style de la comédie; ce n'est là qu'une très-légère inattention. Il était très-aisé à Corneille de mettre : *Ah! ma sœur, apprenez une heureuse nouvelle*, et d'exprimer ce petit détail autrement; mais alors ces expressions familières étaient tolérées; elles ne sont devenues des fautes que quand la langue s'est perfectionnée; et c'est à Corneille même qu'elle doit en partie cette perfection. On fit bientôt une étude sérieuse d'une langue dans laquelle il avait écrit de si belles choses.

V. 13.   Ils (les dieux) descendent bien moins dans de si bas étages,
         Que dans l'âme des rois leurs vivantes images.

Bas étages est bien bas, et la pensée n'est que poétique. Cette contestation de Sabine et de Camille paraît froide dans un moment où l'on est si impatient de savoir ce qui se passe. Ce discours de Camille semble avoir un autre défaut : ce n'est point à une amante à dire que *les dieux inspirent toujours les rois*, qu'*ils sont les rayons de la Divinité;* c'est là de la déclamation d'un rhéteur dans un panégyrique.

Ces contestations de Camille et de Sabine sont, à la vérité, des jeux d'esprit un peu froids; c'est un grand malheur que le peu de matière que fournit la pièce ait obligé l'auteur à y mêler ces scènes qui, par leur inutilité, sont toujours languissantes.

V. 34.   Adieu, je vais savoir comme enfin tout se passe.

Ce vers de comédie démontre l'inutilité de la scène. La nécessité de savoir comme tout se passe condamne tout ce froid dialogue.

V. 35.   Modérez vos frayeurs; j'espère à mon retour
         Ne vous entretenir que de propos d'amour.

Ce discours de Julie est trop d'une soubrette de comédie.

SCÈNE IV.

V. 1.   Parmi nos déplaisirs souffrez que je vous blâme.

Cette scène est encore froide. On sent trop que Sabine et Julie ne sont là que pour amuser le peuple, en attendant qu'il arrive un événement intéressant; elles répètent ce qu'elles ont déjà dit. Corneille manque à la grande règle *semper ad eventum festinat;* mais quel homme l'a toujours observée? J'avouerai que Shakspeare est de tous les auteurs tragiques celui où l'on trouve le moins de ces scènes de pure conversation; il y a presque toujours quelque chose de nouveau dans chacune de ses scènes : c'est, à la vérité, aux dépens des règles et de la bienséance et de la vraisemblance; c'est en entassant vingt années d'événements les uns sur les autres; c'est en mêlant le grotesque au terrible; c'est en passant d'un cabaret à un champ de bataille, et d'un cimetière à un trône; mais enfin il attache. L'art serait d'attacher et de surprendre toujours, sans aucun de ces moyens irréguliers et burlesques tant employés sur les théâtres espagnols et anglais.

V. 13.   L'hymen qui nous attache en une autre famille
   Nous détache de celle où l'on a vécu fille.

Il faut : *attache à une autre famille;* d'ailleurs ces vers sont trop familiers.

V. 26.   C'est un raisonnement bien mauvais que le vôtre.

Ce mot seul de *raisonnement* est la condamnation de cette scène et de toutes celles qui lui ressemblent. Tout doit être action dans une tragédie; non que chaque scène doive être un événement, mais chaque scène doit servir à nouer ou à dénouer l'intrigue; chaque discours doit être préparation ou obstacle. C'est en vain qu'on cherche à mettre des contrastes entre les caractères dans ces scènes inutiles, si ces contrastes ne produisent rien.

V. 34.   Et tous maux sont pareils alors qu'ils sont extrêmes.

Ce beau vers est d'une grande vérité. Il est triste qu'il soit perdu dans une amplification.

V. 35. . . . L'amant qui vous charme et pour qui vous brûlez,
   Ne vous est, après tout, que ce que vous voulez.
   Une mauvaise humeur, un peu de jalousie,
   En fait assez souvent passer la fantaisie,

sont des vers comiques qui gâteraient la plus belle tirade.

V. 48.   Vous ne connoissez point ni l'amour, ni ses traits.

Ce *point* est de trop. Il faut : *Vous ne connaissez ni l'amour ni ses traits.*

V. 53.   Il entre avec douceur, mais il règne par force, etc.

Ces maximes détachées, qui sont un défaut quand la passion doit parler, avaient alors le mérite de la nouveauté. On s'écriait : *C'est connaître le cœur humain!* mais c'est le connaître bien mieux que de faire dire en sentiment ce qu'on n'exprimait guère alors qu'en sentences; défaut éblouissant que les auteurs imitaient de Sénèque.

V. 55.   Vouloir ne plus aimer, c'est ce qu'elle ne peut,
        Puisqu'elle ne peut plus vouloir que ce qu'il veut.

Ces deux *peut*, ces syllabes dures, ces monosyllabes *veut* et *peut;* et cette idée de vouloir ce que l'amour veut, comme s'il était question ici du dieu d'amour; tout cela constitue deux des plus mauvais vers qu'on pût faire, et c'était de tels vers qu'il fallait corriger.

V. dern. Ses chaînes sont pour nous aussi fortes que belles.

Toute cette scène est ce qu'on appelle du remplissage; défaut insupportable, mais devenu presque nécessaire dans nos tragédies qui sont toutes trop longues, à l'exception d'un très-petit nombre.

SCÈNE V.

V. 1.   Je viens vous apporter de fâcheuses nouvelles.

Comme l'arrivée du vieil Horace rend la vie au théâtre qui languissait! quel moment et quelle noble simplicité! On pourrait objecter qu'Horace ne devait pas venir avertir des femmes que leurs époux et leurs frères sont aux mains, que c'est venir les désespérer inutilement et sans raison, qu'on les a même renfermées pour ne point entendre leurs cris, qu'il ne résulte rien de cette nouvelle; mais il en résulte du plaisir pour le spectateur qui, malgré cette critique, est très-aise de voir le vieil Horace.

V. 8.   Ne nous consolez point contre tant d'infortune.

Cela n'est pas français. On console *du* malheur; on s'arme, on se soutient *contre* le malheur.

V. 12.   Nous pourrions aisément faire en votre présence
        De notre désespoir une fausse constance.

Faire une fausse constance de son désespoir, est du phébus, du galimatias. Est-il possible que le mauvais se trouve ainsi presque toujours à côté du bon!

V. 14.   Mais quand on peut sans honte être sans fermeté,
        L'affecter au dehors, c'est une lâcheté.

Ces sentences et ces raisonnements sont bien mal placés dans un moment si douloureux; c'est là le poëte qui parle et qui raisonne.

V. 42.   Ma main bientôt sur eux m'eût vengé hautement....

Ce discours du vieil Horace est plein d'un art d'autant plus beau qu'il ne paraît pas. On ne voit que la hauteur d'un Romain et la chaleur d'un vieillard qui préfère l'honneur à la nature. Mais cela même prépare tout ce qu'il dit dans la scène suivante; c'est là qu'est le vrai génie.

V. 59. Un si glorieux titre est un digne trésor.

Notre malheureuse rime n'amène que trop souvent de ces expressions faibles ou impropres. *Un titre qui est un digne trésor*, ne serait permis que dans le cas où il s'agirait d'opposer ce titre à la fortune; mais ici il ne forme pas de sens; et ce mot de *digne* achève de rendre ce vers intolérable. Quand les poëtes se trouvent ainsi gênés par une rime, ils doivent absolument en chercher deux autres.

SCÈNE VI.

V. 1. Nous venez-vous, Julie, apprendre la victoire?

Il semble intolérable qu'une suivante ait vu le combat, et que ce père des trois champions de Rome reste inutilement avec des femmes pendant que ses enfants sont aux mains, lui qui a dit auparavant[1] :

> Qu'est-ce-ci, mes enfants? écoutez-vous vos flammes,
> Et perdez-vous encor le temps avec des femmes?

C'est une grande inconséquence; c'est démentir son caractère. Quoi! cet homme qui se sent assez de force pour tuer ses trois enfants *hautement* s'ils donnent un *mol consentement* à un nouveau choix que le peuple est en droit de faire, quitte le champ où ses trois fils combattent pour venir apprendre à des femmes une nouvelle qu'on doit leur cacher! Il ne prétexte pas même cette disparate sur l'horreur qu'il aurait de voir ses fils combattre contre son gendre! Il ne vient que comme messager, tandis que Rome entière est sur le champ de bataille; il reste les bras croisés, tandis qu'une soubrette a tout vu! Ce défaut peut-il se pardonner? On peut répondre qu'il est resté pour empêcher ces femmes d'aller séparer les combattants, comme s'il n'y avait pas tant d'autres moyens.

V. 22. Ce bonheur a suivi leur courage invaincu. ..

Ce mot *invaincu* n'a été employé que par Corneille, et devrait l'être, je crois, par tous nos poëtes. Une expression si bien mise à sa place dans *le Cid* et dans cette admirable scène ne doit jamais vieillir.

V. 23. Qu'ils ont vu Rome libre autant qu'ils ont vécu,
Et ne l'auront point vue obéir qu'à son prince.

Ce *point* est ici un solécisme; il faut, *et ne l'auront vue obéir qu'à*.

V. 30. Que vouliez-vous qu'il fît contre trois? — Qu'il mourût.

Voilà ce fameux *qu'il mourût*, ce trait du plus grand sublime; ce mot auquel il n'en est aucun de comparable dans toute l'antiquité. Tout l'auditoire fut si transporté, qu'on n'entendit jamais le vers faible qui suit; et le morceau, *n'eût-il que d'un moment retardé sa défaite*, étant plein de chaleur, augmenta encore la force du *qu'il mourût*. Que de

---

1. Acte II, scène VII. (Éd.)

beautés! et d'où naissent-elles? d'une simple méprise très-naturelle, sans complication d'événements, sans aucune intrigue recherchée, sans aucun effort. Il y a d'autres beautés tragiques, mais celle-ci est au premier rang.

Il est vrai que le vieil Horace, qui était présent quand les Horaces et les Curiaces ont refusé qu'on nommât d'autres champions, a dû être présent à leur combat. Cela gâte jusqu'au *qu'il mourût*.

V. 36. Il est de tout son sang comptable à sa patrie,
Chaque goutte épargnée a sa gloire flétrie.

Chaque goutte paraît être de trop. Il ne faut pas tant retourner sa pensée.

A sa gloire flétrie; la sévérité de la grammaire ne permet point ce *flétrie :* il faut dans la rigueur, *a flétri sa gloire :* mais *a sa gloire flétrie* est plus beau, plus poétique, plus éloigné du langage ordinaire, sans causer d'obscurité.

V. 38. Chaque instant de sa vie, après ce lâche tour....

Après ce lâche tour, est une expression trop triviale.

V. 39. Met d'autant plus ma honte avec la sienne au jour.
J'en romprai bien le cours, etc.

Ces derniers mots se rapportent naturellement à la honte; mais on ne rompt point le cours d'une honte. Il faut donc qu'ils tombent sur *chaque instant de sa vie,* qui est plus haut; mais *je romprai bien le cours de chaque instant de sa vie,* ne peut se dire. *Bien* signifie dans ces occasions *fortement* ou *aisément :* je le punirai *bien,* je l'empêcherai *bien.*

V. 61. Dieux! verrons-nous toujours des malheurs de la sorte?

Ce *de la sorte* est une expression du peuple qui n'est pas convenable; elle n'est pas même française. Il faudrait *de cette sorte,* ou *d'une telle sorte.*

V. 62. Nous faudra-t-il toujours en craindre de plus grands,
Et toujours redouter la main de nos parents?

Ce dernier vers est de la plus grande beauté : non-seulement il dit ce dont il s'agit, mais il prépare ce qui doit suivre.

ACTE IV.

SCÈNE I.

V. 1. Ne me parlez jamais en faveur d'un infâme.

Nous avons vu qu'il est très-extraordinaire que le père n'ait pas été détrompé entre le troisième et le quatrième acte; qu'un vieillard de son caractère, qui a assez de force pour tuer son fils de ses propres mains, à ce qu'il dit, n'en ait pas assez pour être allé sur le champ de bataille ; qu'il reste dans sa maison tandis que Rome entière est spectatrice du combat ; comment souffrir qu'une suivante soit allée voir ce fameux duel, et que le vieil Horace soit demeuré chez lui ? Comment ne s'est-il pas mieux informé pendant l'entr'acte ? Pourquoi le père des Horaces ignore-t-il seul ce que tout Rome sait ? Je ne sais de réponse à cette critique, sinon que ce défaut est presque excusable, puisqu'il amène de grandes beautés.

V. 5.   Sabine y peut mettre ordre, ou derechef j'atteste
         Le souverain pouvoir de la troupe céleste....

Derechef et *la troupe céleste*, sont hors d'usage. *La troupe céleste* est bannie du style noble, surtout depuis que Scarron l'a employée dans le style burlesque.

V. 11.   Le jugement de Rome est peu pour mon regard.

Pour mon regard, est suranné et hors d'usage ; c'est pourtant une expression nécessaire.

SCÈNE II.

V. 11.   C'est à moi seul aussi de punir son forfait.

Si son fils est coupable d'un *forfait* envers Rome, pourquoi serait-ce au père seul à le punir ?

V. 15.   Vous redoublez ma honte et ma confusion.

Je ne sais s'il n'y a pas dans cette scène un artifice trop visible, une méprise trop longtemps soutenue. Il semble que l'auteur ait eu plus d'égards au jeu de théâtre qu'à la vraisemblance. C'est le même défaut que dans la scène de Chimène avec don Sanche dans *le Cid*. Ce petit et faible artifice, dont Corneille se sert trop souvent, n'est pas la véritable tragédie.

V. 22.   Quels honneurs, quel triomphe, et quel empire enfin,
         Lorsque Albe sous ses lois range notre destin ?

On ne range point ainsi un destin.

V. 30.   Quoi ! Rome enfin triomphe !

Que ce mot est pathétique ! comme il sort des entrailles d'un vieux Romain !

V. 56.   L'air résonne des cris qu'au ciel chacun envoie ;
         Albe en jette d'angoisse, et les Romains de joie.

On ne dit plus guère *angoisse* : et pourquoi ? quel mot lui a-t-on substitué ? *Douleur, horreur, peine, affliction*, ne sont pas des équivalents : *angoisse* exprime la douleur pressante et la crainte à la fois.

V. 59.   C'est peu pour lui de vaincre, il veut encor braver.

Braver est un verbe actif qui demande toujours un régime : de plus, ce n'est pas ici une bravade ; c'est un sentiment généreux d'un citoyen qui venge ses frères et sa patrie.

V. 84.   C'est où le roi le mène....

Mener à des chants et à des vœux, n'est ni noble ni juste ; mais le récit de Valère a été si beau, qu'on pardonne aisément ces petites fautes.

V. 85.   . . . . . . Et tandis il m'envoie
       Faire office envers vous de douleur et de joie.

Tandis, sans un *que*, est absolument proscrit, et n'est plus permis que dans une espèce de style burlesque et naïf qu'on nomme *maronique : Tandis la perdrix vire.*

Faire office de douleur, n'est plus français, et je ne sais s'il l'a jamais été : on dit familièrement, *faire office d'ami, office de serviteur, office d'homme intéressé ;* mais non *office de douleur et de joie.*

V. 94.   Le roi ne sait que c'est d'honorer à demi.

Cette phrase est italienne ; nous disons aujourd'hui, *ne sait ce que c'est.* Mais la dignité du tragique rejette ces expressions de comédie.

V. dern. Je vous devrai beaucoup pour un si bon office.

Ici la pièce est finie, l'action est complétement terminée. Il s'agissait de la victoire, et elle est remportée ; du destin de Rome, et il est décidé.

SCÈNE III.

V. 1.   Ma fille, il n'est plus temps de répandre des pleurs.

Voici donc une autre pièce qui commence ; le sujet en est bien moins grand, moins intéressant, moins théâtral que celui de la première. Ces deux actions différentes ont nui au succès complet des *Horaces.* Il est vrai qu'en Espagne, en Angleterre, on joint quelquefois plusieurs actions sur le théâtre : on représente dans la même pièce *la Mort de César* et *la bataille de Philippes. Nos musas colimus severiores.*

     Qu'en un lieu, qu'en un jour, un seul fait accompli,
     Tienne jusqu'à la fin le théâtre rempli.

                BOILEAU, *Art poét.*, III, 45.

Remarquez que Camille a été si inutile sur la fin de la première pièce des *Horaces*, qu'elle n'a proféré qu'un *hélas* pendant le récit de la mort de Curiace.

Remarquez encore que le vieil Horace n'a plus rien à dire, et qu'il perd le temps à répéter à Camille qu'il va consoler Sabine.

V. 3.   On pleure injustement des pertes domestiques,
     Quand on en voit sortir des victoires publiques.

Des victoires qui sortent, font une image peu convenable. On ne voit point sortir des victoires, comme on voit sortir des troupes d'une ville.

V. 7.   En la mort d'un amant vous ne perdez qu'un homme
        Dont la perte est aisée à réparer dans Rome.

L'auteur répète trop souvent cette idée, et ce n'est pas là le temps de
parler de mariage à Camille.

V. 13.   Et ses trois frères morts par la main d'un époux
        Lui donneront des pleurs bien plus justes qu'à vous.

Lui donneront des pleurs justes, n'est pas français. C'est Sabine qui
donnera des pleurs; ce ne sont pas ses frères morts qui lui en donneront. Un accident fait couler des pleurs, et ne les donne pas.

V. 21.   Faites-vous voir sa sœur, et qu'en un même flanc
        Le ciel vous a tous deux formés d'un même sang.

Faites-vous voir.... et qu'en.... est un solécisme; parce que *faites-
vous voir* signifie *montrez-vous, soyez sa sœur*; et *montrez-vous,
soyez, paraissez*, ne peut régir un *que*.

Ajoutez qu'après lui avoir dit, *faites-vous voir sa sœur*, il est très-
superflu de dire qu'elle est sortie du même flanc.

SCENE IV.

V. 1.   Oui, je lui ferai voir par d'infaillibles marques
        Qu'un véritable amour brave la main des Parques.

Voici Camille qui, après un long silence dont on ne s'est pas seulement aperçu, parce que l'âme était toute remplie du destin des Horaces et des Curiaces, et de celui de Rome; voici Camille, dis-je, qui
s'échauffe tout d'un coup, et comme de propos délibéré; elle débute par
une sentence poétique : *Qu'un véritable amour brave la main des Parques. Infaillibles marques* n'est là que pour la rime; grand défaut de
notre poésie.

Ce monologue même n'est qu'une vaine déclamation. La vraie douleur ne raisonne point tant, ne récapitule point; elle ne dit point qu'on
bâtit *en l'air sur le malheur d'autrui*, et que son père *triomphe* comme
son frère de ce malheur. Elle ne s'excite point à *braver la colère*, à
essayer de déplaire. Tous ces vains efforts sont froids, et pourquoi?
c'est qu'au fond le sujet *manque* à l'auteur. Dès qu'il n'y a plus de
combats dans le cœur, il n'y a plus rien à dire.

V. 7. . . . . Et par un juste effort
        Je la veux rendre égale aux rigueurs de mon sort.

Elle dit ici qu'elle veut rendre sa douleur *égale, par un juste effort,
aux rigueurs de son sort*. Quand on fait ainsi des efforts pour proportionner sa douleur à son état, on n'est pas même poétiquement affligé.

V. 17.   Un oracle m'assure, un songe me travaille.

M'assure ne signifie pas *me rassure*; et c'est *me rassure* que l'auteur entend. Je suis effrayé, on me rassure. Je doute d'une chose, on m'assure qu'elle est ainsi.... *Assurer* avec l'accusatif ne s'emploie que pour *certifier : J'assure ce fait;* et en termes d'art il signifie *affermir :* Assurez cette solive, ce chevron.

V. 20.   Pour combattre mon frère on choisit mon amant.

Cette récapitulation de la pièce précédente n'est-elle point encore l'opposé d'une affliction véritable? *Curæ leves loquuntur.*

V. 45.   Dégénérons, mon cœur, d'un si vertueux père, etc.

Ce *dégénérons, mon cœur,* cette résolution de se mettre en colère, ce long discours, cette nouvelle sentence mal exprimée, que *c'est gloire de passer pour un cœur abattu,* enfin tout refroidit, tout glace le lecteur, qui ne souhaite plus rien. C'est, encore une fois, la faute du sujet. L'aventure des Horaces, des Curiaces, et de Camille, est plus propre en effet pour l'histoire que pour le théâtre.

On ne peut trop honorer Corneille, qui a senti ce défaut, et qui en parle dans son examen avec la candeur d'un grand homme.

V. 55.   Il vient, préparons-nous à montrer constamment
Ce que doit une amante à la mort d'un amant.

Préparons-nous, augmente encore le défaut. On voit une femme qui s'étudie à montrer son affliction, qui répète, pour ainsi dire, sa leçon de douleur.

SCÈNE V.

V. 1.   Ma sœur, voici le bras qui venge nos deux frères, etc.

Ce n'est plus là l'Horace du second acte. Ce *bras* trois fois répété, et cet ordre de rendre *ce qu'on doit à l'heur de sa victoire,* témoignent, ce semble, plus de vanité que de grandeur : il ne devrait parler à sa sœur que pour la consoler, ou plutôt il n'a rien du tout à dire. Qui l'amène auprès d'elle? est-ce à elle qu'il doit présenter les armes de ses beaux-frères? C'est au roi, c'est au sénat assemblé qu'il devait montrer ces trophées. Les femmes ne se mêlaient de rien chez les premiers Romains. Ni la bienséance, ni l'humanité, ni son devoir, ne lui permettaient de venir faire à sa sœur une telle insulte. Il paraît qu'Horace pouvait déposer au moins ces dépouilles dans la maison paternelle, en attendant que le roi vînt; que sa sœur, à cet aspect, pouvait s'abandonner à sa douleur, sans qu'Horace lui dît, *voici ce bras,* et sans qu'il lui ordonnât de ne s'entretenir jamais que de sa victoire; il semble qu'alors Camille aurait paru un peu plus coupable, et que l'emportement d'Horace aurait eu quelque excuse.

V. 18.   O d'une indigne sœur insupportable audace !

Observez que la colère du vieil Horace contre son fils était très-intéressante, et que celle de son fils contre sa sœur est révoltante et sans aucun intérêt. C'est que la colère du vieil Horace supposait le malheur de Rome; au lieu que le jeune Horace ne se met en colère que contre une femme qui pleure et qui crie, et qu'il faut laisser crier ou pleurer. Cela est historique, oui; mais cela n'est nullement tragique, nullement théâtral.

V. 19. D'un ennemi public dont je reviens vainqueur,
    Le nom est dans ta bouche, et l'amour dans ton cœur.

Le reproche est évidemment injuste. Horace lui-même devait plaindre Curiace, c'est son beau-frère, il n'y a plus d'ennemis, les deux peuples n'en font plus qu'un. Il a dit lui-même, au second acte, qu'*il aurait voulu racheter de sa vie le sang de Curiace*.

V. 28.   Donne-moi donc, barbare, un cœur comme le tien!

Ces plaintes seraient plus touchantes si l'amour de Camille avait été le sujet de la pièce; mais il n'en a été que l'épisode: on y a songé à peine; on n'a été occupé que de Rome. Un petit intérêt d'amour interrompu ne peut plus reprendre une vraie force. Le cœur doit saigner par degrés dans la tragédie, et toujours des mêmes coups redoublés, et surtout variés.

V. 51.   Rome, l'unique objet de mon ressentiment! etc.

Ces imprécations de Camille ont toujours été un beau morceau de déclamation, et ont fait valoir toutes les actrices qui ont joué ce rôle. Plusieurs juges sévères n'ont pas aimé le *mourir de plaisir;* ils ont dit que l'hyperbole est si forte, qu'elle va jusqu'à la plaisanterie.

Il y a une observation à faire: c'est que jamais les douleurs de Camille ni sa mort n'ont fait répandre une larme.

    Pour me tirer des pleurs il faut que vous pleuriez.

Mais Camille n'est que furieuse; elle ne doit pas être en colère contre Rome; elle doit s'être attendue que Rome ou Albe triompherait. Elle n'a raison d'être en colère que contre Horace qui, au lieu d'être auprès du roi après sa victoire, vient se vanter assez mal à propos à sa sœur d'avoir tué son amant. Encore une fois, ce ne peut être un sujet de tragédie.

V. 70. Va dedans les enfers plaindre ton Curiace.

On ne se sert plus du mot de *dedans*, et il fut toujours un solécisme quand on lui donne un régime; on ne peut l'employer que dans un sens absolu: *Êtes-vous hors du cabinet? Non, je suis dedans.* Mais il est toujours mal de dire, *dedans ma chambre, dehors de ma chambre.* Corneille au cinquième acte dit:

    Dans les murs, hors des murs, tout parle de sa gloire.

Il n'aurait pas parlé français s'il eût dit, *dedans les murs, dehors des murs.*

SCÈNE VI

PROCULE.

V. 1.   Que venez-vous de faire?

D'où vient ce Procule? à quoi sert ce Procule, ce personnage subalterne qui n'a pas dit un mot jusqu'ici? C'est encore un très-grand défaut; non pas de ces défauts de convenance, de ces fautes qui amènent des beautés, mais de celles qui amènent de nouveaux défauts.

Cette scène a toujours paru dure et révoltante. Aristote remarque que la plus froide des catastrophes est celle dans laquelle on commet de sang-froid une action atroce qu'on a voulu commettre. Addison, dans son *Spectateur*, dit que ce meurtre de Camille est d'autant plus révoltant, qu'il semble commis de sang-froid, et qu'Horace, traversant tout le théâtre pour aller poignarder sa sœur, avait tout le temps de la réflexion. Le public éclairé ne peut jamais souffrir un meurtre sur le théâtre, à moins qu'il ne soit absolument nécessaire, ou que le meurtrier n'ait les plus violents remords.

SCÈNE VII.

V. 1.   A quoi s'arrête ici ton illustre colère?

Sabine arrivant après le meurtre de Camille, seulement pour reprocher cette mort à son mari, achève de jeter de la froideur sur un événement qui, autrement préparé, devait être terrible.

L'illustre colère et *les généreux coups*, sont une déclamation ironique. Racine a pourtant imité ce vers dans *Andromaque* [1] :

>   Que peut-on refuser à ces généreux coups?

Cette conversation de Sabine et d'Horace, après le meurtre de Camille, est aussi inutile que la scène de Proculus; elle ne produit aucun changement.

V. 22.   Embrasse ma vertu pour vaincre ta foiblesse.

Est-ce là le langage qu'il doit tenir à sa femme, quand il vient d'assassiner sa sœur dans un moment de colère?

V. 23.   Participe à ma gloire au lieu de la souiller,
>   Tâche à t'en revêtir, non à m'en dépouiller, etc.

Sans parler des fautes de langage, tous ces conseils ne peuvent faire aucun bon effet, parce que la douleur de Sabine n'en peut faire aucun.

V. 33.   Mais enfin je renonce à la vertu romaine.

C'est une répétition un peu froide des vers de Curiace:

>   Je rends grâces aux dieux de n'être pas Romain.

1. Acte IV, scène v. (ÉD.)

V. 41.   Pourquoi veux-tu, cruel, agir d'une autre sorte?
         Laisse en entrant ici tes lauriers à la porte.

On sent assez qu'*agir d'une autre sorte*, et *laisser en entrant les lauriers à la porte*, ne sont des expressions ni nobles ni tragiques, et que toute cette tirade est une déclamation oiseuse d'une femme inutile.

V. 57.   Quelle injustice aux dieux d'abandonner aux femmes
         Un empire si grand sur les plus belles âmes! etc.

Cette tendresse est-elle convenable à l'assassin de sa sœur, qui n'a aucun remords de cette indigne action, et qui parle encore de sa vertu? Voyez comme ces sentences et ces discours vagues sur le pouvoir des femmes conviennent peu devant le corps sanglant de Camille qu'Horace vient d'assassiner.

V. 61.   A quel point ma vertu devient-elle réduite!

Devient réduite, n'est pas français. Ce mot *devenir* ne convient jamais qu'aux affections de l'âme : on devient faible, malheureux, hardi, timide, etc. ; mais on ne devient pas *forcé à*, *réduit à*.

V. dern. Et n'employons après que nous à notre mort.

Sabine parle toujours de mourir : il n'en faut pas tant parler quand on ne meurt point.

ACTE V.

Corneille, dans son jugement sur *Horace*, s'exprime ainsi : *Tout ce cinquième acte est encore une des causes du peu de satisfaction que laisse cette tragédie : il est tout en plaidoyers*, etc. Après un si noble aveu, il ne faut parler de la pièce que pour rendre hommage au génie d'un homme assez grand pour se condamner lui-même. Si j'ose ajouter quelque chose, c'est qu'on trouvera de beaux détails dans ces plaidoyers.

Il est vrai que cette pièce n'est pas régulière, qu'il y a en effet trois tragédies absolument distinctes, la Victoire d'Horace, la Mort de Camille, et le Procès d'Horace. C'est imiter en quelque façon le défaut qu'on reproche à la scène anglaise et à l'espagnole; mais les scènes d'Horace, de Curiace, et du vieil Horace, sont d'une si grande beauté, qu'on reverra toujours ce poëme avec plaisir, quand il se trouvera des acteurs qui auront assez de talent pour faire sentir ce qu'il y a d'excellent, et faire pardonner ce qu'il y a de défectueux.

SCÈNE I.

V. 5.   Nos plaisirs les plus doux ne vont point sans tristesse;

expression familière dont il ne faut jamais se servir dans le style noble. En effet, des plaisirs ne *vont* point.

V. 21.   Si ma main en devient honteuse et profanée,
   Vous pouvez d'un seul mot trancher ma destinée.

Une action est honteuse, mais la main ne l'est pas ; elle est souillée, coupable, etc.

V. 23.   Reprenez tout ce sang de qui ma lâcheté
   A si brutalement souillé la pureté.

Lâcheté.... brutalement. S'il a été lâche et brutal, pourquoi parlait-il à sa femme de *la vertu* avec laquelle il avait tué sa sœur ?

V. 29.   Son amour doit se taire où toute excuse est nulle.

Est nulle ; expression qui doit être bannie des vers.

SCÈNE II.

V. 5.   Un si rare service et si fort important, etc.

Fort est de trop.

V. 9.   J'ai su par son rapport, et je n'en doutois pas,
   Comme de vos deux fils vous portez le trépas.

Il faut *comment ;* et *portez* n'est plus d'usage.

V. 18.   Et je doute comment vous portez cette mort.

Répétition vicieuse.

V. 29.   Sire, puisque le ciel entre les mains des rois
   Dépose sa justice et la force des lois, etc.

Il faut avouer que ce Valère fait là un fort mauvais personnage : il n'a encore paru dans la pièce que pour faire un compliment ; on n'en a parlé que comme d'un homme sans conséquence. C'est un défaut capital que Corneille tâche en vain de pallier dans son examen.

V. 36.   Permettez qu'il achève, et je ferai justice.

C'est la loi de l'unité de lieu qui force ici l'auteur à faire le procès d'Horace dans sa propre maison ; ce qui n'est ni convenable, ni vraisemblable. J'ajouterai ici une remarque purement historique ; c'est que les chefs de Rome, appelés *rois,* ne rendaient point justice seuls : il fallait le concours du sénat entier, ou des délégués.

V. 41.   Souffrez donc, ô grand roi ! le plus juste des rois,
   Que tous les gens de bien vous parlent par ma voix, etc.

Ce plaidoyer ressemble à celui d'un avocat qui s'est préparé : il n'est ni dans le génie de ces temps-là, ni dans le caractère d'un amant qui parle contre l'assassin de sa maîtresse.

V. 79.   Mais je hais ces moyens qui sentent l'artifice.

Ce trait est de l'art oratoire, et non de l'art tragique ; mais quelque chose qu'ait pu dire Valère, il ne pouvait toucher.

V. 115. Sire, c'est rarement qu'il s'offre une matière
     A montrer d'un grand cœur la vertu toute entière, etc.

Ces vers sont beaux, parce qu'ils sont vrais et bien écrits.

V. 151. Que Votre Majesté désormais m'en dispense.

On ne connaissait point alors le titre de *majesté*.

SCÈNE III.

V. 16. Il mourra plus en moi qu'il ne mourroit en lui.

Ces subtilités de Sabine jettent beaucoup de froid sur cette scène. On est las de voir une femme qui a toujours eu une douleur étudiée, qui a proposé à Horace de la tuer afin que Curiace la vengeât, et qui maintenant veut qu'on la fasse mourir pour Horace, parce qu'Horace *vit en elle.*

V. 49. Tous trois désavoueront la douleur qui te touche....
     L'horreur que tu fais voir d'un mari vertueux.

Cela n'est pas vrai. Sabine, qui veut mourir pour Horace, n'a point montré d'horreur pour lui.

V. 114. Il m'en reste encore un, conservez-le pour elle, etc.

Quoique en effet tout ce cinquième acte ne soit qu'un plaidoyer hors d'œuvre, et dans lequel personne ne craint pour l'accusé, cependant il y a de temps en temps des maximes profondes, nobles, justes, qu'on écoutait autrefois avec grand plaisir. Pascal même, qui faisait un recueil de toutes les pensées qui pouvaient servir à établir un ouvrage qu'il n'a jamais pu faire, n'a pas manqué de mettre dans son agenda cette pensée de Corneille : *Il faut plaire par des traits bien faits.*

V. 137. J'en garde en mon esprit les forces plus pressantes.

Force s'emploie au pluriel pour les forces du corps, pour celles d'un État, mais non pour un discours. *Plus* est une faute.

SCÈNE DERNIÈRE.

JULIE, seule.

Camille, ainsi le ciel t'avoit bien avertie
Des tragiques succès qu'il t'avoit préparés ;
Mais toujours du secret il cache une partie
Aux esprits les plus nets et les mieux éclairés.

Il sembloit nous parler de ton proche hyménée,
Il sembloit tout promettre à tes vœux innocents,

Et nous cachant ainsi ta mort inopinée,
Sa voix n'est que trop vraie en trompant notre sens.

Albe et Rome aujourd'hui prennent une autre face.
Tes vœux sont exaucés; elles goûtent la paix;
Et tu vas être unie avec ton Curiace,
Sans qu'aucun mauvais sort t'en sépare jamais.

Ce commentaire de Julie sur le sens de l'oracle a été retranché dans les éditions suivantes. Il est visiblement imité de la fin du *Pastor fido*; mais dans l'italien cette explication fait le dénoûment; elle est dans la bouche de deux pères infortunés; elle sauve la vie au héros de la pièce. Ici c'est une confidente inutile qui dit une chose inutile. Ces vers furent récités dans les premières représentations.

Les lecteurs raisonnables trouveront bon, sans doute, qu'on ait ainsi remarqué avec une équité impartiale les grandes beautés et les défauts de Corneille, et qu'on poursuive dans cet esprit. Un commentateur n'est pas un avocat qui cherche seulement à faire valoir en tout la cause de sa partie; et ce serait trahir la mémoire de Corneille que de ne pas imiter la candeur avec laquelle il se juge lui-même. On doit la vérité au public.

REMARQUES SUR CINNA,

TRAGÉDIE REPRÉSENTÉE EN 1639.

Avertissement du commentateur. — Ce n'est pas ici une pièce telle que *les Horaces*: on voit bien le même pinceau, mais l'ordonnance du tableau est très-supérieure. Il n'y a point de double action : ce ne sont point des intérêts indépendants les uns des autres, des actes ajoutés à des actes; c'est toujours la même intrigue. Les trois unités sont aussi parfaitement observées qu'elles puissent l'être, sans que l'action soit gênée, sans que l'auteur paraisse faire le moindre effort. Il y a toujours de l'art, et l'art s'y montre rarement à découvert.

On donne ici (c'est-à-dire dans l'édition publiée par Voltaire) ce chef-d'œuvre du grand Corneille tel qu'il le fit imprimer, avec le chapitre de Sénèque le philosophe, dont il tira son sujet (ainsi qu'il avait publié *le Cid* avec les vers espagnols qu'il traduisit). On y ajoute son Épître dédicatoire à Montauron, trésorier de l'épargne, et la lettre du célèbre Balzac.

ÉPÎTRE DÉDICATOIRE A M. DE MONTAURON.

Monsieur, je vous présente un tableau d'une des plus belles actions d'Auguste. Ce monarque étoit tout généreux, et sa générosité n'a jamais paru avec tant d'éclat que dans les effets de sa clémence et de sa *libéralité*. Ces deux rares vertus lui étoient si naturelles, et si inséparables en lui, qu'il semble qu'en cette histoire, que j'ai mise sur notre théâtre, elles se soient tour à tour entre-produites dans son âme. Il avoit été si *libéral* envers Cinna, que sa conjuration ayant fait voir une ingratitude extraordinaire, il eut besoin d'un extraordinaire effort de clémence pour lui pardonner; et le pardon qu'il lui donna fut la source des nouveaux bienfaits dont il lui fut prodigue, pour vaincre tout à fait cet esprit qui n'avoit pu être gagné par les premiers; de sorte qu'il est vrai de dire qu'il eût été moins clément envers lui, s'il eût été moins *libéral*, et qu'il eût été moins *libéral*, s'il eût été moins clément. Cela étant, à qui pourrois-je plus justement donner le portrait de l'une de ces héroïques vertus qu'à celui qui possède l'autre en un si haut degré; puisque, dans cette action, ce grand prince les a si bien attachées, et comme unies l'une à l'autre, qu'elles ont été tout ensemble et la cause et l'effet l'une de l'autre?... *Votre* générosité, à l'exemple de ce grand empereur[1], prend plaisir à s'étendre sur les gens de lettres, en un temps où beaucoup pensent avoir trop récompensé leurs travaux, quand ils les ont honorés d'une louange stérile. Et certes vous avez traité quelques-unes de nos muses avec tant de magnanimité, qu'en elles vous avez obligé toutes les autres, et qu'il n'en est point qui ne vous en doive un remercîment. Trouvez donc bon, monsieur, que je m'acquitte de celui que je reconnais vous en devoir, par le présent que je vous fais de ce poëme, que j'ai choisi comme le plus durable des miens, pour apprendre plus longtemps à ceux qui le liront que le *généreux* M. de Montauron, par une *libéralité* inouïe en ce siècle, s'est rendu toutes les muses redevables; et que je prends tant de part aux bienfaits dont vous avez surpris quelques-unes d'elles, que je m'en dirai toute ma vie,

                    Monsieur,

              Votre très-humble et très-obligé serviteur,

                        CORNEILLE.

---

1. Voilà une étrange lettre, et pour le style, et pour les sentiments. On n'y reconnaît point *la main qui crayonna l'âme du grand Pompée et l'esprit de Cinna.* Celui qui faisait des vers si sublimes n'est plus le même en prose. On ne peut s'empêcher de plaindre Corneille, et son siècle, et les beaux-arts, quand on voit ce grand homme, négligé à la cour, comparer le sieur de Montauron à l'empereur Auguste. Si pourtant la reconnaissance arracha ce singulier hommage, il faut encore plus en louer Corneille que l'en blâmer; mais on peut toujours l'en plaindre.

EXTRAIT DU LIVRE DE SÉNÈQUE LE PHILOSOPHE

DONT LE SUJET DE CINNA EST TIRÉ.

SENECA, lib. I, *de Clementiá*, cap. IX [1].

Divus Augustus mitis fuit princeps, si quis illum a principatu suo æstimare incipiat : in communi quidem republica duodevicesimum egressus annum, jam pugiones in sinum amicorum absconderat, jam insidiis M. Antonii consulis latus petierat, jam fuerat collega proscriptionis : sed quum annum quadragesimum transisset, et in Gallia moraretur, delatum est ad eum indicium L. Cinnam, stolidi ingenii virum, insidias ei struere. Dictum est et ubi, et quando, et quemadmodum aggredi vellet. Unus ex consciis deferebat; constituit se ab eo vindicare. Consilium amicorum advocari jussit.

Nox illi inquieta erat, quum cogitaret adolescentem nobilem, hoc detracto integrum, Cn. Pompeii nepotem, damnandum. Jam unum hominem occidere non poterat, quum M. Antonio proscriptionis edictum inter cœnam dictaret. Gemens subinde voces emittebat varias et inter se contrarias. « Quid ergo? Ego percussorem meum securum ambulare patiar, me sollicito? Ergo non dabit pœnas, qui tot civilibus bellis frustra petitum caput, tot navalibus, tot pedestribus prœliis incolume, postquam terra marique pax parta est, non occidere constituit, sed immolare? » (Nam sacrificantem placuerat adoriri.) Rursus silentio interposito, majore multo voce sibi quam Cinnæ irascebatur. « Quid vivis, si perire te tam multorum interest? Quis finis erit suppliciorum? quis sanguinis? Ego sum nobilibus adolescentulis expositum caput, in quod mucrones acuant. Non est tanti vita, si, ut ego non peream, tam multa perdenda sunt. » Interpellavit tandem illum Livia uxor; et: « Admittis, inquit, muliebre consilium? Fac quod medici solent; ubi usitata remedia non procedunt, tentant contraria. Severitate nihil adhuc profecisti : Salvidienum Lepidus secutus est, Lepidum Muræna, Murænam Cæpio, Cæpionem Egnatius, ut alios taceam quos tantum ausos pudet : nunc tenta quomodo tibi cedat clementia. Ignosce L. Cin-

---

1. L'aventure de Cinna laisse quelque doute. Il se peut que ce soit une fiction de Sénèque, ou du moins qu'il ait ajouté beaucoup à l'histoire pour mieux faire valoir son chapitre *de la Clémence*. C'est une chose bien étonnante, que Suétone, qui entre dans tous les détails de la vie d'Auguste, passe sous silence un acte de clémence qui ferait tant d'honneur à cet empereur, et qui serait la plus mémorable de ses actions. Sénèque suppose la scène en Gaule. Dion Cassius, qui rapporte cette anecdote longtemps après Sénèque, au milieu du IIIᵉ siècle de notre ère vulgaire, dit que la chose arriva dans Rome. J'avoue que je croirai difficilement qu'Auguste ait nommé sur-le-champ premier consul un homme convaincu d'avoir voulu l'assassiner.

Mais, vraie ou fausse, cette clémence d'Auguste est un des plus nobles sujets de tragédie, une des plus belles instructions pour les princes. C'est une grande leçon de mœurs ; c'est, à mon avis, le chef-d'œuvre de Corneille, malgré quelques défauts.

næ : deprehensus est, jam nocere tibi non potest; prodesse famæ tuæ potest⁺ »

Gavisus sibi quod advocatum invenerat, uxori quidem gratias egit : renuntiari autem extemplo amicis quos in consilium rogaverat imperavit, et Cinnam unum ad se accersit, dimissisque omnibus e cubiculo, quum alteram poni Cinnæ cathedram jussisset : « Hoc, inquit, primum a te peto ne me loquentem interpelles, ne medio sermone meo proclames : dabitur tibi loquendi liberum tempus. Ego te, Cinna, quum in hostium castris invenissem, non factum tantum mihi inimicum, sed natum, servavi; patrimonium tibi omne concessi; hodie tam felix es et tam dives, ut victo victores invideant : sacerdotium tibi petenti, præteritis compluribus quorum parentes mecum militaverant, dedi. Quum sic de te meruerim, occidere me constituisti. »

Quum ad hanc vocem exclamasset Cinna, procul hanc ab se abesse dementiam : « Non præstas, inquit, fidem, Cinna; convenerat ne interloquereris. Occidere, inquam, me paras. » Adjecit locum, socios, diem, ordinem insidiarum, cui commissum esset ferrum. Et quum defixum videret, nec ex conventione jam, sed ex conscientia tacentem : « Quo, inquit, hoc animo facis? ut ipse sis princeps? Male me hercule cum populo Romano agitur, si tibi ad imperandum nihil præter me obstat. Domum tuam tueri non potes, nuper libertini hominis gratia in privato judicio superatus es. Adeo nihil facilius potes quam contra Cæsarem advocare? Cedo, si spes tuas solus impedio. Paulusne te et Fabius Maximus et Cossi et Servilii ferent, tantumque agmen nobilium, non inania nomina præferentium, sed eorum qui imaginibus suis decori sunt? » Ne totam orationem repetendo magnam partem voluminis occupem, diutius enim quam duabus horis locutum esse constat, quum hanc pœnam, qua sola erat contentus futurus, extenderet : « Vitam tibi, inquit, Cinna, iterum do, prius hosti, nunc insidiatori ac parricidæ. Ex hodierno die inter nos amicitia incipiat. Contendamus utrum ego meliore fide vitam tibi dederim, an tu debeas. » Post hæc detulit ultro consulatum, questus quod non auderet petere, amicissimum fidelissimumque habuit, heres solus fuit illi, nullis amplius insidiis ab ullo petitus est.

LETTRE DE M. DE BALZAC

A M. CORNEILLE.

Monsieur¹, j'ai senti un notable soulagement depuis l'arrivée de votre paquet, et je crie miracle dès le commencement de ma lettre. Votre

---

1. Les étrangers verront dans cette lettre quelle était l'éloquence de ce temps-là. Il n'est guère convenable peut-être que l'éloquence soit le partage d'une lettre familière; et, comme dit M. l'abbé d'Olivet, Balzac écrivait une lettre comme Lingendes faisait un sermon ou un panégyrique; il s'étudiait à prodiguer les figures.

Cinna guérit les malades : il fait que les paralytiques battent des mains :
il rend la parole à un muet, ce serait trop peu de dire à un enrhumé.
En effet, j'avais perdu la parole avec la voix, et puisque je les recouvre
l'une et l'autre par votre moyen, il est bien juste que je les emploie
toutes deux à votre gloire, et à dire sans cesse : *La belle chose!* Vous
avez peur néanmoins d'être de ceux qui sont accablés par la majesté
des sujets qu'ils traitent, et ne pensez pas avoir apporté assez de force
pour soutenir la grandeur romaine. Quoique cette modestie me plaise,
elle ne me persuade pas, et je m'y oppose pour l'intérêt de la vérité.
Vous êtes trop subtil examinateur d'une composition universellement
approuvée : et s'il était vrai qu'en quelqu'une de ses parties vous eussiez senti quelque faiblesse, ce serait un secret entre vos muses et vous,
car je vous assure que personne ne l'a reconnue. La faiblesse serait de
notre expression, et non pas de votre pensée; elle viendrait du défaut
des instruments, et non pas de la faute de l'ouvrier : il faudrait en accuser l'incapacité de notre langue.

Vous nous faites voir Rome tout ce qu'elle peut être à Paris, et ne
l'avez point brisée en la remuant. Ce n'est point une Rome de Cassiodore[1], et aussi déchirée qu'elle était au siècle des Théodorics; c'est une
Rome de Tite Live, et aussi pompeuse qu'elle était au temps des premiers Césars. Vous avez même trouvé ce qu'elle avait perdu dans les
ruines de la république, cette noble et magnanime fierté; et il se voit
bien quelques passables traducteurs de ses paroles et de ses locutions,
mais vous êtes le vrai et le fidèle interprète de son esprit et de son
courage. Je dis plus, monsieur, vous êtes souvent son pédagogue, et
l'avertissez de la bienséance, quand elle ne s'en souvient pas. Vous
êtes le réformateur du vieux temps, s'il a besoin d'embellissement ou
d'appui. Aux endroits où Rome est de brique, vous la rebâtissez de
marbre : quand vous trouvez du vide, vous le remplissez d'un chef-
d'œuvre, et je prends garde que ce que vous prêtez à l'histoire est toujours meilleur que ce que vous empruntez d'elle.

La femme d'Horace et la maîtresse de Cinna, qui sont vos deux véritables enfantements, et les deux pures créatures de votre esprit, ne
sont-elles pas aussi les principaux ornements de vos deux poëmes? Et
qu'est-ce que la sainte antiquité a produit de vigoureux et de ferme
dans le sexe faible qui soit comparable à ces nouvelles héroïnes que
vous avez mises au monde, à ces Romaines de votre façon? Je ne m'ennuie point depuis quinze jours de considérer celle que j'ai reçue la dernière.

Je l'ai fait admirer à tous les habiles de notre province : nos orateurs
et nos poëtes en disent merveilles; mais un docteur de mes voisins,
qui se met d'ordinaire sur le haut style, en parle certes d'une étrange
sorte; et il n'y a point de mal que vous sachiez jusqu'où vous avez porté son esprit. Il se contentait le premier jour de dire que votre Émilie
était la rivale de Caton et de Brutus dans la passion de la liberté. A

---

1. Pourquoi parler de Théodoric et de Cassiodore, quand il s'agit d'Auguste?

cette heure il va bien plus loin : tantôt il la nomme la possédée du dé-
mon de la république, et quelquefois la belle, la raisonnable, la
sainte [1], et l'adorable furie. Voilà d'étranges paroles sur le sujet de votre
Romaine, mais elles ne sont pas sans fondement. Elle inspire en effet
toute la conjuration, et donne chaleur au parti par le feu qu'elle jette
dans l'âme du chef. Elle entreprend, en se vengeant [2], de venger toute la
terre : elle veut sacrifier à son père une victime qui serait trop grande
pour Jupiter même. C'est à mon gré une personne si excellente, que
je pense dire peu à son avantage, de dire que vous êtes beaucoup
plus heureux en votre race, que Pompée n'a été en la sienne, et que
votre fille Émilie vaut, sans comparaison, davantage que Cinna son
petit-fils. Si celui-ci même a plus de vertu que n'a cru Sénèque, c'est
pour être tombé entre vos mains et à cause que vous avez pris soin de
lui. Il vous est obligé de son mérite, comme à Auguste de sa dignité.
L'empereur le fit consul, et vous l'avez fait *honnête homme* [3]; mais vous
l'avez pu faire par les lois d'un art qui polit et orne la vérité, qui permet de favoriser en imitant, qui quelquefois se propose le semblable,
et quelquefois le meilleur. J'en dirais trop si j'en disais davantage. Je
ne veux pas commencer une dissertation, je veux finir une lettre, et
conclure par les protestations ordinaires, mais très-sincères et très-vé-
ritables, que je suis,

Monsieur,

Votre très-humble serviteur,

BALZAC.

1. Voilà une plaisante épithète que celle de *sainte*, donnée par ce docteur
à Émilie.

2. Il paraît qu'en effet Émilie était regardée comme le premier personnage
de la pièce, et que dans les commencements on n'imaginait pas que l'intérêt pût
tomber sur Auguste.

3. C'est donc Cinna qu'on regardait comme l'honnête homme de la pièce,
parce qu'il avait voulu venger la liberté publique. En ce cas, il fallait qu'on
ne regardât la clémence d'Auguste que comme un trait de politique conseillé
par Livie.

Dans les premiers mouvements des esprits émus par un poëme tel que *Cinna*,
on est frappé et ébloui de la beauté des détails; on est longtemps sans former
un jugement précis sur le fond de l'ouvrage.

CINNA,

TRAGÉDIE.

—

ACTE I.

SCÈNE I.

ÉMILIE.

Plusieurs actrices ont supprimé ce monologue dans les représentations. Le public même paraissait souhaiter ce retranchement. On y
trouvait de l'amplification. Ceux qui fréquentent les spectacles disaient
qu'Émilie ne devait pas ainsi se parler à elle-même, se faire des objections et y répondre; que c'était une déclamation de rhétorique; que les
mêmes choses qui seraient très-convenables quand on parle à sa confidente sont très-déplacées quand on s'entretient toute seule avec soi-
même; qu'enfin la longueur de ce monologue y jetait de la froideur;
et qu'on doit toujours supprimer ce qui n'est pas nécessaire.

Cependant j'étais si touché des beautés répandues dans cette première scène, que j'engageai l'actrice qui jouait Émilie à la remettre au
théâtre; et elle fut très-bien reçue.

V. 1.   Impatients désirs d'une illustre vengeance, etc.

Quand il se trouve des acteurs capables de jouer *Cinna*, on retranche
assez communément ce monologue. Le public a perdu le goût de ces
déclamations; celle-ci n'est pas nécessaire à la pièce. Mais n'a-t-elle pas
de grandes beautés? n'est-elle pas majestueuse, et même assez passionnée? Boileau trouvait dans ces *impatients désirs, enfants du ressentiment, embrassé par la douleur*, une espèce de famille : il préten-
dait que les grands intérêts et les grandes passions s'expriment plus naturellement; il trouvait que le poëte paraît trop ici, et le personnage
trop peu.

V. 5.   Vous prenez sur mon âme un trop puissant empire.

Il y avait dans les premières éditions, *vous régnez sur mon âme
avecque trop d'empire : avecque* faisait un son dur et traînant, comme
on l'a déjà remarqué. On ne peut corriger mieux.

V. 9.   Quand je regarde Auguste au milieu de sa gloire.

Il y avait dans les premières éditions, *au trône de sa gloire*.

V. 10.   Et que vous reprochez à ma triste mémoire
           Que, par sa propre main, mon père massacré
           Du trône où je le vois fait le premier degré.

Ces désirs rappellent à Émilie le meurtre de son père, et ne le lui reprochent pas. Il fallait dire : *Vous me reprochez de ne l'avoir pas encore venge,* et non pas : *Vous me reprochez sa proscription;* car elle n'est certainement pas cause de cette mort.

V. 13. Quand vous me présentez cette sanglante image,
   La cause de ma haine et l'effet de sa rage.

Émilie a déjà dit quelle est la cause de sa haine; la cause et l'effet paraissent trop recherchés.

V. 16 et 28. Je crois pour une mort lui devoir mille morts....
   Sans attirer sur moi mille et mille tempêtes.

Mille morts, mille et mille tempêtes, ne sont que de légères négligences auxquelles il ne faut pas prendre garde dans les ouvrages de génie, et surtout dans ceux du siècle de Corneille, mais qu'il faut éviter soigneusement aujourd'hui.

V. 18. J'aime encor plus Cinna que je ne hais Auguste.

De bons critiques qui connaissent l'art et le cœur humain n'aiment pas qu'on annonce ainsi de sang-froid les sentiments de son cœur. Ils veulent que les sentiments échappent à la passion. Ils trouvent mauvais qu'on dise : *J'aime plus celui-ci que je ne hais celui-là, je sens refroidir mon mouvement bouillant, je m'irrite contre moi-même, j'ai de la fureur.* Ils veulent que cette fureur, cet amour, cette haine, ces bouillants mouvements, éclatent sans que le personnage vous en avertisse. C'est le grand art de Racine. Ni Phèdre, ni Iphigénie, ni Agrippine, ni Roxane, ni Monime, ne débutent par venir étaler leurs sentiments secrets par un monologue, et par raisonner sur les intérêts de leurs passions; mais il faut toujours se souvenir que c'est Corneille qui a débrouillé l'art, et que si ces amplifications de rhétorique sont un défaut aux yeux des connaisseurs, ce défaut est réparé par de très-grandes beautés.

V. 48. Amour, sers mon devoir, et ne le combats plus.

Il semble que le monologue devrait finir là. Les quatre derniers vers ne sont-ils pas surabondants? les pensées n'en sont-elles pas recherchées et hors de la nature? Qu'importe de la gloire ou de la honte de l'amour? Qu'est-ce que ce devoir qui ne triomphera que pour couronner l'amour? D'ailleurs, dans le dernier de ces vers, au lieu de

   Et ne triomphera que pour te couronner,

il faudrait, *il ne triomphera;* mais les vers précédents paraissent dignes de Corneille, et j'ose croire qu'au théâtre il faudrait réciter ce monologue en retranchant seulement ces quatre derniers vers qui ne sont pas dignes du reste.

SCÈNE II.

V. 2. Quoique j'aime Cinna, quoique mon cœur l'adore,
   S'il me veut posséder, Auguste doit périr.

Des critiques trouvent ce premier vers languissant, par le soin même que prend l'auteur de lui donner de la force ; ils disent qu'*adore* n'est que la répétition de *j'aime*.

V. 7. Par un si grand dessein vous vous faites juger....

Vous vous faites juger, est plus languissant : d'ailleurs c'est un grand secret ; on ne peut encore le juger.

V. 8. Digne sang de celui que vous voulez venger.

Toranius était un plébéien inconnu qui n'avait joué aucun rôle, et qu'Octave sacrifia dans les proscriptions, parce qu'il était riche.

V. 29. Je recevrais de lui la place de Livie
   Comme un moyen plus sûr d'attenter à sa vie.

Ce sentiment furieux est, à mon gré, une raison pour ne pas supprimer le monologue qui prépare cette férocité.

V. 37. Tant de braves Romains, tant d'illustres victimes
   Qu'à son ambition ont immolés ses crimes, etc.

Ambition ont, est bien dur à l'oreille.

   Fuyez des mauvais sons le concours odieux.

V. 51. Et tu verrois mes pleurs couler pour son trépas,
   Qui le faisant périr ne me vengeroit pas, etc.

Ce sentiment atroce et ces beaux vers ont été imités par Racine dans *Andromaque*[1] :

   . . . . Ma vengeance est perdue,
   S'il ignore en mourant que c'est moi qui le tue.

V. 73. Tout beau, ma passion, deviens un peu moins forte.

Tout beau revient au *pian piano* des Italiens. Ce mot familier est banni du discours sérieux, à plus forte raison de la poésie, et l'apostrophe à sa passion sort du ton du dialogue et de la vérité ; c'est un tour de rhéteur qu'on se permettait encore.

V. 81. Quoi qu'il en soit, qu'Auguste ou que Cinna périsse,
   Aux mânes paternels je dois ce sacrifice.

Il semble, par ces expressions, qu'elle doive le sacrifice de Cinna.

V. 88. Et c'est à faire enfin à mourir après lui.

1. Acte IV, scène IV.

Et c'est à faire, est encore une expression bourgeoise hors d'usage, même aujourd'hui, chez le peuple. Remarquez que dans cette scène il n'y a presque que ces deux mots à reprendre, et que la pièce est faite depuis six vingts ans. Ce n'est qu'une scène avec une confidente, et elle est sublime.

SCÈNE III.

V. 17. Plût aux dieux que vous-même eussiez vu de quel zèle
         Cette troupe entreprend une action si belle! etc.

Ce discours de Cinna est un des plus beaux morceaux d'éloquence que nous ayons dans notre langue.

V. 28. Amis, leur ai-je dit, voici le jour heureux
         Qui doit conclure enfin nos desseins généreux.

Le mot *dessein* ne convient pas à *conclure*. Il me semble qu'on conclut une affaire, un traité, un marché; que l'on consomme un dessein, qu'on l'exécute, qu'on l'effectue. Peut-être que le verbe *remplir* eût été plus juste et plus poétique que *conclure*.

V. 33. Là, par un long récit de toutes les misères
         Que, durant notre enfance, ont enduré nos pères....

Durant et *enduré*, dans le même vers, ne sont qu'une inadvertance; il était aisé de mettre *pendant notre enfance*; mais *ont enduré* paraît une faute aux grammairiens; ils voudraient *les misères qu'ont endurées nos pères*. Je ne suis point du tout de leur avis. Il serait ridicule de dire, *les misères qu'ont souffertes nos pères*, quoiqu'il faille dire, *les misères que nos pères ont souffertes*. S'il n'est pas permis à un poëte de se servir en ce cas du participe absolu, il faut renoncer à faire des vers.

V. 41. Où les meilleurs soldats et les chefs les plus braves
         Mettoient toute leur gloire à devenir esclaves;
         Où, pour mieux assurer la honte de leurs fers,
         Tous vouloient à leur chaîne attacher l'univers.

Les premières éditions portent:

         Où le but des soldats et des chefs les plus braves
         Étoit d'être vainqueurs pour devenir esclaves,
         Où chacun trahissoit aux yeux de l'univers
         Soi-même et son pays pour se donner des fers.

Ce mot *but*, dans cette place, ne paraissait ni assez noble ni assez juste. *Aux yeux de l'univers* était un faible hémistiche, un de ces vers oiseux qui servaient uniquement à la rime. Corneille corrigea ces deux petites fautes, et mit à la place ces vers dignes du reste de cet admirable récit.

V. 65. Vous dirai-je les noms de ces grands personnages
         Dont j'ai dépeint les morts pour aigrir les courages?

Dans le temps de Corneille on disait *les courages* pour *les esprits.* On peut même se servir encore du mot *courage* en ce sens; mais *aigrir* n'est pas assez fort. Cinna a peint les proscriptions pour faire horreur, pour enflammer les esprits, pour les irriter, pour les envenimer, pour les saisir d'indignation, pour les remplir des fureurs de la vengeance.

V. 81. Mais nous pouvons changer un destin si funeste.

Il y avait auparavant :

> Rendons toutefois grâce à la bonté céleste.

V. 85. Lui mort, nous n'avons point de vengeur ni de maître.

Il veut dire : *mort, il est sans vengeur, et nous sommes sans maître;* en effet, c'est Rome qui a des vengeurs dans les assassins du tyran. Corneille entend donc qu'Auguste restera sans vengeance.

V. 86. Avec la liberté Rome s'en va renaître.

S'en va renaître; cette expression n'est point fautive en poésie, au contraire : voyez dans l'*Iphigénie* de Racine [1] :

> Et ce triomphe heureux qui s'en va devenir
> L'éternel entretien des siècles à venir.

Cet exemple est un de ceux qui peuvent servir à distinguer le langage de la poésie de celui de la prose.

V. 110. Demain j'attends la haine ou la faveur des hommes,
Le nom de parricide ou de libérateur,
César celui de prince ou d'un usurpateur.

Il faut *d'usurpateur* dans la règle; *il aura le nom de prince légitime ou d'usurpateur.* Mais gênons la poésie le moins que nous pourrons.

V. 115. Et le peuple, inégal à l'endroit des tyrans,
S'il les déteste morts, les adore vivants.

Ce terme *à l'endroit* n'est plus d'usage dans le style noble.

V. 127. Sont-ils morts tout entiers avec leurs grands desseins?

Il y avait :

> Et sont-ils morts entiers avecque leurs desseins?

D'abord l'auteur substitua : *et sont-ils morts entiers avec leurs grands desseins?* ensuite il mit : *sont-ils morts tout entiers?* Cette expression sublime : *mourir tout entier,* est prise du latin d'Horace : *non omnis moriar,* et *tout entier* est plus énergique. Racine l'a imité dans sa belle pièce d'*Iphigénie* [2] :

> Ne laisser aucun nom, et mourir tout entier.

1. Acte I, scène v. (ÉD.) — 2. Acte 1, scène II. (ÉD.)

V. 133. Va marcher sur leurs pas....

Il faudrait : *va, marche;* on ne dit pas plus *allons marcher* qu'*allons aller.*

Ibid.   Où l'honneur te convie.

Convie est une très-belle expression; elle était très-usitée dans le grand siècle de Louis XIV. Il est à souhaiter que ce mot continue d'être en usage.

V. 135. Souviens-toi du beau feu dont nous sommes épris....
        Que tu me dois ton cœur, que mes faveurs t'attendent.

Ailleurs, ce mot de *faveurs* exciterait le ris et le murmure; mais ce mot est ici confondu dans la foule des beautés de cette scène si vive, si éloquente et si romaine.

SCÈNE IV.

V. 1. Seigneur, César vous mande, et Maxime avec vous.

L'intrigue est nouée dès le premier acte; le plus grand intérêt et le plus grand péril s'y manifestent : c'est un coup de théâtre.
    Remarquez que l'on s'intéresse d'abord beaucoup au succès de la conspiration de Cinna et d'Émilie : 1° parce que c'est une conspiration; 2° parce que l'amant et la maîtresse sont en danger; 3° parce que Cinna a peint Auguste avec toutes les couleurs que les proscriptions méritent, et que dans son récit il a rendu Auguste exécrable; 4° parce qu'il n'y a point de spectateur qui ne prenne dans son cœur le parti de la liberté. Il est important de faire voir que, dans ce premier acte, Cinna et Émilie s'emparent de tout l'intérêt. On tremble qu'ils ne soient découverts. Vous verrez qu'ensuite cet intérêt change, et vous jugerez si c'est un défaut ou non.

V. 23. Je verse assez de pleurs pour la mort de mon père.

Peut-être ces pleurs, disent les critiques sévères, sont un peu trop de commande, peut-être n'est-il pas bien naturel qu'on pleure son père au bout de vingt ans; et il est certain que les spectateurs ne pleurent point ce Toranius, père d'Émilie. Mais, si Corneille s'élève ici au-dessus de la nature, il ne choque point la nature : c'est une beauté plutôt qu'un défaut.

V. 41. Je mourrai tout ensemble heureux et malheureux
        Heureux, etc.

Boileau reprenait cet *heureux et malheureux;* il y trouvait trop de recherche et je ne sais quoi d'alambiqué. On peut dire *heureux dans mon malheur;* l'exact et l'élégant Racine l'a dit[1] : mais être à la fois heureux et malheureux, expliquer et retourner cette antithèse, cette énigme, cela n'est pas de la véritable éloquence

_____

[1]. *Andromaque,* III, VI. (Éd.)

V. 72. Je fais de ton destin des règles à mon sort,

n'est pas, à la vérité, une expression heureuse ; mais y a-t-il des fautes au milieu de tant de beaux vers, avec tant d'intérêt, de grandeur, et d'éloquence ?

V. 73. Et j'obtiendrai ta vie, ou je suivrai ta mort.

Je suivrai ta mort n'exprime pas ce que l'auteur veut dire : *je mourrai après toi.*

V. der. Va-t'en, et souviens-toi seulement que je t'aime.

Seulement fait là un mauvais effet ; car Cinna doit se souvenir de son entreprise et de ses amis.

On ne remarque ces légères inadvertances qu'en faveur des étrangers et des commençants.

ACTE II.

SCÈNE I.

Corneille, dans son examen de *Cinna*, semble se condamner d'avoir manqué à l'unité de lieu. *Le premier acte*, dit-il, *se passe dans l'appartement d'Émilie, le second dans celui d'Auguste ;* mais il fait aussi réflexion que l'unité s'étend à tout le palais ; il est impossible que cette unité soit plus rigoureusement observée. Si on avait eu des théâtres véritables, une scène semblable à celle de Vicence, qui représentât plusieurs appartements, les yeux des spectateurs auraient vu ce que leur esprit doit suppléer. C'est la faute des constructeurs, quand un théâtre ne représente pas les différents endroits où se passe l'action, dans une même enceinte, une place, un temple, un palais, un vestibule, un cabinet, etc. Il s'en fallait beaucoup que le théâtre fût digne des pièces de Corneille. C'est une chose admirable, sans doute, d'avoir supposé cette délibération d'Auguste avec ceux mêmes qui viennent de faire serment de l'assassiner ; sans cela, cette scène serait plutôt un beau morceau de déclamation qu'une belle scène de tragédie.

V. 3.   Cet empire absolu sur la terre et sur l'onde,
      Ce pouvoir souverain que j'ai sur tout le monde,
      Cette grandeur sans borne et cet illustre rang
      Qui m'a jadis coûté tant de peine et de sang, etc.

Cet empire absolu, ce pouvoir souverain, la terre et l'onde, tout le monde, et cet illustre rang sont une rédondance, un pléonasme, une petite faute.

Fénelon, dans sa Lettre à l'Académie sur l'Éloquence, dit : « Il me semble qu'on a donné souvent aux Romains un discours trop fastueux ; je ne trouve point de proportion entre l'emphase avec laquelle Auguste parle dans la tragédie de *Cinna* et la modeste simplicité avec laquelle Suétone le dépeint. » Il est vrai ; mais ne faut-il pas quelque chose de plus relevé sur le théâtre que dans Suétone ? Il y a un milieu à garder entre l'enflure et la simplicité ; il faut avouer que Corneille a quelquefois passé les bornes.

L'archevêque de Cambrai avait d'autant plus raison de reprendre cette enflure vicieuse, que, de son temps, les comédiens chargeaient encore ce défaut par la plus ridicule affectation dans l'habillement, dans la déclamation et dans les gestes. On voyait Auguste arriver avec une démarche de matamore, coiffé d'une perruque carrée qui descendait par-devant jusqu'à la ceinture : cette perruque était farcie de feuilles de laurier, et surmontée d'un large chapeau avec deux rangs de plumes rouges. Auguste, ainsi défiguré par des bateleurs gaulois sur un théâtre de marionnettes, était quelque chose de bien étrange ! Il se plaçait sur un énorme fauteuil à deux gradins, et Maxime et Cinna étaient sur deux petits tabourets. La déclamation ampoulée répondait parfaitement à cet étalage, et surtout Auguste ne manquait pas de regarder Cinna et Maxime du haut en bas avec un noble dédain, en prononçant ces vers :

> Enfin tout ce qu'adore en ma haute fortune
> D'un courtisan flatteur la présence importune.

Il faisait bien sentir que c'était eux qu'il regardait comme des courtisans flatteurs. En effet, il n'y a rien, dans le commencement de cette scène, qui empêche que ces vers ne puissent être joués ainsi. Auguste n'a point encore parlé avec bonté, avec amitié à Cinna et à Maxime ; il ne leur a encore parlé que de son pouvoir absolu sur la terre et sur l'onde. On est même un peu surpris qu'il leur propose tout d'un coup son abdication à l'empire, et qu'il les ait mandés avec tant d'empressement pour écouter une résolution si soudaine, sans aucune préparation, sans aucun sujet, sans aucune raison prise de l'état présent des choses.

Lorsque Auguste examinait, avec Agrippa et avec Mécène, s'il devait conserver ou abdiquer sa puissance, c'était dans des occasions critiques, qui amenaient naturellement cette délibération ; c'était dans l'intimité de la conversation, c'était dans des effusions de cœur. Peut-être cette scène eût-elle été plus vraisemblable, plus théâtrale, plus intéressante, si Auguste avait commencé par traiter Cinna et Maxime avec amitié ; s'il leur avait parlé de son abdication comme d'une idée qui leur était déjà connue : alors la scène ne paraîtrait plus amenée comme par force, uniquement pour faire un contraste avec la conspiration. Mais malgré toutes ces observations, ce morceau sera toujours un chef-d'œuvre par la beauté des vers, par les détails, par la force du raisonnement et par l'intérêt même qui doit en résulter ; car est-il rien de plus intéressant que de voir Auguste rendre ses propres assassins arbitres de sa destinée ? Il serait mieux, j'en conviens, que cette scène eût pu être préparée ; mais le fond est toujours le même, et les beautés de détail, qui, seules, peuvent faire les succès des poëtes, sont d'un genre sublime.

V. 11. L'ambition déplaît quand elle est assouvie, etc.

Ces maximes générales sont rarement convenables au théâtre (comme nous le remarquons plusieurs fois), surtout quand leur longueur dégénère en dissertation; mais ici elles sont à leur place. La passion et le danger n'admettent point de maximes. Auguste n'a point de passion, et n'éprouve point ici de danger; c'est un homme qui réfléchit, et ces réflexions mêmes servent encore à justifier le projet de renoncer à l'empire. Ce qui ne serait pas permis dans une scène vive et passionnée est ici admirable.

V. 16.   Et monté sur le faîte il aspire à descendre.

Racine admirait surtout ce vers, et le faisait admirer à ses enfants. En effet, ce mot *aspire*, qui, d'ordinaire, s'emploie avec *s'élever*, devient une beauté frappante quand on le joint à *descendre*. C'est cet heureux emploi des mots qui fait la belle poésie, et qui fait passer un ouvrage à la postérité.

V. 21.   Mille ennemis secrets, la mort à tous propos....

La mort à tous propos est trop familier. Si ces légers défauts se trouvaient dans une tirade faible, ils l'affaibliraient encore; mais ces négligences ne choquent personne dans un morceau si supérieurement écrit : ce sont de petites pierres entourées de diamants; elles en reçoivent de l'éclat et n'en ôtent point.

V. 22.   Point de plaisir sans trouble, et jamais de repos,

est trop faible, trop inutile après *la mort à tous propos.*

V. 35.   Et l'ordre du destin qui gêne nos pensées
         N'est pas toujours écrit dans les choses passées

ne fait pas un sens clair, il veut dire : *Le destin que nous cherchons à connaître n'est pas toujours écrit dans les événements passés qui pourraient nous instruire.* La grande difficulté des vers est d'exprimer ce qu'on pense.

V. 40.   Vous qui me tenez lieu d'Agrippe et de Mécène....

Auguste eut en effet, à ce qu'on dit, cette conversation avec Agrippa et Mécénas. Dion Cassius les fait parler tous deux : mais qu'il est faible et stérile en comparaison de Corneille !

Dion Cassius fait parler ainsi Mécénas : *Consultez plutôt les besoins de la patrie que la voix du peuple, qui, semblable aux enfants, ignore ce qui lui est profitable ou nuisible. La république est comme un vaisseau battu de la tempête,* etc. Comparez ces discours à ceux de Corneille, dans lesquels il avait la difficulté de la rime à surmonter.

Cette scène est un traité du droit des gens. La différence que Corneille établit entre l'usurpation et la tyrannie était une chose toute nouvelle; et jamais écrivain n'avait étalé des idées politiques en prose aussi fortement que Corneille les approfondit en vers.

V. 51. Malgré notre surprise, etc.

Ce mot est la critique du peu de préparation donnée à cette scène. En effet, est-il naturel qu'Auguste veuille ainsi abdiquer tout d'un coup sans aucun sujet, sans aucune raison nouvelle ?

V. 67. Rome est dessous vos lois par le droit de la guerre.

Comme il faut des remarques grammaticales, surtout pour les étrangers, on est obligé d'avertir que *dessous* est adverbe, et n'est point préposition : *Est-il dessus? est-il dessous? il est sous vous; il est sous lui.*

V. 73. C'est ce que fit César ; il vous faut aujourd'hui
          Condamner sa mémoire ou faire comme lui.

Le mot de *faire* est prosaïque et vague : *régner comme lui* eût mieux valu.

V. 77. Et vous devez aux dieux compte de tout le sang
          Dont vous l'avez vengé pour monter à son rang.

Cela n'est pas français ; il a vengé César *par le sang*, et non *du sang*. Il fallait :

          Et vous devez aux dieux compte de tout le sang
          Que vous avez versé pour monter à son rang.

V. 79. N'en craignez point, seigneur, les tristes destinées;
          Un plus puissant démon veille sur vos années.

Il y avait d'abord :

          Mais sa mort vous fait peur, seigneur; les destinées
          D'un soin bien plus exact veillent sur vos années.

Corneille a changé heureusement ces deux vers. Quelques personnes reprennent *les destinées*; elles prétendent que la mort de César est le destin de César, sa destinée; et que ce mot au pluriel ne peut signifier un seul événement. Je crois cette critique aussi injuste que fine ; car s'il n'est pas permis à la poésie de dire *destinées* pour *destins, grâces, faveurs, dons, inimitiés, haines*, etc., au pluriel, c'est vouloir qu'on ne fasse pas des vers.

V. 81. On a dix fois sur vous attenté sans effet;
          Et qui l'a voulu perdre au même instant l'a fait.

On ne sait point à quoi se rapporte *le perdre*; on pourrait entendre par ces vers, *ceux qui ont attenté sur vous se sont perdus*. Il faut éviter ce mot *faire*, surtout à la fin d'un vers : petite remarque, mais utile ; ce mot *faire* est trop vague; il ne présente ni idée déterminée n' image; il est lâche, il est prosaïque.

V. 101. Votre Rome autrefois vous donna la naissance.

La tyrannie du vers amène très-mal à propos ce mot oiseux *autrefois*.

V 109. Et Cinna vous impute à crime capital
La libéralité vers le pays natal.

Le pays natal, n'est pas du style noble. *La libéralité*, n'est pas le mot propre; car *rendre la liberté à sa patrie* est bien plus que *liberalitas Augusti*.

V. 113. Et ce n'est qu'un objet digne de nos mépris,
Si de ses pleins effets l'infamie est le prix.

Cette phrase n'a pas la clarté, l'élégance, la justesse nécessaire. La vertu est donc un objet digne de nos mépris, si l'infamie est le prix de ses pleins effets. Remarquez de plus qu'*infamie* n'est pas le mot propre. Il n'y a point d'infamie à renoncer à l'empire.

V. 117. Mais commet-on un crime indigne de pardon,
Quand la reconnaissance est au-dessus du don?

La rime a encore produit cet hémistiche, *indigne de pardon ;* ce n'est assurément pas un crime impardonnable de donner plus qu'on n'a reçu. Les vers, pour être bons, doivent avoir l'exactitude de la prose en s'élevant au-dessus d'elle.

V. 125. Et peu de généreux vont jusqu'à dédaigner
Après un sceptre acquis la douceur de régner.

Après un sceptre acquis, cet hémistiche n'est pas heureux, ces deux vers sont de trop après celui-ci :

Mais pour y renoncer il faut la vertu même.

C'est toujours gâter une belle pensée que de vouloir y ajouter : c'est une abondance vicieuse.

V. 131. Il passe pour tyran quiconque s'y fait maître....

Cet *il*, qui était autrefois un tour très-heureux, la tyrannie de l'usage l'a aboli. *Il est un tyran celui qui asservit son pays; il est un perfide celui qui manque à sa parole :* on a encore conservé ce tour, *ils sont dangereux ces ennemis du théâtre, ces rigoristes outrés.*

V. 132. Qui le sert pour esclave, et qui l'aime pour traître.

Voilà encore de cette abondance superflue et stérile. Pourquoi celui qui aime un usurpateur est-il traître? Il n'est certainement pas traître parce qu'il l'aime. Quand on dit qu'il est esclave, on a tout dit; le reste est inutile.

V. 133. Qui le souffre a le cœur lâche, mol, abattu.

On ne se sert plus du terme *mol*. De plus, ces trois épithètes forment un vers trop négligé; la précision y perd, et le sens n'y gagne rien.

V. 164. Dans le champ du public largement ils moissonnent.

Il y avait auparavant : *Dedans le champ d'autrui.*

V. 167. Le pire des États, c'est l'État populaire.

Quelle prodigieuse supériorité de la belle poésie sur la prose! Tous les écrivains politiques ont délayé ces pensées; aucun a-t-il approché de la force, de la profondeur, de la netteté, de la précision de ces discours de Cinna et de Maxime? Tous les corps de l'État auraient dû assister à cette pièce, pour apprendre à penser et à parler. Ils ne faisaient que des harangues ridicules, qui sont la honte de la nation. Corneille était un maître dont ils avaient besoin. Mais un préjugé plus barbare encore que ne l'était l'éloquence du barreau et de la chaire, a souvent empêché plusieurs magistrats très-éclairés d'imiter Cicéron et Hortensius, qui allaient entendre des tragédies fort inférieures à celles de Corneille. Ainsi les hommes pour qui ces pièces étaient faites ne les voyaient pas. Le parterre n'était pas digne de ces tableaux de la grandeur romaine. Les femmes ne voulaient que de l'amour; bientôt on ne traita plus que l'amour, et par là on fournit à ceux que leurs petits talents rendent jaloux de la gloire des spectacles un malheureux prétexte de s'élever contre le premier des beaux-arts. Nous avons eu un chancelier[1] qui a écrit sur l'art dramatique, et on a observé que de sa vie il n'alla au spectacle; mais Scipion, Caton, Cicéron, César, y allaient.

V. 203. Les changements d'État que fait l'ordre céleste
Ne coûtent point de sang, n'ont rien qui soit funeste.

J'ai peur que ces raisonnements ne soient pas de la force des autres : ce que dit Maxime est faux, la plupart des révolutions ont coûté du sang, et d'ailleurs tout se fait par l'ordre céleste. La réponse, que c'est un ordre immuable du ciel de vendre cher ses bienfaits, semble dégénérer en dispute de sophiste, en question d'école, et trop s'écarter de cette grande et noble politique dont il est ici question.

V. 209. Donc votre aïeul Pompée au ciel a résisté
Quand il a combattu pour notre liberté?

L'objection de *votre aïeul* Pompée est pressante; mais Cinna n'y répond que par un trait d'esprit. Voilà un singulier honneur fait aux mânes de Pompée, d'asservir Rome pour laquelle il combattait. Pourquoi le ciel devait-il cet honneur à Pompée? Au contraire; s'il lui devait quelque chose, c'était de soutenir son parti qui était le plus juste. Dans une telle délibération, devant un homme tel qu'Auguste, on ne doit donner que des raisons solides; ces subtilités ne paraissent pas convenir à la dignité de la tragédie. Cinna s'éloigne ici de ce vrai si nécessaire et si beau. Voulez-vous savoir si une pensée est naturelle et juste, examinez la proposition contraire; si ce contraire est vrai, la pensée que vous examinez est fausse.

On peut répondre à ces objections que Cinna parle ici contre sa pensée. Mais pourquoi parlerait-il contre sa pensée? y est-il forcé? Junie, dans *Britannicus*, parle contre son propre sentiment, parce que Néron l'écoute; mais ici Cinna est en toute liberté; s'il veut persuader à Au-

---

[1]. Le chancelier d'Aguesseau. (ÉD.)

guste de ne point abdiquer, il doit dire à Maxime : « Laissons là ces
vaines disputes : il ne s'agit pas de savoir si Pompée a résisté au ciel,
et si le ciel lui devait l'honneur de rendre Rome esclave ; il s'agit que
Rome a besoin d'un maître, il s'agit de prévenir des guerres civiles, etc. » Je crois enfin que cette subtilité, dans cette belle scène, est
un défaut ; mais c'est un défaut dont il n'y a qu'un grand homme qui
soit capable.

V. 239. Sylla, quittant la place enfin bien usurpée,
      N'a fait qu'ouvrir le champ à César et Pompée....

Cet *enfin* gâte la phrase.

V. 241. Que le malheur des temps ne nous eût pas fait voir,
      S'il eût dans sa famille assuré son pouvoir.

Il semble que le malheur des temps ne nous eût pas fait voir César et
Pompée. La phrase est louche et obscure.

Il veut dire : *Le malheur des temps ne nous eût pas fait voir le
champ ouvert à César et à Pompée.*

V. 252. Votre Rome à genoux vous parle par ma bouche.

Ici Cinna embrasse les genoux d'Auguste, et semble déshonorer les
belles choses qu'il a dites par une perfidie bien lâche qui l'avilit. Cette
basse perfidie même semble contraire aux remords qu'il aura. On pourrait croire que c'est à Maxime, représenté comme un vil scélérat, à
faire le personnage de Cinna, et que Cinna devait dire ce que dit
Maxime. Cinna, que l'auteur veut et doit ennoblir, devait-il conjurer
Auguste à genoux de garder l'empire pour avoir un prétexte de l'assassiner ? On est fâché que Maxime joue ici le rôle d'un digne Romain,
et Cinna d'un fourbe qui emploie le raffinement le plus noir pour empêcher Auguste de faire une action qui doit même désarmer Émilie.

V. 263. Conservez-vous, seigneur, en lui laissant un maître.

Il y avait auparavant :

      Conservez-vous, seigneur, en conservant un maître.

V. 279. Maxime, je vous fais gouverneur de Sicile.

Cela n'est pas dans l'histoire. En effet, c'eût été plutôt un exil qu'une
récompense : un proconsulat en Sicile est une punition pour un favori
qui veut rester à Rome et à la cour avec un grand crédit.

V. 283. Pour épouse, Cinna, je vous donne Émilie.

Ceci est bien différent. Tout lecteur voit dans ce vers la perfection de
l'art. Auguste donne à Cinna sa fille adoptive que Cinna veut obtenir
par l'assassinat d'Auguste. Le mérite de ce vers ne peut échapper à personne.

V. 287. Mon épargne depuis, en sa faveur ouverte,
      Doit avoir adouci l'aigreur de cette perte.

Épargne signifiait *trésor royal*, et la cassette du roi s appelait *chatouille*. Les mots changent; mais ce qui ne doit pas changer, c'est la noblesse des idées. Il est trop bas de faire dire à Auguste qu'il a donné de l'argent à Émilie, et il est bien plus bas à Émilie de l'avoir reçu et de conspirer contre lui.

V. 291. De l'offre de vos vœux elle sera ravie.

Il y avait :

> Je présume plutôt qu'elle en sera ravie.

L'un et l'autre sont également faibles, et il importe peu que ce vers soit faible ou fort. En général cette scène est d'un genre dont il n'y avait aucun exemple chez les anciens ni chez les modernes : détachez-la de la pièce, c'est un chef-d'œuvre d'éloquence; incorporée à la pièce, c'est un chef-d'œuvre encore plus grand. Il est vrai que ces beautés n'excitent ni terreur, ni pitié, ni grands mouvements : mais ces mouvements, cette pitié, cette terreur, ne sont pas nécessaires dans le commencement d'un second acte.

Cette scène est beaucoup plus difficile à jouer qu'aucune autre. Elle exigerait trois acteurs d'une figure imposante, et qui eussent autant de noblesse dans la voix et dans les gestes qu'il y en a dans les vers : c'est ce qui ne s'est jamais rencontré.

SCÈNE II.

V. 1.   Quel est votre dessein après ces beaux discours ?
         —Le même que j'avois, et que j'aurai toujours.

Ces beaux discours, est trop familier. Pourquoi Cinna n'aurait-il pas ici les remords qu'il a dans le troisième acte ? Il eût fallu en ce cas une autre construction dans la pièce. C'est un doute que je propose, et que les remarques suivantes exposeront plus au long.

V. 5.   Je veux voir Rome libre. — Et vous pouvez juger
         Que je veux l'affranchir, ensemble et la venger.

Pourquoi persister dans des principes qu'il va démentir, et dans une fourbe honteuse dont il va se repentir ? N'était-ce pas dans ce moment-là même que ces mots, *je vous donne Émilie*, devaient faire impression sur un homme qu'on nous donne pour digne petit-fils du grand Pompée ? J'ai vu des lecteurs de goût et de sens réprouver cette scène, non-seulement parce que Cinna, pour qui on s'intéressait, commence à devenir odieux, et pourrait ne pas l'être s'il disait tout le contraire de ce qu'il dit; mais parce que cette scène est inutile pour l'action, parce que Maxime, rival de Cinna, ne laisse échapper aucun sentiment de rival, et qu'en ôtant cette scène le reste marche plus rapidement. Il la faut pardonner à la nécessité de donner quelque étendue aux actes; nécessité consacrée par l'usage.

V. 7.   Octave aura donc vu ses fureurs assouvies.....

Il y avait :

Auguste aura soûlé ses damnables envies.

On remarque ces changements pour faire voir comment le style se perfectionna avec le temps. La plupart de ces corrections furent faites plus de vingt années après la première édition.

V. 12.　Un lâche repentir garantira sa tête !

C'est proprement un simple repentir. Le mot *repentir*, le mot même *en sera quitte*, indiquent qu'on ne doit pas pardonner à Octave pour un simple repentir : il n'y a nulle lâcheté à sentir, au comble de la gloire, des remords de toutes les violences commises pour arriver à cette gloire.

V. 22.　S'il n'eût puni César, Auguste eût moins osé.

Maxime veut retourner le beau vers de Cinna : *S'il eût puni Sylla, César eût moins osé*, et répondre en écho sur la même rime ; il dit une chose qui a besoin d'être éclaircie. Si César n'eût pas été assassiné, Auguste, son fils adoptif, eût été bien plus aisément le maître, et beaucoup plus maître. Il est vrai qu'il n'y eût point eu de guerre civile ; et c'est par cela même que l'empire d'Auguste eût été mieux affermi, et qu'il eût osé davantage. Il est vrai encore que, sans le meurtre de César, il n'y eût point eu de proscriptions. Il reste donc à discuter quelle a été la véritable cause du triumvirat et des guerres civiles. Or il est indubitable que ces dissertations ne conviennent guère à la tragédie. Quoi ! après ces vers : *Mais je le retiendrai pour vous en faire part.... Je vous donne Émilie....* Cinna disserte ! il n'est pas troublé ! et il le sera ensuite. Quel est le lecteur qui ne s'attend pas à de violentes agitations dans un tel moment ? Si Cinna les éprouvait, si Maxime s'en apercevait, cette situation ne serait-elle pas plus naturelle et plus théâtrale ? Encore une fois, je ne propose cette idée que comme un doute ; mais je crois que les combats du cœur sont toujours plus intéressants que des raisonnements politiques, et ces contestations qui au fond sont souvent un jeu d'esprit assez froid. C'est au cœur qu'il faut parler dans une tragédie.

V. 49.　Mais quand j'aurai vengé Rome des maux soufferts,
　　　　Je saurai le braver jusque dans les enfers.

L'esprit de notre langue ne permet guère ces participes ; nous ne pouvons dire *des maux soufferts*, comme on dit *des maux passés*. *Soufferts* suppose *par quelqu'un* ; *les maux qu'elle a soufferts* : il serait à souhaiter que cet exemple de Corneille eût fait une règle ; la langue y gagnerait une marche plus rapide.

V. 52.　Je veux joindre à sa main ma main ensanglantée,
　　　　L'épouser sur sa cendre....

Cet affermissement de Cinna dans son crime, cette fureur d'épouser Émilie sur le tombeau d'Auguste, cette persévérance dans la fourberie avec laquelle il a persuadé Auguste de ne point abdiquer, ne font espérer aucun remords; il était naturel qu'il en eût quand Auguste lui a dit qu'il partagerait l'empire avec lui. Le cœur humain est ainsi fait : il se laisse toucher par le sentiment présent des bienfaits; et le spectateur n'attend pas d'un homme qui s'endurcit lorsqu'il devrait être attendri, qu'il s'attendrira après cet endurcissement. Nous donnerons plus de jour à ce doute dans la suite.

V. 58. Ami, dans ce palais on peut nous écouter.

Et que peut-il dire de plus fort que ce qu'il a déjà dit? N'a-t-il pas, dans ce même palais, déclaré qu'il veut épouser Émilie sur la cendre d'Auguste? Cette conclusion de l'acte paraît un peu fautive. On sent assez qu'il n'est pas vraisemblable que l'on conspire et qu'on rende compte de la conspiration dans le cabinet d'Auguste.

Les acteurs sont supposés avoir passé d'un appartement dans un autre : mais si le lieu où ils sont est *si mal propre à cette confidence*, il ne fallait donc pas y dire tous ses secrets. Il valait mieux motiver la sortie par la nécessité d'aller tout préparer pour la mort d'Auguste; c'eût été une raison valable et intéressante, et le péril d'Auguste en eût redoublé.

L'observation la plus importante, à mon avis, c'est qu'ici l'intérêt change. On détestait Auguste; on s'intéressait beaucoup à Cinna : maintenant c'est Cinna qu'on hait, c'est en faveur d'Auguste que le cœur se déclare. Lorsqu'ainsi on s'intéresse tour à tour pour les partis contraires, on ne s'intéresse en effet pour personne : c'est ce qui fait que plusieurs gens de lettres regardent *Cinna* plutôt comme un bel ouvrage que comme une tragédie intéressante.

ACTE III.

SCÈNE I.

V. 2.   Il adore Émilie, il est adoré d'elle;
         Mais sans venger son père il n'y peut aspirer.

Cependant Maxime a été témoin qu'Auguste a donné Émilie à Cinna; il peut donc croire que Cinna peut aspirer à elle sans tuer Auguste. Cinna et Maxime peuvent présumer qu'Émilie ne tiendra pas contre un tel bienfait. Maxime surtout n'a nulle raison de penser le contraire, puisqu'il ne sait point encore si Émilie cède ou non à la bonté d'Auguste; et Cinna peut penser qu'Émilie sera touchée comme il commence lui-même à l'être. Cinna doit sans doute l'espérer, et Maxime doit le craindre. Il doit donc dire : « Émilie sera à lui, soit qu'il cède aux bienfaits d'Auguste, soit qu'il l'assassine. »

V. 5.   Je ne m'étonne plus de cette violence,
         Dont il contraint Auguste à garder sa puissance.

Le mot de *violence* est peut-être trop fort. Cinna a étalé un faux zèle, une fourbe éloquente : est-ce là de la violence?

V. 7.   La ligue se romproit s'il s'en étoit démis.

On se démet d'une charge, d'un emploi, d'une dignité; mais on ne se démet pas d'une puissance. L'auteur veut dire ici que la ligue se dissiperait si Auguste renonçait à l'empire. Mais ce vers fait entendre *si Cinna s'était démis de cette ligue*, parce que cet *il* tombe sur *Cinna*. C'est une faute très-légère.

V. 9.   Ils servent à l'envi la passion d'un homme....

Il y avait *abusés*, on a substitué *à l'envi*.

V 13. Vous êtes son rival! — Oui, j'aime sa maîtresse,
        Et l'ai caché toujours avec assez d'adresse.

Ces vers de comédie, et cette manière froide d'exprimer qu'il est rival de Cinna, ne contribuent pas peu à l'avilissement de ce personnage. L'amour qui n'est pas une grande passion n'est pas théâtral.

V. 21.   Que l'amitié me plonge en un malheur extrême !

Ni son amitié ni son amour n'intéresse. J'ai toujours remarqué que cette scène est froide au théâtre ; la raison en est que l'amour de Maxime est insipide. On apprend au troisième acte que ce Maxime est amoureux. Si Oreste, dans *Andromaque*, n'était rival de Pyrrhus qu'au troisième acte, la pièce serait froide. L'amour de Maxime ne fait aucun effet, et tout son rôle n'est que celui d'un lâche sans aucune passion théâtrale.

V. 24.   Gagnez une maîtresse accusant un rival.

Il semble, par la construction, que ce soit Émilie qui accuse : il fallait *en accusant* pour lever l'équivoque; légère inadvertance qui ne fait aucun tort.

V. 28.   Un véritable amant ne connoît point d'amis.

En général, ces maximes et ce terme de *véritable amant* sont tirés des romans de ce temps-là, et surtout de l'*Astrée*, où l'on examine sérieusement ce qui constitue le véritable amant. Vous ne trouverez jamais ni ces maximes, ni ces mots, *véritables amants*, *vrais amants*, dans Racine. Si vous entendez par *véritable amant* un homme agité d'une passion effrénée, furieux dans ses désirs, incapable d'écouter la raison, la vertu, la bienséance, Maxime n'est rien de tout cela; il est de sang-froid, à peine parle-t-il de son amour. De plus, il est l'ami de Cinna et son confident; il doit s'être douté que Cinna aime Émilie : il voit qu'Auguste a donné Émilie à Cinna; c'était alors qu'il devait éprouver le sentiment de la jalousie. Ni les remords de Cinna ni la jalousie de Maxime ne remuent l'âme : pourquoi ? c'est qu'ils viennent trop tard, comme on l'a déjà dit; c'est qu'ils ont disserté au lieu de sentir.

V. 61. Nous disputons en vain, et ce n'est que folie
    De vouloir par sa perte acquérir Émilie;
    Ce n'est pas le moyen de plaire à ses beaux yeux.
    Que de priver du jour ce qu'elle aime le mieux.

Ce n'est que folie, vers comique, indigne de la tragédie.
Plaire à ses beaux yeux, expression fade. *Ce qu'elle aime le mieux*, encore pire.

V. 66. Je veux gagner son cœur plutôt que sa personne.

Remarquez qu'on ne s'intéresse jamais à un amant qu'on est sûr qui sera rebuté. Pourquoi Oreste intéresse-t-il dans *Andromaque?* c'est que Racine a eu le grand art de faire espérer qu'Oreste serait aimé. Un amant toujours rebuté par sa maîtresse l'est toujours aussi par le spectateur, à moins qu'il ne respire la fureur de la vengeance. Point de vraie tragédie sans grandes passions.

V. 71. Je conserve le sang qu'elle veut voir périr.

Périr un sang, est un barbarisme. Ces fautes sont d'autant plus senties que la scène est froide.

V. 73. C'est ce qu'à dire vrai je vois fort difficile.

Cette manière de répondre à une objection pressante sent un peu plus le valet de comédie que le confident tragique.

V. 85. Cinna vient, et je veux en tirer quelque chose....

On ne voit pas ce qu'il veut tirer de Cinna; s'il veut être instruit que Cinna est son rival, il le sait déjà.

SCÈNE II.

V. 2. Puis-je d'un tel chagrin savoir quel est l'objet? —
    Émilie et César. L'un et l'autre me gêne.

C'est là peut-être ce que Cinna devait dire immédiatement après la conférence d'Auguste. Pourquoi a-t-il à présent des remords? s'est-il passé quelque chose de nouveau qui ait pu lui en donner? Je demande toujours pourquoi il n'en a point senti quand les bienfaits et la tendresse d'Auguste devaient faire sur son cœur une si forte impression. Il a été perfide; il s'est obstiné dans sa perfidie. Les remords sont le partage naturel de ceux que l'emportement des passions entraîne au crime, mais non pas des fourbes consommés. C'est sur quoi les lecteurs qui connaissent le cœur humain doivent prononcer. Je suis bien loin de porter un jugement.

V. 22. Des deux côtés j'offense et ma gloire et mes dieux.

Pourquoi les dieux? Est-ce parce qu'il a fait serment à sa maîtresse? Il est inutile d'observer ici que, dans beaucoup de tragédies modernes, on met ainsi les dieux à la fin du vers à cause de la rime. Manlius dit qu'un homme tel que lui partage la vengeance *avec les dieux*[1]; un autre, qu'il punit à l'exemple *des dieux*[2]; un troisième, qu'il s'en prend *aux dieux*. Corneille tombe rarement dans cette faute puérile.

V 25. Vous n'aviez point, tantôt, ces agitations.

Vous voyez que Corneille a bien senti l'objection. Maxime demande à Cinna ce que tout le monde lui demanderait : « Pourquoi avez-vous des remords si tard ? qu'est-il survenu qui vous oblige à changer ainsi ? » Il veut en *tirer quelque chose*, et cependant il n'en tire rien. S'il voulait s'éclaircir de la passion d'Émilie, n'aurait-il pas été convenable que, d'abord, il eût soupçonné leur intelligence; que Cinna la lui eût avouée; que cet aveu l'eût mis au désespoir, et que ce désespoir, joint aux conseils d'Euphorbe, l'eût déterminé non pas à être délateur, car cela est bas, petit et sans intérêt, mais à laisser deviner la conspiration par ses emportements?

V. 28. On ne les sent aussi que quand le coup approche;
     Et l'on ne reconnaît de semblables forfaits
         Que quand la main s'apprête à venir aux effets.

Oui, si vous n'avez pas reçu des bienfaits de celui que vous vouliez assassiner; mais si, entre les préparatifs du crime et la consommation, il vous a donné les plus grandes marques de faveur, vous avez tort de dire qu'on ne sent des remords qu'au moment de l'assassinat.

Un coup n'approche pas; *reconnaître des forfaits* n'est pas le mot propre; *en venir aux effets* est faible et prosaïque.

Il sera peut-être utile de faire voir comment Shakspeare, soixante ans auparavant, exprima le même sentiment dans la même occasion : c'est Brutus prêt à assassiner César :

« Entre le dessein et l'exécution d'une chose si terrible, tout l'intervalle n'est qu'un rêve affreux. Le génie de Rome et les instruments mortels de sa ruine semblent tenir conseil dans notre âme bouleversée : cet état funeste de l'âme tient de l'horreur de nos guerres civiles : »

     Between the acting of a dreadful thing
     And the first motion, all the interim is
     Like a fantasma, or a hideous dream, etc.

Je ne présente point ces objets de comparaison pour égaler les irrégularités sauvages et pernicieuses de Shakspeare à la profondeur du jugement de Corneille, mais seulement pour faire voir comment des hommes de génie expriment différemment les mêmes idées. Qu'il me soit seulement permis d'observer encore qu'à l'approche de ces grands événements, l'agitation qu'on sent est moins un remords qu'un trouble dont l'âme est saisie : ce n'est point un remords que Shakspeare donne à Brutus.

1. Lafosse, *Manlius*, II, 1. (ÉD.) — 2. Crébillon, *Électre*, IV, IV. (ÉD.)

V. 44. Et formez vos remords d'une plus juste cause,
De vos lâches conseils, qui seuls ont arrêté
Le bonheur renaissant de notre liberté.

Voilà la plus forte critique du rôle qu'a joué Cinna dans la conférence avec Auguste; aussi Cinna n'y répond-il point. Cette scène est un peu froide, et pourrait être très-vive; car deux rivaux doivent dire des choses intéressantes ou ne pas paraître ensemble; ils doivent être à la fois défiants et animés; mais, ici, ils ne font que raisonner. *Arrêter un bonheur renaissant*, l'expression est trop impropre.

V. 53 Mais entendez crier Rome à votre côté.

Cela est plus froid encore, parce que Maxime fait ici l'enthousiaste mal à propos. Quiconque s'échauffe trop refroidit. Maxime parle en rhéteur : il devrait épier, avec une douleur sombre, toutes les paroles de Cinna, paraître jaloux, être prêt d'éclater, se retenir. Il est bien loin d'être un *véritable amant*, comme le disait son confident; il n'est ni un vrai Romain, ni un vrai conjuré, ni un vrai amant; il n'est que froid et faible. Il a même changé d'opinion; car il disait à Cinna, au second acte : « Pourquoi voulez-vous assassiner Auguste, plutôt que de recevoir de lui la liberté de Rome? » et à présent, il dit : « Pourquoi n'assassinez-vous pas Auguste? » Veut-il, par là, faire persévérer Cinna dans le crime, afin d'avoir une raison de plus pour être son délateur, comme Cinna a empêché Auguste d'abdiquer, afin d'avoir un prétexte de plus de l'assassiner? En ce cas, voilà deux scélérats qui cachent leur basse perfidie par des raisonnements subtils.

V. 57. Ami, n'accable plus un esprit malheureux
Qui ne forme qu'en lâche un dessein généreux.

Voilà Cinna qui se donne lui-même le nom de *lâche*, et qui, par ce seul mot, détruit tout l'intérêt de la pièce, toute la grandeur qu'il a déployée dans le premier acte. Que veulent dire les *abois* d'une vieille amitié qui lui fait pitié! quelle façon de parler? Et puis il parle de *sa mélancolie!*

V. der. Adieu, je me retire en confident secret.

Maxime finit son indigne rôle, dans cette scène, par un vers de comédie, et en se retirant comme un valet à qui on dit qu'on veut être seul. L'auteur a entièrement sacrifié ce rôle de Maxime. il ne faut le regarder que comme un personnage qui sert à faire valoir les autres.

SCÈNE III

V. 1. Donne un plus digne nom au glorieux empire
Du noble sentiment que la vertu m'inspire, etc.

Voici le cas où un monologue est convenable. Un homme, dans une situation violente, peut examiner lui-même le danger de son entreprise, l'horreur du crime qu'il va commettre, écouter ou combattre ses remords; mais il fallait que ce monologue fût placé après qu'Auguste l'a comblé d'amitiés et de bienfaits, et non pas après une scène froide avec Maxime.

V. 11.   Qu'une âme généreuse a de peine à faillir !

Ce vers ne prouve-t-il pas ce que j'ai déjà dit, que ce n'était pas à Cinna à donner à l'empereur des conseils du fourbe le plus déterminé ? S'il a une âme si généreuse, s'il a tant de *peine à faillir*, pourquoi n'a-t-il pas affermi Auguste dans le dessein de quitter l'empire ? S'il a tant de peine à faillir, pourquoi n'a-t-il pas senti les plus cuisants remords au moment qu'Auguste lui donnait Émilie ?

V. 17.   S'il faut percer le flanc d'un prince magnanime
          Qui, du peu que je suis, fait une telle estime, etc. .

Ce discours est d'un vil domestique, et non pas d'un sénateur romain : il achève d'avilir son rôle, qui était si mâle, si fier, si terrible au premier acte. On s'intéressait à Cinna, et, à présent, on ne s'intéresse qu'à Auguste.

V. 21.   O coup ! ô trahison trop indigne d'un homme !

J'en reviens toujours à ce remords trop tardif. Je soupçonne qu'il serait très-touchant, très-intéressant s'il avait été plus prompt, s'il n'était pas contradictoire avec la rage d'épouser Émilie sur la cendre d'Auguste. Metastasio, dans sa *Clemenza di Tito*, imitée de *Cinna*, commence par donner des remords à Sestus, qui joue le rôle de Cinna.

V. 29.   Mais je dépends de vous, ô serment téméraire !

Non, sans doute, il ne dépend pas de ce serment ; c'est chercher un prétexte, et non pas une raison. Voilà un plaisant serment, que la promesse faite à une femme de hasarder le dernier supplice pour faire une très-vilaine action ! Il devait dire : « Les conjurés et moi nous avons fait serment de venger la patrie. » Voilà un serment respectable.

V. 30.   O haine d'Émilie ! ô souvenir d'un père !
          Ma foi, mon cœur, mon bras, tout vous est engagé,
          Et je ne puis plus rien que par votre congé.

Par votre congé ne se dit plus, et, en effet, ne devait pas se dire, puisque ce mot vient de *congédier*, qui ne signifie pas *permettre*. Comment un homme, qui n'a pas les fureurs de l'amour, un petit-fils de Pompée, qui a assemblé tant de Romains pour rendre la liberté à la patrie, peut-il dire, en langage de ruelle : « Je ne peux rien que par le congé d'une femme. » Il fallait donc le peindre, dès le premier acte, comme un homme éperdu d'amour, forcé, par une maîtresse qu'il idolâtre, à conspirer contre un maître qu'il aime. C'est ainsi que Metastasio peint Sestus dans la *Clemenza di Tito*, en donnant à ce Sestus le caractère de l'Oreste de Racine. Ce n'est pas que je préfère ce Sestus à Cinna, il s'en faut de beaucoup ; mais je dis que le rôle de Cinna serait beaucoup plus touchant, si on l'avait peint, dès le premier acte, aveuglé par une passion furieuse; mais il a joué, à ce premier acte, le rôle de Brutus, et, au troisième, il n'est plus qu'un amant timide.

V. 38. Rendez-la, comme à vous, à mes vœux exorable.

Exorable devrait se dire : c'est un terme sonore, intelligible, nécessaire et digne des beaux vers que débite Cinna. Il est bien étrange qu'on dise *implacable*, et non *placable*; *âme inaltérable*, et non pas *âme altérable*; *héros indomptable*, et non *héros domptable*, etc.

V. der. Mais voici de retour cette aimable inhumaine.

Aimable inhumaine fait quelque peine, à cause de tant de fades vers le galanterie où cette expression commune se trouve.

SCÈNE IV.

V. 20. Je vous aime, Émilie, et le ciel me foudroie,
   Si cette passion ne fait toute ma joie,

fait toujours un peu rire. *Avec toute l'ardeur qu'un digne objet peut attendre d'un grand cœur* est du style de Scudéri. Ce n'est que depuis Racine qu'on a proscrit ces fades lieux communs.

V. 28. Les faveurs du tyran emportent tes promesses.

Des faveurs qui emportent des promesses? Cette figure n'a pas de sens en français. Les faveurs d'Auguste peuvent l'emporter sur les promesses de Cinna, les faire oublier; mais elles ne les emportent pas. Quinault a dit, avec élégance et justesse :

  Mais le zéphyr léger et l'onde fugitive
  Ont bientôt emporté les serments qu'elle a faits.

V. 34. Il peut faire trembler la terre sous ses pas,
   Mettre un roi hors du trône et donner ses États.

Il y avait :

  Jeter un roi du trône et donner ses États.

Mettre hors est bien moins énergique que *jeter*, et n'est pas même une expression noble. *Roi hors* est dur à l'oreille. Pourquoi ne dirait-on pas *jeter du trône?* on dit bien *jeter du haut du trône*. En tout cas, *chasser* eût été mieux que *mettre hors*. Quelquefois, en corrigeant, on affaiblit.

V. 38. Mais le cœur d'Émilie est hors de son pouvoir.

Voilà une imitation admirable de ces beaux vers d'Horace :

  Et cuncta terrarum subacta,
  Præter atrocem animum Catonis,

L. *Ode*, I. n. (Éo.)

Cette imitation est d'autant plus belle, qu'elle est un sentiment. Plusieurs s'étonnent qu'Émilie, affectant de penser comme Caton, ait cependant reçu, pendant quinze ans, les bienfaits et l'argent d'Auguste, dont *l'épargne lui a été ouverte.* Cette conduite ne semble pas s'accorder avec cette inflexibilité héroïque dont elle fait parade.

V. 40. Je suis toujours moi-même, et ma foi toujours pure.

Il faut : *ma foi est toujours pure. Ma foi* ne peut être gouvernée par *je suis. Foi pure* ne se dit qu'en théologie.

V. 43. Et prends vos intérêts par delà mes serments.

Par delà mes serments, expression dont je ne trouve que cet exemple, et cet exemple me paraît mériter d'être suivi.

V. 48. La conjuration s'en alloit dissipée,
Vos desseins avortés, votre haine trompée.

Votre haine s'en allait trompée, c'est un barbarisme.

V. 54. Que je sois le butin de qui l'ose épargner !...

Butin n'est pas le mot propre.

V. 58. Et, malgré ses bienfaits, je rends tout à l'amour,
Quand je veux qu'il périsse ou vous doive le jour.

La scène se refroidit par ces arguments de Cinna ; il veut prouver qu'il a satisfait à l'amour, parce qu'il veut que le sang d'Auguste dépende de sa maîtresse. Toute cette tirade paraît un peu obscure.

V. 61. Souffrez ce foible effort de ma reconnaissance,
Que je tâche de vaincre un indigne courroux,
Et vous donner pour lui l'amour qu'il a pour vous.

Il faut : *et de vous donner.* Le mot d'*amour* n'est pas du tout convenable.

V. 64. Une âme généreuse, et que la vertu guide,
Fuit la honte des noms d'ingrate et de perfide ;
Elle en hait l'infamie attachée au bonheur,
Et n'accepte aucun bien aux dépens de l'honneur.

Toutes ces sentences refroidissent encore. Voyez si Oreste et Hermione parlent en sentences.

V. 71. Les cœurs les plus ingrats sont les plus généreux.

Elle a déjà retourné cette pensée plus d'une fois.

V. 73. Je me fais des vertus dignes d'une Romaine.

Ce vers est beau, et ces sentiments d'Émilie ne se démentent jamais. Plusieurs demandent encore pourquoi cette Émilie ne touche point, pourquoi ce personnage ne fait pas au théâtre la grande impression qu'y fait Hermione : elle est l'âme de toute la pièce, et cependant elle ins-

pire peu d'intérêt. N'est-ce point parce qu'elle n'est pas malheureuse ?
n'est-ce point parce que les sentiments d'un Brutus, d'un Cassius, conviennent peu à une jeune fille ? n'est-ce point parce que sa facilité à recevoir l'argent d'Auguste dément la grandeur d'âme qu'elle affecte ? n'est-ce
point parce que ce rôle n'est pas tout à fait dans la nature ? Cette fille,
que Balzac appelle une *adorable furie*, est-elle si adorable ? C'est Émilie que Racine avait en vue lorsqu'il dit, dans une de ses préfaces[1],
qu'il ne veut pas mettre sur le théâtre de ces femmes qui font des leçons d'héroïsme aux hommes. Malgré cela, le rôle d'Émilie est plein
de choses sublimes; et quand on compare ce qu'on faisait alors à ce
seul rôle d'Émilie, on est étonné, on admire.

V. 80.   Il abaisse à nos pieds l'orgueil des diadèmes;
          Il nous fait souverains sur leurs grandeurs suprêmes.

Il faut remarquer les plus légères fautes de langage. On est *souverain de*, on n'est pas *souverain sur*, encore moins *souverain sur une
grandeur;* mais, ce qui est bien plus digne de remarque, c'est que le
second vers n'est qu'une simple répétition du premier.

V. 85.   Pour être plus qu'un roi tu te crois quelque chose.

Ce beau vers est une contradiction avec celui que dit Auguste au cinquième acte :

          Qu'en te couronnant roi je t'aurois donné moins.

Ou Émilie ou Auguste a tort. Il n'est pas douteux que le vers d'Émilie étant plus romain, plus fort, et même étant devenu proverbe, ne
dût être conservé, et celui d'Auguste sacrifié; mais il faut surtout remarquer que ces hyperboles commencent à déplaire, qu'on y trouve
même du ridicule, qu'il y a une distance infinie entre un grand roi et
un marchand de Rome; que ces exagérations d'une fille à qui Auguste
fait une pension révoltent bien des lecteurs, et que ces contestations
entre Cinna et sa maîtresse sur la grandeur romaine n'ont pas toute la
chaleur de la véritable tragédie.

V. 86.   Aux deux bouts de la terre en est-il un si vain,
          Qu'il prétende égaler un citoyen romain?

Il y avait

          Aux deux bouts de la terre en est-il d'assez vain
          Pour prétendre égaler un citoyen romain ?

V. 90.   Attale, ce grand roi, dans la pourpre blanchi,
          Qui du peuple romain se nommoit l'affranchi,
          Quand de toute l'Asie il se fût vu l'arbitre,
          Eût encor moins prisé son trône que ce titre.

Cet exemple du roi Attale serait peut-être plus convenable dans u
conseil que dans la bouche d'une fille qui veut venger son père. Mais la

1. Première préface de *Britannicus.* (ÉD.)

beauté de ces vers et ces traits tirés de l'histoire romaine font un très-grand plaisir aux lecteurs, quoique au théâtre ils refroidissent un peu la scène. Au reste, cet Attale était un très-petit roi de Pergame, qui ne possédait pas un pays de trente lieues.

V. 98. Le ciel a trop fait voir en de tels attentats
Qu'il hait les assassins et punit les ingrats

Cette réplique de Cinna ne paraît pas convenable. Un sujet parle ainsi dans une monarchie; mais un homme du sang de Pompée doit-il parler en sujet?

V. 106. Dis que de leur parti toi-même tu te rends,
De te remettre au foudre à punir les tyrans.

Cela n'est ni français ni clairement exprimé; et ces dissertations sur la foudre ne sont plus tolérées.

V. 112. Sans emprunter ta main pour servir ma colère,
Je saurai bien venger mon pays et mon père.

Le mot de *colère* ne paraît peut-être pas assez juste. On ne sent point de colère pour la mort d'un père mis au nombre des proscrits il y a trente ans. Le mot de *ressentiment* serait plus propre : mais en poésie *colère* peut signifier *indignation, ressentiment, souvenir des injures, désir de vengeance.*

V. 121. Et, comme pour toi seul l'amour veut que je vive, etc.

Je remarque ailleurs que toutes les phrases qui commencent par *comme* sentent la dissertation, le raisonnement, et que la chaleur du sentiment ne permet guère ce tour prosaïque. Mais est-ce un sentiment bien touchant, bien tragique, que celui d'Émilie? « Je n'ai pas voulu tuer Auguste moi-même, parce qu'on m'aurait tuée; je veux vivre pour toi, et je veux que ce soit toi qui hasardes ta vie, etc. »

V. 125. Quand j'ai pensé chérir un neveu de Pompée,
.... D'un faux semblant mon esprit abusé,
A fait choix d'un esclave en son lieu supposé.

Il est trop dur d'appeler Cinna *esclave* au propre, de lui dire qu'il est un fils supposé, qu'il est fils d'un esclave; cette condition était au-dessous de celle de nos valets.

V. 130. Mille autres à l'envi recevroient cette loi.

Doit-elle lui dire que mille autres assassineraient l'empereur pour mériter les bonnes grâces d'une femme? Cela ne révolte-t-il pas un peu? cela n'empêche-t-il pas qu'on ne s'intéresse à Émilie? Cette présomption de sa beauté la rend moins intéressante. Une femme emportée par une grande passion touche beaucoup; mais une femme qui a la vanité de regarder sa possession comme le plus grand prix où l'on puisse aspirer, révolte au lieu d'intéresser. Émilie a déjà dit au premier acte qu'on publiera dans toute l'Italie qu'on n'a pu la mériter qu'en tuant Auguste; elle a dit à Cinna : « Songe que mes faveurs t'attendent. » Ici elle dit que « mille Romains tueraient Auguste pour mériter ses bonnes grâces. » Quelle femme a jamais parlé ainsi? Quelle différence entre elle et Hermione, qui dit dans une situation à peu près semblable :

> Quoi! sans qu'elle employât une seule prière,
> Ma mère en sa faveur arma la Grèce entière!
> Ses yeux pour leur querelle, en dix ans de combats,
> Virent périr vingt rois qu'ils ne connoissoient pas.
> Et moi, je ne prétends que la mort d'un parjure,
> Et je charge un amant du soin de mon injure;
> Il peut me conquérir à ce prix, sans danger;
> Je me livre moi-même, et ne puis me venger[1]!

C'est ainsi que s'exprime le goût perfectionné; et le génie, dénué de ce goût sûr, bronche quelquefois. On ne prétend pas, encore une fois, rien diminuer de l'extrême mérite de Corneille; mais il faut qu'un commentateur n'ait en vue que la vérité et l'utilité publique. Au reste, la fin de cette tirade est fort belle.

V. 148. S'il nous ôte à son gré nos biens, nos jours, nos femmes,
        Il n'a point jusqu'ici tyrannisé nos âmes.

Mais en ce cas, Auguste est donc un monstre à étouffer. Cinna ne devait donc pas balancer : il a donc très-grand tort de se dédire; ses remords ne sont donc pas vrais? Comment peut-il aimer un tyran qui ôte aux Romains leurs biens, leurs femmes, et leurs vies? Ces contradictions ne font-elles pas tort au pathétique aussi bien qu'au vrai, sans lequel rien n'est beau?

V. 150. Mais l'empire inhumain qu'exercent vos beautés
        Force jusqu'aux esprits et jusqu'aux volontés.

C'est ici une idée poétique, ou plutôt une subtilité. *Vos beautés sont plus inhumaines qu'Auguste!* ce n'est pas ainsi que la vraie passion parle. Oreste, dans une circonstance semblable, dit à Hermione :

> Non, je vous priverai d'un plaisir si funeste,
> Madame; il ne mourra que de la main d'Oreste[2].

Il ne s'amuse point à dire que les beautés inhumaines d'Hermione sont des tyrans; il le fait sentir en se déterminant malgré lui à un crime. Ce n'est pas là le poëte qui parle, c'est le personnage.

V. 152. Vous me faites priser ce qui me déshonore,
        Vous me faites haïr ce que mon âme adore.

Priser n'est plus d'usage. Cinna ne prise point ici son action, puisqu'il la condamne. Il dit qu'il adore Auguste; cela est beaucoup trop fort : il n'adore point Auguste; *il devrait*, dit-il, *donner son sang pour*

---

1. Racine, *Andromaque*, V, II. (ÉD.) — 2. *Andromaque*, IV, III. (ÉD.)

lui mille et mille fois : il devait donc être très-touché au moment que ce même Auguste lui donnait Émilie. Il lui a conseillé de garder l'empire pour l'assassiner, et il voudrait donner mille vies pour lui par réflexion.

V. 157. Mais ma main aussitôt contre mon sein tournée....
    A mon crime forcé joindra mon châtiment.

Ces derniers vers réconcilient Cinna avec le spectateur : c'est un très-grand art. Racine a imité ce morceau dans l'*Andromaque*[1] :

    Et mes sanglantes mains sur moi-même tournées, etc.

V. pén. . . . . Qu'il achève et dégage sa foi,
    Et qu'il choisisse après de la mort ou de moi.

Ce sont là de ces traits qui portaient le docteur cité par Balzac à nommer Émilie *adorable furie*. On ne peut guère finir un acte d'une manière plus grande ou plus tragique ; et si Émilie avait une raison plus pressante de vouloir faire périr Auguste, si elle n'avait appris que depuis peu qu'Auguste a fait mourir son père, si elle avait connu ce père, si ce père même avait pu lui demander vengeance, ce rôle serait du plus grand intérêt. Mais ce qui peut détruire tout l'intérêt qu'on prendrait à Émilie, c'est la supposition de l'auteur qu'elle est adoptée par Auguste. On devait, chez les Romains, autant et plus d'amour filial à un père d'adoption qu'à un père qui ne l'était que par le sang. Émilie conspire contre Auguste, son père et son bienfaiteur, au bout de trente ans, pour venger Toranius qu'elle n'a jamais vu. Alors cette furie n'est point du tout adorable ; elle est réellement parricide. Cependant gardons-nous bien de croire qu'Émilie, malgré son ingratitude, et Cinna, malgré sa perfidie, ne soient pas deux très-beaux rôles ; tous deux étincellent de traits admirables.

ACTE IV.

SCÈNE I.

V. 1   Tout ce que tu me dis, Euphorbe, est effroyable.
    — Seigneur, le récit même en paroît incroyable.

Il est triste qu'un si bas et si lâche subalterne, un esclave affranchi, paraisse avec Auguste, et que l'auteur n'ait pas trouvé dans la jalousie de Maxime, dans les emportements que sa passion eût dû lui inspirer, ou dans quelque autre invention tragique, de quoi fournir des soupçons à Auguste. Si le trouble de Cinna, celui de Maxime, celui d'Émilie, ouvraient les yeux de l'empereur, cela serait beaucoup plus noble et plus théâtral que la dénonciation d'un esclave, qui est un ressort trop mince et trop trivial.

1. Acte IV, scène III. (ED.)

V. 13 . . . . . . , . . . Cinna seul dans sa rage s'obstine,
    Et contre vos bontés d'autant plus se mutine.

Le second vers est faible après l'expression, *il s'obstine dans sa
rage*. L'idée la plus forte doit toujours être la dernière. De plus, *se mu-
tiner contre des bontés*, est une expression bourgeoise; on ne l'emploie
qu'en parlant des enfants. Ce n'est pas que ce mot *mutiné*, employé
avec art, ne puisse faire un très-bel effet. Racine a dit[1] :

> Enchaîner un captif de ses fers étonné,
> Contre un joug qui lui plaît vainement mutiné.

D'autant plus exige un *que;* c'est une phrase qui n'est pas achevée.

SCÈNE II.

V. 1.   Il l'a jugé trop grand pour ne pas s'en punir.

On ne peut nier que ce lâche et inutile mensonge d'Euphorbe ne soit
indigne de la tragédie. Mais, dira-t-on, on a le même reproche à faire
à Œnone, dans *Phèdre*. Point du tout : elle est criminelle, elle calomnie Hippolyte; mais elle ne dit pas une fausse nouvelle : c'est cela qui
est petit et bas.

SCÈNE III.

V. 1.   Ciel, à qui voulez-vous désormais que je fie
    Les secrets de mon âme et le soin de ma vie?

Voilà encore une occasion où un monologue est bien placé; la situation d'Auguste est une excuse légitime. D'ailleurs il est bien écrit, les
vers en sont beaux, les réflexions sont justes, intéressantes; ce morceau est digne du grand Corneille.

V. 12. Songe aux fleuves de sang où ton bras s'est baigné,
    De combien ont rougi les champs de Macédoine.

Cela n'est pas français. Il fallait, *quels flots j'en ai versés aux champs
de Macédoine*, ou quelque chose de semblable.

V. 27. Rends un sang infidèle à l'infidélité.

Ce vers est imité de Malherbe :

> Fait de tous les assauts que la rage peut faire
> Une fidèle preuve à l'infidélité[2].

Un tel abus de mots et quelques longueurs, quelques répétitions,
empêchent ce beau monologue de faire tout son effet. A mesure que le
public s'est plus éclairé, il s'est un peu dégoûté des longs monologues.
On s'est lassé de voir des empereurs qui parlaient si longtemps tout
seuls. Mais ne devrait-on pas se prêter à l'illusion du théâtre? Auguste

1. *Phèdre*, II, I. (ÉD.)
2. Stance première des *Larmes de saint Pierre*. (ÉD.)

ne pouvait-il pas être supposé au milieu de sa cour, et s'abandonner à ses réflexions devant ses confidents, qui tiendraient lieu du chœur des anciens?

Il faut avouer que le monologue est un peu long. Les étrangers ne peuvent souffrir ces scènes sans action, et il n'y a peut-être pas assez d'action dans *Cinna*.

V. 47. La vie est peu de chose, et le peu qui t'en reste
    Ne vaut pas l'acheter par un prix si funeste.

Ne vaut pas l'acheter par un prix si funeste. C'est ici le tour de phrase italien. On dirait bien *non vale il comprar; c'est un trope dont Corneille enrichissait notre langue.

V. 65. Mais jouissons plutôt nous-mêmes de sa peine.

Peine ici veut dire *supplice*.

V. 71. Qui des deux dois-je suivre, et duquel m'éloigner?
    Ou laissez-moi périr, ou laissez-moi régner.

Ces expressions, *qui des deux*, *duquel*, n'expriment qu'un froid embarras; elles peignent un homme qui veut résoudre un problème, et non un cœur agité. Mais le dernier vers est très-beau, et est digne de ce grand monologue.

SCÈNE IV.

AUGUSTE, LIVIE.

On a retranché toute cette scène au théâtre depuis environ trente ans. Rien ne révolte plus que de voir un personnage s'introduire sur la fin sans avoir été annoncé, et se mêler des intérêts de la pièce sans y être nécessaire. Le conseil que Livie donne à Auguste est rapporté dans l'histoire; mais il fait un très-mauvais effet dans la tragédie. Il ôte à Auguste la gloire de prendre de lui-même un parti généreux. Auguste répond à Livie : *Vous m'aviez bien promis des conseils d'une femme; vous me tenez parole;* et après ces vers comiques il suit ces mêmes conseils Cette conduite l'avilit. On a donc eu raison de retrancher tout le rôle de Livie, comme celui de l'infante dans le *Cid*. Pardonnons ces fautes au commencement de l'art, et surtout au sublime, dont Corneille a donné beaucoup plus d'exemples qu'il n'en a donné de faiblesses dans ses belles tragédies.

V. 27. J'ai trop par vos avis consulté là-dessus.

Là-dessus, là-dessous, ci-dessus, ci-dessous, termes familiers qu'il faut absolument éviter, soit en vers soit en prose.

V. 37. Assez et trop longtemps son exemple vous flatte;
    Mais gardez que sur vous le contraire n'éclate.

n'exprime pas assez la pensée de l'auteur, ne forme pas une image assez précise. Le contraire d'un exemple ne peut se dire.

V. 53.   Vous m'aviez bien promis des conseils d'une femme,
         Vous me tenez parole : et c'en sont là, madame.

Corneille devait d'autant moins mettre un reproche si injuste et si avilissant dans la bouche d'Auguste, que cette grossièreté est manifestement contraire à l'histoire. *Uxori gratias egit*, dit Sénèque le philosophe, dont le sujet de *Cinna* est tiré.

V. 56.   Depuis vingt ans je règne, et j'en sais les vertus.

Les vertus de régner, est un barbarisme de phrase, un solécisme, on peut dire les *vertus des rois, des capitaines, des magistrats*, mais non *les vertus de régner, de combattre, de juger*.

V. 61.   Une offense qu'on fait à toute sa province,
         Dont il faut qu'il la venge ou cesse d'être prince.

La rime de *prince* n'a que celle de *province* en substantif : cette indigence est ce qui contribue davantage à rendre souvent la versification française faible, languissante, et forcée. Corneille est obligé de mettre *toute sa province* pour rimer à *prince ; et toute sa province* est une expression bien malheureuse, surtout quand il s'agit de l'empire romain.

V. 67.   . . . . Je ne vous quitte point,
         Seigneur, que mon amour n'ait obtenu ce point.

Ce mot *point* est trivial et didactique. Premier *point*, second *point*, *point* principal

V. 69.   C'est l'amour des grandeurs qui vous rend importune,

augmente encore la faute qui consiste à faire rejeter par Auguste un très-bon conseil qu'en effet il accepte.

SCÈNE V.

ÉMILIE, FULVIE.

La scène reste vide ; c'est un grand défaut aujourd'hui, et dans lequel même les plus médiocres auteurs ne tombent pas. Mais Corneille est le premier qui ait pratiqué cette règle si belle et si nécessaire de lier les scènes, et de ne faire paraître sur le théâtre aucun personnage sans une raison évidente. Si le législateur manque ici à la loi qu'il a introduite, il est assurément bien excusable. Il n'est pas vraisemblable qu'Émilie arrive avec sa confidente pour parler de la conspiration dans la même chambre dont Auguste sort ; ainsi elle est supposée parler dans un autre appartement.

V. 1.   D'où me vient cette joie, et que mal à propos
         Mon esprit malgré moi goûte un entier repos ?

On ne voit pas trop en effet d'où lui vient cette prétendue joie ; c'était, au contraire, le moment des plus terribles inquiétudes. On peut être alors atterré, immobile, égaré, accablé, insensible à force d'éprouver des sentiments trop profonds : mais de la joie! cela n'est pas dans la nature

V. 9.   Et je vous l'amenois, plus traitable et plus doux,
   Faire un second effort contre votre courroux.

Je vous l'amenais...... faire *un second effort contre un grand courroux,* n'est ni français ni intelligible; de plus, comment cette Fulvie n'est-elle pas effrayée d'avoir vu Cinna conduit chez Auguste, et des complices arrêtés? comment n'en parle-t-elle pas d'abord? comment n'inspire-t-elle pas le plus grand effroi à Émilie? Il semble qu'elle dise par occasion des nouvelles indifférentes.

V. 16.   Chacun diversement soupçonne quelque chose.

Ces termes lâches et sans idées, ces familiarités de conversation, doivent être soigneusement évités.

V. 22.   Que même de son maître on dit je ne sais quoi.

Je ne sais quoi, est du style de la comédie; et ce n'est pas assurément un *je ne sais quoi,* que la mort de Maxime, principal conjuré.

V. 23.   On lui veut imputer un désespoir funeste.

On lui veut imputer, est de la Gazette suisse : *On veut dire qu'il s'est donné une bataille.*

V. 24.   On parle d'eaux, de Tibre, et l'on se tait du reste.

Il est bien singulier qu'elle dise que Maxime s'est noyé, et qu'on se tait du reste. Qu'est-ce que le reste? et comment Corneille, qui corrigea quelques vers dans cette pièce, ne réforma-t-il pas ceux-ci? n'avait-il pas un ami?

V. 25.   Que de sujets de craindre et de désespérer,
   Sans que mon triste cœur en daigne murmurer!

Cela n'est pas naturel. Émilie doit être au désespoir d'avoir conduit son amant au supplice. Le reste n'est-il pas un peu de déclamation? On entend toujours ces vers d'Émilie sans émotion; d'où vient cette indifférence? c'est qu'elle ne dit pas ce que tout autre dirait à sa place; elle a forcé son amant à conspirer, à courir au supplice, et elle parle de sa gloire! et elle est *fumante* d'un courroux généreux! elle devrait être désespérée et non pas fumante.

V. 37.   Et je veux bien périr comme vous l'ordonnez,
   Et dans la même assiette où vous me retenez.

Pourquoi les dieux voudraient-ils qu'elle mourût dans cette *assiette?* qu'importe qu'elle meure dans cette *assiette* ou dans une autre? Ce qui importe, c'est qu'elle a conduit son amant et ses amis à la mort.

SCÈNE VI.

V. 1.   Mais je vous vois, Maxime, et l'on vous faisoit mort!

Ne dissimulons rien, cette résurrection de Maxime n'est pas une invention heureuse. Qu'un héros qu'on croyait mort dans un combat reparaisse, c'est un moment intéressant; mais le public ne peut souffrir un lâche que son valet avait supposé s'être jeté dans la rivière. Corneille n'a pas prétendu faire un coup de théâtre, mais il pouvait éviter cette apparition inattendue d'un homme qu'on croit mort, et dont on ne désire point du tout la vie; il était fort inutile à la pièce que son esclave Euphorbe eût feint que son maître s'était noyé.

V. 18.   En faveur de Cinna je fais ce que je puis.

Maxime joue le rôle d'un misérable : pourquoi l'auteur, pouvant l'ennoblir, l'a-t-il rendu si bas? apparemment il cherchait un contraste; mais de tels contrastes ne peuvent guère réussir que dans la comédie.

V. 23.   Cinna dans son malheur est de ceux qu'il faut suivre,
               Qu'il ne faut pas venger de peur de leur survivre.

Que veut dire *de peur de leur survivre?* Le sens naturel est qu'il ne faut pas venger Cinna, parce que si on le vengeait on ne mourrait pas avec lui; mais en voulant le venger on pourrait aller au supplice, puisque Auguste est maître, et que tout est découvert. Je crois que Corneille veut dire, *Tu feins de le venger, et tu veux lui survivre.*

V. 33.   C'est un autre Cinna qu'en lui vous regardez.

Cela est comique, et achève de rendre le rôle de Maxime insupportable

V. 35. Et puisque l'amitié n'en faisoit plus qu'une âme,
               Aimez en cet ami l'objet de votre flamme.

L'auteur veut dire : *Cinna et Maxime n'avaient qu'une âme*, mais il ne le dit pas.

V. 38. . . . . Tu m'oses aimer, et tu n'oses mourir!

est sublime.

V. 58. Maxime, en voilà trop pour un homme avisé.

Avisé n'est pas le mot propre; il semble qu'au contraire Maxime a été trop peu avisé; il paraît trop évidemment un perfide. Émilie l'a déjà appelé lâche.

V. 69. Fuis sans moi, tes amours sont ici superflus.

Superflus n'est pas encore le mot propre; ces amours doivent être très-odieux à Émilie.

Cette scène de Maxime et d'Émilie ne fait pas l'effet qu'elle pourrait produire, parce que l'amour de Maxime révolte, parce que cette scène ne produit rien, parce qu'elle ne sert qu'à remplir un moment vide.

parce qu'on sent bien qu'Émilie n'acceptera point les propositions de
Maxime, parce qu'il est impossible de rien produire de théâtral et d'attachant entre un lâche qu'on méprise, et une femme qui ne peut l'é-
couter.

SCÈNE VII.

MAXIME, *seul.*

Autant que le spectateur s'est prêté au monologue important d'Auguste, qui est un personnage respectable, autant il se refuse au monologue de Maxime, qui excite l'indignation et le mépris. Jamais un
monologue ne fait un bel effet que quand on s'intéresse à celui qui
parle, que quand ses passions, ses vertus, ses malheurs, ses faiblesses,
font dans son âme un combat si noble, si attachant, si animé, que
vous lui pardonnez de parler trop longtemps à soi-même.

V. 3. . . . . Et quel est le supplice
        Que ta vertu prépare à ton vain artifice ?

Ce mot de *vertu* dans la bouche de Maxime est déplacé, et va jusqu'au ridicule.

V. 7.   Sur un même échafaud la perte de sa vie
      Étalera sa gloire et ton ignominie.

Il n'y avait point d'échafauds chez les Romains pour les criminels.
L'appareil barbare des supplices n'était point connu, excepté celui de
la potence en croix pour les esclaves.

V. 11. Un même jour t'a vu par une fausse adresse
      Trahir ton souverain, ton ami, ta maîtresse.

Fausse adresse est trop faible, et Maxime n'a point été adroit.

V. 19. Jamais un affranchi n'est qu'un esclave infâme.

Il ne paraît pas convenable qu'un conjuré, qu'un sénateur reproche
à un esclave de lui avoir fait commettre une mauvaise action ; ce reproche serait bon dans la bouche d'une femme faible, dans celle de
Phèdre, par exemple, à l'égard d'Œnone ; dans celle d'un jeune homme
sans expérience ; mais le spectateur ne peut souffrir un sénateur qui
débite un long monologue, pour dire à son esclave qui n'est pas là,
qu'il espère qu'il pourra se venger de lui, et le punir de lui avoir fait
commettre une action infâme.

V. 25. Mon cœur te résistoit, et tu l'as combattu
      Jusqu'à ce que la fourbe ait souillé sa vertu.

Il faut éviter cette cacophonie[1] en vers, et même dans la prose soutenue.

---

1. C'est depuis 1664 que Corneille a mis :
    Jusqu'à ce que ta fourbe ait souillé ma vertu.   (ÉD.)

V. 29.   Mais les dieux permettront à mes ressentiments
          De te sacrifier aux yeux des deux amants.

On se soucie fort peu que cet esclave Euphorbe soit mis en croix ou
non. Cet acte est un peu défectueux dans toutes ses parties : la difficulté d'en faire cinq est si grande, l'art était alors si peu connu, qu'il
serait injuste de condamner Corneille. Cet acte eût été admirable partout ailleurs dans son temps : mais nous ne recherchons pas si une
chose était bonne autrefois; nous recherchons si elle est bonne pour
tous les temps.

V. 31.   Et je m'ose assurer qu'en dépit de mon crime
          Mon sang leur servira d'assez pure victime.

On ne peut pas dire *en dépit de mon crime,* comme on dit *malgré
mon crime, quel qu'ait été mon crime,* parce qu'un crime n'a point de
dépit. On dit bien *en dépit de ma haine,* *de mon amour,* parce que les
passions se personnifient.

ACTE V.

SCÈNE I.

V. 1.   Prends un siége, Cinna, prends; et sur toute chose
          Observe exactement la loi que je t'impose.

Sede, inquit, Cinna; hoc primum a te peto ne loquentem interpelles.
Toute cette scène est de Sénèque le philosophe. Par quel prodige de
l'art Corneille a-t-il surpassé Sénèque, comme dans *les Horaces* il a été
plus nerveux que Tite Live? c'est là le privilége de la belle poésie; et
c'est un de ces exemples qui condamnent bien fortement ces auteurs,
d'Aubignac et La Motte, qui ont voulu faire des tragédies en prose :
d'Aubignac, homme sans talents, qui, pour avoir mal étudié le théâtre, croyait pouvoir faire une bonne tragédie dans la prose la plus
plate; La Motte, homme d'esprit et de génie, qui, ayant trop négligé
le style et la langue dans la poésie, pour laquelle il avait beaucoup de
talent, voulut faire des tragédies en prose, parce que la prose est plus
aisée que la poésie.

V. 19   Au milieu de leur camp tu reçus la naissance,
          Et lorsqu'après leur mort tu vins en ma puissance,
          Leur haine enracinée au milieu de ton sein
          T'avoit mis contre moi les armes à la main.

Il y avait auparavant :

          Ce fut dedans leur camp que tu pris la naissance;
          Et quand après leur mort tu vins en ma puissance,
          Leur haine héréditaire, ayant passé dans toi,
          T'avoit mis à la main les armes contre moi.

Leur haine héréditaire était bien plus beau que *leur haine enracinée.*

V. 24. Ma cour fut ta prison, mes faveurs tes liens.

On sous-entend *furent*. Ce n'est point une licence ; c'est un trope en usage dans toutes les langues.

V. 35. De la façon enfin qu'avec toi j'ai vécu,
Les vainqueurs sont jaloux du bonheur du vaincu.

De la façon est trop familier et trop trivial.

V. 48. En te couronnant roi je t'aurois donné moins.

Voilà ce vers qui contredit celui d'Emilie ; d'ailleurs quel royaume aurait-il donné à Cinna? Les Romains n'en recevaient point. Ce n'est qu'une inadvertance qui n'ôte rien au sentiment et à l'éloquence vraie et sans enflure dont ce morceau est rempli.

V. 63. Ai-je de bons avis, ou de mauvais soupçons?

Bons et *mauvais* n'est-il pas un peu trop antithèse? et ces antithèses en général ne sont-elles pas trop fréquentes dans les vers français et dans la plupart des langues modernes?

V. 97. Mais tu ferois pitié, même à ceux qu'elle irrite,
Si je t'abandonnois à ton peu de mérite.

Ces vers et les suivants occasionnèrent un jour une saillie singulière. Le dernier maréchal de La Feuillade, étant sur le théâtre, dit tout haut à Auguste : « Ah! tu me gâtes le *Soyons amis, Cinna.* » Le vieux comédien qui jouait Auguste se déconcerta, et crut avoir mal joué. Le maréchal, après la pièce, lui dit : « Ce n'est pas vous qui m'avez déplu, c'est Auguste qui dit à Cinna qu'il n'a aucun mérite, qu'il n'est propre à rien, qu'il fait pitié, et qui ensuite lui dit : *Soyons amis.* Si le roi m'en disait autant, je le remercierais de son amitié. »

Il y a un grand sens et beaucoup de finesse dans cette plaisanterie. On peut pardonner à un coupable qu'on méprise, mais on ne devient pas son ami ; il fallait peut-être que Cinna, très-criminel, fût encore grand aux yeux d'Auguste. Cela n'empêche pas que le discours d'Auguste ne soit un des plus beaux que nous ayons dans notre langue.

V. 127. N'attendez point de moi d'infâmes repentirs.

Le *repentir* ne peut admettre ici de pluriel.

V. 130. Je sais ce que j'ai fait, et ce qu'il vous faut faire.

Le sens est, *ce que vous devez faire ;* mais l'expression est trop équivoque, elle semble signifier ce que Cinna doit faire à Auguste.

SCÈNE II.

V. 1. Vous ne connoissez pas encor tous les complices ;
Votre Emilie en est, seigneur, et la voici.

Les acteurs ont été obligés de retrancher Livie, qui venait fa e i le personnage d'un exempt, et qui ne disait que ces deux vers. On les fait prononcer par Émilie, mais ils lui sont peu convenables; elle ne doit pas dire à Auguste, *votre Émilie*; ce mot la condamne : si elle vient s'accuser elle-même, il faut qu'elle débute en disant : *Je viens mourir avec Cinna.*

V. 6.   Quoi! l'amour qu'en ton cœur j'ai fait naître aujourd'hui
        T'emporte-t-il déjà jusqu'à mourir pour lui?
        Ton âme à ces transports un peu trop s'abandonne :
        Et c'est trop tôt aimer l'amant que je te donne.

Cette petite ironie est-elle bien placée dans ce moment tragique? est-ce ainsi qu'Auguste doit parler?

V. 19.   Le ciel rompt le succès que je m'étois promis.

On ne rompt point un succès, encore moins un succès qu'on s'est promis : on rompt une union, on détruit des espérances, on fait avorter des desseins, on prévient des projets. Le ciel ne m'a pas accordé, m'ôte, me ravit le succès que je m'étais promis.

V. 33.   L'une fut impudique, et l'autre parricide.

Il est ici question de Julie et d'Émilie. Ce mot *impudique* ne se dit plus guère dans le style noble, parce qu'il présente une idée qui ne l'est pas; on n'aime point d'ailleurs à voir Auguste se rappeler cette idée humiliante et étrangère au sujet. Les gens instruits savent trop bien qu'Émilie ne fut même jamais adoptée par Auguste; elle ne l'est que dans cette pièce.

V. 34.   O ma fille! est-ce là le prix de mes bienfaits?
       — Ceux de mon père en vous firent mêmes effets.

Il y avait dans les premières éditions :

    Mon père l'eut pareil de ceux qu'il vous a faits.

On a corrigé depuis :

    Ceux de mon père en vous firent mêmes effets.

Mais *firent mêmes effets*, n'est recevable ni en vers ni en prose.

LIVIE.

V. 44. C'en est trop, Émilie, etc.

Les comédiens ont retranché tout le couplet de Livie, et il n'est pas à regretter. Non-seulement Livie n'était pas nécessaire, mais elle se faisait fête mal à propos, pour débiter une maxime aussi fausse qu'horrible, qu'il est permis d'assassiner pour une couronne, et qu'on est absous de tous les crimes quand on règne.

V. 50   Et dans le sacré rang où sa faveur l'a mis,
       Le passé devient juste, et l'avenir permis.

Ce vers n'a pas de sens. *L'avenir* ne peut signifier *les crimes à venir ;* et s'il le signifiait, cette idée serait abominable.

V. 61.   Si j'ai séduit Cinna, j'en séduirai bien d'autres.

Il semble qu'Émilie soit toujours sûre de faire conspirer qui elle voudra, parce qu'elle se croit belle. Doit-elle dire à Auguste qu'elle aura d'autres amants qui vengeront celui qu'elle aura perdu ?

V. 72.   Que la vengeance est douce à l'esprit d'une femme !

Ce vers paraît trop du ton de la comédie, et est d'autant plus déplacé, qu'Émilie doit être supposée avoir voulu venger son père, non pas parce qu'elle a le caractère d'une femme, mais parce qu'elle a écouté la voix de la nature.

V. 73.   Je l'attaquai par là, par là je pris son âme.

Expression trop familière.

V. 77.   J'en suis le seul auteur, elle n'est que complice.

Pourquoi toute cette contestation entre Cinna et Émilie est-elle un peu froide ? C'est que si Auguste veut leur pardonner, il importe fort peu qui des deux soit le plus coupable ; et que, s'il veut les punir, il importe encore moins qui des deux a séduit l'autre. Ces disputes, ces combats à qui mourra l'un pour l'autre, font une grande impression, quand on peut hésiter entre deux personnages, quand on ignore sur lequel des deux le coup tombera, mais non pas quand tous les deux sont condamnés et condamnables.

V. 80.   Mourez, mais en mourant ne souillez point ma gloire....
      Et la mienne se perd si vous tirez à vous
      Toute celle qui suit de si généreux coups.

Tirez à vous, est une expression trop peu noble. *Généreux coups,* ne peut se dire d'une entreprise qui n'a pas eu d'effet.

V. 84.   Eh bien ! prends-en ta part, et me laisse la mienne.

Eh bien ! prends-en ta part, est du ton de la comédie.

V. 87.   Tout doit être commun entre de vrais amants.

Ce vers est encore du ton de la comédie, et cette expression de *vrais amants* revient trop souvent.

V. 102.   Mais enfin le ciel m'aime, et ses bienfaits nouveaux,
      Ont enlevé Maxime à la fureur des eaux.

Maxime vient ici faire un personnage aussi inutile que Livie. Il paraît qu'il ne doit point dire à Auguste qu'on l'a fait passer pour noyé, de peur qu'on n'eût envoyé après lui, puisqu'il n'avait révélé la conspiration qu'à condition qu'on lui pardonnerait. N'eût-il pas été mieux qu'il se fût noyé en effet de douleur d'avoir joué un si lâche personnage? On ne s'intéresse qu'au sort de Cinna et d'Émilie, et la grâce de Maxime ne touche personne.

SCÈNE DERNIÈRE.

V. 11.   Euphorbe vous a feint que je m'étois noyé.

Feindre ne peut gouverner le datif; on ne peut dire *feindre à quelqu'un.*

V. 15.   Je pensois la résoudre à cet enlèvement,
        Sous l'espoir du retour pour venger son amant.

Sous l'espoir du retour.... expression de comédie; *retour pour venger*, expression vicieuse.

V. 18.   Sa vertu combattue a redoublé ses forces.

On dit *les forces d'un État, la force de l'âme.* De plus, Émilie n'avait besoin ni de force ni de vertu pour mépriser Maxime.

V. 22.   Si pourtant quelque grâce est due à mon indice....

Indice est là pour rimer à *artifice* : le mot propre est *aveu.*

V. 23.   Faites périr Euphorbe au milieu des tourments.

C'est un sentiment lâche, cruel, et inutile.

V. 37.   Soyons amis, Cinna, c'est moi qui t'en convie.

C'est ce que dit Auguste qui est admirable; c'est là ce qui fit verser des larmes au grand Condé, larmes qui n'appartiennent qu'à de belles âmes.

De toutes les tragédies de Corneille, celle-ci fit le plus grand effet à la cour, et on peut lui appliquer ces vers du vieil Horace [1] :

    C'est aux rois, c'est aux grands, c'est aux esprits bien faits....
    ·
    C'est d'eux seuls qu'on reçoit la véritable gloire.

De plus, on était alors dans un temps où les esprits, animés par les factions qui avaient agité le règne de Louis XIII, ou plutôt du cardinal de Richelieu, étaient plus propres à recevoir les sentiments qui règnent dans cette pièce. Les premiers spectateurs furent ceux qui combattirent à la Marfée, et qui firent la guerre de la Fronde. Il y a d'ailleurs dans cette pièce un vrai continuel, un développement de la constitution de l'empire romain, qui plaît extrêmement aux hommes d'État; et alors chacun voulait l'être.

J'observerai ici que dans toutes les tragédies grecques, faites pour un peuple si amoureux de sa liberté, on ne trouve pas un trait qui regarde cette liberté, et que Corneille, né Français, en est rempli.

---

1. Acte V, scène III. (Éd.)

V. 47. Aime Cinna, ma fille, en cet illustre rang;
      Préfères-en la pourpre à celle de mon sang.

La pourpre d'un rang, est intolérable : cette pourpre comparée au sang parce qu'il est rouge, est puérile.

V. 59. J'ose avec vanité me donner cet éclat,
      Puisqu'il change mon cœur, qu'il veut changer l'État.

n'est pas français.

V. 77. Si tu l'aimes encore, ce sera ton supplice.
      Je n'en murmure point, il a trop de justice.

Un supplice est juste; on l'ordonne avec justice; celui qui punit a de la justice; mais le supplice n'en a point, parce qu'un supplice ne peut être personnifié.

V. 89. .... Une céleste flamme
      D'un rayon prophétique illumine mon âme.

Un rayon prophétique, ne semble pas convenir à Livie. La juste espérance que la clémence d'Auguste préviendra désormais toute conspiration, vaut bien mieux qu'un rayon prophétique.

On retranche aux représentations ce dernier couplet de Livie comme les autres, par la raison que tout acteur qui n'est pas nécessaire gâte les plus grandes beautés.

EXAMEN DE CINNA,

IMPRIMÉ PAR CORNEILLE A LA SUITE DE SA TRAGÉDIE.

« Ce poëme a tant d'illustres suffrages qui lui donnent le premier rang parmi les miens, que je me ferois trop d'importants ennemis si j'en disois du mal. Je ne le suis pas assez de moi-même pour chercher des défauts où ils n'en ont pas voulu voir, etc. »

Quoique j'aie osé y trouver des défauts, j'oserais dire ici à Corneille : « Je souscris à l'avis de ceux qui mettent cette pièce au-dessus de tous vos autres ouvrages; je suis frappé de la noblesse, des sentiments vrais, de la force, de l'éloquence, des grands traits de cette tragédie. Il y a peu de cette emphase et de cette enflure qui n'est qu'une grandeur fausse. Le récit que fait Cinna au premier acte, la délibération d'Auguste, plusieurs traits d'Émilie, et enfin la dernière scène, sont des beautés de tous les temps, et des beautés supérieures. Quand je vous compare surtout aux contemporains qui osaient alors produire leurs ouvrages à côté des vôtres, je lève les épaules, et je vous admire comme un être à part. Qui étaient ces hommes qui voulaient courir la même carrière que vous? Tristan, La Case, Grenaille, Rosiers, Boyer,

Colletet, Gaulmin, Gillet, Provais, La Menardière, Magnon, Picou, de Brosse. J'en nommerais cinquante, dont pas un n'est connu, ou dont les noms ne se prononcent qu'en riant. C'est au milieu de cette foule que vous vous éleviez au delà des bornes connues de l'art. Vous deviez avoir autant d'ennemis qu'il y avait de mauvais écrivains; et tous les bons esprits devaient être vos admirateurs. Si j'ai trouvé des taches dans *Cinna*, ces défauts même auraient été de très-grandes beautés dans les écrits de vos pitoyables adversaires; je n'ai remarqué ces défauts que pour la perfection d'un art dont je vous regarde comme le créateur. Je ne veux ni ajouter, ni ôter rien à votre gloire : mon seul but est de faire des remarques utiles aux étrangers qui apprennent votre langue, aux jeunes auteurs qui veulent vous imiter, aux lecteurs qui veulent s'instruire.»

(Fin de l'Examen.) « C'est l'incommodité des pièces embarrassées, qu'en termes de l'art on nomme *implexes*, par un mot emprunté du latin, telles que sont *Rodogune* et *Héraclius*. Elle ne se rencontre pas dans les simples; mais comme celles-là ont sans doute besoin de plus d'esprit pour les imaginer, et de plus d'art pour les conduire, celles-ci n'ayant pas le même secours du côté du sujet, demandent plus de force de vers, de raisonnement, et de sentiments pour les soutenir. »

On peut conclure de ces derniers mots, que les pièces simples ont beaucoup plus d'art et de beauté que les pièces implexes. Rien n'est plus simple que l'*Œdipe* et l'*Électre* de Sophocle, et ce sont avec leurs défauts les deux plus belles pièces de l'antiquité. *Cinna* et *Athalie*, parmi les modernes, sont, je crois, fort au-dessus d'*Électre* et d'*Œdipe*. Il en est de même dans l'épique : qu'y a-t-il de plus simple que le quatrième livre de Virgile? Nos romans, au contraire, sont chargés d'incidents et d'intrigues.

REMARQUES SUR POLYEUCTE,

TRAGÉDIE REPRÉSENTÉE EN 1643 [1].

Quand on passe de *Cinna* à *Polyeucte*, on se trouve dans un monde tout différent. Mais les grands poëtes, ainsi que les grands peintres, savent traiter tous les sujets. C'est une chose assez connue, que Corneille ayant lu sa tragédie de *Polyeucte* chez Mme de Rambouillet, où se rassemblaient alors les esprits les plus cultivés, cette pièce y fut condamnée d'une voix unanime, malgré l'intérêt qu'on prenait à l'auteur dans cette maison. Voiture fut député de toute l'assemblée pour engager Corneille à ne pas faire représenter cet ouvrage. Il est difficile de démêler ce qui put porter les hommes du royaume qui avaient le

---

1. *Polyeucte* est de 1640; 1643 est la date de l'impression. (ÉD.)

plus de goût et de lumières à juger si singulièrement. Furent-ils persuadés qu'un martyr ne pouvait jamais réussir sur le théâtre? c'était ne pas connaître le peuple. Croyaient-ils que les défauts que leur sagacité leur faisait remarquer révolteraient le public? c'était tomber dans la même erreur qui avait trompé les censeurs du *Cid*; ils examinaient *le Cid* par l'exacte raison, et ils ne voyaient pas qu'au spectacle on juge par sentiment. Pouvaient-ils ne pas sentir les beautés singulières des rôles de Sévère et de Pauline? Ces beautés, d'un genre si neuf et si délicat, les alarmèrent peut-être. Ils purent craindre qu'une femme qui aimait à la fois son amant et son mari n'intéressât pas; et c'est précisément ce qui fit le succès de la pièce. On trouvera dans les remarques quelques anecdotes concernant le jugement de l'hôtel de Rambouillet. Ce qui est étonnant, c'est que tous ces chefs-d'œuvre se suivaient d'année en année. *Cinna* fut joué au commencement de 1643, et *Polyeucte* à la fin[1]. Il est vrai que Lope de Vega, Garnier, Caldéron, composaient encore plus vite, *stantes pede in uno;* mais quand on ne s'asservit à aucune règle, qu'on n'est gêné ni par la rime, ni par la conduite, ni par aucune bienséance, il est plus aisé de faire dix tragédies que de faire *Cinna* et *Polyeucte*.

ÉPITRE DÉDICATOIRE A LA REINE RÉGENTE.

Permettez.... que je m'écrie dans mon transport:

Que vos soins, grande reine, enfantent de miracles! etc.

Corneille n'était pas fait pour les sonnets et pour les madrigaux. Il aurait mieux fait de ne se point *écrier dans son transport*. Les vers que Voiture fit cette année-là même pour la reine, en sa présence, sont dans un autre goût et un peu meilleurs :

. . . .
Mais que vous étiez plus heureuse
Lorsque vous étiez autrefois,
Je ne veux pas dire amoureuse,
La rime le dit toutefois!

C'est un assez beau contraste que Voiture loue la reine d'avoir été un peu galante, et que Corneille fasse l'éloge de sa dévotion.

1. *Cinna* est de 1639; *Polyeucte* de 1640. (ÉD.)

POLYEUCTE,

TRAGÉDIE.

—

ACTE I.

SCÈNE I.

V. 1.   Quoi! vous vous arrêtez aux songes d'une femme!
De si foibles sujets troublent cette grande âme!

Des songes qui sont des sujets; il était aisé de commencer avec plus
d'exactitude et d'élégance; mais la faute est très-légère.

V. 3.   Et ce cœur tant de fois dans la guerre éprouvé
S'alarme d'un péril qu'une femme a rêvé!

Le mot de *rêver* est devenu trop familier; peut-être ne l'était-il pas
du temps de Corneille; il faut observer qu'il avait déjà l'art de varier
son style; il nous avertit même dans ses Examens qu'il l'a proportion-
né à ses sujets. Toutes les pièces des autres auteurs paraissent jetées
dans le même moule. Il faut convenir pourtant qu'un connaisseur re-
connaîtra toujours le même fonds de style dans les pièces de Corneille
qui paraissent le plus diversement écrites. C'est en effet le même tour
dans les phrases, toujours un peu de raisonnement dans la passion,
toujours des maximes détachées, toujours des pensées retournées en
plus d'une manière. C'est le style de Rotrou, avec plus de force, d'élégance et de richesse. La manière du peintre est visible, quelque sujet
que traite son pinceau.

V. 5.   Je sais ce qu'est un songe, et le peu de croyance
Qu'un homme doit donner à son extravagance;

termes de la haute comédie. De plus, *donner de la croyance* n'est pas
d'un français pur.

V. 9.   Mais vous ne savez pas ce que c'est qu'une femme.

est du style bourgeois de la comédie.

V. 10.   Vous ignorez quels droits elle a sur toute l'âme.

Ce mot *toute* est inutile, et fait languir le vers; une vaine épithète
affaiblit toujours la diction et la pensée.

V. 13.   Pauline, sans raison, dans la douleur plongée,
Craint et croit déjà voir ma mort qu'elle a songée.

On ne peut dire que dans le burlesque, *songer une mort.*

V. 19.   Et mon cœur, attendri sans être intimidé,
         N'ose déplaire aux yeux dont il est possédé;

expression impropre, vicieuse; on ne peut dire *être possédé des yeux.*

V. 23.   Par un peu de remise épargnons son ennui,
         Pour faire en plein repos ce qu'il trouble aujourd'hui.

Cela est à peine intelligible. Ce style est trop à la fois négligé et forcé. Pour juger si des vers sont mauvais, mettez-les en prose; si cette prose est incorrecte, les vers le sont. *Épargnons son ennui par un peu de remise, pour faire en plein repos ce qu'il trouble.* Vous voyez combien une telle phrase révolte. Les vers doivent avoir la clarté, la pureté de la prose la plus correcte; et l'élégance, la force, la hardiesse, l'harmonie de la poésie.

Ce qui est assez singulier, c'est que Corneille, dans la première édition de *Polyeucte*, avait mis :

         Remettons ce dessein qui l'accable d'ennui,
         Nous le pourrons demain aussi bien qu'aujourd'hui;

et dans toutes les autres éditions qu'il fit faire, il corrigea ces deux vers de la manière dont nous les imprimons dans le texte. Apparemment on avait critiqué *remettre un dessein*, parce qu'on remet à un autre jour l'accomplissement, l'exécution, et non pas le dessein. On avait pu blâmer aussi, *nous le pourrons demain*, parce que ce *le* se rapporte à *dessein*, et que *pouvoir un dessein* n'est pas français : mais en général il vaut mieux pécher un peu contre l'exactitude de la syntaxe que de faire des vers obscurs et mal tournés. La première manière était, à la vérité, un peu fautive; mais elle vaut beaucoup mieux que la seconde. Tout cela prouve que la versification française est d'une difficulté presque insurmontable.

V. 27.   Et Dieu, qui tient votre âme et vos jours dans sa main,
         Promet-il à vos vœux de le vouloir demain?

Est-ce Dieu qui *promet de le vouloir demain*, ou qui promet que Polyeucte voudra? Un écrivain ne doit jamais tomber dans ces amphibologies; on ne les permet plus.

V. 29.   Il est toujours tout juste et tout bon; mais sa grâce
         Ne descend pas toujours avec même efficace.
         Après certains moments que perdent nos longueurs,
         Elle quitte ces traits qui pénètrent nos cœurs.

Tous ces vers sont rampants, trop négligés, trop du style familier des livres de dévotion. *Après certains moments*, etc., cela sent plus le style comique que le tragique.

V. 34.   Le bras qui la versoit en devient plus avare.

Il y avait dans les premières éditions :

> Le bras qui la versoit s'arrête et se courrouce;
> Notre cœur s'endurcit, et sa pointe s'émousse.

Il faut avouer qu'aujourd'hui on ne souffriroit pas *un bras qui verse une grâce.*

V. 39.   Et pour quelques soupirs qu'on vous a fait ouïr,
         Sa flamme se dissipe, et va s'évanouir.

Ce mot *ouïr* ne peut guère convenir à des *soupirs.* Quand Racine, dans son style châtié, toujours élégant, toujours noble, et d'autant plus hardi qu'il le paraît moins, fait dire à Andromaque[1]:

> . . . . . Ah! seigneur, vous entendiez assez
> Des soupirs qui craignoient de se voir repoussés,

le mot d'*entendre* signifie là *comprendre, connaître. Vous connaissiez mon cœur par mes soupirs.*

V. 53. Ainsi du genre humain l'ennemi vous abuse.

Ce langage familier de la dévotion parut d'abord extraordinaire; on venait de jouer *Sainte Agnès,* d'un Puget de La Serre. Elle était tombée; sa chute donna mauvaise opinion de *Saint Polyeucte* à l'hôtel de Rambouillet. Le cardinal de Richelieu le condamna comme *le Cid.* C'est ce que nous apprend l'abbé Hedelin d'Aubignac, ennemi de Corneille, et qui croyait être son maître.

Remarquons que cette périphrase, *l'ennemi du genre humain,* est noble, et que le nom propre eût été ridicule. Le vulgaire se représente le diable avec des cornes et une longue queue. *L'ennemi du genre humain* donne l'idée d'un être terrible qui combat Dieu même. Toutes les fois qu'un mot présente une image ou basse, ou dégoûtante, ou comique, ennoblissez-la par des images accessoires; mais aussi ne vous piquez pas de vouloir ajouter une grandeur vaine à ce qui est imposant par soi-même. Si vous voulez exprimer que le roi vient, dites: *le roi vient,* et n'imitez pas le poëte qui, trouvant ces mots trop communs, dit:

> Ce grand roi roule ici ses pas impérieux.

V. 54. Ce qu'il ne peut de force, il l'entreprend de ruse.

De force, de ruse, cela est lâche et n'est pas d'un français pur. On n'entreprend point de ruse.

V. 55. Jaloux des bons desseins qu'il tâche d'ébranler,
         Quand il ne peut les rompre, il pousse à reculer.

Les rompre, demi-rompu, rompez. Ce mot *rompre,* si souvent répété, est d'autant plus vicieux, qu'on ne dit ni *rompre un dessein,* ni *rompre un coup.*

1. Acte III, scène vi. (Éd.)

V 57.   D'obstacle sur obstacle, il va troubler le vôtre,
    Aujourd'hui par des pleurs, chaque jour par quelque autre.

Après *par des pleurs*, il fallait spécifier un autre obstacle. *Chaque jour par quelque autre*, il semble que ce soit par quelque autre pleur. Le sens est clair, à la vérité, mais la phrase ne l'est pas.

    Ici le sens me choque, et, plus loin, c'est la phrase.
                           BOILEAU, *Art poét.*, 204

Ces petites négligences, multipliées, se font plus sentir à la lecture qu'au théâtre : rien ne doit échapper aux lecteurs qui veulent s'instruire. Quand Virgile eut appris aux Romains à faire des vers toujours nobles et élégants, il ne fut plus permis d'écrire comme Ennius.

V. 87.   Sur mes pareils, Néarque, un bel œil est bien fort.

On ne dirait plus, aujourd'hui, *sur mes pareils*, ni *un bel œil*. Ce terme de *pareil*, dont Rotrou et Corneille se sont toujours servis, et que Racine n'employa jamais, semble caractériser une petite vanité bourgeoise. *Un bel œil* est toujours ridicule, et beaucoup plus dans un mari que dans un amant. *Fâcher un bel œil* est encore pis.

V. 101. . . . . Apaisez donc sa crainte.

On apaise la colère, et non la crainte.

V. 104.   Fuyez un ennemi qui sait votre défaut,
    Qui le trouve aisément, qui blesse par la vue,
    Et dont le coup mortel vous plaît, quand il vous tue.

Plusieurs personnes ont cru que Néarque ne devait pas parler ainsi d'une épouse. Que dirait-il de plus, si c'était d'une maîtresse? Le mot *tue* semble ici un peu trop fort; car, après tout, une complaisance de quelques heures pour sa femme tuerait-elle l'âme de Polyeucte?

SCÈNE II.

V. 7.   Mais, enfin, il le faut.

Voilà trois fois de suite *il le faut*. Cette inadvertance n'ôte rien à l'intérêt qui commence à naître dès la première scène; et, quoique le style soit souvent incorrect et négligé, il est toujours au-dessus de son siècle.

V. 15.   Ne craignez rien de mal pour une heure d'absence,

est encore du style comique.

SCÈNE III.

V. 3.   Tu vois, ma Stratonice, en quel siècle nous sommes :
    Voilà notre pouvoir sur les esprits des hommes!

Ces deux vers sentent la comédie. Le peu de rimes de notre langue fait que, pour rimer à *hommes*, on fait venir comme on peut *le siècle où nous sommes*, *l'état où nous sommes*, *tous tant que nous sommes*.

Cette gêne ne se fait que trop sentir en mille occasions, et c'est une des preuves de la prodigieuse supériorité des langues grecque et latine sur les langues modernes. La seule ressource est d'éviter, si l'on peut, ces malheureuses rimes, et de chercher un autre tour; la difficulté est prodigieuse, mais il la faut vaincre.

V. 11.   Mais, après l'hyménée, ils sont rois à leur tour.

Ce vers a passé en proverbe. Il n'est pas, à la vérité, de la haute tragédie; mais cette naïveté ne peut déplaire.

> Et tragicus plerumque dolet sermone pedestri [1].

Il y a ici une remarque bien plus importante à faire : il s'agit de la vie de Polyeucte. Pauline croit que le fanatique Néarque va livrer son mari aux mains des assassins, et elle s'amuse à dire : *Voilà notre pouvoir sur les hommes dans le siècle où nous sommes!* etc. Si elle est si réellement effrayée, si elle craint pour la vie de Polyeucte, c'est de cette crainte qu'elle devait d'abord parler; elle devait même la confier à son mari, et ne pas attendre son départ pour raconter son rêve à une confidente.

V. 12.   Polyeucte, pour vous, ne manque point d'amour.

Manquer d'amour est d'une prose trop faible.

V. 13.   S'il ne vous traite ici d'entière confidence....

Cela n'est pas français : c'est un barbarisme de phrase

V. 14.   S'il part malgré vos pleurs, c'est un trait de prudence;

expression de la haute comédie, mais que la tragédie peut souffrir.

V. 15.   Sans vous en affliger, présumez avec moi
Qu'il est plus à propos qu'il vous cèle pourquoi.

Ce dernier vers ou cette ligne tient trop du bourgeois. C'est une règle assez générale qu'un vers héroïque ne doit guère finir par un adverbe, à moins que cet adverbe se fasse à peine remarquer comme adverbe; je ne *le* verrai *plus*, je ne l'aimerai *jamais*. *Pourquoi* pourrait être employé à la fin d'un vers, quand le sens est suspendu.

> Eh! comment et pourquoi
> Voulez-vous que je vive,
> Quand vous ne vivez pas pour moi?
>
> QUINAULT

Mais alors ce *pourquoi* lie la phrase. Vous ne trouverez jamais, dans

1. Horace, Art poét., 95. (Éd.) — 2. Atys, I, 6. (Éd.)

le style noble, *il m'a dit pourquoi, je sais pourquoi*; la nuance du simple et du familier est délicate : il faut la saisir.

V. 18. Il est bon qu'un mari nous cache quelque chose.

Ce vers est absolument comique, et même burlesque.

V. 21. On n'a tous deux qu'un cœur qui sent mêmes traverses.

Cette expression ne paraît pas d'abord française : elle l'est cependant. *Est-on allé là ? on y est allé deux*; mais c'est un gallicisme qui ne s'emploie que dans le style très-familier. *Mêmes traverses, fonctions diverses*, cela n'est pas assez élégamment écrit, et l'idée est un peu subtile; rien n'est véritablement beau que ce qui est écrit naturellement, avec élégance et pureté : on ne saurait trop avoir ces règles devant les yeux.

V. 23. Et la loi de l'hymen qui vous tient assemblés
   N'ordonne pas qu'il tremble alors que vous tremblez.

Le mot propre est *unis*; on ne peut se servir de celui d'*assembler* que pour plusieurs personnes.

V. 29. Un songe en notre esprit passe pour ridicule.
   Mais il passe dans Rome, avec autorité,
   Pour fidèle miroir de la fatalité.

Les mots de *ridicule* et de *miroir* doivent être bannis des vers héroïques; cependant on pourrait se servir du terme *ridicule* pour jeter de l'opprobre sur quelque chose que d'autres respectent. Tout dépend de l'art avec lequel les mots sont placés.

Il est à remarquer que, du temps de l'empereur Décie, les Romains n'avaient nulle foi aux songes; les honnêtes gens ne connaissaient plus de superstitions. On dit bien *miroir de l'avenir*, parce qu'on est supposé voir l'avenir comme dans un miroir; mais on ne peut dire *miroir de la fatalité*, parce que ce n'est pas cette fatalité qu'on voit, mais les événements qu'elle amène.

V. 33. Quelque peu de crédit que chez vous il obtienne, etc.

Le mot de *crédit* est impropre. Un songe n'obtient point de crédit.

V. 37. A raconter ses maux souvent on les soulage.

Ce vers est un peu familier, et il faut : *en racontant*, et non *à raconter*.

V. 43. Ce n'est qu'en ces assauts qu'éclate la vertu,
   Et l'on doute d'un cœur qui n'a pas combattu.

Plusieurs personnes ont trouvé que Pauline ne devait pas débuter par dire un peu crûment qu'elle a eu d'*autres amours*, et qu'une coquette ne s'exprimerait pas autrement. D'autres disent que Corneille avait la simplicité d'un grand homme, et qu'il la donne à Pauline.

On peut remarquer ici que Corneille étale presque toujours en maxime ce que Racine mettait en sentiment. Il y a peut-être une espèce d'appareil, une petite affectation dans une nouvelle mariée à dire ainsi qu'une femme d'honneur peut raconter ses amours. On sent que c'est le poëte qui débite ses pensées, et qui prépare une excuse pour Pauline. Si Pauline n'avait pas combattu, voudrait-elle qu'on doutât de sa conduite? Une femme est-elle moins estimée pour n'avoir aimé que son mari? faut-il absolument qu'elle ait un autre amour pour qu'on ne doute pas de sa vertu?

V. 45. Dans Rome, où je naquis, ce malheureux visage
D'un chevalier romain captiva le courage.

Cette expression est condamnée comme burlesque.

V. 49. Est-ce lui ....
Qui leur tira vivant la victoire des mains?

Tirer la victoire des mains, expression impropre et un peu basse aujourd'hui; peut-être ne l'était-elle pas alors.

V. 52. Et fit tourner le sort des Perses aux Romains?

Le sort ne peut être employé pour *la victoire;* mais le sens est si clair, qu'il ne peut y avoir d'équivoque. *Tourner le sort* n'est pas heureux.

V. 65. La digne occasion d'une rare constance!

Stratonice pourrait parler ainsi avant le mariage, mais non après. Ce vers est trop d'une soubrette.

V. 66. Dis plutôt d'une indigne et folle résistance.
Quelque fruit qu'une fille en puisse recueillir,
Ce n'est une vertu que pour qui veut faillir.

Le fruit recueilli par une fille ne présente pas un sens clair; et si, par ce fruit, Pauline entend la possession d'un amant, ce discours paraît peu convenable à une nouvelle mariée. Racine a employé cette expression dans *Phèdre* [1] :

Hélas! du crime affreux dont la honte me suit,
Jamais mon triste cœur n'a recueilli le fruit.

Mais cela veut dire : *je n'ai jamais goûté de douceur dans ma passion criminelle.*

V. 69. Parmi ce grand amour que j'avois pour Sévère,
J'attendois un époux de la main de mon père.

Parmi ce grand amour est un solécisme; *parmi* demande toujours un pluriel ou un nom collectif.

V. 81. Et lui, désespéré, s'en alla dans l'armée
Chercher d'un beau trépas l'illustre renommée.

1. Acte IV, scène VI.

La *renommée* ne convient point à *trépas;* ce mot ne regarde jamais
que la personne, parce que *renommée* vient de *nom.* La renommée
d'un guerrier, la gloire d'un *trépas :* mais la poésie permet ces licences.

V. 91. Je donnai par devoir, à son affection,
Tout ce que l'autre avoit par inclination.

Rien ne paraît plus neuf, plus singulier et d'une nuance plus délicate. Quoi qu'on en dise, ce sentiment peut être très-naturel dans une
femme sensible et honnête. Ceux qui ont dit qu'ils ne voudraient de
Pauline ni pour femme, ni pour maîtresse, ont dit un bon mot qui ne
dérobe rien à la beauté extraordinaire du caractère de Pauline. Il serait
à souhaiter que ces vers fussent aussi délicats par l'expression que par
le sentiment. *Affection, inclination* ne terminent pas un vers heureusement.

V. 93. Si tu peux en douter, juge-le par la crainte
Dont, en ce triste jour, tu me vois l'âme atteinte.

Il faut éviter ces *le* après les verbes. *Jugez - en* ne serait pas moins
dur.

Fuyez des mauvais sons le concours odieux.

BOILEAU, *Art poét.*, I, 100.

V. 114. Hélas! c'est de tout point ce qui me désespère.
Là, ma douleur trop forte a brouillé ces images,
Le sang de Polyeucte a satisfait leurs rages.

De tout point, brouiller des images sont des termes bannis du tragique. *Rages* ne se dit plus au pluriel : je ne sais pourquoi; car il faisait un très-bel effet dans Malherbe et dans Corneille. Craignons d'ap-
pauvrir notre langue.

Plusieurs personnes ont entendu dire au marquis de Saint-Aulaire,
mort à l'âge de cent ans, que l'hôtel de Rambouillet avait condamné
ce songe de Pauline. On disait que, dans une pièce chrétienne, ce
songe est envoyé de Dieu même, et que, dans ce cas, Dieu, qui a en
vue la conversion de Pauline, doit faire servir ce songe à cette même
conversion; mais qu'au contraire, il semble uniquement fait pour
inspirer à Pauline de la haine contre les chrétiens; qu'elle voit des
chrétiens qui assassinent son mari, et qu'elle devait voir tout le contraire.

. . . . Des chrétiens une impie assemblée
A jeté Polyeucte aux pieds de son rival.

Ce qu'on pourrait encore reprocher peut-être à ce songe, c'est qu'il
ne sert de rien dans la pièce; ce n'est qu'un morceau de déclamation.
Il n'en est pas ainsi du songe d'Athalie, envoyé exprès par le Dieu des
Juifs; il fait entrer Athalie dans le temple, pour lui faire rencontrer ce
même enfant qui lui est apparu pendant la nuit, et pour amener l'enfant même, le nœud et le dénoûment de la pièce. Un pareil songe est

à la fois sublime, intéressant et nécessaire. Celui de Pauline est, à la vérité, un peu hors d'œuvre; la pièce peut s'en passer. L'ouvrage serait sans doute meilleur, s'il y avait le même art que dans *Athalie*; mais, si ce songe de Pauline est une moindre beauté, ce n'est point du tout un défaut choquant; il y a de l'intérêt et du pathétique. On fait souvent des critiques judicieuses qui subsistent; mais l'ouvrage qu'elles attaquent subsiste aussi. Je ne sais qui a dit que ce songe est envoyé par le diable.

V. 121. Voilà quel est mon songe.

STRATONICE.

Il est vrai qu'il est triste.

Cette naïveté fait toujours rire le parterre; je n'en ai jamais trop connu la raison. On pouvait s'exprimer avec un tour plus noble; mais la simplicité n'est-elle pas permise dans une confidente? ses expressions ici ne sont point comiques.

A l'égard du songe, s'il n'a pas l'extrême mérite de celui d'Athalie, qui fait le nœud de la pièce, il a celui de Camille : il prépare.

V. 123. La vision de soi peut faire quelque horreur.

La vision, est banni du genre noble, et *de soi* l'est de tous les genres.

SCÈNE IV.

V. 5.   Sévère n'est point mort

PAULINE.

Quel mal nous fait sa vie?

Sévère n'est point mort.... Ce mot seul fait un beau coup de théâtre. Et combien la réponse de Pauline est intéressante! Que le lecteur me pardonne de remarquer quelquefois ces beautés, qu'il sent assez sans qu'on les lui indique.

V. 9.   Le destin aux grands cœurs si souvent mal propice
Se résout quelquefois à leur faire justice.

Il n'y a que ce mot *mal propice* qui gâte cette belle et naturelle réflexion de Pauline. *Mal* détruit *propice*. Il faut *peu propice*.

V. 11.   Il vient ici lui-même. — Il vient! — Tu vas le voir.
— C'en est trop; mais comment le pouvez-vous savoir?

Il n'est pas naturel qu'un gouverneur d'Arménie ne sache pas de si grands événements arrivés dans la Perse, qui touche à l'Arménie, et qu'il ne les apprenne que par l'arrivée de Sévère. Il ne paraît pas convenable qu'il ne soit instruit que par un subalterne, à qui les gens de Sévère ont parlé. Il est encore assez extraordinaire que Sévère (devenu tout d'un coup favori, sans que le gouverneur d'Arménie en ait rien su) quitte la cour et l'armée pour aller faire sans raison un sacrifice qu'il pouvait mieux faire sur les lieux. Qu'eût-on dit de Turenne, s'il eût quitié l'Alsace pour aller faire chanter un *Te Deum* en Champagne? Mais Sévère vient pour épouser Pauline. L'Arménie est frontière de Perse; il a dû savoir que Pauline était mariée; il a dû s'informer d'elle tous les jours. Félix n'a point marié sa fille sans en avertir l'empereur. Il fallait inventer une fable qui fût plus vraisemblable. Toutefois le défaut de vraisemblance laisse souvent subsister l'intérêt. Le spectateur est souvent entraîné par les objets présents, et on pardonne presque toujours ce qui amène de grandes beautés.

V. 14.   Un gros de courtisans en foule l'accompagne.

Ce vers convient moins à un gouverneur de province qu'à un homme du commun, que cette foule de suivants éblouit. Le récit de toutes ces aventures, arrivées dans le voisinage de Félix, fait trop voir que Félix devait en être instruit. Cette cure secrète de Sévère est un mauvais artifice, qui n'empêche pas que la cure ne soit publique. L'auteur, en voulant ménager une surprise, a oublié toute la vraisemblance.

V. 22.   Vous savez les honneurs qu'on fit faire à son ombre.

Il faudrait, *qu'on rendît.*

V. 23.   Après qu'entre les morts on ne le put trouver;
Le roi de Perse aussi l'avoit fait enlever.

Ces vers sont trop négligés; la syntaxe y est violée. *Le roi de Perse l'avait fait enlever; qu'on ne put le trouver;* c'est un solécisme : ce *que* ne se rapporte à rien. Ce récit d'ailleurs est trop dans la forme d'une relation. C'est dans ces détails qu'il faut déployer les richesses et les ressources de la langue.

V. 33.   Il en fit prendre soin, la cure en fut secrète.

Pourquoi la cure en fut-elle secrète? cela n'est point du tout vraisemblable. On ne fait point guérir secrètement un guerrier dont on honore la valeur publiquement.

V. 49.   L'empereur, qui lui montre une amour infinie,
Après ce grand succès l'envoie en Arménie.

Il n'est point du tout naturel que l'empereur envoie son libérateur et son favori en Arménie porter une nouvelle.

V. 55.   Et j'ai couru, seigneur, pour vous y disposer.

Ce *disposer* ne se rapporte à rien; il veut dire *pour vous disposer à le recevoir.*

V. 56.   Ah! sans doute, ma fille, il vient pour t'épouser.

Cette idée de Félix, que Sévère vient pour épouser sa fille, condamne encore son ignorance. Sévère ne devait-il pas lui expédier un exprès de la frontière, lui écrire, l'instruire de tout, et lui demander

Pauline? N'était-il pas infiniment plus raisonnable que Félix dît à sa fille : « Sévère n'est point mort, il arrive, il m'écrit, il vous demande pour épouse? » En ce cas, Pauline ne lui aurait pas répondu par ce vers comique : *Cela pourrait bien être.* Mais ici elle doit répondre : « *Cela ne doit pas être;* il fait trop peu de cas de vous, il ne vous écrit point; vous ne savez sa victoire que par ses valets; s'il voulait m'épouser, il ne vous traiterait pas avec tant de mépris. »

V. 68.   Ton courage étoit bon, ton devoir l'a trahi.

On dit bien dans le style familier, *tu as bon courage,* mais non pas, *ton courage est bon.* L'auteur veut dire, *tu pensais mieux que moi.... le ciel t'inspirait.... ton cœur ne se trompait pas.*

V. 73.   Ménage en ma faveur l'amour qui le possède,
         Et d'où provient mon mal fais sortir le remède.

Félix n'annonce-t-il pas par ce vers le caractère le plus bas et le plus lâche? Ces expressions bourgeoises, *fais sortir le remède,* ne portent-elles pas dans l'esprit l'idée que sa fille doit faire des caresses à Sévère pour l'apaiser? Devait-il craindre qu'un courtisan poli d'un empereur juste vînt persécuter le père et la fille, parce qu'il n'a pas épousé Pauline? Ne serait-ce pas en partie la raison pour laquelle l'hôtel de Rambouillet et le cardinal de Richelieu refusèrent leur suffrage à *Polyeucte?*

V. 82.   Il est toujours aimable, et je suis toujours femme.

Ce combat de Pauline, qui dit deux fois qu'elle est femme, et de Félix, qui, malgré ce danger, veut absolument que Pauline voie son ancien amant, n'aurait-il pas quelque chose de comique plus que de tragique? *Je suis toujours femme,* est une expression bourgeoise.

V. 84.   Je n'ose m'assurer de toute ma vertu.

Cela contredit ce bel hémistiche, *elle vaincra sans doute.* Il n'est point du tout convenable qu'une femme dise, *je ne réponds pas de ma vertu;* mais qu'elle le dise après quinze jours de mariage, cela paraît bien peu décent.

V. 85.   Je ne le verrai point. — Il faut le voir, ma fille,
         Ou tu trahis ton père et toute ta famille.

Malheureuse preuve de l'esclavage de la rime. *Toute ta famille* pour rimer à *fille;* toute la *province* pour rimer à *prince :* on ne tombe plus guère aujourd'hui dans ces fautes; mais la rime gêne toujours, et met souvent de la langueur dans le style.

V. 96.   Jusqu'au-devant des murs je vais le recevoir.

On va au-devant de quelqu'un, mais non au-devant des murs. On va le recevoir hors des murs, au delà des murs.

V. 97.   Rappelle cependant tes forces étonnées.

On n'a jamais dit les *forces* d'une femme en pareil cas.

ACTE II.

SCÈNE I

V. 1. Cependant que Félix donne ordre au sacrifice,
Pourrai-je prendre un temps à mes vœux si propice ?

Il est bien peu décent, bien peu naturel, que Sévère n'ait pas encore vu le gouverneur, et que ce gouverneur aille faire l'office de prêtre, au lieu de recevoir Sévère. Mais si Félix est allé le recevoir *hors des murs*, comment Polyeucte ne l'a-t-il pas accompagné ? comment n'a-t-on point parlé de Pauline ? Il est inconcevable que Sévère ignore que Pauline est mariée, et qu'il l'apprenne par son écuyer Fabian. Où parle ici Sévère ? dans la maison du gouverneur, dans un appartement où Pauline va bientôt le trouver ; et il n'a point vu ce gouverneur, et il ignore que ce gouverneur a marié sa fille ! Tout cela, encore une fois, justifierait le cardinal de Richelieu et l'hôtel de Rambouillet, si leur jugement n'était condamné par les beautés de cette pièce. Il y a surtout de l'intérêt, et l'intérêt fait tout passer. Le cœur oublie toutes les inconséquences quand il en est touché.

V. 3. Pourrai-je voir Pauline, et rendre à ses beaux yeux
L'hommage souverain que l'on va rendre aux dieux ?

Sont-elles des expressions convenables ? tout cela ne justifie-t-il pas l'hôtel de Rambouillet ? Il a des lettres *de faveur* pour épouser Pauline, et il ne les a pas montrées ! Il vient pourtant *immoler toutes ses volontés aux beautés* de sa maîtresse,

V. 25. Portez en lieu plus haut l'honneur de vos caresses :
Vous trouverez à Rome assez d'autres maîtresses.

Cela est-il de la dignité de la tragédie ? Corneille retourne ici ce vers du vieil Horace[1],

. . . . Vous ne perdez qu'un homme
Dont la perte est aisée à réparer dans Rome ;

et cet autre de don Diègue, *Il est tant de maîtresses*[2]. Mais *porter l'honneur de ses caresses en lieu plus haut*, est intolérable.

V. 37. Ainsi ce rang est sien, cette faveur est sienne.

Comment ce rang peut-il être sien, c'est-à-dire appartenir à Pauline ? C'est, dit-il, parce qu'il a voulu mourir quand on n'a pas voulu de lui. Est-ce ainsi que Didon parle dans Virgile ? Un homme passionné épuise-t-il ainsi son esprit à chercher de si fausses raisons ? Les Italiens, à qui on reproche les *concetti*, en ont-ils de plus condamnables ? *Rang*

1. **Acte IV, scène III.** (ED.) — 2. *Le Cid* III, VI. (ED.)

sien, faveur sienne, expressions de comédie. Voyez avec quelle noble élégance Titus, dans Racine, dit qu'il doit tout à Bérénice[1]

> Bérénice me plut. Que ne fait point un cœur
> Pour plaire à ce qu'il aime et gagner son vainqueur?
> Je prodiguai mon sang; tout fit place à mes armes.
> Je revins triomphant; mais le sang et les larmes
> Ne me suffisaient pas pour mériter ses vœux.
> J'entrepris le bonheur de mille malheureux.
> On vit de toutes parts mes bontés se répandre.
> Heureux, et plus heureux que tu ne peux comprendre,
> Quand je pouvais paraître à ses yeux satisfaits,
> Chargé de mille cœurs conquis par mes bienfaits!
> Je lui dois tout, Paulin....

Cette élégance est absolument nécessaire pour constituer un ouvrage parfait. Je ne prétends pas dépriser Corneille; mon commentaire n'est ni un panégyrique, ni une censure, mais un examen impartial. La perfection de l'art est mon seul objet

V. 40. As-tu vu des froideurs, quand tu l'en as priée?

Ce petit artifice de ne pas apprendre tout d'un coup à Sévère que Pauline est mariée est peut-être un ressort indigne de la tragédie : on voit trop que l'auteur prend ses avantages pour ménager une surprise, et encore la surprise n'est pas naturelle; car il n'est pas possible qu'on ignore un moment, dans la maison de Félix, le mariage de sa fille; il a dû le savoir en mettant le pied dans l'Arménie.

V. 42.   Je tremble à vous le dire.... elle est.... — Quoi? — Mariée

Comment s'exprimerait-on autrement dans la comédie? Quelle idée peut avoir Sévère en disant *quoi?* que peut-il soupçonner? Il sait que Pauline est vivante, qu'elle est honorée. Ce *quoi?* n'est là que pour faire dire à Fabian : *mariée;* et Sévère devait le savoir tout aussi bien que Fabian. Remarquez, toutefois, que, malgré tous ces défauts contre la vraisemblance, il règne dans cette scène un très-grand intérêt; et c'est là ce qui fait le succès des tragédies. Ce mouvement d'intérêt diminuerait beaucoup, si les spectateurs étaient tous des censeurs éclairés. Mais le public est composé d'hommes qui se laissent entraîner au sentiment.

V. 43. Soutiens-moi, Fabian; ce coup de foudre est grand;
Et frappe d'autant plus que plus il me surprend.

Ce coup de foudre est d'un héros de roman. Quand l'expression est trop forte pour la situation, elle devient comique. Et comment un coup de foudre *frappe-t-il d'autant plus qu'il surprend?* Il faut que la métaphore soit juste.

1. *Bérénice*, II, II. (ÉD.)

V. 47. De pareils déplaisirs accablent un grand cœur;
    La vertu la plus mâle en perd toute vigueur.
    Et, quand d'un feu si beau les âmes sont éprises,
    La mort les trouble moins que de telles surprises.

Ces quatre vers refroidissent. C'est l'auteur qui parle, et non pas le personnage. On ne débite pas des lieux communs, quand on est profondément affligé. Corneille tombe trop souvent dans ce défaut.

V. 52. Pauline est mariée? — Oui, depuis quinze jours.

Quoi! elle est mariée depuis quinze jours, et Sévère n'en a rien su en venant en Arménie? Plus j'y réfléchis, plus cela me paraît absurde, et cependant on se sent remué, attendri à la représentation : grande preuve qu'il ne s'agit pas, au théâtre, d'avoir raison, mais d'émouvoir.

V. 73. Vous vous échapperez sans doute en sa présence.

Expression bourgeoise.

V. 75. Dans un tel entretien il suit sa passion,
    Et ne pousse qu'injure et qu'imprécation.

Cela n'est ni noble, ni français.

V. 82. Son devoir m'a trahi, mon malheur et son père.

Voilà où il est beau de s'élever au-dessus des règles de la grammaire. L'exactitude demanderait : *son devoir, et son père, et mon malheur m'ont trahi;* mais la passion rend ce désordre de paroles très-beau; on peut dire seulement que *trahi* n'est pas le mot propre.

V. 83. Mais son devoir fut juste, et son père eut raison;
    J'impute à mon malheur toute la trahison.

Un devoir ne peut être ni juste, ni injuste : mais la justice consiste à faire son devoir. Il n'y a point eu là de trahison.

V. 85. Un peu moins de fortune, et plus tôt arrivée,
    Eût gagné l'un par l'autre, et me l'eût conservée.

L'un par l'autre ne se rapporte à rien; on devine seulement qu'il eût gagné Félix par Pauline. Il faut éviter, en poésie, ces termes : *celui-ci, celui-là, l'un, l'autre, le premier, le second,* tous termes de discussion, tous d'une prose rampante, qui ne peuvent être employés qu'avec une extrême circonspection.

V. 88. Laisse-la-moi donc voir, soupirer et mourir.

Un général d'armée qui vient en Arménie *soupirer et mourir,* en rondeau, paraît très-ridicule aux gens sensés de l'Europe. Cette imitation des héros de la chevalerie infectait déjà notre théâtre dans sa naissance; c'est ce que Boileau appelle *mourir par métaphore*[1]. L'é-

—————————
1. Satire IX, vers 264. (ÉD.)

cuyer Fabian, qui parle des *vrais amants*, est encore un écuyer de
roman. Tout cela est vrai, et il n'est pas moins vrai que l'amour de
Sévère intéresse, parce que tous ses sentiments sont nobles.

On n'insiste pas ici sur *la douceur infinie de l'hymen*, sur ces expressions : *Éclaircis-moi ce point, vous vous échapperez, ne pousse
qu'injure*, et *les premiers mouvements des vrais amants*. Il est peut-
être un peu étrange que Pauline ait parlé de ces premiers mouvements à l'écuyer Fabian ; mais, enfin, tout cela n'ôte rien à l'intérêt
théâtral

SCÈNE II.

V. 3.   Pauline a l'âme noble, et parle à cœur ouvert.

Plus on a l'âme noble, moins on doit le dire. L'art consiste à faire
voir cette noblesse sans l'annoncer. Racine n'a jamais manqué à cette
règle. Corneille fait toujours dire à ses héros qu'ils sont grands ; ce serait les avilir, s'ils pouvaient l'être. L'opposé de la magnanimité est de
se dire magnanime. Ce n'est guère que dans un excès de passion, dans
un moment où l'on craint d'être avili, qu'il est permis de parler ainsi
de soi-même.

V. 4.   Le bruit de votre mort n'est point ce qui vous perd.

Ce qui vous perd n'est pas tout à fait le mot propre. Une femme qui
a manqué un mariage si avantageux ne doit pas dire à un homme tel
que Sévère : « *Vous êtes perdu*, parce que vous n'êtes pas à moi. »

V. 9.   Je découvrais en vous d'assez illustres marques
         Pour vous préférer même aux plus heureux monarques.

Ces *marques*, pour rimer à *monarques*, reviennent souvent, et ne
doivent jamais paraître dans la poésie, à moins que ces *marques* ne signifient quelque chose. La plus grande de toutes les difficultés est de
faire tellement ses vers, que le lecteur n'aperçoive pas qu'on a été occupé de la rime. Dirait-on, en prose : Le prince Eugène avait des marques qui l'égalaient aux monarques?

V. 12.   De quelque amant, pour moi, que mon père eût fait choix,
          Quand, à ce grand pouvoir que la valeur vous donne,
          Vous auriez ajouté l'éclat d'une couronne ;
          Quand je vous aurais vu, quand je l'aurais haï,
          J'en aurais soupiré, mais j'aurais obéi.

Pauline, Romaine, parle peut-être trop de monarque et de couronne
à un Romain ; il semble qu'elle parle à un Perse. Elle vivait, à la
vérité, sous un empereur ; mais jamais empereur ne donna de
royaume à un Romain. C'est un discours ordinaire que l'auteur met
ici dans la bouche de Pauline ; mais c'est précisément à Pauline qu'il
ne convenait pas.

V. 19.   Que vous êtes heureuse, et qu'un peu de soupirs
          Fait un aisé remède à tous vos déplaisirs !

On ne peut dire correctement : *un peu de soupirs, un peu de lar-mes, un peu de sanglots,* comme on dit : *un peu d'eau, un peu de pain.* On dira bien : *elle a versé peu de larmes,* mais non pas *un peu de larmes; elle a peu de douleur, peu d'amour,* non *un peu de dou-leur, un peu d'amour; elle a peu de chagrin,* et non *un peu de cha-grin,* etc.

Fait un aisé remède à n'est pas français. On remédie à des maux, on les répare, on les adoucit, on en console. *Remède* n'est admis dans la poésie noble qu'avec une épithète qui l'ennoblit :

D'un incurable amour remèdes impuissants[1].

V. 27.   Qu'un peu de votre humeur ou de votre vertu
Soulagerait les maux de ce cœur abattu !

On voit assez qu'*un peu de votre humeur* tient du style comique

V. 43.   Et, quoique le dehors soit sans émotion,
Le dedans n'est que trouble et que sédition.

Le dehors et *le dedans* ne sont pas du style noble.

V. 50. . . . . Il n'a point déçu
Le généreux espoir que j'en avais conçu;
Mais ce même devoir qui le vainquit dans Rome, etc.

On cherche à quoi se rapporte ce *le,* et on trouve que c'est à *espoir;* c'est donc le devoir qui a vaincu un *espoir.* Ces phrases obscures, ces expressions impropres et forcées ne seraient pas pardonnées, aujour-d'hui, dans de bons ouvrages, c'est-à-dire dans des ouvrages dignes de la critique. On a substitué *me* à *le* dans quelques éditions.

V. 57.   C'est cette vertu même, à nos désirs cruelle,
Que vous louïez alors en blasphémant contre elle.

Louïez, louer, blasphémer, termes qu'on eût dû corriger; car *louïez* est désagréable à l'oreille. *Blasphémer* n'est point convenable. *Vous blasphémiez contre ma vertu,* cela ne peut se dire ni en vers ni en prose. Une femme doit faire sentir qu'elle est vertueuse, et ne ja-mais dire : *ma vertu.* Voyez si Monime, dont Mithridate voulut faire sa concubine, et qui est attaquée par les deux enfants de ce prince, dit jamais : *ma vertu.*

V. 60.   Et voyez qu'un devoir moins ferme et moins sincère
N'aurait pas mérité l'amour du grand Sévère.

Un devoir ne peut être ni *ferme* ni *faible;* c'est le cœur qui l'est. Mais le sens est si clair, que le sentiment ne peut être affaibli.

V. 70.   Faites voir des défauts qui puissent, à leur tour,
Affaiblir ma douleur avecque mon amour

1. Racine, *Phèdre,* I, III. (ÉD.)

Des critiques sévères, mais justes, peuvent dire que cela est d'une galanterie un peu comique. *Madame, faites-moi voir des défauts, afin que je vous aime moins.* De plus, le seul défaut que Pauline montre serait trop d'amour pour Sévère. Certainement, il n'en aimerait pas moins sa maîtresse. La pensée est donc fausse, recherchée, alambiquée.

V. 75.   Ces pleurs en sont témoins....

Ils en sont la preuve; Sévère est témoin. Mais *témoin* peut signifier *preuve*.

V. 77.   Trop rigoureux effets d'une aimable présence !...

D'une aimable présence est une expression d'idylle. Monime, en exprimant le même sentiment, dit[1] :

> . . . Je verrai mon âme, en secret déchirée,
> Revoler vers le bien dont elle est séparée.

Plus une situation est délicate, plus l'expression doit l'être.

V. 93.   Il n'est rien que sur moi cette gloire n'obtienne ;
Elle me rend les soins que je dois à la mienne....
.... Je vais.... remplir.... par une mort pompeuse,
De mes premiers exploits l'attente avantageuse.

Rends les soins, mort pompeuse, etc. ; tous mots impropres.

V. 99.   Si toutefois, après ce coup mortel du sort,
J'ai de la vie assez pour chercher une mort.

Ces pensées affectées, ces idées, plus recherchées que naturelles, étaient les vices du temps.

V. 107.   Puisse trouver Sévère, après tant de malheurs,
Une félicité digne de sa valeur!
— Il la trouvoit en vous. — Je dépendois d'un père.

Ces sentiments sont touchants; ce dernier vers convient aussi bien à la tragédie qu'à la comédie, parce qu'il est noble autant que simple : il y a tendresse et précision.

V. 111.   Adieu, trop vertueux objet et trop charmant
— Adieu, trop malheureux et trop parfait amant.

Ces vers-ci sont un peu de l'églogue. Quand les malheurs de l'amour ne consistent qu'à aller dans sa chambre, et à vivre avec son mari, ce sont des malheurs de comédie; nulle pitié, nulle terreur, rien de tragique. Cette scène ne contribue en rien au nœud de la pièce; mais elle est intéressante par elle-même. Corneille sentait bien que l'entrevue de deux personnes qui s'aiment et ne doivent pas s'aimer ferait un très-grand effet; et l'hôtel de Rambouillet ne sentit pas ce mérite.

---

1. Racine, *Mithridate,* II, VI. (Éd.)

Jusqu'ici on ne voit, à la vérité, dans Pauline, qu'une femme qui n'a point épousé son amant, qui l'aime encore, et qui le lui dit quinze jours après ses noces. Mais c'est une préparation à ce qui doit suivre, au péril de son mari, à la fermeté que montrera Pauline en parlant à Sévère pour ce mari même, à la grandeur d'âme de Sévère : voilà ce qui rend l'amour de Pauline infiniment théâtral, et digne de la tragédie

SCÈNE III

V. 2. . . . . Votre esprit est hors de ces alarmes.

On dit *hors d'alarmes*, *hors de crainte*, *hors de danger*; mais non *hors de ses alarmes*, *de sa crainte*, *de son danger*, parce qu'on n'est pas hors de quelque chose qu'on a. Il est *hors de mesure* et non *hors de sa mesure*; ce mot *hors*, bien employé, peut devenir noble.

Mais le cœur d'Émilie est hors de son pouvoir [1].

V. 17 Mais soit cette croyance ou fausse ou véritable,
Son séjour en ces lieux m'est toujours redoutable.

Soit cette croyance, n'est pas français; il faut, *que cette croyance soit fausse ou véritable.*

Je ne sais, au reste, si ce passage subit de la tendresse pour Sévère à la crainte pour son mari est bien naturel, si cela n'est pas ce qu'on appelle ajusté au théâtre. Le spectateur n'est point du tout ému de ce renouvellement de crainte pour Polyeucte. Ne sent-on pas qu'une femme qui sort d'une conversation tendre avec son amant ne s'afflige que par bienséance pour son mari ?

SCÈNE IV.

V. 1. C'est trop verser de pleurs; il est temps qu'ils tarissent.

Si Pauline verse des pleurs, c'est son amour pour Sévère, et le combat de cet amour et de son devoir qui la font pleurer. Il est clair qu'elle ne peut pleurer de ce que Polyeucte est sorti pendant une heure. Cette méprise de Polyeucte peut jeter un peu d'avilissement sur le rôle d'un mari qui croit qu'on a pleuré son absence, tandis qu'on a entretenu un amant.

V. 3. Malgré les faux avis par vos dieux envoyés,
Je suis vivant, madame, et vous me revoyez.

Il faut sous-entendre *que vous croyez envoyés par vos dieux;* car Polyeucte, chrétien, ne doit pas croire que les dieux des Romains envoient des songes.

V. 13. On m'avoit assuré qu'il vous faisoit visite.

1. *Cinna*, III, IV. (ÉD.)

Discours trop familier. Polyeucte, à la vérité, joue un rôle un peu désagréable, et n'intéresse encore en rien : revenir pour dire qu'*il n'est pas mort*, cela n'est pas tragique ; et il est bien étrange que Polyeucte ait appris que Sévère faisait visite à sa femme avant d'avoir vu ni Polyeucte ni Félix ; cela n'est ni décent ni vraisemblable. Une telle conduite est révoltante dans un homme comme Sévère. Félix aurait dû aller au-devant de lui, ou Sévère aurait dû rendre visite à Félix, et demander du moins à voir Polyeucte.

V. 18. Je ferois à tous trois un trop sensible outrage.

est admirable. Le reste n'affaiblit-il pas ce beau vers? Pauline doit-elle dire en face à son époux que le vrai mérite de Sévère a dû l'*enflammer*, qu'il a droit de la *charmer*? Quel mari ne serait très-offensé de ce discours outrageant et très-indécent? Il répond à cette insulte : *O vertu trop parfaite!* Cette vertu aurait été bien plus parfaite, si elle n'avait pas dit à son mari qu'il lui est *pénible* de résister à son amant.

V. 29. O vertu trop parfaite! et devoir trop sincère!

Un devoir n'est ni *sincère* ni *dissimulé* ; et Polyeucte ne doit pas dire que sa femme doit coûter des regrets à Sévère ; c'est l'encourager à l'aimer. Qui jamais a parlé à sa femme *du beau feu de l'amant* de sa femme? Pauline a un étrange beau-père et un étrange mari. Sans l'amour et le caractère de Sévère, la pièce était très-hasardée, et l'hôtel de Rambouillet pouvait avoir pleinement raison. Jusqu'ici il n'y a encore rien de tragique : c'est une femme qui veut que son mari ménage son amant, et qui se ménage elle-même entre l'un et l'autre.

V. 31. Qu'aux dépens d'un beau feu vous me rendez heureux!

Les dépens d'un beau feu ne devraient avoir place que dans les romans de Scudéri.

SCÈNE V.

V. 8. Et ressouvenez-vous que sa faveur est grande.

Le sens est, *Songez, mon mari, que mon amant est un grand seigneur qu'il ne faut pas choquer.* Cela semble avilir son mari.

V. 11. Nous ne nous combattrons que de civilité ;

vers de comédie

SCÈNE VI.

V. 7. Fuyez donc leurs autels. — Je les veux renverser.

C'est une tradition, que tout l'hôtel de Rambouillet, et particulièrement l'évêque de Vence, Godeau, condamnèrent cette entreprise de Polyeucte. On disait que c'est un zèle imprudent ; que plusieurs évêques et plusieurs synodes avaient expressément défendu ces attentats contre l'ordre et contre les lois ; qu'on refusait même la communion aux chrétiens qui, par des témérités pareilles, avaient exposé l'Église entière aux persécutions. On ajoutait que Polyeucte et même Pauline auraient intéressé bien davantage, si Polyeucte avait simplement refusé d'assister à un sacrifice idolâtre fait en l'honneur de la victoire de Sévère. Ces réflexions me paraissent judicieuses; mais il me paraît aussi que le spectateur pardonne à Polyeucte son imprudence, comme celle d'un jeune homme pénétré d'un zèle ardent que le baptême fortifie en lui; il n'examine pas si ce zèle est selon la science. Au théâtre on se prête toujours aux sentiments naturels des personnages; on devient enthousiaste avec Polyeucte, inflexible avec Horace, tendre avec Chimène; le dialogue est vif et il entraîne. Il est vrai que les esprits philosophes, dont le nombre est fort augmenté, méprisent beaucoup l'action de Polyeucte et de Néarque. Ils ne regardent ce Néarque que comme un convulsionnaire qui a ensorcelé un jeune imprudent. Mais le parterre entier ne sera jamais philosophe. Les idées populaires seront toujours admises au théâtre.

V. 31. Je suis chrétien, Néarque, et le suis tout à fait;
         La foi que j'ai reçue aspire à son effet.

Tout à fait ne doit jamais entrer dans la poésie, et *une foi qui aspire à son effet* n'est pas un vers correct et élégant.

V. 67. Mais Dieu, dont on ne doit jamais se défier,
         Me donne votre exemple à me fortifier.

Il fallait, *pour me fortifier.* J'ai cru apercevoir dans le public, aux représentations, une secrète joie que Polyeucte allât commettre cette action, parce qu'on espérait qu'il en serait puni, et que Sévère épouserait sa femme. En effet, c'est à Sévère qu'on s'intéresse; et le public prend toujours, sans qu'il s'en aperçoive, le parti du héros amant contre le mari qui n'est pas héros.

V. 77. Allons fouler aux pieds ce foudre *ridicule.*

Voilà un exemple d'un mot bas noblement employé.

V. 79. Allons en éclairer l'aveuglement fatal.

En éclairer, est dur à l'oreille. Il faut éviter ces cacophonies; de plus, on éclaire des yeux, on n'éclaire point un aveuglement, on le dissipe, on le guérit.

V. 90. Allons briser ces dieux de pierre et de métal.

C'est, sans doute, une action très-ridicule et très-coupable. Un seigneur turc qui, dans Constantinople, irait briser les statues de l'église chrétienne, pendant la grand'messe, passerait pour un fou, et serait sévèrement puni par les Turcs mêmes.

Nous renvoyons le lecteur aux notes précédentes.

V. pén. Allons faire éclater sa gloire aux yeux de tous,
         Et répondre avec zèle à ce qu'il veut de nous.

Néarque ne fait ici que répéter en deux vers languissants ce qu'a dit Polyeucte; aussi j'ai vu souvent supprimer ces vers à la représentation.

ACTE III.

SCÈNE I.

V. 13. Sévère incessamment brouille ma fantaisie.

Cette fantaisie devrait-elle être *brouillée*, après les assurances de *civilités* réciproques? Pauline doit-elle craindre que Sévère et Polyeucte se querellent au temple? Ce monologue, qui n'est qu'une répétition de ses terreurs, et même des terreurs qu'elle ne peut avoir qu'en vertu de son rêve, languit un peu à la représentation; non-seulement il est long et sans chaleur, mais Pauline est encore effrayée par son rêve, elle ne doit craindre qu'une assemblée de chrétiens, puisque c'est *de chrétiens une impie assemblée* qui a tué son mari en songe, et qu'elle ne doit pas présumer que cette impie assemblée soit dans le temple de Jupiter. Je crois que si elle avait craint un assassinat de la part des chrétiens, cela produirait un coup de théâtre, quand on vient lui dire que son mari est chrétien lui-même.

V. 19.   L'un voit aux mains d'autrui ce qu'il croit mériter,
          L'autre un désespéré qui peut tout attenter, etc.

Cette dissertation paraît bien froide. Le grand défaut de Corneille est de faire des raisonnements quand il faut du sentiment. Le public ne s'aperçut pas d'abord de ce défaut qui était caché par tant de beautés; mais il augmenta avec l'âge, et jeta dans toutes ses dernières pièces une langueur insupportable. Ici cette faute est un peu couverte par l'intérêt qu'on prend au rôle si neuf et si singulier de Pauline.

V. 33.   Leurs âmes à tous deux, d'elles-mêmes maîtresses,
          Sont d'un ordre trop haut pour de telles bassesses.

Leurs âmes à tous deux; cette expression n'est pas française.

V. 36.   Mais las! ils se verront, et c'est beaucoup pour eux.

On dirait bien de deux rivaux ennemis : C'est beaucoup pour eux de se voir, c'est-à-dire ils ont fait un grand effort; ils ont surmonté leur aversion; ils ont pris sur eux de se voir. Ici l'auteur veut dire, *il est dangereux qu'ils se voient*, mais il ne le dit pas.

V. 40.   (Il) se repent déjà du choix de mon mari;

vers de comédie.

V. 41.   Si peu que j'ai d'espoir ne luit qu'avec contrainte,

n'est pas français; il faut *le peu*.

V. pén. Dieux, faites que ma peur puisse enfin se tromper!
          Mais sachons-en l'issue.

Cette issue se rapporte à *peur.* Une peur n'a point d'issue.

SCÈNE II.

V. 17. Un méchant, un infâme, un rebelle, un perfide, etc., etc.

Ce couplet fait toujours un peu rire ; mais la réponse de Pauline est belle, et répare incontinent le ridicule produit par cet entassement d'injures.

V. 30. Et si de tant d'amour tu peux être ébahie,
Apprends que mon devoir ne dépend point du sien.

Ébahie ne s'emploie que dans le bas comique ; je crois qu'on a mis à la place :

Je l'aimerois encor, m'eût-il abandonnée ;
Et si de tant d'amour tu parois étonnée....

V. 33. Quoi ! s'il aimoit ailleurs, serois-je dispensée
A suivre à son exemple, une ardeur insensée ?

Ce qu'elle dit ici d'amour n'est-il pas un peu déplacé ? Elle doit trembler pour les jours de son mari, et elle demande s'il serait permis de lui faire une infidélité. D'ailleurs, *dispensée à*, n'est pas français ; elle veut dire, *serais-je autorisée à. A suivre une ardeur*, est un barbarisme ; on ne suit point une ardeur.

V. 41. Il ne veut point sur lui faire agir sa justice.

Cela n'est pas français ; il faut *agir contre lui*, ou *déployer sur lui*.

V. 52. Il me faut essayer la force de mes pleurs.

Il faut le pouvoir ; mais un autre tour serait beaucoup mieux. De plus, doit-elle se préparer ainsi à pleurer ? Les pleurs sont involontaires ; elle aurait dû dire : *Il aura peut-être pitié de mes pleurs.*

V. 59. Je ne puis y penser sans frémir à l'instant.

On ne peut remarquer avec trop d'attention ces mots inutiles que la rime arrache. *Sans frémir*, dit tout ; *à l'instant*, est ce qu'on appelle *cheville*.

V. 73. Ici dispensez-moi du récit des blasphèmes....

Je ne répondrai point à cette fausse opinion où l'on est, que les Romains adoraient du bois et de la pierre. Il est bien sûr que leur *Deus optimus maximus*, que *Deûm sator atque hominum rex* n'était point une statue, et que Polyeucte avait très-grand tort de leur reprocher une sottise dont ils n'étaient point coupables ; mais c'est une opinion commune. Polyeucte était dans cette erreur. Il parle comme il doit parler, conformément aux préjugés. La poésie n'est pas de la philosophie ; ou plutôt la philosophie consiste à faire dire ce que les caractères des personnages comportent.

V. 74. Qu'ils ont vomis tous deux contre Jupiter mêmes.

Corneille emploie indifféremment cet adverbe *même* avec une *s* et sans *s*. Les poëtes, tant gênés d'ailleurs, peuvent avoir la liberté d'ôter et d'ajouter une *s* à ce mot.

V. 76.   Oyez, dit-il ensuite, oyez, peuple, oyez, tous.

Oyez n'est plus employé qu'au barreau. On a conservé ce mot en Angleterre. Les huissiers disent *ois*, sans savoir ce qu'ils disent. Nous n'avons gardé de ce verbe que l'infinitif *ouïr*; et nous disions autrefois *oyer*. Les sessions de l'échiquier de Normandie s'appelaient *oyer* et *terminer*.

V. 96.   Nous voyons.... les clameurs d'un peuple mutiné.

Voir des clameurs; c'est une inadvertance qui n'empêche pas que ce récit ne soit animé et bien fait.

V. 98.   Félix.... Mais le voici qui vous dira le reste.

Il y a là un grand intérêt. C'est là, encore une fois, ce qui fait le succès des pièces de théâtre.

SCÈNE III.

V. 17.   Au spectacle sanglant d'un ami qu'il faut suivre,
       La crainte de mourir et le désir de vivre
       Ressaisissent une âme avec tant de pouvoir,
       Que qui voit le trépas cesse de le vouloir, etc.

Voilà où les maximes générales sont bien placées; elles ne sont point ici dans la bouche d'un homme passionné qui doit parler avec sentiment, et éviter les sentences et les lieux communs. C'est un juge qui parle et qui dit des raisons prises dans la connaissance du cœur humain.

V. 33.   Je devais même peine à des crimes semblables;
       Et mettant différence entre ces deux coupables,
       J'ai trahi la justice à l'amour paternel.

Cette suppression des articles n'est permise que dans le style burlesque, qu'on nomme *marotique*; et *trahir la justice à l'amour paternel*, n'est pas français.

V. 48.   Qu'il fasse autant pour soi comme je fais pour lui.

Ce vers est un barbarisme. On dit *autant que*, et non pas *autant comme*. *Soi* ne se dit qu'à l'indéfini; il faut faire quelque chose pour *soi*, il travaille pour *lui*.

V. 53.   Ils écoutent nos vœux. — Eh bien! qu'il leur en fasse, etc.

Le lecteur voit, sans doute, combien tout ce dialogue est vif, presque naturel, intéressant : c'est un chef-d'œuvre.

V. 75.   Outre que les chrétiens ont plus de dureté,
       Vous attendez de lui trop de légèreté.

Outre que, expression qui ne doit jamais entrer dans la poésie. *Plus de dureté*, ce *plus* ne se rapporte à rien. On peut demander pourquoi elle dit que Polyeucte sera inébranlable, quand elle espère le fléchir par ses pleurs? Peut-être que si elle espérait un retour de Polyeucte à la religion de ses pères, la situation deviendrait plus touchante, quand elle verrait ensuite son espérance trompée. Cette scène d'ailleurs est supérieurement dialoguée

SCÈNE IV.

V. 19   Vous aimez trop, Pauline, un indigne mari.
— Je l'ai de votre main, mon amour est sans crime.

On est toujours un peu étonné que Pauline prononce le mot d'amour en parlant de son mari, elle qui a avoué à ce mari qu'elle en aimait un autre. Mais *je l'ai de votre main*, est admirable.

Dans le vers qui suit, *la glorieuse estime de votre choix*, est un barbarisme.

V. 20.   Par ces beaux sentiments qu'il m'a fallu contraindre,
Ne m'ôtez pas vos dons, ils sont chers à mes yeux.

Il ne paraît guère convenable que Pauline demande la grâce de son mari au nom de l'amour qu'elle a eu pour un autre que pour son mari.

V. 24.   Je n'aime la pitié qu'au prix que j'en veux prendre.

Que veut dire *aimer la pitié au prix qu'on en veut prendre*? Qu'est-ce que ce prix? Cette phrase était autrefois triviale, et jamais noble ni exacte.

SCÈNE V.

V. 1.   Albin, comme il est mort? —

Il faut *comment*.

Ibid.   En brutal.

Mauvaise expression.

V. 13.   De pensers sur pensers mon âme est agitée;
De soucis sur soucis elle est inquiétée.

Il n'y a pas là d'élégance, mais il y a de la vivacité de sentiments.

V. 15.   Je sens l'amour, la haine, et la crainte et l'espoir,
La joie et la douleur tour à tour l'émouvoir.

La joie : ce mot ne découvre-t-il pas trop la bassesse de Félix? Quel moment pour sentir de la joie !

V. 31.   A punir les chrétiens son ordre est rigoureux.

Un *ordre à punir* est un solécisme

V. 44.   Et de tant de mépris son esprit indigné. . . .
         Du courroux de Décie obtiendroit ma ruine.

Cette crainte n'est-elle pas aussi frivole que celle où était Pauline,
que son mari et son amant ne se querellassent au temple? Personne ne
craint pour Félix : il n'a rien à redouter en demandant l'ordre de l'empereur; il affecte une terreur qui paraît peu naturelle.

V. 62.   Mais si par son trépas l'autre épousoit ma fille,
         J'acquerrois bien par là de plus puissants appuis, etc.

Voici le sentiment le plus bas qu'on puisse jamais développer; mais il
est ménagé avec art.

Ces expressions, *l'autre épousoit ma fille, j'acquerrois par là, cent
fois plus haut*, sont aussi basses que le sentiment de Félix. Cependant
j'ai toujours remarqué qu'on n'écoutait pas sans plaisir l'aveu de ces
sentiments, tout condamnables qu'ils sont. On aimait en secret ce développement honteux du cœur humain; on sentait qu'il n'est que trop
vrai que souvent les hommes sacrifient tout à leur propre intérêt. Enfin, Félix dit au moins qu'il déteste ces pensers si lâches; on lui pardonne un peu. Mais pardonne-t-on à Albin, qui lui dit qu'il a l'âme
trop haute?

C'est ici le lieu d'examiner si on peut mettre sur la scène tragique
des caractères bas et lâches. Le public en général ne les aime pas. Le
parterre murmure quand Narcisse dit dans *Britannicus* [1] : *Et pour
nous rendre heureux perdons les misérables*. On n'aime point le prêtre
Mathan qui veut *à force d'attentats perdre tous ses remords* [2]. Cependant, puisque ces caractères sont dans la nature, qu'il soit permis de
les peindre; et l'art de les faire contraster avec les personnages héroïques peut quelquefois produire des beautés.

V. 77.   Je dois vous avertir, en serviteur fidèle,
         Qu'en sa faveur déjà la ville se rebelle.

Rebeller ne se dit plus, et devrait se dire, puisqu'il vient de *rebelle,
rébellion*. Mais comment cette ville païenne peut-elle se révolter en faveur d'un chrétien, après que l'on a dit que ce même peuple a été indigné de son sacrilége, et qu'il s'est enfui du temple si épouvanté qu'il a
craint d'être écrasé par la foudre? Il eût donc fallu expliquer comment
on a passé sitôt de l'exécration pour l'action de Polyeucte à l'amour
pour sa personne.

ACTE IV

SCÈNE I.

V. 17.   L'autre m'obligeroit d'aller quérir Sévère.

Quérir ne se dit plus.

---

1. Acte II, scène VIII. (ÉD.) — 2. *Athalie*, III, III. (ÉD.)

V. 21. Si vous me l'ordonnez, j'y cours en diligence.

Il n'est pas naturel que Polyeucte envoie prier Sévère de venir lui parler. Il ne doit rien avoir à lui dire; mais le public est dans l'attente qu'il dira quelque chose d'important. On ne se doute pas que Polyeucte envoie chercher Sévère pour lui donner sa femme.

SCÈNE II.

Quatre ans après *Polyeucte*, Rotrou donna *Saint-Genest*, comme une tragédie sainte. On sait que ce Genest était un comédien qui se convertit sur le théâtre en jouant dans une farce contre les chrétiens. Rotrou, dans cette pièce, a imité ces stances de Polyeucte :

V. 6.   Toute votre félicité,
              Sujette à l'instabilité,
              En moins de rien tombe par terre.

Tombe par terre, est toujours mauvais; la raison en est que *par terre* est inutile, et n'est pas noble. Cette manière de parler est de la conversation familière : *il est tombé par terre*.

V. 9.   Et comme elle a l'éclat du verre,
              Elle en a la fragilité.

Cela est un de ces *concetti*, un de ces faux brillants qui étaient tant à la mode. Ce n'est pas l'éclat qui fait la fragilité: les diamants, qui éclatent bien davantage, sont très-solides. On remarqua, dès les premières représentations de *Polyeucte*, que ces trois vers étaient pris entièrement de la trente-deuxième strophe d'une ode de l'évêque Godeau à Louis XIII :

              Mais leur gloire tombe par terre,
              Et comme elle a l'éclat du verre,
              Elle en a la fragilité.

Cette ode était oubliée, comme le sont toutes les odes aux rois, surtout quand elles sont trop longues; mais on la déterra pour accuser Corneille de ce petit plagiat. Sa mémoire pouvait l'avoir trompé; ces trois vers purent se présenter à lui dans la foule de ses autres enfants. Il eût été mieux de ne les pas employer; il était assez riche de son propre fonds. C'est peut-être une plus grande faute de les avoir crus bons que de se les être appropriés.

V. 17.   Et les glaives qu'il tient pendus
              Sur les plus fortunés coupables,
              Sont d'autant plus inévitables
              Que leurs coups sont moins attendus.

Qu'il tient suspendus serait mieux. *Pendus* n'est pas agréable.

V. 55. Et mes yeux éclairés des célestes lumières
           Ne trouvent plus aux siens leurs grâces coutumières.

C'est dommage que ce dernier mot ne soit plus d'usage que dans le burlesque.

SCÈNE III.

V. 4.   Vient-il à mon secours, vient-il à ma défaite ?

Cela n'est pas français.

V. 7.   Vous n'avez point ici d'ennemis que vous-même.

Point est ici une faute contre la langue; il faut, *vous n'avez d'enne-mie que vous-même.*

V. 9.   Seul vous exécutez tout ce que j'ai rêvé.

On a déjà dit que les mots *rêver, songer, faire un rêve, un songe,* ne sont pas du style de la tragédie.

V. 16.   Gendre du gouverneur de toute la province.

Ce *toute* gâte le vers, parce qu'il est à la fois inutile et emphatique.

V. 19.   Mais après vos exploits, après votre naissance,
           Après votre pouvoir, voyez notre espérance.

On ne peut dire *après votre naissance, après votre pouvoir,* comme on dit *après vos exploits. Voyez notre espérance,* est le contraire de ce qu'elle entend, car elle entend, voyez la juste terreur qui nous reste, voyez où vous nous réduisez; vous d'une si grande naissance, vous qui avez tant de pouvoir !

V. 23. . . . . Je sais mes avantages,
           Et l'espoir que sur eux forment les grands courages.

L'espoir que les *grands courages forment sur des avantages,* n'est pas une faute contre la syntaxe, mais cela n'est pas bien écrit. La raison en est qu'il ne faut pas un grand courage pour espérer une grande fortune, quand on est gendre du gouverneur de *toute la province,* et *estimé chez le prince.*

V. 35.   Est-ce trop l'acheter que d'une triste vie,
           Qui tantôt, qui soudain me peut être ravie?

Tantôt est ici pour *bientôt.* J'ai vu des gens traiter de capucinade ce discours de Polyeucte; mais il faut toujours se mettre à la place du personnage qui parle. Polyeucte ne dit que ce qu'il doit dire.

V. 39.   Voilà de vos chrétiens les ridicules songes.

C'est ici que le mot de *ridicule* est bien placé dans la bouche de Pauline. Les termes les plus bas, employés à propos, s'ennoblissent. Racine, dans *Athalie*[1], se sert des mots de *bouc* et *chien* avec succès.

V. 55.   Quel Dieu ! — Tout beau, Pauline, il entend vos paroles.

---

1. Acte I, scène I. (Éd.)

Tout beau, ne peut jamais être ennobli, parce qu'il ne peut être accompagné de rien qui le relève; mais presque tout ce que dit Polyeucte dans cette scène est du genre sublime.

V. 66.   Il m'ôte des périls que j'aurois pu courir

On n'ôte point *des périls*. On vous sauve d'un péril; on détourne un péril; on vous arrache à un péril.

V. 67.   Et sans me laisser lieu de tourner en arrière....

Sans me laisser lieu, expression de prose rampante.

V. 68.   Sa faveur me couronne entrant dans la carrière;
      Du premier coup de vent il me conduit au port;
      Et, sortant du baptême, il m'envoie à la mort.

Observez que voilà quatre vers qui disent tous la même chose: c'est une *carrière*, c'est un *port*, c'est la *mort*. Cette superfluité fait quelquefois languir une idée; une seule image la fortifierait. Une seule métaphore se présente naturellement à un esprit rempli de son objet; mais deux ou trois métaphores accumulées sentent le rhéteur. Que dirait-on d'un homme qui, en revenant dans sa patrie, dirait: *Je rentre dans mon nid, j'arrive au port à pleines voiles, je reviens à bride abattue?* C'est une règle de la vraie éloquence, qu'une seule métaphore convient à la passion.

V. 75.   Cruel! car il est temps que ma douleur éclate....
      Est-ce là ce beau feu? sont-ce là tes serments? etc.

Il me semble que ce couplet est tendre, animé, douloureux, naturel, et très à sa place.

V. 98.   Hélas! — Que cet hélas a de peine à sortir!

Cet hélas est un peu familier, mais il est attendrissant, quoique le mot *sortir* ne soit pas noble.

V. 107.   Seigneur, de vos bontés il faut que je l'obtienne

Je me souviens qu'autrefois l'acteur qui jouait Polyeucte avec des gants blancs et un grand chapeau, ôtait ses gants et son chapeau pour faire sa prière à Dieu. Je ne sais pas si ce ridicule subsiste encore.

V. 108.   Elle a trop de vertu pour n'être pas chrétienne,

est un vers admirable. On a beau dire qu'un mahométan en dirait autant à Constantinople de sa femme si elle était chrétienne: *Elle a trop de vertu pour n'être pas musulmane;* c'est par cela même que cette idée est très-belle, parce qu'elle est dans la nature. C'est ce qu'Horace appelle *bene morata fabula.*

V. 129.   Va, cruel, va mourir, tu ne m'aimas jamais.

Pauline doit-elle tant insister sur l'amour qu'elle exige d'un mari pour lequel elle n'a point d'amour?

Peut-être ce dépit ne sied qu'à une amante qu'on dédaigne, et non à une épouse dont le mari va être exécuté. Tout sentiment qui n'est pas à sa place sèche les larmes qu'une situation attendrissante faisait couler. Il ne s'agit pas ici que Pauline soit aimée, il s'agit qu'on ne tranche pas la tête à son mari. Cependant, comme les femmes veulent toujours être aimées, ce vers est dans la nature et il doit plaire.

SCÈNE IV.

V. 5.   A ma seule prière il rend cette visite.
        Je vous ai fait, seigneur, une incivilité.

Rendre visite et *incivilité* ne doivent jamais être employés dans la tragédie.

V. 8.   Possesseur d'un trésor dont je n'étois pas digne,
        Souffrez avant ma mort que je vous le résigne.

Cette étrange idée de prier Sévère de venir pour lui céder sa femme ne serait pas tolérable en toute autre occasion. On ne peut l'approuver que dans un chrétien qui n'aime que le martyre. Cette cession, d'ailleurs, lâche et ridicule, peut devenir héroïque par le motif. Le philosophe même peut être touché; car le philosophe sait que chacun doit parler suivant son caractère. Cependant on peut dire que cette cession n'a rien d'attendrissant, parce qu'elle n'a rien de nécessaire; que c'est une chose que Polyeucte peut également faire ou ne faire pas, qui n'est point fondée dans l'intrigue de la pièce, un hors-d'œuvre qui ne va point au cœur. Il semble qu'il cède sa femme pour avoir le plaisir de la céder. Mais cela produit de très-grandes beautés dans la scène suivante.

SCÈNE V.

V. 2.   Je suis confus pour lui de son aveuglement.

Cette résignation de Polyeucte fait naître une des plus belles scènes qui soient au théâtre. C'est là surtout ce qui soutient cette tragédie. Remarquez que si l'acte finissait par la proposition étrange de Polyeucte de laisser sa femme à son rival par testament, rien ne serait plus ridicule et plus froid; mais le grand art de relever cette espèce de bassesse par la scène entre Sévère et Pauline, est d'un génie plein de ressources.

V. 5. . . . . Mais quel cœur assez bas
      Auroit pu vous connaître et ne vous chérir pas?

Assez bas, n'est pas le mot propre. *Assez* ne se rapporte à rien.

V. 9. Et comme si vos feux étoient un don fatal,
       Il en fait un présent lui-même à son rival.

C'est dommage qu'*un présent de vos feux* gâte un peu ces vers excellents.

V. 19.   On m'auroit mis en poudre, on m'auroit mis en cendre,
　　　　Avant que.... — Brisons là

En poudre, en cendre; c'est une petite négligence qui n'affaiblit point les sublimes et pathétiques beautés de cette scène.

V. 20.   . . . . Brisons là; je crains de trop entendre,
　　　　Et que cette chaleur qui sent vos premiers feux
　　　　Ne pousse quelque suite indigne de tous deux.

Une chaleur qui sent des premiers feux et qui pousse une suite, cela est mal écrit, d'accord; mais le sentiment l'emporte ici sur les termes, et le reste est d'une beauté dont il n'y eut jamais d'exemple. Les Grecs étaient des déclamateurs froids en comparaison de cet endroit de Corneille.

V. 31.   Il n'est point aux enfers d'horreurs que je n'endure
　　　　Plutôt que de souiller une gloire si pure,
　　　　Que d'épouser un homme après son triste sort,
　　　　Qui de quelque façon soit cause de sa mort.

Par la construction, c'est le triste sort de cet homme qu'elle épouserait en secondes noces; et par le sens, c'est le triste sort de Polyeucte dont il s'agit.

V. 35.   Et si vous me croyiez d'une âme si peu saine,
　　　　L'amour que j'eus pour vous tourneroit tout en haine.

Si peu saine, n'est pas le mot propre, il s'en faut beaucoup.

V. der. Pour vous priser encor, je le veux ignorer.

Il n'est point du tout naturel que Pauline sorte sans recevoir une réponse qu'elle attend avec tant d'empressement. Mais le dernier vers est si beau, et en même temps si adroit, qu'il fait tout pardonner.

SCÈNE VI.

V. 1.   Qu'est-ce-ci, Fabian? quel nouveau coup de foudre
　　　　Tombe sur mon bonheur et le réduit en poudre!

Si on ôtait ce *qu'est-ce-ci* et ce *coup de foudre*, qui réduit un espoir en poudre, et les deux vers faibles qui suivent, et, si on commençait la scène par ces mots : *Quoi! toujours la fortune!* etc., elle en serait plus vive.

V. 45. Je te dirai bien plus, mais avec confidence :
　　　　La secte des chrétiens n'est pas ce que l'on pense, etc.

On sait assez que c'est là un des plus beaux endroits de la pièce; jamais on n'a mieux parlé de la tolérance. C'est la condamnation de tous les persécuteurs.

V. 69. Peut-être qu'après tout, ces croyances publiques
　　　　Ne sont qu'inventions de sages politiques,

> Pour contenir un peuple, ou bien pour l'émouvoir,
> Et dessus sa faiblesse affermir leur pouvoir.

Ces quatre vers sont retranchés dans l'édition de 1664 et dans les suivantes.

V. 75. Jamais un adultère, un traître, un assassin;
> Jamais d'ivrognerie, et jamais de larcin :
> Ce n'est qu'amour entre eux, que charité sincère;
> Chacun y chérit l'autre, et le secourt en frère.

Ces quatre vers, trop simples, ont aussi été retranchés.

V. 79. Ils font des vœux pour nous, qui les persécutons.

Remarquez ici que Racine, dans *Esther*[1], exprime la même chose en cinq vers :

> Tandis que votre main, sur eux appesantie,
> A leurs persécuteurs les livroit sans secours,
> Ils conjuroient ce Dieu de veiller sur vos jours,
> De rompre des méchants les trames criminelles,
> De mettre votre trône à l'ombre de ses ailes.

Sévère, qui parle en homme d'État, ne dit qu'un mot, et ce mot est plein d'énergie. Esther, qui veut toucher Assuérus, étend davantage cette idée. Sévère ne fait qu'une réflexion; Esther fait une prière : ainsi l'un doit être concis, et l'autre déployer une éloquence attendrissante. Ce sont des beautés différentes, et toutes deux à leur place. On peut souvent faire de ces comparaisons; rien ne contribue davantage à épurer le goût

ACTE V.

SCÈNE I.

V. 1. Albin, as-tu bien vu la fourbe de Sévère?

Je ne doute pas que Corneille ait voulu faire contraster la bassesse de Félix avec la grandeur de Sévère. Les oppositions sont belles en peinture, en poésie, en éloquence. Homère a son Thersite, l'Arioste a son Brunel; il n'en est pas ainsi au théâtre. Les caractères lâches ne sont presque jamais tolérés : on ne veut pas voir ce qu'on méprise.

Non-seulement Félix est méprisable, mais il se trompe toujours dans ses raisonnements. Il prétend que Sévère méprise dans Pauline les restes de Polyeucte. Cependant Sévère aime passionnément *ces restes*. Il a beau dire que Sévère *tempête*, qu'il tranche du *généreux*, et qu'au fond c'est *un fourbe*, il devrait bien voir que Sévère n'a pas besoin de l'être. En général, tout ce qui n'est que politique est froid au théâtre; et la politique de Félix est aussi fausse que lâche. S'il croit que Sévère e soucie peu de Pauline, il ne doit pas croire qu'il veuille se venger. Pourquoi ne pas donner à Félix un grand zèle pour sa religion? cela ferait un bien meilleur contraste avec le zèle de Polyeucte pour la sienne.

V. 2.   As-tu bien vu sa haine, et vois-tu ma misère?

Le mot de *misère*, qu'on emploie souvent, en vers, pour *malheur*, peut n'être pas convenable ici, parce qu'il peut être entendu de la misère, c'est-à dire de la bassesse des sentiments.

V. 5.   Que tu discernes mal le cœur d'avec la mine!

est trop du ton de la comédie.

V. 7.   Et, s'il l'aima jadis, il estime aujourd'hui
         Les restes d'un rival trop indignes de lui;

expression toujours déshonnête et du discours familier.

V. 11.   Tranchant du généreux, il croit m'épouvanter;
         L'artifice est trop lourd pour ne pas l'éventer.
         Je sais, des gens de cour, quelle est la politique;
         J'en connais mieux que lui la plus fine pratique.

Tranchant du généreux.... l'artifice est trop lourd.... la plus fine pratique.... tout cela est bourgeois et comique.

V. 15.   C'est en vain qu'il tempête...

Ce mot n'est que burlesque.

V. 19.   Et, s'il avoit affaire à quelque maladroit,
         Le piége est bien tendu : sans doute il le perdroit.

Toute cette tirade et ces expressions bourgeoises : *j'en ai tant vu de toutes les façons,* et *j'en ferais des leçons, au besoin,* et *s'il avait affaire à un maladroit,* sont absolument mauvaises. Il faut savoir avouer les fautes comme admirer les beautés.

V. 26.   Pour subsister en cour, c'est la haute science.

Pour subsister en cour est une expression bourgeoise. *La haute science pour subsister en cour* n'est pas de faire couper le cou à son gendre avant de demander l'ordre de l'empereur. Il faut des raisons plus fortes. Le zèle de la religion suffisait et pouvait fournir des choses sublimes

ALBIN.

V. 33.   Grâce, grâce! seigneur, que Pauline l'obtienne!

FÉLIX.

Celle de l'empereur ne suivroit pas la mienne.

Qui lui a dit que la grâce de l'empereur ne suivrait pas la sienne? Au contraire, il doit présumer que l'empereur trouvera fort bon qu'il n'ait pas fait couper le cou à son gendre, et qu'il attende des ordres positifs.

V. 47.   Je vois le peuple ému pour prendre son parti.

Cette raison ne paraît guère meilleure que les autres. Il est difficile, comme on l'a déjà remarqué, que le peuple, qui a eu tant d'horreur pour le fanatisme punissable de Polyeucte, se révolte sur-le-champ en sa faveur. Ce qu'il y a de triste, c'est que les défauts du rôle de Félix ne sont rachetés par aucune beauté; il parle presque toujours aussi bassement qu'il pense. On ne dit point *ému pour*, cela n'est pas français.

**V. 53.   Et Sévère, aussitôt, courant à sa vengeance,
            M'iroit calomnier de quelque intelligence....**

Calomnier de n'est pas français.

SCÈNE II.

**V. 4.   Je ne hais point la vie, et j'en aime l'usage,
           Mais sans attachement qui sente l'esclavage.**

L'esclavage n'est pas le mot propre, parce qu'on n'est pas esclave de la vie.

V. 10.   Te suivre dans l'abîme où tu veux te jeter!

POLYEUCTE.

Mais plutôt dans la gloire où je m'en vais monter.

Ce dernier vers fait un mauvais effet, parce qu'il affaiblit le beau vers de la scène suivante : *Où le conduisez-vous ? — A la mort. — A la gloire.* Voyez comme ces mots : *où je m'en vais monter* gâtent, énervent ce sentiment, comme ce qui est superflu est toujours mauvais.

V. 28.   Mais ces secrets, pour vous, sont fâcheux à comprendre.

Ce mot *fâcheux* n'est pas le mot propre, c'est *difficile*.

V. 33.   Pour lui seul, contre toi, j'ai feint d'être en colère.

Cet artifice est de *mauvaise grâce*, comme le dit très-bien Polyeucte.

Rotrou, dans son *Saint-Genest*, fait parler ainsi Marcel, qui veut persuader à Genest de ne pas renoncer à la religion de ses pères :

O ridicule erreur de vanter la puissance
D'un Dieu qui donne aux siens la mort pour récompense,
D'un imposteur, d'un fourbe et d'un crucifié !
Qui l'a mis dans le ciel? qui l'a déifié?
Un ramas d'ignorants et d'hommes inutiles,
De malheureux, la lie et l'opprobre des villes,

De femmes et d'enfants dont la crédulité
S'est forgé à plaisir une divinité;
De gens qui, dépourvus des biens de la fortune,
Trouvant dans leur malheur la lumière importune,
Sous le nom de chrétiens s'exposent au trépas,
Et méprisent des biens qu'ils ne possèdent pas.

On ne fit aucune difficulté de réciter ces vers convenables à un païen. Ses raisons sont aisément réfutées par Genest :

Si mépriser vos dieux c'est leur être rebelle,
Croyez qu'avec raison je leur suis infidèle....
Vous verrez si ces dieux de métal et de pierre
Seront puissants au ciel comme on les croit en terre.
Alors les sectateurs de ce crucifié
Vous diront si sans cause ils l'ont déifié, etc.

Une telle scène entre Polyeucte et Félix, écrite avec force, aurait certainement fait un très-grand effet.

V. 36.   Portez à vos païens, portez à vos idoles
Le sucre empoisonné que sèment vos paroles.

Ce mot de *sucre* n'est admis que dans le discours très-familier.

V. 48.   En vous ôtant un gendre, on vous en donne un autre
Dont la condition répond mieux à la vôtre.

La condition est du style de la comédie.

V. 51.   Cesse de me tenir ce discours outrageux.

Outrageux n'est pas un mot usité; mais plusieurs auteurs s'en sont heureusement servis. Nous ne sommes pas assez riches pour devoir nous priver de ce que nous avons.

V. 64.   Je voulois gagner temps pour ménager ta vie,
Après l'éloignement d'un flatteur de Décie.

Gagner temps, style de comédie; *flatteur de Décie*, ce n'est pas ainsi qu'il doit caractériser Sévère.

SCÈNE III.

V. 5.   Parlez à votre époux. — Vivez avec Sévère.

On est un peu révolté que Polyeucte ne parle à sa femme que de l'amour qu'elle a pour Sévère. Cette répétition peut déplaire. Le christianisme n'ordonne point qu'on cède sa femme. Mais ici Polyeucte semble lui reprocher qu'elle en aime un autre.

V. 8.   Il voit quelle douleur dans l'âme vous possède,
Et sait qu'un autre amour en est le seul remède.

Ces maximes d'amour sont ici un peu révoltantes. Il n'est pas convenable que Polyeucte l'encourage à aimer un autre amant; et ce n'est pas à un homme uniquement occupé du bonheur du martyre, à dire qu'il n'y a qu'un autre amour qui puisse remédier à l'amour. Un martyr enthousiaste doit-il débiter ces fades maximes de comédie?

V. 10.   Puisqu'un si grand mérite a pu vous enflammer,
          Sa présence toujours a droit de vous charmer.

Un si grand mérite, style de comédie.

v 13.   Que t'ai-je fait, cruel, pour être ainsi traitée,
          Et pour me reprocher, au mépris de ma foi,
          Un amour si puissant que j'ai vaincu pour toi?

Elle l'a déjà dit bien souvent.

V. 17.   Quels efforts à moi-même il a fallu me faire...

On dit bien *se faire des efforts*, mais non pas *faire des efforts à soi*; il faut : sur *soi*.

V. 18.   Quels combats j'ai donnés pour te donner un cœur
          Si justement acquis à son premier vainqueur!

Donnés pour te donner, répétition vicieuse.

V. 22.   Apprends d'elle à forcer ton propre sentiment.

Le mot propre est *dompter*

V. 28.   Ne désespère pas une âme qui t'adore.

Comment Pauline peut-elle dire qu'elle adore Polyeucte? Elle lui donne *par devoir* et *par affection* tout ce que l'autre avait *par inclination*. Mais *l'adorer*, c'est trop; certainement elle ne l'adore pas.

V. 30.   Vivez avec Sévère ou mourez avec moi.

Cette troisième apostrophe, cet empressement extrême de lui donner un mari ne paraissent pas naturels. Tout cela n'empêche pas que cette scène ne soit écoutée avec un grand plaisir. L'obstination de Polyeucte, sa résignation, son transport divin plaisent beaucoup. Ceux qui assistent au spectacle étant persuadés, pour la plupart, des vérités qui enflamment Polyeucte, sont saisis de son transport : ils ne sont pas fort attendris, mais ils s'intéressent à la situation.

V. 32.   Mais de quoi que pour vous notre amour m'entretienne,
          Je ne vous connois plus si vous n'êtes chrétienne.

De quoi que notre amour m'entretienne pour vous. Ce vers est un barbarisme. *Un amour qui entretient et qui entretient pour!* et *de quoi qu'il entretienne!* Il n'est pas permis de parler ainsi.

V. 37.   Mais s'il est insensé, vous êtes raisonnable.

Ce vers est du style de la comédie.

V. 46.   .... Elle changera par ce redoublement,
    En injuste rigueur un juste châtiment.

Il est triste que *redoublement* ne puisse se dire en cette occasion ; le sens est beau. Mais on n'a jamais appelé *redoublement* la mort d'un mari et d'une femme.

V. 52.   Un cœur à l'autre uni jamais ne se retire.

Ces maximes générales conviennent peu à la douleur. C'est là parler de sentiments ; ce n'est pas en avoir. Comment se peut-il que cette scène ne fasse jamais verser de larmes ? N'est-ce point qu'on sent que Pauline n'agit que par devoir, et qu'elle s'efforce d'aimer un homme pour lequel elle n'a point d'amour ? D'ailleurs elle parle ici de désunion après avoir parlé de *redoublement*, de mort qui les sépare.

V. 62.   Peux-tu voir tant de pleurs d'un œil si détaché ?

Le cœur peut être détaché, mais l'œil ne l'est pas.

V. 68.   Que tout cet artifice est de mauvaise grâce !

est du style de la comédie.

V. 71.   Après avoir tenté l'amour et son effort.

Cela n'est ni d'un français exact, ni d'un français agréable.

V. 74.   Vous vous joignez ensemble ! Ah ! ruses de l'enfer !
    Faut-il tant de fois vaincre avant que triompher ?

Expression pardonnable au personnage qui parle, mais qui n'est pas d'un style noble. *Enfer* ne rime avec *triompher* qu'à l'aide d'une prononciation vicieuse ; grande preuve que l'on ne doit rimer que pour les oreilles.

V. 76.   Vos résolutions usent trop de remise ;

phrase qui n'a point d'élégance. *User de remises*, expression prosaïque ; *user* d'ailleurs suppose *usage* ; une résolution n'a point d'usage.

V. 92.   Je le ferois encor si j'avois à le faire.

Ce vers est dans *le Cid* [1], et est à sa place dans les deux pièces.

V. 96.   Adore-les, ou meurs. — Je suis chrétien. — Impie,
    Adore-les, te dis-je, ou renonce à la vie.

Renonce à la vie n'enchérit point sur *mourir* ; quand on répète la pensée, il faut fortifier l'expression.

V. 100.   Où le conduisez-vous ? — A la mort. — A la gloire.

Dialogue admirable et toujours applaudi.

1. Acte III, scène IV. (ÉD.)

SCÈNE IV.

V. 7.   Vois-tu comme le sien des cœurs impénétrables ?

Impénétrable n'est pas le mot propre ; il signifie *caché, dissimulé, qu'on ne peut découvrir, qu'on ne peut pénétrer*, et ne peut jamais être mis à la place d'*inflexible*.

V. 18.   Répandant votre sang par votre propre main.   •

FÉLIX.

Ainsi l'ont autrefois versé Brute et Manlie.

On est un peu surpris que cet homme se compare aux Brutus et aux Manlius, après avoir avoué les sentiments les plus lâches.

V. 21.   Et quand nos vieux héros avoient du mauvais sang,
Ils eussent pour le perdre ouvert leur propre flanc.

C'est une vieille erreur qu'en se faisant saigner on se délivrait de son mauvais sang. Cette fausse métaphore a été souvent employée, et on la retrouve dans la tragédie de *Don Carlos*, sous le nom d'Andronic :

Quand j'ai de mauvais sang je me le fais tirer [1].

On a dit que Philippe II fit cette abominable plaisanterie à son fils en le condamnant.

V. 25.   Quand vous verrez Pauline, et que son désespoir
Par ses pleurs et ses cris saura vous émouvoir.

Remarquez que nous employons souvent ce mot *savoir* en poésie assez mal à propos : *J'ai su le satisfaire*, pour *je l'ai satisfait ; j'ai su lui plaire*, au lieu de *je lui ai plu*. Il ne faut employer ce mot que quand il marque quelque dessein.

V. 31.   Romps ce que ses douleurs y donneroient d'obstacle ;
Tire-la, si tu peux, de ce triste spectacle.

Romps, tire-la, mauvaises expressions. *Des douleurs qui donnent obstacle*, est un barbarisme ; et *ce qu'ils donneraient d'obstacle*, est un barbarisme encore plus grand.

SCÈNE V.

V. 2.   Cette seconde hostie est digne de ta rage.

Ce mot *hostie* signifiait alors *victime*.

V. 5.   Ta barbarie en elle a les mêmes matières.

Ce vers est trop négligé, et n'est pas français. *Une barbarie qui a des matières et matières en elle*, cela est un peu barbare.

1. Je n'ai pas trouvé ce vers dans l'*Andronic* de Campistron. (*Note de M. Beuchot.*)

V. 7.   Son sang, dont tes bourreaux viennent de me couvrir,
        M'a dessillé les yeux, et me les vient d'ouvrir ;

pléonasme.

V. 13.   Redoute l'empereur, appréhende Sévère.

D'où sait-elle que Félix a sacrifié Polyeucte à la crainte qu'il a de Sévère ? est-ce une révélation ?

V. 25.   Le faut-il dire encor ? Félix, je suis chrétienne.

Ce miracle soudain a révolté beaucoup de gens : *Quodcumque ostendis mihi sic, incredulus odi* [1]. Mais le parterre aimera longtemps ce prodige ; il est la récompense de la vertu de Pauline ; et s'il n'est pas dans l'histoire, il convient parfaitement au théâtre dans une tragédie chrétienne.

V. 27.   Le coup à l'un et l'autre en sera précieux,
         Puisqu'il t'assure en terre en m'élevant aux cieux.

T'assure en terre, n'est pas français. Il veut dire *affermit ton pouvoir sur la terre*.

SCÈNE DERNIÈRE.

La pièce semble finie quand Polyeucte est mort. Autrefois, quand les acteurs représentaient les Romains avec le chapeau et une cravate, Sévère arrivait le chapeau sur la tête, et Félix l'écoutait chapeau bas ; ce qui faisait un effet ridicule.

V. 2.   Esclave ambitieux d'une peur chimérique,
        Polyeucte est donc mort ? et par vos cruautés
        Vous pensez conserver vos tristes dignités ?

D'où sait-il que Félix a immolé son gendre à la peur méprisable qu'il avait de Sévère ? Ce Sévère ne pouvait le savoir, à moins que Polyeucte, par un second miracle, ne le lui eût révélé. Le reste est fort juste et fort beau ; il doit être irrité que Félix n'ait pas déféré à sa noble prière.

V. 24.   Je cède à des transports que je ne connois pas.

Ce nouveau miracle n'est pas si bien reçu du parterre que les deux autres ; il ne faut pas surtout prodiguer coup sur coup les prodiges de même espèce. Quand on pardonnerait la conversion incroyable de ce lâche Félix, on n'en serait pas touché, parce qu'on ne s'intéresse pas à lui comme à Pauline, et qu'il est même odieux.

V. 25.   Et par un mouvement que je ne puis entendre,
         De ma fureur je passe au zèle de mon gendre.

Comprendre semblerait plus juste qu'*entendre*.

V. 29.   Son amour épandu sur toute la famille,
         Tire après lui le père aussi bien que la fille.

1. Horace, *Art. poét.*, v. 188. (ÉD.)

Tirer après soi, est devenu bas avec le temps.

V. 42. De pareils changements ne vont point sans miracle.

Des changements ne *vont* point. On mène une vie innocente, et non pas *avec innocence*. Mais *J'approuve que chacun ait ses dieux*, et *servez votre monarque*, reçoivent toujours des applaudissements. La manière dont le fameux Baron récitait ces vers, en appuyant sur *servez votre monarque*, était reçue avec transport. Plusieurs n'approuvent pas que Sévère dise à Félix : *Gardez votre pouvoir, reprenez-en la marque*, parce que ce n'est pas lui qui donne les gouvernements et que Félix n'a pas quitté le sien; il n'appartient qu'à l'empereur de parler ainsi.

V. 45. Ils mènent une vie avec tant d'innocence,
Que le ciel leur en doit quelque reconnoissance.

Style trop familier; et d'ailleurs cela n'est pas français, comme on l'a déjà dit.

V. 47. Se relever plus forts, plus ils sont abattus,
N'est pas aussi l'effet des communes vertus.

Se relever n'est pas l'effet; cela n'est pas exact, mais c'est une licence que je crois permise.

V. 52. J'approuve cependant que chacun ait ses dieux.

Ce vers est toujours très-bien reçu du parterre. C'est la voix de la nature.

V. 53. Qu'il les serve à sa mode,

est du style comique; *à son choix* eût peut-être été mieux placé.

V. 56. Je n'en veux pas sur vous faire un persécuteur.

Il y avait auparavant *en vous;* cela paraissait un contre-sens; il semblait que ce fût Félix chrétien qui pût être persécuteur. Corneille corrigea *sur vous*, mais c'est une faute de langage : on persécute un homme, et non *sur* un homme.

V. 65. Nous autres, bénissons notre heureuse aventure.

Notre heureuse aventure, immédiatement après avoir coupé le cou à son gendre, fait un peu rire; et *nous autres*, y contribue.

L'extrême beauté du rôle de Sévère, la situation piquante de Pauline, sa scène admirable avec Sévère, au quatrième acte, assurent à cette pièce un succès éternel. Non-seulement elle enseigne la vertu la plus pure, mais la dévotion et la perfection du christianisme. *Polyeucte* et *Athalie* sont la condamnation éternelle de ceux qui, par une jalousie secrète, voudraient proscrire un art sublime dont les beautés n'effacent que trop leurs ouvrages. Ils sentent combien cet art est au-dessus du leur; ne pouvant y atteindre, ils le veulent proscrire et, par une injustice aussi absurde que barbare, ils confondent Tabarin et Guillot Gorju avec saint Polyeucte et le grand prêtre Joad.

Dacier, dans ses Remarques sur la *Poétique d'Aristote*, prétend que Polyeucte n'est pas propre au théâtre, parce que ce personnage n'excite ni la pitié, ni la crainte; il attribue tout le succès à Sévère et à Pauline. Cette opinion est assez générale; mais il faut avouer aussi qu'il y a de très-beaux traits dans le rôle de Polyeucte, et qu'il a fallu un très-grand génie pour manier un sujet si difficile.

REMARQUES SUR POMPÉE,

TRAGÉDIE REPRÉSENTÉE EN 1644 [1].

REMERCIMENT DE P. CORNEILLE

A M. LE CARDINAL MAZARIN.

V. 1.   Non, tu n'es point ingrate, ô maîtresse du monde!
Qui de ce grand pouvoir sur la terre et sur l'onde,
Malgré l'effort des temps, retiens sur nos autels
Le souverain empire et des droits immortels.

Sur la terre et sur l'onde, est devenu, comme on l'a déjà remarqué, un lieu commun qu'il n'est plus permis d'employer.

V. 5.   Si de tes vieux héros j'aime encor la mémoire,
Tu relèves mon nom sur l'aile de leur gloire.

On dirait bien, *sur l'aile de la Gloire*, parce que la gloire est personnifiée; mais *leur gloire* ne peut l'être.

V. 9.   C'est toi, grand cardinal, homme au-dessus de l'homme.

Homme au-dessus de l'homme, est bien fort pour le cardinal Mazarin. Que dirait-on de plus des Antonins?

V. 19.   Et c'est je ne sais quoi d'abaissement secret,
Où quiconque a du cœur ne consent qu'à regret,

n'est pas français.

V. 29.   Ainsi le grand Auguste autrefois dans ta ville
Aimoit à prévenir l'attente de Virgile.

Il est triste que Corneille ait comparé Mazarin et Montauron à Auguste.

V. 37.   Quand j'ai peint un Horace, un Auguste, un Pompée,
Assez heureusement ma muse s'est trompée,

1. Représentée en 1641, imprimée en 1644. (Éd.)

> Puisque, sans le savoir, avecque leur portrait,
> Elle tiroit du tien un admirable trait.

Il est encore plus triste qu'il *tire un admirable trait* du portrait du cardinal Mazarin, en peignant Horace, César et Pompée.

V. 44.   Les Scipions vainqueurs, et les Catons mourants,
> Les Pauls, les Fabiens ; alors de tous ensemble,
> On en verra sortir un tout qui te ressemble.

Les Scipions achèvent cette étonnante flatterie.

Boileau avait en vue ces fausses louanges prodiguées à un ministre, quand il dit à M. de Seignelai [1] :

> Si pour faire sa cour à ton illustre père,
> Seignelai, quelque auteur d'un faux zèle emporté,
> Au lieu de peindre en lui la noble activité,
> La solide vertu, la vaste intelligence,
> Le zèle pour son roi, l'ardeur, la vigilance,
> La constante équité, l'amour pour les beaux-arts,
> Lui donnoit des vertus d'Alexandre ou de Mars ;
> Et pouvant justement l'égaler à Mécène,
> Le comparoit au fils de Pélée ou d'Alcmène :
> Ses yeux, d'un tel discours foiblement éblouis,
> Bientôt dans ce tableau reconnoîtroient Louis.

Horace avait dit la même chose dans sa seizième Épître du premier livre :

> Si quis bella tibi terra pugnata marique, etc.

V. 65.   Mais ne te lasse point d'illuminer mon âme,
> Ni de prêter ta vie à conduire ma flamme.

On ne prête point une vie à conduire une flamme. Il veut dire, *ne cesse d'échauffer mon génie par tes illustres actions.*

V. 63.   Délasse en mes écrits ta noble inquiétude.

On se délasse de ses travaux par des écrits agréables ; on ne délasse point une inquiétude.

Ajoutons à ces remarques, qu'on peut trop flatter un cardinal, et faire des tragédies pleines de sublime.

1. Epître IX, vers 24. (ÉD.)

POMPÉE,

TRAGÉDIE.

—

ACTE I.

SCÈNE I.

Que devant Troie en flamme Hécube désolée
Ne vienne point pousser une plainte ampoulée,
Ni sans raison décrire en quels affreux pays
Par sept bouches l'Euxin reçoit le Tanaïs.

BOILEAU, *Art poétique*, III, 135-38.

A plus forte raison, un roi d'Égypte qui n'a point vu Pharsale, et à qui cette guerre est étrangère, ne doit point dire que les dieux étaient étonnés en se partageant, qu'ils n'osaient juger, et que la bataille a jugé pour eux. Dès qu'on reconnaît des dieux, on doit convenir qu'ils ont jugé par la bataille même. *Ces champs empestés, ces montagnes de morts qui se vengent, ces débordements de parricides, ces troncs pourris,* étaient notés par Boileau comme un exemple d'enflure et de déclamation. Il fallait dire simplement :

Le destin se déclare ; et le droit de l'épée,
Justifiant César, a condamné Pompée.

C'était parler en roi. Les vers ampoulés ne conviennent pas dans un conseil d'État. Il n'y a donc qu'à retrancher des vers sonores et inutiles, pour que la pièce commence noblement ; car l'ampoulé n'est pas plus noble que convenable.

V. 14. Justifiant César, et condamnant Pompée, etc.

Il y avait dans la première édition :

Justifie César et condamne Pompée.

On ne trouve guère, dans toutes les pièces de Corneille, que cette seule faute contre les règles de notre versification.

V. 23. Sa déroute orgueilleuse en cherche aux mêmes lieux
Où contre les Titans en trouvèrent les dieux.

Une déroute orgueilleuse qui cherche un asile, ne présente ni une idée vraie, ni une idée nette. *Où les dieux en trouvèrent contre les Titans,* est une idée qui pourrait être admise dans une ode, où le poëte se livre à l'enthousiasme; mais dans un conseil, on parle sérieusement. De plus, Pompée serait ici le dieu, et César le titan; et si une comparaison poétique était une raison, c'en serait une en faveur de Pompée.

V. 25.   Il croit que ce climat, en dépit de la guerre....
        Pourra prêter l'épaule au monde chancelant,

est dans ce même genre de déclamation ampoulée. Lucain lui-même n'est pas tombé dans ce défaut. Observez que, dans cette déclamation, *prêter l'épaule*, est du genre familier. Enfin un climat qui *prête l'épaule* forme une image trop incohérente. Comment l'auteur de *Cinna* put-il se livrer à un pareil phébus? C'est qu'il y eut de mauvais critiques, qui ne trouvèrent pas les beaux vers de *Cinna* assez relevés; c'est que de son temps on n'avait ni connaissance, ni goût : cela est si vrai, que Boileau fut le premier qui fit connaître combien ce commencement est défectueux.

V. 30.   Il veut que notre Égypte, en miracles féconde,
        Serve à sa liberté de sépulcre ou d'appui.

Appui n'est pas l'opposé de *sépulcre*; mais c'est une très-légère faute.

V. 45.   ....Nous aurons la gloire
        D'achever de César ou troubler la victoire.

On peut dire également ici: *de troubler* ou *troubler*, parce que le *de* répété est désagréable. Mais troubler n'est pas le mot propre; une *victoire troublée* n'a pas un sens assez déterminé, assez clair.

V. 47.   Et jamais potentat n'a vu sous le soleil
        Matière plus illustre agiter son conseil.

Dans les éditions subséquentes, il y a :

        Et je puis dire enfin que jamais potentat
        N'eut à délibérer d'un si grand coup d'État.

L'usage veut aujourd'hui que *délibérer* soit suivi de *sur*; mais le *de* est aussi permis. On délibéra du sort de Jacques II dans le conseil du prince d'Orange. Mais je crois que la règle est de pouvoir employer le *de* quand on spécifie les intérêts dont on parle. On délibère aujourd'hui *de* la nécessité, ou *sur* la nécessité d'envoyer des secours en Allemagne; on délibère *sur* de grands intérêts, *sur* des points importants.

V. 49.   Sire, quand par le fer les choses sont vidées,
        La justice et le droit sont de vaines idées.

Les choses vidées, n'est pas du style noble : de plus, on vide un procès, une querelle; on ne vide pas une chose.

V. 51.   Et qui veut être juste en de telles saisons,
        Balance le pouvoir et non pas les raisons.
        Voyez donc votre force, etc.

En de telles saisons, est pour la rime. *Balance le pouvoir et non pas les raisons*; il veut dire, *examine ce qu'il peut et non pas ce qu'il doit* : mais il ne l'exprime pas. On ne balance point le pouvoir; cette expression est impropre et obscure, et c'est précisément les raisons politiques qu'on balance. Le dernier vers est imité de Lucain :

> Metiri sua regna decet, viresque fateri[1].

V. 55.   César n'est pas le seul qu'il fuie en cet état;
        Il fuit et le reproche et les yeux du sénat,
        Dont plus de la moitié piteusement étale
        Une indigne curée aux vautours de Pharsale.

> Nec soceri tantum arma fugit : fugit ora senatus,
> Cujus Thessalicas saturat pars magna volucres;
> Et metuit gentes quas uno in sanguine mixtas
> Deseruit, regesque timet quorum omnia mersit.

Piteusement, *curée*, expressions basses en poésie.

V. 59.   Il fuit Rome perdue; il fuit tous les Romains
        A qui par sa défaite il met les fers aux mains.

Perdue, n'est pas le mot propre; on ne fuit pas ce qu'on a perdu.

V. 65.   Auteur des maux de tous, il est à tous en butte,
        Et fuit le monde entier écrasé sous sa chute.

Comment peut-on fuir l'univers écrasé? Comment et où fuir, quand on est écrasé avec cet univers? Cette métaphore n'est pas plus juste qu'un *climat qui prête l'épaule*.

V. 70.   Soutiendrez-vous un faix sous qui Rome succombe ?

> Tu, Ptolemæe, potes Magni fulcire ruinam
> Sub qua Roma jacet?

V. 71.   Sous qui tout l'univers se trouve foudroyé.

Un faix sous qui l'on se trouve foudroyé, est encore une de ces figures fausses, une de ces images incohérentes qu'on ne peut admettre. Un faix ne foudroie pas.

V. 73.   Quand on veut soutenir ceux que le sort accable,
        A force d'être juste on est souvent coupable.

> Jus et fas multos faciunt, Ptolemæe, nocentes.

V. 75.   Et la fidélité qu'on garde imprudemment,
        Après un peu d'éclat traîne un long châtiment....

> Dat pœnas laudata fides, quum sustinet, inquit,
> Quos fortuna premit.

---

[1] Lucain, *Phars.*, VIII, 527. (ÉD.)

V. 77. Trouve un noble revers, dont les coups invincibles,
        Pour être glorieux, ne sont pas moins sensibles.

Ces termes ne paraîtront pas justes à ceux qui exigent la pureté du langage et la justesse des figures. En effet, un coup n'est pas *invincible*, parce qu'un coup ne combat pas.

V. 80. Rangez-vous du parti des destins et des dieux.

................Fatis accede, diisque.

V. 81. Et sans les accuser d'injustice et d'outrage....

Accuse-t-on les destins d'outrage?

V. 82. Puisqu'ils font les heureux, adorez leur ouvrage....
        Et pour leur obéir perdez le malheureux.

        Et cole felices; miseros fuge.

V. 85. Pressé de toutes parts des colères célestes....

Colère, substantif, n'admet point le pluriel.

V. 86. Il en vient dessus vous faire fondre les restes.

Dessus vous, est une faute contre la langue, et *faire fondre*, en est une contre l'harmonie : et quelle expression que les *restes des colères !*

V. 87. Et sa tête qu'à peine il a pu dérober,
        Toute prête de choir, cherche avec qui tomber.

        Postquam nulla manet rerum fiducia, quærit
        Cum qua gente cadat.

V. 89. Sa retraite chez vous en effet n'est qu'un crime....

La retraite de Pompée peut-elle être représentée comme un crime et comme un effet de sa haine contre Ptolémée? Est-ce ainsi que s'exprime un ministre d'État? n'est-ce point aller au delà du but? Tout le reste de ce morceau est d'une beauté achevée; et plus le fond du discours est naturel et vrai, plus les exagérations emphatiques sont déplacées.

V. 90. Elle marque sa haine et non pas son estime.

Cette exagération d'un ministre d'État est trop évidemment fausse. Est-ce une preuve de haine que de demander un asile?

V. 91. Il ne vient que vous perdre en venant prendre port.

Venant prendre port, expression trop triviale pour la tragédie.

V. 93. Il devoit mieux remplir nos vœux et notre attente.

................Votis tua fovimus arma.

V. 95. Il n'eût ici trouvé que joie et que festins.

On pourrait encore dire que *joie et festins* ne sont pas l'expression convenable dans la bouche d'un ministre d'État. C'est ainsi qu'on parlerait de la réception d'une bourgeoise.

V. 97. J'en veux à sa disgrâce et non à sa personne.
J'exécute à regret ce que le ciel ordonne, **etc.**

> Hoc ferrum, quod fata jubent proferre, paravi,
> Non tibi, sed victo. Feriam tua viscera, Magne;
> Malueram soceri.

V. 101. Vous ne pouvez enfin qu'aux dépens de sa tête
Mettre à l'abri la vôtre et parer la tempête.

On ne pare point une tempête.

V. 105. Le choix des actions ou mauvaises ou bonnes
Ne fait qu'anéantir la force des couronnes.

> Sceptrorum vis tota perit, si pendere justa
> Incipit.

Ces deux vers obscurs et entortillés affaiblissent cette tirade. C'est d'ailleurs trop retourner, trop répéter la même chose.

V. 107. Le droit des rois consiste à ne rien épargner;
La timide équité détruit l'art de régner.

Cette maxime horrible n'est point du tout convenable ici; il ne s'agit point du droit des rois contre d'autres rois, ni avec leurs sujets; il ne s'agit que de mériter la faveur de César. Ptolémée est lui-même une espèce de sujet, un vassal, à qui on propose de flatter son maître par une action infame. Ainsi la dernière partie du discours de Photin pêche contre la raison autant que contre la morale.

V. 109. Quand on craint d'être injuste, on a toujours à craindre.

> . . . . Semper metuet, quem sæva pudebunt.

V. 110. Et qui veut tout pouvoir doit oser tout enfreindre,
Fuir comme un déshonneur la vertu qui le perd,
Et voler sans scrupule au crime qui le sert.

C'est ce qu'on a dit quelquefois des ministres : mais ils ne parlent jamais ainsi. Un homme qui veut faire passer son avis, ne lui donne point de si abominables couleurs. La Saint-Barthélemy même ne fut point présentée dans le conseil de Charles IX comme un crime, mais comme une sévérité nécessaire. La tragédie est une imitation des mœurs, et non pas une amplification de rhétorique.

Cette faute de Corneille a perdu plusieurs auteurs. Leurs personnages débitent, avec un enthousiasme de poëte, des maximes atroces, et de fades lieux communs d'horreurs insipides, qui séduisent quelquefois le parterre dans un roman barbarement dialogué. On a récité sur le théâtre ces vers :

> Chacun a ses vertus ainsi qu'il a ses dieux [1].
> Le sceptre absout toujours la main la plus coupable.
> Le crime n'est forfait que pour les malheureux.
> Telle est donc de ces lieux l'influence cruelle [2]
> Que jusqu'à la vertu s'y rendra criminelle.
> Oui, lorsque de ses soins la justice est l'objet [3],
> Elle y doit emprunter le secours du forfait....
> Vertu! c'est à ce prix qu'on te doit dédaigner [4].

Voilà des sentences dignes de la Grève, dont plusieurs de nos pièces ont été remplies : voilà les vers barbares dignes de ces maximes qui ont retenti sur nos théâtres. Nous avons vu une mère amoureuse de son fils qui disait hardiment :

> Dieux, qui m'abandonnez à ces honteux transports,
> N'en attendez, cruels, ni douleurs, ni remords.
> Je ne tiens mon amour que de votre colère;
> Mais pour vous en punir mon cœur veut s'y complaire [5].

Les dieux qui *n'attendent pas les douleurs* de cette vieille, et qui sont punis par la *complaisance* de la vieille dans son inceste, doivent être bien étonnés; et les gens de goût doivent l'être bien davantage de la vogue qu'ont eue pendant quelque temps ces infamies absurdes, écrites en gaulois.

Nous avons entendu dans *Catilina* [6] des vers encore plus révoltants et plus ridicules :

> Qu'il soit cru fourbe, ingrat, parjure, impitoyable,
> Il sera toujours grand s'il est impénétrable.
> Tel on déteste avant que l'on adore après.

Ce n'est que depuis quelque temps que le parterre a senti l'horreur et le ridicule de ces maximes. Narcisse, dans *Britannicus*, ne dit point à Néron : « Commettez un crime, c'est à vous qu'il appartient d'en faire. » Il ne débite aucune de ces maximes d'un vain déclamateur.

V. 124. Qui n'est point au vaincu ne craint point le vainqueur.

> Quidquid non fuerit Magni, dum bella geruntur,
> Nec victoris erit.

V. 126. Vous pouvez adorer César, si l'on l'adore.

Il faut éviter ces syllabes désagréables de *l'on l'a*.

V. 127. Mais quoique vos encens le traitent d'immortel,
     Cette grande victime est trop pour son autel.

Encens ne souffre point le pluriel. On offre de l'encens aux immortels, mais l'encens ne traite point d'immortel.

---

1. Crébillon, *Xerxès*. IV, 2. (ÉD.) — 2. *Id. Sémiramis*, III. (ÉD.)
3. *Id. ibid*. III, III. (ÉD.) — 4. *Id. Xerxès*, IV, III. (ÉD.)
5. *Id. Sémiramis*, V, 1. (ÉD.) — 6. Acte I, scène I. (ÉD.)

On peut observer ici qu'en aucune langue les métaux, les minéraux, les aromates, n'ont jamais de pluriel. Ainsi, chez toutes les nations, on offre de l'or, de l'encens, de la myrrhe, et non des *ors*, des *encens*, des *myrrhes*.

V. 132.   En usant de la sorte on ne vous peut blâmer,

n'est ni français ni noble. On dit dans le langage familier, *en user de la sorte*, mais non pas *user de la sorte*.

V. 137.   Quoi que doive un monarque, et dût-il sa couronne,
   Il doit à ses sujets encor plus qu'à personne.
   Il cesse de devoir quand la dette est d'un rang
   A ne point l'acquitter qu'aux dépens de leur sang.

Une dette est trop forte, trop grande, elle n'est pas *d'un rang à ne point l'acquitter qu'aux;* ce *point* est de trop, jamais on ne l'emploie que dans le sens absolu : *Je n'irai point, je n'irai qu'à cette condition.*

V. 145.   Il le servit enfin, mais ce fut de la langue.
   La bourse de César fit plus que sa harangue.

La langue, la bourse, sont des expressions trop familières. Voyez comme il est difficile de dire noblement les petites choses, et comme il est aisé de traiter les autres avec emphase. Le grand art des vers consiste à n'être jamais ni ampoulé, ni bas.

V. 147. . . . . Pompée et ses discours,
   Pour rentrer en Égypte, étoient un froid secours.

Un secours n'est ni chaud ni froid. Le mot propre est souvent difficile à rencontrer; et quand il est trouvé, la gêne du vers et de la rime empêche qu'on ne l'emploie.

V. 152   Comme il parla pour vous, vous parlerez pour lui.
   Ainsi vous le pouvez et devez reconnoître.

On reconnaît un bienfait, mais non pas la personne. *Je vous reconnais*, n'est pas français, et ne forme point de sens, à moins qu'il ne signifie au propre : *Je ne vous remettais pas, et je vous reconnais;* ou bien *je reconnais là votre caractère.*

V. 161.   Sire, je suis Romain, etc.

Le raisonnement de Septime est encore plus fort que celui d'Achillas. Cette scène est au fond parfaitement traitée, et à quelques fautes près (qu'on est toujours obligé de remarquer pour l'utilité des jeunes gens et des étrangers), elle est très-forte de raisonnement.

V. 169. . . . . . C'est lui laisser, et sur mer et sur terre,
   La suite d'une longue et difficile guerre.

Il faut éviter autant qu'on peut ces hémistiches trop communs, *et sur mer et sur terre*, qui ne sont que pour la rime, et qui font tout languir; *laisser la suite d'une guerre*, n'est pas français.

V. 173. Le livrer à César n'est que la même chose ;

expression trop familière et trop triviale : de plus, livrer Pompée à
César, n'est pas la même chose que le renvoyer. Il y a une différence
immense entre laisser un homme en liberté, et le mettre dans les
mains de son ennemi.

V. 180. Aussi bien qu'à Pompée il vous voudra du mal.

Il vous voudra du mal, est une expression de comédie.

V. 181. Il faut le délivrer du péril et du crime,
          Assurer sa puissance et sauver son estime.

Sauver son estime, ne forme aucun sens. Veut-il dire que Ptolémée
conservera l'estime qu'on a pour César, ou l'estime que César a pour
Ptolémée, ou l'estime que César fait de lui-même ? dans les trois cas,
sauver l'estime, est trop impropre. *J'évite d'être long, et je deviens
obscur*[1].

V. 189. N'examinons donc plus la justice des causes,
          Et cédons au torrent qui roule toutes choses.

Des causes, est un terme de barreau. *Toutes choses*, est trop prosaïque, quoique dans les délibérations la poésie tragique ne doive point
s'élever au-dessus de la prose soutenue ; et d'ailleurs *toutes choses* et *la
même chose*, dans une page, est d'un style trop négligé. On ne peut
trop répéter qu'on est dans l'obligation de remarquer ces fautes, de
peur que les jeunes gens, qui n'auraient pas la même excuse que Corneille, n'imitent des défauts qu'on devait lui pardonner, mais qu'on
ne pardonne plus aujourd'hui.

V. 195. Abattons sa superbe avec sa liberté.

La superbe ne se dit plus dans la poésie noble ; il est aisé d'y substituer *orgueil*. On n'abat point la liberté, on la détruit ; rien n'est beau
sans le mot propre.
  Ces remarques ne portent point sur l'essentiel de la pièce ; mais il
faut avertir de tout les lecteurs qui veulent s'instruire, et ceux qui
nous font l'honneur d'apprendre notre langue.

V. 205. Allez donc, Achillas, allez avec Septime
          Nous immortaliser par cet illustre crime.

Cette pensée est trop emphatique. Ptolémée peut-il dire qu'il s'im-
mortalisera par un assassinat ? cette illusion qu'il se fait est-elle bien
dans la nature ? les raisons qu'il en apporte sont-elles de vraies raisons ?
les nations seront-elles moins esclaves pour être esclaves du maître de
Rome ? S'exprimer ainsi, c'est substituer une amplification de rhétorique à la solidité d'un conseil d'État. Quel est le souverain qui dirait :
« Allons nous immortaliser par un illustre crime ? » La tragédie doit être

----

1. Boileau, *Art poét.*, I, 66. (ÉD.)

l'imitation embellie de la nature. Ces défauts dans le détail n'empêchent pas que le fond de cette première scène ne soit une des plus belles expositions qu'on ait vues sur aucun théâtre; les anciens n'ont rien qui en approche; elle est auguste, intéressante, importante; elle entre tout d'un coup en action; les autres expositions ne font qu'instruire du sujet de la pièce, celle-ci en est le nœud : placez-la dans quelque acte que vous vouliez, elle sera toujours attachante. C'est la seule qui soit dans ce goût.

SCÈNE II.

V. 2. De l'abord de Pompée elle espère autre issue.

Autre issue, ne se dit que dans le style comique. Il faut, dans le style noble, *une autre issue*. On ne supprime les articles et les pronoms que dans ce familier qui approche du style marotique : Sentir joie, faire mauvaise fin, etc. Observez encore qu'*issue* n'est pas le mot propre. Un abord n'a point d'*issue*. Il faut toujours ou le mot propre, ou une métaphore noble.

V. 5. Elle se croit déjà souveraine maîtresse
D'un sceptre partagé que sa bonté lui laisse.

On ne sait, par la construction, à quoi se rapporte *sa bonté*.

V. 8. De mon trône en son âme elle prend la moitié.

Ce mot *prend* n'est pas assez noble.

V. 9. Où de son vain orgueil les cendres rallumées
Poussent déjà dans l'air de nouvelles fumées.

Jamais un orgueil n'eut de cendres. Ces fumées poussées par les cendres de l'orgueil ne sont guère plus admissibles. Tout ce qui n'est pas naturel doit être banni de la poésie et de la prose.

V. 13. Sans doute il jugeroit de la sœur et du frère
Suivant le testament du feu roi votre père,
Son hôte et son ami, qui l'en daigna saisir.

Le feu roi votre père, est trop prosaïque, et il y a un enjambement que les règles de notre poésie ne souffrent point dans le style sérieux des vers alexandrins. *Qui l'en daigna saisir*, est un terme de chicane. Ma partie est saisie de ce testament. On a saisi ma partie de ces pièces.

V. 16. Jugez, après cela, de votre déplaisir.

Ce vers n'a pas un sens clair. Est-ce du déplaisir qu'a eu Ptolémée? On ne peut dire à un homme : « Jugez de la peine, que vous avez eue. » Est-ce du déplaisir qu'il aura? il fallait donc l'exprimer, et dire : « Jugez de votre déplaisir si Pompée venait mettre Cléopâtre sur le trône. » De plus, cette raison de Photin peut être alléguée contre César bien plus que contre Pompée.

V. 20. Car c'est ne régner pas qu'être deux à régner

C'est exprimer bassement ce qui demande de l'élévation.

SCÈNE III.

V. 3.   Je lui viens d'envoyer Achillas et Septime.
— Quoi! Septime à Pompée! à Pompée Achillas!

Ce vers en dit plus que vingt n'en pourraient dire. La simple exposition des choses est quelquefois plus énergique que les plus grands mouvements de l'éloquence. Voilà le véritable dialogue de la tragédie : il est simple, mais plein de force; il fait penser plus qu'il ne dit. Corneille est le premier qui ait eu l'idée de cette vraie beauté; mais elle est très-difficile à saisir, et il ne l'a pas toujours employée.

V. 13.   Il est toujours Pompée, et vous a couronné.
— Il n'en est plus que l'ombre, et couronna mon père,
Dont l'ombre et non pas moi lui doit ce qu'il espère.

Il n'en est plus que l'ombre; donc c'est à *l'ombre* de mon père à le payer. Quel raisonnement! et quel mauvais jeu de mots!

V. 23.   Mais songez qu'au port même il peut faire naufrage.

Ptolémée ne commet-il pas ici une indiscrétion, en faisant entendre à sa sœur, dont il se défie, qu'il va faire assassiner Pompée? ne doit-il pas craindre qu'elle ne l'en avertisse? Je ne crois pas qu'il soit permis de mettre sur la scène tragique un prince imprudent et indiscret, à moins d'une grande passion qui excuse tout. L'imprudence et l'indiscrétion peuvent être jouées à la comédie; mais sur le théâtre tragique, il ne faut peindre que des défauts nobles. Britannicus brave Néron avec la hauteur imprudente d'un jeune prince passionné; mais il ne dit pas son secret à Néron imprudemment.

V. 36.   Après tout, c'est ma sœur, oyez sans repartir.

Oyez ne se dit plus. L'usage fait tout.

V. 40.   Cette haute vertu dont le ciel et le sang
Enflent toujours les cœurs de ceux de notre rang.

Le ciel et le sang qui enflent le cœur de vertu, n'est pas une expression convenable. Le mot *enfler* est fait pour l'orgueil. On pourrait encore dire, *enfler d'une vaine espérance.*

V. 46.   Confessez-le, ma sœur, vous sauriez vous en taire,
N'étoit le testament du feu roi notre père.

N'était, est une expression du style le plus familier, et prise encore du barreau. *Le feu roi notre père,* deux fois répété, n'est pas d'un style assez châtié. Ces façons de parler ne sont plus permises. La poésie ne doit pas être enflée, mais elle ne doit pas être trop familière; c'est une observation qu'on est obligé de faire souvent. C'est un défaut trop grand dans cette pièce que ce mélange continuel d'enflure et de familiarité.

V. 57. Il fut jusques à Rome implorer le sénat.

Il fut implorer; c'était une licence qu'on prenait autrefois. Il y a même encore plusieurs personnes qui disent, je fus le voir, je fus lui parler; mais c'est une faute, par la raison qu'on *va* parler, qu'on *va* voir; on n'*est* point parler, on n'*est* point voir. Il faut donc dire, *j'allai le voir, j'allai lui parler, il alla l'implorer.* Ceux qui tombent dans cette faute ne diraient pas je *fus* lui remontrer, je *fus* lui faire apercevoir.

V. 58. Il nous mena tous deux pour toucher son courage.

Quand on parle du courage de César, on entend toujours sa valeur. Mais ici Cléopatre entend son âme, son cœur. Le mot de *courage* était entendu en ce sens du temps de Corneille; nous avons vu que Félix dit à Pauline : *Ton courage étoit bon.*

V. 60. .... Ce peu de beauté que m'ont donné les cieux
D'un assez vif éclat faisoit briller mes yeux;
César en fut épris.

Il n'est guère de la bienséance qu'une princesse parle ainsi devant des ministres. La décence est une des premières lois de notre théâtre : on n'y peut manquer qu'en faveur du grand tragique, dans les occasions où la passion ne ménage plus rien.

V. 70. Après avoir pour nous employé ce grand homme,
Qui nous gagna soudain toutes les voix de Rome,
Son amour en voulut seconder les efforts.

Que veut dire *en seconder les efforts?* Est-ce aux efforts des voix de Rome que cet *en* se rapporte? sont-ce les efforts de l'amour de ce grand homme? cet *en* est également vicieux dans l'un et l'autre ?

V. 73. Et nous ouvrant son cœur, nous ouvrit ses trésors.

Ouvrir son cœur et ses trésors, semble un jeu de mots. Tout ce qui a l'air de pointe est l'opposé du style sérieux.

V. 74. Nous eûmes de ses feux encore à leur naissance,
Et les nerfs de la guerre et ceux de la puissance.

Nous eûmes de ses feux les nerfs de la guerre; cette expression n'est pas française : qu'est-ce qu'un nerf qu'on a d'un feu? l'idée est plus répréhensible que l'expression. Une femme ne se vante point ainsi d'avoir un amant; cela n'est permis que dans les rôles comiques.

V. 86. Certes, ma sœur, le conte est fait avec adresse.
— César viendra bientôt, et j'en ai lettre expresse

Ces vers sont de la pure comédie.
Cette scène eût été bien plus belle si Cléopatre n'eût fait parler que

sa fierté et sa ve.tu, et si elle ne se fût point vantée que César était amoureux d'elle.

J'en ai lettre expresse, style familier et bourgeois.

V. 87.   Je n'ai reçu de vous que mépris et que haine.

On ne dit point, *Je n'ai reçu que haine.* On ne reçoit point haine; c'est un barbarisme.

V. 88.   Et de ma part du sceptre indigne ravisseur,
Vous m'avez plus traitée en esclave qu'en sœur.

Part du sceptre, est hasardé, parce qu'on ne coupe point un sceptre en deux. Mais cette figure, qui ne présente rien de louche et d'obscur, est très admissible.

V. 96.   Cependant mon orgueil vous laisse à démêler
Quel étoit l'intérêt qui vous faisoit parler.

Elle ne le laisse point à démêler; elle le fait entendre trop nettement.

SCÉNE IV.

V. 2.   Sire, cette surprise est pour moi merveilleuse.

Merveilleuse, pour *étonnante, surprenante*, est du style de la comédie; l'on ne peut dire, *une surprise étonnante, merveilleuse*; ce n'est pas la surprise qui est merveilleuse, c'est la chose qui surprend.

V. 3.   Je n'en sais que penser, et mon cœur étonné
D'un secret que jamais il n'auroit soupçonné....

Mon cœur, n'est pas le mot propre; on ne l'emploie que dans le sentiment. Le cœur n'a jamais de part aux réflexions politiques. Il fallait, *mon esprit;* de plus, quand on vient de dire qu'on est surpris, il ne faut pas ajouter qu'on est étonné.

V. 5.   Inconstant et confus dans son incertitude,
Ne se résout à rien qu'avec inquiétude.

Inconstant est encore moins convenable. *Le cœur inconstant*, n'exprime point du tout un homme embarrassé.

V. 7.   Sauverons-nous Pompée?—Il faudroit faire effort.
Si nous l'avions sauvé, pour conclure sa mort.

Il faudrait faire effort pour conclure. C'est le contraire de ce que Photin veut dire. Il ne faudrait point d'effort pour conclure la mort de Pompée: on aurait une raison de plus pour la conclure; il faudrait s'efforcer de la hâter.

V 18   Consultez-en encore Achillas et Septime.

En encore: on doit éviter ce bâillement, ces *hiatus* de syllabes, désagréables à l'oreille.

Cet acte ne finit point avec la pompe et la noblesse qu'on attendait du commencement.

V. 19. Allons donc les voir faire, et montons à la tour,

est du ton bourgeois, et l'acte a commencé dans un style emphatique. Il faut, autant qu'on le peut, finir un acte par de beaux vers, qui fassent naître l'impatience de voir l'acte suivant.

ACTE II.

SCÈNE I.

V. 1. Je l'aime; mais l'éclat d'une si belle flamme,
Quelque brillant qu'il soit, n'éblouit point mon âme.

Ce sentiment de Cléopâtre est fort beau; mais on affaiblit toujours son propre sentiment, quand on l'exprime par des maximes générales.

V. 3. Et toujours ma vertu retrace dans mon cœur
Ce qu'il doit au vaincu, brûlant pour le vainqueur.

Les héroïnes de Corneille parlent toujours de leur vertu.

V. 4. Ce qu'il doit au vaincu, brûlant pour le vainqueur.

Il semble, par la construction, que le vaincu brûle pour le vainqueur. Toutes ces négligences sont pardonnables à Corneille, mais ne le seraient pas à d'autres; c'est pour cette raison que je les remarque soigneusement.

V. 7. Et je le traiterois avec indignité,
Si j'aspirois à lui par une lâcheté.

Je le traiterais avec indignité, ne dit pas ce que Cléopâtre veut dire. Son idée est, qu'elle serait indigne de César si elle ne pensait pas noblement. *Traiter avec indignité*, signifie *maltraiter, accabler d'opprobre*.

V. 14. Les princes ont cela de leur haute naissance.

Les princes ont cela, gâte la noblesse de cette idée. C'est ici le lieu de rapporter le sentiment du marquis de Vauvenargues. *Les héros de Corneille*, dit-il, *parlent toujours trop, et pour se faire connaître; ceux de Racine se font connaître parce qu'ils parlent*. Cette réflexion est très-juste. Les vaines maximes, les lieux communs disent toujours peu de chose; et un mot qui échappe à propos, qui part du cœur, qui peint le caractère, en dit bien davantage.

V. 15. Leur âme dans leur sang prend des impressions
Qui dessous leur vertu rangent leurs passions.

Dessous leur vertu; cette expression n'est pas heureuse.

V. 17. Leur générosité soumet tout à leur gloire,

a un sens trop vague, qui ôte à ce couplet sa précision, et lui dérobe par conséquent sa force.

V. 18. Tout est illustre en eux quand ils osent se croire.

Tout est illustre, n'est pas le mot propre ; c'est *noble* qu'il fallait.

V. 23. Il croit cette âme basse et se montre sans foi ;
        Mais s'il croyoit la sienne, il agiroit en roi.

Ce dernier vers est beau, et semble demander grâce pour les autres.

V. 29. Apprends qu'une princesse aimant sa renommée,
        Quand elle dit qu'elle aime, est sûre d'être aimée.

Il y avait d'abord :

        Quand elle avoue aimer, s'assure d'être aimée.

Voilà encore une maxime générale, qui a même le défaut de n'être pas vraie : car l'infante du *Cid* avoue qu'elle aime, et n'en est pas plus aimée. Hermione est dans la même situation : il est vrai que si une princesse disait publiquement qu'elle aime et qu'elle n'est point aimée, elle pourrait être avilie ; mais il n'est pas vrai qu'une princesse n'avoue à sa confidente sa passion que quand elle est sûre d'être aimée. En général, il faut s'interdire ce ton didactique dans une tragédie : on doit le plus qu'on peut mettre les maximes en sentiment. Ce qu'il y a de pis, c'est que l'amour de Cléopatre est très-froid, et contre les lois de la tragédie ; il n'inspire ni terreur, ni pitié : ce n'est précisément que de la galanterie, sans aucun intérêt ; et cette galanterie est des plus indécentes. C'est un très-grand défaut.

V. 31. Et que les plus beaux feux dont son cœur soit épris
        N'oseroient l'exposer aux hontes d'un mépris.

Soit épris, est un solécisme ; mais *de beaux feux qui exposent à des hontes*, sont pis qu'un solécisme.

V. 39. Son bras ne dompte point de peuples ni de lieux
        Dont il ne rende hommage au pouvoir de mes yeux.

Lieux après *peuples*, est inutile et languissant. *Un bras qui dompte des lieux*, révolte l'esprit et l'oreille.

V. 43. Il trace des soupirs, et d'un style plaintif
        Dans son chant de victoire il se dit mon captif.

César qui trace des soupirs d'un style plaintif n'est point César ; et ce ridicule augmente encore par celui de l'expression. On ne parlerait pas autrement de Corydon dans une églogue. Est-il possible qu'on ait dit que Corneille a banni la galanterie de ses pièces ? il ne l'a traitée que trop : elle était alors la base de tous les ouvrages d'imagination. Horatius Coclès chante à l'écho dans *Clélie*, et fait des anagrammes. Tout

héros est galant. Remarquons que Dacier, dans ses notes sur l'Art poétique d'Horace, censura fortement la plupart de ces fautes où Corneille tombe trop souvent. Il rapporte plusieurs vers dont il fait la critique. Le seul amour du bon goût le portait à cette juste sévérité dans
un temps où il ne semblait pas encore permis de censurer un homme
presque universellement applaudi. Boileau avait bien fait sentir que
Corneille péchait souvent par le style, par l'obscurité des pensées,
quelquefois par leur fausseté, par l'inégalité, par des termes bas, et
par des expressions ampoulées : mais il le disait avec ménagement,
jusqu'à ce qu'enfin dans son *Art poétique* il alla jusqu'à dire :

> Et si le roi des Huns ne lui charme l'oreille,
> Traiter de visigoths tous les vers de Corneille [1].

Il n'aurait jamais parlé ainsi de Racine, le seul qui eut toujours un
style noble et pur.

V. 45.   Oui, tout victorieux il m'écrit de Pharsale.

Il faut dire, *oui, tout vainqueur qu'il est.*

V. 46.   Et si sa diligence à ses feux est égale,
         Ou plutôt si la mer ne s'oppose à ses feux,
         L'Égypte le va voir me présenter ses vœux.

Cette opposition de la *mer* et des *feux* est un jeu de mots puéril, auquel l'auteur n'a peut-être pas pensé. Ce n'est pas assez de ne pas chercher ces petitesses, il faut prendre garde que le lecteur ne puisse les
soupçonner.

V. 53.   Si bien que ma rigueur, ainsi que le tonnerre,
         Peut faire un malheureux du maître de la terre.

L'expression familière *si bien que* est à peine tolérable dans la comédie. La rigueur d'une femme comparée au tonnerre est d'un gigantes-
que puéril. Un tonnerre qui fait un malheureux est petit. Le tonnerre
fait pis, il tue ; et les rigueurs de Cléopatre qui tueraient César comme
le tonnerre, sont quelque chose de plus outré, de plus faux, et de plus
choquant que les exagérations de tous nos romans. On ne peut trop
s'élever contre ce faux goût.

V. 55.   J'oserois bien jurer que vos divins appas
         Se vantent d'un pouvoir dont ils n'useront pas,

est un discours de soubrette ; mais Cléopatre, qui espère avoir un enfant de César, s'exprime en femme abandonnée.

V. 57.   Et que le grand César n'a rien qui l'importune,
         Si vos seules rigueurs ont droit sur sa fortune.

Toutes ces expressions sont fausses et alambiquées. Des rigueurs

---

1. Ces vers ne sont pas de l'*Art poétique*, mais de la satire IX, vers 179-180.
(*Note de M. Beuchot.*)

n'ont point de droit, elles n'en ont point sur la fortune de César ; et ce César qui *n'a rien qui importune*, est comique. J'avoue qu'on est étonné de tant de fautes, quand on y regarde de près. Remarquons-les, puisqu'il faut être utile ; mais songeons toujours que Corneille a des beautés admirables, et que s'il a bronché dans la carrière, c'est lui qui l'a ouverte en quelque façon, puisqu'il a surpassé ses contemporains jusqu'à l'époque d'*Andromaque*.

V. 69.   Peut-être mon amour aura quelque avantage
         Qui saura mieux que moi ménager son courage.

Son amour qui a un avantage, lequel ménagera mieux le courage de César qu'elle-même, est une idée obscure exprimée obscurément.

Il y avait auparavant :

      Et si jamais le ciel favorisoit ma couche
      De quelque rejeton de cette illustre souche,
      Cette heureuse union de mon sang et du sien
      Uniroit à jamais son destin et le mien.

L'auteur retrancha ces vers, qui présentaient une image révoltante.

V. 85.   Ne pouvant rien de plus pour sa vertu séduite,
         Dans mon âme en secret je l'exhorte à la fuite.

Il semble, par la phrase, qu'il s'agisse de la vertu séduite de Pompée, et c'est de la vertu séduite de l'âme de Cléopatre. *Je l'exhorte à la fuite dans mon âme.* Cette expression n'est pas heureuse. Mais si Cléopatre veut secourir Pompée, que ne lui dépêche-t-elle un exprès pour l'avertir de son danger ? Elle en dit trop, quand elle ne fait rien.

V. der.   .... J'en apprendrai la nouvelle assurée.

On apprend des nouvelles sûres, et non une nouvelle assurée : on dit bien : *Cette nouvelle m'a été assurée par tels ou tels.*

SCÈNE II.

Si Cléopatre, au lieu de parler en femme galante, avait su donner de la noblesse à son amour pour César, et montrer en même temps la plus grande reconnaissance pour Pompée, et une véritable crainte de sa mort, le récit d'Achorée ferait bien un autre effet. Le cœur n'est point assez ému quand le récit des infortunes n'est fait qu'à des personnes indifférentes. Le nom de Pompée et de beaux vers suppléent à l'intérêt qui manque. Cléopatre a montré assez d'envie de sauver Pompée, pour que le récit qu'on lui fait, la touche ; mais non pas pour que ce récit soit un coup de théâtre, non pas pour qu'il fasse répandre des larmes.

V. 4.   J'ai vu la trahison, j'ai vu toute sa rage.

La rage de la trahison !

V. 5. Du plus grand des mortels j'ai vu trancher le sort.

On tranche la vie, on tranche la tête, on ne tranche point un sort

V. 6. J'ai vu dans son malheur la gloire de sa mort.

La gloire d'une mort ! et cette *gloire* deux fois répétée! quelle négligence!

V. 9. Écoutez, admirez, et plaignez son trépas.

On n'admire point un *trépas*, mais la manière héroïque dont un homme est mort. Cependant cette expression est une beauté et non une faute; c'est une figure très-admirable.

V. 15. Mais voyant que ce prince ingrat à ses mérites
N'envoyoit qu'un esquif rempli de satellites,
Il soupçonne dès lors son manquement de foi.

Quippe fides si pura foret, si regia Magno
Sceptrorum auctori vera pietate pateret,
Venturum tota Pharium cum classe tyrannum[1].

Ingrat à ses mérites; nous disons, *ingrat envers quelqu'un,* et non pas, *ingrat à quelqu'un.* Aujourd'hui que la langue semble commencer à se corrompre, et qu'on s'étudie à parler un jargon ridicule, on se sert du mot impropre *vis-à-vis.* Plusieurs gens de lettres ont été ingrats *vis-à-vis de moi,* au lieu de *envers moi.* Cette compagnie s'est rendue difficile *vis-à-vis du roi,* au lieu de *envers le roi,* ou *avec le roi.* Vous ne trouverez le mot *vis-à-vis* employé en ce sens dans aucun auteur classique du siècle de Louis XIV.

. . . . son manquement de foi.

Manquement n'est plus d'usage; nous disons *manque ;* et ce *manque de foi* est une expression trop faible pour exprimer l'horrible perfidie que Pompée soupçonne.

V. 23. N'exposons, lui dit-il, que cette seule tête
A la réception que l'Égypte m'apprête, etc.

. . . . Longeque a littore casus
Exspectate meos, et in hac cervice tyranni
Explorate fidem.

V. 29. Mais quand tu les verrois descendre chez Pluton,
Ne désespère point, du vivant de Caton.

Pompée ne se servit certainement pas de cette figure, *descendre chez Pluton.* Il ne faut pas faire parler un héros en poëte.

V. 33. Septime se présente, et, lui tendant la main,
Le salue empereur, etc.

1. Lucain, *Phars.,* VIII, 572-74. (Éd.)

Romanus Pharia miles de puppe salutat
Septimius.

V. 39.   Ce héros voit la fourbe et s'en moque dans l'âme.

S'en moque, est comique et trivial. Je ne sais pourquoi Corneille
feint que Pompée s'aperçoit du dessein de Septime; car s'il le devine,
il ne doit pas quitter son vaisseau, dans lequel sans doute il a des
soldats. Il doit prendre le chemin de Carthage.

V. 48.   Mes yeux ont vu le reste, et mon cœur en soupire,
Et croit que César même à de si grands malheurs
Ne pourra refuser des soupirs et des pleurs.

Un cœur qui croit; cela ne serait pas souffert aujourd'hui.

V. 57.   Il se lève, et soudain par derrière Achillas,
Comme pour commencer tirant son coutelas,
Septime et trois des siens, lâches enfants de Rome,
Percent à coups pressés les flancs de ce grand homme.

Par derrière est d'une prose trop basse.

V. 61.   Tandis qu'Achillas même, épouvanté d'horreur,
De ces quatre enragés admire la fureur.

Ces quatre enragés, est aujourd'hui du bas comique; il ne l'était pas
alors. *Enragé* faisait le même effet que l'*arrabiato* des Italiens, et l'*en-
rag'd* des Anglais : *admire*, est insoutenable.

V. 68.   D'un des pans de sa robe il couvre son visage,
A son mauvais destin en aveugle obéit, etc.

Involvit vultus, atque indignatus apertum
Fortunæ præbere caput, tunc lumina pressit.

V. 70.   Et dédaigne de voir le ciel qui le trahit.

J'ai vu autrefois admirer ce vers; et depuis j'ai vu tous les connaisseurs le condamner comme une exagération, comme un vain ornement, et même comme une pensée fausse. On peut dédaigner de regarder un ami perfide; mais dédaigner de regarder le ciel, parce qu'on
se suppose trahi par le ciel, cela est d'un capitan plutôt que d'un
héros.

V. 73.   Aucun gémissement à son cœur échappé....

.... Nullo gemitu consensit ad ictum.

V. 74.   Ne le montre en mourant digne d'être frappé.

N'est-ce pas là encore une fausse idée ? Pourquoi Pompée aurait-il
été *digne d'être frappé* s'il eût gémi ? et que veut dire *digne d'être
frappé ?* quelle enflure ! quelle fausse grandeur !

V. 75.   Immobile à leurs coups, en lui-même il rappelle
Ce qu'eut de beau sa vie et ce qu'on dira d'elle....

} *Immobile*, n'a et ne peut avoir de régime ; car, en toute langue, on n'est immobile ni *à* quelque chose ni *en* quelque chose.

V. 77. Et tient la trahison que le roi leur prescrit
        Trop au-dessous de lui pour y prêter l'esprit.

Quoi ! Pompée ne daigne pas songer qu'on l'assassine ? quoi ! il ne daigne pas *prêter l'esprit* à vingt coups de poignard qu'il reçoit ? il n'y a rien au monde de plus faux, de plus romanesque ; et *cette vertu qui augmente ainsi son lustre dans leur crime !* Quelles peines l'auteur se donne pour montrer de l'esprit faux et pour s'expliquer en énigmes !

V. 80. Et son dernier soupir est un soupir illustre.

                  Seque probat moriens.

Ce mot *illustre* ne peut convenir à un *soupir* ; de plus un *soupir* n'est-il pas une espèce de gémissement ? Achorée vient de dire que Pompée n'a poussé aucun gémissement. Et comment un *soupir* peut-il *étaler tout Pompée ?* Corneille a voulu traduire le *seque probat moriens* de Lucain. *Il prouve en mourant qu'il est Pompée.* Ce peu de mots est vrai, simple et noble ; mais un *soupir illustre* n'est pas tolérable.

V. 83. Sa tête sur les bords de la barque penchée.

Est-ce la barque ou la tête qui est penchée ?

V. 84. Par le traître Septime indignement tranchée,
        Passe au bout d'une lance en la main d'Achillas.

        Septimius. . . . .
        . . . . retegit. . ., scisso velamine vultus. . . .
        Collaque in obliquo ponit languentia transtro ;
        Tunc nervos venasque secat. . . .
        Vindicat hoc Pharius dextra gestare satelles.

V. 88. On donne à ce héros la mer pour sépulture.

        Littora Pompeium feriunt, truncusque vadosis
        Huc, illuc, jactatur aquis.

V. 94. Je l'ai vue élever ses tristes mains aux cieux.

On sait bien que des mains ne sont pas tristes. Cependant cette épithète peut être soufferte en poésie, et surtout dans cette occasion.

V 95. Puis cédant aussitôt à la douleur plus forte,
       Tomber dans sa galère évanouie ou morte

       . . . . Interque suorum
       Lapsa manus rapitur trepida fugiente carina.

V. 116. Dans quelque urne chétive en ramasser la cendre

Le mot de *chétive* ne passerait pas aujourd'hui. Il me paraît qu'il fait ici un très-bel effet, par l'opposition d'une fin si déplorable à la grandeur passée de Pompée.

V. 124. Cléopatre a de quoi vous mettre tous en poudre.

Cléopatre a de quoi; on évite aujourd'hui de tels hémistiches. La situation n'en est pas moins intéressante; rien n'est plus grand que ce moment où Pompée périt, où Cornélie fuit, et où César arrive.

On évite aujourd'hui ces lieux communs, *mettre en poudre,* qui n'étaient employés que pour rimer à *foudre.*

V. 127. Admirons cependant le destin des grands hommes;
Plaignons-les, et par eux jugeons ce que nous sommes, etc.

Cela serait froid en toute autre occasion. On est peu touché quand on se prépare ainsi, quand on s'arrange pour faire des réflexions. Il vaudrait mieux montrer plus de sentiment.

V. 131. Lui que sa Rome a vu, plus craint que le tonnerre,
Triompher en trois fois des trois parts de la terre.

On voit bien là le misérable esclavage de la rime. Ce *tonnerre* n'est mis que pour rimer à *terre;* on s'est imaginé, grâce à ces malheureuses rimes, si souvent rebattues, qu'il n'y avait que tonnerre et guerre qui pussent rimer à terre, à cause des deux *rr* qui se trouvent dans ces mots. On n'a pas fait réflexion que ce double *r* ne se prononce pas. *Abhorre,* qui a deux *r,* rime très-bien avec *adore* et *honore,* qui n'en ont qu'un. L'usage fait tout; mais c'est un usage bien condamnable de se donner des entraves si ridicules. La rime est faite pour l'oreille. On prononce *terre* comme *père, mère;* et puisque *abhorre* rime avec *adore, terre* doit rimer avec *mère.*

V. 141. Ainsi finit Pompée, et peut-être qu'un jour
César éprouvera même sort à son tour.

Cette idée est fort belle, et d'autant plus convenable, que le jour même on conspire contre César.

‛ SCÈNE III.

V. 4. Vous haïssez toujours ce fidèle sujet?
— Non, mais en liberté je ris de son projet.

Le spectateur est indigné qu'après la mort du grand Pompée, dont il est rempli, Ptolémée et Cléopatre s'amusent à parler de Photin, et que Cléopatre dise en vers de comédie qu'elle *rit de son projet.*

Il faut, autant qu'on le peut, fixer toujours l'attention du public sur les grands objets, et parler peu des petits, mais avec dignité.

Cette froide scène devient encore moins tragique par les petites ironies du frère et de la sœur.

V. 15. Il en coûte la vie et la tête à Pompée

Quand on dit *la vie, la tête* est de trop.

V. 22. Je ferai mes présents; n'ayez soin que des vôtres,

Je ferai mes présents, est de la dernière indécence, surtout dans la bouche d'une femme galante. *N'ayez soin que des vôtres*, paraît encore plus insupportable quand il s'agit de la tête de Pompée.

V. 35, 43, 44. Je connais ma portée; et ne prends point le change....
      Et je suis bonne sœur si vous m'êtes bon frère.
   — Vous montrez cependant un peu bien du mépris, etc.

Tout cela est d'un comique si froid, que plusieurs personnes sont étonnées que Corneille ait pu passer si rapidement du pathétique et du sublime à ce style bourgeois, et qu'il n'ait point eu quelque ami qui l'ait fait apercevoir de ces disparates. On l'a déjà dit : Corneille n'était plus le même quand il n'était plus soutenu par la majesté du sujet; et il ne vivait pas dans un temps où l'on connût encore toutes les bienséances du dialogue, la pureté du style, l'art, aussi nécessaire que difficile, de dire les petites choses avec une noblesse élégante. On ne peut trop répéter que la plupart des défauts de Corneille sont ceux de son siècle.

    ...Je suis bonne sœur si vous m'êtes bon frère;

vers de comédie, et mauvais vers. *Un peu bien du mépris*, n'est pas français.

SCÈNE IV.

V. 1.   J'ai suivi tes conseils; mais plus je l'ai flattée,
      Et plus dans l'insolence elle s'est emportée.

Elle s'est emportée dans l'insolence, est un barbarisme et un solécisme. Il faut, *jusqu'à l'insolence elle s'est emportée.*

V. 4.   Je m'allois emporter dans les extrémités.

On s'emporte *à* quelque extrémité, et non *dans* les extrémités. Ptolémée doit-il dire qu'il a été tenté de tuer sa sœur? Il me semble qu'au théâtre on ne doit parler de meurtre que dans les grandes passions, ou dans les grands intérêts, et non pas après une scène d'ironie et de picoterie.

V. 7.   (Il) l'eût mise en état, malgré tout son appui,
      De s'en plaindre à Pompée auparavant qu'à lui.

Auparavant qu'à lui, n'est pas français. Cet adverbe absolu n'admet aucune relation, aucun régime. Il faut, *avant qu'à lui.*

V. 17. Et ne permettons pas qu'après tant de bravades,
      Mon sceptre soit le prix d'une de ses œillades.

Ces deux vers sont du style comique. On peut trouver de telles observations minutieuses; mais elles sont faites pour les étrangers. Il ne faut rien omettre.

V. 19. Sire, ne donnez point de prétexte à César
      Pour attacher l'Égypte aux pompes de son char.

Attacher l'Égypte à des pompes!

V. 23. Enflé de sa victoire et des ressentiments
Qu'une perte pareille imprime aux vrais amants....

Un ministre d'État, et même un scélérat, qui parle de vrais amants, et des ressentiments qu'une perte imprime aux vrais amants!

V. 30. Si Cléopatre meurt, votre perte est certaine...
Pour la perdre avec joie il faut vous conserver.

Cet *avec joie* est ridicule : il devait dire, pour la perdre sans vous nuire, pour vous venger avec sûreté.

V. 34. Sceptre, s'il faut enfin que ma main t'abandonne,
Passe, passe plutôt en cellé du vainqueur.

Il faut avoir l'attention d'éviter ces façons de parler, employées dans le style bas; *passe, passe* fait un effet ridicule.

V. 39. L'amour à ses pareils ne donne point d'ardeur
Qui ne cède aisément aux soins de leur grandeur.

L'amour, qui donne de *l'ardeur!*

V. 47. Et s'il donnoit loisir à des cœurs si hardis
De relever du coup dont ils sont étourdis....

On relève de maladie; on ne relève pas d'un coup.

V. 49. S'il les vainc, s'il parvient où son désir aspire....

Évitez toujours ces syllabes rudes et sèches.

V. 57. Remettez en ses mains trône, sceptre, couronne.

Ce ne sont point trois choses différentes, c'est la même idée sous trois diverses figures, c'est un pléonasme, une négligence.

V. pén. Avec toute ma flotte allons le recevoir,
Et par ces vains honneurs séduire son pouvoir.

Notre langue ne permet guère qu'on applique à des choses inanimées des verbes qui ne sont appropriés qu'à des choses animées. On séduit un homme; et par une métaphore très-juste, on séduit sa passion : mais quand on séduit un homme puissant, ce n'est pas son pouvoir qu'on séduit. Cette impropriété de termes est souvent ce qui révolte le lecteur, sans qu'il s'aperçoive d'où naît son dégoût. Les poëtes comme Boileau et Racine, qui n'emploient jamais que des métaphores justes, qui écrivent toujours purement, sont lus de tout le monde; et il n'y a pas un seul de leurs vers que les amateurs ne relisent cent fois, et ne sachent par cœur : mais on ne lit des autres que quelques endroits de génie, dont la beauté supérieure s'élève au-dessus des règles de la syntaxe et de la correction du style.

ACTE III.

SCÈNE I.

Corneille, dans l'examen de *Pompée*, dit qu'on a trouvé mauvais qu'Achorée fasse le récit intéressant qui suit, à une simple suivante. Il donne pour réponse que cette suivante tient lieu de la reine; mais, encore une fois, les récits intéressants ne doivent être faits qu'aux principaux personnages. On est mécontent de voir une suivante qui dit que sa maîtresse, *dans son appartement, de César attend le compliment sans s'en émouvoir*. Ces scènes inutiles, et par conséquent froides, prouvent que presque toutes les tragédies françaises sont trop longues. On les appelle des scènes de *remplissage*. Ce mot est leur condamnation.

V. 1.   Oui, tandis que le roi va lui-même en personne
         Jusqu'aux pieds de César prosterner sa couronne,
         Cléopatre s'enferme en son appartement.

On ne prosterne point une couronne, on se prosterne, on dépose une couronne; on la dépose aux pieds, et non jusqu'aux pieds.

V. 5.   Comment nommerez-vous une humeur si hautaine ?

Humeur n'est pas plus noble que *beau présent*.

V. 9. . . . . Elle m'envoie
         Savoir à cet abord ce qu'on a vu de joie.

Ce qu'on a vu de joie, ne peut se dire dans le style tragique, quoique ce soit une suivante qui parle.

V. 11.   Ce qu'à ce beau présent César a témoigné.

Ce beau présent, est comique.

V. 13.   S'il traite avec douceur, s'il traite avec empire.

Traite exige un régime; ce verbe n'est neutre que lorsqu'on parle d'un traiteur.

V. 15.   La tête de Pompée a produit des effets
         Dont ils n'ont pas sujet d'être fort satisfaits.

Ce dernier vers est un peu de comédie.

V. 21.   Ses vaisseaux en bon ordre ont éloigné la ville.

Ont éloigné la ville, est un solécisme. Il fallait, *se sont éloignés de*, ou plutôt une autre expression, un autre tour.

V. 23.   Il venoit à plein voile, etc.

est un solécisme : *voile* de vaisseau a toujours été féminin; *voile* qui couvre, masculin.

V. 25. Sa flotte qu'à l'envi favorisoit Neptune,
 Avoit le vent en poupe ainsi que sa fortune.

N'est-ce pas là une réflexion inutile, et en même temps trop recherchée? Pourquoi dire que son vaisseau avait le vent en poupe? pourquoi comparer la fortune de César à ce vaisseau? quel rapport de ces idées avec la réception dont il s'agit?

La peinture de l'humiliation de Ptolémée est admirable, parce qu'elle est vraie. Celle de la tête de Pompée, qui semble s'apprêter à parler, n'est pas si vraie. Cela sent le poëte, et dès lors on n'est plus si touché. Un mort n'a pas la vue égarée.

V. 40. Mais avec six vaisseaux un des miens la poursuit.

Un des miens; il semble que ce soit un de ses vaisseaux, et Ptolémée entend un de ses officiers. Ces méprises sont assez communes dans notre langue; il faut y prendre garde soigneusement.

V. 41. A ces mots Achillas découvre cette tête :
 Il semble qu'à parler encore elle s'apprête,
 Qu'à ce nouvel affront un reste de chaleur
 En sanglots mal formés exhale sa douleur.

. . . . Atque os in murmura pulsant
Singultus animæ.

V. 47. Et son courroux mourant fait un dernier effort
 Pour reprocher aux dieux sa défaite et sa mort.

 Iratamque Deis faciem.

V. 49. César à cet aspect, comme frappé du foudre....

Ce n'est pas un coup de foudre pour César que la mort de Pompée.

V. 50. Et comme ne sachant que croire ou que répondre...
 Nous tient assez longtemps ses sentiments cachés.

Il doit savoir certainement *que croire* en voyant la tête de Pompée.

 Non primo Cæsar damnavit munera visu.
 . . . . .Vultus, dum crederet, hæsit.

V. 53. Et je dirai, si j'ose en faire conjecture ...

Expression un peu triviale.

V. 54. Que par un mouvement commun à la nature
 Quelque maligne joie en son cœur s'élevoit,
 Dont sa gloire indignée à peine le sauvoit.

Quelle peinture et quelle vérité! que ces grands traits effacent de autes! rien n'est plus beau que cette tirade : elle fait voir en même temps qu'il falloit mettre ce récit intéressant dans la bouche d'un personnage plus important qu'Achorée.

V. 64. Examine, choisit, laisse couler des pleurs, etc.

> . . . . .Lacrimas non sponte cadentes
> Effudit....

V. 67. Ensuite il fait ôter ce présent de ses yeux.

> .Aufer ab aspectu nostro funesta, satelles,
> Regis dona tui.

V. 75. Met des gardes partout, et des ordres secrets.

Cela est impropre; on met des gardes, et on donne des ordres.

V. 81. Je vais bien la ravir avec cette nouvelle.

Vers familier de comédie. *La ravir avec une nouvelle !*

SCÉNE II.

V. 2. Connoissez-vous César, de lui parler ainsi? etc.

Beaucoup de bons juges ont trouvé que César affecte ici un peu trop de rodomontade, que la véritable grandeur est plus simple, que les Romains ne regardaient point le trône comme une infamie, qu'ils avaient au contraire aboli chez eux le nom de roi, comme trop dangereux à Rome; que les Romains n'avaient aucun mépris pour un roi d'Égypte; que César joue un peu sur le mot; que quand Ptolémée lui dit, *Montez au trône*, il veut dire seulement, soyez ici le maître, et non pas. faites-vous couronner roi d'Égypte; qu'enfin César répond à un compliment très-raisonnable par des hauteurs qui sentent plus la vanité que la grandeur. Ces critiques peuvent être fondées; mais peut-être est-il nécessaire d'enfler un peu la grandeur romaine sur le théâtre, comme on place des figures colossales dans de vastes enceintes. Il est bien certain que quand Ptolémée dit à César, *Commandez ici*, il ne lui dit pas, prenez le titre de roi d'Égypte, au lieu de celui d'*imperator*, de *consul*, de *triumvir;* mais César veut humilier Ptolémée. Le spectateur est charmé de voir ce roi abaissé et confondu; et les reproches sur la mort de Pompée sont admirables.

V. 3. Que m'offriroit de pis la fortune ennemie,
A moi qui tiens le trône égal à l'infamie?

Jamais on n'a tenu *le trône égal à l'infamie;* il n'y là qu'un faux air de grandeur, et tout faux air est puéril. César tenait si peu le trône égal à l'infamie, qu'il voulut depuis être reconnu roi. Les Romains craignaient chez eux la royauté; mais le trône ailleurs n'était point infâme.

V. 12. S'il en eût aimé l'offre, il eût su s'en défendre.

Ce vers n'est pas trop intelligible; le reste fait un très-bel effet. Ptolémée joue là un indigne rôle; mais on aime à voir un roi abaissé devant César Lorsque Corneille fait parler Ptolémée, les vers sont faibles;

César s'exprime fortement : tel était le génie de Corneille. Le sublime de César passe jusque dans l'âme du lecteur.

V. 22.   Vous qui devez respect au moindre des Romains.

Cela n'est pas vrai, puisque Ptolémée avait des chevaliers romains à son service.

V. 23.   Ai-je vaincu pour vous dans les champs de Pharsale?

> Ergo in Thessalicis Pellæo fecimus arvis
> Jus gladio?

V. 27.   Moi, qui n'ai jamais pu la souffrir à Pompée,
La souffrirai-je en vous sur lui-même usurpée?

> Non tuleram Magnum mecum Romana regentem:
> Te, Ptolemæe, feram?

V. 32.   Ce coup où vous tranchez du souverain de Rome,
Et qui sur un seul chef lui fait bien plus d'affront
Que sur tant de milliers ne fit le roi de Pont.

Un coup qui fait affront sur un chef, n'est pas élégant.

V. 35.   Pensez-vous que j'ignore ou que je dissimule
Que vous n'auriez pas eu pour moi plus de scrupule,
Et que, s'il m'eût vaincu, votre esprit complaisant
Lui faisoit de ma tête un semblable présent?

> . . . . Nec fallere vos me
> Credite victorem : nobis quoque tale paratum
> Littoris hospitium.

Cela est beau, parce que cela est vrai. Il n'y a là ni déclamation ni enflure.

V. 39.   Grâces à ma victoire on me rend des hommages
Où ma fuite eût reçu toutes sortes d'outrages.

> . . . . Ne sic mea colla gerantur
> Thessaliæ fortuna facit.

V. 49.   Ici, dis-je, où ma cour tremble en me regardant,
Où je n'ai point encore agi qu'en commandant....

est un solécisme ; le *point* est de trop.

V. 67.   Mais de ce grand sénat les saintes ordonnances
Eussent peu fait pour nous, seigneur, sans vos finances.

Le mot de *finances* n'est pas plus fait pour la tragédie que celui de *huissier*.

V. 70.   Et, pour en bien parler, nous vous devons le tout.

Expression trop faible, trop commune. Ne finissez jamais un vers par ces mots, *le tout;* ils ne sont ni harmonieux ni nobles.
Le tout, est du style de bureau.

V. 72. Jusqu'à ce qu'à vous-même il ait osé se prendre.

On ne peut trop remarquer avec quel soin pénible il faut éviter ce concours de syllabes dures, dont les auteurs ne s'aperçoivent pas dans la chaleur de la composition. *Jusqu'à ce qu'à*, révolte l'oreille : *se prendre à quelqu'un*, est du discours familier; et *s'en prendre*, est quelquefois fort noble. *Répondez du succès, ou je m'en prends à vous.* De plus, *se prendre* ne signifie pas attaquer, comme Corneille le prétend ici; il signifie le contraire, chercher un appui, un secours En tombant il se prit à un arbre, qui le garantit. Dans le malheur on se prend à tout, c'est-à-dire on se fait une ressource de tout ce qu'on trouve. Dans le malheur on s'en prend à tout, signifie, on accuse tout, on se plaint de tout.

V. 73. Mais voyant son pouvoir de vos succès jaloux....

Un pouvoir jaloux d'un succès !

V. 75. Tout beau; que votre haine en son sang assouvie
N'aille point à sa gloire; il suffit de sa vie.

On a déjà remarqué ailleurs que ce mot familier, *tout beau*, ne doit jamais entrer dans la tragédie.

V. 84. J'ai cru sa mort pour vous un malheur nécessaire, .
Et que sa haine injuste, augmentant tous les jours....

Et que, n'ayant point été précédé d'un autre *que*, est une faute de grammaire, mais de ces fautes qui cessent de l'être dans la poésie animée.

V. 86. Jusque dans les enfers chercheroit du secours.

Les enfers, sont ici d'un déclamateur, et non pas d'un homme qui donne de bonnes raisons.

V. 93. Et sans attendre d'ordre en cette occasion,
Mon zèle ardent l'a prise à ma confusion

Il veut dire, mon zèle ardent a pris cette occasion; mais c'est une expression bien étrange, *j'ai pris cette occasion pour assassiner Pompée.*

V. 103. Vous cherchez, Ptolémée, avecque trop de ruses,
De mauvaises couleurs et de froides excuses.

Les comédiens disent *avec de faibles ruses; avecque* était trop dur.

V. 105. Votre zèle étoit faux, si seul il redoutoit
Ce que le monde entier à pleins vœux souhaitoit.

A pleins vœux, ne se dit plus.

V. 107. Et s'il vous a donné ces craintes trop subtiles
Qui m'ôtent tout le fruit de nos guerres civiles,
Où l'honneur seul m'engage, et que pour terminer,
Je ne veux que celui de vaincre et pardonner.

> . . . . Unica belli
> Præmia civilis, victis donare salutem,
> Perdidimus.

Où l'honneur seul m'engage, et que pour, etc. Cela n'est pas français ; il fallait, *guerres où l'honneur m'engage, où je ne veux que vaincre et pardonner, où mes plus grands ennemis*, etc.

V. 115. O combien d'allégresse une si triste guerre
    Auroit-elle laissé dessus toute la terre,
    Si l'on voyoit marcher dessus un même char,
    Vainqueurs de leur discorde, et Pompée et César !

Thomas Corneille, dans l'édition qu'il fit des œuvres de son frère, mit, *marcher en même char*. La correction n'est pas heureuse. Ces minuties (on ne peut trop le dire) n'empêchent point un morceau sublime d'être sublime ; il les faut regarder comme des fautes d'orthographe.

V. 121. Vous craigniez ma clémence ; ah ! n'ayez plus ce soin :
    Souhaitez-la plutôt, vous en avez besoin.

Souhaitez-la plutôt, est sublime ; et quoique les vers suivants étendent peut-être un peu trop cette pensée, ils ne la déparent pas, tant on aime à voir le crime puni et un roi confondu par un Romain.

V. 133. Cependant à Pompée élevez des autels, etc.

> . . . . Justo date tura sepulcro,
> Et placate caput.

SCÈNE III.

V. 1.   Antoine, avez-vous vu cette reine adorable ?
    — Je l'ai vue, ô César ! elle est incomparable.

Après ce discours noble et vigoureux de César, le lecteur est indigné de voir Antoine faire le personnage d'entremetteur, et de lui entendre dire que *cette reine adorable est incomparable*, que *son corps est si beau qu'il la voudrait aimer :* ce n'est pas là César, ce n'est pas là Antoine ; c'est un amoureux de comédie qui parle à un valet. On a substitué à ce demi-vers, *Je l'ai vue, ô César !* cet autre, *Oui, seigneur, je l'ai vue. L'incomparable* exigeait plutôt une correction.

V. 3.   Le ciel n'a point encor, par de si doux accords,
    Uni tant de vertus aux grâces d'un beau corps.

Par de si doux accords, hémistiche d'églogue, qui, joint aux *grâces d'un beau corps*, rend tout ce morceau indigne de la tragédie.

V. 9.   Comme a-t-elle reçu les offres de ma flamme ?

Au moins il fallait, *Comment a-t-elle reçu ?*

V. 12.   Elle s'en dit indigne, et la croit mériter.

Madrigal de comédie.

V. 13. En pourrai-je être aimé?

est trop comique.

V. 15. . . . . Douter de ses ardeurs,
       Vous qui la pouvez mettre au faîte des grandeurs!

est au-dessous du style de la comédie.

V. 23. Vous ferez succéder un espoir assez doux,
       Lorsque vous daignerez lui dire un mot pour vous.

Il faut toujours un régime à *succéder*. On *succède à*. Tout cet endroit
est mal écrit.

V. 31. Sitôt qu'ils ont pris port....

expression de marin, et non de poëte.

V. 33. Qu'elle entre. Ah! l'importune et fâcheuse nouvelle!

Voici un trait de comédie qui fait un grand tort à la belle scène de
Cornélie. Tout ce que lui dit César de noble et de grand est gâté par ce
vers si déplacé. On voit qu'il voudrait être auprès de sa maîtresse, qu'il
ne fera à Cornélie que de vains compliments; et cela seul répand du
froid sur la pièce. D'ailleurs, après la mort de Pompée, la tragédie ne
roule plus que sur un rendez-vous de César avec Cléopatre, sur une
bonne fortune; tout devient hors-d'œuvre : il n'y a ni nœud ni intrigue. Cornélie n'arrive que pour déplorer la mort de son mari; mais telle
est la beauté de son rôle, qu'elle soutient presque seule la dignité de
la pièce.

SCÈNE IV.

V. 1. .... Allez, Septime, allez vers votre maître;
       César ne peut souffrir la présence d'un traître,
       D'un Romain lâche assez pour servir sous un roi,
       Après avoir servi sous Pompée et sous moi.

Ces quatre vers de César à Septime relèvent tout d'un coup le caractère de César, et le rendent digne d'écouter Cornélie.

V. 5. César, car le destin qui m'outre et que je brave
       Me fait ta prisonnière, et non pas ton esclave.

Cornélie doit-elle dire à César qu'elle est sa prisonnière et non pas
son esclave? n'est-ce pas une chose assez reconnue par César? Jamais
les Romains vaincus par des Romains ne furent mis dans l'esclavage.
Elle se vante d'appeler César par son nom, et de ne point l'appeler
seigneur; mais le nom de *seigneur* n'était donné à personne : c'est un
terme dont nous nous servons au théâtre français, et dont Cornélie
abuse; il vient du mot latin *senior*, et nous l'avons adopté pour en faire
un titre honorifique. Cornélie peut-elle s'excuser de ne pas donner à un
Romain un titre français? doit-elle enfin faire remarquer à César qu'elle
parle comme tout le monde parlait alors? n'est-ce pas une petite atten-

tion de Cornélie à faire voir qu'elle veut mettre de la grandeur où il n'y a rien que de très-ordinaire?

Cette affectation, dit le judicieux marquis de Vauvenargues, homme trop peu connu et qui a trop peu vécu, cette affectation est le principal défaut de notre théâtre, et l'écueil ordinaire des poëtes.

V. 15.   J'ai vu mourir Pompée et ne l'ai pas suivi;
          Et, bien que le moyen m'en aye été ravi,
          Qu'une pitié cruelle à mes douleurs profondes
          M'aye ôté le secours et du fer et des ondes....

Aye été pour *ait été*. Cet *aye* à la troisième personne est un solécisme très-commun. On a mis *ait* dans les dernières éditions. On doit surtout remarquer que Cornélie devrait commencer par remercier César, qui vient de chasser ignominieusement de sa présence Septime, l'un des assassins de Pompée.

V. 19.   Je dois rougir pourtant après un tel malheur
          De n'avoir pu mourir d'un excès de douleur.

          Turpe mori post te solo non posse dolore.

V. 33.   Je l'ai porté pour dot chez Pompée et chez Crasse;
          Deux fois du monde entier j'ai causé la disgrâce.

          Bis nocui mundo.

Je l'ai porté pour dot, etc., et ce *bis nocui mundo*, et tous ces sentiments, ne sont-ils pas un peu trop chargés d'ostentation? Pourquoi Cornélie a-t-elle fait le malheur du monde? elle n'entra jamais dans les affaires publiques. C'était une jeune veuve que Pompée fut blâmé d'avoir épousée. Elle eut deux maris malheureux, mais ne fut cause du malheur d'aucun.

V. 35.   Deux fois de mon hymen le nœud mal assorti
          A chassé tous les dieux du plus juste parti.

          ....Cunctosque fugavi
          A causa meliore deos.

V. 37.   Heureuse en mes malheurs, si ce triste hyménée
          Pour le bonheur de Rome à César m'eût donnée,
          Et si j'eusse avec moi porté dans ta maison
          D'un astre envenimé l'invincible poison!

          O utinam in thalamos invisi Cæsaris issem,
          Infelix conjux, et nulli læta marito!

Ce souhait d'être la femme de César, pour lui porter l'invincible poison d'un astre, paraît trop recherché. Cela est imité de Lucain, et n'en paraît pas meilleur: il n'est point du tout naturel qu'elle pense être la cause des malheurs de Rome, puisqu'elle n'a point été la cause des guerres civiles. Elle rend grâce aux dieux d'avoir trouvé César, elle lui demande la vengeance de la mort de son mari, et elle lui dit en même temps qu'elle voudrait l'épouser pour le rendre malheureux. De pareils jeux d'esprit dégraderaient beaucoup le rôle de Cornélie, si quelque chose pouvait l'avilir. On pourrait dire que cette entrevue de Cornélie et de César est inutile à l'intrigue de la pièce. Cette tragédie, qui est en effet d'un genre particulier, qu'il serait très-dangereux d'imiter, se soutient par les beaux morceaux de détail. Il y a des choses admirables dans ce discours de Cornélie. Il serait à souhaiter qu'il y eût moins de cette enflure qui est contraire à la vraie dignité et à la vraie douleur.

V. 42.   Je te l'ai déjà dit, César, je suis Romaine.

Pourquoi le répéter? parle-t-elle à un autre qu'à un Romain?

V. 51.   Et l'on juge aisément, au cœur que vous portez,
         Où vous êtes entrée et de qui vous sortez.

C'est une répétition de ces deux vers qui précèdent :

         Certes, vos sentiments font assez reconnaître
         Qui vous donna la main et qui vous donna l'être.

En général toute répétition affaiblit l'idée.

V. 69.   Alors, foulant aux pieds la discorde et l'envie,
         Je l'eusse conjuré de se donner la vie, etc.

         Ut te complexus, positis civilibus armis,
         Affectus a te veteres, vitamque rogarem,
         Magne, tuam; dignaque satis mercede laborum
         Contentus par esse tibi. Tunc pace fideli
         Fecissem ut victus posses ignoscere divis,
         Fecisses ut Roma mihi.

V. 78.   Le sort a dérobé cette allégresse au monde.

         Læta dies rapta est populis.

V. 81.   Prenez donc en ces lieux liberté tout entière

Prenez liberté, est trop familier, trop trivial, trop du style de la comédie : de plus, on ne prend point liberté

V. 87.   Je vous laisse à vous-même, et vous quitte un moment.

Il est triste que César finisse une si belle scène par dire, *je vous quitte un moment*, surtout après l'avoir commencée en disant que la visite de Cornélie était très-importune. On sent trop qu'il va voir sa maîtresse; et le détail du *digne appartement* achèverait d'affaiblir ce beau morceau, sans l'admirable vers de Cornélie qui termine l'acte.

V. 88.   Choisissez-lui, Lépide, un digne appartement.

On pouvait se passer de ce digne appartement.

V. der. O ciel! que de vertus vous me faites haïr!

Me sera-t-il permis de rapporter ici que Mlle de Lenclos, pressée de se rendre aux offres d'un grand seigneur [1] qu'elle n'aimait point, et dont on lui vantait la probité et le mérite, répondit :

O ciel! que de vertus vous me faites haïr !

C'est le privilége des beaux vers d'être cités en toute occasion, et c'est ce qui n'arrive jamais à la prose.

ACTE IV.

SCÈNE I.

V. 5. Il est mort; et mourant, sire, il doit vous apprendre
La honte qu'il prévient et qu'il vous faut attendre.

Dans les éditions suivantes, au lieu de, *il est mort; et mourant*, etc., on a mis :

Oui, seigneur, et sa mort a de quoi vous apprendre, etc.

V. 12. Par adresse il se fâche après s'être assuré.

Il faut dire de quoi. *S'assurer* ne signifie rien quand il est sans régime. *Par adresse il se fâche*, est du style comique négligé.

V. 15. Et veut tirer à soi, par un courroux accort,
L'honneur de sa vengeance et le fruit de sa mort.

Accort, signifie *conciliant*, il vient *d'accorder*; il ne signifie pas *feint*. C'est d'ailleurs un mot qui n'est plus en usage dans le style noble, et on doit regretter qu'il n'y soit plus. *Tirer à soi* est bas.

V. 21. Le destin les aveugle au bord du précipice;
Ou si quelque lumière en leur âme se glisse,
Cette fausse clarté, dont il les éblouit,
Les plonge dans un gouffre, et puis s'évanouit.

Glisse n'est pas heureux, mais il est si difficile de trouver des termes nobles et convenables, et de les accorder avec la rime, qu'on doit pardonner à ces petites fautes, inséparables d'un art dans lequel on éprouve autant d'obstacles qu'on fait de pas.

V 25. J'ai mal connu César; mais, puisqu'en son estime
Un si rare service est un énorme crime,
Sire, il porte en son flanc de quoi nous en laver.

Estime, signifie ici *opinion*. C'est un terme qui n'est en usage que dans la marine. L'*estime du pilote* veut dire le calcul présumé.

V. 32. Justifions sur lui la mort de son rival;
Et notre main alors également trempée
Et du sang de César et du sang de Pompée,

---

1. Le maréchal de Choiseul. (ÉD.)

Rome, sans leur donner de titres différents,
Se croira par vous seul libre de deux tyrans.

.... Placemus cæde secunda
Hesperias gentes; jugulus mihi Cæsaris haustus
Hoc præstare potest, Pompeii cæde nocentes
Ut populus Romanus amet.

V. 37.   Oui, oui, ton sentiment enfin est véritable;
C'est trop craindre un tyran que j'ai fait redoutable.

Usque adeone times quem tu facis ipse timendum?

On a corrigé le premier de ces deux vers, et on a mis

Oui, par là seulement ma perte est évitable.

Pourquoi *évitable* n'est-il pas en usage, puisque *inévitable* est reçu?
c'est une grande bizarrerie des langues, d'admettre le mot composé et
d'en rejeter la racine.

V. 44.   Pompée étoit mortel, et tu ne l'es pas moins.

Quem metuis, par hujus erat.

V. 46.   Tu n'as, non plus que lui, qu'une âme et qu'une vie.

Jamais personne n'en a eu deux

V. 47.   Et son sort que tu plains te doit faire penser
Que ton cœur est sensible et qu'on peut le percer.

C'est une équivoque. Le mot *sensible* est pris ici au physique. Ptolémée entend que César n'est pas invulnérable; jamais le mot *sensible*
ne souffre cette acception. De plus, cette pensée est trop répétée, trop
délayée; il ne faut jamais rien ajouter quand on a dit assez.

V. 51.   C'est à moi de punir ta cruelle douceur....
Je n'abandonne plus ma vie et ma puissance
Au hasard de sa haine ou de ton inconstance.

Il veut dire, *au caprice; hasard* n'est pas le mot propre.

V. 69.   Nous pouvons beaucoup, sire, en l'état où nous sommes;
A deux milles d'ici vous avez six mille hommes.

Il ne faut jamais être ampoulé; mais il faut éviter ces expressions de
gazette, et ces tours languissants qui ne servent qu'à la rime, comme
en l'état où nous sommes.

V. 77.   Car contre sa fortune aller à force ouverte,
Ce serait trop courir vous-même à votre perte.

Car contre, est trop rude. C'est une petite remarque, mais il ne faut
rien négliger.

V. 79. Il nous le faut surprendre au milieu du festin,
        Enivré des douceurs de l'amour et du vin.

    Plenum epulis, madidumque mero, venerique paratum
    Invenies.

De l'amour et du vin, ces expressions ne sont permises que dans une chanson; il faut chercher des tours qui ennoblissent ces idées : c'est là le grand mérite de Racine.

V. 81. Tout le peuple est pour nous. Tantôt à son entrée
        J'ai remarqué l'horreur qu'il a soudain montrée,
        Lorsque avec tant de faste il a vu ses faisceaux
        Marcher arrogamment et braver nos drapeaux.

    Sed fremitu vulgi, fasces et jura querentis
    Inferri Romana suis, discordia sensit
    Pectora.

v. 95. Les gens de Cornélie, etc.

Cette expression ne doit jamais entrer dans la tragédie.

V. 104. Pour de ce grand dessein assurer le succès.

Cette inversion est trop rude, et il n'est pas permis de mettre ainsi une préposition à côté de l'article *de* : *Pour de lui me servir, et d'elle me défaire*. Cela n'est toléré tout au plus que dans le style plaisant qu'on appelle marotique.

V. 105. Mais voici Cléopatre; agissez avec feinte,
         Sire, et ne lui montrez que faiblesse et que crainte.

Ce conseil achève d'avilir le roi.

SCÈNE II.

Cette scène met le comble au caractère méprisable de Ptolémée. On ne s'intéresse ni à lui, ni à Cléopatre; on se soucie peu que Ptolémée ait vécu dans la gloire *où vivaient ses pareils*, et qu'il demande la grâce de Photin. Mais le plus grand défaut, c'est qu'à ce quatrième acte une nouvelle pièce commence. Il s'agissait d'abord de la mort de Pompée; on veut actuellement assassiner César, parce qu'on croit qu'il veut faire mettre en croix les ministres du roi. Le péril même de César n'est pas assez grand pour que cette nouvelle tragédie intéresse. Ce n'est point comme dans *Cinna*, où les mesures des conjurés sont bien prises; on ne craint ici pour personne : la bassesse du roi révolte les esprits, les amours de Cléopatre glacent le cœur, et les ironies de Ptolémée dégoûtent.

V. 3. Vous êtes généreuse, et j'avais attendu
        Cet office de sœur que vous m'avez rendu.
        Mais cet illustre amant vous a bientôt quittée.

Est-ce de l'ironie? parle-t-il sérieusement?

V. 6.   Sur quelque brouillerie en la ville excitée....

Brouillerie, ce mot trop familier ne doit jamais entrer dans la tragédie.

V. 7.   Il a voulu lui-même apaiser les débats
Qu'avec nos citoyens ont pris quelques soldats.

Cela n'est pas français. On dit *prendre querelle*, et non *prendre débat*.

V. 15.   Ainsi que la naissance ils ont les esprits bas.

Le mot *esprit* en ce sens ne peut guère être employé au pluriel. Il fallait *le cœur bas*, pour la régularité; et il faut un autre tour pour l'élégance. On pourrait dire *il n'y eut jamais des cœurs plus durs et des esprits plus bas*, mais non *ils ont les esprits bas*.

V. 33.   Je vous ai maltraitée, et vous êtes si bonne,
Que vous me conservez la vie et la couronne.

Est-ce de l'ironie? Mais, soit qu'il raille, soit qu'il parle sérieusement, il s'exprime en termes bien bas, ou du moins bien familiers.

V. 35.   Vainquez-vous tout à fait, etc.

et plus bas :

. . . . Mais il a su gauchir.
Et tournant le discours sur une autre matière, etc.

Toutes expressions qu'on doit éviter; elles sont trop familières, trop comiques.

V. 45. . . . . César cherche à vous plaire;
Vous pouvez d'un coup d'œil désarmer sa colère.

Rien n'est plus petit et plus désagréable au théâtre qu'un roi qui prie sa sœur d'intercéder auprès de son amant, pour qu'on ne perde pas ses ministres.

SCÈNE III.

L'amour régna toujours sur le théâtre de France dans les pièces qui précédèrent celles de Corneille, et dans les siennes. Mais, si vous en exceptez les scènes de Chimène, il ne fut jamais traité comme il doit l'être. Ce ne fut point une passion violente, suivie de crimes et de remords; il ne déchira point le cœur, il n'arracha point de larmes. Ce ne fut guère que dans le cinquième acte d'*Andromaque*, et dans le rôle de Phèdre, que Racine apprit à l'Europe comment cette terrible passion, la plus théâtrale de toutes, doit être traitée. On ne connut longtemps que de fades conversations amoureuses, et jamais les fureurs de l'amour.

Cette scène de César et de Cléopatre est un des plus grands exemples du ridicule auquel les mauvais romans avaient accoutumé notre nation. Il n'y a presque pas un vers dans cette scène de César qui ne fasse souhaiter au lecteur que Corneille eût en effet secoué ce joug de l'habitude qui le forçait à faire parler d'amour tous ses héros. « Ce moment qu'il l'a quittée — a d'un trouble plus grand son âme agitée — que tout le tumulte et le trouble excité dans la ville. Mais il pardonne à ce tumulte en faveur du simple souvenir du bonheur dont il a une haute espérance, qui le flatte d'une illustre apparence. Il n'est pas tout à fait indigne des feux de Cléopatre, et il en peut prétendre une juste conquête, n'ayant que les dieux au-dessus de sa tête. Son bras ambitieux a combattu dans Pharsale, non pas pour vaincre Pompée, mais pour mériter Cléopatre. Ce sont ses divins appas qui enflaient le courage de César; ce sont ses beaux yeux qui ont gagné la bataille. »

La pureté de la langue est aussi blessée que le bon goût dans cette tirade. Le reste de la scène enchérit encore sur ces défauts; il veut que cette *ingrate* de Rome prie Cléopatre de se livrer à lui, et d'en avoir des enfants. Il ne voit que ce chaste amour; *mais las! contre son feu son feu le sollicite*, etc.

Ne perdons point de vue que les héros ne parlaient point autrement dans ce temps-là; et même lorsque Racine donna son *Alexandre*, il lui fit tenir les mêmes discours à Cléophile; les vers étaient plus purs à la vérité, mais Alexandre n'en était pas moins avili. Pardonnons à Corneille de ne s'être pas toujours élevé au-dessus de son siècle. Imputons à nos romans ces défauts du théâtre, et plaignons le plus beau génie qu'eut la France, d'avoir été asservi aux plus ridicules usages.

> Gardez-*vous* de donner, ainsi que dans Clélie,
> L'air ni l'esprit français à l'antique Italie,
> Et, sous des noms romains faisant notre portrait,
> Peindre Caton galant et *César* dameret.
> BOILEAU, *Art poétique*, III, 115-118.

V. 1.   Reine, tout est paisible; et la ville calmée,
         Qu'un trouble assez léger avoit trop alarmée,
         N'a plus à redouter le divorce intestin
         Du soldat insolent et du peuple mutin.

Divorce intestin, expression impropre et désagréable.

V. 36.   Et vos beaux yeux enfin m'ayant fait soupirer,
         Pour faire que votre âme avec gloire y réponde,
         M'ont rendu le premier et de Rome et du monde.
         C'est ce glorieux titre, à présent effectif,
         Que je viens ennoblir par celui de captif.

Ce glorieux titre à présent effectif, etc. C'est un mauvais vers de comédie; et l'esprit de Cléopatre que César prie d'estimer le titre de premier du monde, et de permettre celui de captif, est une chose intolérable.

V. 43.   Je sais ce que je dois au souverain bonheur
         Dont me comble et m'accable un tel excès d'honneur.

Elle doit à César, et non au souverain bonheur, cet excès d'honneur qui comble et accable.

V. 45. Je ne vous tiendrai plus mes passions secrètes.

On ne dit point *mes passions* au pluriel pour signifier *mon amour.*

V. 55. Ce sceptre par vos mains dans les miennes remis,
A mes vœux innocents sont autant d'ennemis.

Cela n'est pas français; on n'est pas ennemi *à*, mais ennemi *de.*

V. 59. Et si Rome est encor telle qu'auparavant,
Le trône où je m'assieds m'abaisse en m'élevant.

Elle veut dire, *si Rome persévère dans son horreur pour le trône;* mais *telle qu'auparavant*, est trop prosaïque.

V. 71. Votre bras dans Pharsale a fait de plus grands coups.

Un bras qui fait de grands coups! quelle expression! elle est digne du rôle de Cléopatre. Faut-il que le très-mauvais soit à tout moment à côté du très-bon! Mais ce très-bon n'appartenait qu'à Corneille, et le très-mauvais appartenait à tous les auteurs de son temps, jusqu'à ce que l'inimitable Racine parût

V. 79. Et vos yeux la verront par un superbe accueil
Immoler à vos pieds sa haine et son orgueil.

Par un superbe accueil, veut dire ici *réception favorable;* mais *immoler son orgueil par un superbe accueil*, n'est pas une expression élégante et juste.

V. 81. Encore une défaite, et dans Alexandrie
Je veux que cette ingrate en ma faveur vous prie.

Cette *ingrate de Rome qui prie dans Alexandrie*, et dont un juste *respect conduit les regards!* On voit combien ce style est forcé.

V. 86. C'est le fruit que j'attends des lauriers qui m'attendent.

Ce n'est pas là que la répétition a de l'énergie et de la grâce.

V. 93. Permettez cependant qu'à ces douces amorces
Je prenne un nouveau cœur et de nouvelles forces.

César qui prend un nouveau cœur à ces douces amorces; quelles expressions!

V. 95. Pour faire dire encore aux peuples pleins d'effroi
Que venir, voir et vaincre, est même chose en moi.

Il faudrait *pour moi;* mais ce qui est bien plus à observer, c'est qu'on fait dire à César, par un orgueil révoltant, ce qu'il dit en effet par modestie dans la guerre contre Pharnace. *Veni, vidi, vici*, ne signifiait que le peu de peine qu'il avait eu contre un ennemi presque sans défense Voyez les Commentaires de César. Jamais grand homme ne fut plus modeste. La grandeur romaine, encore une fois, ne consista jamais dans de vaines paroles, dans des discours emphatiques ; elle ne fut jamais boursouflée. Des actions fermes, et des paroles simples ; voilà le vrai caractère des anciens Romains. Nous y avons été souvent trompés : on a pris plus d'une fois des discours de capitan pour des discours de héros.

V. 105. Faites grâce, seigneur, ou souffrez que j'en fasse,
Et montre à tous par là que j'ai repris ma place.

Jamais dans la poésie on ne doit employer *par là*, *par ici*, si ce n'est dans le style comique.

V. 107. Achillas et Photin sont gens à dédaigner.

Ce mot *gens* ne doit jamais entrer dans le style noble. On voit, par le grand nombre de ces expressions vicieuses, combien l'art de la poésie est difficile.

V. 113. Ne vous donnez sur moi qu'un pouvoir légitime,
Et ne me rendez point complice de leur crime.

Je reconnais là le véritable César, et c'était sur ce ton qu'il devait toujours parler.

V. 115. C'est beaucoup que pour vous j'ose épargner le roi.
Que j'ose épargner, n'est pas le mot propre ; c'est, *que je daigne épargner*.

SCÈNE IV.

V. 1. . . . . César, prends garde à toi.

Que cette scène répare bien la précédente ! Que cette générosité de Cornélie élève l'âme ! Ce n'est point de la terreur et de la pitié ; mais c'est de l'admiration. Corneille est le premier de tous les tragiques du monde qui ait excité ce sentiment, et qui en ait fait la base de la tragédie. Quand l'admiration se joint à la pitié et à la terreur, l'art est poussé alors au plus haut point où l'esprit puisse atteindre. L'admiration seule passe trop vite. Boileau dit :

Inventez des ressorts qui puissent m'attacher.

Que ceux qui travaillent pour la scène tragique aient toujours ce précepte gravé dans leur mémoire.

V. 12. Mettant leur haine bas....

Mettre bas, ne se dit plus, comme on l'a déjà observé, et n'a jamais été un terme noble.

V 14. Quoi que la perfidie ait osé sur sa trame,
Il vit encore en vous.

On dit bien, *la trame de la vie* ; cela est pris de la fable allégorique des Parques : mais comme on ne dirait pas *le fil de Pompée*, on ne doit point dire non plus *la trame de Pompée*, pour signifier sa vie.

V. 26. Mais avec cette soif que j'ai de ta ruine,
Je me jette au-devant du coup qui t'assassine.

Plusieurs critiques prétendent que Cornélie en dit trop, qu'elle ne doit point montrer tant de *soif* de la ruine d'un homme qui vient de venger son époux; qu'elle retourne ce sentiment en trop de manières; que la grandeur vraie ou apparente de ce sentiment est affaiblie par trop de déclamation et par trop de sentences; qu'elle ne devrait pas même dire à César, *le sang de mon époux a rompu tout commerce entre nous*, parce qu'il semble, par ces mots, que César ait tué Pompée.

Je crois qu'il est important de remarquer que si Cornélie s'était réduite, dans une pareille scène, à parler seulement avec la bienséance de sa situation, c'est-à-dire à ne pas trop menacer un homme tel que César, à ne se pas mettre au-dessus de lui; en un mot, si elle n'eût dit que ce qu'elle devait dire, la scène eût été un peu froide. Il faut, peut-être, dans ces occasions, aller un peu au delà de la vérité. Une critique très-juste, c'est que tous ces discours de vengeance sont inutiles à la pièce.

V. 40. Quelque espoir qui d'ailleurs me l'ose ou puisse offrir
Ma juste impatience auroit trop à souffrir.

Un espoir qui ose offrir, et cette alternative d'*ose* ou *puisse*, ne sont ni convenables ni justes.

V. 44. Je n'irai point chercher sur les bords africains
Le foudre souhaité que je vois en tes mains, etc.

Il y avait d'abord, *le foudre punisseur : punisseur* était un beau terme qui manquait à notre langue. *Puni* doit fournir *punisseur*, comme *vengé* fournit *vengeur*. J'ose souhaiter, encore une fois, qu'on eût conservé la plupart de ces termes qui faisaient un si bel effet du temps de Corneille; mais il a mis lui-même à la place *le foudre souhaité*, épithète qui est bien plus faible.

En tes mains; comment ce foudre souhaité contre César est-il dans les mains de César? Quelques éditions portent, *en ses mains;* mais *en ses mains* ne se rapporte à rien.

V. 46. La tête qu'il menace en doit être frappée;
J'ai pu donner la tienne au lieu d'elle à Pompée.

On ne voit pas d'abord à quoi se rapporte cet *au lieu d'elle*. C'est à Ptolémée.

V. 52. Rome le veut ainsi : son adorable front
Auroit de quoi rougir d'un trop honteux affront....

L'adorable front de Rome qui rougirait! Est-ce ainsi que doit s'exprimer la noble douleur d'une femme profondément affligée? cela n'est-il pas un peu trop recherché?

V. 60. Comme autre qu'un Romain n'a pu l'assujettir,
Autre aussi qu'un Romain ne l'en doit garantir.

Cette antithèse, ce raisonnement, ces expressions, ne sont-elles pas encore moins naturelles?

V. 63.   Au lieu d'un châtiment ta mort seroit un crime;
          Et sans que tes pareils en conçussent d'effroi,
          L'exemple que tu dois périroit avec toi.

          In scelus it Pharium Romani pœna tyranni,
          Exemplumque perit.

V. 68. . . . . Adieu, tu peux
          Te vanter qu'une fois j'ai fait pour toi des vœux.

Ces derniers vers que prononce Cornélie frappent d'admiration; et quand ce couplet est bien récité, il est toujours suivi d'applaudissements. Quelques personnes ont prétendu que ces mots, *tu peux te vanter*, ne conviennent pas, qu'ils contiennent une espèce d'ironie, que c'est affecter sur César une supériorité qu'une femme ne peut avoir. On a remarqué que cette tirade, et toutes celles dans lesquelles la hauteur est poussée au delà des bornes, faisaient toujours moins d'effet à la cour qu'à la ville. C'est peut-être qu'à la cour on avait plus de connaissance et plus d'usage de la manière dont les personnes du premier rang s'expriment; et que dans le parterre on aime les bravades, on se plaît à voir la puissance abaissée par la grandeur d'âme. On croit que la veuve de Pompée devait parler comme Brutus et Caton; et les grands sentiments de Cornélie font oublier combien les menaces d'une femme sont peu de chose aux yeux de César; et peut-être même ces menaces sont-elles un peu déplacées envers un homme qui venge Pompée, et à qui Cornélie ne doit que des remercîments.

SCÈNE V.

V. 7.   Leur rage pour l'abattre arrache mon soutien,
          Et par votre trépas cherche un passage au mien.

Cléopatre songe ici plus à elle qu'au péril de César. On ne cherche point *un passage au trépas par un autre trépas.* Cette scène est sans intérêt; il ne s'agit guère que d'Achillas et de Photin. Il est triste que l'acte finisse si froidement.

V. 13.   Oui, je me souviendrai que ce cœur magnanime
          Au bonheur de son sang veut pardonner son crime.

Ce dernier vers est trop obscur. César veut dire que Ptolémée est heureux d'être frère de Cléopatre, et qu'il sera épargné; mais *pardonner un crime au bonheur d'un sang*, n'est pas intelligible.

ACTE V.

SCÈNE I.

Par quel art une **scène** inutile est-elle si belle ? Cornélie a déjà dit sur la mort de Pompée **tout ce** qu'elle devait dire. Que les cendres de Pompée soient enfermées dans une urne ou non, c'est une chose absolument indifférente à la construction de la pièce ; cette urne ne fait ni le nœud, ni le dénoûment. Retranchez cette scène, la tragédie (si c'en est une) marche **tout** de même : mais Cornélie dit de si belles choses, Philippe fait parler César d'une manière si noble, le nom seul de Pompée fait une telle impression, que cette scène même soutient le cinquième acte, qui est assez languissant. Ce qui dans les règles sévères de la tragédie est un véritable défaut, devient ici une beauté frappante par les détails, par les beaux vers.

V. 1.   Mes yeux, puis-je vous croire, et n'est-ce point un songe
Qui sur mes tristes vœux a formé ce mensonge ?

Il est triste, dans notre poésie, que *songe* fasse toujours attendre la rime de *mensonge*. Un *mensonge* formé sur des vœux n'est pas intelligible, n'est pas français.

V. 6.   O vous ! à ma douleur objet terrible et tendre !

Tendre à ma douleur, ne peut se dire ; et cependant ce vers est beau : c'est qu'il est plein de sentiment, c'est qu'il est composé, comme les bons vers doivent l'être, d'un assemblage harmonieux de consonnes et de voyelles. Ce morceau, qui est un peu de déclamation, serait déplacé dans le premier moment où Cornélie apprend la mort de son époux : mais après les premiers transports de la douleur, on peut donner plus de liberté à ses sentiments. Peut-être ne devrait-elle pas dire, *ma divinité seule*, etc.; car est-ce à une femme vertueuse à blasphémer les dieux ?

Garnier, du temps de Henri III, fit paraître Cornélie tenant en main l'urne de Pompée. Elle dit :

O douce et chère cendre ! ô cendre déplorable !
Qu'avecque vous ne suis-je, ô femme misérable !

C'est la même idée, mais elle est grossièrement rendue dans Garnier, et admirablement dans Corneille. L'expression fait la poésie.

V. 23.   Et je n'entrerai point dans tes murs désolés
Que le prêtre et le dieu ne lui soient immolés.

Peut-être *le prêtre et le dieu* sont peu convenables à la vraie douleur. Elle a dit que la cendre de Pompée est son seul *dieu*; et puis elle dit que César est le *dieu*, et Ptolémée le *prêtre*. Tout cela est-il bien conséquent ? Peut-être encore ce sentiment serait plus digne de Cornélie, si elle ignorait avec quelle grandeur d'âme César a promis de venger la mort de Pompée. N'est-on pas un peu fâché que Cornélie ne parle que de faire tuer César? Ce sont des nuances délicates que les connaisseurs aperçoivent, sans en approuver moins la force et la fierté du pinceau de l'auteur.

V. 26.   O cendres! mon espoir aussi bien que ma peine.

C'est la répétition de ce vers, *objet terrible et tendre; mais aussi bien que ma peine*, affaiblit encore cette répétition; et *des cendres qui ver sent ce qu'un cœur ressent*, ne sont pas une image naturelle.

V. 29.   Toi qui l'as honoré sur cette infâme rive,
       D'une flamme pieuse autant comme chétive,

n'est ni français ni noble. On ne dit point, *autant comme*, mais *autant que*. Le mot de *chétive* a été heureusement employé au second acte; *dans quelque urne chétive en ramasser la cendre*. Le même terme peut faire un bon et un mauvais effet, selon la place où il est. Une urne chétive qui contient la cendre du grand Pompée présente à l'esprit un contraste attendrissant : mais une flamme n'est point chétive. Ces deux vers que Philippe met dans la bouche de César :

       Restes d'un demi-dieu dont à peine je puis
       Egaler le grand nom, tout vainqueur que j'en suis,

sont d'un sublime si touchant, qu'on dit avec raison que Corneille, dans ses bonnes pièces, faisait quelquefois parler les Romains mieux qu'ils ne parlaient eux-mêmes.

V. 49.   Et n'y voyant qu'un tronc dont la tête est coupée.
       A cette triste marque il reconnoît Pompée.

       Una nota est Magno capitis jactura revulsi.

V. 85.   O soupirs! ô respect! ô qu'il est doux de plaindre
       Le sort d'un ennemi quand il n'est plus à craindre!

Ces beaux vers font un très-grand effet, parce que la maxime est courte, et qu'elle est en sentiment. Peut-être Cornélie est toujours trop occupée de rabaisser le mérite de César. Elle doit savoir que César a parlé de punir le meurtre de Pompée en arrivant en Égypte, et avant que Ptolémée conspirât contre lui; mais que ne pardonne-t-on point à la veuve de Pompée gémissante!

Les curieux ne seront pas fâchés de savoir que Garnier avait donné les mêmes sentiments à Cornélie. Philippe lui dit :

       César plora sa mort.

Cornélie répond :

       Il plora mort celui
       Qu'il n'eût voulu souffrir être vif comme lui.

V. 95.   Pour grand qu'en soit le prix, son péril en rabat.

Pour grand, ne se dit plus. *Son péril en rabat*, est trop familier.

V 101. *Si* comme par soi-même un grand cœur juge un autre,
Je n'aimois mieux juger sa vertu par la nôtre....

Par la nôtre, gâte un peu ce dernier vers. On ne dit *nous* et *nôtre*, en parlant de soi, que dans un édit; et si Cornélie juge César si vertueux, si généreux, il semble qu'elle aurait dû souhaiter un peu moins sa mort. Elle ne paraît pas toujours d'accord avec elle-même.

V. 103. Et croire que nous seuls armons ce combattant,
Parce qu'au point qu'il est j'en voudrois faire autant.

Au point qu'il est, ne se dit plus.

SCÈNE II.

Après cette scène de Cornélie, qui est un chef-d'œuvre de génie, on est fâché de voir celle-ci. Quand le sujet baisse, l'auteur baisse nécessairement ; et Cléopatre n'est pas digne de parler à Cornélie. Ces scènes d'ailleurs ne servent ni au nœud ni au dénoûment. Ce sont des entretiens et non pas des scènes.

V. 1.   Je ne viens pas ici pour troubler une plainte
Trop juste à la douleur dont vous êtes atteinte.

Juste à la douleur, n'est pas français; il fallait *permise à la douleur*.

V. 20. Vous êtes satisfaite, et je ne la suis pas.

On sait aujourd'hui qu'il faut, *je ne le suis pas ; ce le* est neutre. Êtes-vous satisfaites? Nous *le* sommes, et non pas, nous *les* sommes.

V. 25. L'ardeur de le venger dans mon âme allumée....

L'ardeur de le venger, ne se rapporte à rien ; elle veut dire Pompée : mais ce régime est trop éloigné.

V. 25. En attendant César, demande Ptolémée.

Pourquoi tant répéter qu'elle veut la tête de César, le vengeur de son mari? Que dirait-elle de plus s'il en était l'assassin? Pompée lui-même eût-il demandé la tête de César? est-ce ainsi qu'on doit traiter le plus généreux des vainqueurs? Ce sentiment eût été lâche dans Pompée, pourquoi serait-il beau dans Cornélie?

V. 32. Par la main l'un de l'autre ils périront tous deux.

Encore des souhaits pour la mort de César! qu'un sentiment contraire serait plus noble!

V. 37. Le ciel sur nos souhaits ne règle pas les choses.

est trop prosaïque.

V. 38. Le ciel règle souvent les effets sur les causes.

Vers trop didactique; et tous ces discours sont, de plus, très-inutiles.

V. 45. Chacune a son sujet d'aigreur ou de tendresse,

est trop du style de la comédie.

SCÈNE III.

V. 5. Aussitôt que César eut su la perfidie....

Il faut, *a su la perfidie*.

V. 6. Ah! ce n'est pas ces soins que je veux qu'on me die.

Die était en usage : mais on ne *dit* pas *des soins;* cela n'est pa
français.

V. 7. Je sais qu'il fit trancher et clore ce conduit
    Par où ce grand secours devoit être introduit.

Il faut, *qu'il a fait trancher*, parce que la chose s'est passée aujour-
d'hui.

Si Ptolémée avait pu intéresser, ce qui était presque impossible, le
récit de sa mort pourrait émouvoir; mais ce récit est aussi froid que
son rôle. La pièce d'ailleurs est finie, quand Ptolémée est mort; tout
le reste n'est qu'une *superstructure* inutile à l'édifice.

Toute la petite dispute entre Cornélie et Cléopatre est très-froide,
par cette raison-là même que Ptolémée n'intéresse point du tout.

V. 24. Du moins César l'eût fait s'il l'avoit consenti.

Ce verbe alors gouvernait l'accusatif comme le datif. On consent
aujourd'hui *à* une chose, on ne *la* consent pas. Corneille mit depuis :

    Il faudroit qu'à nos vœux il eût mieux consenti.

V. 29. Mais il est mort, madame, avec toutes les marques
    Dont éclatent les morts des plus dignes monarques.

Mourir avec toutes les marques dont les morts des plus dignes monarques éclatent !

V. 41. Son esprit alarmé les croit un artifice
    Pour réserver sa tête aux hontes du supplice.

On ne dit point *les hontes;* et il n'est pas trop vraisemblable que
Ptolémée craignît que l'amant de sa sœur le fît mourir par la main du
bourreau. Il fallait donner un plus noble motif à son courage.

SCÈNE IV.

V. 1. César, tiens-moi parole, et me rends mes galères.

Il est évident que Cornélie, qui redemande ses galères, est absolument inutile. La pièce est finie, et ces galères ne sont point le sujet de la tragédie.

V. 3.   Leur roi n'a pu jouir de ton cœur adouci.

Il veut dire, *n'a pu profiter de la clémence de César*; mais *jouir du cœur de César*, est une expression impropre.

V. 4.   Et Pompée est vengé ce qu'il peut l'être ici.

N'est-ce pas dommage que cette expression ait entièrement vieilli? on dirait aujourd'hui, *autant qu'il peut l'être*; mais ce *qu'il peut l'être* n'est-il pas plus énergique?

V. 5, 7, 8. Je n'y puis plus rien voir qu'un funeste rivage....
          Ta nouvelle victoire, et le bruit éclatant
          Qu'aux changements de roi pousse un peuple inconstant.

Un peuple qui pousse un bruit est un barbarisme.

V. 12.   Et souffre que ma haine agisse en liberté.

Elle parle toujours de *sa haine* quand elle ne devrait parler que de sa reconnaissance.

V. 14.   Vois l'urne de Pompée, il y manque sa tête.

La tête pour rejoindre à l'urne est un accessoire qui, ne pouvant être refusé, ne mérite peut-être pas d'être demandé; c'est une circonstance étrangère, et les compliments de César paraissent superflus quand l'action est entièrement finie.

V. 21.   Qu'un bûcher allumé par ma main et la vôtre,
          Le venge pleinement de la honte de l'autre.

On ne voit pas à quoi se rapporte cet *autre*. Il veut dire apparemment *l'autre bûcher*.

V. 30.   Il ne recevra point d'honneurs que légitimes.

est trop dur et trop négligé.

V. 33.   Faites un peu de force à votre impatience,

n'est pas français. Il faut, ou, *modérez votre impatience*, ou, *mettez un frein à votre impatience*, ou quelque autre tour.

V. 37.   Il faut que ta défaite et que tes funérailles
          A cette cendre aimée en ouvrent les murailles.

On se lasse à la fin d'entendre Cornélie qui demande toujours les *funérailles de César*, et qui le lui dit en face. *Quid deceat, quid non?*

V. 39.   Et, quoiqu'elle la tienne aussi chère que moi
          Elle n'y doit rentrer qu'en triomphant de toi.

Ces vers déparent la beauté et l'harmonie des autres; c'est à quoi il faut toujours prendre garde. Voyez que ces deux *elle* font un mauvais effet, parce que l'une se rapporte à Rome, et l'autre à la cendre de Pompée, sans que la construction indique ces rapports nécessaires. Voyez combien ce vers est rude, *et, quoiqu'elle la tienne aussi chère que....*

Tout vers qui n'est pas aussi harmonieux qu'exact et correct doit être banni de la poésie; voilà pourquoi il est si prodigieusement difficile d'en faire de bons dans toutes les langues, et surtout dans la nôtre.

V. 49. Je veux que de ma haine ils reçoivent des règles,
　　　　Qu'ils suivent au combat des urnes au lieu d'aigles.

Cela est trop impropre et trop vicieux. Qu'est-ce qu'une *haine qui donne des règles à des aigles?* que ce vers affaiblit le précédent qui est admirable! De plus, faut-il que Cornélie parle toujours à César de sa haine pour lui? il serait bien plus beau, à mon gré, de lui dire qu'elle sera toujours son ennemie sans pouvoir haïr un si grand homme.

V. 56. Mais ne présume pas par là toucher mon cœur.

Cela serait bon si César avait tâché de l'engager à suivre son parti; mais il n'y a jamais pensé, il n'a pas dit à Cornélie un seul mot qui pût lui donner cette présomption.

V. 61. Je t'avouerai pourtant, comme vraiment Romaine,
　　　　Que pour toi mon estime est égale à ma haine.

Elle a déjà dit plusieurs fois qu'elle est Romaine, et cette affectation diminue beaucoup de la vraie grandeur.

V. 63. Que l'une et l'autre est juste et montre le pouvoir,
　　　　L'une de ta vertu, l'autre de mon devoir;
　　　　Que l'une est généreuse et l'autre intéressée,
　　　　Et que dans mon esprit l'une et l'autre est forcée.

Toutes ces antithèses et cette petite dissertation dégradent la noblesse de ce rôle, et les répétitions continuelles affaiblissent le sentiment.

V. 69. Juge ainsi de la haine où mon devoir me lie.

Un devoir qui la lie à la haine, et toujours la haine!

V. 76. Ils connoîtront leur faute, et le voudront venger,

Ces dieux qui connaîtront leur faute; et ce zèle qui saura bien sans eux arracher la victoire, sont une déclamation si ampoulée et si puérile qu'on ne peut s'empêcher de s'élever avec force contre ce faux goût. On admirait autrefois ce galimatias, tant le bon goût est rare, tant l'esprit des nations septentrionales de l'Europe est difficile à former!

V. 79. Et quand tout mon effort se trouvera rompu,
　　　　Cléopatre fera ce que je n'aurai pu.

Un effort qui se trouve rompu!

V. 81. Je sais quelle est ta flamme et quelles sont ses forces.

Les forces de sa flamme! et on a pu applaudir à tous ces faux sentiments, exprimés en solécismes et en barbarismes!

V. 89.   J'empèche ta ruine, empêchant tes caresses.

Ce vers pèche à la fois contre l'harmonie, contre la langue, contre les convenances, et contre la vérité. Il ne convient point à Cornélie de parler des caresses que César peut faire à Cléopatre; elle n'empêche point ses caresses, elle ne peut les empêcher; elle pourrait seulement dire à César que l'amour d'une Égyptienne peut lui être fatal; mais il serait encore plus décent de ne lui en point parler. De quoi se mêle-t-elle? est-ce l'affaire de la veuve de Pompée, pour qui César a eu tant d'égards, tant de générosité? Cela n'est ni convenable ni intéressant. Il est ridicule que Cornélie prononce ces paroles, que César les entende, et que Cléopatre les souffre.

SCÈNE DERNIÈRE.

V. 3.   Sacrifiez ma vie au bonheur de la vôtre;
          Le mien sera trop grand, et je n'en veux point d'autre.

Cléopatre parle aussi mal que César a parlé. Elle ne veut point d'autre bonheur que d'être tuée par César, parce que Cornélie a manqué à toute bienséance, à toute honnêteté devant elle.

V. 7.   Reine, ces vains projets sont le seul avantage
          Qu'un grand cœur impuissant a du ciel en partage.

De vains projets qui sont le seul avantage qu'on ait du ciel en partage! et un grand cœur impuissant! César vise au galimatias aussi bien que Cornélie.

V. 9.   Comme il a peu de force, il a beaucoup de soins.

Beaucoup de soins; ce n'est pas là le mot propre. César veut dire que Cornélie ne menace beaucoup que parce qu'elle a peu de pouvoir; mais le mot de soins ne remplit point du tout cette idée.

V. 12.   Et mes félicités n'en seront pas moins pures,
           Pourvu que votre amour gagne sur vos douleurs.

Un amour qui gagne sur des douleurs!

V. 18.   J'ai vu le désespoir qu'il a voulu choisir.

On ne choisit point un désespoir; au contraire, le désespoir ôte la liberté du choix; ou, si l'on veut, le désespoir force à choisir mal.

V. 23.   O honte pour César qu'avec tant de puissance,
           Tant de soins pour vous rendre entière obéissance,
           Il n'ait pu toutefois en ces événements
           Obéir au premier de vos commandements!

Rendre entière obéissance; ces termes signifient la sujétion d'un vassal. César veut dire qu'il a fait ce qu'il a pu pour obéir à la volonté de Cléopatre. Ce n'est pas là rendre obéissance : cette expression ne lui convient pas ; *tant de soins pour*, ne se dit pas.

V. 27.   Prenez-vous-en au ciel dont les ordres sublimes,
        Malgré tous nos efforts, savent punir les crimes.

Ordres sublimes, ne se dit plus ; on se sert des épithètes, *suprêmes*, *souverains*, *inévitables*, *immuables*. *Sublime* est affecté aux grandes idées, aux grands sentiments.

V. 33.   Mais comme il est, seigneur, de la fatalité
        Que l'aigreur soit mêlée à la félicité....

Le mot propre serait *amertume*, au lieu d'*aigreur*.

V. 43.   Un grand peuple, seigneur, dont cette cour est pleine,
        Par des cris redoublés demande à voir sa reine.

Il importe peu que le peuple soit ou non dans la cour pour voir Cléopatre. La pièce s'appelle *Pompée* : les assassins sont punis. Tous les compliments de César et de Cléopatre sont peut-être plus inutiles que le dernier discours de Cornélie, dans lequel du moins il y a toujours de la grandeur. Cette dernière scène est la plus froide de toutes ; et dans une tragédie, elle doit être, s'il se peut, la plus touchante. Mais *Pompée* n'est point une véritable tragédie, c'est une tentative que fit Corneille, pour mettre sur la scène des morceaux excellents, qui ne faisaient point un tout ; c'est un ouvrage d'un genre unique, qu'il ne faudrait pas imiter, et que son génie, animé par la grandeur romaine, pouvait seul faire réussir. Telle est la force de ce génie, que cette pièce l'emporte encore sur mille pièces régulières, que leur froideur a fait oublier. Trente beaux vers de Cornélie valent beaucoup mieux qu'une pièce médiocre.

V. 50.   Que ces longs cris de joie étouffent vos soupirs,
        Et puissent ne laisser dedans votre pensée
        Que l'image des traits dont mon âme est blessée !

Voilà de ces métaphores qui ne paraissent pas naturelles. Comment peut-on avoir dans sa pensée l'image d'un trait qui a blessé une âme ? Ces figures forcées expriment toujours mal le sentiment. César veut dire : « Puissiez-vous ne vous occuper que de mon amour ! » il pouvait y ajouter encore, *de sa gloire*. Ces sentiments doivent être toujours exprimés noblement, mais jamais d'une manière recherchée.

EXAMEN DE POMPÉE,

PAR CORNEILLE.

« Pour le style, il est plus élevé en ce poëme qu'en aucun des miens, et ce sont, sans contredit, les vers les plus pompeux que j'aie faits. »

Il est important de faire ici quelques réflexions sur le style de la tragédie. On a accusé Corneille de se méprendre un peu à cette pompe des vers, et à cette prédilection qu'il témoigne pour le style de Lucain; il faut que cette pompe n'aille jamais jusqu'à l'enflure et à l'exagération; on n'estime point dans Lucain, *Bella per Emathios plus quam civilia campos* [1]. On estime, *Nil actum reputans si quid superesset agendum* [2].

De même, les connaisseurs ont toujours condamné dans Pompée *les fleuves rendus rapides par le débordement des parricides*, et tout ce qui est dans ce goût. Mais ils ont admiré,

O ciel! que de vertus vous me faites haïr!
. . . .
Restes d'un demi-dieu dont à peine je puis
Égaler le grand nom, tout vainqueur que j'en suis.

Voilà le véritable style de la tragédie; il doit être toujours d'une simplicité noble, qui convient aux personnes du premier rang; jamais rien d'ampoulé, ni de bas; jamais d'affectation ni d'obscurité. La pureté du langage doit être rigoureusement observée; tous les vers doivent être harmonieux, sans que cette harmonie dérobe rien à la force des sentiments. Il ne faut pas que les vers marchent toujours de deux en deux; mais que tantôt une pensée soit exprimée en un vers, tantôt en deux ou trois, quelquefois dans un seul hémistiche; on peut étendre une image dans une phrase de cinq ou six vers, ensuite en renfermer une autre dans un ou deux; il faut souvent finir un sens par une rime, et commencer un autre sens par la rime correspondante.

Ce sont toutes ces règles, très-difficiles à observer, qui donnent aux vers la grâce, l'énergie, l'harmonie dont la prose ne peut jamais approcher. C'est ce qui fait qu'on retient par cœur, même malgré soi, les beaux vers; il y en a beaucoup de cette espèce dans les belles tragédies de Corneille. Le lecteur judicieux fait aisément la comparaison de ces vers harmonieux, naturels et énergiques, avec ceux qui ont les défauts contraires; et c'est par cette comparaison que le goût des jeunes gens pourra se former aisément. Ce goût juste est bien plus

1. *Phars.*, I, 1. (Éd.) — 2. *Ibid.*, II, 657. (Éd.)

rare qu'on ne pense ; peu de personnes savent bien leur langue ; peu distinguent au théâtre l'enflure de la dignité ; peu démêlent les convenances. On a applaudi pendant plusieurs années à des pensées fausses et révoltantes. On battait des mains lorsque Baron prononçait ce vers :

> Il est, comme à la vie, un terme à la vertu [1].

On s'est récrié quelquefois d'admiration à des maximes non moins fausses. Ce qu'il y a d'étrange, c'est qu'un peuple qui a pour modèle de style les pièces de Racine, ait pu applaudir longtemps des ouvrages où la langue et la raison sont également blessées d'un bout à l'autre.

REMARQUES SUR LE MENTEUR,

COMÉDIE REPRÉSENTÉE EN 1642.

Avertissement du Commentateur. — Il faut avouer que nous devons à l'Espagne la première tragédie touchante et la première comédie de caractère qui aient illustré la France. Ne rougissons point d'être venus tard dans tous les genres. C'est beaucoup que, dans un temps où l'on ne connaissait que des aventures romanesques et des turlupinades, Corneille mit la morale sur le théâtre. Ce n'est qu'une traduction ; mais c'est probablement à cette traduction que nous devons Molière. Il est impossible en effet que l'inimitable Molière ait vu cette pièce sans voir tout d'un coup cette prodigieuse supériorité que ce genre a sur tous les autres, et sans s'y livrer entièrement. Il y a autant de distance de *Mélite* au *Menteur*, que de toutes les comédies de ce temps-là à *Mélite* : ainsi Corneille a réformé la scène tragique et la scène comique par d'heureuses imitations. Nous nous conformons à l'édition que Corneille donna en 1644, édition devenue extrêmement rare, dans laquelle on trouve *le Cid* avec les imitations de Guillem de Castro, *Pompée* avec les imitations de Lucain, et *le Menteur* avec des vers assez curieux qui ne sont dans aucune autre édition. Corneille ne mit point au bas des pages du *Menteur* les traits qu'il prit dans Lope ou dans Roxas ; on ne sait qui de ces deux poëtes espagnols est l'auteur de cette comédie.

1. Campistron, *Tiridate*, IV, II. (ÉD.)

LE MENTEUR,

COMÉDIE.

—

ACTE I.

SCÈNE I.

V. 4.   ...J'ai fait banqueroute à ce fatras de lois.

On disait alors *faire banqueroute*, pour *abandonner*, *renoncer*, *qui-ter*, *se détacher*, mais mal à propos; *banqueroute* était impropre, même en ce temps-là, dans l'occasion où l'auteur l'emploie. Dorante ne fait pas banqueroute aux lois, puisque son père consent qu'il renonce à cette profession.

V. 5.   Mais puisque nous voici dedans les Tuileries,
      Le pays du beau monde et des galanteries.

Nous avons souvent remarqué ailleurs que *dedans* est une légère faute, et qu'il faut *dans*.

V. 22.   C'est là le plus beau soin qui vienne aux belles âmes.

On prend un soin, on a un soin, on se charge d'un soin, on rend des soins; mais un soin ne *vient* pas.

V. 28.   Et déjà vous cherchez à pratiquer l'amour.

On ne pratique point l'amour comme on pratique le barreau, la médecine.

V. 29.   Je suis auprès de vous en fort bonne posture,
      De passer pour un homme à donner tablature.
      J'ai la taille d'un maître, etc.

Quoique Corneille ait épuré le théâtre dans ses premières comédies, et qu'il ait imité, ou plutôt deviné le ton de la bonne compagnie de son temps, il est pourtant encore ici loin de la bienséance et du bon goût; mais au moins il n'y a pas de mot déshonnête, comme Scarron s'en permit dans de misérables farces des Jodelets, qui, à la honte de la nation et même de la cour, eurent tant de succès avant les chefs-d'œuvre de Molière.

V. 39.   Vous tenez celles-là trop indignes de vous,
      Que le son d'un écu rend traitables à tous.

Le son d'un écu et l'idée de ces vers sont des choses honteuses qu'on devrait retrancher pour l'honneur de la scène française. Ce vers même est imité de la satire de Régnier, intitulée *Macette*. Les bienséances étaient impunément violées dans ce temps-là; et Corneille, qui s'élevait au-dessus de ses contemporains, se laissait entraîner à leurs usages.

V. 41.   Aussi que vous cherchiez de ces sages coquettes
        Qui bornent au babil leurs faveurs plus secrètes.

Cela n'est pas français. On dit bien *la maison où j'ai été*, mais non *la coquette où j'ai été*.

V. 43.   Et qui ne font l'amour que de babil et d'yeux.

Ce vers n'est pas français; *faire l'amour d'yeux et de babil*, ne peut se dire. On a changé ce vers, et on a mis :

       Sans qu'il vous soit permis de jouer que des yeux[1].

V. 46.   Et le jeu, comme on dit, n'en vaut pas les chandelles.

Chandelles; cette expression serait aujourd'hui indigne de la haute comédie.

V. 63.   J'en voyois là beaucoup passer pour gens d'esprit,
        Et faire encore état de Chimène et du Cid,
        Estimer de tous deux la vertu sans seconde,
        Qui passeroient ici pour gens de l'autre monde,
        Et se feroient siffler, si, dans un entretien,
        Ils étoient si grossiers que d'en dire du bien.

On voit que Corneille avait encore sur le cœur, en 1644, le déchaînement des auteurs contre *le Cid.* Il supprima depuis ces vers, et substitua ceux-ci :

       La diverse façon de parler et d'agir
       Donne aux nouveaux venus souvent de quoi rougir.

V. 70.   Et là, faute de mieux, un sot passe à la montre.

Ce mot signifie *revue*.

V. 83-85. . . . . Il est fort peu d'endroits
        Dont il n'ait le rebut aussi bien que le choix.
        Comme on s'y connoît mal, chacun s'y fait de mise.

Peut-être cette expression pouvait passer autrefois.

V. 86.   Et vaut communément autant comme il se prise.

Vaut autant comme, n'est pas français; on l'a déjà observé ailleurs.

V. 93.   Tel donne à pleines mains qui n'oblige personne, etc.

---

1. Au contraire, c'est dans l'édition de 1644 qu'on lit ce dernier vers. Les éditions de 1664, 1682, 1692, portent la version que Voltaire dit être la première. (*Note de M. Beuchot.*)

Molière n'a point de tirade plus parfaite; Térence n'a rien écrit de plus pur que ce morceau. Il n'est point au-dessus d'un valet, et cependant c'est une des meilleures leçons pour se bien conduire dans le monde. Il me semble que Corneille a donné des modèles de tous les genres.

V. 99.　Et d'un tel contre-temps il fait tout ce qu'il fait
　　　Que, quand il tâche à plaire, il offense en effet,

On ne dit pas *faire d'un contre-temps*, mais *faire à contre-temps*.

Au reste, cette scène est d'un ton très-supérieur à toutes les comédies qu'on donnait alors; elle peint des mœurs vraies; elle est bien écrite, à l'exception de quelques fautes excusables.

SCÈNE II.

CLARISSE, *faisant un faux pas et comme se laissant choir.*

Une comédie qui n'est fondée que sur un faux pas que fait une demoiselle en se promenant aux Tuileries, semble manquer d'art dans son exposition; et les compliments que se font Clarisse et Dorante n'annoncent ni intrigue ni caractère.

V. 1.　Ay! — Ce malheur me rend un favorable office....

Si cette Clarisse n'avait pas fait un faux pas, il n'y aurait donc pas de pièce? Ce défaut est de l'auteur espagnol. L'esprit est plus content, quand l'intrigue est déjà nouée dans l'exposition. On prend bien plus de part à des passions déjà régnantes, à des intérêts déjà établis. Un amour qui commence tout d'un coup dans la pièce, et dont l'origine est si faible, ne fait aucune impression, parce que cet amour n'est pas assez vraisemblable. On tolère la naissance soudaine de cette passion dans quelque jeune homme ardent et impétueux qui s'enflamme au premier objet; encore y faut-il beaucoup de nuances.

On croirait presque que ce Dorante, qui aime tant à mentir, exerce ce talent dans sa déclaration d'amour, et que cet amour est un de ses mensonges; cependant il est de bonne foi.

V. 2.　Puisqu'il me donne lieu de ce petit service.

Lieu d'un service n'est pas français. On donne lieu de rendre service.

V. 19.　Et le plus grand bonheur au mérite rendu
　　　Ne fait que nous payer de ce qui nous est dû.

Cela n'est pas français. On rend justice au mérite, on ne lui rend pas *bonheur* : peut-être les premiers imprimeurs ont-ils mis *bonheur* au lieu d'*honneur*. Cette scène languit par une contestation trop longue.

V. 35.　Comme l'intention seule en forme le prix, etc.

Ces dissertations dont les phrases commencent presque toujours par *comme*, et dont l'auteur a rempli ses tragédies, sont une de ces habitudes qu'il avait prises en écrivant; c'est la manière du peintre.

SCÈNE IV.

V. 12. La plus belle des deux je crois que ce soit l'autre.

Je crois que ce soit, est une faute de grammaire, du temps même de Corneille. *Je crois,* étant une chose positive, exige l'indicatif; mais pourquoi dit-on, Je crois qu'elle *est* aimable, qu'elle *a* de l'esprit? et *Croyez-vous* qu'elle *soit* aimable, qu'elle *ait* de l'esprit? C'est que *croyez-vous* n'est point positif; *croyez-vous* exprime le doute de celui qui interroge. *Je suis sûr qu'il vous satisfera; êtes-vous sûr qu'il vous satisfasse?*

Vous voyez par cet exemple que les règles de la grammaire sont fondées, pour la plupart, sur la raison, et sur cette logique naturelle avec laquelle naissent tous les hommes bien organisés.

V. 15. Ah! depuis qu'une femme a le don de se taire,
       Elle a des qualités au-dessus du vulgaire.

Depuis ne peut être employé pour *quand*, pour *dès là que, lorsque.* Ce mot *depuis* dénote toujours un temps passé. Il n'y a point d'exception à cette règle. C'est principalement aux étrangers que j'adresse cette remarque; c'est pour eux surtout qu'on fait ces commentaires. Corneille corrigea depuis :

    Monsieur, quand une femme a le don de se taire.

V. 22. Et quand le cœur m'en dit, j'en prends par où je puis.

J'en prends par où je puis, est un peu licencieux, et l'expression est dégoûtante. Ce n'est point ainsi que Térence fait parler ses valets.

SCÈNE V.

V. 40. . . . . Des flûtes. . . . des hautbois,
       Qui tour à tour dans l'air poussoient des harmonies
       Dont on pouvoit nommer les douceurs infinies.

Quoique ce substantif *harmonie* n'admette point de pluriel, non plus que *mélodie, musique, physique,* et presque tous les noms des sciences et des arts, cependant j'ose croire que dans cette occasion ces *harmonies* ne sont point une faute, parce que ce sont des concerts différents. On peut dire, *Les mélodies de Lulli et de Rameau sont différentes:* de plus, le Menteur s'égaye dans son récit, et *pousser des harmonies* est assez plaisant pour un menteur qui est supposé chercher à tout moment ses phrases.

V. 66. S'il (le soleil) eût pris notre avis, ou s'il eût craint ma haine,
       Il eût autant tardé qu'à la couche d'Alcmène.

Cela est guindé, faux, hors de la nature, et du plus mauvais goût. Aussi Corneille substitua à ces deux vers si différents du reste, ces deux-ci qui sont très-plaisants et du meilleur ton :

> S'il eût pris notre avis, sa lumière importune
> N'eût pas troublé sitôt ma petite fortune

V. 75. Il s'est fallu passer à cette bagatelle.

Se passer à, se passer de, sont deux choses absolument différentes. *Se passer à* signifie *se contenter de ce qu'on a. Se passer de* signifie *soutenir le besoin de ce qu'on n'a pas.* Il a quatre attelages, on peut se passer à moins. Vous avez cent mille écus de rente, et je m'en passe.

SCÈNE VI.

V. 2. Je remets à ton choix de parler ou te taire.

La grande exactitude de la prose veut *de te taire;* mais il faut renoncer à faire des vers si cette petite licence n'est pas permise.

V. 7. . . . . Pauvre esprit! — Je le perds
> Quand je vous ois parler de guerre et de concerts.

Je vous *ois* ne se dit plus : pourquoi? Cette diphthongue n'est-elle pas sonore? *Foi, loi, crois, bois,* révoltent-ils l'oreille? Pourquoi l'infinitif *ouïr* est-il resté, et le présent est-il proscrit? La syntaxe est toujours fondée sur la raison; l'usage et l'abolition des mots dépendent quelquefois du caprice; mais on peut dire que cet usage tend toujours à la douceur de la prononciation : *je l'ois, j'ois,* est sec et rude; on s'en est défait insensiblement.

V. 27. Étaler force mots qu'elles n'entendent pas,
> Faire sonner Lamboy, Jean de Vert, et Galas.

Généraux de l'empereur Ferdinand III.

V. 34. On leur fait admirer les baies qu'on leur donne.

Baies signifie ici *bourdes, cassades.* Il faut éviter soigneusement au milieu des vers ces mots *baies, haies,* et ne les jamais faire rencontrer par des syllabes qui les heurtent. On est obligé de faire *baies* de deux syllabes, et ce son est très-désagréable; c'est ce qu'on appelle le *demi-hiatus.* Nous avons des règles certaines d'harmonie dans la poésie; pour peu qu'on s'en écarte, les vers rebutent; et c'est en partie pourquoi nous avons tant de mauvais poëtes.

V. 42. Nous pourrons sous ces mots être d'intelligence.

On n'entend pas bien ce que l'auteur veut dire. Comment Dorante sera-t-il d'intelligence avec sa maîtresse, sous les mots de *contrescarpe* et de *fossé?*

V. 49. Ayant si bien en main le festin et la guerre,
> Vos gens en moins de rien courroient toute la terre.

Le festin en main; mauvaise expression de ce temps-là.

V. 61. . . . . Mais enfin ces pratiques
> Vous peuvent engager en de fâcheux intrigues.

Ce mot *intriques* n'est plus d'usage. Thomas Corneille, dans l'édition qu'il fit des œuvres de son frère, substitua :

> . . . . Mais enfin ces pratiques
> Vous couvriront de honte en devenant publiques.

DORANTE.

N'en prends point de souci. Mais tous ces vains discours, etc.

V. 65. . . . . Sache qu'à me suivre
Je t'apprendrai bientôt d'autres façons de vivre.

A me suivre ; est un barbarisme.

ACTE II.

SCÈNE I.

V. 3.   Par quelque haut récit qu'on en soit conviée,
C'est grande avidité de se voir mariée.

Cette expression *conviée*, prise en ce sens, n'est plus d'usage : mais j'ose croire que si on voulait l'employer à propos, elle reprendrait ses premiers droits.

Remarquez ici que la scène change. Le premier acte s'est passé dans les Tuileries, à présent nous sommes dans la maison de Clarisse à la place Royale. On aurait pu aisément supposer que la maison est voisine du jardin des Tuileries, et que le spectateur voit l'une et l'autre. Nous avons déjà dit que l'unité de lieu ne consiste pas à rester toujours dans le même endroit, et que la scène peut se passer dans plusieurs lieux représentés sur le théâtre avec vraisemblance. Rien n'empêche qu'on ne voie aisément un jardin, un vestibule, une chambre.

V. 7.   S'il faut qu'à vos projets la suite ne réponde,
Je m'engagerois trop dans le caquet du monde.

Il faut, *ne réponde pas.* Ce *ne* seul ne se dit que dans les occasions suivantes : Je crains qu'elle ne réponde, il n'est point de douceurs qu'elle ne réponde aux compliments qu'on lui a faits; il n'y a personne dans cette maison dont je ne réponde. Est-il une question difficile à laquelle elle ne réponde ? Mais nous ne voulons pas faire une trop longue dissertation.

V. 12.   Ce que vous souhaitiez est la même justice.

La même justice ne signifie pas la *justice même.* Voyez ce qui est dit sur cette règle dans les notes sur la tragédie de *Cinna* [1].

---

1. Du *Cid*, acte II, scène II. (ÉD.)

V. 15. Je le tiendrai longtemps dessous votre fenêtre,
Afin qu'avec loisir vous puissiez le connaître.

Cette manière de présenter un amant à sa maîtresse, qu'il doit épouser, paraît un peu singulière dans nos mœurs; mais la pièce est espagnole, et, de plus, ce n'est point ici une entrevue : le père ne veut que prévenir Clarisse par la bonne mine de son fils.

V. 17. Examiner sa taille, et sa mine, et son air,
Et voir quel est l'époux que je vous veux donner.

Son air.... donner. Il faut rimer à l'oreille, puisque c'est pour elle que la rime fut inventée, et qu'elle n'est que le retour des mêmes sons, ou du moins de sons à peu près semblables. On prononçait *donner*, en faisant sonner la finale *r*, comme s'il y avait eu *donnair*.

V. 24. Je cherche à l'arrêter, parce qu'il m'est unique.

On ne dit pas *il m'est unique*, comme *il m'est cher, il m'est agréable*, parce qu'*unique* n'est pas un adjectif, une qualité susceptible de régime. Il est agréable pour moi, agréable à mes yeux. *Unique* est absolu. Mais pourquoi dit-on : cela m'est agréable, et ne peut-on pas dire : cela m'est aimable? cela est plaisant à mon goût, et non pas : cela m'est plaisant? C'est qu'*agréable* vient d'*agréer :* cela m'agrée, au datif. *Plaisant* vient de *plaire :* cela me plaît, aussi au datif, comme s'il y avait : *plaît à moi.* Il n'en est pas ainsi d'*aimer :* J'aime cette pièce, et non : cette pièce aime à moi; ainsi on ne peut dire : *m'est aimable*

SCÈNE II.

V. 15. Cette chaîne (du mariage) qui dure autant que notre vie,
Et qui nous doit donner plus de peur que d'envie,
Si l'on n'y prend bien garde, attache assez souvent
Le contraire au contraire et le mort au vivant.

Cette allégorie ne paraît-elle pas un peu forte dans une scène de comédie, et surtout dans la bouche d'une fille? Mais toute cette tirade est de la plus grande beauté. Il n'y a point de fille qui parle mieux, et peut-être si bien dans Molière.

V. 34. . . . . . Fille qui vieillit tombe dans le mépris.
C'est un nom glorieux qui se garde avec honte.
Sa défaite est fâcheuse, à moins que d'être prompte.

L'usage permet qu'on dise : cette fille est *de défaite*, c'est-à-dire elle est belle; on peut aisément s'en défaire, la marier. Mais *sa défaite* exprime figurément qu'elle s'est rendue : *défaire, se défaire*, un visage *défait*, un ennemi *défait*, *défaite* d'une marchandise, *défaite* d'une armée : toutes acceptions différentes.

V. 37. Le temps n'est pas un dieu qu'elle puisse braver,
Et son honneur se perd à le trop conserver.

Il semble qu'une fille perde son honneur en se mariant. Ce vers gâte un très-beau morceau.

V. 39.   Ainsi vous quitteriez Alcippe pour un autre,
         Dont vous verriez l'humeur rapportant à la vôtre ?

Rapportant n'était pas français du temps même de Corneille. Il faut : *dont vous verriez l'humeur conforme à la vôtre, répondante à la vôtre, assortie à la vôtre.*

V. 42.   Il me faudroit en main avoir un autre amant.

         J'avois . . . . . certaine vieille *en main,*
         D'un génie, à vrai dire, au-dessus de l'humain.

                                   MOLIÈRE, *École des Femmes.*

SCÈNE III.

V. 7.   Ton père va descendre, âme double et sans foi!

Tout cela paraît choquer un peu la bienséance ; mais on pardonne au temps où Corneille écrivait : on tutoyait alors au théâtre. Le tutoiement, qui rend le discours plus serré, plus vif, a souvent de la noblesse et de la force dans la tragédie; on aime à voir Rodrigue et Chimène l'employer. Remarquez cependant que l'élégant Racine ne se permet guère le tutoiement que quand un père irrité parle à son fils, ou un maître à un confident, ou quand une amante emportée se plaint à son amant :

         Je ne t'ai point aimé! Cruel, qu'ai-je donc fait[1]?

Hermione dit :

         Ne devois-tu pas lire au fond de ma pensée[2]?

Phèdre dit :

         Eh bien! connois donc Phèdre et toute sa fureur[3].

Mais jamais Achille, Oreste, Britannicus, etc., ne tutoient leurs maîtresses; à plus forte raison cette manière de s'exprimer doit-elle être bannie de la comédie, qui est la peinture de nos mœurs. Molière en fait usage dans le *Dépit amoureux*[4]; mais il s'est ensuite corrigé lui-même.

V. 30.   Si je le vis jamais, et si je le connoi....
         Ne viens-je pas de voir son père avecque toi !

Voilà encore *connois* ou *connoi* qui rime avec *toi.* Voilà une nouvelle preuve qu'on prononçait *je connois,* ou bien *je connoi,* en retranchant la lettre *s,* comme nous prononçons *j'aperçois, je vois, loi, roi;* tous

---

1. *Andromaque,* IV, v, (ÉD.) — 2. *Id.,* V, III. (ÉD.) — 3. *Phèdre,* II, 5. (ÉD.)
4. Acte III, scene v. (ÉD.)

lès oi prononcés comme écrits avec l'o. Aujourd'hui qu'on prononce *je connais, je parais, je verrais, j'aimerais,* il est clair qu'il faut un *a.*

V. 33. Tu passes, infidèle, âme ingrate et légère,
   La nuit avec le fils, le jour avec le père.

Cette idée ne serait pas tolérable, s'il n'était question d'une fête qu'on a donnée. Le théâtre doit être l'école des mœurs.

V. 25. Son père, de vieux temps, étoit ami du mien.

On ne dit point *de vieux temps,* mais *dès longtemps, depuis longtemps, de tout temps, toujours, en tout temps, en tous les temps.*

V. 51. Quoi! je suis donc un fourbe, un bizarre, un jaloux?

Il semble que l'auteur espagnol n'ait pas tiré assez de parti du mensonge de Dorante sur cette fête. La méprise d'un page, qui a pris une femme pour une autre, n'a rien d'agréable ni de comique. D'ailleurs, ce mensonge de Dorante, fait à son rival, devait servir au nœud de la pièce et au dénoûment; il ne sert qu'à des incidents.

V. 61. A moins qu'en attendant le jour du mariage,
   M'en donner ta parole et deux baisers pour gage.

Cette indécence ne serait point soufferte aujourd'hui. On demande comment Corneille a épuré le théâtre? C'est que, de son temps, on allait plus loin; on demandait des baisers et on en donnait. Cette mauvaise coutume venait de l'usage où l'on avait été très-longtemps en France de donner, par respect, un baiser aux dames, sur la bouche, quand on leur était présenté. Montaigne dit qu'il est triste pour une dame d'apprêter sa bouche pour le premier mal tourné qui viendra à elle avec trois laquais.

Les soubrettes se conformèrent à cet usage sur le théâtre. De là vient que, dans *la Mère coquette,* de Quinault[1], jouée plus de vingt ans après, la pièce commence par ces vers :

   Je t'ai baisé deux fois. — Quoi! tu baises par compte?

Il faut encore observer que, quand ces familiarités ridicules sont inutiles à l'intrigue, c'est un défaut de plus.

SCÈNE IV.

V. 7. . . . . Ce jour même nos armes
   Régleront par leur sort tes plaisirs ou tes larmes.

Cela n'est pas français. *Régler* ne veut pas dire *causer;* on ne peut dire *régler des larmes, régler des plaisirs.*

V. 10. Puissé-je dans son sang voir couler tout le mien!

L'auteur paraît ici quitter absolument le ton de la comédie, et s'éle-

1. Acte I, scène I. (ÉD.)
VOLTAIRE. — 17   17

ver à la noblesse des images et des expressions tragiques; mais il faut observer que c'est un amant au désespoir qui veut appeler son rival en duel. Les expressions suivent ordinairement le caractère des passions qu'elles expriment.

Interdum tamen et vocem comœdia tollit[1].

V. 11. Le voici, ce rival que son père t'amène.

On ne conçoit pas trop comment Alcippe peut voir entrer Dorante. Le premier vers de la cinquième scène prouve que Dorante et Géronte son père sont dans une place publique, ou dans une rue sur laquelle donnent les fenêtres de Clarice, ou, à toute force, dans le jardin des Tuileries. qui est le premier lieu de la scène, quoiqu'il soit assez peu vraisemblable que tous les personnages de cette comédie passent leur journée et ne fassent leurs affaires qu'en se promenant dans un jardin. Or Alcippe est encore dans la maison de Clarice; car ce n'est sûrement ni dans la rue, ni dans un jardin public que Géronte vient rendre visite à Clarice et lui proposer son fils en mariage; ce n'est pas non plus dans la rue que Clarice découvre à sa soubrette les secrets de son cœur; enfin ce ne peut pas être dans la rue qu'Alcippe vient débiter à sa maîtresse deux pages d'injures, et lui demander ensuite deux baisers; cela ne serait ni vraisemblable, ni décent : ce n'est pas dans le milieu d'un jardin, puisque Clarice le prie de parler plus bas, de crainte que son père ne l'entende.

Il faut donc conclure que le lieu de la scène change souvent dans cette comédie, et qu'en cet endroit Alcippe, qui est chez Clarice, ne peut pas voir entrer Dorante qui est dans la rue. Remarquez aussi que les scènes IV° et V° ne sont point liées, et que le théâtre reste vide. Seulement Alcippe annonce que Dorante paraît : mais il l'annonce mal à propos, puisqu'il ne peut le voir.

V. 14. Mais ce n'est pas ici qu'il faut le quereller.

Quereller signifie aujourd'hui *reprendre*, *faire des reproches*, *réprimander;* il signifiait alors *insulter*, *défier*, et même *se battre*. Dans nos provinces méridionales, les tribunaux se servent du mot *quereller* pour accuser un homme, attaquer un testament, une convention : c'est un abus des mots; le langage du barreau est partout barbare.

SCÈNE V.

V. 1.   Dorante, arrêtons-nous, le trop de promenade
         Me mettroit hors d'haleine et me feroit malade.

Il me semble par ces vers que Géronte et Dorante soient dans les Tuileries. Comment Alcippe a-t-il pu les voir de la maison de Clarice, à la place Royale?

1. Horace, *Art poét.*, 93. (ÉD.)

V. 11. Et l'univers entier ne peut rien voir d'égal
       Aux superbes dehors du palais Cardinal.

Aujourd'hui le Palais-Royal. Ce quartier, qui est à présent un des plus peuplés de Paris, n'était que des prairies entourées de fossés, lorsque le cardinal de Richelieu y fit bâtir son palais. Quoique les embellissements de Paris n'aient commencé à se multiplier que vers le milieu du siècle de Louis XIV, cependant la simple architecture du palais Cardinal ne devait pas paraître si superbe aux Parisiens, qu avaient déjà le Louvre et le Luxembourg. Il n'est pas surprenant qu Corneille, dans ces vers, cherchât à louer indirectement le cardinal de Richelieu, qui protégea beaucoup cette pièce, et même donna des habits à quelques acteurs. Il était mourant alors, en 1642, et il cherchait à se dissiper par ces amusements.

V. 13. Toute une ville entière avec pompe bâtie
       Semble d'un vieux fossé par miracle sortie,
       Et nous fait présumer à ses superbes toits
       Que tous ses habitants sont des dieux ou des rois.

Des dieux! cela est un peu fort.

V. 70. Ce fut, s'il m'en souvient, le second de septembre.

Ces particularités rendent la narration de Dorante plus vraisemblable; on ne peut se refuser au plaisir de dire que cette scène est une des plus agréables qui soient au théâtre. Corneille, en imitant cette comédie de l'espagnol de Lope de Vega, a, comme à son ordinaire, eu la gloire d'embellir son original. Il a été imité à son tour par le célèbre Goldoni. Au printemps de l'année 1750, cet auteur si naturel et si fécond a donné à Mantoue une comédie intitulée *le Menteur*. Il avoue qu'il en a imité les scènes les plus frappantes de la pièce de Corneille. Il a même quelquefois beaucoup ajouté à son original. Il y a dans Goldoni deux choses fort plaisantes : la première, c'est un rival du Menteur, qui redit bonnement pour des vérités toutes les fables que le Menteur lui a débitées, et qui est pris pour un menteur lui-même, à qui on dit mille injures ; la seconde est le valet qui veut imiter son maître, et qui s'engage dans des mensonges ridicules dont il ne peut se tirer.

Il est vrai que le caractère du Menteur de Goldoni est bien moins noble que celui de Corneille. La pièce française est plus sage, le style en est plus vif, plus intéressant. La prose italienne n'approche point des vers de l'auteur de *Cinna*. Les Ménandre, les Térence, écrivirent en vers, c'est un mérite de plus, et ce n'est guère que par impuissance de mieux faire, ou par envie de faire vite, que les modernes ont écrit des comédies en prose. On s'y est ensuite accoutumé. *L'Avare* surtout. que Molière n'eut pas le temps de versifier, détermina plusieurs auteurs à faire en prose leurs comédies. Bien des gens prétendent aujourd'hui que la prose est plus naturelle et sert mieux le comique. Je crois que dans les farces la prose est assez convenable : mais que *le Misanthrope* et le *Tartufe* perdraient de force et d'énergie s'ils étaient en prose!

ACTE III.

SCÈNE I.

V. 3.   Je rends grâces au ciel de ce qu'il a permis
Que je suis survenu pour vous refaire amis.

Il faudrait, *que je sois ;* le *que* entre deux verbes exige le subjonctif, excepté quand on assure positivement quelque chose. Je suis sûr que vous m'aimez ; je crois que vous m'aimez ; je jure que je vous aime ; mais il faut dire, *je permets*, *je souhaite*, *je doute*, *je veux*, *j'ordonne*, *je crains*, *je désire que vous aimiez.*

V. 13. . . . . .Quoi que j'aie pu faire[1],
Je crois n'avoir rien fait qui doive vous déplaire.

Le mot *aie* ne peut entrer dans un vers, à moins qu'il ne soit suivi d'une voyelle avec laquelle il forme une élision.

V. 17. Mon affaire est d'accord.

Les hommes sont *d'accord ;* les affaires sont *accordées*, *terminées*, *accommodées*, *finies.*

V. 43.   Prenez sur un appel le loisir d'y rêver,
Sans commencer par où vous devez achever.

Ce premier hémistiche du second vers ne serait pas permis dans le style élevé ; c'est une licence qu'il faut prendre très-rarement dans le comique. Une conjonction, un adverbe monosyllabe, un article, doivent rarement finir la moitié d'un vers.

Adieu, je m'en vais à Paris pour mes affaires.

SCÈNE II.

V. 5. . . . L'ardeur de Clarice est égale à vos flammes.

Ce mot au pluriel était alors en usage ; et en effet pourquoi ne pas dire *à vos flammes*, aussi bien qu'à *vos feux*, *à vos amours?*

V. 13. Comme il en voit sortir ces deux beautés masquées,
Sans les avoir au nez de plus près remarquées ;
Voyant que le carrosse et chevaux et cocher
Étoient ceux de Lucrèce, il suit sans s'approcher ;
Et les prenant ainsi pour Lucrèce et Clarice,
Il rend à votre amour un très-mauvais service.

1. Dans l'édition de 1664, il y a :

. . . . .Plus je me considère,
Moins je découvre en moi ce qui vous peut déplaire. (ÉD.)

Sans les avoir au nez, etc. Cette manière de s'exprimer ne serait plus excusable à présent que dans la bouche d'un valet.

Au lieu de ces vers, on trouve ceux-ci dans quelques éditions :

> Il les en voit sortir, mais à coiffe abattue,
> Et sans les approcher il suit de rue en rue.
> Aux couleurs, au carrosse, il ne doute de rien ;
> Tout étoit à Lucrèce, et le dupe si bien
> Que, prenant ces beautés pour Lucrèce et Clarice,
> Il rend à votre amour, etc.

V. 35. Il vint hier de Poitiers, et sans faire aucun bruit
Chez lui paisiblement a dormi toute nuit.

On disait alors *toute nuit*, au lieu de *toute la nuit ;* mais comme on ne pouvait pas dire *tout jour*, à cause de l'équivoque de *toujours*, on a dit *toute la nuit*, comme on disait *tout le jour*.

V. 37. Quoi ! sa collation....—N'est rien qu'un pur mensonge,
Ou bien s'il l'a donnée, il l'a donnée en songe.

Il est évident que ce dernier vers n'est placé là que pour la rime. Ce sont de légères taches que la difficulté de notre poésie doit faire excuser. Dès qu'on voit *songe*, on est presque sûr de *mensonge*.

V. 49. A nous laisser duper nous sommes bien novices.

Ce vers signifie à la lettre, *nous ne savons pas être dupés*. C'est le contraire de ce que l'auteur veut dire.

V. 55. Quiconque le peut croire ainsi que vous et moi,
S'il a manqué de sens, n'a pas manqué de foi.

Philiste avoue ici qu'il a cru ce que disait Dorante; et le vers d'après, il dit qu'il ne l'a pas cru.

SCÈNE III.

Les scènes ici cessent encore d'être liées : le théâtre ne reste pas tout à fait vide; les acteurs qui entrent sont du moins annoncés.

V. 33. En matière de fourbe, il est maître, il y pipe.

Cette expression ne serait plus admise aujourd'hui. On dit *piper au jeu, piper la bécasse;* voilà tout ce qui est resté en usage.

V. 57. Tu vas sortir de garde et perdre tes mesures.

Cette métaphore, tirée de l'art des armes, paraît aujourd'hui peu convenable dans la bouche d'une fille parlant à une fille ; mais quand une métaphore est usitée, elle cesse d'être une figure. L'art de l'escrime étant alors beaucoup plus commun qu'aujourd'hui, *sortir de garde, être en garde*, entraient dans le discours familier, et on employait ces expressions avec les femmes même; comme on dit *à la boule vue*, là ceux qui n'ont jamais vu jouer à la boule; *servir sur les deux toits*, à ceux qui n'ont jamais vu jouer à la paume; *le dessous des cartes*, etc.

SCÈNE IV.

Remarquez que le théâtre ici ne reste pas tout à fait vide, et que s jes scènes ne sont pas liées, elles sont du moins annoncées. Il sort deux acteurs, et il en rentre deux autres; mais les deux premiers ne sortent qu'en conséquence de l'arrivée des deux seconds. C'est toujours la même action qui continue, c'est le même objet qui occupe le spectateur. Il est mieux que les scènes soient toujours liées; les yeux et l'esprit en sont plus satisfaits.

V. 2. J'ai su tout ce détail d'un ancien valet.

Autrefois un auteur, selon sa volonté, faisait *hier* d'une syllabe, et *ancien* de trois; aujourd'hui cette méthode est changée. *Ancien* de deux syllabes devient dur. On est réduit à éviter ce mot quand on veut faire des vers où rien ne rebute l'oreille.

V. 14. Ne hésiter jamais, et rougir encor moins.

Ne hé est dur à l'oreille. On ne fait plus difficulté de dire aujourd'hui, *j'hésite, je n'hésite plus.*

SCÈNE V.

Cette scène est tout espagnole : c'est un simple jeu de deux femmes, une simple méprise de Dorante, dont il ne résulte rien d'intéressant ni de plaisant, rien qui déploie les caractères; et c'est probablement la raison pour laquelle *le Menteur* n'est plus si goûté qu'autrefois.

V. 19. Chère amie, il en conte à chacune à son tour.

Il paraît que Clarice ne dit pas ce qu'elle devrait dire, et ne joue pas le rôle qu'elle devrait jouer. Elle est convenue que Lucrèce mentirait au Menteur, et qu'elle lui ferait croire que cette Lucrèce est la même personne qu'il a vue aux Tuileries. C'est la demoiselle des Tuileries que Dorante aime, c'est elle à qui il croit parler. Par conséquent il n'en conte point à chacune à son tour, il n'est point fou e; il tombe dans le piége qu'on lui a dressé.

V. 78. Appelez-moi grand fourbe, et grand donneur de bourdes.

Cette expression est aujourd'hui un peu basse; elle vient de l'ancien mot *bourdeler*, *bordeler*, qui ne signifiait que *se réjouir*.

V. 123. Vous couchez d'imposture, et vous osez jurer,
　　　　Comme si je pouvois vous croire ou l'endurer.

Vous couchez d'imposture; cette manière de s'exprimer n'est plus admise; elle vient du jeu. On disait : *Couché de vingt pistoles, de trente pistoles, couché belle.*

V. der J'ai donné cette baie à bien d'autres qu'à vous.

Cette scène ne peut réussir, elle est trop forcée; il était naturel que Clarice lui dît : « C'est moi que vous avez trouvée aux Tuileries, vous devez reconnaître ma voix; » et alors tout était fini.

SCÈNE VI.

V. 15. Je disois vérité.—Quand un menteur la dit,
        En passant par sa bouche elle perd son crédit.

Voilà deux vers qui sont passés en proverbe. C'est une vérité fortement et naïvement exprimée; elle est dans l'espagnol, et on l'a imitée dans l'italien.

V. 18. Elle recevra point un accueil moins farouche.

Il faudrait ici la particule *ne* avant le verbe, pour que la phrase fût exacte. Cette licence n'est pas même permise en poésie[1].

V. 19. Allons sur le chevet rêver quelque moyen.

Il faut : *rêver à quelque moyen.*

V. der. Il sera demain jour, et la nuit porte avis.

On ne peut guère finir un acte moins vivement. Il faut toujours tenir le spectateur en haleine, lui donner de la crainte ou de l'espérance. Quand un personnage se borne à dire : « Nous verrons demain ce que nous ferons; allons-nous-en, » le spectateur est tenté de s'en aller aussi, à moins que les choses auxquelles le personnage va rêver ne soient très-intéressantes.

ACTE IV.

SCÈNE I.

V. 1. Mais, monsieur, pensez-vous qu'il soit jour chez Lucrèce ?

Nous avons déjà remarqué que le lieu de la scène changeait souven dans cette comédie, et que, par conséquent, l'unité de lieu n'y étai pas scrupuleusement observée.

V. 9. Je me suis souvenu d'un secret que toi-même
        Me donnois hier pour grand, pour rare, pour suprême.

Un secret suprême ! voilà à quoi l'esclavage de la rime réduit trop souvent les auteurs : on emploie les mots les plus impropres, parce

---

1. On lit dès 1664 :

    Elle pourra trouver un accueil moins farouche. (Ed.)

qu'ils riment. C'est le plus grand défaut de notre poésie. Il vaut mieux rejeter la plus belle pensée que de la mal exprimer.

V. 14. Je sais ce qu'est Lucrèce : elle est sage et discrète.

D'où le sait-il, lui qui arriva hier de Poitiers?

V. 15. A lui faire présent mes efforts seroient vains.

Il faut dire : *faire un présent* ou *faire présent de quelque chose*.

V. 20. Si celle-ci venoit qui m'a rendu sa lettre,

n'est pas français. Il faudrait *celle-là* ou *celle*. *Celle* ne doit point se séparer du *qui;* mais ce n'est qu'une petite faute.

V. 30. Mais, monsieur, attendant que Sabine survienne,
      Et que sur son esprit vos dons fassent vertu,
      Il court quelque bruit sourd qu'Alcippe s'est battu.

On dit : *se faire une vertu, faire une vertu d'un vice;* mais *faire vertu*, quand il signifie *faire effet*, n'est plus d'usage, et *faire vertu sur quelque chose* est un barbarisme.

SCÈNE III.

V. 4. Avec ces qualités, j'avois lieu d'espérer
     Qu'assez malaisément je pourrois m'en parer.

Dans ces deux vers, que Cliton répète ici après les avoir dits à la fin du second acte, on peut remarquer qu'*espérer*, ne se prenant jamais en mauvaise part, ne peut pas servir de synonyme à *craindre*, et qu'ici l'expression n'est point juste.

V. 18. Et je n'ai point appris qu'elle eût tant d'efficace.

Efficace, pris comme substantif, n'est plus d'usage; on dit *efficacité*, ou plutôt on se sert d'un autre mot.

V. 25. Qu'en moins de fermer l'œil on ne s'en souvient pas[1].

En moins de fermer l'œil, pour *en moins d'un clin d'œil*, n'est pas français.

V. 30. Vous les hachez menu comme chair à pâtés.
     Vous avez tout le corps bien plein de vérités,
     Il n'en sort jamais une.

Ces vers ne paraissent-ils pas d'un genre de plaisanterie trivial, et même trop bas pour le ton général de la pièce?

[1]. Dans l'édition de 1664. Corneille a mis :
    Qu'en moins d'un tournemain on ne s'en souvient pas.

L'édition de 1682 a la même version. Dans l'édition de 1692, il y a :
    Qu'en moins d'une heure ou deux, etc.   (*Note de M. Beuchot.*)

SCÈNE IV

V. 2. . . . . : . . . . . Que mal à propos
   Son abord importun vient troubler mon repos!

Il ne peut pas dire qu'il est en repos : il ne pourrait trouver son père incommode qu'en cas qu'il sût que son père vient troubler son amour. Il serait excusable alors par l'excès de sa passion; mais il n'a de véritable passion que celle de mentir assez mal à propos.

V. 14. Je me tiens trop heureux qu'une si belle fille,
   Si sage et si bien née, entre dans ma famille!

Si sage et si bien née, une fille qui a été surprise avec un homme pendant la nuit !

SCÈNE V.

Qu'il me soit permis de dire, en passant, que, dans les quatre scènes précédentes, la résurrection d'Alcippe, le nouvel embarras de Dorante avec Géronte, la noble confiance de ce dernier, forment les situations les plus heureuses et les plus comiques. On ne voit point de tels exemples chez les Grecs, ni chez les Latins : aussi l'auteur italien n'a-t-il pas manqué de traduire toutes ces scènes.

SCÈNE VI.

Toutes les fois qu'un acteur entre ou sort du théâtre, l'art exige que le spectateur soit instruit des motifs qui l'y déterminent. On ne voit pas trop ici quel motif ramène Sabine.

V. 18. On prend à toutes mains, dans le siècle où nous sommes,
   Et refuser n'est plus le vice des grands hommes.

Que veut dire *le vice des grands hommes*, quand il s'agit d'une femme de chambre ?

V. der. Je vous conterai lors tout ce que j'aurai fait.

Ces scènes, qui ne consistent qu'à donner de l'argent à des suivantes qui font des façons et qui acceptent, sont devenues aussi insipides que fréquentes; mais alors, la nouveauté empêchait qu'on n'en sentît toute la froideur.

SCÈNE VII.

V. 2. C'est un homme qui fait litière de pistoles.

Litière de pistoles, expression aujourd'hui proscrite et entièrement hors d'usage.

V. 26. Elle tient, comme on dit, le loup par les oreilles.

Le proverbe ne paraît-il pas un peu trivial, et la scène un peu trop longue, dans la situation où sont les choses ?

V. 36. Peut-être que tu mens aussi bien comme lui.

On a déjà dit que *comme* est ici un solécisme, et qu'il faut *que*.

SCÈNE VIII.

V. 3.   Elle meurt de savoir que chante le poulet.

Il faut *ce que chante*. Nous ne devons pas rendre le *quid* des Latins
et le *che* des Italiens par le simple *que* : la raison en est claire; ce *que*
produirait une amphibologie perpétuelle. *Je crois que vous pensez* est
très-différent de *je crois ce que vous pensez. Je vois que vous aimez* et
je vois ce que vous aimez ne sont pas la même chose.

L'auteur corrigea, depuis :

Comme elle a les yeux fins, elle a vu le poulet.

V. 25.   Conte-lui dextrement le naturel des femmes.

Dextrement n'est plus d'usage. On ne conte point le naturel; on le
peint, on le décrit.

SCÈNE IX.

V. 1.   Il t'en veut tout de bon, et m'en voilà défaite.

Ces scènes de Clarice et de Lucrèce ne sont ni comiques ni intéressantes. Aucune des deux n'aime; elles jouent un tour assez grossier à
Dorante, qui doit reconnaître Clarice à sa voix; et ce sont elles qui
sont véritablement menteuses avec lui.

V. 23. Si tu l'aimes, du moins étant bien avertie,
        Prends bien garde à ton fait, et fais bien ta partie.

Cette expression, prise en ce sens, n'est plus d'usage. Aujourd'hui,
prendre garde à son fait est une phrase très-populaire.

On a remarqué que ces scènes de Clarice et de Lucrèce sont toutes
très-froides. On en demande la raison : c'est que ni l'une ni l'autre n'a
une vraie passion, ni un grand intérêt.

V. 27. . . . . . Vous n'en casserez, ma foi, que d'une dent;

façon de s'exprimer prise d'un ancien proverbe trivial, et indigne d'ê-
tre écrit, surtout en vers.

V. 29.   Quand nous le vîmes hier dedans les Tuileries....

Ce vers prouve deux choses : d'abord que la pièce dure deux journées; ensuite que la scène a changé, que le théâtre ne doit plus représenter les Tuileries, mais la place Royale. Il était, à la vérité, assez extraordinaire que ces dames se promenassent si régulièrement
dans un jardin deux journées de suite; mais il ne l'est pas moins
qu'elles aient de si longues conférences dans une place.

Au reste, la règle des vingt-quatre heures peut très-bien subsister, la pièce commençant à six heures du soir et finissant le lendemain à la même heure.

V. 46. Soit, mais il est saison que nous allions au temple.

Il est saison, pour *il est temps*, *il est l'heure*, ne se dit plus. De plus, voilà une manière bien froide et bien maladroite de finir un acte : « Il est temps d'aller à l'église, parce que nous n'avons plus rien à dire. »

V. 47. Allons. — Si tu le vois, agis comme tu sais.
— Ce n'est pas sur ce coup que je fais mes essais.

Tu sais ne rime pas avec *essais*; c'est ce qu'on appelle des rimes provinciales. La rime est uniquement pour l'oreille. On prononce *tu sais* comme s'il y avait *tu sés*, et *essais* est long et ouvert. Si on ne voulait rimer qu'aux yeux, *cuiller* rimerait avec *mouiller*. Tous les mots qui se prononcent à peu près de même doivent rimer ensemble. Il me paraît que c'est la règle générale concernant la rime.

V. 51. Mais sachez qu'il est homme à prendre sur le vert.

On appelait alors *le vert* le gazon du rempart sur lequel on se promenait, et de là vient le mot *boulevert*, vert à jouer à la boule, qu'on prononce aujourd'hui *boulevart*. Le nom de *vert* se donnait aussi au marché aux herbes.

ACTE V.

SCÈNE I.

GÉRONTE, ARGANTE.

Voici un monsieur Argante dont le spectateur n'a point encore entendu parler, qui arrive sous prétexte de solliciter un procès, mais effectivement pour détromper Géronte, et lui ouvrir les yeux sur toutes les faussetés que lui a débitées son fils. Peut-être désirerait-on qu'il fût annoncé dès le premier acte; c'est du moins une des règles de l'art : on doit rarement introduire au dénoûment un personnage qui ne soit à la fois annoncé et attendu. D'ailleurs on ne voit pas de quelle utilité est cet Argante, qui ne paraît qu'un moment, qui ne revient pas même aux dernières scènes. Géronte n'aurait-il pas pu découvrir aussi bien la fausseté du mariage de Dorante dans une conversation avec Clarice ou Lucrèce, à qui son fils vient de jurer qu'il n'est point marié, et qu'il n'a imaginé ce mensonge que pour se conserver la liberté d'offrir à la personne qu'il aime son cœur et sa main? Mais il faut songer en quel temps écrivait Corneille, et passer rapidement aux scènes suivantes, qui sont sublimes.

SCÈNE III.

V. 1 Êtes-vous gentilhomme?

Cette scène est imitée de l'espagnol. Le génie mâle de Corneille quitte ici le ton familier de la comédie : le sujet qu'il traite l'oblige d'élever sa voix ; c'est un père justement indigné, c'est

Iratus Chremes (qui) tumido delitigat ore.

HOR., Art poét.

On voit ici la même main qui peignit le vieil Horace et don Diègue. Il n'est point de père qui ne doive faire lire cette belle scène à ses enfants. Et si l'on disait aux farouches ennemis du théâtre, aux persécuteurs du plus beau des arts : « Oserez-vous nier que cette scène, bien représentée, ne fasse une impression plus heureuse et plus forte sur l'esprit d'un jeune homme que tous les sermons que l'on débite journellement sur cette matière ? » je voudrais bien savoir ce qu'ils pourraient répondre.

Goldoni, dans son *Bugiardo*, n'a pu imiter cette belle scène de Corneille, parce que Pantalon Bisognosi est le père de son Menteur, et que Pantalon, marchand vénitien, ne peut avoir l'autorité et le ton d'un gentilhomme. Pantalon dit simplement à son fils qu'il faut qu'un marchand ait de la bonne foi.

V. 49. .... Mon indulgence, au dernier point venue,
Consentoit à tes yeux l'hymen d'une inconnue.

Consentir est un verbe neutre qui régit le datif, c'est-à-dire notre préposition *à* qui sert de datif. On ne dit pas *consentir quelque chose, mais à quelque chose.* Dans quelques éditions on a substitué *approuvait à consentait.*

SCÈNE IV.

V. 5. Toutes tierces, dit-on, sont bonnes ou mauvaises.

Cette plaisanterie est tirée de l'opinion où l'on était alors que le troisième accès de fièvre décidait de la guérison ou de la mort.

V. 10. Car je doute à présent si vous aimez Lucrèce.

On ne sait en effet qui Dorante aime, il ne le sait pas lui-même ; c'est une intrigue où le cœur n'a aucune part. Dorante, Lucrèce et Clarice, prennent si peu de part à cet amour, que le spectateur n'y prend aucun intérêt. C'est un très-grand défaut, comme on l'a déjà dit, et l'intrigue n'est point assez plaisante pour réparer cette faute. La pièce ne se soutient que par le comique des menteries de Dorante.

V. 23. Mon cœur entre les deux est presque partagé.

Cela seul suffit pour refroidir la pièce. S'il ne se soucie d'aucune, qu'importe celle qu'il aura ?

V. 28. Quoi ! même en disant vrai, vous mentiez en effet ?

Voilà une excellente plaisanterie, qui prépare le dénoûment de l'intrigue.

SCÈNE V.

(*A la fin.*) Cette scène participe de cette froideur causée par l'indifférence de Dorante. Il demande avec empressement comment on a reçu sa lettre écrite à une personne qu'il n'aime guère, et qu'il appelle *ce cher objet*.

SCÈNE VI.

V. 32.   Votre âme du depuis ailleurs s'est engagée.

Du depuis a toujours été une faute ; c'est une façon de parler provinciale. Il est clair que le *du* est de trop avec le *de*.

V. 41.   Vous serez marié, si l'on veut, en Turquie....
— Je serai marié, si l'on veut, en Alger.

Être marié en Turquie ou bien à Alger, n'est pas fort différent. Ce n'est pas là enchérir, c'est répéter.

V. 47.   Moi-mêmes à mon tour je ne sais où j'en suis.

Il ne faut point ici d'*s* à *même*.

V. 54.   Sabine m'en a fait un secret entretien.
— Bonne bouche, j'en tiens, mais l'autre la vaut bien.

La méprise de Dorante serait plaisante et intéressante, si, aimant passionnément une des deux, il disait à l'une tout ce qu'il croit dire à l'autre. L'auteur espagnol et le français semblent avoir manqué leur but.
Clarice fait connaître, au second acte, qu'elle n'aime ni Dorante ni Alcippe, et qu'elle ne veut qu'un mari. Ainsi nul intérêt dans cette pièce ; elle se soutient seulement par des méprises et des mensonges comiques. *Faire un entretien*, n'est pas français. *Bonne bouche*, est trivial, et cette longue méprise est froide.

V. 90.   Est-il un plus grand fourbe, et peux-tu l'écouter ?

Elle devait lui dire : « Je suis Clarice, c'est mon nom, et vous avez cru que je m'appelais Lucrèce. »

V. 104.   Vois que fourbe sur fourbe à nos yeux il entasse,
          Et ne fait que jouer des tours de passe-passe.

Cette expression populaire ne paraît-elle pas ici déplacée ?

V. 108.   Si mon père à présent porte parole au vôtre,
          Après son témoignage en voudrez-vous quelque autre ?

De pareils dénoûments sont toujours froids et vicieux, parce qu'ils n'ont point ce qu'on appelle la péripétie, ils n'excitent aucune surprise ; il n'y a ni comique, ni intérêt. *Si mon père consent à mon mariage, y consentez-vous ? Oui.* Ce n'est pas la peine de faire cinq actes pour amener quelque chose de si trivial; et, encore une fois, le caractère du Menteur est l'unique cause du succès.

V. 115. Je ne lui ferai pas ce mauvais entretien.

Faire un mauvais entretien, est un barbarisme.

SCÈNE VII ET DERNIÈRE.

V. 8.   Le devoir d'une fille est dans l'obéissance.
         — Venez donc recevoir ce doux commandement.

Il est assez singulier de remarquer que Corneille a placé ces deux mêmes vers dans la bouche de Camille et de Curiace, dans sa belle tragédie des *Horaces*[1].

V. 12.   Je changerai pour toi cette pluie en rivière.

Plaisanterie bien recherchée. Un défaut de cette pièce est la répétition des façons et des gaietés d'une soubrette à qui l'on fait quelques petits présents.

V. dern. Par un si rare exemple apprenez à mentir.

C'est ici une plaisanterie de valet, mais elle paraît déplacée. On attend la morale de la pièce, qui est toute contraire au propos de Cliton. Goldoni ne manque jamais à ce devoir. Tous ses dénoûments sont accompagnés d'une courte leçon de vertu. Chez lui le Menteur est puni, et il doit l'être : il en a fait un malhonnête homme, odieux et méprisable. Le Menteur, dans le poëte espagnol et dans la copie faite par Corneille, n'est qu'un étourdi. Il y a peut-être plus d'intérêt dans l'italien, en ce que tous les mensonges du *Bugiardo* servent à ruiner les espérances d'un honnête homme discret, timide, et fidèle.

REMARQUES SUR LA SUITE DU MENTEUR,

COMÉDIE REPRÉSENTÉE EN 1644.

Avertissement du commentateur. — La *Suite du Menteur* ne réussit point. Serait-il permis de dire qu'avec quelques changements elle ferait au théâtre plus d'effet que le *Menteur* même? L'intrigue de cette seconde pièce espagnole est beaucoup plus intéressante que la première. Dès que l'intrigue attache, le succès ne dépend plus que de quelques embellissements, de quelques convenances, que peut-être Corneille négligea trop dans les derniers actes de cette pièce.

1. Acte I, scène IV.

SUITE DU MENTEUR,

COMÉDIE

—

ACTE I.

SCÈNE I.

Dès les premiers vers un grand intérêt commence. Dorante est en prison, après avoir disparu le jour de ses noces. Il est vrai qu'il n'a eu aucune raison de s'enfuir quand il allait se marier ; que c'est un caprice impardonnable ; que ce caprice même le rend un peu méprisable : mais il est en prison ; sa maîtresse a épousé son père ; ce père est mort : tout cela excite beaucoup de curiosité. C'est une chose à laquelle il ne faut jamais manquer dans les expositions. Toute première scène qui ne donne pas envie de voir les autres ne vaut rien.

V. 25. Et tel vous soupçonnoit de quelque guérison
D'un mal privilégié dont je tairai le nom.

Il faut plaindre un siècle où l'on présentait sur le théâtre de ces idées qui font rougir. De plus, *privilégié* doit être de cinq syllabes, et Corneille le fait de quatre.

V. 27. Pour moi, j'écoutois tout, et mis dans mon caprice
Qu'on ne devinoit rien que par votre artifice.

Je mis dans mon caprice, ne peut signifier, *je mis dans ma tête, dans ma fantaisie, dans mon imagination, dans mon esprit* ; on n'a pas le caprice comme on a une faculté de l'âme ; on peut bien avoir un caprice dans son idée, mais on n'a point une idée dans son caprice.

V. 32. Attendant le boiteux, je consolois Lucrèce.

Ancienne façon de parler qui signifie *le temps*, parce que les anciens figuraient le temps sous l'emblème d'un vieillard boiteux qui avait des ailes, pour faire voir que le mal arrive trop vite, et le bien trop lentement.

Nous ne remarquerons pas dans cette pièce toutes les fautes de langage ; elles sont en très-grand nombre : mais c'est assez d'avertir qu'en général il ne faut pas imiter le style de cet ouvrage trop négligé. Il me semble que la meilleure manière de s'instruire est d'observer soigneusement les fautes des bons écrits, parce qu'elles pourraient être d'un exemple dangereux ; et de remarquer les beautés des pièces moins heureuses, parce que d'ordinaire ces beautés sont perdues.

V. dern. La dernière partie de cette première scène me paraît d'un très-grand mérite. Il y a cependant quelques fautes de langage.

SCÈNE II.

(*A la fin.*) S'il ne s'agissait dans cette scène que d'une femme qui a vu passer un prisonnier, qui, sans le connaître, devient amoureuse de lui, qui lui déclare sa passion en lui envoyant de l'argent, ce ne serait qu'une aventure incroyable et indécente de nos anciens romans; et ce qui n'est ni décent, ni vraisemblable, ne peut jamais plaire : mais cette Mélisse ne fait que son devoir en faisant une démarche si extraordinaire; elle obéit à son frère, pour lequel Dorante est en prison; elle s'égaye même en obéissant, car elle n'est point encore éprise de Dorante; elle veut à la fois le servir comme elle le doit, l'embarrasser un peu, et voir en même temps s'il est digne qu'on s'attache à lui. Tout cela est à la fois noble, intéressant, et du haut comique. On ne peut que louer l'auteur espagnol de cette belle invention ; mais il eût fallu y mettre plus d'art et de ménagement.

Les plaisanteries du valet et l'avidité pour l'argent sont très-grossières. On n'a que trop longtemps avili la comédie par le bas comique, qui n'est point du tout comique. Ces scènes de valets et de soubrettes ne sont bonnes que quand elles sont absolument nécessaires à l'intérêt de la pièce, et quand elles renouent l'intrigue; elles sont insipides dès qu'on ne les introduit que pour remplir le vide de la scène ; et cette insipidité, jointe à la bassesse des discours, déshonore un théâtre fait pour amuser et pour instruire les honnêtes gens.

SCÈNE III.

V. 43. Cette pièce doit être et plaisante et fantasque;
Mais, son nom? — Votre nom de guerre, LE MENTEUR.
— Les vers en sont-ils bons? fait-on cas de l'auteur?
— La pièce a réussi, quoique foible de style, etc.

Cette tirade et toute cette scène durent plaire beaucoup en leur temps; elles rappelaient au public l'idée d'un ouvrage qui avait extrêmement réussi. Beaucoup de vers du *Menteur* avaient passé en proverbe; et même, près de cent ans après, un homme de la cour, contant à table des anecdotes très-fausses, comme il n'arrive que trop souvent, un des convives, se tournant vers le laquais de cet homme, lui dit : *Cliton, donnez à boire à votre maître.*

SCÈNE IV.

(*A la fin.*) Cette scène n'est-elle pas très-vraisemblable, très-attachante? Dorante n'y joue-t-il pas le rôle d'un homme généreux? n'inspire-t-il pas pour lui un grand intérêt? la situation n'est-elle pas des plus heureuses? ne tient-elle pas les esprits en suspens? Je doute qu'il y ait au théâtre une pièce mieux commencée.

SCÈNE VI.

V. 14. Et c'est ainsi, monsieur, que l'on s'amende à Rome?

Cliton fait fort mal de ne pas approuver un mensonge si noble; et Dorante perd ici une belle occasion de faire voir qu'il est des cas où il serait infâme de dire la vérité. Quel cœur serait assez lâche pour ne point mentir quand il s'agit de sauver la vie et l'honneur d'un père, d'un parent, d'un ami? Il y avait là de quoi faire de très-beaux vers.

ACTE II.

SCÈNE I.

V. 6. Que je voudrois l'aimer, si j'étois demoiselle!

C'est précisément ce que dit Antoine à César dans la tragédie de *Pompée : Et si j'étais César, je la voudrais aimer.* Cette idée, ridicule dans le tragique, est ici à sa place. On peut remarquer d'ailleurs que, quand il s'agit d'amour, il y a une infinité de vers qui conviennent également au comique et au tragique. Tout ce qui est naturel et tendre peut également s'employer dans les deux genres; mais ce qui n'est que familier ne doit jamais appartenir qu'au genre comique.

Le grand défaut de ce temps-là était de ne pas distinguer ces nuances. On n'y parvint que fort tard, quand le goût épuré de la cour de Louis XIV, l'esprit de Racine et la critique de Boileau eurent enfin posé ces bornes qu'il était si difficile de connaître, et qu'il est si aisé de passer. On doit avouer que c'est un mérite qui ne fut guère connu qu'en France; l'amour n'a été traité sur aucun autre théâtre comme il doit l'être. Les auteurs tragiques de toutes les autres nations ont toujours fait parler leurs amants en poëtes.

V. 24. Mais vous suivez d'un frère un absolu pouvoir.

Cela justifie entièrement le procédé de Mélisse; cela rend son rôle intéressant. Tout annonce jusqu'ici une pièce parfaite pour la conduite. Nous ne parlons point des fautes de style.

SCÈNE II.

(*A la fin*). Cette scène redouble encore l'intérêt. L'amour de Mélisse, fondé sur la reconnaissance, dut être attendrissant. Les scènes suivantes soutiennent cet intérêt dans toute sa force, malgré les fautes du style.

SCÈNE VI.

(*A la fin.*) Cette scène du portrait n'est-elle pas encore très-ingé-

nieuse? Les menteries que fait Dorante dans cette pièce ne sont plus
d'une étourderie ridicule comme dans la première; elles sont pour la
plupart dictées par l'honneur ou par la galanterie; elles rendent le
Menteur infiniment aimable.

ACTE III.

SCÈNE I

(*A la fin.*) Cette scène ne dément en rien le mérite des deux premiers actes. N'est-ce pas l'invention du monde la plus heureuse, de
faire secourir Dorante par son rival Philiste, et de préparer ainsi le
plus grand embarras?

J'écarte, comme je l'ai déjà dit, tous les petits défauts de langage,
les plaisanteries qui ne sont plus de mode; je ne m'arrête qu'à la marche de la pièce, qui me paraît toujours parfaite. La manière dont Mélisse envoie à Dorante son portrait, celle dont il le prend, ce portrait
montré à un homme qui paraît surpris et fâché de le voir; encore une
fois, y a-t-il rien de mieux ménagé et de plus agréable dans aucune
pièce de théâtre?

SCÈNE II.

(*A la fin.*) Ces scènes avec Cliton, ces stances sur un portrait, cette
parodie des stances par Cliton, peuvent avoir nui à la pièce. Ces défauts seraient bien aisés à corriger.

SCÈNE III.

(*A la fin.*) Cette scène où Mélisse voilée vient voir si on lui rendra
son portrait, devait être d'autant plus agréable que les femmes alors
étaient en usage de porter un masque de velours, ou d'abaisser leurs
coiffes quand elles sortaient à pied. Cette mode venait d'Espagne, ainsi
que la plupart de nos comédies.

SCÈNE IV.

(*A la fin.*) On pouvait tirer un plus grand parti de l'aventure de Philiste, qui rencontre sa maîtresse dans la prison de Dorante. Ce coup
de théâtre, qui pouvait fournir les situations les plus intéressantes, ne
produit qu'un mensonge aussi plat qu'inutile. Tout se borne à faire
passer Mélisse pour une lingère. L'intrigue pouvait redoubler, et elle
est affaiblie; l'intérêt cesse dès qu'il n'y a plus de danger; le comique
cesse aussi, dès qu'il n'est plus dans les situations; et voilà ce qui
perd une pièce, que quelques changements pouvaient rendre excellente.

ACTE IV.

SCÈNE I.

V. 37. Quand les ordres du ciel nous ont faits l'un pour l'autre,
Lise, c'est un accord bientôt fait que le nôtre, etc.

Si la *Suite du Menteur* est tombée, ces vers ne le sont pas : presque tous les connaisseurs les savent par cœur. C'est la même pensée qu'on voit dans *Rodogune*[1]; et cela prouve que les mêmes choses conviennent quelquefois à la comédie et à la tragédie; mais la comédie a sans doute plus de droit à ces petits morceaux naïfs et galants. Celui-ci a toujours passé pour achevé. Il n'y a que ce vers : *Et, sans s'inquiéter de mille peurs frivoles,* qui dépare un peu ce joli couplet.

Nous avons déjà remarqué combien la rime entraîne de mauvais vers, et avec quel soin il faut empêcher que de deux vers il y en ait un pour le sens, et l'autre pour la rime.

v. 51. Si, comme dit Sylvandre, une âme en se formant,
Ou descendant du ciel, prend d'une autre l'aimant,
La sienne a pris le vôtre, etc.

Tout ce qui suit est une allusion au roman de l'*Astrée*, du marquis d'Urfé; roman qui eut en France beaucoup de réputation et de cours sous les règnes de Henri IV et de Louis XIII, et qu'on lisait encore, même dans les beaux jours de Louis XIV, sur la foi de sa réputation. Toutes ces allusions sont toujours froides au théâtre, parce qu'elles ne sont point liées au nœud de la pièce; ce n'est que de la conversation, ce n'est que de l'esprit, et toute beauté étrangère est un défaut.

SCÈNE II.

(*A la fin.*) Pour n'avoir pas su mettre en œuvre l'amour de Mélisse et le don de son portrait, la pièce languit.

Cette scène de Cléandre et de Mélisse n'est qu'ingénieuse. Toutes ces petites finesses refroidissent les spectateurs; il faut attacher dans la comédie comme dans la tragédie, quoique par des moyens absolument différents. Il faut que le cœur soit occupé; il faut qu'on désire et qu'on craigne; les situations doivent être vives : c'est ici tout le contraire.

SCÈNE III.

(*A la fin.*) Cette scène augmente l'ennui

SCÈNE IV

(*A la fin.*) Tout est manqué.

1. Acte I scène VII. (Éd.)

SCÈNE V.

(*A la fin.*) C'est encore pis; cette Mélisse qui prend Philiste son amant pour Dorante, ce Cliton qui crie au secours, font tomber la pièce.

ACTE V.

SCÈNE I.

(*A la fin.*) Ces scènes, où les valets font l'amour à l'imitation de leurs maîtres, sont enfin proscrites du théâtre avec beaucoup de raison. Ce n'est qu'une parodie basse et dégoûtante des premiers personnages.

SCÈNE III.

(*A la fin.*) Cette scène pouvait faire un très-grand effet, et ne le fait point. Les plus beaux sentiments n'attendrissent jamais quand ils ne sont pas amenés, préparés par une situation pressante, par quelque coup de théâtre, par quelque chose de vif et d'animé.

SCÈNE V ET DERNIÈRE.

(*A la fin.*) Cette scène est encore manquée. L'auteur n'a point fait de Philiste l'usage qu'il en pouvait faire. Un rival ne doit jamais être un personnage épisodique et inutile. Philiste est froid; et c'est, comme on l'a dit si souvent, le plus grand des défauts. Ce refrain, *Rentrez dans la prison dont vous vouliez sortir*, est encore plus froid que le caractère de Philiste; et cette petite finesse anéantit tout le mérite que pouvait avoir Philiste en se sacrifiant pour son ami.

Je ne sais si je me trompe; mais en donnant de l'âme à ce caractère, en mettant en œuvre la jalousie, en retranchant quelques mauvaises plaisanteries de Cliton, on ferait de cette pièce un chef-d'œuvre.

EXAMEN DE LA SUITE DU MENTEUR.

Le lecteur doit être averti que tous ces Examens à la fin des pièces sont de Pierre Corneille.

« Le contraire est arrivé de *Théodore*, que les troupes de Paris n'y ont point rétablie (*au théâtre*) depuis sa disgrâce, mais que celles des provinces y ont fait assez passablement réussir. »

Il ne faut jamais juger d'une pièce par les succès des premières années, ni à Paris, ni en province; le temps seul met le prix aux ouvrages; et l'opinion réfléchie des bons juges est, à la longue, l'arbitre du goût du public.

REMARQUES SUR ANDROMÈDE,

TRAGÉDIE REPRÉSENTÉE AVEC LES MACHINES, SUR LE THÉATRE ROYAL

DE BOURBON, EN 1650.

Préface du commentateur. — Il paraît par la pièce d'*Andromède* que Corneille se pliait à tous les genres. Il fut le premier qui fit des comédies dans lesquelles on retrouvait le langage des honnêtes gens de son temps, le premier qui fit des tragédies dignes d'eux, et le premier encore qui ait donné une pièce en machines qu'on ait pu voir avec plaisir.

On avait représenté *le Mariage d'Orphée et d'Eurydice, ou la grande Journée des Machines*, en 1640. Il y avait de la musique dans quelques scènes, le reste se déclamait comme à l'ordinaire.

L'*Andromède* de Corneille est aussi supérieure à cet *Orphée* que *Mélite* l'avait été aux comédies du temps : ainsi Corneille fut au-dessus de ses contemporains dans tous les genres qu'il traita.

Il est vrai que quand on a lu l'*Andromède* de Quinault, on ne peut plus lire celle de Corneille, de même que les comédies de Molière firent oublier pour jamais *Mélite* et *la Galerie du Palais*. Il y a pourtant des beautés dans l'*Andromède* de Corneille, et on les trouve dans les endroits qui tiennent de la vraie tragédie ; par exemple, dans le récit que fait Phorbas, à l'avant-dernière scène de la pièce.

Cette pièce fut jouée au théâtre du Petit-Bourbon. Un Italien nommé Torelli fit les machines et les décorations. Ce spectacle eut un grand succès. L'opéra a fait tomber absolument toutes les pièces de ce genre ; et quand même nous n'eussions point eu d'opéra, l'*Andromède* ne pouvait se soutenir quand le goût fut perfectionné.

Andromède était un si beau sujet d'opéra, que, trente-deux ans après Corneille, Quinault le traita sous le titre de *Persée*. Ce drame lyrique de Quinault fut, comme tout ce qui sortait alors de sa plume, tendre, ingénieux, facile. On retenait par cœur presque tous les couplets, on les citait, on les chantait, on en faisait mille applications. Ils soutenaient la musique de Lulli, qui n'était qu'une déclamation notée, appropriée avec une extrême intelligence au caractère de la langue : ce récitatif est si beau, qu'en paraissant la chose du monde la plus aisée, il n'a pu être imité par personne. Il fallait des vers de Quinault pour faire valoir le récitatif de Lulli, qui demandait des acteurs plutôt que des chanteurs. Enfin, Quinault fut sans contredit, malgré ses ennemis et malgré Boileau, au nombre des grands hommes qui illustrèrent le siècle éternellement mémorable de Louis XIV.

ANDROMÈDE,

TRAGÉDIE.

—

PROLOGUE.

V. 1. Arrête un peu ta course impétueuse;
Mon théâtre, Soleil, mérite bien tes yeux, etc.

Je ne ferai point de remarques détaillées sur *ce théâtre qui mérite les yeux du Soleil*, au lieu de *ses regards*, ni sur *le frein que le Soleil tient à ses chevaux*; mais je remarquerai que ce n'est pas Quinault qui consacra le premier ses prologues à la louange de Louis XIV; il ne lui donna même jamais de louanges aussi outrées dans le cours de ses conquêtes que Corneille lui en donne ici. Il n'est guère permis de dire à un prince qui n'a eu encore aucune occasion de se signaler qu'il est le plus grand des rois. Alexandre, César et Pompée, attachés au char de Louis XIV, avant qu'il ait pu rien faire, révoltent un peu le lecteur.

Je lui montre Pompée, Alexandre, César,
Mais comme des héros attachés à son char.

C'est cet endroit que Boileau voulait noter quand il dit à Louis XIV [1]

Ce n'est pas qu'aisément, comme un autre, à ton char
Je ne pusse attacher Alexandre et César.

V. 79. Louis est le plus jeune et le plus grand des rois;
La majesté qui déjà l'environne
Charme tous ses François;
Il est lui seul digne de sa couronne.

On prononçait alors *François*, *Anglois*, ce qui était très-dur à l'oreille. On dit aujourd'hui *Anglais* et *Français*; mais les imprimeurs ne se sont pas encore défaits du ridicule usage d'imprimer avec un *o* ce qu'on prononce avec un *a*. Les Italiens ont eu plus de goût et de hardiesse; ils ont supprimé toutes les lettres qu'ils ne prononcent pas.

V. 83. Et quand même le ciel l'auroit mise à leur choix,
Il seroit le plus jeune et le plus grand des rois.

Racine a heureusement imité cet endroit dans sa *Bérénice* [2]

1. Épître I, vers 7-8. (ÉD.) — 2. Acte I, scène V. (ÉD.)

Parle; peut-on le voir sans penser comme moi,
Qu'en quelque obscurité que le ciel l'eût fait naître,
Le monde en le voyant eût reconnu son maître?

C'est là qu'on voit l'homme de goût et l'écrivain aussi délicat qu'élégant; il fait parler Bérénice de son amant : ce n'est point une louange
gague, le sentiment seul agit, l'éloge part du cœur. Quelle prodigieuse
différence entre ces vers charmants et ce refrain : *Il est le plus jeune
et le plus grand des rois !*

ACTE I.

SCÈNE I.

V. 5.   Puisque vous avez vu le sujet de ce crime,
            Que chaque mois expie une telle victime.

*Le sujet de ce crime, ce crime glorieux, force jeux, ces miroirs vaga-
bonds*, et toute cette longue et inutile description de la jalousie des
Néréides, *qui se choisissent six fois*, pouvaient être des défauts du
temps; et il était permis à Corneille de s'égarer dans un genre qui
n'était pas le sien. Ce genre ne fut perfectionné par Quinault que
trente ans après. Voyez comme dans sa tragédie-opéra de *Persée* et
d'*Andromède*, Cassiope raconte la même aventure, comme il n'y a rien
de trop dans son récit, comme il ne fait point le poëte mal à propos ;
tout est concis, vif, touchant, naturel, harmonieux.

Heureuse épouse, tendre mère[1],
Trop vaine d'un sort glorieux,
Je n'ai pu m'empêcher d'exciter la colère
De l'épouse du dieu de la terre et des cieux :
J'ai comparé ma gloire à sa gloire immortelle;
La déesse punit ma fierté criminelle;
Mais j'espère fléchir son courroux rigoureux.
J'ordonne les célèbres jeux
Qu'à l'honneur de Junon dans ces lieux on prépare.
Mon orgueil offensa cette divinité :
Il faut que mon respect répare
Le crime de ma vanité.

. . . .
Les dieux punissent la fierté.
Il n'est point de grandeur que le ciel irrité
N'abaisse quand il veut, et ne réduise en poudre.
Mais un prompt repentir
Peut arrêter la foudre
Toute prête à partir.

Les étrangers ne connaissent pas assez Quinault; c'est un des beaux

____

1. *Persée*, acte I, scène 1. (ÉD.)

génies qui aient fait honneur au siècle de Louis XIV. Boileau, qui en parle avec tant de mépris, était incapable de faire ce que Quinault a fait ; personne n'écrira mieux en ce genre ; c'est beaucoup que Corneille ait préparé de loin ces beaux spectacles.

Une remarque importante à faire, c'est qu'il n'y a pas une seule faute contre la langue dans les opéras de Quinault, à commencer depuis *Alceste*. Aucun auteur n'a plus de précision que lui, et jamais cette précision ne diminue le sentiment ; il écrit aussi correctement que Boileau ; et on ne peut mieux le venger des critiques passionnées de cet homme, d'ailleurs judicieux, qu'en le mettant à côté de lui.

V. 35.   Et voyant ses regards s'épandre sur les eaux....

Des regards ne s'épandent ni ne se répandent.

V. 56.   O nymphes ! qui ne cède à des attraits si doux ?
        Et pourriez-vous nier, vous autres immortelles,
        Qu'entre nous la nature en forme de plus belles ?

Vous autres immortelles est comique.

V. 62.   L'onde qui les reçut s'en irrita pour elles.

Ce vers est comme le précurseur de celui de Racine :

        Le flot qui l'apporta recule épouvanté[1].

On a critiqué beaucoup ce dernier vers, et on n'a jamais parlé du premier ; c'est que l'un est de *Phèdre*, que tous les amateurs savent par cœur, et que l'autre est d'*Andromède*, que presque personne ne lit. Il paraît utile d'observer que Corneille n'a point changé de style en changeant de genre. Le grand art consisterait à se proportionner à ses sujets.

V. 77.   Nous courons à l'oracle en de telles alarmes,
        Et voici ce qu'Ammon répondit à nos larmes....

Il y a bien loin de la mer d'Éthiopie à l'oracle d'Ammon ; il fallait traverser toute l'Éthiopie et toute l'Égypte. On ne va guère consulter un oracle à quatre cents lieues quand le péril est si pressant.

V. 119.   Les nymphes de la mer ne lui sont pas si chères
        Qu'il veuille s'abaisser à suivre leurs colères.

Colère n'admet jamais de pluriel.

V. 123.   Il venge, et c'est de là que votre mal procède,
        L'injustice rendue aux beautés d'Andromède.

On ne rend point injustice comme on rend justice ; c'est un barbarisme : la raison en est qu'on rend ce qu'on doit ; on doit *justice*, on ne doit pas *injustice*. D'ailleurs, il y a beaucoup d'esprit dans le discours de Persée, mais il n'y a rien d'intéressant : c'est là un des grands

---

1. *Phèdre*. V, VI. (ÉD.)

défauts de Corneille. Quinault intéresse, quoiqu'il soit permis de négliger cet avantage dans l'opéra.

V. 147. Et quand pour l'espérer je serois assez folle,
Le roi dont tout dépend est homme de parole.

Ce terme *folle* et celui de *civilité*, et le ton de ce discours, sont bourgeois, tandis qu'il s'agit de dieux et de victimes. C'était un ancien usage, dont Corneille ne s'est défait que dans les grands morceaux de ses belles tragédies. Cet usage n'était fondé que sur la négligence des auteurs et sur le peu d'usage qu'ils avaient du monde. Les bienséances du style n'ont été connues que par Racine.

SCÈNE II.

V. 2. ....Laissons d'Andromède aller la destinée.

Aller la destinée est encore une de ces expressions populaires qui ne sont pas permises; mais un défaut plus considérable est celui du rôle de ce Céphée, qui vient dire tranquillement qu'il faut que sa fille soit exposée comme une autre. Il n'y a rien de si froid que cette scène.

V. 15. Ce blasphème, seigneur, de quoi vous m'accusez....

Ce blasphème de quoi on l'accuse, et cette longue contestation entre le mari et la femme, dans un si grand malheur, n'est pas sans doute excusable.

V. 28. Ce qu'il a fait cinq fois, il le fera toujours.

On a déjà dit avec quel soin il faut éviter ces équivoques.

V. 61. Seigneur, s'il m'est permis d'entendre votre oracle,
Je crois qu'à sa prière il donne peu d'obstacle.

Un oracle qui donne peu d'obstacle à une prière; s'arrêter à ce que l'oracle en dit; le ciel qui est doux au crime des rois, et qui, leur ayant montré une légère haine, répand le reste de la peine sur les sujets : tout cela est d'un style bien incorrect, bien dur, bien obscur, bien barbare.

SCÈNE III.

V. 1. Reine de Paphe et d'Amathonte, etc.

Ce fut, dit-on, Boissette qui mit ce chœur en musique. On ne connaissait presque en ce temps-là qu'une espèce de faux-bourdon, qu'un contre-point grossier : c'était une espèce de chant d'église; c'était une musique de barbares, en comparaison de celle d'aujourd'hui. Ces paroles, *Reine de Paphe*, sont aussi ridicules que la musique. Il n'y a rien de moins musical, de moins harmonieux que, *d'où le mal procède part aussi le remède.* Le fond de toute cette idée est fort beau. Qu'importe le fond quand les vers sont durs et secs? C'est par l'heureux choix

des mots et par la mélopée que la poésie réussit Les pensées les plus
sublimes ne sont rien si elles sont mal exprimées.

V. 33. Allez, l'impatience est trop juste aux amants.

il semble qu'il parle d'un habit.

SCÈNE IV.

V. der. . . . . . .Les dieux ont parlé, c'est à moi de céder.

On sent assez combien cette scène est froide et mal placée. Quand
même elle serait bien écrite, elle serait toujours mauvaise par le fond.

ACTE II.

SCÈNE I.

V. 12. Dites-moi cependant laquelle d'entre vous....
        Mais il faut me le dire et sans faire les fines.
        — Quoi, madame? — A tes yeux je vois que tu devines, etc.

Ces puérilités étaient le vice du temps. Cela pouvait s'appeler alors
de la galanterie : on ne sentait pas l'indécence d'un pareil contraste
avec le fond terrible de la pièce.

V. 57. Qu'elle est lente cette journée
        Dont la fin doit me rendre heureux!

Ce page chante là une étrange chanson; mais, fût-elle bonne, un
page qui vient chanter est bien froid.

V. 77. Viens, soleil, viens voir la beauté
        Dont le divin éclat me dompte;
            Et tu fuiras de honte
            D'avoir moins de clarté.

L'amour de Phinée, qui va bien obliger le soleil à se cacher, et à
fuir de honte d'avoir moins de clarté que le visage d'Andromède, est
d'un ridicule bien plus fort que celui du poignard de Pyrame qui rou-
gissait d'avoir versé le sang de son maître. On ne sort point d'étonne-
ment de voir jusqu'où l'auteur de *Cinna* s'est égaré et s'est abaissé.

SCÈNE II.

V. 9. Approchez, Liriope, et rendez-lui son change.

Liriope qui rend son change au page, est encore d'une étrange galanterie.

(*Fin de la scène.*) Voici une de ces choses étranges que j'ai promis de
remarquer; ce sont ces scènes de galanterie bourgeoise, aussi éloignées
de la dignité de la tragédie que des grâces de l'opéra. C'est cette An-

dromède qui demande à ses filles d'honneur laquelle est amoureuse de Persée; c'est ce page qui chante une chanson insipide; c'est Andromède qui rend sérénade pour sérénade; c'est : *Approchez, Liriope, et rendez-lui son change*, etc. Il semble que tout cela ait été fait pour la noce d'un bourgeois de la rue Thibautodé.

Mais que l'on considère que les Français n'avaient aucun modèle dans ce genre; nous n'avons rien de supportable avant Quinault dans le lyrique.

SCÈNE III.

V. 25. Assez souvent le ciel par quelque fausse joie
Se plaît à prévenir les maux qu'il nous envoie.

Le plus grand fruit que l'on puisse recueillir de cette pièce, c'est d'en comparer les situations et les expressions avec celles de l'*Iphigénie* de Racine. Iphigénie, dans les mêmes circonstances, dit à son amant[1] :

Je meurs dans cet espoir satisfaite et tranquille;
Si je n'ai pas vécu la compagne d'Achille,
J'espère que du moins un heureux avenir
A vos faits immortels joindra mon souvenir,
Et qu'un jour mon trépas, source de votre gloire,
Ouvrira le récit d'une si belle histoire, etc.

C'est là qu'on trouve la perfection du style; c'est là que tous les écrivains, soit en prose, soit en vers, doivent chercher un modèle.

V. 61. Hélas! qu'il étoit grand quand je l'ai cru s'éteindre,
Votre amour, et qu'à tort ma flamme osoit s'en plaindre!

De longs discours et si peu naturels dans une situation si violente, si affreuse, si inattendue, sont pires que le page qui veut faire enfuir le soleil, et que Liriope qui lui rend son change.

SCÈNE IV.

V. 5. Epargne ma douleur, juges-en par sa cause,
Et va sans me forcer à te dire autre chose.

Cela est encore plus mauvais que tout ce que nous avons vu. Les inepties du page et de Liriope sont sans conséquence; mais un père qui sacrifie froidement sa fille, *sans lui dire autre chose*, joint l'atrocité au ridicule.

V. 35. Apprenez que le sort n'agit que sous les dieux,
Et souffrez comme moi le bonheur de ces lieux.

Ce Céphée est ici plus insupportable que jamais; il sacrifie sa fille de trop bon cœur.

---

1. Acte V, scène II. (Éd.)

V. 59. J'y cours, mais autrement je jure ses beaux yeux,
   Et mes uniques rois, et mes uniques dieux....

Il s'agit bien ici de *beaux yeux*, et d'*uniques rois*, et d'*uniques dieux*.
Voyez comme Achille parle dans *Iphigénie*.

Cette scène a encore beaucoup de conformité avec l'*Iphigénie* de Racine. Andromède dit :

> Seigneur, je vous l'avoue, il est bien douloureux
> De tout perdre au moment que l'on croit être heureux!

Iphigénie s'exprime ainsi[1] :

> J'ose vous dire ici qu'en l'état où je suis,
> Peut-être assez d'honneurs environnoient ma vie
> Pour ne pas souhaiter qu'elle me fût ravie,
> Ni qu'en me l'arrachant un sévère destin
> Si près de ma naissance en eût marqué la fin.

Jamais un sentiment naturel et touchant ne fut plus éloigné de
l'emphase tragique, ni exprimé avec une élégance plus noble et plus
simple. Jamais on n'a mis plus de charmes dans la véritable éloquence.

SCÈNE VI.

V. 2. . . . . .Je vole à son secours,
   Et vais forcer le sort à prendre un autre cours.

Persée qui *va forcer le sort à prendre un autre cours* n'est pas le
Persée de Quinault.

ACTE III.

SCÈNE I.

V. 11. Affreuse image du trépas....
   Que l'on vous conçoit mal, quand on vous envisage
   Avec un peu d'éloignement!

On doit remarquer un défaut que Corneille n'a pu éviter dans aucune
de ses pièces de théâtre : c'est de faire parler le poëte à la place du personnage ; c'est de mettre en froids raisonnements, en maximes générales,
ce qui doit être en sentiment : défaut dans lequel Racine n'est jamais
tombé.

SCÈNE II.

V. 17. Chacun préféreroit le portrait au modèle.
   Et bientôt l'univers n'adoreroit plus qu'elle.

Voilà encore un des grands défauts de Corneille ; il cherche des

---

1. Acte VI, scène IV. (ÉD.)

pensées, des traits d'esprit, et, qui pis est, d'un esprit faux, quand il ne faut exprimer que la douleur. Cassiope découvre d'où provient tant de haine, c'est de jalousie; et Clytemnestre, dans *Iphigénie*, ne s'exprime pas ainsi.

Mais, malgré ce défaut, il y a des moments de chaleur dans le discours de Cassiope. On remarquera seulement qu'Andromède enchaînée sur son rocher, et sur le point d'être dévorée, n'est pas en état de faire la conversation.

ACTE IV.

SCÈNE II.

V. 34. Peut-être il ne lui faut qu'un soupir et deux larmes
  Pour dissiper, etc.

C'est là un des plus étranges vers qu'on ait jamais faits en quelque genre que ce puisse être; mais ce n'est qu'un vers aisé à corriger, au lieu que les froids et inutiles discours d'Andromède et du chœur des nymphes ne peuvent être embellis.

SCÈNE III.

V. 1. Sur un bruit qui m'étonne, etc.

Le rôle de Phinée devient ridicule quand il fait des reproches à la princesse de ce qu'on la donne à celui qui l'a sauvée; il ne tenait qu'à lui de se mettre dans une barque, et d'aller combattre le monstre. Ce personnage est trop avili.

V. 46. Vous deviez l'espérer sur la foi d'un oracle, etc.

Ces contestations sont bien froides.

V. 78. Et vos respects trouvoient une digne matière
  A me laisser l'honneur de mourir la première, etc.

Andromède accable trop ce Phinée.

SCÈNE IV.

V. 1. Je sais que Danaé fut son indigne mère;
  L'or qui plut dans son sein l'y forma d'adultère :
  Mais le pur sang des rois n'est pas moins précieux,
  Ni moins chéri du ciel que les crimes des dieux.

Ces quatre vers sont beaux; c'est la condamnation de presque toutes les fables de l'antiquité.

ACTE V.

SCÈNE I.

V. 21.   En cette extrémité que prétendez-vous faire?
— Tout hormis l'irriter, tout hormis lui déplaire,
Soupirer à ses pieds, pleurer à ses genoux, etc.

Corneille passe pour avoir dédaigné de parler d'amour ; il en parle
pourtant, et beaucoup, dans toutes ses pièces, sans en excepter une
seule. C'était sans doute dans cet ouvrage, qui est moitié tragédie,
moitié opéra, qu'il devait traiter cette passion ; mais il fallait en parler
autrement, et ne point dire qu'*un véritable amant espère jusqu'au
bout*, etc.

SCÈNE II.

V. 1.   Une seconde fois, adorable princesse, etc.

On ne doit jamais rien dire une seconde fois ; cette scène n'est qu'une
répétition de la précédente.

SCÈNE III.

V. 1.   Que faisoit là Phinée? etc.

Cette scène est encore plus froide.

SCÈNE V.

V. 15.   Il découvre à ces mots la tête de Méduse, etc.

Voici presque le seul morceau où l'on retrouve Corneille. Cette
image des guerriers pétrifiés par la tête de Méduse est imitée d'O-
vide[1] :

Immotusque silex armataque mansit imago.

Quinault n'a point exprimé ce qu'Ovide et Corneille ont si bien
peint.

Je ne ferai point ici de remarque sur cette phrase qui n'est pas
française, *descendons en un combat*; sur ces mots, *ne prends que ton
courage; faits choir Ménale; sauvez vos regards*. Je n'ai presque point
examiné le style de cette pièce ; il est trop négligé et trop incorrect.
La pièce d'ailleurs est oubliée, et il n'y a que celles qui sont restées au
théâtre sur lesquelles on puisse entrer dans des détails utiles.

V. 21.   J'entends comme à grands pas ce vainqueur le court,
Comme il court se venger de qui l'osoit surprendre, etc.

Cette description paraît digne des bons ouvrages de Corneille.

1. *Métam.*, V, 199. (ÉD.)

SCÈNE VII.

On pouvait se passer de Mercure.

REMARQUES

SUR DON SANCHE D'ARAGON,

COMÉDIE HÉROÏQUE REPRÉSENTÉE EN 1650.

Préface du commentateur. — Ce genre purement romanesque, dénué de tout ce qui peut émouvoir et de tout ce qui fait l'âme de la tragédie, fut en vogue avant Corneille. *Don Bernard de Cabrera, Laure persécutée*, et plusieurs autres pièces, sont dans ce goût; c'est ce qu'on appelait *comédie héroïque*, genre mitoyen qui peut avoir ses beautés. La comédie de *l'Ambitieux* de Destouches est à peu près du même genre, quoique beaucoup au-dessous de *Don Sanche d'Aragon*, et même de *Laure*. Ces espèces de comédies furent inventées par les Espagnols. Il y en a beaucoup dans Lope de Vega. Celle-ci est tirée d'une pièce espagnole, intitulée *el Palacio confuso*, et du roman de Pélage.

Peut-être les comédies héroïques sont-elles préférables à ce qu'on appelle la *tragédie bourgeoise*, ou la *comédie larmoyante*. En effet, cette comédie larmoyante, absolument privée de comique, n'est au fond qu'un monstre né de l'impuissance d'être ou plaisant ou tragique.

Celui qui ne peut faire ni une vraie comédie ni une vraie tragédie, tâche d'intéresser par des aventures bourgeoises attendrissantes : il n'a pas le don du comique; il cherche à y suppléer par l'intérêt : il ne peut s'élever au cothurne, il rehausse un peu le brodequin.

Il peut arriver sans doute des aventures très-funestes à de simples citoyens, mais elles sont bien moins attachantes que celles des souverains, dont le sort entraîne celui des nations. Un bourgeois peut être assassiné comme Pompée; mais la mort de Pompée fera toujours un tout autre effet que celle d'un bourgeois.

Si vous traitez les intérêts d'un bourgeois dans le style de *Mithridate*, il n'y a plus de convenance; si vous représentez une aventure terrible d'un homme du commun en style familier, cette diction familière, convenable au personnage, ne l'est plus au sujet. Il ne faut point transposer les bornes des arts; la comédie doit s'élever, et la tragédie doit s'abaisser à propos; mais ni l'une ni l'autre ne doit changer de nature.

Corneille prétend que le refus d'un suffrage illustre fit tomber son *Don Sanche*. Le suffrage qui lui manqua fut celui du grand Condé.

Mais Corneille devait se souvenir que les dégoûts et les critiques du cardinal de Richelieu, homme plus accrédité dans la littérature que le grand Condé, n'avaient pu nuire au *Cid*. Il est plus aisé à un prince de faire la guerre civile, que d'anéantir un bon ouvrage. *Phèdre* se releva bientôt, malgré la cabale des hommes les plus puissants.

Si *Don Sanche* est presque oublié, s'il n'eut jamais un grand succès, c'est que trois princesses amoureuses d'un inconnu débitent les maximes les plus froides d'amour et de fierté; c'est qu'il ne s'agit que de savoir qui épousera ces princesses; c'est que personne ne se soucie qu'elles soient mariées ou non. Vous verrez toujours l'amour traité, dans les pièces suivantes de Corneille, du style froid et entortillé des mauvais romans de ce temps-là. Vous ne verrez jamais les sentiments du cœur développés avec cette noble simplicité, avec ce naturel tendre, avec cette élégance qui nous enchante dans le quatrième livre de Virgile, dans certains morceaux d'Ovide, dans plusieurs rôles de Racine; mérite que depuis Racine personne n'a connu parmi nous, dont aucun auteur n'a approché en Italie depuis le *Pastor fido;* mérite entièrement ignoré en Angleterre, et même dans le reste de l'Europe.

Corneille est trop grand par les belles scènes du *Cid*, de *Cinna*, des *Horaces*, de *Polyeucte*, de *Pompée*, etc., pour qu'on puisse le rabaisser en disant la vérité. Sa mémoire est respectable; la vérité l'est encore davantage. Ce commentaire est principalement destiné à l'instruction des jeunes gens. La plupart de ceux qui ont voulu imiter Corneille, et qui ont cru qu'une intrigue froide, soutenue de quelques maximes de méchanceté qu'on appelle politique, et d'insolence qu'on appelle grandeur, pourrait soutenir leurs pièces, les ont vues tomber pour jamais. Corneille suppose toujours, dans les examens de ses pièces, depuis *Théodore* et *Pertharite*, quelque petit défaut qui a nui à ses ouvrages; et il oublie toujours que le froid, qui est le plus grand défaut, est ce qui les tue.

La grandeur héroïque de don Sanche, qui se croit fils d'un pêcheur, est d'une beauté dont le genre était inconnu en France; mais c'est la seule chose qui pût soutenir cette pièce, indigne d'ailleurs de l'auteur de *Cinna*. Le succès dépend presque toujours du sujet. Pourquoi Corneille choisit-il un roman espagnol, une comédie espagnole pour son modèle, au lieu de choisir dans l'histoire romaine et dans la fable grecque?

C'eût été un très-beau sujet qu'un soldat de fortune qui rétablît sur le trône sa maîtresse et sa mère sans les connaître : mais il faudrait que dans un tel sujet tout fût grand et intéressant

DON SANCHE D'ARAGON,

COMÉDIE HÉROÏQUE.

ACTE I.

SCÈNE I.

V. 1.   Après tant de malheurs, enfin le ciel propice
        S'est résolu, ma fille, à nous faire justice.

On a déjà observé qu'il ne faut jamais manquer à la grande loi de
faire connaître d'abord ses personnages et le lieu où ils sont. Voilà une
mère et une fille dont on ne connaît les noms que dans la liste imprimée des acteurs. Comment les deviner? comment savoir que la scène
est à Valladolid? On ne sait pas non plus quelle est cette reine de Castille dont on parle. Si votre sujet est grand et connu comme la mort
de Pompée, vous pouvez tout d'un coup entrer en matière; les spectateurs sont au fait, l'action commence dès le premier vers, sans obscurité : mais si les héros de votre pièce sont tous nouveaux pour les
spectateurs, faites connaître dès les premiers vers leurs noms, leurs
intérêts, l'endroit où ils parlent.

V. 3.   Notre Aragon pour nous presque tout révolté....
        Se remet sous nos lois et reconnoît ses reines;
        Et par ses députés qu'aujourd'hui l'on attend,
        Rend d'un si long exil le retour éclatant.

Il semble, par la phrase, que ce soit l'exil qui retourne. La diction
est aussi obscure que l'exposition.

V. 16. Le peuple vous rappelle, et peut vous dédaigner,
        Si vous ne lui portez, au retour de Castille,
        Que l'avis d'une mère, et le nom d'une fille.

Au retour de Castille, n'est pas plus français que le retour de l'exil,
et est beaucoup plus obscur.

V. 24. On aime votre sceptre, on vous aime, et sur tous
        Du comte don Alvar la vertu non commune
        Vous aima dans l'exil et durant l'infortune.

Le comte don Alvar qui aima dona Elvire sur tous, est bien moins
français encore.

V. 27. Qui vous aima sans sceptre, et se fit votre appui,
        Quand vous le recouvrez, est bien digne de lui.

Lui ne se dit jamais des choses inanimées à la fin d'un vers. Cela paraît une bizarrerie de la langue, mais c'est une règle.

V. 41. . . . . Une secrète flamme
A déjà, malgré moi, fait ce choix dans votre âme.

Une secrète flamme qui fait un choix !

V. 51.   Mais combien a-t-on vu de princes déguisés....
Dompter des nations, gagner des diadèmes !

On ne dit point *gagner des diadèmes ;* c'est peut-être encore une bizarrerie.

V. 56.   J'aime et prise en Carlos ses rares qualités.
Il n'est point d'âme noble en qui tant de vaillance
N'arrache cette estime et cette bienveillance ;
Et l'innocent tribut de ces affections,
Que doit toute la terre aux belles actions,
N'a rien qui déshonore une jeune princesse.
En cette qualité je l'aime et le caresse, etc.

Carlos, en qui tant de vaillance arrache l'estime et la bienveillance ; et l'innocent tribut des affections que toute la terre doit aux belles actions ; et dona Elvire qui l'aime et le caresse en cette qualité ! Il faut avouer que voilà un amas d'expressions impropres et de fautes contre la syntaxe, qui forment un étrange style.

V. 81.   S'y voyant sans emploi, sa grande âme inquiète
Veut bien de don Garcie achever la défaite.

Il faudrait que ce don Garcie fût d'abord connu ; le spectateur ne sait ni où il est, ni qui parle, ni de qui l'on parle.

V. 85.   Mais quand il vous aura sur le trône affermie,
Et jeté sous vos pieds la puissance ennemie....

Jeter une puissance sous des pieds !

V. der. Madame, la reine entre.

Quelle reine ? Rien n'est annoncé, rien n'est développé. C'est surtout dans ces sujets romanesques, entièrement inconnus au public, qu'il faut avoir soin de faire l'exposition la plus nette et la plus précise.

J'aimerois encor mieux qu'il déclinât son nom,
Et dît : Je suis Oreste, ou bien Agamemnon [1].

SCÈNE II.

V   Aujourd'hui donc, madame,
Vous allez d'un héros rendre heureuse la flamme,

_____

1. Boileau, *Art poét.*, III, 23-34. (ÉD.)

Et d'un mot satisfaire aux plus ardents souhaits
Que poussent vers le ciel vos fidèles sujets.

Des souhaits qu'on pousse! et madame, qui va rendre heureuse la flamme!

V. 7.   Je fais dessus moi-même un illustre attentat
Pour me sacrifier au repos de l'État.
Que c'est un sort fâcheux et triste que le nôtre,
De ne pouvoir régner que sous les lois d'un autre,
Et qu'un sceptre soit cru d'un si grand poids pour nous,
Que pour le soutenir il nous faille un époux!

Et Isabelle qui fait un illustre attentat sur elle-même, et un sceptre qui est cru!

V. 30.   On vous obéira, quoi qu'il vous plaise élire.

Cela n'est ni élégant ni harmonieux.

V. 33.   Le rang que nous tenons, jaloux de notre gloire,
Souvent dans un tel choix nous défend de nous croire,
Jette sur nos désirs un joug impérieux, etc.

Un joug impérieux jeté sur des désirs!

SCÈNE III.

V. 14.   Mais quoique mon dessein soit d'y borner mon choix....
Je veux en le faisant pouvoir ne le pas faire.

Quels vers! Nous avons déjà dit qu'on doit éviter ce mot *faire* autant qu'on le peut.

V. 23.   Ce n'est point ni son choix, ni l'éclat de ma race,
Qui me font, grande reine, espérer cette grâce.

Ce n'est point, est ici un solécisme; il faut, *ce n'est ni son choix*.

V. 25.   Je l'attends de vous seule et de votre bonté,
Comme on attend un bien qu'on n'a pas mérité,
Et dont, sans regarder service ni famille,
Vous pouviez faire part au moindre de Castille.

Au moindre de Castille, est un barbarisme; il faut *au moindre guerrier, au moindre gentilhomme de la Castille*. La plus grande faute est que cela n'est pas vrai. Elle ne peut choisir le moindre sujet de la Castille.

V. 64.   Tout beau, tout beau, Carlos; d'où vous vient cette audace?

Tout beau, tout beau, pourrait être ailleurs bas et familier, mais ici je le crois très-bien placé; cette manière de parler est assez convenable, d'un seigneur très-fier à un soldat de fortune. Cela forme une situation singulière et intéressante, inconnue jusque-là au théâtre.

Elle donne lieu très-naturellement à Carlos de parler dignement de ses grandes actions. La vertu qui s'élève quand on veut l'avilir produit presque toujours de belles choses.

V. 72. . . . . Nous vous avons vu faire,
    Et savons mieux que vous ce que peut votre bras.

Faire est ici plus supportable, mais il n'est que supportable. Racine n'aurait jamais dit, *nous vous avons vu faire.*

V. 74. Vous en êtes instruits, et je ne la suis pas.

Elle devrait certainement le savoir : Carlos est à sa cour; Carlos a fait des actions connues de tout le monde, il a sauvé la Castille, et elle dit qu'elle n'en sait rien! Il était aisé de sauver cette faute, et la reine, qui a de l'inclination pour Carlos, pouvait prendre un autre tour. Observez qu'il faut, *et je ne le suis pas.* S'il y avait là plusieurs reines, elles diraient, *nous ne le sommes pas*, et non *nous ne les sommes pas.* Ce *le* est neutre; on a déjà fait cette remarque, mais on peut la répéter pour les étrangers.

V. 75. . . . . .Il importe aux monarques
    Qui veulent aux vertus rendre de dignes marques,
    De les savoir connoître, et ne pas ignorer
    Ceux d'entre leurs sujets qu'ils doivent honorer.

Rendre de dignes marques, est un barbarisme.

V. 79. Je ne me croyois pas être ici pour l'entendre.

C'est un solécisme; il faut, *je ne croyais pas être ici.*

V. 91. Ce même roi me vit dedans l'Andalousie.

On a déjà fait voir combien *dedans* est vicieux, et surtout quand il s'agit d'une province; c'est alors un solécisme.

V. 108. Voilà dont le feu roi me promit récompense.

Voilà dont est un solécisme; il faut, *voilà les services, les exploits, les actions, dont* etc.

V. 112. Je prends sur moi sa dette, et je vous la fais bonne,

est trop trivial: c'est le style des marchands.

V. 121. Se pare qui voudra du nom de ses aïeux :
    Moi, je ne veux porter que moi-même en tous lieux, etc.

Cette tirade était digne d'être imitée par Corneille; et l'on voit que si elle n'était pas dans l'espagnol, il l'aurait faite. Il est vrai que *mon bras est mon père* est trop forcé.

V. 125. Mais pour en quelque sorte obéir à vos lois,
    Seigneur, pour mes parents je nomme mes exploits;
    Ma valeur est ma race, et mon bras est mon père.

Quand *pour* est suivi d'un verbe, il ne faut ni l'adverbe entre deux, ni rien qui tienne lieu d'adverbe.

V. 147. . . . . .Eh bien! je l'anoblis,
Quelle que soit sa race et de qui qu'il soit fils.

Il faut éviter soigneusement ces cacophonies. On a déjà remarqué cette faute.

V. 154. Au choix de ses États elle veut demeurer.

Demeurer au choix, est un barbarisme; il faut, *s'en tenir au choix*, ou *demeurer attachée au choix des États*.

V. 156. Elle prend vos transports pour un excès de flamme....
. . . . . Au lieu d'en punir le zèle injurieux,
Sur un crime d'amour elle ferme les yeux.

Le zèle injurieux d'un excès de flamme!

V. 160. Ne faites point ici de fausse modestie.

Faire de fausse modestie, barbarisme et solécisme; il faut, *n'affectez point ici de fausse modestie*. Mais il ne s'agit pas ici de modestie, quand Manrique parle d'antipathie; c'est jouer au propos interrompu.

V. 175. Marquis, prenez ma bague....

La bague du marquis vaut bien l'anneau royal d'Astrate. Cela est tout espagnol.

Ibid. . . . . .Et la donnez pour marque
Au plus digne des trois, que j'en fasse un monarque;

barbarisme et solécisme.

SCÈNE IV.

V. 18. Comtes, de cet anneau dépend le diadème.
Il vaut bien un combat, vous avez tous du cœur,
Et je le garde.... — A qui, Carlos? — A mon vainqueur.

Cela est digne de la tragédie la plus sublime. Dès qu'il s'agit de grandeur, il y en a toujours dans les pièces espagnoles. Mais ces grands traits de lumière, qui percent l'ombre de temps en temps, ne suffisent pas : il faut un grand intérêt; nulle langueur ne doit l'interrompre; les raisonnements politiques, les froids discours d'amour, le glacent; et les pensées recherchées, les tours forcés, l'affaiblissent.

SCÈNE V.

V. 13. Les rois de leurs faveurs ne sont jamais comptables;
Ils font, comme il leur plaît, et défont nos semblables.

Cela n'était pas vrai dans ce temps-là; un roi de Castille ou d'Aragon n'avait pas le droit de destituer un homme titré.

ACTE II.

SCÈNE I.

Cette scène et toutes les longues dissertations sur l'amour et la fierté ont toujours un défaut; et ce vice, le plus grand de tous, c'est l'ennui. On ne va au théâtre que pour être ému. L'âme veut toujours être hors d'elle-même, soit par la gaieté, soit par l'attendrissement, et au moins par la curiosité. Aucun de ces buts n'est atteint, quand une Blanche dit à sa reine : *Vous l'avez honoré sans vous déshonorer*; et que la reine réplique que, *pour honorer sa générosité, l'amour s'est joué de son autorité*, etc.

Les scènes suivantes de cet acte sont à peu près dans le même goût, et tout le nœud consiste à différer le combat annoncé, sans aucun événement qui attache, sans aucun sentiment qui intéresse.

Il y a de l'amour, comme dans toutes les pièces de Corneille; et cet amour est froid, parce qu'il n'est qu'amour. Ces reines qui se passionnent froidement pour un aventurier ajouteraient la plus grande indécence à l'ennui de cette intrigue, si le spectateur ne se doutait pas que Carlos est autre chose qu'un soldat de fortune. On a condamné l'infante du *Cid*, non-seulement parce qu'elle est inutile, mais parce qu'elle ne parle que de son amour pour Rodrigue. On condamna de même dans son *Don Sanche* trois princesses éprises d'un inconnu, qui a fait de bien moins grandes choses que le Cid; et le pis de tout cela, c'est que l'amour de ces princesses ne produit rien du tout dans la pièce. Ces fautes sont des auteurs espagnols; mais Corneille ne devait pas les imiter.

A l'égard du style, il est à la fois incorrect et recherché, obscur et faible, dur et traînant. Il n'a rien de cette élégance et de ce piquant qui sont absolument nécessaires dans un pareil sujet.

Il faudrait charger les pages de remarques plus longues que le texte, si on voulait critiquer en détail les expressions. Les remarques sur le premier acte peuvent suffire pour faire voir aux commençants ce qu'ils doivent imiter, et ce qu'ils ne doivent pas suivre. Les solécismes et les barbarismes dont cette pièce fourmille seront assez sentis. Comme Corneille n'avait point encore de rivaux, il écrivait avec une extrême négligence; et quand il fut éclipsé par Racine, il écrivit encore plus mal.

V. 28. **Je voulois seulement essayer leur respect, etc.**

Essayer le respect; un choix qui donne la peine; il est bien dur à qui se voit régner; l'amour à la faveur trouve une pente aisée; il est attaché à l'intérêt du sceptre; un outrage invisible revêtu de gloire! Que dire d'un pareil galimatias? il faut se taire, et ne pas continuer d'inutiles remarques sur une pièce qu'il n'est pas possible de lire. Il y a quelques beaux morceaux sur la fin : nous en parlerons avec d'autant plus de plaisir, que nous ressentons plus de peine à être obligés de critiquer toujours. C'est suivant ce principe que nous ne les reprenons qu'au cinquième acte.

ACTE V.

SCÈNE V.

V. 27. Je suis bien malheureux si je vous fais pitié!

Tout ce que dit ici Carlos est grand, sans enflure, et d'une beauté vraie. Il n'y a que ce vers, pris de l'espagnol, dont le bon goût puisse être mécontent :

A l'exemple du ciel, j'ai fait beaucoup de rien.

Ces traits hardis surprennent souvent le parterre ; mais y a-t-il rien de moins convenable que de se comparer à Dieu? Quel rapport les actions d'un soldat qui s'est élevé peuvent-elles avoir avec la création? On ne saurait être trop en garde contre ces hyperboles audacieuses qui peuvent éblouir des jeunes gens, que tous les hommes sensés réprouvent, et dont vous ne trouverez jamais d'exemple, ni dans Virgile, ni dans Cicéron, ni dans Horace, ni dans Racine.

Remarquez encore que le mot de *ciel* n'est pas ici à sa place, attendu que Dieu a créé le ciel et la terre, et qu'on ne peut dire en cette occasion que *le ciel a fait beaucoup de rien.*

V. 87. Mais je vous tiens ensemble heureux au dernier point
D'être né d'un tel père et de n'en rougir point.

Ce dernier vers est très-beau et digne de Corneille. Au reste, le dénoûment est à l'espagnole.

REMARQUES SUR NICOMÈDE,

TRAGÉDIE REPRÉSENTÉE EN 1650.

Préface du commentateur. — **Nicomède** est dans le goût de *Don Sanche d'Aragon.* Les Espagnols, comme on l'a déjà dit, sont les inventeurs de ce genre, qui est une espèce de comédie héroïque. Ce n'est ni la terreur ni la pitié de la vraie tragédie : ce sont des aventures extraordinaires, des bravades, des sentiments généreux, et une intrigue dont le dénoûment heureux ne coûte ni de sang aux personnages ni de larmes aux spectateurs. L'art dramatique est une imitation de la nature, comme l'art de peindre. Il y a des sujets de peinture sublimes, il y en a de simples; la vie commune, la vie champêtre, les paysages, les grotesques même, entrent dans cet art. Raphaël a peint les horreurs de la mort, et les noces de Psyché. C'est ainsi que dans l'art dramatique on a la pastorale, la farce, la comédie, la tragédie, plus ou moins héroïque, plus ou moins terrible, plus ou moins attendrissante.

Lorsqu'on rejoua, en 1756, *Nicomède*, oubliée pendant plus de quatre-vingts ans, les comédiens du roi ne l'annoncèrent que sous le titre de tragi-comédie. Cette pièce est peut-être une des plus fortes preuves du génie de Corneille, et je ne suis pas étonné de l'affection qu'il avait pour elle. Ce genre est non-seulement le moins théâtral de tous, mais le plus difficile à traiter. Il n'a point cette magie qui transporte l'âme, comme le dit si bien Horace :

> Ille per extentum funem mihi posse videtur
> Ire poeta, meum qui pectus inaniter angit,
> Irritat, mulcet, falsis terroribus implet
> Ut magus; et modo me Thebis, modo ponit Athenis.
> > HOR., Ep. I, lib. II, vers. 216-19.

Ce genre de tragédie ne se soutenant point par un sujet pathétique, par de grands tableaux, par les fureurs des passions, l'auteur ne peut qu'exciter un sentiment d'admiration pour le héros de la pièce. L'admiration n'émeut guère l'âme, ne la trouble point. C'est de tous les sentiments celui qui se refroidit le plus tôt. Le caractère de Nicomède avec une intrigue terrible, telle que celle de *Rodogune*, eût été un chef-d'œuvre.

NICOMÈDE

TRAGÉDIE.

—

ACTE I.

SCÈNE I.

V. 1.   Après tant de hauts faits, il m'est bien doux, seigneur,
       De voir encor mes yeux régner sur votre cœur

On ne voit point ses yeux. Cette figure manque un peu de justesse, mais c'est une faute légère.

V. 3.   De voir sous les lauriers qui vous couvrent la tête....

Ce *vous* rend l'expression trop vulgaire. *Je me suis couvert la tête; vous vous êtes fait mal au pied.* Il faut chercher des tours plus nobles. Rarement alors on s'étudiait à perfectionner son style.

V. 4.   Un si grand conquérant être encor ma conquête.

Corneille paraît affectionner ces vers d'antithèse :

> Ce qu'il doit au vaincu brûlant pour le vainqueur.
> Et pour être invaincu l'on n'est pas invincible.
> J'irai sous mes cyprès accabler ses lauriers.

Ces figures ne doivent pas être prodiguées. Racine s'en sert très-rarement; Cependant il a imité ce vers dans *Andromaque* [1] :

> Mener en conquérant sa nouvelle conquête.

Il dit aussi :

> Vous me voulez aimer, et je ne puis vous plaire...
> Vous m'aimeriez, madame, en me voulant haïr.

> > Non ego paucis
> Offendar maculis.

V. 5.   Et de toute la gloire acquise à ses travaux
         Faire un illustre hommage à ce peu que je vaux.

Cette manière de s'exprimer est absolument bannie. On dirait à présent, dans le style familier, *au peu que je vaux*. L'épithète d'*illustre* gâte presque tous les vers où elle entre, parce qu'elle ne sert qu'à remplir le vers, qu'elle est vague, qu'elle n'ajoute rien au sens.

V. 9.   Je vous vois à regret, tant mon cœur amoureux
         Trouve la cour pour vous un séjour dangereux.

Il ne sied point à une princesse de dire qu'elle est amoureuse, et surtout de commencer une tragédie par des expressions qui ne conviennent qu'à une bergère naïve. Nous avons observé ailleurs qu'un personnage doit faire connaître ses sentiments sans les exprimer grossièrement Il faut qu'on découvre son ambition, sans qu'il ait besoin de dire *je suis ambitieux;* sa jalousie, sa colère, ses soupçons, et qu'il ne dise pas, *je suis colère, je suis soupçonneux, jaloux,* à moins que ce ne soit un aveu qu'il fasse de ses passions.

V. 15.   La haine que pour vous elle a si naturelle....

L'inversion de ce vers gâte et obscurcit un sens clair qui est, *la haine naturelle qu'elle a pour vous.* Que Racine dit la même chose bien plus élégamment !

> Des droits de ses enfants une mère jalouse,
> Pardonne rarement au fils d'une autre épouse [2].

V. 16.   A mon occasion encor se renouvelle.

A mon occasion est de la prose rampante.

1. Acte V, scène II. (ÉD.) — 2. *Phèdre*, acte II, scène V. (ÉD.)

V. 18.　Je le sais, ma princesse, et qu'il vous fait la cour.

Faire la cour, dans cette acception, est banni du style tragique. *Ma princesse* est devenu comique, et ne l'était point alors.

V. 19.　Je sais que les Romains, qui l'avoient en otage,
　　　　L'ont enfin renvoyé pour un plus digne ouvrage;
　　　　Que ce don à sa mère étoit le prix fatal
　　　　Dont leur Flaminius marchandoit Annibal

Cette expression populaire, *marchandait*, devient ici très-énergique et très-noble, par l'opposition du grand nom d'Annibal, qui inspire du respect. On dirait très-bien, même en prose : Cet empereur, après avoir *marchandé* la couronne, trafiqua du sang des nations. Mais ce *don dont leur Flaminius*, n'est ni harmonieux ni français; on ne marchande point d'un don.

V. 23.　Que le roi par son ordre eût livré ce grand homme,
　　　　S'il n'eût par le poison lui-même évité Rome.

Éviter une ville par le poison est une espèce de barbarisme; il veut dire, *éviter par le poison la honte d'être livré aux Romains, l'opprobre qu'on lui destinait à Rome.*

V. 25.　Et rompu par sa mort les spectacles pompeux
　　　　Où l'effroi de son nom le destinoit chez eux.

Rompre des spectacles n'est pas français. Par une singularité commune à toutes les langues, on interrompt des spectacles, quoiqu'on ne les rompe pas; on corrompt le goût, on ne le rompt pas. Souvent le composé est en usage quand le simple n'est pas admis; il y en a mille exemples.

V. 37.　Et je ne vois que vous qui le puisse arrêter,
　　　　Pour aider à mon frère à vous persécuter.

Aider à quelqu'un est une expression populaire : *aidez-lui à marcher.* Il faut, *pour aider mon frère.*

V. 41.　Annibal, qu'elle vient de lui sacrifier,
　　　　L'engage en sa querelle, et m'en fait défier.

A quoi se rapporte cet *en? Me fait défier* n'est pas français. Il veut dire, *me donne des soupçons sur elle, me force à me défier d'elle.*

V. 45.　Ma gloire et mon amour peuvent bien peu sur moi,
　　　　S'il faut votre présence à soutenir ma foi.

Une présence à soutenir la foi n'est pas français. On dit, *il faut soutenir*, et non *à soutenir.*

V. 49.　Attale, qu'en otage ont nourri les Romains,
　　　　Ou plutôt qu'en esclave ont façonné leurs mains,
　　　　Sans lui rien mettre au cœur qu'une crainte servile,
　　　　Qui tremble à voir une aigle et respecte un édile.

La crainte qui tremble paraît une expression faible et négligée, un pléonasme. Ce vers est très-beau, *qui tremble à voir une aigle et respecte un édile.*

V. 56. Et si Rome une fois contre nous s'intéresse.

On se ligue, on entreprend, on agit, on conspire *contre;* mais on s'intéresse *pour.* On peut dire, *Rome est intéressée dans un traité contre nous. Contre* tombe alors sur le traité. Cependant je crois qu'on peut dire en vers, *s'intéresse contre nous :* c'est une espèce d'ellipse.

V. 63. . . . . .La reine d'Arménie
Est due à l'héritier du roi de Bithynie,
Et ne prendra jamais un cœur assez abject
Pour se laisser réduire à l'hymen d'un sujet.

Cette expression de *prendre un cœur*, pour signifier *prendre des sentiments*, n'est guère permise que quand on dit, *prendre un cœur nouveau*, ou bien, *reprendre cœur, reprendre courage.*

V. 73. Et saura vous garder même fidélité
Qu'elle a gardée aux droits de l'hospitalité.

Même fidélité qu'elle a gardée est un solécisme; il faut, *la même fidélité*, ou *cette fidélité.*

V. 77. Seigneur, votre retour, loin de rompre ses coups,
Vous expose vous-même, et m'expose après vous.

On ne rompt pas plus des coups que des spectacles.

V. 79. Comme il est fait sans ordre, il passera pour crime.

Faire un retour est un barbarisme.

V. 83. Si j'ai besoin de vous de peur qu'on me contraigne,
J'ai besoin que le roi, qu'elle-même vous craigne.

Il faudrait, pour que la phrase fût exacte, la négation *ne, qu'on ne me contraigne.* En général, voici la règle. Quand les Latins emploient le *ne,* nous l'employons aussi. *Vereor ne cadat,* je crains qu'il ne tombe; mais quand les Latins se servent d'*ut, utrum,* nous supprimons ce *ne. Dubitro utrum eas,* je doute que vous alliez; *opto ut vivas,* je souhaite que vous viviez. Quand *je doute* est accompagné d'une négation, *Je ne doute pas,* on la redouble pour exprimer la chose : *Je ne doute pas que vous ne l'aimiez.* La suppression du *ne* dans le cas où il est d'usage est une licence qui n'est permise que quand la force de l'expression la fait pardonner.

V. 88. S'ils vous tiennent ici, tout est pour eux sans crainte,

n'est pas français, et n'a de sens en aucune langue. Il veut dire, *tout est sûr pour eux; ils n'ont rien à craindre; ils sont maîtres de tout; ils peuvent tout; tout les rassure.*

V. 89.   Et ne vous flattez point, ni sur votre grand cœur,
         Ni sur l'éclat d'un nom cent et cent fois vainqueur.

Un nom n'est pas vainqueur, à moins qu'on n'exprime que la terreur seule de ce nom a tout fait. On dit alors noblement, *son nom seul a vaincu.* Il ne faut jamais se servir de ces mots inutiles, *cent et cent fois.*

V. 91.   Quelque haute valeur que puisse être la vôtre...

Ce vers est défectueux. Il est vrai qu'il n'était pas facile ; mais ce sont ces mêmes difficultés qui, lorsqu'elles sont vaincues, rendent la belle poésie si supérieure à la prose.

V. 92.   Vous n'avez en ces lieux que deux bras comme un autre.

Voilà de ces vers de la basse comédie, qu'on se permettait trop souvent dans le style noble.

V. 101. Deux (assassins) s'y sont découverts, que j'amène avec moi,
         Afin de la convaincre et détromper le roi

Il faut pour l'exactitude, *et de détromper.* Mais cette licence est souvent très-excusable en vers ; il n'est pas permis de la prendre en prose.

V. 105. Trois sceptres, à son trône attachés par mon bras,
         Parleront au lieu d'elle, et ne se tairont pas.

Toute métaphore, comme on l'a dit, pour être bonne, doit être une image qu'on puisse peindre. Mais comment peindre trois sceptres qu'un bras attache à un trône, et qui parlent? D'ailleurs, puisque les sceptres parleront, il est clair qu'ils ne se tairont pas. Ces sortes de pléonasmes sont les plus vicieux ; ils retombent quelquefois dans ce qu'on appelle le style niais : *Hélas ! s'il n'était pas mort, il serait encore en vie.*

V. der. Il ne m'a jamais vu, ne me découvrez pas.

Il serait mieux, à mon avis, que Nicomède apportât quelque raison qui fît voir qu'il ne doit pas être reconnu par son frère avant d'avoir parlé au roi. Il semble que Nicomède veuille seulement se procurer ici le plaisir d'embarrasser son frère, et que l'auteur ne songe qu'à ménager une de ces scènes théâtrales. Celle-ci est plutôt de la haute comédie que de la tragédie. Elle est attachante, et, quoiqu'elle ne produise rien dans la pièce, elle fait plaisir.

SCÈNE II.

V. 5.   Si ce front est mal propre à m'acquérir le vôtre,
         Quand j'en aurai dessein j'en saurai prendre un autre.

Mal propre, dans toutes ses acceptions, est absolument banni du style noble ; et par la construction il semble que le front de Laodice soit mal propre à acquérir le front d'Attale. De plus, *prendre un front* est un barbarisme. On dit bien, *il prit un visage sévère, un front serein* ou *triste;* mais en général on ne peut pas dire, *prendre un front,* parce qu'on ne peut prendre ce qu'on a. Il faut ajouter une épithète qui marque le sentiment qu'on peint sur son front, sur son visage.

V. 7.   Vous ne l'acquerrez point, puisqu'il est tout à vous.

Ces compliments, ces dialogues de conversation, ne doivent pas entrer dans la tragédie.

V. 8.   Je n'ai donc pas besoin d'un visage plus doux.

Avoir besoin d'un visage !

V. 10.   C'est un bien mal acquis, que j'aime mieux vous rendre.

Laodice commence à prendre le ton de l'ironie. Corneille l'a prodiguée dans cette pièce d'un bout à l'autre. Il ne faut pas soutenir un ouvrage entier par la même figure. L'ironie par elle-même n'a rien de tragique ; il faudrait au moins qu'elle fût noble : mais *un bien mal acquis* est comique.

V. 14.   Pour garder votre cœur, je n'ai pas où le mettre.

Après les beaux vers que Laodice a débités dans la scène précédente et va débiter encore, on ne peut, sans chagrin, lui voir prendre si souvent le ton du bas comique. Ce vers serait à peine souffert dans une farce.

V. 15.   La place est occupée,

ressemble trop à la *signora è impedita* des Italiens. On ne doit jamais employer de ces expressions familières qui rappellent des idées comiques. C'est alors surtout qu'on doit chercher des tours nobles.

V. 18.   Que celui qui l'occupe a de bonne fortune !

Ce vers est comique et n'est pas français. On ne dit point, *il a bonne fortune, mauvaise fortune ;* et on sait ce qu'on entend par *bonnes fortunes* dans la conversation : c'est précisément par cette raison que cette expression doit être bannie du théâtre tragique.

V. 19.   Et que seroit heureux qui pourroit aujourd'hui
              Disputer cette place, et l'emporter sur lui !

Que serait heureux qui, n'est pas français. *Qu'ils sont heureux ceux qui peuvent aimer !* est un fort joli vers. *Que sont heureux ceux qui peuvent aimer !* est un barbarisme. Remarquez qu'un seul mot de plus ou de moins suffit pour gâter absolument les plus nobles pensées et les plus belles expressions.

V. 23.   Et l'on ignore encor parmi ses ennemis
              L'art de reprendre un fort qu'une fois il a pris.
              — Celui-ci toutefois peut s'attaquer de sorte
              Que tout vaillant qu'il est, il faudra qu'il en sorte.

Toutes les fois que l'on emploie un pronom dans une phrase, il se rapporte au dernier nom substantif; ainsi dans cette phrase, *celui-ci* se rapporte au *fort*, et les deux pronoms *il* se rapportent à *celui-ci*. Le sens grammatical est, *quelque vaillant que soit ce fort, il faudra qu'il sorte;* et l'on voit assez combien ce sens est vicieux. Corneille veut dire, *quelque vaillant que soit le conquérant;* mais il ne le dit pas.

V. 27.   Vous pourriez vous méprendre. — Et si le roi le veut?

On peut faire ici une réflexion. Attale parle de son amour, et des intérêts de l'État, et des secrets du roi, devant un inconnu. Cela n'est pas conforme à la prudence dont Attale est souvent loué dans la pièce. Mais aussi, sans ce défaut, la scène ne subsisterait pas; et quelquefois on souffre des fautes qui amènent des beautés.

V. 30. . . . . S'il est roi, je suis reine;
Et vers moi tout l'effort de son autorité
N'agit que par prière et par civilité.

Civilité, terme de comédie. Ce sentiment de fierté est beau dans Laodice; mais est-il bien fondé? Elle est reine d'Arménie; mais elle n'est point dans son royaume; elle est à la cour de Prusias, qui de son aveu est le dépositaire de *ses jeunes ans;* qui a sur elle les plus grands droits par l'ordre de son père; qui est le maître enfin, et dont les prières sont des ordres. La jeune Laodice peut avec bienséance n'écouter que sa fierté, et se tromper un peu par grandeur d'âme. Elle peut avoir tort dans le fond; mais il est dans son caractère d'avoir ce tort. Enfin, *n'agit que par prière*, peut signifier, *ne doit agir que par prière*.

V. 38.   Seigneur, je crains pour vous qu'un Romain vous écoute.

Voyez la remarque ci-dessus. C'est encore ici une expression de doute, et la négation *ne* est nécessaire: *je crains qu'un Romain ne vous écoute*. Mais en poésie on peut se dispenser de cette règle.

V. 47.   Et ne savez-vous plus qu'il n'est princes ni rois
Qu'elle daigne égaler à ses moindres bourgeois?

Bourgeois, cette expression est bannie du style noble. Elle y était admise à Rome, et l'est encore dans les républiques, le *droit de bourgeoisie*, le *titre de bourgeois*. Elle a perdu chez nous de sa dignité, peut-être parce que nous ne jouissons pas des droits qu'elle exprime. Un bourgeois, dans une république, est en général un homme capable de parvenir aux emplois; dans un État monarchique, c'est un homme du commun. Aussi ce mot est-il ironique dans la bouche de Nicomède, et n'ôte rien à la noble fermeté de son discours.

V. 69.   Mais je crains qu'elle échappe.

Voyez les notes ci-dessus. Il faudrait : *qu'elle n'échappe*

V. 77.   Puisqu'ils se sont privés, pour ce nom d'importance,
Des charmantes douceurs d'élever votre enfance.

Une affaire est d'importance ; un nom ne l'est pas

V. 79. Dès l'âge de quatre ans ils vous ont éloigné.

Ce vers est très-adroit; il paraît sans artifice; et il y a beaucoup d'art à donner ainsi une raison qui empêche évidemment qu'Attale ne reconnaisse son frère.

V. 84 Madame, encore un coup, cet homme est-il à vous?

Encore un coup; ce terme trop familier a été employé par Racine dans *Bérénice :*

Madame, encore un coup, vous louerez mon silence.

Ce sont des négligences qui étaient pardonnables.

V. 85. Et pour vous divertir est-il si nécessaire
Que vous ne lui puissiez ordonner de se taire?

Le mot *divertir*, et même les trois vers que dit Attale, sont absolument du style comique

V. 94. Et loin de lui voler son bien en son absence....

Le mot *voler* est bas; on emploie, dans le style noble, *ravir, enlever, arracher, ôter, priver, dépouiller,* etc.

V. 101. Sachez qu'il n'en est point que le ciel n'ait fait naître
Pour commander aux rois, et pour vivre sans maître.

Ces deux vers sont de la tragédie de *Cinna*[1], dans le rôle d'Émilie; mais ils conviennent bien mieux à Émilie, Romaine, qu'à un prince arménien.

Au reste, cette scène est très-attachante; toutes les fois que deux personnages se bravent sans se connaître, le succès de la scène est sûr.

SCÈNE III.

Presque toute la fin de la scène seconde et le commencement de celle-ci sont une ironie perpétuelle.

V. 5. . . . . Seigneur, vous êtes donc ici?

C'est une naïveté qui échappe à tout le monde, quand on voit quelqu'un qu'on n'attend pas. Cette familiarité et cette petite négligence doivent être bannies de la tragédie.

V. 6. Oui, madame, j'y suis, et Métrobate aussi.

Si Nicomède eût établi dans la première scène que ce Métrobate était un des assassins gagés par Arsinoé, ce vers ferait un grand effet; mais il en fait moins, parce qu'on ne connaît pas encore ce Métrobate.

1. Acte III, scène IV. (ÉD.)

V. 12. J'avois ici laissé mon maître et ma maîtresse.

Maîtresse ; on permettait alors ce terme peu tragique. *Maître* et *maîtresse* semblent faire ici un jeu de mots peu noble.

V. 19. Il ne tiendra qu'au roi qu'aux effets je ne passe.

Souvent en ce temps-là on supprimait le *ne* quand il fallait l'employer, et on s'en servait quand il fallait l'omettre. Le second *ne* est ici un solécisme. *Il tient à vous,* c'est-à-dire il dépend de vous que je passe, que je fasse, que je combatte, etc. *Il ne tient qu'à vous* est la même chose que *il tient à vous :* donc le *ne* suivant est un solécisme.

V. 25. Ah ! seigneur, excusez, si, vous connoissant mal....

On connaît mal quand on se trompe au caractère. Laodice dit à Cléopatre : « Je vous connaissais mal. » Photin dit : « J'ai mal connu César. » Mais quand on ignore quel est l'homme à qui l'on parle, alors il faut, *je ne connaissais pas.*

V. 26. Prince, faites-moi voir un plus digne rival, etc.

Tout ce discours est noble, ferme, élevé, c'est là de la véritable grandeur ; il n'y a ni ironie, ni enflure.

V. 35. Et nous verrons ainsi qui fait mieux un brave homme,
           Des leçons d'Annibal, ou de celles de Rome.

Dans la règle il faut, *qui font ;* et *faire mieux un brave homme,* n'est pas élégant.

SCÈNE IV.

V. 3. Ce prompt retour me perd, et rompt votre entreprise.
          — Tu l'entends mal, Attale, il la met dans ma main.

Tu l'entends mal, est comique ; et *mettre dans la main,* n'est pas noble.

V. 6. Dedans mon cabinet amène-le sans suite.

Voyez les remarques des autres tragédies sur le mot *dedans.*

SCÈNE V.

V. 3. Je crains qu'à la vertu par les Romains instruit....
          Il ne conçoive mal qu'il n'est fourbe ni crime
          Qu'un trône acquis par là ne rende légitime.

Ces derniers vers sont de la conversation la plus négligée, et ce sentiment est intolérable. On retrouve le même défaut toutes les fois que Corneille fait raisonner un prince, un ministre ; tous disent qu'il faut être fourbe et méchant pour régner. On a déjà remarqué que jamais homme d'État ne parle ainsi. Ce défaut vient de ce qu'il est très-difficile de ménager ses expressions, et de faire entendre avec art des choses qui révoltent. C'est une grande imprudence et une grande bassesse dans une reine de dire qu'il faut être fourbe et criminel pour régner. *Un trône acquis par là*, est une expression de comédie.

V. 11. Rome l'eût laissé vivre, et sa légalité
　　　N'eût point forcé les lois de l'hospitalité.

Légalité n'a jamais signifié *justice, équité, magnanimité ;* il signifie *authenticité d'une loi revêtue des formes ordinaires.*

V. 13. Savante à ses dépens de ce qu'il savoit faire,
　　　Elle le souffroit mal auprès d'un adversaire.

Savante de, est un barbarisme. *Savante, savait*, répétition fautive.

V. 16. De chez Antiochus elle l'a fait bannir;

expression trop basse : *de chez lui, de chez nous.*

V. 21. Car je crois que tu sais que quand l'aigle romaine....

Tout écrivain doit éviter ces amas de monosyllabes qui se heurtent, *car, que, quand.* Mais ce qu'on doit plus éviter, c'est de dire à sa confidente ce qu'elle sait. Ce tour n'est pas assez adroit.

V. 22. Vit choir ses légions aux bords du Trasimène,
　　　Flaminius son père en étoit général.

Choir, expression absolument vieillie.

V. 25. Ce fils donc, qu'a pressé la soif de la vengeance....

Cacophonie qu'il faut éviter encore, *donc qu'a.*

V. 26. S'est aisément rendu de mon intelligence,

n'est pas français. On est en intelligence, on se rend du parti de quelqu'un.

V. 27. L'espoir d'en voir l'objet entre ses mains remis
　　　A pratiqué par lui le retour de mon fils.

Il faut un effort pour deviner quel est cet *objet*. C'est, par la phrase, l'objet de leur intelligence; par le sens, c'est Laodice. La première loi est d'être clair; il ne faut jamais y manquer.

V. 29. Par lui j'ai jeté Rome en haute jalousie,

n'est pas français. On inspire de la jalousie, on la fait naître. La jalousie ne peut être haute; elle est grande, elle est violente, soupçonneuse, etc.

V. 35. Il s'en est fait nommer lui-même ambassadeur.

Cet *il* se rapporte au prince Attale, mais il en est trop loin. Cela rend la phrase obscure, de même que *borner sa grandeur;* il semble que ce soit la grandeur de l'hymen. Les articles, les pronoms mal placés, jettent toujours de l'embarras dans le style ; c'est le plus grand inconvénient de la langue française, qui est d'ailleurs si amie de la clarté.

V. 37.   Et voilà le seul point où Rome s'intéresse.

Pourquoi Arsinoé dit-elle tout cela à une confidente inutile? Cléopatre dans *Rodogune* tombe dans le même défaut. La plupart des confidences sont froides et déplacées, à moins qu'elles ne soient nécessaires. Il faut qu'un personnage paraisse avoir besoin de parler, et non pas envie de parler.

V. 38.   Attale à ce dessein entreprend sa maîtresse.

On entreprend de faire quelque chose, ou bien on entreprend quelque chose; mais on n'entreprend pas quelqu'un. Cela ne se pourrait dire, à toute force, que dans le bas comique, et encore c'est dans un autre sens; cela veut dire, *attaquer*, *demander raison*, *embarrasser*, *faire querelle*. Ce vers n'est pas français.

V. 43. . . . . Et j'ai cru pour le mieux
          Qu'il falloit de son fort l'attirer en ces lieux.

Pour le mieux, expression de comédie.

V. 45.   Métrobate l'a fait par des terreurs paniques....

L'a fait et *terreurs paniques*, expressions qui n'ont rien de noble.

V. 46.   Feignant de lui trahir mes ordres tyranniques,

est un barbarisme; il faut, *de lui dévoiler*, *de lui déceler*, *de lui apprendre*, *de trahir mes ordres tyranniques en sa faveur*.

V. 53.   Tantôt en le voyant j'ai fait de l'effrayée.

Les comédiens ont corrigé, *j'ai feint d'être effrayée* ; mais la « ⌐ ⌐ n'est pas moins petite et moins indigne de la grandeur du tragique.

V. 63.   Et si ce diadème une fois est à nous,
          Que cette reine après se choisisse un époux.

Cet *une fois* est une explétive trop triviale.

V. 67.   Le roi, que le Romain poussera vivement,
          De peur d'offenser Rome agira chaudement.

Cet adverbe est proscrit du style noble.

V. 69.   Et ce prince, piqué d'une juste colère,
          S'emportera sans doute, et bravera son père.

Piqué d'une juste colère, n'est pas français. On est piqué d'un procédé, et animé de colère.

V. 72.   Et comme à l'échauffer j'appliquerai mes soins....
          Mon entreprise est sûre, et sa perte infaillible.

Cette phrase et ce tour qui commencent par *comme* sont familiers à Corneille. Il n'y en a aucun exemple dans Racine. Ce tour est un peu trop prosaïque. Il réussit quelquefois; mais il ne faut pas en faire un trop fréquent usage.

V. 75. Voilà mon cœur ouvert.

Mais pourquoi a-t-elle ouvert son cœur à Cléone? qu'en résulte-t-il? Je sais qu'il est permis d'ouvrir son cœur; ces confidences sont pardonnées aux passions. Une jeune princesse peut avouer à sa confidente des sentiments qui échappent à son cœur; mais une reine politique ne doit faire part de ses projets qu'à ceux qui les doivent servir. Cette scène est froide et mal écrite.

V. 76. Mais dans mon cabinet Flaminius m'attend.

Il est clair que Flaminius attend la reine; qu'elle a les plus grands intérêts du monde de hâter son entretien avec lui. Nicomède est arrivé; il va trouver le roi. Il n'y a pas un moment à perdre; cependant elle s'arrête pour détailler inutilement à Cléone des projets qui sont d'une nature à n'être confiés qu'à ceux qui doivent les seconder. Cette manière d'instruire le spectateur est sans art et sans intérêt.

V. der. Vous me connoissez trop pour vous en mettre en peine.

Cela est trop trivial, et ce vers fait trop voir l'inutilité du rôle de Cléone. C'est un très-grand art de savoir intéresser les confidents à l'action. Néarque, dans *Polyeucte*, montre comment un confident peut être nécessaire.

ACTE II.

SCÈNE I.

V. 3. . . . La haute vertu du prince Nicomède
Pour ce qu'on peut en craindre est un puissant remède.

Une *haute vertu, remède pour ce qu'on en peut craindre*, n'est ni correct ni clair.

V. 6. Un retour si soudain manque un peu de respect.

Un retour qui manque de respect!

V. 11. Il n'en veut plus dépendre, et croit que ses conquêtes
Au-dessus de son bras ne laissent plus de têtes.

Des têtes au-dessus des bras! Il n'était plus permis d'écrire ainsi en 1652. Mais Corneille ne châtia jamais son style; il passe pour valoir mieux par la force des idées que par l'expression. Cependant observez que toutes les fois qu'il est véritablement grand, son expression est noble et juste, et ses vers sont bons.

V. 16. A suivre leur devoir leurs hauts faits se ternissent.

Il semble que les hauts faits suivent un devoir, et qu'ils se ternissent en le suivant. Ce n'est pas parler sa langue.

V. 17.　Et ces grands cœurs enflés du bruit de leurs combats....
　　　　Font du commandement une douce habitude.

Des cœurs enflés de bruit sont aussi intolérables que *des têtes au-dessus des bras.*

V. 21.　Dis tout, Araspe, dis que le nom de sujet
　　　　Réduit toute leur gloire en un rang trop abject.

Qu'est-ce que le rang d'une gloire? On ne réduit pas *en*, on réduit *à*. Presque tout le style de cette pièce est vicieux; la raison en est que l'auteur emploie le ton de la conversation familière, dans laquelle on se permet beaucoup d'impropriétés, et souvent des solécismes et des barbarismes. Le style de la conversation peut être admis dans une comédie héroïque; mais il faut que ce soit la conversation des Condé, des La Rochefoucauld, des Retz, des Pascal, des Arnauld.

V. 13.　Que bien que leur naissance au trône les destine,
　　　　Si son ordre est trop lent, leur grand cœur s'en mutine.

L'ordre de qui? de la naissance? cela ne fait point de sens; et *mutine* n'est ni assez fort, ni assez relevé.

V. 27.　Qu'on voit naître de là mille sourdes pratiques
　　　　Dans le gros de son peuple et dans ses domestiques.

Ces expressions n'appartiennent qu'au style familier de la comédie.

V. 37.　Si je n'étois bon père, il seroit criminel, etc.

On retrouve un peu Corneille dans cette tirade, quoique la même pensée y soit répétée et retournée en plusieurs façons; ce qui était un vice commun en ce temps-là. Mais à quoi bon tous ces discours? Que veut Prusias? rien. Quelle résolution prend-il avec Araspe? aucune. Cette pièce paraît peu nécessaire, ainsi que celle d'Arsinoé et de sa confidente. En général, toute scène entre un personnage principal et un confident est froide, à moins que ce personnage n'ait un secret important à confier, un grand dessein à faire réussir, une passion furieuse à développer.

V. 46.　Il n'est rien qui ne cède à l'ardeur de régner;
　　　　Et depuis qu'une fois elle nous inquiète,
　　　　La nature est aveugle et la vertu muette.

Inquiète n'est pas le mot propre; *depuis* est ici un solécisme. Le sens est dès qu'une fois cette passion s'est emparée de nous.

V. 59.　. . . . Si je lui laisse un jour une couronne,
　　　　Ma tête en porte trois que sa valeur me donne.
　　　　J'en rougis dans mon âme; et ma confusion....
　　　　Sans cesse offre à mes yeux cette vue importune

Que qui m'en donne trois peut bien m'en ôter une;
Qu'il n'a qu'à l'entreprendre et peut tout ce qu'il veut.
Juge, Araspe, où j'en suis, s'il veut tout ce qu'il peut.

Ces antithèses et ces figures de mots, comme on l'a déjà remarqué, doivent être bien rares. La versification héroïque exige que les vers ne finissent point par des verbes en monosyllabes; l'harmonie en souffre: *il peut, il veut, il fait, il court*, sont des syllabes sèches et rudes; il n'en est pas de même dans les rimes féminines, *il vole, il presse, il prie:* ces mots sont plus soutenus; ils ne valent qu'une syllabe, mais on sent qu'il y en a deux qui forment une syllabe longue et harmonieuse. Ces petites finesses de l'art sont à peine connues, et n'en sont pas moins importantes.

V. 81.   Et le prends-tu pour homme à voir d'un œil égal
Et l'amour de son frère, et la mort d'Annibal?...
Il est le dieu du peuple et celui des soldats.
Sûr de ceux-ci, sans doute, il vient soulever l'autre,
Fondre avec son pouvoir sur le reste du nôtre.

Expressions vicieuses. On ne peut dire *l'autre*, que quand on l'oppose à *l'un*. Le *nôtre* ne se peut dire à la place *du mien*, à moins qu'on n'ait déjà parlé au pluriel. Je le répète encore, rien n'est si difficile et si rare que de bien écrire.

V. 91.   Je veux bien toutefois agir avec adresse,
Joindre beaucoup d'honneur à bien peu de rudesse, etc.

Tout cela est d'un style confus, obscur. *Le reste du nôtre qui n'est pas tout à fait impuissant*, et *bien peu de rudesse*, et *le prix d'un mérite mêlé doucement à un ressentiment!* Il n'y a pas là deux mots qui soient faits l'un pour l'autre.

SCÈNE II.

V. 8.   Je viens remercier et mon père et mon roi...
D'avoir choisi mon bras pour une telle gloire.

On ne choisit point un bras pour une gloire.

V. 12.   Vous pouviez vous passer de mes embrassements....
Et vous ne deviez pas envelopper d'un crime
Ce que votre victoire ajoute à votre estime.

Il a promis à son confident d'avoir *bien peu de rudesse*, et il commence par dire à Nicomède la chose du monde la plus rude. Il le déclare criminel d'Etat.

Ajoute à votre estime, n'est pas français en ce sens. L'estime où nous sommes n'est pas notre estime. On ne peut dire *votre estime*, comme on dit *votre gloire, votre vertu*.

V. 16.   Abandonner mon camp en est un capital,
Inexcusable en tous, et plus au général.

Au général est un solécisme; il faut *dans un général.*

V. 27. . . . .Un bonheur si grand me coûte un petit crime.

Un petit crime; cette épithète n'est pas du style de la tragédie. Le crime de Nicomède est en effet bien faible. Nicomède parle ici ironiquement à son père, comme il a parlé à son frère; car par *ce désir trop ardent* il entend le désir qu'il avait de voir sa maîtresse. Il n'a point du tout d'*amour* pour son père; le public n'en est pas fâché. On méprise Prusias. On aime beaucoup la hauteur d'un héros persécuté. *Petit crime, bonheur si grand;* ces contrastes affectés font un mauvais effet.

V. 38. . . . . L'âge ne me laisse
       Qu'un vain titre d'honneur qu'on rend à ma vieillesse.

On rend un honneur; on ne rend point un titre d'honneur.

V. 41. L'intérêt de l'État vous doit seul regarder.

Seul semble dire que Prusias abdique; et il est si loin d'abdiquer, qu'il vient de menacer son fils. C'est trop se contredire.

V. 42. Prenez-en aujourd'hui la marque la plus haute.

La marque haute !

V. 43. Mais gardez-vous aussi d'oublier votre faute;
       Et comme elle fait brèche au pouvoir souverain,
       Pour la bien réparer, retournez dès demain.

Cette expression *faire brèche* n'est plus d'usage; ce n'est pas que l'idée ne soit noble; mais, en français, toutes les fois que le mot *faire* n'est pas suivi d'un article, il forme une façon de parler proverbiale trop familière. *Faire* assaut, *faire* force de voiles, *faire* de nécessité vertu, *faire* ferme, *faire* brèche, *faire* halte, etc.; toutes expressions bannies du vers héroïque.

V. 46. Remettez en éclat la puissance absolue.

Comme on ne met rien en éclat, on n'y remet rien; on donne de l'éclat; on met en lumière, en évidence, en honneur, en son jour.

V. 48. . . . . N'autorisez pas
       De plus méchants que vous à la mettre plus bas.

Cette manière de s'exprimer n'est plus d'usage, et n'a jamais fait un bon effet. Remarquez que *bas* est un adverbe monosyllabe; ne finissez jamais un vers par *bas, à bas, plus bas, haut, plus haut.*

V. 58. Il est temps qu'en son ciel cet astre aille reluire.

Cette métaphore est vicieuse, en ce qu'elle suppose que cet astre de Laodice est descendu du ciel en terre.

V. 63. Vous savez qu'il y faut quelque cérémonie.

Prusias veut aussi railler. Cette pièce est trop pleine de raillerie et d'ironie.

V. 66. Elle est prête à partir sans plus grand équipage.

Ce dernier hémistiche est absolument du style de la comédie.

V. 67. Je n'ai garde à son rang de faire un tel outrage.
Mais l'ambassadeur entre, il le faut écouter;
Puis nous verrons quel ordre on y doit apporter.

Ce dernier vers est trop familier; mais à quoi se rapporte cet ordre ? à l'*ambassadeur*, à l'*outrage*, ou à l'*équipage* ?

SCÈNE III.

V. 4. . . . Vous pouvez juger du soin qu'elle en a pris
Par les hautes vertus et les illustres marques
Qui font briller en lui le rang de vos monarques.

Illustres marques; on a déjà plusieurs fois remarqué ce mot vague, qui n'est que pour la rime.

V. 9. Si vous faites état de cette nourriture,
Donnez ordre qu'il règne.

Nourriture est ici pour *éducation;* et dans ce sens il ne se dit plus; c'est peut-être une perte pour notre langue. *Faire état* est aussi aboli.

V. 11. . . . Vous offenseriez l'estime qu'elle en fait.

On ne fait point l'estime; cela n'a jamais été français; on a de l'estime, on conçoit de l'estime, on sent de l'estime; et c'est précisément parce qu'on la sent qu'on ne la fait pas. Par la même raison on sent de l'amour, de l'amitié; on ne fait ni de l'amour, ni de l'amitié.

V. 17. Je crois que pour régner il en a les mérites.

Ni ces expressions, ni cette construction, ne sont françaises; *il en a les mérites pour régner !*

V. 23. Souffrez qu'il ait l'honneur de répondre pour moi.

Le roi Prusias, qui n'est déjà pas trop respectable, est peut-être encore plus avili dans cette scène, où Nicomède lui donne, en présence de l'ambassadeur de Rome, des conseils qui ressemblent souvent à des reproches. Il est même assez étonnant que connaissant la fierté de son fils, et sachant combien ce disciple d'Annibal hait les Romains, il le charge de répondre à l'ambassadeur de Rome, qu'il croit avoir grand intérêt de ménager. Prusias n'a nulle raison de répondre à l'ambassadeur par une autre bouche, et il s'expose visiblement à voir l'ambassadeur outragé par Nicomède.

Il a commencé par dire à son fils : « Vous êtes criminel d'État, vous méritez d'être puni de mort; » et il finit par lui dire : « Répondez pour moi à l'ambassadeur de Rome en ma présence; faites le personnage de roi, tandis que je ferai celui de subalterne. » C'est, au fond, une scène de lazzi : passe encore si cette scène était nécessaire; mais elle ne sert à rien. Prusias joue un rôle avilissant; mais celui de Nicomède est noble et imposant. Ces personnages plaisent toujours à la multitude, et révoltent quelquefois les honnêtes gens.

C'est toujours un problème à résoudre, si les caractères bas et faibles peuvent figurer dans une tragédie. Le parterre s'élève contre eux à une première représentation. On aime à faire tomber sur l'auteur le mépris que lui-même inspire pour le personnage; les critiques se déchaînent. Cependant ces caractères sont dans la nature. Maxime dans *Cinna*, Félix dans *Polyeucte*

V. 40.   C'est un rare trésor qu'elle devroit garder,
         Et conserver chez soi sa chère nourriture.

Cela n'est pas français; et *conserver* ne se lie pas avec *qu'elle devrait*. Nicomède a déjà parlé de bonne nourriture : *Si vous faites état de cette nourriture.*

V. 45.   Ce perfide ennemi de la grandeur romaine
         N'en a mis en son cœur que mépris et que haine

Cela n'est pas français; *n'en mettre que mépris!*

V. 49.   On me croit son disciple, et je le tiens à gloire.

Cette manière de s'exprimer a vieilli.

V. 62.   Attale a le cœur grand, l'esprit grand, l'âme grande,
         Et toutes les grandeurs dont se fait un grand roi.

Ces deux vers sont du nombre de ceux que les comédiens avaient corrigés; en effet, cette distinction du cœur, de l'esprit et de l'âme, cette énumération de parties faite ironiquement, est trop loin du ton de la tragédie, et cette répétition de *grand* et *grande* est comique.

V. 68.   Qu'il en fasse pour lui ce que j'ai fait pour vous.

On ne devine pas d'abord ce que veut dire cet *en;* il est très-inutile, et il se rapporte à *vertu*, qui est deux vers plus haut.

V. 71.   Je lui prête mon bras, et veux dès maintenant,
         S'il daigne s'en servir, être son lieutenant.
         L'exemple des Romains m'autorise à le faire.

On a déjà dit que cette expression ne doit jamais être admise; elle est ici vicieuse, parce que *le faire* se rapporte à *être*, et signifie à la lettre, *faire son lieutenant.*

V 78.   Le reste de l'Asie à nos côtes rangée, etc.

On dit *ranger les côtes*; mais non *rangée aux côtes*, pour *située*. C'est un barbarisme [1].

V. 89. Et si Flaminius en est le capitaine,
         Nous pourrons lui trouver un lac de Trasimène.

Ce n'est pas le même Flaminius; mais l'insulte n'en est pas moindre.

V. 94. Ou laissez-moi parler, sire, ou faites-moi taire.

Il est clair qu'il n'y a pas de milieu; le sens est : *Puisque vous m'avez fait répondre pour vous, laissez-moi parler.*

V. 105. Seigneur, vous pardonnez aux chaleurs de son âge.

Chaleurs de son âge, mauvais terme.

V. 106. Le temps et la raison pourront le rendre sage.

C'est ce qu'on dit à un enfant mal morigéné. Ce n'est pas ainsi qu'on parle à un prince qui a conquis trois royaumes; et si ce jeune homme n'est pas sage, pourquoi Prusias l'a-t-il chargé de parler pour lui?

V. 125. Puisqu'il peut la servir à me faire descendre,
          Il a plus de vertu que n'en eut Alexandre.

Ce premier vers est inintelligible. A quoi se rapporte ce *la servir?* au dernier substantif, à la puissance de Nicomède que Rome veut diviser. *Me faire descendre;* il faut dire d'où l'on descend : *Et monté sur le faîte, il aspire à descendre.*

V. 127. Et je lui dois quitter pour le mettre en mon rang.

On ne dit point *quitter à*, on dit *quitter pour. Je dois quitter pour lui*, ou *je lui dois céder, laisser, abandonner.*

V. 137. Les plus rares exploits que vous avez pu faire
          N'ont jeté qu'un dépôt sur la tête d'un père;
          Il n'est que le gardien de leur illustre prix, etc.

Jeter un dépôt sur une tête, être gardien d'un illustre prix, une grandeur épanchée; toutes expressions impropres et incorrectes. De plus, ce discours de Flaminius semble un peu sophistique. L'exemple de Scipion, qui ne prit point Carthage pour lui, et qui ne le pouvait pas, ne conclut rien du tout contre un prince qui n'est pas républicain, et qui a des droits sur ses conquêtes.

V. 153. Si vous en consultiez des têtes bien sensées,
          Elles vous déferoient de ces belles pensées....
          Prenez quelque loisir de rêver là-dessus.

Cela est du style de Mme Pernelle, dans Molière.

V. 157. Laissez moins de fumée à vos feux militaires,
          Et vous pourrez avoir des visions plus claires.

----

1. Corneille a dit : *à nos côtes.* (ÉD.)

Laisser de la fumée, est inintelligible. D'ailleurs, la fumée des feux militaires est une figure trop bizarre. Le second vers est du bas comique.

V. 159. Le temps pourra donner quelque décision
       Si la pensée est belle, ou si c'est vision.

Même style et même défaut.

V. 162 ..... Cependant si vous trouvez des charmes
       A pousser plus avant la gloire de vos armes,
       Nous ne la bornons point.

Pousser plus avant une gloire !

V. 181. La pièce est délicate.

Le mot *pièce* ne dit point là ce que l'auteur a prétendu dire. C'est d'ailleurs une expression populaire, lorsqu'elle signifie *intrigue*.

V. 188. Je n'y réponds qu'un mot, étant sans intérêt.

Comment peut-il dire qu'il est sans intérêt, après avoir dit publiquement, au premier acte, que Laodice est sa maîtresse, qu'il n'a quitté l'armée que pour venir prendre sa défense? Voudrait-il cacher son amour à Flaminius et le tromper? Un tel dessein convient-il à la fierté du caractère de Nicomède? Flaminius ne doit-il pas être instruit?

V. 184. Traitez cette princesse en reine comme elle est.

Il faut *comme elle l'est* pour l'exactitude; mais *comme elle l'est* serait encore plus mauvais.

V. 190. N'avez-vous, Nicomède, à lui dire autre chose?

Cette interrogation de Prusias qui n'a rien dit pendant le cours de cette scène n'a-t-elle pas quelque chose de comique?

V. 191. Non, seigneur, si ce n'est que la reine, après tout,
       Sachant ce que je puis, me pousse trop à bout.

Cette expression est encore comique, ou du moins familière; Racine s'en est servi dans *Bajazet* [1] :

       Poussons à bout l'ingrat.

Mais le mot *ingrat*, qui finit la phrase, la relève. Ce sont de petites nuances qui distinguent souvent le bon du mauvais.

SCÈNE IV.

V. 1. .... Eh quoi! toujours obstacle?
       — De la part d'un amant ce n'est pas grand miracle.

1. Acte IV, scène VI (ÉD.)

Toujours obstacle, n'est pas français; et *grand miracle*, n'est pas noble, il est du bas comique.

V. 3.   Cet orgueilleux esprit, enflé de ses succès,
        Pense bien de son cœur nous empêcher l'accès.

On ne dit point *empêcher à*, cela n'est pas français. *Il nous empêche l'accès de cette maison; nous* est là au datif; c'est un solécisme : il faut dire, *on nous défend l'accès de cette maison, on nous interdit l'accès; on nous défend, on nous empêche d'entrer.*

V. 6.   L'amour entre les rois ne fait pas l'hyménée.

Ce tour est impropre. Il semble que des rois se marient l'un à l'autre. Ce n'est pas assez qu'on vous entende, il faut qu'on ne puisse pas vous entendre autrement.

V. 7.   Et les raisons d'État, plus fortes que ses nœuds,
        Trouvent bien les moyens d'en éteindre les feux.

Des raisons d'État plus fortes que des nœuds, qui trouvent le moyen d'éteindre les feux de ces nœuds. Il faut renoncer à écrire quand on écrit de ce style.

V. 9.   Comme elle a de l'amour, elle aura du caprice.

Et ce vers, et l'idée qu'il présente, appartiennent absolument à la comédie. Ce *comme* revient presque toujours. C'est un style trop incorrect, trop négligé, trop lâche, et qu'il ne faut jamais se permettre.

V. 16.   Proposez cet hymen vous-même à sa grandeur.

Il semble qu'il appelle ici la reine Laodice, *Sa Grandeur*, comme on dit, *Sa Majesté, Son Altesse.*

V. 17.   Je seconderai Rome, et veux vous introduire;
        Puisqu'elle est en nos mains, l'amour ne nous peut nuire.

Le pronom *elle* se rapporte à Rome, qui est le dernier nom. La construction dit : *Puisque Rome est en nos mains;* et l'auteur veut dire : *Puisque Laodice est en nos mains.* Voyez la note au premier acte.

V. 19.   Allons, de sa réponse à votre compliment,
        Prendre l'occasion de parler hautement.

Ces deux vers sont trop mal construits; le mot de *compliment* ne se peut recevoir dans la tragédie, s'il n'est ennobli par une épithète. Pour le mot de *civilité*, il ne doit jamais entrer dans le style héroïque. Mais ce qui ne peut jamais être ennobli, c'est le rôle de Prusias.

ACTE III.

SCÈNE I.

v. 1.   Reine, puisque ce titre a pour vous tant de charmes,
   Sa perte vous devroit donner quelques alarmes.

L'auteur n'exprime pas sa pensée. Il veut dire, *vous devriez craindre de le perdre*. Mais *sa perte* signifie qu'elle l'a déjà perdu : or une perte donne des regrets, et non des alarmes.

V. 3.   Qui tranche trop du roi ne règne pas longtemps.

Cette manière de s'exprimer n'appartient plus qu'au comique. D'ailleurs un roi qui sait gouverner peut *trancher du roi*, et régner longtemps.

V. 7.   Vous vous mettez fort mal au chemin de régner.

Chemin de régner, ne peut se dire. Toutes ces façons de parler sont trop basses.

V. 9.   Vous méprisez trop Rome, et vous devriez faire
   Plus d'estime d'un roi qui vous tient lieu de père.

Vous devriez faire, à la fin d'un vers, et *plus d'estime*, au commencement de l'autre, est ce qu'on appelle un enjambement vicieux. Cela n'est pas permis dans la poésie héroïque. Nous avons jusqu'ici négligé de remarquer cette faute; le lecteur la remarquera aisément partout où elle se trouve. Nous avons déjà observé que *faire estime*, *faire plus d'estime*, n'est pas français.

V. 13.   Recevoir ambassade en qualité de reine,
   Ce seroit à vos yeux faire la souveraine, etc.

Ces petites discussions, ces subtilités politiques, sont toujours très-froides. D'ailleurs, elle peut fort bien négocier avec Flaminius chez Prusias, qui lui sert de tuteur; et en effet elle lui parle en particulier le moment d'après.

V. 23.   Ici c'est un métier que je n'entends pas bien.

Le mot *métier* ne peut être admis qu'avec une expression qui le fortifie, comme le *métier des armes*. Il est heureusement employé par Racine dans le sens le plus bas. Athalie dit à Joas :

  Laissez là cet habit, quittez ce vil métier.

On ne peut exprimer plus fortement le mépris de cette reine pour le sacerdoce des Juifs.

V. 24.   Car hors de l'Arménie enfin je ne suis rien.

Si elle *n'est rien* hors de l'Arménie, pourquoi dit-elle tant de fois qu'elle conserve toujours le titre et la dignité de reine, qu'on ne peut lui ravir? Être reine et en tenir le rang, c'est être quelque chose. Corneille n'aurait-il pas mis, *hors de l'Arménie, je ne puis rien*? Alors cette phrase et celles qui la suivent deviennent claires. « Je ne puis rien ici, mais je n'y conserve pas moins le titre de reine, et en cette qualité je ne connais de véritables souverains que les dieux. »

V. 25. Et ce grand nom de reine ailleurs ne m'autorise....
　　　　Qu'à vivre indépendante, et n'avoir en tous lieux
　　　　Pour souverains que moi, la raison et les dieux.

En tous lieux, ne peut signifier que l'Arménie; car elle dit qu'elle n'est rien hors de l'Arménie. Il y a du moins là une apparence de contradiction; et *en tous lieux*, est une cheville qu'il faut éviter autant qu'on le peut.

V. 34. Je vais vous y remettre en bonne compagnie;

c'est-à-dire accompagnée d'une armée; mais cette expression, pour vouloir être ironique, ne devient-elle pas comique?

V. 37. Préparez-vous à voir par toute votre terre
　　　　Ce qu'ont de plus affreux les fureurs de la guerre,
　　　　Des montagnes de morts, des rivières de sang.

Cette scène est une suite de la conversation dans laquelle on a proposé à Laodice la main d'Attale; sans cela ce long détail de menaces paraîtrait déplacé. Le spectateur ne voit pas comment la princesse peut les mériter; elle vient, par déférence pour le roi, de refuser la visite d'un ambassadeur : il semble que cela ne doit pas engager à dévaster son pays. De plus, le faible Prusias, qui parle tout d'un coup de *montagnes de morts* à une jeune princesse, ne ressemble-t-il pas trop à ces personnages de comédie qui tremblent devant les forts, et qui sont hardis avec les faibles?

V. 50. Je serai bien changée et d'âme et de courage;

mauvaise façon de parler. *Ame* et *courage*, pléonasme.

V. der. Adieu.

Remarquez qu'un ambassadeur de Rome qui ne dit mot dans cette scène y fait un personnage trop subalterne. Il faut rarement mettre sur la scène des personnages principaux sans les faire parler; c'est un défaut essentiel. Cette scène de petites bravades, de petites picoteries, de petites discussions, entre Prusias et Laodice, n'a rien de tragique; et Flaminius qui ne dit mot est insupportable.

SCÈNE II.

V. 1. .... Madame, enfin, une vertu parfaite....

Ce n'est guère que dans la passion qu'il est permis de ne pas achever sa phrase. La faute est très-petite, mais elle est si commune dans toutes nos tragédies qu'elle mérite attention.

V. 2.   Suivez le roi, seigneur, votre ambassade est faite.

Votre ambassade est faite, est un peu comique. Sosie dit dans *Amphitryon* :

> O juste ciel! j'ai fait une belle ambassade !

Mais aussi c'est Sosie qui parle.

V. 13.   La grandeur de courage en une âme royale
          N'est, sans cette vertu, qu'une vertu brutale, etc.

Cette expression est très-brutale, surtout d'un ambassadeur à une princesse. D'ailleurs, ce discours de Flaminius, pour être fin et adroit, n'en est pas moins entortillé et obscur. *Une vertu brutale qu'un faux jour d'honneur jette en divorce avec le vrai bonheur, qui se livre à ce qu'elle craint; et cette vertu brutale qui, après un grand soupir, dit qu'elle avait droit de régner :* tout cela est bien étrange. La clarté, le naturel, doivent être les premières qualités de la diction. Quelle différence quand Néron dit à Junie dans Racine[1] :

> Et ne préférez point à la solide gloire
> Des honneurs dont César prétend vous revêtir
> La gloire d'un refus sujet au repentir.

V. 24.   Je ne sais si l'honneur eut jamais un faux jour.

Il semble que Laodice, par ce vers, reproche à Flaminius les expressions impropres, les phrases obscures dont il s'est servi, et son galimatias, qui n'était pas le style des ambassadeurs romains.

V. 25.   . . . . Je veux bien vous répondre en amie.
          Ma prudence n'est pas tout à fait endormie.

Prudence endormie, répondre en amie, etc.; toutes ces expressions sont familières; il ne les faut jamais employer dans la vraie tragédie.

V. 28.   La grandeur de courage est si mal avec vous;

style de conversation familière.

V. 36.   Le roi, s'il s'en fait fort, pourroit s'en trouver mal.

Se faire fort de quelque chose, ne peut être employé pour *s'en prévaloir;* il signifie, j'en réponds, je prends sur moi l'entreprise, je me flatte d'y réussir. *Se faire fort*, ne peut être employé qu'en prose. Plusieurs étrangers se sont imaginé que nous n'avions qu'un langage pour la prose et pour la poésie : ils se sont bien trompés.

V. 37.   Et s'il vouloit passer de son pays au nôtre,
          Je lui conseillerois de s'assurer d'un autre.

---

1. *Britannicus*, II, III. (ÉD.)

autre se rapporte à *pays*, et non à *général*, qui est trois vers plus haut.

V. 42. La vertu trouve appui contre la tyrannie.

Il faut, *trouve un appui*, ou *de l'appui; trouve un secours, du secours*, et non *trouve secours*.

V. 43. Tout son peuple a des yeux pour voir quel attentat
Font sur le bien public les maximes d'État.
Il connoît Nicomède, il connoît sa marâtre;
Il en sait, il en voit la haine opiniâtre;
Il voit la servitude où le roi s'est soumis,
Et connoît d'autant mieux les dangereux amis.

Ces vers sont ingénieusement placés pour préparer la révolte qui s'élève tout d'un coup au cinquième acte. Reste à savoir s'ils la préparent assez, et s'ils suffisent pour la rendre vraisemblable; mais *un attentat que des maximes d'État font sur le bien public*, forme une phrase trop incorrecte, trop irrégulière; et ce n'est pas parler sa langue.

V. 61. Si vous me dites vrai, vous êtes ici reine.

Ces malheureuses contestations, ces froides discussions politiques qui ne mènent à rien, qui n'ont rien de tragique, rien d'intéressant, sont aujourd'hui bannies du théâtre. Flaminius et Laodice ne parlent ici que pour parler. Quelle différence entre Acomat dans *Bajazet*, et Flaminius dans *Nicomède!* Acomat se trouve entre Bajazet et Roxane, qu'il veut réunir; entre Roxane et Atalide, entre Atalide et Bajazet : comme il parle convenablement, noblement, prudemment, à tous les trois! et quel tragique dans tous ces intérêts! quelle force de raison! quelle pureté de langage! quels vers admirables! Mais dans *Nicomède* tout est petit, presque tout est grossier; la diction est si vicieuse qu'elle déparerait le fond le plus intéressant.

V. 63. Le roi n'est qu'une idée, et n'a de son pouvoir
Que ce que par pitié vous lui laissez avoir.

On dit bien, *n'est qu'un fantôme*, mais non pas *n'est qu'une idée*. La raison en est que *fantôme* exclut la réalité, et qu'*idée* ne l'exclut pas.

V. 79. . . . . . . Il suffit; je vois bien ce que c'est,

est du style comique. C'est en général celui de la pièce.

V. 80. Tous les rois ne sont rois qu'autant comme il vous plaît.

Il faut *autant que*.

V. 102. . . . Rome est aujourd'hui la maîtresse du monde.
— La maîtresse du monde? ah! vous me feriez peur.

Cette expression, placée ici ironiquement, dégénère peut-être trop en comique. Ce n'est pas là une bonne traduction de cet admirable passage d'Horace[1] :

> « Et cuncta terrarum subacta,
> « Præter atrocem animum Catonis. »

Ajoutez que, *tout tremble sur l'onde*, est ce qu'on appelle une cheville malheureusement amenée par la rime, comme on l'a déjà remarqué tant de fois.

V. 111. L'Asie en fait l'épreuve, où trois sceptres conquis
Font voir en quelle école il en a tant appris.

Le mot *école* est du style familier; mais quand il s'agit d'un disciple d'Annibal, ces mots *disciple, école*, etc., acquièrent de la grandeur. Il ne faut pas répéter trop ces figures.

V. 113. Ce sont des coups d'essai, mais si grands, que peut-être
Le Capitole a lieu d'en craindre un coup de maître.

Coup d'essai, coup de maître, figure employée dans *le Cid*, et qu'il ne faudrait pas imiter souvent.

V. 116. . . . . . Quelques-uns vous diront, au besoin,
Quels dieux du haut en bas renversent les profanes.

Du haut en bas, qui n'est mis là que pour faire le vers, ne peut être admis dans la tragédie. Les dieux et les profanes ne sont pas là non plus à leur place. Un ambassadeur ne doit pas parler en poëte; un poëte même ne doit pas dire que son sénat est composé de dieux, que les rois sont des profanes, et que l'ombre du Capitole fit trembler Annibal. Un très-grand défaut encore est ce mélange d'enflure et de familiarité : *quelques-uns vous diront au besoin quels dieux du haut en bas renversent les profanes*. Ce style est entièrement vicieux.

SCÈNE III.

V. 1.   Ou Rome à ses agents donne un pouvoir bien large,
Ou vous êtes bien long à faire votre charge.

Ces deux vers, que leur ridicule à rendus fameux, ont été aussi corrigés par les comédiens. Ce n'est plus ici une ironie, qui peut quelquefois être ennoblie; c'est une plaisanterie basse, absolument indigne de la tragédie et de la comédie.

V. 5. . . . . Laissez à ma flamme
Le bonheur à son tour d'entretenir madame,

est du comique le plus négligé.

V. 11. Les malheurs où la plonge une indigne amitié
Me faisoient lui donner un conseil par pitié.

---

1. Livre II, ode I, vers 23-24. (ÉD.)

Flaminius, qui se donne pour un ambassadeur prudent, ne doit pas dire qu'un homme tel que Nicomède n'est pas digne de l'amitié de Laodice. Il n'a certainement aucune espérance de brouiller ces deux amants; par conséquent sa scène avec Laodice était inutile, et il ne reste ici avec Nicomède que pour en recevoir des nasardes. Quel ambassadeur!

V. 14. C'est être ambassadeur et tendre et pitoyable.

Le mot *pitoyable* signifiait alors *compatissant*, aussi bien que *digne de pitié*. Cela forme une équivoque qui tourne l'ambassadeur en ridicule; et on devait retrancher *pitoyable*, aussi bien que *le long* et *le large*.

V. 15. Vous a-t-il conseillé beaucoup de lâchetés?

Voilà des injures aussi grossières que les railleries. Une grande partie de cette pièce est du style burlesque; mais il y a de temps en temps un air de grandeur qui impose, et surtout qui intéresse pour Nicomède; ce qui est un très-grand point.

Au reste, jusqu'ici la plupart des scènes ne sont que des conversations assez étrangères à l'intrigue. En général, toute scène doit être une espèce d'action qui fait voir à l'esprit quelque chose de nouveau et d'intéressant.

SCÈNE IV.

V. 5. J'ai fait entendre au roi Zénon et Métrobate.

Voilà la première fois que le spectateur entend parler de ce Zénon. il ne sait encore quel il est; on sait seulement que Nicomède a conduit deux traîtres avec lui; mais on ignore que Zénon soit un des deux.

Voilà le sujet et l'intrigue de la pièce; mais quel sujet et quelle intrigue! Deux malheureux que la reine Arsinoé a subornés pour l'accuser faussement elle-même, et pour faire retomber la calomnie sur Nicomède : il n'y a rien de si bas que cette invention; c'est pourtant là le nœud, et le reste n'est que l'accessoire. Mais on n'a point encore vu paraître cette reine Arsinoé, on n'a dit qu'un mot d'un Métrobate, et cependant on est au milieu du troisième acte.

V. 18. Les mystères de cour souvent sont si cachés,
    Que les plus clairvoyants y sont bien empêchés.

Le mot *clairvoyants* est aujourd'hui banni du style noble. On ne dit pas non plus *être empêché à quelque chose;* cela est à peine souffert dans le comique.

Rien n'est plus utile que de comparer : opposons à ces vers ceux que Junie dit à Britannicus[1], et qui expriment un sentiment à peu près semblable, quoique dans une circonstance différente :

> Je ne connois Néron et la cour que d'un jour;
> Mais, si je l'ose dire, hélas! dans cette cour
> Combien tout ce qu'on dit est loin de ce qu'on pense!
> Que la bouche et le cœur sont peu d'intelligence!
> Avec combien de joie on y trahit sa foi!
> Quel séjour étranger et pour vous et pour moi!

Voilà le style de la nature. Ce sont là des vers; c'est ainsi qu'on doit écrire. C'est une dispute bien inutile, bien puérile, que celle qui dura si longtemps entre les gens de lettres, sur le mérite de Corneille et de Racine. Qu'importe à la connaissance de l'art, aux règles de la langue, à la pureté du style, à l'élégance des vers, que l'un soit venu le premier et soit parti de plus loin, et que l'autre ait trouvé la route aplanie? Ces frivoles questions n'apprennent point comment il faut parler. Le but de ce commentaire, je ne puis trop le redire, est de tâcher de former des poëtes, et de ne laisser aucun doute sur notre langue aux étrangers.

V. 26.   Pour moi, je ne vois goutte en ce raisonnement;

expression populaire et basse.

V. 33.   Il est trop bon mari pour être assez bon père.

On ne s'exprimerait pas autrement dans une comédie. Jusqu'ici on ne voit qu'une petite intrigue et de petites jalousies. Ce qui est encore bien plus du ressort de la comédie, c'est cet Attale qui vient n'ayant rien à dire, et à qui Laodice dit qu'il est un importun.

V. 34.   Voyez quel contre-temps Attale prend ici.

On ne dit point *prendre un contre-temps*; et quand on le dirait, il ne faudrait pas se servir de ces tours trop familiers.

V. 35.   Qui l'appelle avec nous? quel projet? quel souci? etc.

Est-ce le contre-temps qui appelle? A quoi se rapportent *quel projet? quel souci?* Quel mot que celui de *souci* en cette occasion! Elle *conçoit mal ce qu'il faut* qu'elle *pense; mais elle en rompra le coup.* Est-ce le coup de ce qu'elle pense? *Rompre un coup s'il y faut sa présence!* Il n'y a pas là un vers qui ne soit obscur, faible, vicieux, et qui ne pèche contre la langue. Elle sort en disant *je vous quitte*, sans dire pourquoi elle quitte Nicomède. Les personnages importants doivent toujours avoir une raison d'entrer et de sortir; et quand cette raison n'est pas assez déterminée, il faut qu'ils se gardent bien de dire, *je sors*, de peur que le spectateur, trop averti de la faute, ne dise : « Pourquoi sortez-vous? »

SCÈNE VI.

V. 2.   . . . . .J'ai quelque chose aussi bien à vous dire.

Non-seulement dans une tragédie on ne doit point avoir *aussi bien à dire quelque chose*, mais il faut, autant qu'on peut, dire des choses qui tiennent lieu d'action, qui nouent l'intrigue, qui augmentent la terreur, qui mènent au but. Une simple bravade, dont on peut se passer, n'est pas un sujet de scène.

V. 6.   Je vous avois prié de l'attaquer de même,
       Et de ne mêler point, surtout, dans vos desseins
       Ni le secours du roi, ni celui des Romains.

Ces deux *ni* avec *point* ne sont pas permis; les étrangers y doivent prendre garde. *Je n'ai point ni crainte, ni espérance*, c'est un barbarisme de phrase; dites, *je n'ai ni crainte, ni espérance*.

V. 9.   Mais, ou vous n'avez pas la mémoire fort bonne,
       Ou vous n'y mettez rien de ce qu'on vous ordonne.

Ces deux vers, ainsi que le dernier de cette scène, sont une ironie amère qui, peut-être, avilit trop le caractère d'Attale, que Corneille cependant veut rendre intéressant. Il paraît étonnant que Nicomède mette de la grandeur d'âme à injurier tout le monde, et qu'Attale, qui est brave et généreux, et qui va bientôt en donner des preuves, ait la complaisance de le souffrir.

Plus on examine cette pièce, plus on trouve qu'il fallait l'intituler *comédie*, ainsi que *Don Sanche d'Aragon*.

V. 10. . . . . .De ce qu'on vous ordonne,

est trop fort, et ne s'accorde pas avec le mot de *prière*.

V. 14.   Mais vous défaites-vous du cœur de la princesse....
       De trois sceptres conquis, du gain de six batailles,
       Des glorieux assauts de plus de cent murailles?

On ne se défait pas d'un gain de batailles et d'un assaut. Le mot de *se défaire*, qui d'ailleurs est familier, convient à des droits d'aînesse; mais il est impropre avec des assauts et des batailles gagnées.

V. 20.   Rendez donc la princesse égale entre nous deux.

Il fallait, *rendez le combat égal*.

V. der.   Vous avez de l'esprit, si vous n'avez du cœur.

Il ne doit pas traiter son frère de poltron, puisque ce frère va faire une action très-belle, et que cet outrage même devrait empêcher de la faire.

SCÈNE VII.

Cette scène est encore une scène inutile de picoterie et d'ironie entre Arsinoé et Nicomède. A quel propos Arsinoé vient-elle? quel est son but? Le roi mande Nicomède. Voilà une action petite à la vérité, mais qui peut produire quelque effet; Arsinoé n'en produit aucun.

V. 11.   Ces hommes du commun tiennent mal leurs promesses.

Ces mots seuls font la condamnation de la pièce; *deux hommes du commun subornés!* Il y a dans cette invention de la froideur et de la bassesse.

V. 18.   Je les ai subornés contre vous à ce compte?

On voit assez combien ces termes populaires doivent être proscrits

V. 25.   Seigneur, le roi s'ennuie, et vous tardez longtemps.

Le roi s'ennuie n'est pas bien noble ; et on est étonné peut-être qu'A-raspe, un simple officier, parle d'une manière si pressante à un prince tel que Nicomède.

V. 30.   Mais.... — Achevez, seigneur : ce mais, que veut-il dire?

Cette interrogation, qui ressemble au style de la comédie, n'est évidemment placée en cet endroit que pour amener les trois vers suivants, qui répondent en écho aux trois autres. On trouve fréquemment des exemples de ces répétitions; elles ne sont plus souffertes aujourd'hui. Ce *mais* est intolérable.

SCÈNE VIII.

Cette fausse accusation, ménagée par Arsinoé, n'est pas sans quelque habileté, mais elle est sans noblesse et sans tragique, et Arsinoé est plus basse encore que Prusias. Pourquoi les petits moyens déplaisent-ils, et que les grands crimes font tant d'effet? c'est que les uns inspirent la terreur, les autres le mépris; c'est par la même raison qu'on aime à entendre parler d'un grand conquérant plutôt que d'un voleur ordinaire. *Ce tour qu'on a joué* met le comble à ce défaut. Arsinoé n'est qu'une bourgeoise qui accuse son beau-fils d'une friponnerie, pour mieux marier son propre fils.

V. 9.   Qu'en présence des rois les vérités sont fortes!

Ce ne sont point ces vérités qui sont fortes, c'est la présence des rois qui est supposée ici assez forte pour forcer la vérité de paraître.

V. 10.   Que pour sortir d'un cœur elles trouvent de portes!

On a déjà dit que toute métaphore, pour être bonne, doit fournir un tableau à un peintre. Il est difficile de peindre des vérités qui sortent d'un cœur par plusieurs portes. On ne peut guère écrire plus mal. Il est à croire que l'auteur fit cette pièce au courant de la plume. Il avait acquis une prodigieuse facilité d'écrire, qui dégénéra enfin en impossibilité d'écrire élégamment.

V. 15.   Mais pour l'examiner et bien voir ce que c'est,
    Si vous pouviez vous mettre un peu hors d'intérêt....
    Contre tant de vertus, contre tant de victoires,
    Doit-on quelque croyance à des âmes si noires?

Bien voir ce que c'est, devoir de la croyance contre des victo...; le premier est trop familier, le second n'est pas exact.

V. 27. Nous ne sommes qu'un sang.

Je crois que cette expression peut s'admettre, quoiqu'on ne dise pas *deux sangs*.

V. 27.   Et ce sang dans mon cœur
            A peine à le passer pour calomniateur.

A peine à le passer, n'est pas français; on dit dans le comique, *je le passe pour honnête homme*.

V. 26. Et vous en avez moins à me croire assassine.

Je ne sais si le mot *assassine*, pris comme substantif féminin, se peut dire; il est certain du moins qu'il n'est pas d'usage.

V. 47. Vous êtes peu du monde, et savez mal la cour.
            — Est-ce autrement qu'en prince on doit traiter l'amour?
            — Vous le traitez, mon fils, et parlez en jeune homme.

Style comique; mais le caractère d'Attale, trop avili, commence ici à se développer, et devient intéressant.

On ne peut terminer un acte plus froidement. La raison est que l'intrigue est très-froide, parce que personne n'est véritablement en danger.

ACTE IV.

SCÈNE I.

Arsinoé joue précisément le rôle de la femme du *Malade imaginaire*, et Prusias celui du *malade* qui croit sa femme. Très-souvent des scènes tragiques ont le même fond que des scènes de comédie : c'est alors qu'il faut faire les plus grands efforts pour fortifier par le style la faiblesse du sujet. On ne peut cacher entièrement le défaut; mais on l'orne, on l'embellit par le charme de la poésie. Ainsi dans *Mithridate*, dans *Britannicus*, etc.

SCÈNE II.

V. 3. Grâce à ce conquérant, à ce preneur de villes !
            Grâce.... — De quoi, madame, etc.

C'est encore ici de l'ironie. Nicomède ne doit pas répondre sur le même ton, et ne faire que répéter qu'il a pris des villes.

V. 18. Qui n'a que la vertu de son intelligence,
            Et, vivant sans remords, marche sans défiance.

Cela veut dire, *qui ne s'entend qu'avec la vertu*, mais cela est très-mal dit. Il semble qu'il n'ait d'autre vertu que l'*intelligence*.

V. 26. Que son maître Annibal, malgré la foi publique,
            S'abandonne aux fureurs d'une terreur panique.

Fureurs d'une terreur est un contre-sens : *fureur* est le contraire de la crainte.

V. 41. Car enfin, hors de là, que peut-il m'imputer?

Hors de là, c'est toujours le style de la comédie.   •

7. 53. Mais tout est excusable en un amant jaloux.

Il y a de l'ironie dans ce vers; et le pauvre Prusias ne le sent pas. Il ne sent rien. Tranchons le mot : il joue le rôle d'un vieux père de famille imbécile; mais, dira-t-on, cela n'est-il pas dans la nature? n'y a-t-il pas des rois qui gouvernent très-mal leurs familles, qui sont trompés par leurs femmes, et méprisés par leurs enfants? Oui; mais il ne faut pas les mettre sur le théâtre tragique. Pourquoi? c'est qu'il ne faut pas peindre des ânes dans les batailles d'Arbelles ou de Pharsale.

V. 60. . . . . Par mon propre bras elle amassoit pour lui.

Amassait quoi? *Amasser* n'est point un verbe sans régime. Partout des solécismes.

V. 76. L'offense, une fois faite à ceux de notre rang,
Ne se répare point que par des flots de sang.

Point que, n'est pas français; il faut, *ne se répare que par des flots.*

V. 82. L'exemple est dangereux et hasarde nos vies,
S'il met en sûreté de telles calomnies.

L'expression propre était, *s'il laisse de telles calomnies impunies.* On ne met point la calomnie en sûreté; on l'enhardit par l'impunité.

V. 90. C'est être trop adroit, prince, et trop bien l'entendre.

Ce ton bourgeois rend encore le rôle d'Arsinoé plus bas et plus petit. L'accusation d'un assassinat devait au moins jeter du tragique dans la pièce; mais il y produit à peine un faible intérêt de curiosité.

V. 91. Laisse là Métrobate, et songe à te défendre.

Ce discours est d'un prince imbécile; c'est précisément de Métrobate dont il s'agit. Le roi ne peut savoir la vérité qu'en faisant donner la question à ces deux misérables; et cette vérité, qu'il néglige, lui importe infiniment.

V. 93. M'en purger! moi, seigneur! vous le ne croyez pas.

Ce vers est beau, noble, convenable au caractère et à la situation; il fait voir tous les défauts précédents.

V. 94. Vous ne savez que trop qu'un homme de ma sorte,
Quand il se rend coupable, un peu plus haut se porte;
Qu'il lui faut un grand crime à tenter son devoir.

Un homme de sa sorte, qui un peu plus haut se porte, et à qui il faut un grand crime à tenter son devoir, n'a pas un style digne de ce beau vers :

> M'en purger! moi, seigneur! vous ne le croyez pas.

Il y a de la grandeur dans ce que dit Nicomède, mais il faut que la grandeur et la pureté du style y répondent.

V. 106. La fourbe n'est le jeu que des petites âmes,
   Et c'est là proprement le partage des femmes.

Ce vers, quoique indirectement adressé à Arsinoé, n'est-il pas un trait un peu fort contre tout le sexe? Quoique Corneille ait pris plaisir à faire des rôles de femmes nobles, fiers et intéressants, on peut cependant remarquer qu'en général il ne les ménage pas.

V. 110. A ce dernier moment la conscience presse.
   Pour rendre compte aux dieux tout respect humain cesse.

Ces idées sont belles et justes; elles devraient être exprimees avec plus de force et d'élégance.

V. 112. Et ces esprits légers, approchant des abois,
   Pourroient bien se dédire une seconde fois.

Cette expression *des abois*, qui par elle-même n'est pas noble, n'est plus d'usage aujourd'hui. *Un esprit léger qui approche des abois*, est une impropriété trop grande.

V. 124. Je ne demande point que par compassion
   Vous assuriez un sceptre à ma protection.

Le sens n'est pas assez clair; elle veut dire, *que ma protection assure le sceptre à mon fils.*

V. 130. Je n'aime point si mal que de ne vous pas suivre,
   Sitôt qu'entre mes bras vous cesserez de vivre.

Cela n'est pas français; il fallait, *je vous aime trop pour ne pas vous suivre;* ou plutôt il ne fallait pas exprimer ce sentiment, qui est admirable quand il est vrai, et ridicule quand il est faux.

V. 134. ....Oui, seigneur, cette heure infortunée
   Par mes derniers soupirs clora ma destinée.

Clore, clos, n'est absolument point d'usage dans le style tragique. L'intérêt devrait être pressant dans cette scène et ne l'est pas : c'est que Prusias, sur qui se fixent d'abord les yeux, partagé entre une femme et un fils, ne dit rien d'intéressant; il est même encore avili. On voit que sa femme le trompe ridiculement, et que son fils le brave. On ne craint rien au fond pour Nicomède; on méprise le roi, on hait la reine.

V. 148. Il sait tous les secrets du fameux Annibal.

Il sait tous les secrets, est une expression bien basse, pour signifier, *il est l'élève du grand Annibal; il a été formé par lui dans l'art de la guerre et de la politique.* Arsinoé parle avec trop d'ironie, et laisse peut-être trop voir sa haine, dans le temps qu'elle veut la dissimuler.

SCÈNE III.

V. 1.   Nicomède, en deux mots, ce désordre me fâche.

Le mot *fâcher* est bien bourgeois. Ce vers comique et trivial jette du ridicule sur le caractère de Prusias, et fait trop apercevoir au spectateur que toute l'intrigue de cette tragédie n'est qu'une tracasserie.

V. 4.   Et tâchons d'assurer la reine qui te craint.

Le mot *d'assurer* n'est pas français ici; il faut *de rassurer.* On assure une vérité; on rassure une âme intimidée.

V. 5.   J'ai tendresse pour toi, j'ai passion pour elle.

Il faut, pour l'exactitude, *j'ai de la tendresse, j'ai de la passion;* et pour la noblesse et l'élégance, il faut un autre tour.

V. 12.   . . . . .Et que dois-je être? — Roi.
Reprenez hautement ce noble caractère.
Un véritable roi n'est ni mari ni père,
Il regarde son trône, et rien de plus. Régnez.
Rome vous craindra plus que vous ne la craignez.

Ce morceau sublime, jeté dans cette comédie, fait voir combien le reste est petit. Il n'y a peut-être rien de plus beau dans les meilleures pièces de Corneille. Ce vrai sublime fait sentir combien l'ampoulé doit déplaire aux esprits bien faits. Il n'y a pas un mot dans ces quatre vers qui ne soit simple et noble, rien de trop ni de trop peu. L'idée est grande, vraie, bien placée, bien exprimée. Je ne connais point dans les anciens de passage qui l'emporte sur celui-ci. Il fallait que toute la pièce fût sur ce ton héroïque; je ne veux pas dire que tout doive tendre au sublime, car alors il n'y en aurait point; mais tout doit être noble. Nicomède insulte ici un peu son père; mais Prusias le mérite.

V. 34.   Quelle fureur t'aveugle en faveur d'une femme?
Tu la préfères, lâche, à ce prix glorieux
Que ta valeur unit au bien de tes aïeux.

Prusias ne doit point traiter son fils de lâche, ni lui dire qu'il *est indigne de vivre après cette infamie.* Il doit avoir assez d'esprit pour entendre ce que lui dit son fils, et ce que ce prince lui explique bientôt après.

V. 46.   Mais un monarque enfin comme un autre homme expire.

Quoique ce vers soit un peu prosaïque, il est si vrai, si ferme, si naturel, si convenable au caractère de Nicomède, qu'il doit plaire beaucoup, ainsi que le reste de la tirade. On aime ces vérités dures et fières, surtout quand elles sont dans la bouche d'un personnage qui les relève encore par sa situation.

SCÈNE IV.

V. 3. Le sénat en effet pourra s'en indigner,
Mais j'ai quelques amis qui pourront le gagner.

Autre ironie de Flaminius.

V. 10. Je veux qu'au lieu d'Attale il lui serve d'otage;
Et pour l'y mieux conduire, il vous sera donné,
Sitôt qu'il aura vu son frère couronné.

Pourquoi cette idée soudaine d'envoyer Nicomède à Rome? elle paraît bizarre. Flaminius ne l'a point demandé; il n'en a jamais été question. Prusias est un peu comme les vieillards de comédie, qui prennent des résolutions outrées quand on leur a reproché d'être trop faibles. Il est bien lâche dans sa colère de remettre son fils aîné entre les mains de Flaminius son ennemi.

V. 14. Va, va lui demander ta chère Laodice.

Autre ironie, qui est dans Prusias le comble de la lâcheté et de l'avilissement.

V. 17. Rome sait vos hauts faits, et déjà vous adore.

Autre ironie aussi froide que le mot *vous adore* est déplacé.

SCÈNE V.

V. 11. Seigneur, l'occasion fait un cœur différent.

Faire au lieu de *rendre* ne se dit plus. On n'écrit point *cela vous fait heureux*, mais *cela vous rend heureux*. Cette remarque, ainsi que toutes celles purement grammaticales, sont pour les étrangers principalement.

Cette scène est toute de politique, et par conséquent très-froide : quand on veut de la politique, il faut lire Tacite; quand on veut une tragédie, il faut lire *Phèdre*. Cette politique de Flaminius est d'ailleurs trop grossière. Il dit que Rome faisait une injustice en procurant le royaume de Laodice au prince Attale, et que lui Flaminius s'était chargé de cette injustice : n'est-ce pas perdre tout son crédit? Quel ambassadeur a jamais dit : « On m'a chargé d'être un fripon? » Ces expressions, *ce n'est pas loi pour elle, reine comme elle est, à bien parler*, etc., ne relèvent pas cette scène.

V. 51. Ce seroit mettre encor Rome dans le hasard
Que l'on crût artifice ou force de sa part, etc.

La plupart de tous ces vers sont des barbarismes; ce dernier en est un; il veut dire, *ce serait exposer le sénat à passer pour un fourbe ou pour un tyran*

V. 58. Rome ne m'aime pas, elle hait Nicomède.

Ce vers excellent est fait pour servir de maxime à jamais.

V. 65. Mais puisqu'enfin ce jour vous doit faire connoître
Que Rome vous a fait ce que vous allez être,
Que perdant son appui vous ne serez plus rien,
Que le roi vous l'a dit, souvenez-vous-en bien.

Tâchons d'éviter ces phrases louches et embarrassées

SCÈNE VI.

V. 1. Attale, étoit-ce ainsi que régnoient tes ancêtres?

Dans ce monologue, qui prépare le dénoûment, on aime à voir le prince Attale prendre les sentiments qui conviennent au fils d'un roi qui va régner lui-même; mais Flaminius lui a laissé très-imprudemment voir que Rome hait Nicomède sans aimer Attale; mais si Flaminius est un peu maladroit, Attale est un peu imprudent d'abandonner tout d'un coup des protecteurs tels que les Romains qui l'ont élevé, qui viennent de le couronner, et cela en faveur d'un prince qui l'a toujours traité avec un mépris insultant qu'on ne pardonne jamais. Rien de tout cela ne paraît ni naturel, ni bien conduit, ni intéressant; mais le monologue plaît, parce qu'il est noble. Il est toujours désagréable de voir un prince qui ne prend une résolution noble que parce qu'il s'aperçoit qu'on l'a joué, qu'on l'a méprisé : je ne sais s'il n'eût pas mieux valu qu'il eût puisé ces nobles sentiments dans son caractère, à la vue des lâches intrigues qu'on faisait, même en sa faveur, contre son frère.

V. der. Et comme ils font pour eux faisons aussi pour nous,

est encore du style comique.

ACTE V.

SCÈNE I.

V. 1. J'ai prévu ce tumulte, et n'en vois rien à craindre.
Comme un moment l'allume, un moment peut l'éteindre.

On n'allume pas un tumulte. Il se fait dans la ville une sédition imprévue : c'est une machine qu'il n'est plus guère permis d'employer aujourd'hui, parce qu'elle n'est pas renfermée dans l'exposition de la pièce, parce que, n'étant pas née du sujet, elle est sans art et sans mérite. Cependant si cette sédition est sérieuse, Arsinoé et son fils perdent leur temps à raisonner sur la puissance et sur la politique des Romains. Arsinoé lui dit froidement : *Vous me ravissez d'avoir cette prudence.* Ce vers comique et les fautes de langue ne contribuent pas à embellir cette scène.

V. 14. Puisque te voilà roi, l'Asie a d'autres reines,
    Qui, loin de te donner des rigueurs à souffrir,
    T'épargneront bientôt la peine de t'offrir.

On ne donne point des rigueurs comme on donne des faveurs; cela n'est pas français, parce que cela n'est admis dans aucune langue.

V. 22. Pourras-tu dans son lit dormir en assurance?
    Et refusera-t-elle à son ressentiment
    Le fer ou le poison pour venger son amant?

Quelle idée! pourquoi lui dire que sa femme l'empoisonnera ou l'assassinera?

V. 26. Que de fausses raisons pour me cacher la vraie!

Ce n'est pas elle qui cache la vraie raison; ce qu'il dit à sa mère ne doit être dit qu'à Flaminius. Ce n'est pas assurément sa mère qui craint qu'Attale ne soit trop puissant.

V. 36. Sa chute doit guérir l'ombrage qu'elle en prend.

On ne guérit point un ombrage; cette expression est impropre.

V. 37. C'est blesser les Romains que faire une conquête,
    Que mettre trop de bras sous une seule tête.

Mettre des bras sous une tête !

V. 39. Et leur guerre est trop juste après cet attentat
    Que fait sur leur grandeur un tel crime d'État.

Un attentat qu'un crime d'État fait sur une grandeur, c'est à la fois un solécisme et un barbarisme.

V. 45. Je les connois, madame, et j'ai vu cet ombrage
    Détruire Antiochus et renverser Carthage.

Un ombrage qui a détruit Carthage !

V. 48. Je cède à des raisons que je ne puis forcer.

Des raisons qu'on ne peut forcer ; c'est un barbarisme.

V. 55. . . . . .Cependant prenez soin
    D'assurer des jaloux dont vous avez besoin.

Assurer des jaloux, ne s'entend point. Quelque sens qu'on donne à cette phrase, elle est inintelligible.

SCÈNE II.

Cette scène paraît jeter un peu de ridicule sur la reine. Flaminius vient l'avertir, elle et son fils, qu'il n'est pas sage de parler de tout autre chose que d'une sédition qui est à craindre, et lui cite de vieux exemples de l'histoire de Rome. Au lieu de s'adresser au roi, il vient parler à sa femme; c'est traiter ce roi en vieillard de comédie qui n'est pas le maître chez lui.

V. 9.   Ne vous figurez plus que ce soit le confondre
         Que de le laisser faire, et ne lui point répondre, etc.

Laisser faire le peuple, expression trop triviale. *Ne point répondre au peuple*, expression impropre. *L'escadron mutin qu'on aurait abandonné à sa confusion*, n'est pas meilleur

SCÈNE III.

V. 3.   Ces mutins ont pour chefs les gens de Laodice

Mais que veut Laodice? sauver son amant? c'est le perdre. Il n'est point libre, il est en la puissance du roi. Laodice, en faisant révolter le peuple en sa faveur, le rend décidément criminel, et expose sa vie et la sienne, surtout dans une cour tyrannique dont elle a dit : *Quiconque entre au palais porte sa tête au roi.* On pardonnerait cette action violente et peu réfléchie à une amante emportée par sa passion, à une Hermione; mais ce n'est pas ainsi que Corneille a peint Laodice. *Les mutins n'entendent plus raison*, dit La Bruyère; *dénoûment vulgaire de tragédie.* Ce dénoûment n'était pas encore vulgaire du temps de Corneille; il ne l'avait employé que dans *Héraclius.* On ne conseillerait pas aujourd'hui d'employer ce moyen, qui serait trop grossier, s'il n'était relevé par de grandes beautés.

V. 5.   Ainsi votre tendresse et vos soins sont payés.

C'est ici une ironie d'Attale; il a dessein de sauver Nicomède.

SCÈNE IV.

C'est une règle invariable que, quand on introduit des personnages chargés d'un secret important, il faut que ce secret soit révélé; le public s'y attend; on doit dans tous les cas lui tenir ce qu'on lui a promis. Arsinoé a été menacée de la délation de ces prisonniers. Arsinoé a fait accroire au roi que Nicomède les a subornés. Cet éclaircissement est la chose la plus importante, et il ne se fait point. C'est peut-être mal dénouer cette intrigue que de faire massacrer ces deux hommes par le peuple.

V. 12.   Mais un dessein formé ne tombe pas ainsi.

Flaminius presse toujours d'agir; cependant le roi, la reine, et le prince Attale, restent dans la plus grande tranquillité. Cette inaction est extraordinaire, surtout de la part de la reine, dont le caractère est remuant. N'a-t-elle pas tort d'être tranquille, et de ne pas craindre qu'on la traite comme Métrobate et Zénon? Le peuple ne les a déchirés que parce qu'il les a crus apostés par elle. Si on a tué ses complices, elle doit trembler pour elle-même. Il est beau de présenter au public une reine intrépide, mais il faut qu'elle soit assez éclairée pour connaître son danger.

V. 13.   Il suit toujours son but jusqu'à ce qu'il l'emporte.

On n'emporte point un but; on n'éteint point une horreur : toujours des termes impropres et sans justesse.

SCÈNE V.

V. 13. . . . . .C'est livrer à sa rage
Tout ce qui de plus près touche votre courage....

Expression vicieuse.

V. 24.   C'est l'otage de Rome, et non plus votre fils.

Tout ce discours de Flaminius est une conséquence de son caractère artificieux parfaitement soutenu; mais remarquez que jamais des raisonnements politiques ne font un grand effet dans un cinquième acte, où tout doit être action ou sentiment, où la terreur et la pitié doivent s'emparer de tous les cœurs.

V. 36.   Ah! rien de votre part ne sauroit me choquer.

On sent assez que cette manière de parler est trop familière. Je passe plusieurs termes déjà observés ailleurs.

V. 44.   Amusez-le du moins à débattre avec vous.

Débattre, est un verbe réfléchi qui n'emporte point son action avec lui. Il en est ainsi de *plaindre, soutenir;* on dit, *se plaindre, se souvenir, se débattre;* mais quand *débattre*, est actif, il faut un sujet, un objet, un régime. Nous avons débattu ce point; cette opinion fut débattue.

V. 48.   Vous ferez comme lui le surpris, le confus.

C'est un vers de comédie, et le conseil d'Arsinoé tient aussi un peu du comique.

V. 53.   . . . .Mille empêchements que vous ferez vous-même....

n'est ni noble, ni français; on ne fait point des empêchements.

V. 54.   Pourront de toutes parts aider au stratagème.

Le roi et son épouse, qui dans une situation si pressante ont resté si longtemps paisibles, se déterminent enfin à prendre un parti; mais il paraît que le lâche conseil que donne Arsinoé est petit, indigne de la tragédie; et ces expressions, *faire le surpris, le confus, sitôt qu'il sera jour,* et *fuir vous et moi,* sont d'un style aussi lâche que le conseil.

V. 61. . . . . .Ah! j'avouerai, madame,
Que le ciel a versé ce conseil dans votre âme.

C'est là que Prusias est plus que jamais un vieillard de Molière qui ne sait quel parti prendre, et qui trouve toujours que sa femme a raison.

V. 64.   Il vous assure, et vie, et gloire, et liberté

Il vous assure vie!

SCÈNE VI.

V. 1.   Attale, où courez-vous? — Je vais de mon côté....
         A votre stratagème en ajouter quelque autre.

Le projet que forme sur-le-champ le prince Attale de délivrer son frère est noble, grand, et produit dans la scène un très-bel effet; mais la manière dont il l'annonce aux spectateurs ne tient-elle pas trop de la comédie?

SCÈNE VII.

Pourquoi la reine d'Arménie vient-elle là? Si elle veut qu'Arsinoé soit sa prisonnière, elle doit venir avec des gardes.

V. 8.   Il lui faudroit du front tirer le diadème.

Tirer un diadème du front!

V. 13.   Le ciel ne m'a pas fait l'âme plus violente.

Voici encore au cinquième acte, dans le moment où l'action est la plus vive, une scène d'ironie, mais remplie de beaux vers. Laodice, en qualité de chef de parti, au lieu de venir braver la reine sous le frivole prétexte de la prendre sous sa protection, devrait veiller plus soigneusement à la suite de la révolte et à la sûreté du prince qu'elle appelle son époux. Elle vient inutilement; elle n'a rien à dire à Arsinoé. Ces deux femmes se bravent sans savoir en quel état sont leurs affaires: mais les scènes de bravades réussissent presque toujours au théâtre.

V. 18.   Nous nous entendons mal, madame, je le voi;
          Ce que je dis pour vous, vous l'expliquez pour moi.

Ces méprises entre deux reines, ces équivoques, semblent bien peu dignes de la tragédie.

V. 21.   Et je viens vous chercher pour vous prendre en ma garde,
          Pour ne hasarder pas en vous la majesté
          Au manque de respect d'un grand peuple irrité.

Hasarder une majesté au manque de respect! encore s'il y avait *exposer.* Ce ne sont point là les *pompeux solécismes* que Boileau[1] réprouve avec tant de raison, ce sont de très-plats solécismes.

V. 62.   Mais hâtez-vous, de grâce, et faites bien ramer;
          Car déjà sa galère a pris le large en mer.

1. *Art poétique,* chant I, vers 159. (ÉD.)

Ironie ou plutôt plaisanterie indigne de la noblesse tragique, ainsi que toutes celles qu'on a remarquées.

V. 68.   Mais plutôt demeurez pour me servir d'otage.

Elle lui parle comme si elle était maîtresse du palais; elle devrait donc avoir des gardes.

V. 74.   Je veux qu'elle me voie au cœur de ses États
         Soutenir ma fureur d'un million de bras,
         Et sous mon désespoir rangeant sa tyrannie....

Ranger une tyrannie sous un désespoir! quelle phrase! quelle barbarie de langage!

V. 81.   Puisque le roi veut bien n'être roi qu'en peinture,
         Que lui doit importer qui donne ici la loi?

Être roi en peinture, cette expression est du grand nombre de celles auxquelles on reproche d'être trop familières.

SCÈNE VIII.

V. 2.   . . . . .Tous les dieux irrités
         Dans les derniers malheurs nous ont précipités :
         Le prince est échappé.

C'est dommage que la belle action d'Attale ne se présente ici que sous l'idée d'un mensonge et d'une supercherie. *Le prince est échappé* tient encore du comique.

V. 8.   Le malheureux Araspe, avec sa foible escorte,
         L'avoit déjà conduit à cette fausse porte.

Je pense qu'on doit rarement parler, dans un cinquième acte, de personnages qui n'ont rien fait dans la pièce. Araspe, sacrifié ici, n'est pas un objet assez important, et le prince qui l'a fait tuer est coupable d'une très-vilaine action.

V. 22.   . . . . .Ce monarque étonné
         A ses frayeurs déjà s'étoit abandonné.

Voilà ce pauvre bonhomme de Prusias avili plus que jamais; il est traité tour à tour, par ses deux enfants, de sot et de poltron.

SCÈNE IX.

V. 1.   Non, non, nous revenons l'un et l'autre en ces lieux
         Défendre votre gloire, ou mourir à vos yeux.

Corneille dit lui-même, dans son examen, qu'il avait d'abord fini sa pièce sans faire revenir l'ambassadeur et le roi; qu'il n'a fait ce changement que pour plaire au public, qui aime à voir à la fin d'une pièce tous les acteurs réunis. Il convient que ce retour avilit encore

plus le caractère de Prusias, de même que celui de Flaminius, qui se
trouve dans une situation humiliante, puisqu'il semble n'être revenu
que pour être témoin du triomphe de son ennemi. Cela prouve que le
plan de cette tragédie était impraticable.

V. 3.   Mourons, mourons, seigneur, et dérobons nos vies
         A l'absolu pouvoir des fureurs ennemies;
         N'attendons pas leur ordre, et montrons-nous jaloux
         De l'honneur qu'ils auroient à disposer de nous.

La pensée est très-mal exprimée; il fallait dire, *ravissons-leur, en
mourant, la gloire d'ordonner de notre sort;* il fallait au moins s'énon-
cer avec plus de clarté et de justesse.

V. 11.   Je le désavouerois s'il n'étoit magnanime,
         S'il manquoit à remplir l'effort de mon estime.

Manquer à remplir l'effort d'une estime! On s'indigne quand on
voit la profusion de ces irrégularités, de ces termes impropres. On ne
voit point cette foule de barbarismes dans les belles scènes des *Horaces*
et de *Cinna.* Par quelle fatalité Corneille écrivait-il toujours avec plus
d'incorrection et dans un style plus grossier, à mesure que la langue
se perfectionnait sous Louis XIV? Plus son goût et son style devaient
se perfectionner, et plus ils se corrompaient.

SCÈNE X ET DERNIÈRE.

V. 7.   Je viens en bon sujet vous rendre le repos....

Nicomède, toujours fier et dédaigneux, bravant toujours son père,
sa marâtre, et les Romains, devient généreux, et même docile, dans
le moment où ils veulent le perdre, et où il se trouve leur maître. Cette
grandeur d'âme réussit toujours; mais il ne doit pas dire qu'il adore
les bontés d'Arsinoé. Quant au royaume qu'il offre de conquérir au
prince Attale, cette promesse ne paraît-elle pas trop romanesque? et ne
peut-on pas craindre que cette vanité ne fasse une opposition trop
forte avec les discours nobles et sensés qui la précèdent? Au reste, le
retour de Nicomède dut faire grand plaisir aux spectateurs; et je présume qu'il en eût fait davantage, si ce prince eût été dans un danger
évident de perdre la vie.

V. 37.   Je me rends donc aussi, madame, et je veux croire
         Qu'avoir un fils si grand est ma plus grande gloire, etc.

Si Prusias n'est pas, du commencement jusqu'à la fin, un valet
de comédie, j'ai tort.

V. 42.   Mais il m'a demandé mon diamant pour gage.

Attale paraît ici bien prudent, et Nicomède bien peu curieux; mais
si ce moyen n'est pas digne de la tragédie, la situation n'en est pas
moins belle. Il paraît seulement bien injuste et bien odieux qu'Attale

ait assassiné un officier du roi son père, qui faisait son devoir. Ne pouvait-il pas faire une belle action sans la souiller par cette horreur? A l'égard du diamant, je ne sais si Boileau, qui blâmait tant l'anneau royal dans *Astrate*[1], était content du diamant de Nicomède.

V. 61. Seigneur, à découvert, toute âme généreuse
D'avoir votre amitié doit se tenir heureuse;
Mais nous n'en voulons plus avec ces dures lois
Qu'elle jette toujours sur la tête des rois.

Jeter des lois sur la tête! Cette métaphore a le vice que nous avons remarqué dans les autres, de manquer de justesse, parce qu'on ne peut jeter une loi comme on jette de l'opprobre, de l'infamie, du ridicule. Dans ces cas, le mot *jeter* rappelle l'idée de quelque souillure, dont on peut physiquement couvrir quelqu'un; mais on ne peut couvrir un homme d'une loi. Je n'ai rien à dire de plus sur la pièce de *Nicomède*. Il faut lire l'examen que l'auteur lui-même en a fait.

REMARQUES SUR PERTHARITE,

ROI DES LOMBARDS.

TRAGÉDIE REPRÉSENTÉE EN 1653.

Préface du Commentateur. — Cette pièce, comme on sait, fut malheureuse, elle ne put être représentée qu'une fois; le public fut juste. Corneille, à la fin de l'examen de *Pertharite*, dit que les sentiments en sont *assez vifs et nobles, et les vers assez bien tournés.* Le respect pour la vérité, toujours plus fort que le respect pour Corneille, oblige d'avouer que les sentiments sont outrés ou faibles, et rarement nobles; et que les vers, loin d'être bien tournés, sont presque tous d'une prose comique rimée.

Dès la seconde scène, Éduige dit à Rodelinde :

Je ne vous parle pas de votre Pertharite;
Mais il se pourra faire enfin qu'il ressuscite,
Qu'il rende à vos désirs leur juste possesseur;
Et c'est dont je vous donne avis en bonne sœur.

. . . .

Vous êtes donc, Madame, un grand exemple à suivre.
— Pour vivre l'âme saine on n'a qu'à m'imiter.
— Et qui veut vivre aimé n'a qu'à vous en conter.

1. *Satire* III, vers 194. (ED.)

Les noms seuls des héros de cette pièce révoltent; c'est une Éduige, un Grimoald, un Unulphe. L'auteur de *Childebrand* ne choisit pas plus mal son sujet et son héros.

Il est peut-être utile pour l'avancement de l'esprit humain, et pour celui de l'art théâtral, de rechercher comment Corneille, qui devait s'élever toujours après ses belles pièces; qui connaissait le théâtre, c'est-à-dire le cœur humain; qui était plein de la lecture des anciens, et dont l'expérience devait avoir fortifié le génie, tomba pourtant si bas, qu'on ne peut supporter ni la conduite, ni les sentiments, ni la diction de plusieurs de ses dernières pièces. N'est-ce point qu'ayant acquis un grand nom, et ne possédant pas une fortune digne de son mérite, il fut forcé souvent de travailler avec trop de hâte?

> .... Conatibus obstat
>   Res angusta domi[1].

Peut-être n'avait-il pas d'ami éclairé et sévère; il avait contracté une malheureuse habitude de se permettre tout, et de parler mal sa langue. Il ne savait pas, comme Racine, sacrifier de beaux vers, et des scènes entières.

Les pièces précédentes de *Nicomède* et de *Don Sanche d'Aragon* n'avaient pas eu un brillant succès : cette décadence devait l'avertir de faire de nouveaux efforts; mais il se reposait sur sa réputation; sa gloire nuisait à son génie; il se voyait sans rival; on ne citait que lui, on ne connaissait que lui. Il lui arriva la même chose qu'à Lulli, qui, ayant excellé dans la musique de déclamation, à l'aide de l'inimitable Quinault, fut très-faible et se négligea souvent dans presque tout le reste; manquant de rival comme Corneille, il ne fit point d'efforts pour se surpasser lui-même. Ses contemporains ne connaissaient pas sa faiblesse; il a fallu que, longtemps après, il soit venu un homme supérieur, pour que les Français, qui ne jugent des arts que par comparaison, sentissent combien la plupart des airs détachés et des symphonies de Lulli ont de faiblesse.

Ce serait à regret que j'imprimerais la pièce de *Pertharite*, si je ne croyais y avoir découvert le germe de la belle tragédie d'*Andromaque*.

Serait-il possible que ce *Pertharite* fût en quelque façon le père de la tragédie pathétique, élégante, et forte d'*Andromaque?* pièce admirable, à quelques scènes de coquetterie près, dont le vice même est déguisé par le charme d'une poésie parfaite, et par l'usage le plus heureux qu'on ait jamais fait de la langue française.

L'excellent Racine donna son *Andromaque* en 1668, neuf ans[2] après *Pertharite*. Le lecteur peut consulter le commentaire qu'on trouvera dans le second acte; il y trouvera toute la disposition de la tragédie d'*Andromaque*, et même la plupart des sentiments que Racine a mis en œuvre avec tant de supériorité; il verra comment d'un sujet man-

---

1. Juvénal, III, 164-65. (ÉD.)
2. Ce fut quinze ans après. (ÉD.)

qué, et qui paraît très-mauvais, on peut tirer les plus grandes beautés, quand on sait les mettre à leur place.

C'est le seul commentaire qu'on fera sur la pièce infortunée de
Pertharite. Les amateurs et les auteurs ajouteront aisément leurs
propres réflexions au peu que nous dirons sur cet honneur singulier
qu'eut *Pertharite* de produire les plus beaux morceaux d'*Andromaque*.

PERTHARITE,

ROI DES LOMBARDS.

TRAGÉDIE

ACTE I.

SCÈNE I.

V. 11. S'il m'aime, il doit aimer cette digne arrogance
Qui brave ma fortune, et remplit ma naissance.

On est toujours étonné de cette foule d'impropriétés, de cet amas de
phrases louches, irrégulières, incohérentes, obscures, et de mots qui
ne sont point faits pour se trouver ensemble ; mais on ne remarquera
par ces fautes qui reviennent à tout moment dans *Pertharite*. Cette
pièce est si au-dessous des plus mauvaises de notre temps, que presque personne ne peut la lire. Les remarques sont inutiles.

V. 25. Son ambition seule.... — Unulphe, oubliez-vous
Que vous parlez à moi, qu'il étoit mon époux ?
— Non, mais vous oubliez que, bien que la naissance
Donnât à son aîné la suprême puissance,
Il osa toutefois partager avec lui
Un sceptre dont son bras devoit être l'appui, etc.

Cette exposition est très-obscure. Un Unulphe, un Gundebert, un
Grimoald, annoncent d'ailleurs une tragédie bien lombarde. C'est une
grande erreur de croire que tous ces noms barbares de Goths, de Lom-
bards, de Francs, puissent faire sur la scène le même effet qu'Achille,
Iphigénie, Andromaque, Électre, Oreste, Pyrrhus. Boileau se moque
avec raison de celui *qui pour son héros va choisir Childebrand*. Les
Italiens eurent grande raison, et montrèrent le bon goût qui les anima
longtemps, lorsqu'ils firent renaître la tragédie au commencement du
XVIᵉ siècle ; ils prirent presque tous les sujets de leurs tragédies chez
les Grecs. Il ne faut pas croire qu'un meurtre commis dans la rue Ti-

quetonne ou dans la rue Barbette, que des intrigues politiques de quelques bourgeois de Paris, qu'un prévôt des marchands nommé Marcel, que les sieurs Aubert et Fauconnau, puissent jamais remplacer les héros de l'antiquité. Nous n'en dirons pas plus sur cette pièce. Voyez seulement les endroits où Racine a taillé en diamants brillants 'es cailloux bruts de Corneille.

ACTE II.

SCÈNE I.

V. 1.   Je l'ai dit à mon maître, et je vous le redis, etc.

Il me paraît prouvé que Racine a puisé toute l'ordonnance de sa tragédie d'*Andromaque* dans ce second acte de *Pertharite*. Dès la première scène, vous voyez Éduige qui est avec son Garibalde précisément dans la même situation qu'Hermione avec Oreste. Elle est abandonnée par un Grimoald, comme Hermione par Pyrrhus; et si Grimoald aime sa prisonnière Rodelinde, Pyrrhus aime Andromaque sa captive. Vous voyez qu'Éduige dit à Garibalde les mêmes choses qu'Hermione dit à Oreste; elle a des ardents souhaits de voir punir le change de Grimoald; elle assure sa conquête à son vengeur; il faut servir sa haine pour venger son amour : c'est ainsi qu'Hermione dit à Oreste [1] :

> Vengez-moi; je crois tout....
> — Qu'Hermione est le prix d'un tyran opprimé;
> Que je le hais; enfin.... que je l'aimai.

Oreste, en un autre endroit, dit à Hermione tout ce que dit ici Garibalde à Éduige :

> Le cœur est pour Pyrrhus, et les vœux pour Oreste..
> Et vous le haïssez! avouez-le, madame,
> L'amour n'est pas un feu qu'on renferme en une âme;
> Tout nous trahit, la voix, le silence, les yeux;
> Et les feux mal couverts n'en éclatent que mieux.

Hermione parle absolument comme Éduige, quand elle dit :

> Mais, seigneur, cependant, il épouse Andromaque....
> Seigneur, je le vois bien, votre âme prévenue
> Répand sur mes discours le poison qui la tue.

Enfin, l'intention d'Éduige est que Garibalde la serve en détachant le parjure Grimoald de sa rivale Rodelinde; et Hermione veut qu'Oreste, en demandant Astyanax, dégage Pyrrhus de son amour pour Andromaque. Voyez avec attention la scène cinquième du second acte, vous trouverez une ressemblance non moins marquée entre Androma-

1. *Andromaque*, IV, III. (Éd.)

que et Rodelinde. Voyez la scène cinquième et la première scène de l'acte troisième.

SCÈNE V.

V. 39. La vertu doit régner dans un si grand projet,
En être seule cause, et l'honneur, seul objet ;
Et depuis qu'on le souille, ou d'espoir de salaire,
Ou de chagrin d'amour, ou de souci de plaire,
Il part indignement d'un courage abattu,
Où la passion règne, et non pas la vertu.

Andromaque dit à Pyrrhus :

Seigneur, que faites-vous ? et que dira la Grèce ?
Faut-il qu'un si grand cœur montre tant de foiblesse ?
Voulez-vous qu'un dessein si beau, si généreux,
Passe pour le transport d'un esprit amoureux ?...
Non, non, d'un ennemi respecter la misère,
Sauver des malheureux, rendre un fils à sa mère,
De cent peuples, pour lui, combattre la rigueur,
Sans me faire payer son salut de mon cœur,
Malgré moi, s'il le faut, lui donner un asile ;
Seigneur, voilà des soins dignes du fils d'Achille.

On reconnaît dans Racine la même idée, les mêmes nuances que dans Corneille ; mais avec cette douceur, cette mollesse, cette sensibilité, et cet heureux choix de mots qui portent l'attendrissement dans l'âme.

Grimoald dit à Rodelinde :

Vous la craindrez peut-être en quelque autre personne.

Grimoald entend par là le fils de Rodelinde, et il veut punir par la mort du fils les mépris de la mère ; c'est ce qui se développe au troisième acte. Ainsi Pyrrhus menace toujours Andromaque d'immoler Astyanax, si elle ne se rend à ses désirs : on ne peut voir une ressemblance plus entière ; mais c'est la ressemblance d'un tableau de Raphaël à une esquisse grossièrement dessinée.

Songez-y bien ; il faut désormais que mon cœur,
S'il n'aime avec transport, haïsse avec fureur.
Je n'épargnerai rien dans ma juste colère ;
Le fils me répondra des mépris de la mère.

ACTE III.

SCÈNE I.

V. 5. Il y va de sa vie, et la juste colère
Où jettent cet amant les mépris de la mère,

> Veut punir sur le sang de ce fils innocent
> La dureté d'un cœur si peu reconnoissant.
> C'est à vous d'y penser; tout le choix qu'on vous donne,
> C'est d'accepter pour lui la mort ou la couronne.
> Son sort est en vos mains; aimer, ou dédaigner,
> Le va faire périr, ou le faire régner.

Ces vers forment absolument la même situation que celle d'*Andromaque*. Il est évident que Racine a tiré son or de cette fange. Mais, ce que Racine n'eût jamais fait, Corneille introduit Rodelinde proposant à Grimoald d'égorger le fils qu'elle a de son mari vaincu par ce même Grimoald; elle prétend qu'elle l'aidera dans ce crime, et cela dans l'espérance de rendre Grimoald odieux à ses peuples. Cette seule atrocité absurde aurait suffi pour faire tomber une pièce d'ailleurs passablement faite; mais le rôle du mari de Rodelinde est si révoltant et si ennuyeux à la fois, et tout le reste est si mal inventé, si mal conduit et si mal écrit, qu'il est inutile de remarquer un défaut dans une pièce qui n'est remplie que de défauts. « Mais, me dira-t-on, vous faites un commentaire sur Corneille, et vous remarquez ses fautes, et vous l'appelez grand homme, et vous ne le montrez que petit quand il est en concurrence avec Racine. » Je réponds qu'il est grand homme dans *Cinna*, et non dans *Pertharite* et dans ses autres mauvaises pièces; je réponds qu'un commentaire n'est pas un panégyrique, mais un examen de la vérité; et qui ne sait pas réprouver le mauvais n'est pas digne de sentir le bon.

On peut encore me dire : « Vous faites ici de Racine un plagiaire qui a pillé dans Corneille les plus beaux endroits d'*Andromaque*. » Point du tout; le plagiaire est celui qui donne pour son ouvrage ce qui appartient à un autre : mais si Phidias eût fait son Jupiter olympien de quelque statue informe d'un autre sculpteur, il aurait été créateur et non plagiaire.

Je ne ferai plus d'autre remarque sur ce malheureux *Pertharite*; on n'a besoin de commentaire que sur les ouvrages où le bon est mêlé continuellement avec le mauvais. Il faut que ceux qui veulent se former le goût apprennent soigneusement à distinguer l'un de l'autre.

TABLE.

COMMENTAIRES SUR CORNEILLE.

FIN DE LA TABLE DU VINGT ET UNIÈME VOLUME.